스캐너 다클리
A Scanner Darkly

13

필립 K. 딕 걸작선

스캐너 다클리
A Scanner Darkly

조호근 옮김

폴라북스

〈일러두기〉

• 본문의 주는 옮긴이주이다.

• 필립 K. 딕 걸작선 '작가 연보'의 『어둠 속의 스캐너』와 동일 도서이다.

◑ 차례

◑ 등장 약물 소개

메스	메스암페타민(필로폰).
메세드린	의약용 메스암페타민의 상품명. 알약이나 앰플 등 다양한 형태로 유통된다.
크리스털, 크리스털 메스	길쭉한 백색 결정 형태의 메스암페타민. 의약품으로 사용되는 다른 형태의 메스암페타민과는 달리 완전히 불법이며, 주로 오락용으로 사용된다.
스피드	암페타민. 종종 메스암페타민을 비롯한 흥분계열 마약의 총칭으로 사용하기도 한다.
베니	최초의 의료용 암페타민인 벤제드린에서 유래한 단어로, 주로 암페타민 계열 마약류의 총칭으로 쓰인다.
바르비투르	바르비투르산염에서 유도되는 다양한 화학물질의 총칭. 대부분 안정제와 마취제로 사용하며 남용하면 강한 중독성을 보인다.
리브리엄	클로르디아제폭시드의 상품명. 주로 진정제 및 항불안제로 사용되며 남용하면 중독성을 보인다.
레드	간질 및 불면증 치료제로 사용되는 세코바르비탈나트륨(상품명: 세코날)을 일컫는 속어. 1960~70년대에는 오락용 약물로도 널리 사용되었으며, 헤로인이나 메스의 부작용인 불면증 때문에 종종 함께 복용했다. 여러 유명인의 사망 원인이었으며, 지금까지도 종종 자살에 쓰인다.

애시드 리세르긴산 디에틸아미드(LSD). 강력한 환각작용을 가지는 합성약물.

마이크로닷 관리 및 유통용으로 초소형 캡슐에 담은 LSD 결정.

메스칼린 환각성 알칼로이드인 3, 4, 5-트리메스옥시페닐에틸아민의 상품명. 천연 화합물로 LSD에 버금가는 환각 효과를 일으킨다.

조인트 궐련 형태로 말아서 피우는 마리화나.

해시 하시시의 은어. 대마의 수지로 만든 향정신성 약물로서, 마리화나보다 효력이 강하다. 주로 마리화나를 섞어 궐련으로 말거나 파이프에 담아 피운다.

스맥 헤로인.

D물질 Substance D. 죽음. 느린 죽음. 가상의 약물.

멕스 Mex. 마약을 가리키는 은어로 폭넓게 사용한다. 작중에서는 헤로인과 D물질을 섞은 주사용 약물을 의미한다.

콰크 Quaak. 가상의 약물.

01

온종일 머리에서 벌레를 털어내려 애쓰는 남자가 있었다. 의사는 머리에 벌레가 없다고 말했다. 그러나 여덟 시간 동안 샤워를 해도, 벌레에 고통받으며 그 오랜 시간을 뜨거운 물을 맞고 서 있어도, 나와서 몸을 말린 다음에도, 머리에는 여전히 벌레가 있었다. 사실은 온몸을 뒤덮고 있었다. 한 달 후에는 폐에도 벌레가 들어갔다.

달리 할 일도, 할 생각도 없었기 때문에 그는 벌레의 생애 주기를 이론적으로 규명하고, 브리태니커 백과사전의 힘을 빌려 벌레의 종류를 밝혀내는 작업에 매진했다. 이제 온 집 안이 벌레로 가득했다. 그는 다양한 종류의 벌레에 대해 읽다가 마침내 집 밖에서도 벌레를 발견하고, 그 벌레가 진딧물이라는 결론을 내렸다. 그리고 이 결론을 받아들인 다음에는 절대 생각을 바꾸지 않았다. 다른 사람들이 충고를, 이를테면 "진딧물은 사람을 물지 않아" 따위의 말을 건넨다 해도.

사람들이 그렇게 충고하는 이유는 그가 끊임없이 벌레에 물려 고통에 시달리기 때문이었다. 그는 캘리포니아 거의 전역에 퍼져 있는 세븐일레븐 식품점에서 레이드와 블랙플래그, 야드가드 살충제 스프레이를 사 왔다. 그리고 우선 집 안에 넉넉히 뿌린 다음, 자기 몸에도 뿌렸다. 야드가드가 가장 잘 먹히는 느낌이었다.

이론적인 고찰 결과, 그는 벌레의 생애 주기에 세 단계가 있다는 결론을 내렸다. 첫 단계에서는 그가 매개체 인간이라 부르는 사람들이 벌레를 옮긴다. 그런 사람들은 자기네가 벌레를 퍼트리고 다닌다는 사실을 알아차리지 못한다. 그 단계에서 벌레는 입도 큰턱도 없다. (큰턱이라는 단어는 몇 주에 걸친 학문적 연구 과정에서 배운 것이다. '핸디 브레이크 앤드 타이어'에서 자동차 브레이크 드럼이나 교체하던 사람에게는 상당히 학구적인 작업이었다) 따라서 매개체 인간들은 아무것도 느끼지 못한다. 그는 거실 한쪽 구석에 앉아서 다양한 매개체 인간들이 물지 않는 단계의 진딧물에 뒤덮인 채로 들락거리는 모습을 지켜보곤 했다. 대부분 낯익은 얼굴이었지만, 아예 처음 보는 사람들도 있었다. 그는 슬쩍 웃음 비슷한 것을 머금곤 했다. 눈앞의 사람들이 아무것도 모르고 벌레들에게 이용당하고 있다는 사실을, 자신은 아주 잘 알고 있었으니까.

"왜 그렇게 웃는 거야, 제리?" 그들은 이렇게 묻곤 했다.

그는 웃음만 지었다.

다음 단계로 넘어간 벌레들은 날개 비슷한 것이 자라난다. 엄밀하게 말하자면 날개는 아니지만 날 수 있게 해주는 부속 기관이라는 점은 분명했고, 벌레들은 그걸로 공중에서 무리를 지어 이주하고 퍼져나간다. 특히 그에게 다가오는 경우가 많았다. 이럴 때면 공기 중에 벌레가 가득해서, 거실에, 아니 집 전체에 뿌연 안개가 들어찬 것처럼 보인다. 이 단계에서 그는 벌레를 들이마시지 않으려 애를 썼다.

다른 무엇보다도 자신이 키우는 개가 불쌍해서 견딜 수가 없었다. 벌레가 개의 온몸에 내려앉아 자리를 잡고, 아마도 폐 속까지 들어가는 모습이, 자신의 몸에서 그런 것처럼 똑똑히 보였기 때문이다. 어쩌면 개도 그만큼이나 괴로울지도 모른다. 적어도 그의 공감 능력으로는 그렇게 느껴졌다. 개의 안락한 삶을 위해서라도 다른 사람에게 넘기는 편이 나을까? 아니, 안 그러는 편이 좋을 것 같았다. 개 또한 감염된 상태다. 자기도 모르는 사이에 벌레를 사방으로 옮기고 다닐 것이다.

때때로 개를 샤워실로 데리고 가 몸을 깨끗이 닦아주려 시도하기도 했다. 그러나 자신의 경우와 마찬가지로 그리 성공적이지 않았다. 개의 고통이 느껴져서 마음이 쓰라렸고, 그래서 그는 도우려는 시도를 멈추지 않았다. 어떻게 보면 이쪽이 가장 고약했다. 불평도 못 하는 동물이 고통받아야 하다니.

"온종일 샤워실에서 뭐 하는 거야? 그 망할 개까지 데리고." 그가 열심히 노력 중일 때, 친구인 찰스 프렉이 찾아와서 이렇게 물은 적이 있었다.

"진딧물을 털어줘야 해." 제리는 이렇게 대답하면서, 자신의 개 맥스를 샤워실에서 데리고 나와 털을 말려주기 시작했다. 찰스 프렉은 얼떨떨한 표정으로 개의 털가죽에 베이비오일과 베이비파우더를 발라주는 그의 모습을 지켜보았다. 집 안 여기저기에 살충제 스프레이와 베이비파우더와 베이비오일과 로션 병이 쌓여 있었다. 대부분 빈 상태였다. 요즘에는 하루에 몇 통씩 쓰고 있었다.

"진딧물 같은 건 안 보이는데." 찰스가 말했다. "대체 뭐가 진딧물이라는 거야?"

"마지막에는 목숨까지 빼앗는 벌레지. 그게 진딧물이야." 제리가 대꾸했다. "내 머릿속에도 피부에도 폐 속에도 있어. 참을 수 없을 정도로 아프다고. 아무래도 병원에 가야겠어."

"그럼 나한테는 왜 안 보이는 건데?"

제리는 수건에 싸인 개를 내려놓고는, 털이 무성한 깔개 위에 무릎을 꿇으며 말했다. "하나 보여주지." 깔개는 진딧물로 빼곡히 덮여 있었다. 사방에서 깡충거리며 뛰어오르는 모습이 보였다. 유독 높이 뛰어오르는 놈들도 있었다. 다른 사람들은 벌레를 쉽게 보지 못하기 때문에, 그는 특출하게 커다란 벌레를 찾아 깔개를 뒤적였다. 그는 다시 입을 열었다. "병이나 단지 같은 거 좀 가져와봐. 싱크대 아래 있어. 입구를 막거나 뚜껑을 닫은 다음에, 병원에 가져가서 보여줘야겠어. 그러면 의사가 분석해주겠지."

찰스 프렉이 빈 마요네즈 단지를 가져왔다. 제리는 계속 뒤적이다가, 마침내 공중으로 1미터 이상 뛰어오르는 진딧물 한 마리를 발견했다. 몸길이가 2센티미터가 넘었다. 그는 진딧물을 잡아서 단지 안에 조심스레 떨어트린 다음, 바로 뚜껑을 닫았다. 그리고 의기양양하게 들어 보였다. "보이지?" 그는 말했다.

"이야아아아." 찰스 프렉은 눈살을 찌푸리고 단지 안을 들여다보다가 깜짝 놀란 듯 말했다. "진짜 큰 벌레잖아! 세상에!"

"의사한테 보여줄 놈들을 더 잡아야겠어. 도와줘." 제리는 이렇게 말하며, 단지를 옆에 놓고 다시 깔개 위에 쭈그려 앉았다.

"물론 도와야지." 찰스 프렉은 기꺼이 친구를 도왔다.

30분 만에 두 사람은 단지 세 개를 벌레로 가득 채웠다. 찰스는 처음인데도 큼지막한 벌레를 몇 마리나 찾아냈다.

1994년 6월 한낮이었다. 캘리포니아 한쪽 구석의, 싸구려이지만 튼튼한 플라스틱 가옥들이 빼곡하게 들어찬, 정상인들은 한참 전에 떠나버린 지역이었다. 그러나 제리는 한참 전부터 창문마다 금속 페인트 스프레이를 뿌려 햇빛을 막아버렸다. 방 안의 조명이라고는 입식 램프뿐이었다. 제리는 여기에도 항상 백열전구만 사용했고, 그와 친구들은 밤에도 낮에도 그 불빛에만 의지해서 사느라 시간 감각이 사라질 지경이었다. 그는 그런 상황이 마음에 들었다. 시간이 사라지는 것이 좋았다. 그러면 방해 없이 중요한 일에 몰두할 수 있으니까. 바로 지금처럼, 다 큰 남자 둘이서 털투성이 깔개 위에 무릎을 꿇고

13

앉아서, 벌레를 골라내 단지에 담는 일을 계속할 수 있으니까.

"근데 이런 건 왜 하는 거야." 한참 시간이 흐른 후에, 찰스 프렉이 이렇게 물었다. "그러니까, 의사가 보수나 뭐 그런 걸 걸기라도 했어? 현상금이라도 주는 거야? 돈이라도?"

"언젠가 완벽한 치료제를 발견하는 일에 도움이 되겠지." 제리가 말했다. 더 이상 고통을 참기가 힘들었다. 끊임없이 고통이 찾아오는데도, 그는 도저히 익숙해질 수 없었다. 앞으로도 절대 익숙해지지 못할 것이 분명했다. 다시 샤워하고 싶은 충동이, 갈망이, 강렬하게 일어나 그를 사로잡았다. "이봐, 친구. 잠깐 화장실 좀 다녀올 테니까, 더 잡아놓으라고." 그는 숨을 헐떡이며 이렇게 말하고 몸을 일으켰다. 그리고 화장실로 걸음을 옮겼다.

"알았어." 찰스는 이렇게 말하고 후들거리는 긴 다리를 가누며 단지 쪽으로 움직였다. 맞잡은 양손 안에 벌레를 가둔 채였다. 퇴역 군인이라 아직 몸을 제대로 놀릴 줄 알았기 때문에, 그는 무사히 단지 앞에 도달했다. 그러나 다음 순간 그는 갑자기 입을 열고 이렇게 말했다. "제리, 있잖아. 이 벌레들 조금 무서운데. 여기 혼자 있기는 싫어." 그는 자리에서 일어섰다.

"겁쟁이 똥구멍 같은 새끼." 제리는 화장실로 향하던 걸음을 멈추고, 고통에 헐떡이며 이렇게 내뱉었다.

"저기, 너 조금만—"

"소변봐야 한다니까!" 그는 문을 쾅 닫고는 샤워기 꼭지를 돌렸다. 물이 쏟아지기 시작했다.

"혼자 있으면 무섭다고." 찰스 프렉의 목소리는 한층 희미하게 들려왔다. 크게 소리치고 있는 게 분명한데도.

"그럼 그대로 꺼지든가!" 제리도 마주 소리치고는, 그대로 샤워기 아래로 들어섰다. 친구랍시고 있는 놈이 왜 저따위야? 그는 이를 갈며 생각했다. 아무 쓸모도 없는 놈! 빌어먹을 자식!

"이 벌레 새끼들이 쏘기도 해?" 찰스가 바로 문 앞까지 와서 물었다.

"그래, 엄청 쏘지." 제리는 머리에 샴푸를 문지르며 말했다.

"그럴 것 같았어." 잠시 침묵이 흘렀다. "벌레 떨군 다음에 손 좀 씻고 너 나올 때까지 기다려도 될까?"

겁쟁이 자식. 제리는 분노를 곱씹으며 생각했다. 그는 대꾸하지 않았다. 계속 몸을 씻는 일에만 매달렸다. 저 개자식의 말에는 대꾸할 필요도 없어……. 그는 찰스 프렉에게는 조금도 주의를 기울이지 않았다. 자기만 생각하기에도 벅찼다. 지금 당장 처리해야 하는, 다급하고 끔찍한 욕망에만 신경 쓰기도 벅찼다. 다른 것들은 전부 기다려야 할 것이다. 시간이 없다. 시간이. 이런 문제는 연기할 수 없다. 다른 모든 것은 부차적인 문제다. 개만 빼고. 그의 개, 맥스에 대해서는 걱정할 수밖에 없었다.

찰스 프렉은 아직 여유가 있을 것 같은 사람에게 전화를 걸었다. "'죽음' 열 봉지 정도 당겨줄 수 있어?"

"무슨 소리야, 나도 완전히 동났어. 나 쓸 것도 찾지 못해서

애먹는 중이야. 찾으면 좀 알려달라고, 나도 필요하니까."

"공급에 문제가 생긴 거야?"

"적발된 곳이 있나보지."

찰스 프렉은 전화를 끊고 머릿속에서 환상을 곱씹으며, 터덜 터덜 공중전화 부스에서 나와 주차해놓은 쉐보레 쪽으로 걸어 갔다. 물건을 살 때는 집 전화를 이용할 수 없으니 굳이 여기 까지 나온 것이었다. 그러는 동안에도 그의 머릿속에는 환상 이 떠올랐다. 자동차를 타고 스리프티 드러그스토어를 지나가 다가 화려한 진열장을 발견하는 환상을. 거기엔 병에 든 '느린 죽음'이, 캔으로 파는 느린 죽음이, 단지와 욕조와 산업용 용기 와 주발에 담긴 느린 죽음이, 캡슐과 알약과 주사약 형태의 느 린 죽음이, 스피드와 정크와 바르비투르와 온갖 환각계 약물 을 섞은 느린 죽음이, 모든 종류의 죽음이 가득할 것이다. 그리 고 광고판에는 '신용카드 가능'이라고 쓰여 있을 것이다. 물론 '엄청난 할인, 지역 최저가 판매'라고 덧붙여놓았을 테고.

그러나 현실의 스리프티에는 쓸데없는 물건들만 가득하다. 빗이나 병에 든 액상 파라핀, 탈취 스프레이 따위 말이다. 하지 만 뒤쪽에 붙은 약국에는 분명 느린 죽음이 있을 거라고, 그는 주차장을 나와 하버 대로로 차를 몰며 생각했다. 단단히 자물 쇠를 채워놓았겠지. 포장도 뜯지 않고 아무것도 섞지 않아 순 수한, 가공조차 하지 않은 형태로 얌전히 있을 거야. 25킬로그 램들이 자루에 들어 있을 거라고.

그는 아침마다 스리프티 약국에 25킬로그램짜리 D물질 자루를 언제 어떻게 부려놓을지가 궁금해졌다. 어디서 가져오는지 알 도리야 없지. 스위스에서 가져올 수도 있고, 현명한 종족이 사는 다른 행성일 수도 있어. 아마 엄청나게 이른 시간에 가져올 거야. 무장 경비원도 있겠지. 경비원들은 험상궂은 얼굴로 레이저 소총을 들고 서 있을 거야. 항상 그러듯 말이야. 누구든 내 느린 죽음을 가져가는 놈들은 그 자리에서 숨을 끊어버릴 테다. 그는 경비원의 머릿속에 들어가 으르렁거렸다.

어쩌면 효력이 조금이라도 있는 모든 합법적 약물에는 D물질이 재료로 들어갈지도 모른다고, 그는 생각했다. 그 물질을 발명한 독일이나 스위스의 배급사에서 독점하는 비밀 조합식에 따라서, 이곳저곳에 한 움큼씩 들어가는 것이다. 그러나 찰스 프렉은 그런 생각에 넘어갈 정도로 멍청하진 않았다. 정부 놈들은 D물질을 팔거나 운반하거나 사용하면 무조건 죽이거나 잡아들였다. 따라서 그런 일이 사실이었다면 스리프티 드러그스토어도, 다른 수백만 곳의 스리프티 드러그스토어들도, 총알을 뒤집어쓰거나 폭탄에 날아가서 문을 닫거나, 적어도 벌금형을 받았을 것이다. 사실 벌금으로 끝이겠지. 연줄이 있을 테니까. 아니, 애초에 대형 드러그스토어 체인을 총살할 수나 있나? 치료소에 가둘 수 있나?

저곳에서는 평범한 물건만 판다고, 그는 계속 차를 몰며 생각했다. 기분이 더러운 이유는 꿍쳐놓은 느린 죽음 알약이 300개밖에 남지 않았기 때문이었다. 뒤뜰 동백나무 아래에, 끝내주게 큼지막한 꽃송이가 달리고, 봄이 되어도 갈색으로 줄아들지 않는 품종 아래 묻어놓았다. 일주일 치밖에 안 남은 셈인데. 다 떨어지면 어떻게 하지? 젠장.

캘리포니아 전부와 오리건 일부 지역에서 같은 날 약이 떨어진다면 어떻게 될까? 와우.

이거야말로 그의 머릿속 온갖 환상 중에서도 최고의 호러 판타지였다. 약쟁이라면 누구나 해본 적 있는 상상이었다. 미합중국 서부 전역에서 동시에 약이 떨어져서, 모든 약쟁이들이 동시에 금단증상을 일으킨다면 어떻게 될까. 아마 오전 6시쯤이겠지. 일요일 아침일 거야. 빌어먹을 정상인들이 기도하러 가려고 옷을 차려입는 도중일 거야.

장면 하나: 패서디나 제일 성공회 성당, 오전 8시 30분. '금단증상의 일요일' 당일.

"축복받은 교구민 여러분, 그럼 이제 주님께 기도합시다. 부디 그분의 손길이 개입해 침대에 틀어박혀 몸부림치는 이들의 고통을 끝내주시기를."

"그래요, 그래야죠." 모여든 신도들이 성직자의 말에 동의한다.

"그리고 부디 새 마약이 공급되기 전에 개입해주시기를─."

찰스 프렉의 운전 솜씨가 마음에 들지 않았는지, 순찰차 한 대가 도로로 나오더니 그의 꽁무니에 따라붙었다. 그로서는 딱히 잘못된 부분을 짐작할 수 없었지만. 아직 경고등을 켜거나 사이렌을 울리지는 않았다. 그래도…….

어쩌면 내 차가 양옆으로 흔들렸거나 그런 건지도 모르겠어.

빌어먹을 짭새차가 내가 실수하는 꼴을 본 모양이지. 대체 뭘까.

경관: "좋습니다, 이름?"

"제 이름요?" (이름이 떠오르지 않는다.)

"자기 이름도 모르십니까?" 경관이 순찰차에 앉은 동료에게 신호를 보낸다. "이 친구 제대로 맛이 갔는데."

"여기서 쏘면 안 돼요." 찰스 프렉은 꽁무니에 붙은 순찰차가 유발한 호러 판타지에 사로잡혀 중얼거렸다. "적어도 경찰서 까지는 데려가서 총살하세요. 안 보이는 곳에서요."

파시스트 경찰국가에서 살아남으려면, 언제라도 이름을 떠올릴 수 있어야 한다. 자신의 이름을. 그것도 항상. 약에 맛이 간 자들을 식별할 때, 저들은 다른 무엇보다 자신이 누군지 아는지부터 확인한다.

그는 마음을 다잡았다. 차를 세울 공간만 보이면 그대로 끼어들어 세우는 거야. 깜빡이를 켜서 신호를 보내는 것보다 빠르게, 반사적으로 움직이는 거지. 그리고 순찰차가 내 옆에 붙으면, 바퀴가 헐거워졌다거나 뭐 그런 기계적 문제가 발생했다고 말하는 거야.

저 작자들은 그러면 항상 즐거워하지, 하고 그는 생각했다. 그런 식으로 포기하고 전진을 멈춰버리면, 짐승처럼 땅바닥에 몸을 던지고 아무런 방어 수단도 없는 말랑말랑하고 부드러운 뱃가죽을 고스란히 드러내 보이면 말이야. 좋아, 원하는 대로 해드리지.

그는 생각을 실행에 옮겼다. 그대로 오른쪽으로 핸들을 꺾어서 앞바퀴를 인도에 바짝 붙인 것이다. 그러나 순찰차는 그대로 그를 지나쳤다.

세울 필요가 없었잖아. 차가 많아서 다시 나가기 쉽지 않을 텐데. 그는 시동을 끄면서 생각했다. 그냥 여기 좀 세워놓고 알파 명상이랬나, 뭐 그런 부류의 다양한 변성 의식 상태를 즐기는 편이 나을지도 모르겠어. 지나가는 여자들을 감상하는 것도 나쁘지 않을 테니까. 성적 흥분파 방사기 같은 거는 안 만들어주나. 알파파 방사기보다는 낫잖아. 흥분파 방사기라. 처음에는 단파부터 시작해서, 더 길게, 크게, 크게 올리다가, 마지막에는 아예 규격을 뚫고 나가는 거야.

그는 퍼뜩 정신을 차렸다. 이러고 있을 때가 아니야. 누구든 비축분이 있는 놈을 찾아야 해. 서둘러 약을 손에 넣지 못하면 머지않아 맛이 가버릴 테고, 그러면 아무것도 할 수 없게 될 테니까. 지금처럼 길가에 차를 세우고 앉아 있지도 못하게 된다고. 내가 누군지 모르는 정도가 아니라, 내가 지금 어디 있는지도, 무슨 일이 일어나는지도 알지 못하게 될 거라고.

무슨 일이 일어나고 있는데? 그는 이 질문을 곱씹었다. 오늘이 무슨 요일이더라? 오늘이 무슨 요일인지만 알면 나머지도 전부 알 수 있을 텐데. 기억이 꼬리를 물고 돌아올 테니까.

수요일이다. 로스앤젤레스 다운타운의 웨스트우드 구역이었다. 눈앞에는 요즘 흔히 보이는 거대한 쇼핑몰이 서 있었다. 적절한 신용카드를 전기장에 통과시키지 않으면 그대로 고무공처럼 튕겨나가는, 높다란 벽으로 둘러싸인 곳들 말이다. 그에게 쇼핑몰에서 사용할 신용카드 따위는 없기 때문에 내부의 상점들에 대해 아는 것이라고는 소문으로 들은 내용이 전부였다. 아무래도 죄다 정상인들에게, 특히 정상인 아내들에게 품질 좋은 물건을 파는 곳인 모양이었다. 제복을 입은 무장 경비원들이 쇼핑몰 입구에 서서 사람들을 하나씩 확인하는 모습이 눈에 들어왔다. 들어오는 남녀가 신용카드의 주인이 맞는지, 혹시라도 빼앗거나 훔치거나 사거나 위조한 것은 아닌지 확인하는 것이다. 정문으로 들어가는 사람들은 제법 많았지만 분명 상당수는 윈도 쇼핑만 할 것이다. 저렇게 많은 사람이 이런 시간부터 빵을 사거나 구매 욕구에 시달릴 리는 없었다. 2시를 조금 지났을 뿐이니 분명 이른 시간이었다. 그래, 이곳에는 밤에 와야 한다. 상점마다 불빛이 휘황찬란할 때 와야 한다. 다른 모든 약쟁이 형제자매처럼 그 또한 빛이 없을 때도 빛을 볼 수 있었다. 샤워처럼 쏟아지는 불꽃이 다 큰 어린이를 위한 놀이 공원처럼 보였다.

쇼핑몰 맞은편의 상점들, 신용카드도 필요 없고 무장 경비원도 없는 상점들은 딱히 살펴볼 것도 없었다. 신발 가게와 TV 가게, 빵집, 작은 전기 수리점, 세탁소 따위의 평범한 가게들뿐이었다. 그의 시선이 짧은 비닐 재킷과 딱 달라붙는 바지를 입고 상점을 이리저리 들락거리는 젊은 여자에 머물렀다. 머리카락은 마음에 들었지만 얼굴이 보이지 않아서 섹시한지는 확인할 수가 없었다. 몸매는 나쁘지 않은데, 하고 그는 생각했다.

여자는 가죽 상품이 가득한 진열장 창문 앞에서 잠시 걸음을 멈추었다. 그리고 술이 치렁치렁한 지갑을 열고 내용물을 확인했다. 여자는 한동안 불안한 얼굴로 지갑 속을 힐끗거리며 열심히 머리를 굴렸다. 그러나 그는 여자가 안으로 들어가서 물건을 보여달라고 말할 거라고 생각했다.

여자는 그의 짐작대로 경쾌하게 가게 안으로 걸음을 옮겼다.

다른 젊은 여성이 북적이는 보도를 뚫고 모습을 드러냈다. 이번에는 하늘거리는 블라우스, 굽이 높은 구두, 은발에 지나치게 짙은 화장을 한 여자였다. 나이 들어 보이려 애쓰는 여자라고, 그는 생각했다. 아마 아직 고등학생일 것이다. 그녀 다음으로는 딱히 눈에 띄는 사람이 등장하지 않았다. 그래서 그는 조수석 서랍 손잡이를 묶은 끈을 풀고 담배 한 갑을 꺼냈다. 그리고 담배에 불을 붙이고 자동차 라디오를 록 스테이션에 맞추었다. 예전에는 카세트테이프가 들어가는 스테레오가 달려 있었다. 그런데 어느 날 약에 잔뜩 취한 바람에 자동차 문을 잠글 때 가지고 들어가는 것을 잊었고, 돌아와 보니 당연하게도 스테레오는 통째로 사라진 후였다. 당시 그의 감상은 부주의하면 이런 꼴이 된다는 정도였다. 이제 남은 것은 고물 라디오뿐이다. 언젠가는 이것도 도둑맞겠지만, 거의 공짜로 중고품을 얻을 수 있는 곳을 알고 있으니 상관없긴 했다. 어차피 이 차도 언제 주저앉을지 모르는 물건이었다. 오일 링은 터지고 컴프레션도 제대로 올라오지 않는다. 아무래도 괜찮은 물건을 잔뜩 싣고 돌아오던 날 밤에 프리웨이를 질주하다 밸브 하나를 날려버린 모양이었다. 가끔 정말로 끝내주는 성과를 올린 다음에는 피해망상이 도지곤 했다. 경찰보다도 다른 중독자에게 털리는 쪽이 더 겁났다. 금단증상을 피하려고 발악하는 중독자들은 무슨 짓을 할지 모르니까.

문득 그의 시선이 거리를 지나가는 여성에 멎었다. 검은 머리, 예쁘장한 얼굴, 느긋한 걸음걸이. 가운데가 트인 블라우스와 물 빠진 흰색 데님 바지를 입고 있었다. 아는 얼굴이잖아, 밥 아크터의 여자친구야. 도나라고.

그는 차 문을 열고 밖으로 나섰다. 여자는 그를 흘깃 보더니 그대로 걸음을 옮겼다. 그는 서둘러 그녀를 따라갔다.

내가 꽁무니를 쫓고 있다고 생각하는 모양인데. 그는 사람들 사이를 이리저리 헤치고 나가면서 이렇게 생각했다. 여자는 정말 손쉽게 속도를 올렸고, 이제는 흘깃 뒤를 돌아보는 모습이 가물가물하게 보일 정도로 멀어졌다. 단호하고 차분한 얼굴…… 자신을 품평하는 듯한 커다란 눈망울이 인상적이었다. 이래서는 절대 못 따라잡겠는데. 몸을 움직일 줄 아는 여자야.

길모퉁이에서 한 무리의 사람들이 '횡단 금지'가 '횡단'으로 바뀌기를 기다리며 서 있었다. 자동차들이 과격하게 좌회전하는 모습이 눈에 들어왔다. 그러나 여자는 개의치 않고 걸음을 옮겼다. 빠르지만 당당하게, 쏜살같이 달려오는 차들 사이에서 경로를 확보하면서. 운전사들은 성난 눈으로 그녀를 노려보았지만, 그녀는 알아차리지조차 못하는 것으로 보였다.

"도나!" '횡단' 글자에 불이 들어오자 그는 서둘러 달려가서 그녀를 따라잡았다. 그녀는 뛰지 않고 빠르게 걸음을 옮길 뿐이었다. "밥 여자친구 도나 맞지?" 그는 이렇게 말하며, 간신히 그녀를 앞질러 얼굴을 확인할 수 있는 위치까지 나섰다.

"아니. 아닌데." 그녀는 이렇게 대꾸하며, 걸음을 멈추지 않고 정면으로 걸어왔다. 그는 뒤로 물러섰다. 그녀의 손에 들린 나이프가 자신의 배를 겨누고 있었기 때문이다. "썩 꺼져." 그녀는 이렇게 말하고, 걸음을 늦추거나 머뭇거리는 기색도 없이 계속 걸음을 옮겼다.

"맞잖아. 그 친구 집에서 우리 본 적 있잖아." 칼날 끝이 비죽 튀어나온 것 말고는 제대로 보이지도 않을 정도였지만, 그가 보기에는 나이프가 분명했다. 이대로 가면 저 여자는 그를 찌르고 그대로 걸어가버릴 것이다. 그는 계속 뒤로 물러나며 항의했다. 나이프를 워낙 잘 감추고 있어서, 그를 제외한 근처의 행인들은 아무도 눈치채지 못할 것이다. 그러나 그는 알아볼 수 있었다. 조금도 머뭇거리지 않고 접근하는 꼴을 보니 그대로 찌를 것이 분명했다. 그는 결국 옆으로 비켜섰고, 여자는 아무 말 없이 그대로 그를 지나쳤다.

"원 세상에!" 그는 그녀의 뒤통수에 대고 말했다. 도나가 분명한데. 내가 누군지를, 자기가 아는 사람이라는 것을 떠올리지 못한 것뿐이야. 겁을 먹은 거겠지. 내가 거친 짓을 할까 두려운 거야. 길거리에서 낯선 아가씨한테 접근할 때는 조심해야 한다고. 이제 다들 대비를 하고 있잖아. 다들 너무 많은 일을 겪었으니까.

한심할 정도로 조막만 한 칼이라고, 그는 생각했다. 아가씨들은 저런 걸 가지고 다니면 안 된다. 남자라면 누구든 가볍게 손목을 비틀어서 칼을 빼앗은 다음 역으로 그녀를 겨눌 수 있으니까. 정말로 단단히 마음먹었다면 나도 할 수 있었다고. 그는 화가 난 채로 한동안 서 있었다. 도나가 분명한데.

차를 세워놓은 곳으로 돌아가려 마음먹은 순간, 그는 여자가 걸음을 멈췄다는 사실을 깨달았다. 행인의 물결 속에서 그녀는 조용히 그를 응시하고 있었다.

그는 조심스레 여자 쪽으로 걸음을 옮겼다. "저번에 나하고 밥하고 다른 아가씨하고 같이 낡은 사이먼 앤드 가펑클 테이프를 들으면서 밤을 보낸 적이 있잖아. 너도 거기 앉아서—." 그때 그녀는 캡슐에 고순도 죽음을 채우고 있었다. 하나씩, 심혈을 기울여서. 한 시간이 넘도록. 엘 프리모의 죽음을, 누메로 우노씩 채웠다. 작업을 마친 그녀는 사람들 앞에 캡슐을 하나씩 놓았고, 그들은 그걸 입에 털어 넣었다. 모두 함께, 그녀만 빼고. 자신은 파는 사람일 뿐이라고 그녀는 말했다. 자기 물건을 먹기 시작하면 돈을 벌 수 없게 된다고 했다.

여자는 말했다. "날 강간하려는 줄 알았지."

"무슨 소리야. 나는 그저 혹시 네가……." 그는 머뭇거렸다. "그러니까, 혹시 차라도 태워줄까 했지. 한낮에 길거리에서 그럴 리가 없잖아." 순간 그는 깜짝 놀란 듯 덧붙였다.

"현관으로 끌고 들어갈 수도 있지. 차로 끌어들이거나."

"우리 아는 사이라니까. 게다가 그런 짓을 했다가는 아크터가 날 죽일 거라고." 그는 항변했다.

"그거야 뭐, 못 알아봤거든." 그녀는 세 발짝 다가서며 덧붙였다. "약간 근시라서."

"렌즈라도 끼지 그래." 아름답고 크고 검고 따뜻한 눈이라고 그는 생각했다. 약에 취하지 않은 눈이었다.

"끼고 다녔지. 그런데 한쪽을 펀치 그릇에 떨어트렸거든. 애시드가 잔뜩 들어간 펀치였어. 바닥까지 가라앉았는데, 누군가 국자로 퍼가서 마셔버린 것 같더라. 맛이 좋았기를 바랄 수밖에. 처음 살 때 35달러나 줬으니까."

"가는 곳까지 태워다줄까?"

"차로 끌고 들어가서 강간할 거잖아."

"아니라니까. 애초에 서지도 않는다고. 지난 한두 주 동안 계속 그랬어. 이상한 걸 섞어 넣은 게 분명해. 뭔가 화학물질을 탄 게 분명하다고."

"끝내주는 거짓말이긴 한데, 한두 번 들은 소리가 아니라서, 누구나 나를 강간하거든." 그녀는 문득 마지막 문장을 수정했다. "그러니까, 적어도 시도는 하거든. 젊은 여자로 산다는 건 그런 거야. 안 그래도 지금 한 놈 고소해놓았어. 성추행과 성폭행으로. 피해 보상으로 4만 달러를 불렀지."

"그 작자는 어디까지 갔는데?"

"내 가슴에 손을 댔지." 도나가 대꾸했다.

"4만 달러까지는 안 될 것 같은데."

두 사람은 함께 그의 차로 걸어갔다.

"팔 물건 좀 없어?" 그가 물었다. "정말 고통스러워서 그래. 거의 다 떨어졌다고. 아니, 젠장, 솔직히 말하면, 다 떨어진 것 같아. 조금이라도 좋아. 남는 게 조금이라도 있으면."

"팔 물건은 조금 있어."

"알약이어야 해. 난 주사기는 안 써."

"그래." 그녀는 생각에 잠긴 듯 고개를 숙인 채로 말했다. "근데 말이야, 지금은 물건이 진짜 귀하거든. 일시적이지만 공급이 끊겼어. 아마 너도 알고 있겠지만. 그래서 많이 구해다줄 수가 없어. 하지만—."

"언제까지?" 그가 끼어들었다. 두 사람은 차에 도착했다. 그는 걸음을 멈추고, 문을 열고, 차에 올랐다. 도나는 반대편에서 차에 탔다. 두 사람은 나란히 앉았다.

"모레." 도나가 말했다. "그 작자를 만날 수 있다면 말이야. 될 것 같지만."

젠장, 모레라고. 그는 생각했다. "더 빨리는 안 돼? 그러니까, 오늘 밤이라던가?"

"빨라야 내일 정도야."

"얼마지?"

"100알에 60달러."

"아, 세상에. 지금 엿 먹이려는 거지."

"효과가 끝내주거든. 전에도 그 작자한테서 물건을 받은 적 있었는데, 평소에 사는 물건하고는 진짜로 차원이 달라. 내 말 믿어. 돈값을 한다니까. 솔직히 말하자면, 될 수 있으면 그 작자하고만 거래하고 싶을 정도라고. 게다가 그 작자도 항상 가지고 있는 건 아니야. 그게, 얼마 전에 남쪽을 좀 다녀온 것 같거든. 방금 돌아온 모양이야. 직접 받아오는 것 같으니까 품질은 확신할 수가 있어. 게다가 선금은 내지 않아도 돼. 손에 들어오면 바로 건넬 테니까. 좋지? 널 믿는다는 뜻이야."

"난 절대로 선금은 안 내."

"가끔은 낼 필요도 있을 텐데."

"어쨌든 좋아." 그가 말했다. "그럼 적어도 100알은 챙겨줄 수 있단 거지?" 그는 서둘러 돈을 얼마나 긁어모을 수 있는지를 가늠하려 애썼다. 이틀이면 120달러 정도는 모을 수 있을 테니, 200알은 받을 수 있을 것이다. 그리고 중간에 다른 공급책으로부터 더 나은 가격에 물건을 얻어낼 수 있으면, 이쪽 거래는 치우고 그쪽에서 사면 된다. 선금을 안 내면 이런 점이 좋았다. 엿 먹을 가능성도 없는 건 물론이고.

"너, 나 만나서 운 좋은 줄 알아." 그가 차를 빼고 도로로 나가는 동안 도나가 말했다. "한 시간 안에 만날 남자가 있는데, 아마 내가 확보한 걸 전부 가져가려 들 거라서…… 그랬으면 너한테는 한 알도 안 돌아갔을 거야. 너 오늘 운이 좋은 거라고." 그녀의 미소는 곧 그의 얼굴에도 옮아갔다.

"네가 조금 빨리 받을 수 있으면 더 좋은데." 그가 말했다.

"그렇게 되면……." 문득 그녀는 핸드백을 열고, 작은 수첩과 펜을 꺼냈다. 펜에 '스파크 배터리 튠업'이라는 글자가 찍혀 있는 것이 보였다. "너한테 어떻게 연락하면 돼? 이름도 기억이 안 나네."

"찰스 B. 프렉이야." 그는 전화번호를 알려주었다. 사실 그의 번호가 아니라 이런 연락을 대신 받아주는 정상인 친구의 전화번호였다. 그녀는 힘겹게 번호를 받아 적었다. 뭘 글자를 저렇게 힘들게 쓰는지 모르겠다고, 그는 생각했다. 수첩을 노려보면서 천천히 펜을 긋는 꼴이…… 계집애들은 갈수록 제대로 배우질 않는다니까. 거의 문맹이잖아. 하지만 매력적이지. 제대로 읽거나 쓰지 못하면 좀 어때? 젖가슴만 탱탱하면 됐지.

"너, 기억 날 것도 같아." 도나가 말했다. "어느 정도는. 그날 밤 일은 전부 흐릿하기만 해서. 제대로 정신이 나가 있었거든. 명확하게 떠오르는 건 작은 캡슐에 가루를 담았다는 것뿐인데. 리브리엄 캡슐이었지, 내용물은 전부 버렸지만. 담다가 절반은 흘렸을 거야. 그러니까, 바닥에 말이야." 그녀는 생각에 잠겨서 운전하는 그의 모습을 바라보았다. "너 제법 괜찮은 사람처럼 보이는데. 나중에도 계속 거래할 거지? 더 필요해지면?"

"물론이지." 그는 그녀를 다시 만날 때까지는 더 나은 가격을 찾을 수 있으리라 생각하며 대꾸했다. 아마 그럴 수 있을 것이다. 어쨌든 그가 손해 볼 일은 없었다. 어느 쪽이든 이득이니까.

약을 손에 넣은 순간에야말로 진정한 행복을 맛보게 된다고, 그는 생각했다.

자동차 밖 화창한 날씨, 바쁘게 움직이는 사람들, 햇살과 운동, 그 모두가 아무 의미 없이 흘러갔다. 어쨌든 그는 행복했다.

운이 좋아서, 아니 엄밀히 말하자면 순찰차가 우연히 그의 뒤로 따라붙은 덕분에 전혀 예상치 못한 D물질의 새로운 공급처를 확보한 것이다. 인생에서 이 이상의 행운을 기대해도 될까? 이 정도면 앞으로 2주는 버틸 수 있을 것이다. **거의 반 달**이다. 죽거나 반죽음이 되지 않고서도 그만큼을 버틸 수 있다는 소리다. D물질 금단증상은 죽는 것이나 마찬가지다. 2주라니! 날아갈 것 같은 기분이었다. 아주 잠시, 그는 열린 창문으로 들어오는 생기로 가득한 봄 내음을 맡았다.

"같이 제리 패빈이나 보러 가지 않을래?" 그는 여자에게 물었다. "3번 연방 치료소에 가서 그 친구 물건들을 전달해줘야 하거든. 그 자식 어젯밤에 그리로 실려 갔어. 일단은 조금씩 가져다줄 생각이야. 혹시라도 금세 나오게 되면 다시 전부 가져와야 할 테니까."

"안 보는 게 나을 것 같은데." 도나가 말했다.

"아는 사이지? 제리 패빈하고?"

"제리 패빈은 그 벌레를 처음 옮긴 게 나라고 생각하거든."

"진딧물 말이지."

"뭐, 이름까지 붙이지는 않았을 때거든. 접근하지 않는 편이 낫겠어. 저번에 봤을 때는 정말로 공격적으로 굴었거든. 뇌 속 수용체가 망가진 거겠지. 적어도 내 생각은 그래. 요즘은 정부 소책자에서 그렇게 말하는 것 같더라."

"그건 치료가 안 되겠지?" 그가 물었다.

"안 돼. 원래대로 안 돌아온다더라고."

"치료소 사람들 말로는 내 면회를 허용해주는 이유가, 그러니까, 그 친구가 뭔가— 그 있잖아—." 그는 허공에 손짓했다. "그렇게 되는 게 아니라—." 이번에도 손짓이었다. 친구의 상태를 가리키는 정확한 단어를 찾기가 힘들었다.

도나는 그를 물끄러미 바라보며 말했다. "혹시 언어중추에 손상을 입은 건 아니지? 그게— 그걸 뭐라고 부르더라? 후두엽 쪽에 말이야."

"아니야." 그는 즉시 대꾸했다. 격하게.

"또 망가진 데는 없어?" 그녀는 자기 머리를 톡톡 두드리며 물었다.

"그런 게 아니야. 그러니까…… 그 있잖아. 그 빌어먹을 치료소에 대해서 말할 때면 항상 힘들다니까. 나는 신경 실어증 치료소가 싫거든. 예전에 한 친구를 면회하러 간 적이 있는데, 바닥에 왁스칠을 하려고 애쓰고 있더라고. 그 사람들 말로는 바닥에 왁스칠도 못 한다는 거야. 그러니까 하는 방법을 떠올리지를 못한다더라고…… 진짜 충격을 받은 건, 그 친구가 계속 노력하고 있다는 거였어. 한 시간이나 뭐 그 정도가 아니야. 한 달 후에 다시 들렀을 때도 그러고 있더라고. 내가 처음 면회 갔을 때 봤던 그 장소에서, 그대로 똑같이 하고 있더라니까. 제대로 할 수 없는 이유도 모르는 채로. 그 친구 표정이 아직도 기억나. 자기가 뭘 잘못하고 있는지만 떠올리면 제대로 할 수 있을 거라고 확신하는 얼굴이었어. '내가 뭘 잘못하고 있는 겁니까?'라고 계속 묻고 있더라니까. 일러줄 방법이 없었어. 아니, 그러니까, 그들이 일러주기는 했지. 젠장, 나도 옆에서 일러줬다고. 그런데도 전혀 알아듣지 못하는 거야."

"내가 읽은 내용으로는, 뇌 속 수용체가 제일 먼저 망가진 대." 도나는 평온한 목소리로 대꾸했다. "뇌에 잘못 들어가거나, 너무 심하게 절어버리면 그렇게 된다지." 그녀는 앞 차를 지켜보고 있었다. "저거 좀 봐. 쌍발 엔진을 얹은 신형 포르쉐잖아." 그녀는 흥분해서 손짓했다. "끝내주네."

"저런 신형 포르쉐를 훔쳐서 몰고 나간 친구가 하나 있었어." 그가 말했다. "리버사이드 프리웨이로 올라가서는, 시속 280킬로미터까지 속도를 올렸다고. 그리고 사고를 냈지." 그는 손을 내저으며 말을 이었다. "18륜 트럭의 꽁무니를 들이받았어. 아마 트럭이 있는 줄도 몰랐을 거야." 그는 머릿속에서 환상을 굴렸다. 포르쉐의 운전대를 잡은 자신의 모습이 떠올랐다. 그러나 자신은 그 트럭을, 다른 모든 트럭의 존재를 알고 있었다. 그리고 프리웨이에 있는, 러시아워의 할리우드 프리웨이를 달려가는 모든 사람은, 그의 존재를 알고 있었다. 주목할 수밖에 없겠지. 우람한 덩치에 어깨가 떡 벌어진 미남이 신형 포르쉐를 몰고 시속 300킬로미터로 달리고 있으니까. 경관들조차 무력한 얼굴로 입을 떡 벌리고 지켜볼 뿐이었다.

"당신 떨고 있잖아." 도나가 말했다. 그녀는 손을 뻗어 그의 팔에 올렸다. 조용한 손길에 그는 즉시 반응했다. "속도 줄여."

"지친 모양이야." 그가 말했다. "벌레를 세느라 이틀 밤낮을 꼬박 새웠어. 세서 병에 담느라고. 결국 뻗었다가 다음 날 아침에 일어나서 차에 병을 실으려고 보니까, 의사한테 가져가서 보여주려고 하니까, 병 안에 아무것도 없는 거야. 텅 비었더라고." 문득 몸이 떨리는 것이 느껴졌다. 손이, 운전대가, 시속 30킬로미터로 달리는 자동차 운전대를 붙든 손이 떨리고 있었다. "빌어먹을 벌레가 한 마리도 없더라니까. 하나도 없었어. 그제서야 깨달은 거야. 빌어먹을. 그 녀석의 뇌에, 제리의 뇌에 일어난 일이, 나한테 옮은 거였어."

이제 봄 내음은 완전히 사라져버렸다. 그리고 갑자기 D물질이 필요하다는 강렬한 충동이 일어났다. 그가 생각한 것보다 시간이 많이 지난 모양이었다. 아니면 생각한 것보다 약을 덜 먹었거나. 다행스럽게도 조수석 서랍에 예비 약이 있었다. 그는 차를 세울 자리를 찾기 시작했다.

"당신 정신이 환각을 보여주는 거야." 멀리서 도나의 목소리가 들렸다. 내면으로 졸아든 듯 흐릿한 목소리였다. 그는 자신의 정신없는 운전 때문에 그녀가 정신이 나간 것은 아닐까 생각했다. 아마도 그럴 것이다.

갑자기 다른 환상들이 동의도 구하지 않고 그의 머릿속을 파고들었다. 가장 먼저 떠오른 것은 미끄러지고 있는 커다란 폰티악이었다. 후면에는 범퍼잭이 세워져 있었고, 장발이 까치집이 된 열세 살 소년이 거기 매달려서 미끄러지는 차를 막으려고 안간힘을 쓰고 있었다. 소년은 도와달라고 소리를 질러댔다. 자신과 제리 패빈이 함께 제리의 집에서 달려나오는 모습이 보였다. 두 사람은 맥주 캔이 사방에 널린 진입로를 달려 내려가 차에 도착했다. 프렉 자신은 운전석 문을 붙들어 열고 브레이크 페달을 밟으려 시도했다. 그러나 제리 패빈은, 바지만 입고 신발도 신지 않은 제리는, 자다 나와서 머리가 산발이 된 제리는, 자동차를 지나쳐 뒤편으로 달려갔다. 그리고 햇빛이라고는 받은 적 없는 창백한 어깻죽지로 소년을 들이받아 완전히 차에서 떨어트렸다. 범퍼잭은 완전히 휘어져서 튕겨나갔고, 자동차 후면은 그대로 내려앉았다. 타이어와 휠이 튀어나와 굴러갔지만, 소년은 무사했다.

"브레이크 밟기에는 너무 늦었어." 제리는 헐떡이며, 기름기가 줄줄 흐르는 머리카락을 쓸어내고는 눈을 깜빡였다. "시간이 없었다고."

"애는 괜찮아?" 찰스 프렉은 소리질렀다. 심장이 여전히 쿵쿵 뛰고 있었다.

"그래." 제리는 소년 옆에 서서 헐떡이고 있었다. "젠장!" 그는 분통을 터트리며 소년을 보고 소리쳤다. "같이 할 거니까 기다리라고 말했을 텐데? 범퍼잭을 잘못 끼워서 미끄러지기 시작하면— 젠장, 2.5톤이나 나가는 걸 몸으로 지탱할 수 있을 거라고 생각한 거냐!" 그의 얼굴이 일그러졌다. 지저분한 꼬맹이는 비참한 표정으로, 죄책감에 몸을 꿈틀거리고 있었다. "지금까지 내가 몇 번이나 일렀을 텐데!"

"나도 브레이크부터 잡으려 했어." 찰스 프렉이 끼어들었다.

자신도 한심한 짓을 했음을, 소년과 똑같이 상황을 망쳤음을, 소년의 행동만큼이나 목숨이 위험할 수 있는 실수를 했음을 알고 있었기 때문이었다. 다 큰 어른인데 제대로 반응하지 못했다. 그러나 그는 어떻게든 자신의 행동을 정당화하고 싶었다. 소년이 했던 것처럼, 입 밖에 내서. "그래도 지금 생각해보니—." 그는 중얼거리기 시작했지만, 바로 그 순간 환상이 깨져나가기 시작했다. 지금 그가 경험하고 있는 것은 옛 다큐멘터리의 재방송이었다. 이 일이 언제 일어난 것인지 떠올랐기 때문이다. 그들이 모두 함께 살던 시절. 제리의 본능이 살아 있던 시절이었다. 그렇지 않았다면 꼬맹이는 커다란 폰티악에 깔려버렸을 거다. 척추가 박살 났을 거다.

세 사람은 우울하게 집으로 터덜터덜 걸어왔다. 계속 굴러가는 타이어나 휠을 쫓아갈 생각조차 하지 못한 채로.

"간신히 잠들었는데." 제리는 어둑한 집 안으로 들어가며 중얼거렸다. "벌레가 잠잠해져서 2주 만에 처음으로 제대로 잘 수 있었는데. 지난 닷새 동안은 아예 눈도 못 붙였어. 계속 달리고 또 달리기만 했지. 전부 사라진 줄 알았어. 실제로 사라졌다고. 마침내 포기하고 다른 데로 가버린 줄 알았다고. 우리 집을 완전히 떠나서 옆집이나 뭐 그런 곳으로 떠난 줄 알았다니까. 그런데 이제 다시 느껴져. 벌레잡이 테이프가 이번이 열 개째야. 아니, 열한 개째인가. 그런데 이번에도 속은 거야. 다른 것들처럼 아무 쓸모도 없었다고." 그러나 이제 그의 목소리는 잦아들어 있었다. 화난 것이 아니라, 그저 낮고 당황한 목소리였다. 그는 지저분한 꼬마의 머리에 세게 꿀밤을 먹였다. "이 멍청한 꼬맹아, 범퍼잭이 미끄러지면 바로 그 자리를 벗어나라고. 자동차가 문제가 아니야. 범퍼잭 뒤에 서서 저 육중한 덩치를 네 몸으로 막으려고 하면 절대 안 돼."

"하지만, 제리, 그랬다가는 차축이—."

"차축은 얼어 죽을. 자동차가 문제냐. 네 목숨이 위험한데." 세 사람은 어둑한 거실을 지나갔다. 그리고 이제 흘러가버린 순간의 재방송은 깜빡이다 그대로 영원히 꺼져버렸다.

02

"애너하임 라이언스 클럽의 신사 여러분." 마이크 앞의 남자가 입을 열었다. "오늘 오후에는 오렌지 카운티 당국의 협력 덕분에 가치 있는 시간을 보낼 수 있을 듯하군요. 지금부터 오렌지 카운티 보안서 소속 잠입 약물 수사관의 이야기를 경청하고, 질문과 답변을 나누는 시간을 갖겠습니다." 분홍색 성긴 양복과 폭 넓은 노란색 비닐 넥타이와 푸른 셔츠와 인조가죽 구두를 걸친 남자는 활짝 웃어 보였다. 과도한 몸무게에 과도한 나이, 거기에 덤으로 행복할 일이 아무것도 없는데도 과도하게 행복해 보이는 사람이었다.

잠입 약물 수사관은 그를 바라보자 먹은 것이 올라오는 기분이 들었다.

라이언스 클럽의 진행자는 말을 이었다. "여러분도 눈치채셨겠지만, 제 오른쪽에 앉은 수사관의 모습은 제대로 알아볼 수조차 없을 겁니다. 소위 말하는 스크램블 수트라는 복장을 착용하고 있기 때문이지요. 업무상 특정 상황에서, 아니 솔직히 말하면 경찰 업무를 처리하는 동안에는 거의 항상 입고 있어야만 하는 복장입니다. 그 이유는 나중에 설명드리죠."

모든 면에서 진행자의 품성을 그대로 드러내는 청중들이, 일제히 스크램블 수트를 입은 수사관 쪽으로 시선을 돌렸다.

"우리는 이 수사관을 프레드라고 부를 겁니다. 사실 프레드는 수집한 정보를 보고할 때 사용하는 암호명인데요. 일단 스크램블 수트를 입으면 목소리나 외모로는, 심지어 성문 분석 기술을 동원해도 누구인지 확인할 수 없게 됩니다. 지금 여러분이 보시기에도 흐릿하게 일렁이는 형체로만 보이지 않습니까? 제 말이 맞지요?" 그는 얼굴에 미소를 가득 띠었다. 그의 말이 재미있다고 생각한 청중도 제각기 얼굴마다 조금씩 미소를 띠었다.

스크램블 수트는 벨 연구소의 발명품으로, S. A. 파워스라는 연구원이 우연히 발견한 물건이었다. 몇 년 전 그는 신경조직에 작용하는 탈억제 물질로 이런저런 실험을 하고 있었다. 그러던 어느 밤, 그는 안전하고 약간의 쾌감을 일으킨다고 알려진 약물을 정맥 주사로 맞았다가 뇌내 GABA 수용액의 심각한 감소를 겪게 되었다. 침실 반대편 벽에 충격적인 섬광 영상이 떠올랐는데, 당시 그는 명멸하며 움직이는 영상들을 현대 추상화라고 생각했다.

S. A. 파워스는 꼬박 여섯 시간을 홀린 듯이 그 모습을 지켜보고 있었다. 수천 장의 피카소 그림이 빠르게 지나가더니, 다음에는 화가 본인이 평생 그린 것보다 훨씬 많은 파울 클레의 그림이 등장했다. 모딜리아니의 그림이 격렬한 속도로 지나가기 시작하자, S. A. 파워스는 (모든 현상에는 나름의 이론이 필요하기 때문에) 장미십자회 놈들이 정신감응으로 자신에게 그림을 옮겨 보내고 있다고 유추했다. 아마 최신식의 전자파 전달 시스템으로 속도를 증폭시키고 있다고. 그러나 그를 괴롭히는 그림이 칸딘스키의 것으로 바뀌자, 그는 레닌그라드 국립박물관이 그런 부류의 현대 추상화를 전문적으로 다룬다는 사실을 기억해내고는 소비에트 놈들이 정신감응으로 그에게 접선하려 시도하는 중이라는 결론을 내렸다.

아침이 되자, 그는 GABA 수용액의 뇌내 생산량이 급격히 감소하면 그런 망막섬광 현상이 일어날 수 있다는 사실을 기억해냈다. 전자파 증폭은 고사하고, 그에게 정신감응으로 접선하려는 사람조차 존재하지 않았던 것이다. 그러나 덕분에 그는 스크램블 수트의 개념을 떠올리게 되었다. 그의 착상을 설명하자면, 다면 수정 렌즈를 초소형 컴퓨터에 연결하는 것이다. 초소형 컴퓨터의 기억장치에는 다양한 사람들에서 추출한 150만 가지의 단면 형상이 기억되어 있다. 남자와 여자와 어린아이까지 온갖 부류의 인간에서 추출한 온갖 인상을, 일반적인 인간의 몸을 둘러쌀 정도로 큼지막하고 얇은 피막 위에, 동일한 강도로 사방으로 투사하는 것이다.

기억장치에 저장된 내용을 반복해서 투사하기 시작하면, 생각할 수 있는 모든 눈동자 색, 머리카락 색, 코의 형태와 분류, 치열, 안면 골격이 수트 표면을 지나간다. 피막 전체가 나노초*단위로 계속 다른 육체적 특성을 비춰주는 것이다. S. A. 파워스는 자신의 발명품을 조금 더 효과적으로 만들기 위해서 투사하는 형체의 순서를 무작위로 결정하는 프로그램을 짜 넣었다. 그리고 비용을 절감하기 위해 (연방정부 사람들은 항상 이런 시도를 좋아한다) 그는 이미 워싱턴과 거래하는 대형 필름 생산처의 부산물을 이용해서 피막을 만들었다.

어쨌든 스크램블 수트를 착용하는 사람은 한 시간 동안 150만 가지의 특성을 모든 방식으로 조합한 모든 사람으로 보이는 셈이다. 따라서 그 또는 그녀의 외양을 식별하려 애써봤자 아무 소용이 없다. 당연하지만 S. A. 파워스는 자신의 골상학적 특성도 컴퓨터에 입력했다. 따라서 고속으로 변화하며 피막에 떠오르는 형상을 살펴보면, 그의 온전한 형체가 조합되어 떠오르게 될 확률도 있는 것이다……. 파워스의 계산에 따르면, 평균적으로 수트 하나당 50년에 한 번씩 일어날 법한 일이었다. 그러니까 사용 기한이 끝난 물건을 재조립하면서 그만큼 오래 버틴다면 말이다. 그에게 허용된 한도 내에서 불멸성에 가장 근접한 일이었다.

"그럼 일렁이는 형체 씨의 말을 한번 들어볼까요!" 진행자는

---

* 1초의 10억분의 1. 기호는 ns 또는 nsec.

40

크게 소리쳤고, 청중은 일제히 박수갈채로 화답했다.

스크램블 수트를 입은 프레드이자 로버트 아크터는 신음을 흘리며 생각했다. 이건 최악이야.

한 달에 한 번씩, 카운티의 잠입 약물 수사관 중에서 한 명이 무작위로 선택되어 이런 골 빈 작자들의 회합에 끌려온다. 오늘은 그의 차례였다. 청중을 바라보던 그는 문득 자신이 얼마나 정상인을 혐오하는지를 깨달았다. 이게 끝내준다고 생각하고 있겠지. 얼굴에 웃음까지 머금고 있었다. 이 모든 것을 유희로 여기는 것이 분명했다.

바로 이 순간에, 거의 무한한 것이나 다름없는 스크램블 수트의 조각들이 모여 S. A. 파워스의 모습을 소환해냈으면 좋겠다는 생각이 들었다.

"그러면 잠시라도 진지해져봅시다." 진행자가 말했다. "여기 이 사람은⋯⋯." 그는 기억을 떠올리려는 듯 잠시 말을 멈추었다.

"프레드요." 밥 아크터는 말했다. S. A. 프레드. 특수요원Secret Agent인 것은 사실이니 틀린 말은 아니었다.

"그래요, 프레드죠." 진행자는 다시 활기찬 목소리로, 청중을 향해 우레처럼 소리쳤다. "짐작하셨겠지만 프레드의 목소리는 샌디에이고의 은행 드라이브인drive-in 창구에서 들을 수 있는 로봇 컴퓨터 목소리와 완전히 같습니다. 억양 없는, 완벽하게 인공적인 목소리지요. 인간의 정신으로는 전혀 특성을 잡아낼 수 없습니다. 이 사람은 오렌지 카운티 약물 남용 단속반에 보고할 때에도 이런 목소리를 사용합니다." 그는 의미심장하게 잠시 말을 멈추었다. "보시다시피 경관들은 상당한 위험을 안고 삽니다. 아시다시피 마약 조직이 대단한 솜씨로 전국의 경찰 기관에 침투해 있기 때문이지요. 적어도 정보력이 뛰어난 전문가들은 그렇게 말합니다. 따라서 이처럼 헌신적인 요원들의 신병을 보호하려면 스크램블 수트가 반드시 필요한 겁니다."

스크램블 수트를 향해 가벼운 박수가 쏟아졌다. 기대를 품은 눈초리들이 피막 안에서 꿈틀대는 프레드를 향했다.

"그러나 현장에서는 이 장비를 착용하지 않습니다." 진행자는 마침내 마이크에서 물러나서 프레드가 나올 공간을 만들어주며 이렇게 덧붙였다. "당연하게도 여러분이나 저처럼 평범하게 옷을 차려입지요. 물론 그가 불굴의 열정을 품고 침투하는 각종 하위문화 집단의 히피 차림새이지만 말입니다."

그는 프레드에게 일어나서 마이크 앞으로 나오라고 손짓했다. 프레드는, 로버트 아크터는, 지금까지 이런 짓을 여섯 번 해봤기 때문에 앞으로 자신이 무슨 말을 하고 어떤 취급을 받게 될지 아주 잘 알고 있었다. 멍청한 정도를 다양하게 자랑하는 한심한 질문들이 쏟아지겠지. 그에게는 시간 낭비에 지나지 않았다. 분노와 허탈감에 휩싸이는 건 덤이었다. 매번 되풀이할수록 더 심해지기만 했다.

박수가 잦아든 다음, 그는 마이크에 대고 입을 열었다. "여러분이 저를 길거리에서 보게 되면, 이렇게 말씀하실 겁니다. '저

기 맛이 간 약물 중독자가 지나가는군.' 그리고 혐오감을 느끼
며 저와 거리를 벌리시겠죠."

침묵이 흘렀다.

"저는 여러분과 같은 모습이 아닙니다. 그럴 수가 없습니다.
제 목숨이 달린 일이니까요." 사실 딱히 그들과 다른 모습은 아
니었다. 게다가 직업 때문이 아니라도, 목숨 때문이 아니라도,
지금처럼 입고 다녔을 것이다. 좋아하는 옷이니까. 그러나 지
금 그가 읊조리는 대사는 거의 전부 다른 사람이 작성한 대본
일 뿐이었다. 건네받아 암기한 내용이었다. 세세한 부분은 즉
흥적으로 바꿔도 되지만, 전체 맥락은 지켜야 했다. 한두 해 전
에 어떤 열정적인 서장이 작성한 대본일 뿐인데, 이제는 성서
라도 되는 것처럼 다들 따르고 있었다.

그는 사람들이 자기 말뜻을 이해할 때까지 기다렸다.

"잠입 수사관으로서 제가 오렌지 카운티의 거리와 학교 복
도에서 불법 약물상과 공급책을 추적하는 과정을 설명하지는
않을 생각입니다. 제가 가장 먼저 말씀드리고 싶은 것은―."
그는 PR 수업에서 훈련한 대로 잠시 입을 다물었다가, 천천히
말을 이었다. "항상 저를 괴롭히는 두려움의 정체입니다."

청중은 입을 다물었다. 그리고 그에게 시선을 집중했다.

"제가 밤낮으로 두려워하는 것은, 우리 아이들이, 여러분과
제 아이들이……." 그는 이번에도 잠시 말을 끊었다. "사실 아
이가 둘 있어요." 여기서는 아주 낮은 목소리로. "아직 어리죠.
정말 어려요." 이제 공감을 원하듯 목소리를 올릴 것. "하지만

43

중독당할 만큼은, 일부러 중독시킬 수 있을 만큼은 컸습니다. 이 사회를 파괴하려 드는 자들이 자기네 잇속을 채우려 중독 시킬 정도로는 말입니다." 잠시 쉬고, 조금 더 차분하게 말을 이을 것. "우리 아이들을 먹잇감으로 삼으려는 작자들이 어떤 인간인지는 아직 모릅니다. 아니, 인간이 아니라 짐승이라 해야 할까요. 이들은 우리 조국에서도 먼 나라의 밀림 속에서 하듯이 희생양을 사냥합니다. 수백만 명의 사람들이, 아니 한때는 사람이었던 이들이, 뇌를 파괴하는 독극물을 매일 주사로, 알약으로, 연초의 형태로 소비하고 있습니다. 그런 독극물을 조달하는 자들의 정체는 느리지만 조금씩 밝혀지는 중입니다. 조금만 참으면 그들의 정체가 주님 앞에 명확히 드러날 겁니다."

청중 사이에서 누군가 소리쳤다. "놈들을 약물에 절여버리자고!"

마찬가지로 열정적인 소리가 뒤를 이었다. "빨갱이 놈들을 박살내자!"

박수를 곁들여, 같은 구호가 여러 번 반복되었다.

로버트 아크터는 입을 다물었다. 그리고 살찐 양복에, 살찐 넥타이에, 살찐 구두를 걸친 정상인들을 바라보며 생각했다. D 물질로도 저 작자들의 뇌를 파괴하지는 못하겠지. 뇌가 아예 없으니까.

"있는 그대로 설명해봐요." 공감하는 기색이 살짝 부족한 목소리가 들려왔다. 여성의 목소리였다. 아크터는 청중을 둘러보다 그리 살찌지 않은 중년의 숙녀가 초조하게 손뼉을 치는 모습을 발견했다.

프레드, 로버트 아크터, 어느 쪽인지 모를 남자는 입을 열었다. "이 질병은 매일 우리에게 대가를 치르게 만듭니다. 매일 하루가 끝날 때마다, 그들이 벌어들이는 이득의 흐름은― 그리고 우리는 언제나 그 뒤를 쫓아―." 그는 더듬거렸다. 어떻게 해도 문장의 나머지 부분을 떠올릴 수가 없었다. 지금까지 수백만 번은 반복했는데도. 훈련 시간에도, 지난 강연에서도.

커다란 강당을 메운 사람들이 일제히 조용해졌다.

그는 다시 입을 열었다. "뭐, 사실 이득의 문제가 아닙니다. 다른 문제죠. 항상 눈앞에서 일어나는 일입니다."

그는 청중이 뭐가 달라졌는지 눈치도 못 챈다는 사실을 깨달았다. 준비된 연설문을 집어치우고, 오렌지 카운티 행정센터의 홍보팀 친구들의 도움도 없이 되는대로 말하고 있는데도. 어차피 다를 건 없잖아? 하고 그는 생각했다. 그래서 뭐가 어떻다고? 어차피 저들은 아는 것도 없고 신경도 안 쓰는데? 정상인들은 장벽으로 둘러싸인 거대한 아파트 단지에서 경비원의 보호를 받으며 산다. 그리고 경비원은 빈 베갯잇을 들고 피아노나 전자시계나 면도날이나 전축을 훔치려고 벽을 기어오르는 약쟁이가 눈에 띄면 그대로 쏴버린다. 약을 사기 위해서, 금단증상으로 죽고 싶지 않아서 물건을 훔치려는 사람들을. 금단증상은 진짜로 사람을 죽인다. 약이 떨어져 퇴행을 일으키면 엄청난 고통과 충격 때문에 그대로 죽어버린다. 하지만 전기장벽 안에서 무장 경비원의 보호를 받으면서 안전하게 사는 사람들이라면, 애초에 그런 이들에 대해 생각할 필요도 없지 않을까?

"당뇨병을 앓고 있는데 인슐린 주사를 맞을 돈이 없다면, 여러분은 돈을 위해 물건을 훔치겠습니까? 아니면 얌전히 죽겠습니까?"

침묵이 흘렀다.

스크램블 수트 안에 장착된 헤드폰에서 못마땅한 소리가 흘러나왔다. "준비한 대본으로 돌아가는 게 좋을 것 같은데, 프레드. 진심으로 충고하는 거야."

프레드, 로버트 아크터, 어느 쪽인지 모를 남자는 목에 붙인 진동 마이크에 속삭였다. 오렌지 카운티 보안서 사령실에 있는 그의 상급자만 들을 수 있도록. "잊어버렸습니다." 평소 그에게 임무를 전달하는 연방수사국 소속 담당자인 행크는 아니었다. 이번 임무에만 배속된 익명의 상급자였다.

"좋아, 내게 맡겨." 공식 프롬프터 역할에 자원하는 목소리가 깡깡거리며 따갑게 울렸다. "내가 읽어줄 테니 그대로 따라 하라고, 가벼운 어투를 유지하는 걸 잊지 말고." 잠시 머뭇거리며 종이 넘기는 소리가 들렸다. "어디 보자……. '이득의 흐름은 — 우리는 그 뒤를 쫓아 —' 자네 여기까지 했지."

"도저히 제 입으로 말하기가 힘들군요." 아크터는 속삭였다.

" — 머지않아 그 배후를 밝혀낼 것이며." 공식 프롬프터는 개의치 않고 말을 이었다. "응분의 보복이 뒤따를 것입니다. 그리고 그 순간에는, 저는 목숨을 아끼지 않고 맡은 자리에서 순직할 각오를 하고 있습니다."

"왜 말하기 힘든지 짐작이나 가십니까?" 아크터는 속삭였다. "바로 이런 헛소리 때문에 사람들이 약에 빠지기 때문입니다." 그리고 그는 생각했다. 이런 것들 때문에 충동을 느끼고 약에 빠지는 거지. 이래서 포기하고 떠나는 거야. 역겨움을 견디지 못해서.

그러나 그는 다시 한번 청중을 둘러보고는, 저들에게는 그렇지 않다는 사실을 깨달았다. 이런 역겨운 방식이어야 저들의 시선을 끌 수 있는 것이다. 머저리들에게 말하고 있는 셈이니까. 저능아들이니까. 초등학교 1학년 수업처럼 진행할 수밖에 없는 것이다. A는 사과Apple의 A, 사과는 둥글다고.

"D는." 그는 청중을 향해 큰 소리로 말하기 시작했다. "D물질을 가리키는 말입니다. 어리석음Dumbness과 절망Despair과 이탈Desertion이라는 뜻의 D지요. 친구들로부터의 이탈, 친구들의 이탈, 모든 사람의 모든 사람으로부터의 이탈, 고립과 고독과 증오와 서로에 대한 의심입니다. D는 결국 죽음Death이 됩니다. 우리는—." 그는 잠시 말을 멈췄다. "우리 약쟁이들은, D물질을 느린 죽음이라고 부릅니다." 목소리가 갈라지면서 잦아들기 시작했다. "여러분도 아시겠지요. 느린 죽음입니다. 머리에서 시작해 아래로 퍼져나가는 죽음입니다. 자, 여기까지 하지요." 그는 자리로 돌아가서 의자에 앉았다. 정적 속에서.

"완전히 망쳤군." 프롬프터 역할을 자청하던 상관이 말했다.

47

"돌아오면 내 사무실로 오게. 430호야."

"압니다. 망쳤지요." 아크터가 속삭였다.

사람들은 그가 눈앞의 무대에서 오줌이라도 싼 듯한 표정으로 그를 바라보고 있었다. 명확한 이유는 그로서는 알 수가 없었지만.

라이언스 클럽의 진행자가 서둘러 마이크 앞으로 걸어왔다. "강연을 시작하기 전에 프레드가 질문과 답변을 중심으로 진행해달라고 하더군요. 자기는 도입 강연만 간단히 하겠답니다. 제가 그 말을 하는 걸 잊었군요. 좋습니다." 그는 오른손을 들면서 말했다. "누가 먼저 질문하시겠습니까?"

갑자기 아크터가 비틀거리며 다시 자리에서 일어섰다.

"프레드가 덧붙일 말이 있는 모양이로군요." 진행자는 그에게 손짓하며 말했다.

아크터는 천천히 마이크 앞으로 돌아가서 고개를 숙이고, 똑똑히 들리는 목소리로 말했다. "이 말은 해야겠습니다. 빠져든 사람들의 엉덩이를 걷어차지 마십시오. 약을 사용하는 이들, 중독자들 말입니다. 그들 중 절반은, 아니 대부분은, 특히 젊은 여성은, 자기가 어디에 발을 들이는지도, 아니 발을 들이고 있다는 사실조차도 알지 못합니다. 그저 사람들이, 우리 중 누구든, 발을 들이지 못하도록 막는 일에만 신경 써주십시오." 그는 잠시 고개를 들었다. "저들은 레드를 와인에 타서 건넵니다. 그러니까, 마약 공급자들 말입니다. 레드를 여덟에서 열 알 정도 술에 타서 미성년자 소녀에게 건넨단 말입니다. 그리고 의식

48

을 잃으면 멕스를 주사합니다. 멕스는 헤로인하고 D물질을 절반씩 섞은 물건인데─." 그는 말을 끊었다. "감사합니다."

한 남자가 물었다. "그걸 어떻게 막아야 합니까, 선생?"

"공급자를 죽여야지요." 아크터는 이렇게 말하고 자기 자리로 돌아갔다.

바로 오렌지 카운티 행정센터로 돌아가 430호 사무실로 향할 마음은 들지 않았다. 그래서 그는 애너하임의 상업지구를 어슬렁거리며 맥도날드 햄버거 가판대와 세차장과 주유소와 피자헛과 기타 온갖 화려한 상품들을 구경했다.

온갖 부류의 사람들에 섞여서 정처 없이 공용도로를 헤맬 때마다, 그는 자신의 정체성에 대한 기묘한 불안감에 시달리곤 했다. 강당의 라이언스 클럽 작자들에게 말한 것처럼 스크램블 수트를 벗은 그의 모습은 약쟁이처럼 보였다. 그리고 대화하는 말투도 약쟁이 같았다. 지금 주변의 사람들은 분명 그를 약쟁이로 여기고 그에 따라 반응하고 있었다. 다른 약쟁이들은─그래, 스스로 약쟁이라 여긴다 이거지─"잘 지내나, 친구" 하고 눈빛으로 인사를 건네며 지나쳤다. 그리고 정상인들은 그에게 눈길조차 주지 않았다.

주교의 법복과 관을 걸치고 돌아다니면 다들 고개를 숙이고 무릎을 꿇으며 굽실거리는 법이라고, 그는 생각했다. 그리고 반지에 입을 맞추려 드는 사람들을, 아니 엉덩이에도 기꺼이 맞출 사람들을 상대하다 보면 머지않아 진짜 주교가 되겠지.

말이 그렇다는 소리야. 그렇다면 정체성이란 건 대체 뭐지? 그는 자문해보았다. 연기가 끝나는 지점은 어디일까? 누가 알겠어.

경찰이 시비를 걸 때가 가장 고약하다. 진짜로 감각이 흐려져서 자신이 누구인지, 어떤 존재인지를 알 수가 없어진다. 정복 경찰관이라도, 오토바이 순찰 경관이라도, 아니 경관이라면 누구나 마찬가지다. 예를 들어 순찰차 한 대가 천천히 그의 옆으로 다가온다고 해보자. 차창에 험악한 표정의 경관이 등장해서, 날카롭고 금속성이고 공허한 눈빛으로 한참 동안 그를 쏘아본다. 그리고 순전히 그날의 기분에 따라, 차를 세우고 가까이 오라고 손짓한다.

"좋아, 신분증 내놔." 경관은 손을 뻗으며 이렇게 말한다. 그리고 아크터, 프레드, 누군지 모를 그가 지갑이 든 주머니를 뒤적이고 있으면, 경관은 그에게 소리를 지른다. "구속당한 적 있나?" 가끔 "예전에도?"를 덧붙이는 사람들도 있다. 마치 그 자리에서 잡아들일 것처럼.

"왜 그러는데요?" 그는 보통 이렇게만 반응한다. 아예 입을 열지 않을 때도 있지만. 자연스레 군중이 모여든다. 대부분은 그가 길모퉁이에서 마약 거래를 하다가 현장에서 검거됐다고 간주한다. 그리고 어색한 웃음을 머금은 채로 상황이 어떻게 돌아가는지를 확인하려고 근처에서 미적거린다. 물론 일부 사람들, 멕시코인이나 흑인이나 어딜 봐도 약쟁이인 이들은 성난 표정을 짓는다. 그리고 그렇게 성난 표정을 짓던 사람들은 이내 자신이 성난 표정이라는 사실을 깨닫고, 서둘러 무심한 표정으로 바꾼다. 경관 근처에서 성나거나 초조한―어느 쪽인지는 중요치 않다―표정을 짓는 것은 뭔가를 숨기고 있다는 뜻이기 때문이다. 전하는 말에 따르면, 경관들은 그 사실을 너무 확고하게 깨달은 나머지, 그런 사람을 보면 반사적으로 괴롭힐 수밖에 없다고 한다.

그러나 지금은 누구도 그를 괴롭히지 않았다. 주변에 약쟁이가 수도 없이 많으니까. 수많은 약쟁이 중 한 사람일 뿐이니까.

실제로 나는 누구인 걸까? 그는 자문해보았다. 아주 잠시 스크램블 수트를 입었으면 좋겠다는 생각도 했다. 일렁이는 형체가 되어 걸어가면 이 거리의 행인들이, 모든 사람이, 갈채를 보낼 텐데. 일렁이는 형체가 되어서 가볍게 재공연을 하고 박수도 좀 받아보자고. 명성을 얻는 방법치고는 아주 간편하잖아. 예를 들어, 저 사람들은 눈앞의 일렁이는 형체가 자신이 생각하는 인물인지 아닌지 알 방법이 없잖아? 안에 든 것이 프레드가 아니거나 다른 프레드라도, 저들은 알 수가 없어. 입을 열고 말하기 시작해도. 프레드인 척하는 앨버트일 수도 있지. 누구든 들어갈 수 있어. 심지어 그 안에 아무도 없을 수도 있다고. 오렌지 카운티 사령부에서 스크램블 수트에 목소리를 전송하고, 보안서 본부에서 수트를 조종할 수도 있잖아. 그러면 그날 대본과 마이크를 들고 자리에 앉는 사람이 프레드가 되는 거지. 아니면 그 자리에 앉는 온갖 작자들의 총합이 프레드가 될 수도 있고.

하지만 마지막에 그런 소리를 했으니 더는 의혹이 없겠지. 사무실에 숨어 있는 사람이 할 수 있는 말이 아니었으니까. 사실 바로 그것 때문에 사무실에 숨어 있는 친구들이 나하고 면담하고 싶다는 걸 테고.

별로 기대되는 면담은 아니었기 때문에 그는 계속 어슬렁거리며 시간을 끌었다. 딱히 목적지도 없이 이리저리 돌아다닐 뿐이었다. 남부 캘리포니아에서는 어딜 가든 별로 다를 것도 없다. 어딜 가도 똑같은 맥도날드 체인점이, 원형 교차로를 뱅글뱅글 도는 것처럼 계속해서 이어지니까. 그리고 마침내 배가 고파져서 맥도날드에 들어가 햄버거를 주문하면, 지난번과 지지난번과 그 외의 수많은 과거에 받아든 것과 똑같은 물건이 나온다. 그가 태어나기 전부터 똑같은 물건이 나왔을 것이다. 게다가 나쁜 사람들, 거짓말쟁이들의 말에 따르면, 어차피 재료도 칠면조 내장이라고 한다.

저들의 광고판에 따르면, 이미 똑같은 오리지널 버거를 500억 번이나 팔았다고 한다. 그는 혹시 전부 같은 사람에게 판 것은 아닐지 궁금해졌다. 캘리포니아 애너하임의 삶은 그 자체가 끊임없이 되풀이되는 광고나 다름없다. 아무것도 변하지 않는다. 그저 흘러내리는 진득한 네온의 형태로 더 멀리 퍼져 나갈 뿐이다. 원래 있던 것들은 오래전에 모두 끈적하게 엉겨서 영원히 굳어버렸다. 마치 그런 물건들을 쏟아내던 자동 공장의 기계가 멈추어 그 순간에 고정된 것처럼. 그는 "바닷물이 짠 이유"라는 동화를 떠올리고, 땅이 어떻게 플라스틱이 되었을지 곱씹어보왔다. 언젠가는 우리 모두가 맥도날드의 햄버거를 사는 것만이 아니라 팔기까지 할지도 모른다. 거실에 앉아서 서로에게 햄버거를 사고 되팔기를 영원히 반복하게 되는 것이다. 이렇게 하면 아무도 집 밖으로 나가지 않아도 될 것이다.

그는 손목시계를 확인했다. 2시 30분이었다. 구매 전화를 걸 시각이었다. 도나는 자신을 통하면 물건을 얻을 수 있다고 말했다. 메스를 섞은 D물질 알약을 천 개는 구할 수 있을 거라고.

당연한 소리지만, 일단 그 물건을 얻은 다음에는 카운티의 약물 남용 대책반으로 넘겨서 분석한 다음 파기할 것이다. 뭐 다른 식으로 사용하더라도 그들이 알 도리는 없지만. 풍문에 따르면 그쪽 작자들도 약물을 복용한다고 한다. 또는 되팔기도 하고. 그러나 물건을 사들이는 게 그녀를 중개상으로 적발하기 위해서는 아니었다. 지금까지 여러 번 거래했지만 그녀를 체포한 적은 한 번도 없었다. 그는 지역의 송사리 중개상 따위를, 그저 멋지다고 생각해서 마약을 파는 계집 따위를 적발하려고 이런 일을 벌이는 것이 아니었다. 오렌지 카운티 약물 전담반의 절반은 도나가 중개상이라는 사실을 알고 있으며, 그 자리에서 얼굴을 식별할 수 있다. 도나는 때론 세븐일레븐의 주차장에서, 경찰이 설치한 자동 홀로스캐너 앞에서 거래하고서도 잡히지 않고 넘어갔다. 어떻게 보면 도나는 누구 앞에서 무슨 짓을 벌여도 절대 적발되지 않을 사람이었다.

지금까지의 다른 거래도 마찬가지였지만, 도나와 거래하는 것도 물건의 경로를 역추적해서 공급책을 찾아내려는 계획의 일부일 뿐이었다. 이를 위해 그는 도나로부터 사들이는 물건의 양을 꾸준히 늘려왔다. 처음에는 슬쩍 꼬드겨서—표현이 맞는지는 모르겠지만—알약 열 개를 공짜로 얻어내는 것부터 시작했다. 친구 사이의 호의로서. 다음에는 일부를 돌려주겠다는 조건으로 백 알이 든 비닐봉지 하나를 사들였고, 다음에는 거래량을 세 봉지로 늘렸다. 이제는 운이 좋으면 천 알도 얻을 수 있었다. 열 봉지 분량이다. 나중에는 그녀의 재정이 허용하는 이상의 물건을 사들일 생각이었다. 그녀는 공급책에게 필요한 물건을 얻어낼 정도의 선금을 내지 못하게 될 것이다. 그러면 엄청난 이득이 아니라 손해를 보게 될 거고, 흥정이 시작될 것이다. 그녀가 일부라도 선금을 내라고 하면 그는 거부할 것이다. 그녀는 자기 재산으로는 선금을 마련할 수 없을 테니, 시간만 무심히 흘러갈 것이다. 그런 소소한 거래라도 어느 정도는 긴장감이 조성될 테고, 그러면 관련된 모든 사람이 초조해질 것이다. 그녀가 접선하는 정체불명의 공급자는 연락이 없으니 물건을 손에 든 채로 분통을 터트릴 것이다. 일이 제대로 풀린다면 그녀는 결국 포기하고 공급책에게 직접 연결해줄 것이다. "있잖아, 당신들끼리 직접 거래하는 편이 낫겠어. 양쪽 모두 내가 잘 아는 사람들이니까 말하는 건데, 당신들은 안전해. 내가 양쪽 모두 보장할게. 만날 장소와 시간은 내가 주선해주겠어. 그러니까 밥, 이제부터는 이 정도 물량을 사고 싶으면 직거래를 하라는 거야." 그 정도 양을 사들이면 그 또한 모든 면에서 중개상으로 간주될 것이다. 슬슬 중개상으로 봐도 좋을 양에 근접하고 있었다. 한 번에 최소한 천 알씩 사기 시작하면, 도나는 그가 이윤을 붙여서 100알 단위로 되팔고 있다고 여길 것이다. 이렇게 하면 사다리를 올라 다음 단계에 있는 사람에게 접근할 수 있다. 도나처럼 중개상이 된 다음 나중에는 구매량을 올려서 다시 한 단계를 올라갈 수도 있을 것이다.

'언젠가는'이라 부를 수밖에 없는 이 작전이 막바지에 이르면, 적발할 가치가 있는 고위 공급책과도 만나게 될 것이다. 가치가 있다는 말은 쓸모 있는 정보를 안다는 뜻이다. 즉 약물의 생산자와 연결고리가 있는 사람이거나, 생산자와 아는 사이인 공급책에게서 사들이는 사람이어야 한다.

다른 약물과는 달리 D물질은 적어도 겉보기로는 생산자가 하나뿐인 것 같았다. 유기물이 아니라 합성 약물이므로 제조하는 실험실이 있을 것이다. 물론 다른 곳에서도 합성은 가능했다. 연방정부의 실험에서도 이미 성공한 전례가 있었다. 그러나 합성에 필요한 원재료도 거의 그만큼이나 합성하기 힘든 복합물질로부터 유도해내야 한다. 이론적으로는 공식을 알고 공장을 세울 기술 능력이 있으면 누구나 만들 수 있다. 그러나 그런 식으로 제조하려면 터무니없는 비용이 들어간다. 그런데 그 약을 처음 만들고 지금까지 제조해 공급하는 이들은 경쟁 자체가 불가능할 정도의 헐값에 물건을 풀고 있었다. 공급 지역이 광범위한 걸 보면, 생산자는 하나이더라도 생산 시설은 여럿 확보한 것이 분명했다. 아마도 주요 지역 몇 군데에 실험실이 여러 개 있을 것이다. 어쩌면 북미와 유럽의 주요 약물 소비 도시의 근교마다 하나씩 있을지도 모른다. 아직 한 군데도 발견되지 않은 것은 묘한 일이었다. 그러나 암시하는 바는 명확했다. 대중도 당국자들도 공공연하게 인정하는 대로, 수사반에서 소위 'D물질 취급 조직'이라고 이름 붙인 자들이 지역 및 연방 경찰 기구의 핵심부까지 침투했다는 것이다. 따라서 조직의 활동에 관해 조금이라도 쓸모 있는 내용을 알아낸 사람은 머지않아 관여하지 않게 되거나 아예 사라진다는 것이다.

당연하지만 그는 도나 외에도 여러 실마리를 확보한 상태였다. 다른 중개인들에게도 조금씩 구매량을 늘려달라고 압박을 넣기도 했다. 하지만 도나가 그의 연인이었으므로, 아니 최소한 그가 그쪽으로 진전되기를 바라고 있었으므로, 그녀를 이용하는 편이 가장 쉬웠다. 그녀를 방문하거나, 전화로 대화를 나누거나, 함께 외출하거나 집으로 데려오는 일은 개인적인 즐거움으로 이어졌다. 어떻게 보면 가장 저항이 적은 쪽이기도 했다. 사람을 감시하거나 행동을 기록해야 한다면, 늘 만나고 싶은 사람인 쪽이 나았다. 의심도 덜 사고 자신도 기꺼이 하게 되니까. 그리고 자주 보지 않던 사람이라도 감시를 시작하게 되면 꾸준히 만나게 될 테니, 결국 어느 쪽이든 결과는 똑같을 것이다.

그는 공중전화 부스에 들어가서 전화를 걸었다.

따릉-따릉-따릉.

"여보세요." 도나의 목소리였다.

이 세계의 모든 공중전화는 도청 대상이다. 그렇지 않은 전화가 있다면, 해당 부서의 직원들이 아직 관심을 가지지 않았을 뿐이다. 도청된 내용은 전기 신호로 바뀌어 근처 중심 지점의 저장장치에 기록되며, 이틀에 한 번씩 경관 한 명이 그 복사본을 확인한다. 해당 경관은 서를 떠나지 않고서도 수많은 전화의 내용을 확인할 수 있다. 저장장치로 전화를 걸어서 신호를 보내면 바로 재생이 시작되고 통화 내용이 없는 부분은 자동으로 넘어간다. 통화 내용은 대부분 무해한 것들이다. 임무를 맡은 경관은 무해하지 않은 통화를 상당히 빠르게 식별할 수 있다. 나름 기술이 있는 셈이다. 그 일을 하라고 돈을 받는 것이고, 특별히 솜씨가 좋은 경관도 따로 있다.

따라서 그와 도나의 통화 내용은 지금 당장은 아무도 듣고 있지 않았다. 빨라도 다음 날은 되어야 재생해볼 것이다. 두 사람이 눈에 띄게 불법적인 대화를 나누고, 감시하는 경관이 그 사실을 알아챈다면, 성문 데이터를 작성할 것이다. 그러나 대화의 수준을 가볍게 유지하면 딱히 문제 될 것은 없다. 마약 거래라는 정도는 알 수 있겠지만 말이다. 여기서는 정부의 재정 문제가 영향을 끼친다. 통상적인 불법 거래 정도로는 성문을 분석하고 추적하는 일을 벌일 가치가 없다. 매주 매일 수많은 전화에서 들려오는 소리이기 때문이다. 그도 도나도 그 점은 잘 알고 있었다.

"잘 지내?" 그가 물었다.

"그럭저럭." 그녀의 낮고 따스한 목소리가 잠시 머뭇거렸다.

"오늘 머리 상태는 어때?"

"조금 기분 나쁘게 몽롱한 정도야. 우울하달까." 잠시 침묵. "오늘 오전에 가게 주인한테 끔찍하게 혼났어." 도나는 코스타 메사의 게이트사이드 몰에 있는 작은 향수 가게의 계산대를 맡고 있었다. 매일 아침 MG 스포츠카를 타고 출근하곤 했다. "주인이 뭐랬는지 알아? 머리 허연 노친네 하나가 10달러를 사기 쳤는데, 그게 내 탓이니까 내가 메꿔야 한다는 거야. 봉급에서 깎는다나. 그래서 그 개새끼 때문에―욕해서 미안―아무 잘못도 안 하고 생돈 10달러를 날리게 생겼어."

아크터가 말했다. "있잖아, 뭐 좀 얻어다줄 수 있어?"

그녀는 뚱한 목소리로 대꾸했다. 마치 원하지 않는다는 것처럼. 일부러 꾸며대는 것이 분명했다. "음…… 얼마나 필요한데? 어떨지 모르겠네."

"열 봉지." 그가 말했다. 거래 전화를 할 때에는 한 봉지에 100알이라고 정해놓았다. 따라서 1000알을 주문한다는 뜻이었다.

공중전화를 사용해서 거래할 때는, 큰 수 대신 작은 수를 사용할 수 있도록 말을 미리 맞추는 경우가 많다. 이렇게 단위를 줄이면 당국의 관심을 끌지 않고도 꾸준한 거래가 가능하다. 적은 수량에까지 관심을 가졌다가는, 약물 대책반은 쉴 새 없이 거리 전체의 아파트와 단독주택을 습격하면서도 제대로 소득도 올리지 못하는 신세가 될 것이다.

"열 봉지나." 도나는 짜증 난 목소리로 중얼거렸다.

"진짜 아파서 그래." 그는 중개상이 아니라 약쟁이처럼 말했다. "나중에 제대로 따면 돈은 확실하게 낼 테니까."

"됐어, 외상으로 달아둘게." 그녀는 딱딱한 목소리로 말했다. 그가 약을 되파는 거라고 의심하는 것이 분명했다. 어떻게 보면 되파는 것이나 다름없긴 했다. "열 봉지라. 안 될 게 뭐야? 어디 보자, 사흘 후면 되겠어?"

"더 빨리는 안 돼?"

"말했잖아. 이 물건은—."

"알았어."

"내가 그쪽에 들를게."

"몇 시에?"

그녀는 중얼거리며 계산했다. "오후 8시쯤이면 되겠네. 있잖아, 보여주고 싶은 책이 있어. 누가 가게에 놓고 갔거든. 끝내 주더라고. 늑대가 나오는 내용인데, 늑대가 뭘 하는지 알아? 수컷 늑대 말이야. 적을 해치운 다음에, 냄새를 맡는 게 아니라 거기 대고 오줌을 싼대. 정말이야! 그대로 그 자리에 꼿꼿이 써서 패한 적수한테 오줌을 갈기고 떠나간다니까. 진짜야. 주로 영역 때문에 싸운다더라고. 섹스할 권리하고. 알 만하잖아."

아크터는 대꾸했다. "나도 조금 전에 사람들 면전에 오줌을 갈기고 왔어."

"정말로? 어쩌다가?"

"비유로 하는 소리야." 그가 말했다.

"일반적인 방식으로 한 건 아니라는 거지?"

"그러니까, 놈들 앞에서 무슨 소리를 했냐면—." 그는 말을 끝맺지 못했다. 너무 많은 것을 말했다. 망칠 뻔했다. 이런 세상에. "폭주족 놈들 있잖아? 포스터즈 프리즈 근처에 잔뜩 꼬이는. 그 옆을 지나가는데 놈들이 지저분한 소리를 하더라고. 그래서 그대로 차를 돌려서 한 소리 해줬는데, 그게―." 순간 할 말이 떠오르지 않았다.

"나한테는 뭐든 말해도 돼. 끔찍하게 역겨운 소리도 괜찮으니까." 도나가 말했다. "폭주족 놈들한테는 역겹게 말할 수밖에 없잖아. 아니면 아예 알아먹지도 못하니까."

아크터는 말했다. "암퇘지 탈 배짱도 없어서 수퇘지나 타고 돌아다니는 놈들이라고 말해줬지. 나라면 기회가 될 때마다 탈 거라고."

"그게 무슨 소리야."

"그러니까, 암퇘지는 계집애를 말하는 건데―."

"아 그래. 됐어, 잘 알아들었어. 역겹네."

"네 말대로 우리 집에서 보자. 잘 있어." 그는 전화를 끊으려 했다.

"그 늑대 책 가져가서 보여줘도 되지? 콘래드 로렌츠가 지은 거야. 뒤표지를 보니까 그 사람이 늑대에 대한 세계 최고의 권위자라고 하더라고. 아, 하나만 더. 오늘 당신 룸메이트가 둘 다 우리 가게에 들렀어. 그 어니 어쩌고 하는 사람하고 배리스 말이야. 당신을 찾고 있어서, 혹시나 알고 싶을까 봐―."

"왜 찾는대?" 아크터가 물었다.

"네가 900달러나 주고 산 두뇌투영검사기 있잖아. 집에 들어가면 항상 가지고 노는 그 물건 말이야. 어니하고 배리스가 그 것 때문에 다투고 있더라고. 오늘 사용해보려 했는데 제대로 작동하질 않았대. 색깔도 안 나오고 뇌 활동 패턴도 안 보였다 는 거야. 그래서 배리스의 공구를 가져다가 아래 판을 뜯어내 봤다더라고."

"빌어먹을, 뭘 했다고!" 그는 분노를 이기지 못하고 소리쳤 다.

"그런데 망가져 있더라는 거야. 누가 일부러 망가트려놓았 대. 배선도 죄다 자르고, 뭐 그런 고약한 일들 있잖아. 끔찍한 짓거리 말이야. 온통 합선되고 부속도 부서졌대. 배리스 말로 는 자기가 수리하려 해봤는데ㅡ."

"지금 바로 가야겠어." 아크터는 이렇게 말하고 전화를 끊었 다. 내 재산 목록에서 가장 비싼 물건인데. 그는 이를 악물었 다. 배리스 그 빌어먹을 머저리 자식이 그걸 건드리다니. 잠깐, 그런데 집에 바로 갈 수 없잖아. 뉴-패스로 가서 그들이 뭘 꾸 미는지 알아내야 하는데.

그의 임무였다. 이번에는 반드시 해야 하는 일이었다.

03

찰스 프렉도 뉴-패스를 방문할까 고민하고 있었다. 제리 패빈의 정신이 망가진 게 그 정도로 충격적이었던 것이었다.

샌타애나의 커피숍 '피들러스 스리'에 짐 배리스와 함께 앉아서, 그는 비참한 얼굴로 설탕옷을 입힌 도넛을 만지작거리고 있었다. "쉽게 내릴 결정은 아니야. 약을 강제로 끊게 하니까. 그대로 밤낮으로 옆에 붙어서 자살하거나 팔을 물어뜯지 못하게 지키기만 하지, 뭔가 대체할 약을 주거나 그러지는 않는다고. 그러니까 내 말은, 의사를 찾아가면 처방전을 써주기는 하잖아. 예를 들어 발륨이라던가."

배리스는 가볍게 웃으며 앞에 놓인 패티멜트를 살펴보았다. 특수한 유기농 빵 위에 다진 가짜 고기를 올리고 모조 치즈를 녹인 음식이었다. "대체 어떤 빵을 썼다는 거지?" 그가 물었다.

"메뉴를 봐. 잘 설명해놨을 거 아냐." 찰스 프렉이 말했다.

"거기 들어가면 말이야." 배리스가 말했다. "신체의 기초 체액에서 발생하는 온갖 증상이 너를 괴롭힐 거라고. 특히 뇌 쪽이 심하겠지. 노르아드레날린이나 세라토닌 따위의 카테콜아민 계열 호르몬을 말하는 거야. 그게 어떻게 되냐면 말이야, D물질은, 사실 모든 중독성 약물이 그렇지만 D물질이 특히 심한데, 카테콜아민 호르몬과 상호작용해서 세포 이하 단위에서부터 영향을 끼친다고. 생물학적인 역적응 현상이 일어나서, 어떻게 보면 영구적인 효과를 가하는 거야." 그는 패티멜트의 오른쪽을 크게 베어 물었다. "과학자들은 헤로인 같은 알칼로이드 계열 마약에서만 이런 증상이 일어난다고 생각해왔지."

"나는 스맥은 해본 적 없어. 그건 처지는 약이잖아."

노란색 유니폼을 깔끔하게 차려입은 웨이트리스가 그들의 탁자 쪽으로 다가왔다. 앙증맞은 가슴과 금발이 매력적이었다. "안녕하세요. 필요한 거 없으세요?"

찰스 프렉은 겁에 질린 눈으로 그녀를 올려다보았다.

"당신 이름이 패티닙까?" 배리스는 찰스 프렉에게 괜찮다는 손짓을 보내며 이렇게 물었다.

"아뇨." 그녀는 오른쪽 가슴에 달린 명찰을 가리켜 보이며 대답했다. "베스인데요."

왼쪽은 이름이 뭘지 궁금하다고, 찰스 프렉은 생각했다.

"저번에 들렀을 때는 패티라는 이름의 종업원이 있었거든요. 이 샌드위치하고 같은 이름이었죠." 배리스는 웨이트리스를 유심히 살피며 말했다.

"샌드위치하고는 다른 패티 아니었을까요. y가 아니라 i를 썼을 것 같은데."

"어쨌든 문제는 전혀 없습니다. 완벽해요." 배리스가 말했다. 찰스 프렉의 눈에는 그의 머리 위에 떠오른 생각풍선이 보였다. 베스가 옷을 벗고 섹스를 갈구하며 신음을 흘리는 모습이 떠올라 있었다.

"난 아니에요." 찰스 프렉이 말했다. "나는 다른 사람들이 가지지 못한 문제가 잔뜩 있거든요."

배리스는 진지한 목소리로 말했다. "그런 사람들은 네가 생각하는 것보다 훨씬 많을걸. 매일 늘어만 가고·있고. 질병에 시달리는 세계니까. 게다가 갈수록 고약해지는 중이지." 그의 머리 위에 떠오른 생각풍선 속의 광경도 그 말에 반응하듯 고약해졌다.

"디저트 주문하실 건가요?" 베스는 웃으며 두 사람을 내려다보며 물었다.

"뭐가 있는데요?" 찰스 프렉은 의심을 숨기지 않고 물었다.

"생딸기 파이하고 생복숭아 파이가 있어요." 베스는 여전히 웃으며 말했다. "저희 가게에서 직접 만드는 물건이랍니다."

"아니, 디저트는 됐어요." 찰스 프렉은 이렇게 말했고, 웨이트리스는 자리를 떴다. "노부인이나 먹는 거잖아. 과일 파이라니." 그는 배리스에게 이렇게 말했다.

배리스는 다시 입을 열었다. "재활센터에 자수하겠다는 생각을 하면 분명 걱정이 되겠지. 당연한 거야. 자네가 느끼는 공포는 명확한 목적을 지닌 부정적 증상의 발현이니까. 약물이 그렇게 만드는 거라고. 공포를 일으켜서 네가 뉴-패스에 들어가 약물에서 벗어나는 일을 막으려는 거지. 있잖나, 사실 모든 증상에는 목적이 있어. 긍정적인 쪽이든 부정적인 쪽이든."

"무슨 헛소리야." 찰스 프렉은 중얼거렸다.

"부정적 증상은 갈망으로 나타나지. 신체 전부가 주인을 몰아붙이기 위해 의식적으로 만들어내는 거야. 이 경우에는 자네를─ 정신 못 차리고 약을 찾아 헤매게 만들어서─."

찰스 프렉이 다시 입을 열었다. "뉴-패스에 들어가면 제일 먼저 고추부터 잘라버린다던데. 본보기로. 그리고 거기부터 시작해서 온몸을 난도질한대."

"다음은 췌장이지." 배리스가 말했다.

"뭐야, 뭘 잘라낸다고? 그게 뭘 하는 기관인데? 췌장?"

"음식물 소화를 돕지."

"어떻게?"

"음식물 속의 셀룰로오스를 제거해서."

"그럼 췌장이 없으면 어떻게─."

"그냥 셀룰로오스가 없는 음식만 먹으면 되는 거야. 잎채소나 가축용 건초만 피하면 돼."

"그러면 얼마나 오래 살 수 있는데?"

배리스는 대꾸했다. "그거야 자네 자세에 따라 다르지."

"사람한테 췌장이 평균적으로 몇 개씩 있는 거야?" 그도 인간의 몸에 신장이 보통 두 개 있다는 정도는 알고 있었다.

"몸무게와 나이에 따라 다르지."

"왜 다른데?" 찰스 프렉은 순간 강렬한 의심에 사로잡혔다.

"나이를 먹을수록 췌장이 추가로 자라나니까. 여든 살쯤 되면—."

"너 지금 놀리는 거지."

배리스는 웃음을 터트렸다. 찰스 프렉은 그의 웃음이 언제나 괴상하다고 생각했다. 어딘지 모르게 비현실적인, 마치 뭔가 부서지는 듯한 웃음이었다. 배리스는 즉각 자세를 바로잡고 물었다. "갑자기 약물재활센터에 들어가서 치료를 받겠다고 마음먹은 이유라도 있나?"

"제리 패빈 때문에." 그가 말했다.

배리스는 허튼소리 말라는 듯 손을 내저으며 대꾸했다. "제리는 특수한 경우야. 예전에 제리 패빈이 비틀대면서 돌아다니다 넘어지는 꼴을 본 적도 있다고. 엉망이 된 몰골로 자기가 어디 있는지도 모르면서, 나를 꼬드겨서 자기가 먹은 독극물이 뭔지 확인하고 연구해달라고 말했단 말이야. 내가 보기에는 황산탈륨인 것 같았지만…… 쥐약이나 살충제에 쓰는 물건 말이야. 누가 앙갚음한답시고 엿을 먹인 거지. 그런 효과를 보이는 독성 물질을 즉석에서 열 가지는 떠올릴 수 있었지만—."

"다른 이유도 있어." 찰스 프렉이 말했다. "비축분이 줄어들고 있다고. 도저히 견딜 수가 없어. 계속 줄어들기만 하는데 더 얻을 수 있다는 확신은 조금도 없잖아."

"글쎄, 우리는 내일 아침 해를 살아서 볼 수 있을지도 확신 못 하는 신세 아닌가."

"그래도, 젠장― 이젠 진짜 눈곱만큼 남아서 며칠이면 떨어진단 말이야. 게다가…… 아무래도 사기당하고 있는 것 같아. 제때 맞춰서 구할 수가 없다고. 누군가 나한테 필요한 분량을 빼돌리고 있는 게 분명해."

"하루에 몇 알씩 먹는데?"

"그건 정확하게 헤아리기가 상당히 힘든데. 그렇게까지 많지는 않아."

"저항성은 계속 올라가게 마련이야."

"물론, 그야 그렇지, 하지만 그런 문제가 아니야. 이렇게 계속 부족해지는 상황을 견딜 수가 없어. 그건 그렇고……." 그는 문득 생각에 잠겼다. "새로운 공급원을 찾은 것 같아. 도나라는 여자야. 그 도나 어쩌고."

"아하, 밤의 여자 말이군."

"맞아. 사귀는 사이잖아." 찰스 프렉은 고개를 끄덕이며 말했다.

"아니. 아직 팬티를 벗긴 적은 없어. 시도하고는 있겠지만."

"믿을 만한 여자야?"

"어느 쪽으로? 섹스 파트너로, 아니면―." 배리스는 손을 입으로 가져가서 삼키는 시늉을 해보였다.

"그건 무슨 종류의 섹스야?" 그러다 그는 퍼뜩 깨달았다. "아, 맞아. 그쪽이야."

"제법 믿을 만하지. 조금 산만한 편이기는 하지만. 계집애들은 항상 그렇게 마련이지. 피부색이 어두울수록 더욱 그렇고. 다들 그렇지만 가랑이 사이에 두뇌가 달린 여자야. 아마 현금도 거기다 숨기겠지." 그는 키득거리며 웃었다. "마약 중개해서 모은 돈 전부 말이야."

찰스 프렉은 그쪽으로 몸을 기울였다. "아크터가 도나하고 같이 잔 적이 없다고? 그 여자 이야기를 꺼낼 때는 그런 사이라는 것처럼 말하던데."

"밥 아크터는 그런 작자야. 온갖 일을 죄다 해본 것처럼 지껄이지. 허나 그럴 리가 있나. 천만의 말씀."

"그렇다고는 해도, 어떻게 한 번도 쓰러트리지 못한 거야? 제대로 서질 않나?"

배리스는 여전히 패티멜트를 깨작거리며 차분히 생각을 가다듬었다. 이제 패티멜트는 산산조각이 나 있었다. "도나한테는 문제가 좀 있어. 아마 약도 하고 있겠지. 그 여자는 모든 종류의 신체 접촉을 혐오하거든. 자네도 알겠지만 약쟁이들은 성행위에 흥미를 잃는 경향이 있지. 혈관 수축 때문에 생식기가 부어오르거든. 그리고 내가 보기에, 도나는 심각한 성적 흥분 불능 경향성을 경험하고 있는 것 같았어. 비정상적인 수준에 이를 정도로. 아크터한테만 그런 게 아니라⋯⋯." 그는 의미심장하게 말을 멈췄다. "다른 남자들한테도 말이야."

"뭐야, 너 지금 그 여자가 불감증이라는 거야."

"제대로 다루면 아닐지도 모르지. 예를 들어 나라면⋯⋯." 배리스는 묘하게 고개를 꼬면서 허공을 올려다보았다. "98센트로 쓰러트리는 방법을 알려줄 수도 있는데."

"쓰러트리고 싶은 게 아니야. 그냥 물건을 사고 싶은 거라고." 그는 초조해지기 시작했다. 정확한 이유는 몰라도, 배리스를 보면 항상 속이 거북해지는 기분이 들었다. "그리고 98센트는 또 뭐야? 돈을 받을 리가 없잖아. 몸을 파는 것도 아닌데. 게다가 밥의 여자친구라고."

"그 여자한테 직접 줄 돈이 아니야." 배리스는 항상 그렇듯 엄밀하고 교양 있는 투로 말했다. 그는 코털이 숭숭한 콧구멍에서 쾌락과 간교함을 피워 올리며, 찰스 프렉을 향해 몸을 기울였다. 선글라스의 녹색 음영도 아지랑이처럼 일렁이기 시작했다. "도나는 코카인을 하거든. 코카인 1그램만 주면 누구 앞에서든 다리를 벌릴 거야. 특히 내가 힘겹게 독자적 연구를 통해 알아낸 방식대로, 희귀한 화학물질을 엄밀하고 과학적인 방법으로 첨가한 물건이라면."

"도나를 놓고 그런 식으로 말하지 않았으면 좋겠어." 찰스 프렉이 말했다. "어쨌든 요새 코카인 1그램이면 백 달러가 넘잖아. 그걸 어디서 나는데?"

배리스는 반쯤 깔보는 얼굴로 단호히 선언했다. "순수한 코카인 1그램 정도는 1달러 미만의 금액으로 정제할 수 있으니까. 물론 내 노동력은 제외하고 순전히 재료비만 따진 거지만."

"헛소리."

"직접 보여줄 수도 있는데."

"원재료는 어디서 가져오고?"

"세븐일레븐에서." 배리스는 이렇게 말하며 비틀거리며 자리에서 일어섰다. 흥분해서 패티멜트의 잔해에는 신경도 쓰지 않는 모습이었다. "점심 값을 내면 몸소 시연해주지. 우리 집에 실험실을 차려놨거든. 제대로 된 실험실이 생길 때까지 임시로 쓰는 거지만. 세븐일레븐에서 대놓고 사들인 1달러 미만 값어치의 완벽하게 합법적인 재료로 코카인 1그램을 정제해내는 걸 보여주겠어." 그는 의자 사이로 걸음을 옮기기 시작했다. "얼른 오라고." 목소리가 다급했다.

"알았어." 찰스 프렉은 계산서를 들고 그 뒤를 따랐다. 이게 뭔 개수작이야, 하고 속으로 생각하면서. 아니, 어쩌면 개수작이 아닐지도 몰라. 지금까지 수없이 화학 실험을 해왔고, 카운티 도서관에 틀어박혀 그렇게 열심히 책을 읽어댔으니…… 어쩌면 뭔가 있을지도 모르잖아. 얼마나 이득을 볼 수 있을지 생각해보라고. 그거면 모든 문제가 해결될 거야!

그는 서둘러 배리스의 뒤를 따랐다. 배리스는 이미 조종사용 점프수트에서 카르만기아의 열쇠를 빼들고는, 계산대를 그대로 지나쳐 걸음을 옮기고 있었다.

두 사람은 세븐일레븐 주차장에 차를 세우고 가게 안으로 들어갔다. 평소처럼 덩치 크고 멍청한 경관이 포르노 잡지를 읽는 척하며 문 앞 계산대에 서 있었다. 찰스 프렉은 경관이 강도를 식별하려고 가게에 들어오는 모든 사람을 주시하고 있다는 사실을 잘 알고 있었다.

"여기서 뭘 사면 되는데?" 가벼운 발걸음으로 식료품 무더기 사이를 걸어 다니는 배리스를 보면서, 찰스 프렉이 물었다.

"솔라카인 스프레이." 배리스가 대꾸했다.

"볕에 탔을 때 뿌리는 거 말이야?" 찰스 프렉은 자기가 이런 헛소리에 어울려주고 있다는 사실을 믿을 수가 없었지만, 또 생각해보면 모를 일이기는 했다. 누가 확신할 수 있겠는가? 그는 배리스를 따라 계산대 앞으로 갔다. 이번에는 배리스가 돈을 냈다.

솔라카인 스프레이를 하나 산 두 사람은 경관을 지나쳐 차로 돌아갔다. 배리스는 서둘러 주차장을 빠져나와 거리로 차를 몰았다. 교통 표지판의 제한속도는 깡그리 무시하고 계속 속도를 올리다, 마침내 밥 아크터의 집 앞에서 차를 멈추었다. 앞뜰에는 무성한 잔디 사이에 펼치지도 않은 신문들이 여기저기 파묻혀 있었다.

배리스는 차에서 내려서 뒷좌석으로 가더니, 가지고 들어갈 짐 꾸러미를 안아 들었다. 꾸러미에서 전선이 덜렁거렸다. 찰스 프렉도 전압계는 알아볼 수 있었다. 다른 전기 계측 장비들도 있고, 납땜용 인두도 하나 있었다. "그건 뭐 하러 가져가는 거야?" 그가 물었다.

"힘들고 오래 걸리는 작업을 하나 해야 하거든." 배리스는 짐 꾸러미와 솔라카인 깡통을 들고 진입로를 따라 현관으로 걸어가며 이렇게 말했다. 그리고 찰스 프렉에게 열쇠를 건넸다. "그리고 아마 제대로 보수도 못 받겠지. 항상 있는 일이지만."

찰스 프렉은 문을 열었고, 두 사람은 집 안으로 들어섰다. 고양이 두 마리와 개 한 마리가 온갖 희망찬 울음소리를 내면서 두 사람에게 달려들었다. 그와 배리스는 조심스레 신발 끝으로 짐승들을 밀어냈다.

배리스는 비좁은 식탁 끄트머리에 몇 주에 걸쳐서 괴상한 실험실 비슷한 것을 꾸려놓았다. 유리병이나 쓰레기 조각 따위가, 온갖 곳에서 긁어모은 별 가치도 없어 보이는 물건들이 여기저기 널려 있었다. 돈이 없어서가 아니라 창의성을 소중히 여기기 때문이라는 배리스의 이야기는, 찰스 프렉도 지금껏 귀에 딱지가 앉을 정도로 들어왔다. 그가 항상 하는 말에 따르면, 목적을 완수하려면 가장 먼저 손에 잡히는 물건을 사용하는 편이 낫다는 것이다. 압정, 클립, 나머지 부분이 망가지거나 분실된 기계 부품…… 찰스 프렉의 눈에는 쥐새끼가 공구점을 차려놓고, 쥐새끼들이나 탐낼 만한 물건으로 실험하는 것으로 보였다.

배리스의 계획 첫 단계는 싱크대 옆에 굴러다니던 비닐봉지를 가져와서 스프레이 캔의 내용물을 그 안에 찍찍 뿌리는 것이었다. 그는 캔이 텅 빌 때까지, 아니면 적어도 안의 가스가 전부 소진될 때까지 같은 짓을 계속했다.

"대체 뭘 하는 거야. 터무니없어 보이는데." 찰스 프렉이 말했다.

"놈들이 물건을 어떻게 제조하는지 알려주지." 배리스는 열심히 일하며 경쾌하게 말했다. "놈들은 코카인에 기름을 섞어서 추출하지 못하도록 만들어. 하지만 나 정도로 화학 지식이 뛰어나면, 코카인과 기름을 정확하게 분리할 수 있단 말씀이야." 그는 비닐봉지 속의 물컹거리는 점액질에 열심히 소금을 뿌렸다. 그리고 그 물질을 유리병에 따랐다. "이제 냉각할 차례야." 그는 웃음을 머금으며 설명했다. "그러면 코카인 결정이 맺히면서 떠오르게 되지. 공기보다 가볍거든. 아니, 기름보다. 기름보다 가볍다고. 그러면 마지막 단계만 남는데, 당연하지만 비밀이야. 상당히 복잡한 여과 과정이 필요하다고만 말해둘까." 그는 냉장고 위 칸의 냉동실 문을 열고 조심스레 유리병을 넣었다.

"얼마나 놔둬야 하는데?" 찰스 프렉이 물었다.

"30분." 배리스는 손말이 담배를 하나 꺼내서 불을 붙인 다음, 한쪽에 쌓아놓은 전기 측정 기기들 쪽으로 걸음을 옮겼다. 그리고 턱수염을 문지르며 생각에 잠겼다.

찰스 프렉이 다시 입을 열었다. "좋아, 하지만 생각해보라고. 이렇게 해서 정제 코카인 1그램을 만든다고 해도, 그걸로 도나한테…… 그 있잖아, 팬티 속으로 들어가는 대가로 쓸 수는 없다고. 돈 주고 사는 거나 다름없는 행동이잖아."

"물물교환이지." 배리스가 지적했다. "너도 그 여자한테 선물을 주고, 그 여자도 너한테 선물을 주는 거야. 여자가 가지고 있는 가장 소중한 선물을."

"자기를 사려고 한다는 걸 알아차릴 거야." 그도 이렇게 생각할 정도로는 도나를 알고 있었다. 도나라면 즉시 알아차릴 것이다.

"코카인은 최음제라고." 배리스의 중얼거림은 반쯤은 자기 자신에게 하는 말 같았다. 그는 밥 아크터의 가장 비싼 소유물인 두뇌투영검사기 옆에 측정용 기기들을 설치하기 시작했다. "충분히 코로 들이마신 다음에는 행복해져서 알아서 풀어질걸."

"젠장, 그게 무슨 소리야." 찰스 프렉은 항변했다. "그 여자는 밥 아크터의 여자친구라고. 밥은 내 친구야. 너하고 럭맨하고는 함께 사는 사이고."

배리스는 지저분한 머리를 슬쩍 들었다. 그리고 찰스 프렉을 잠시 관찰했다. "밥 아크터한테는 자네가 모르는 면모가 아주 많아. 우리 쪽 사람들은 아무도 모르지. 자네는 워낙 단순하고 순진해서 그놈이 원하는 대로 믿어주고 있는 것뿐이야."

"괜찮은 친구라고."

"물론 그렇지." 배리스는 고개를 끄덕이며 웃음을 지었다. "의심할 여지도 없어. 세계 최고로 괜찮은 친구지. 하지만 나는, 아니 아크터를 정확하게 관찰한 통찰력 있는 사람이라면 누구든, 그 친구가 모순을 숨기고 있다는 사실을 알고 있어. 성격의 구조에도, 행동에도. 삶에 대한 모든 자세에도 말이야. 소위 말하는 본질적인 측면에서."

"딱 짚어 말할 게 있어?"

배리스는 녹색 선글라스 뒤편에서 눈알을 굴렸다.

"그런 식으로 눈알 굴려도 나는 모른다니까." 찰스 프렉은 말을 이었다. "지금 건드리는 검사기는 뭐가 잘못된 거야?" 그는 직접 살펴보려고 가까이 다가갔다.

배리스는 검사기 가운데 동체를 한쪽으로 기울이며 대답했다. "거기 밑면 배선 한번 보고, 무슨 생각이 드는지 말해봐."

"잘린 전선이 가득한데." 찰스 프렉이 대답했다. "게다가 일부러 합선시킨 것처럼 보이는 곳도 많고. 누가 한 짓이야?"

배리스는 이번에도 모든 것을 아는 표정으로, 즐겁게 눈알만 굴릴 뿐이었다.

"이 대단하신 싸구려 쓰레기는 이제 팔아봤자 한 푼도 못 받을 거야. 누가 망가트린 거야? 언제 일어난 일이지? 네가 최근에 발견했어? 아크터를 마지막으로 봤을 때는 한마디도 안 하던데. 그게 그저께였는데."

배리스가 대꾸했다. "아마 이야기를 꺼낼 만큼 마음이 정리되지 않았던 거겠지."

찰스 프렉은 배리스를 노려보았다. "좋아, 내가 보기에는, 너 계속 아무래도 약쟁이답게 멍청한 수수께끼로 대답하고 싶은 모양인데. 아무래도 나는 뉴-패스 시설을 찾아가서 얌전히 자수하는 게 낫겠어. 감금 상태로 금단증상도 넘기고, 재활에 사용한다는 그 파괴적인 게임 치료에도 어울려주고, 그 작자들과 밤낮을 함께 보낼 거야. 너처럼 못 알아먹을 헛소리만 지껄이는 수수께끼 약쟁이하고 돌아다니느니 차라리 그게 낫겠다고. 이 두뇌검사기만 해도 그래. 누가 일부러 망가트린 게 분명한데 절대 알려주지 않겠다는 거잖아. 밥 아크터가 이 비싼 장비를 일부러 부쉈다고 암시하고 싶은 거야, 아니면 반대인 거야? 대체 무슨 소리를 하는 거야? 차라리 뉴-패스에 가서 살겠어. 거기 가면 이따위 알아먹지도 못할 헛소리를 매일 듣지 않아도 되겠지. 여기서는 네놈이 없어져도 똑같이 머릿속이 불타서 맛이 간 약쟁이가 등장해서 똑같은 소리를 하고 다닐 테고."

"통신용 부품을 망가트린 건 내가 아니야." 배리스는 뭔가를 가늠하려는 것처럼 콧수염을 움찔거리며 말했다. "그렇다고 어니 럭맨이 그랬을 거라고 생각하기는 상당히 힘들고."

"어니 럭맨이 지금까지 평생 뭔가를 망가트린 적은 한 번도 없을걸. 약에 제대로 맛이 가서 아파트 창문으로 거실 커피탁자하고 온갖 물건을 주차장으로 던져버렸을 때만 빼고 말이야. 왜 그 조앤이라는 여자하고 같이 살던 아파트 있잖아. 어쨌든 그건 다른 문제지. 평소라면 어니는 우리하고는 다르게 자제가 잘 되는 친구니까. 아니, 어니가 다른 사람의 두뇌검사기를 일부러 망가트렸을 리는 없어. 그리고 밥 아크터가…… 이거 그 친구 물건은 맞지? 이런 짓을 어떻게 벌일 수 있겠어? 한밤중에 일어나서 자기도 모르는 사이에 이렇게 망가트려놓을 수가 있어? 아무도 모르게? 이게 얼마짜리인데. 이건 누가 일부러 엿을 먹이려고 벌인 짓이잖아. 딱 보면 안다고." 아마 네놈이 그랬겠지, 이 약쟁이 개자식아. 찰스 프렉은 속으로 생각했다. 그럴 만한 기술도 있고 정신도 살짝 나갔으니까. "이런 짓을 한 작자는 분명 연방 실어증 치료소나 공동묘지에 들어가 있을 거야. 내 생각으로는 후자가 차라리 나을 테고. 밥은 항상 이 알텍 두뇌검사기를 애지중지했다고. 일하고 한밤중에 돌아와도 항상 이것부터 머리에 썼단 말이야. 문을 열고 들어오자마자. 누구나 보물 하나씩은 있는 법이잖아. 이건 밥의 보물이었다고. 이건 진짜 고약한 짓거리야. 젠장, 어떻게 이런 짓을 할 수가 있어."

"내 말이 바로 그거야."

"또 뭔 소리야?"

"'일하고 한밤중에 돌아와도' 말이지. 나는 한동안 밥 아크터의 진짜 고용주가 누군지 추측하려 애써왔거든. 우리한테 털어놓지 못하는 진짜 직장이 대체 어디인지 말이야."

"빌어먹을 블루칩 쿠폰 교환소잖아. 플라센티아에 있는. 전에 말해준 적 있다고." 찰스 프렉이 대답했다.

"거기서 뭘 하는지가 정말 궁금한데."

찰스 프렉은 한숨을 쉬었다. "쿠폰에 파란색을 칠하겠지." 정말로 배리스가 마음에 들지 않았다. 차라리 다른 곳에 있고 싶었다. 아무나 찾아가거나 전화를 걸어서 그대로 도망쳐버리고 싶었다. 아무래도 이만 뜨는 게 나을지도 모르겠어, 하고 그는 혼잣말을 중얼거리다가, 냉동실 안에서 식어가고 있는 기름과 코카인의 혼합물을 떠올렸다. 98센트로 백 달러를 벌어들일 수 있는 물건 말이다. "이봐, 저건 언제쯤 완성되는 거야? 아무래도 사기 같은데. 어떻게 저런 싸구려 솔라카인에 순수한 코

77

카인이 들어갈 수가 있어? 그걸로 어떻게 이윤을 남기는데?"

"대량으로 구매하니까." 배리스의 목소리는 단호했다.

찰스 프렉은 즉석에서 머릿속 환상을 굴리기 시작했다. 코카인을 가득 실은 덤프트럭이 솔라카인 공장에 들어간다. 어디에 있을지는 짐작도 안 가는데. 클리블랜드쯤 되려나. 덤프트럭에서 엄청난 양의 순수한, 아무도 건드리지 않은, 미가공 상태의, 고품질 코카인이 공장의 한쪽 끝으로 쏟아져 들어간다. 공장에서는 그 물건과 기름과 비활성기체와 다른 온갖 쓰레기를 섞어서 화려한 색깔의 작은 깡통에 채워 넣는다. 이런 깡통은 머지않아 세븐일레븐과 드러그스토어와 슈퍼마켓에 수천 개씩 쌓일 것이다. 그런 덤프트럭을 전복시키려면 어떻게 해야 할까. 화물을 통째로 빼돌리는 거야. 삼사백 킬로그램은 되겠지. 아냐, 훨씬 많을 거라고. 덤프트럭에 짐을 얼마나 실을 수 있더라?

배리스는 텅 빈 솔라카인 스프레이 깡통을 확인해보라고 건네주었다. 그리고 온갖 성분이 적혀 있는 표를 가리켰다. "보이지? 벤조카인이야. 이게 코카인의 상품명이라는 사실을 아는 사람은 거의 없다고. 성분표에 코카인이라고 적으면 다들 알아채고 나랑 똑같은 짓을 시작할 거 아냐. 다들 그저 교육 수준이 낮아서 알지 못하는 것뿐이지. 내가 받은 것 같은 과학적 훈련 말이야."

"그 지식을 가지고 뭘 할 생각인데?" 찰스 프렉은 물었다. "도나 호손의 몸을 달아오르게 만드는 것 말고?"

"머지않아 베스트셀러를 쓸 생각이야." 배리스가 대꾸했다. "평범한 사람도 법을 위반하지 않고 부엌에서 안전하게 마약을 제조하는 방법을 서술할 생각이지. 자네도 일겠지만, 이건 위법이 아니야. 벤조카인은 합법 물질이거든. 직접 약국에 전화해서 확인했지. 상당히 다양한 물건에 들어간다더라고."

"세상에." 찰스 프렉은 감동해서 중얼거렸다. 그는 손목시계를 들여다보며 얼마나 더 기다려야 하는지를 확인했다.

연방수사국 소속 담당자인 행크는 밥 아크터에게 지역의 '뉴-패스' 재활시설에 들러보라는 지령을 내렸다. 그가 감시하던 거물 중개상이 갑자기 사라졌으니 그 소재를 확인하라는 것이었다.

마약 중개상들은 종종 체포될 위기에 처하면 시나논이나 센터포인트나 X-칼레이나 뉴-패스 등의 재활시설로 숨어들어 도움이 필요한 중독자인 척한다. 일단 안에 들어가면 지갑이나 이름을 비롯해, 그의 신원을 알려주는 모든 물건은 몰수당한다. 마약과 아예 관계가 없는 새로운 인격을 형성하기 위한 준비 과정인 것이다. 이렇게 모든 것을 몰수하는 과정에서, 경찰 기관에서 용의자를 파악할 때 필요한 대부분의 요소가 사라져버린다. 그러다 압력이 사라지면 중개상은 다시 밖으로 기어 나와 평소대로 사업을 재개하는 것이다.

이런 일이 어떻게 벌어지는지 아는 사람은 아무도 없었다. 약물 재활시설은 이런 식으로 제도를 악용하는 범죄자를 파악하려 안간힘을 쓰지만, 무사히 숨어들어가는 자들은 꾸준히 있어 왔다. 40년형을 받고 수감되는 일을 두려워하는 중개상들은 그들을 받아들일지 거부할지를 결정하는 센터 직원 앞에서 놀랍도록 그럴싸한 거짓말을 늘어놓는다. 어쩌면 그 시점에서 겪는 끔찍한 고통만은 진짜일지도 모른다.

밥 아크터는 카텔라 대로를 따라 천천히 차를 몰면서 '뉴-패스' 간판이 달린 목조건물을 찾아 주변을 둘러보았다. 원래는 단독주택이었지만 지금은 열의 넘치는 재활시설 사람들이 그 건물을 운영했다. 도움이 필요한 잠재적 치료자인 척하며 재활시설에 잠입하는 일은 영 마음에 들지 않았지만 방법이라고는 그것밖에 없었다. 약물 수사관이라고 신원을 밝히고 사람을 찾는다고 털어놓으면, 재활시설의 직원들은 당연하게도 방어적인 태도로 돌아선다. 대부분은 그랬다. 경찰 기관 사람들이 한 가족이 된 시설 사람들을 괴롭히는 일을 원치 않기 때문이다. 그리고 지금까지 머리를 들이밀어본 경험에 의하면, 다분히 그렇게 생각할 이유가 있었다. 재활치료소는 전직 중독자들이 마침내 안전을 찾을 수 있다고 선전하는 곳이다. 실제로 재활시설의 직원들은 입주하는 순간 입주자의 안전을 공식적으로 선언하는 관례가 있다. 그러나 지금 그가 찾는 중개상은 일급의 범죄자이며, 그런 식으로 재활시설을 이용하는 것은 결국 모든 이들의 선의에 반하는 짓이다. 그로서도, 처음에 스페이드 위크스 수사 임무를 맡긴 연방수사국 담당자 입장에서도 다른 방법이 없었다. 위크스는 지겨울 정도로 오랫동안 아크터의 주요 감시 대상 중 하나였지만, 아직 아무런 성과도 내지 못했다. 그런데 이제 그 작자가 열흘 동안이나 종적을 감춘 것이다.

그는 굵직한 글씨의 간판을 발견하고, 비좁은 주차장에 차를 세웠다. 뉴-패스의 이곳 지부는 근처 빵집과 주차장을 함께 썼다. 그는 차에서 내려서 비척이는 걸음으로 정문으로 다가갔다. 손은 주머니에 찔러 넣고, 이제는 몸에 익어버린 약에 취한 비참한 약쟁이 연기를 하면서.

본부에서 스페이드를 놓친 일을 그의 탓으로 여기지 않은 것이 다행이었다. 적어도 공적으로 그 사건은 위크스가 얼마나 교활한 작자인지를 증명해 보였을 뿐이었다. 엄밀하게 말하자면 위크스는 중개상이 아니라 공급책 쪽에 가까웠다. 부정기적으로 독한 마약을 멕시코에서 들여와 LA 근교의 어딘가에 부려놓고, 그곳으로 중개상을 불러 모아 나누곤 했으니까. 화물을 가지고 국경을 넘어오는 그의 방식은 상당히 깔끔했다. 미리 정상인 부류가 모는 앞쪽 차의 아랫면에 테이프로 물건을 붙인 다음, 계속 따라가다가 미국으로 넘어오고 나서 기회가 보이자마자 쏴죽이고 물건을 가져온다. 정상인의 자동차 아랫면에 붙인 마약을 찾아내더라도 위크스가 아니라 정상인이 잡혀 들어가게 마련이었다. 캘리포니아에서는 마약 소지를 강력한 현장 증거로 간주하기 때문이다. 걸려든 정상인과 그의 아내와 자식들에게는 안된 일이었다.

아크터는 오렌지 카운티에서 가장 실력이 좋은 잠입 수사관이므로 위크스를 보기만 해도 식별할 수 있다. 30대의 뚱뚱한 흑인으로, 느릿하고 우아한 느낌의 독특한 어조를 사용하는 작자다. 마치 사기꾼용 영어를 가르치는 학원에서 암기한 것 같은 느낌이었다. 사실 위크스는 LA의 슬럼가 출신이었다. 그의 억양은 아마도 대학 도서관의 교육용 테이프로 배웠을 가능성이 클 것이다.

위크스는 마치 의사나 변호사처럼, 차분하지만 세련되게 차려입는 쪽을 즐겼다. 종종 악어가죽 서류가방을 들고 뿔테 안경을 쓰고 다니곤 했다. 보통은 무장하고 있었다. 이탈리아에서 맞춤 주문한 권총용 손잡이를 단 산탄총을 지니고 다녔는데, 아주 화려하고 멋진 물건이었다. 그러나 뉴-패스에 들어갔다면 그런 온갖 치장은 전부 벗어내야 했을 것이다. 다른 사람들과 마찬가지로 기증받은 옷을 무작위로 받고, 서류 가방은 옷장에 처박혔을 테니까.

아크터는 육중한 나무문을 열고 안으로 들어섰다.

어두침침한 홀이 이어졌다. 왼쪽의 라운지에는 책 읽는 사람들이 보였다. 라운지 구석에는 탁구대가 놓여 있고, 그 뒤로 부엌이 이어졌다. 벽에는 온갖 구호가 붙어 있었다. 손 글씨도 있고, 인쇄물도 있었다. '진정한 실패는 타인의 기대에 미치지 못하는 것이다' 따위의 내용이었다. 소음도, 움직이는 사람도 거의 없었다. 뉴-패스에서는 다양한 소매 사업체를 운영하는데, 아마 이곳의 입주자는 남성이든 여성이든 대부분 일하러 나가 있을 것이다. 재단에서 운영하는 미용실이나 주유소나 볼펜

공장 등에 말이다. 그는 나른하게 그곳에 서서 기다렸다.

"누구시죠?" 여자 한 명이 등장했다. 예쁘장한 외모에, 극단적으로 짧은 면직 치마와 '뉴-패스'의 로고가 가슴에 박힌 티셔츠를 입고 있었다.

그는 거칠고 목쉬고 수치스러운 목소리로 말했다. "저⋯⋯ 상태가 상당히 안 좋습니다. 이제 뭐든 제대로 할 수가 없어요. 좀 앉아도 될까요?"

"물론이죠." 여자가 손을 흔들자, 평범한 인상에 무심한 표정의 남자 두 명이 등장했다. "어디 앉을 수 있는 곳으로 모셔가요. 커피도 드리고."

이게 무슨 한심한 연극이야. 아크터는 두 남자가 인도하는 대로 지저분하고 지나치게 푹신한 소파에 앉으면서 이렇게 생각했다. 문득 벽이 우울해 보인다는 생각이 들었다. 기증받은 저질 페인트를 칠한 우울한 벽이었다. 그러나 이곳 재단은 운영비를 마련하기 힘들어 기부금으로 시설을 운영하니, 불평할 수는 없었다. "감사합니다." 그는 힘겹게 떨리는 목소리로 내뱉었다. 마치 이곳에 찾아와 자리에 앉게 되어서 안도감을 감출 수 없다는 듯이. "세상에." 그는 이렇게 말하며 머리카락을 정리하려 애썼다. 그리고 아무리 애써도 성공하지 못하다가 곧 포기하는 것처럼 연기했다.

바로 뒤를 따라온 여자는 단호한 목소리로 말했다. "정말 끔찍한 몰골이시군요, 선생님."

"진짜로 그렇군." 남자 두 명은 놀라울 정도로 퉁명스럽게 동의했다. "아주 개판이야. 지금까지 뭘 하고 있었지? 자기가 싼 똥 위에서 굴러다니고 있었나?"

아크터는 눈을 깜빡였다.

"당신 누구야?" 남자 하나가 물었다.

"누군지 딱 보면 모르겠냐." 다른 남자가 쏘아붙였다. "빌어 먹을 쓰레기통에서 굴러온 인간쓰레기지. 잘 보라고." 그는 아크터의 머리카락을 가리켰다. "이가 붙었잖아. 저래서 가려운 거라고, 잭."

여자는 조금도 개의치 않고 내내 차분한 모습을 유지했지만, 어떻게 봐도 친절하다고는 할 수 없는 태도였다. "여긴 왜 오신 건가요, 선생님?"

아크터는 속으로 생각했다. 당신네가 거물 밀수꾼을 여기 어딘가에 숨기고 있고, 나는 경관이기 때문이지. 그리고 네놈들은 전부 머저리야. 그러나 아크터는 그 대신 얼굴을 찌푸리며 중얼거렸다. 분명 그들도 그러기를 기대하고 있었을 것이다. "혹시 아까 말씀하신—."

"그래요, 선생님. 커피를 드리죠." 여자는 머리를 한쪽으로 까닥했고, 남자 하나가 얌전히 부엌 쪽으로 향했다.

잠시 침묵이 흘렀다. 이내 여자가 몸을 숙이고 그의 무릎을 건드렸다. "기분이 아주 고약하신 모양이네요. 그렇죠?" 나긋 나긋한 목소리였다.

그는 고개를 끄덕일 수밖에 없었다.

"지금 자신의 몰골에 수치심과 혐오감을 느끼고 있을 테고요."

"맞아요." 그는 동의했다.

"인간쓰레기가 된 자신의 모습에요. 똥통에 빠진 채로, 매일 주삿바늘로 엉덩이를 찌르면서, 온몸에 약물을 쑤셔 넣는 꼬라지에—."

"이대로 살 수는 없어요." 아크터는 말했다. "떠오른 희망이라고는 이곳뿐입니다. 아마 친구 하나가 여기 있을 거예요. 여기 들어간다고 했거든요. 흑인인데, 30대고, 교육도 받아서 아주 정중한 친구인데—."

"이곳 가족은 나중에 만나보게 될 겁니다." 여자가 말했다. "자격이 된다면요. 알고 계시겠지만, 여기 들어오려면 조건이 맞아야 하거든요. 첫 번째 조건은 당신이 우리 도움을 간절히 필요로 해야 한다는 겁니다."

"그건 확실합니다. 간절하게 필요해요." 아크터가 말했다.

"이 안에 들어오려면 상태가 고약해야 해요."

"고약합니다."

"얼마나 정신이 나가 있나요? 평소 얼마씩 하시나요?"

"하루에 30그램요."

"순수한 약물만?"

"그래요." 그는 고개를 끄덕였다. "탁자 위 설탕 그릇에 담아 놓고 집어 먹어요."

"재활 과정은 정말 힘들 겁니다. 밤새 베개를 물어뜯어서 깃털 무더기로 만들게 될 거예요. 일어나면 사방이 깃털투성이

85

겠죠. 발작 때문에 입에 거품을 달고 다닐 거예요. 병든 짐승들처럼 사방에 똥을 싸고 다니겠죠. 그럴 준비가 되어 있나요? 여기서는 약을 아예 주지 않는다는 건 알고 있겠죠?"

"이제 남은 게 없습니다." 그는 말했다. 아무리 연기라고 해도 점점 초조해지고 짜증이 치솟았다. "제 친구 말입니다. 흑인 남자요. 여기 도착했습니까? 설마 오던 길에 짭새들이 잡아가 버린 건 아니겠지요. 정말 완전히 정신이 나가 있었단 말입니다. 제대로 길도 못 찾을 정도였어요. 그 친구는 자기가—."

"뉴-패스에서는 사적인 관계를 용납하지 않습니다. 머지않아 당신도 배우겠지만요." 여자가 말했다.

"알겠습니다. 어쨌든 도착은 한 거지요?" 아크터가 말했다. 시간 낭비라는 사실을 확실하게 깨달을 수 있었다. 원 세상에. 이곳의 실랑이질은 다운타운에서 벌이는 것보다 훨씬 고약했다. 게다가 이 여자는 절대 입을 열지 않을 것이다. 저게 이곳의 정책이겠지. 철벽처럼 단단히 막는 것. 이런 곳에 일단 들어가면 바깥세상에서는 죽은 사람이 된다. 스페이드 위크스는 바로 여기 칸막이 뒤에 앉아서, 대화를 고스란히 경청하며 배꼽 빠지게 웃고 있을지도 모른다. 아니면 아예 여기 없거나, 그 두 가지 양극단 사이의 어딘가에 있을지도 모른다. 영장을 가져와도 이곳에서는 도통 먹히지 않는다. 재활시설 직원들은 경찰의 발목을 붙드는 법을 아주 잘 알고 있다. 경찰이 찾는 사람이 옆문으로 달아나거나 소각장 속에 안전하게 숨을 때까지 끈질기게 물고 늘어지는 것이다. 어차피 이곳의 직원도 전부 과거 중독자였던 자들이다. 그리고 경찰 기관들은 재활시설을 압수 수색하는 일을 꺼린다. 대중의 비판이 끊이지 않기 때문이다.

그는 스페이드 위크스를 포기하고 이곳을 탈출할 때가 되었다는 결론을 내렸다. 지금까지 그를 이곳으로 파견하지 않은 이유는 명백했다. 이쪽 인간들은 절대 친절하지 않기 때문이다. 적어도 내 입장에서는 일급 목표물을 완전히 놓친 셈이군. 스페이드 위크스는 이제 존재하지 않는 거야. 그렇게 그는 생각을 정리했다.

연방수사국 담당자에게 돌아가서 보고하고 새로운 임무를 기다리자고. 빌어먹을, 맘대로 하라지. 그는 이렇게 생각하며 뻣뻣하게 자리에서 일어나며 말했다. "저기, 조금 생각해봐야겠어요." 남자는 두 명 모두 돌아와 있었다. 한 사람은 커피를 담은 머그컵을, 다른 사람은 안내용으로 보이는 책자를 들고 있었다.

"꽁무니를 빼는 건가요?" 여자는 경멸하는 투로 험악하게 다그쳤다. "자기 결단을 끝까지 밀어붙일 배짱도 없는 건가요? 오물을 털어낼 생각도? 저 밖으로 돌아가서 진흙탕에 배를 깔고 돌아다닐 건가요?" 세 사람은 분노가 이글거리는 눈으로 그를 바라보았다.

"나중에 다시 올게요." 아크터는 이렇게 말하고 정문 쪽으로, 나가는 방향으로 움직였다.

"머저리 같은 약쟁이 새끼." 뒤쪽에서 여자의 목소리가 들렸다. "배짱도 없고, 뇌는 타버렸고, 남은 거라곤 아무것도 없지.

기어서 나가라고, 얼간아. 결정은 네가 내리는 거야."

"나중에 다시 올게요." 아크터는 솟아오르는 분노를 억누르며 말했다. 처음부터 위압적이던 분위기가, 떠나려 하니 훨씬 강하게 그를 짓누르는 듯했다.

"우리가 거절할 수도 있어, 새가슴 새끼야." 남자 하나가 말했다.

"그땐 무릎 꿇고 애원해야 할 거다. 아주 애걸복걸해야 할 거야. 그런다고 받아주리란 보장은 없지만." 다른 남자가 말했다.

"사실 지금도 딱히 원하는 건 아니거든." 여자가 말했다.

아크터는 문 앞에서 걸음을 멈추고 저주의 말을 내뱉던 사람들을 돌아보았다. 뭔가 한 소리 해주고 싶었지만, 아무 생각도 나지 않았다. 고스란히 텅 비어버린 것만 같았다. 지금껏 처음 있는 일이었다.

뇌가 제대로 작동하지 않았다. 생각도, 반응도, 대꾸할 말도, 한심하고 미약한 것조차도 아예 떠오르지 않았다.

정말 이상한데. 그는 당황하며 이렇게 생각했다.

그리고 그대로 건물을 나가서 세워놓은 차로 돌아갔다.

적어도 내 입장에서는, 이제 스페이드 위크스는 완전히 사라져버린 거야. 절대 저런 곳으로 돌아가지는 않을 거라고. 그는 생각했다.

새로운 임무를 요청할 때가 된 것뿐이야. 다른 놈을 쫓을 때가 된 거라고. 그는 역겨움을 애써 억누르며 이렇게 결정했다.

놈들은 우리보다 강한 거야.

04

프레드라는 이름으로 등록한 스크램블 수트 차림의 일렁이는 형체는, 자신을 행크라고 칭하는 다른 일렁이는 형체를 마주했다.

"그럼 도나도, 찰리 프렉도 그 정도면 됐군. 어디 보자……." 행크의 금속성의 단조로운 목소리가 잠깐 찰칵거렸다. "좋아, 짐 배리스도 확인을 마쳤군." 행크는 수첩에 적힌 그의 이름 옆에 주석을 달았다. "그리고 더그 위크스는 죽었거나 이 지역을 벗어났다는 게 자네 생각인 거지."

"아니면 모습을 감추고 행동을 중단했을 수도 있지요." 프레드가 말했다.

"혹시 얼, 또는 아르 드 윈터라는 이름을 입에 담는 사람은 없었나?"

"없었습니다."

"몰리라는 이름은 어떤가? 덩치 큰 여자인데."

"없었습니다."

"2인조 흑인은 어떤가? 형제이고, 20세 정도, 햇필드나 그 비슷한 이름이라는데? 아마 헤로인을 1파운드 봉투에 담아 팔 텐데."

"파운드요? 헤로인을 1파운드 봉투에?"

"그렇다네."

"없습니다. 기억해두지요." 프레드가 말했다.

"스웨덴 출신, 키가 크고, 스웨덴식 이름. 남성. 군 복무 경력이 있고, 비뚤어진 유머 감각의 소유자. 몸집은 크지만 호리호리하고, 현금을 잔뜩 가지고 다니지. 아마 이번 달에 들어온 물건을 배급해서 벌어들인 돈일 거야."

"신경 쓰고 있겠습니다." 프레드가 말했다. "세상에, 파운드 봉투라니." 그는 고개를 저었다. 정확하게 말하자면 일렁이는 형체가 흐물거리며 흔들리는 정도였지만.

행크는 홀로그램 속의 수첩을 뒤적거렸다. "흠, 이 친구는 감방에 있고." 그는 사진을 한 장 들어 보인 다음, 뒷면을 읽었다. "아니, 이 친구는 죽었군. 아래층에 시신이 들어와 있다는데." 그는 계속 수첩을 넘겼다. 시간이 흘러갔다. "그 조라라는 여자는 성매매를 하는 것 같나?"

"아닐 겁니다." 조라 카하스는 고작 열다섯 살이었다. 이미 주사용 D물질에 완전히 맛이 간 상태로, 브레아 슬럼의 다락

90

방에 살았다. 난방 기구라고는 온탕기에서 나오는 열기뿐이었고, 수입원은 캘리포니아 주정부에서 지급하는 장학금뿐이었다. 그가 아는 한, 그 아이는 6개월 동안 학교에 나가지 않았다.

"혹시라도 확인되면 알려주게. 그러면 부모 추적 허가가 나오니까."

"알겠습니다." 프레드가 말했다.

"젠장, 10대 아이들은 순식간에 망가진다고. 요전번에 들어온 아이는 50대처럼 보이더군. 성긴 흰머리에, 군데군데 빠진 이빨에, 푹 파인 눈두덩에, 막대처럼 뻣뻣한 팔…… 몇 살이냐고 물었더니 열아홉이라지 않겠나. 우리는 믿지 못하고 다시 확인했지. 그리고 나이 많은 여성 경관이 물었어. '너 지금 몇 살로 보이는지 알고 있니? 거울 한번 보렴.' 아이는 거울을 들여다보고는, 흐느끼기 시작했다네. 나는 약을 얼마나 오래 했는지 물어봤지."

"1년은 됐겠죠." 프레드가 말했다.

"4개월이었다네."

"지금 시장에 도는 물건은 상당히 고약합니다." 프레드는 열아홉 살 소녀의 머리카락이 빠지는 광경을 머릿속에서 지우려 애쓰며 말했다. "질 나쁜 쓰레기를 섞어서 순도를 낮추더군요."

"그 아이가 어쩌다 약물에 빠졌는지 알고 있나? 오라비 두 명이 중개상이었는데, 그 아이를 침실로 들어가서 붙들고 약을 주사한 다음에 강간했다네. 둘이 함께 말이야. 굴복시켜 새로운 삶을 받아들이게 만들겠다, 뭐 그런 거였겠지. 우리가 여

기 끌고 오기 전까지 방구석에 몇 달 동안 감금당해 있었다
네."

"그놈들은 지금 어디 있습니까?" 잘하면 마주칠 수도 있으리
라는 생각이 들었다.

"약물소지죄로 6개월 형을 살고 있지. 그 아이는 임질도 걸
렸는데, 그런 줄도 모르고 지냈어. 제대로 치료를 안 해서 아주
뿌리를 깊이 내렸더군. 오라비라는 놈들은 그게 재미있다고
생각한 모양이야."

"대단한 놈들이군요." 프레드가 말했다.

"자네가 확실하게 치를 떨 만한 이야기를 하나 해주지. 페어
필드 병원에 있는 영아 세 명 알고 있겠지. 약물 중단을 시작하
기에는 너무 어려서 매일 스맥을 한 방씩 맞는 아이들 말이야.
간호사 한 명이 그걸로ㅡ."

"치가 떨리는군요. 됐습니다. 충분히 들었어요. 고맙습니다."
프레드는 기계적인 단조로운 목소리로 대답했다.

행크는 말을 이었다. "갓난아기가 부모 때문에 헤로인 중독
이 될 수 있다고 생각하면ㅡ."

"됐다고 했습니다." 프레드라는 이름의 일렁이는 형체가 말
했다.

"갓난아기를 얌전하게 만들려고, 울음을 멈추게 하려고 헤로
인을 과자처럼 주는 어머니를 현장 검거하려면 대체 뭘 해야
할 것 같나? 교외 농장에서 밤샘 잠복이라도 해야 하려나?"

"해봤자 그 정도겠죠." 프레드의 억양 없는 목소리가 울렸다.

"음주 단속처럼 주말에 일제 단속에 나서는 건 어떻습니까. 때론 미치는 방법을 알았으면 좋겠다는 생각이 드는군요. 알았던 것도 같은데 기억이 안 납니다."

"실전失傳된 기술이니까." 행크가 말했다. "잘 찾아보면 안내서라도 나올지 몰라."

"1970년대쯤에 〈프렌치 커넥션〉이라는 영화가 있었지요. 헤로인을 추적하는 2인조 약물 전담반 형사가 주인공인데, 목표를 처리하고 나서 한 명이 완전히 맛이 가서 눈에 띄는 모든 사람을 쏘기 시작했습니다. 자기 상관들까지요. 물론 아무것도 달라지지 않았습니다만."

"그렇다면 자네가 내 정체를 몰라서 다행이라고 해야겠군." 행크가 말했다. "우연한 사고 말고는 나를 죽일 방법이 없을 테니까."

"우리 모두 언젠가는 살해당할 겁니다." 프레드가 말했다.

"해방되는 거지. 확실한 해방을 맛보는 거야." 행크는 기록을 계속 뒤적이다가 말했다. "제리 패빈이라. 흠, 이 친구 이름은 지워도 되겠지. 신경 실어증 치료소행이니까. 복도 끝 친구들 말로는, 치료소까지 데려다준 경관들한테 청부살인자가 자신을 따라오고 있다고 말했다는군. 키가 1미터에, 다리도 없고, 수레를 몰면서 밤낮을 가리지 않고 따라오고 있다는 거야. 하지만 이걸 말하면 다들 화들짝 놀라 도망칠 거라서 아무한테도 말하지 못했다는군. 그렇게 친구가 다 떠나면 이야기를 할 사람도 없어질 거라서."

"그렇지요." 프레드는 냉정하게 대꾸했다. "패빈은 약에 머리가 먹혔습니다. 치료소에서 보내온 뇌전도 분석 결과는 확인했습니다. 그 친구는 잊어버리지요."

행크와 마주 앉아 결과를 보고할 때마다, 그는 자신의 내면 깊은 곳에서 모종의 변화가 일어나는 것을 느꼈다. 보통 끝난 후에야 눈치채는 일이었다. 생각해보면 이렇게 신중하고 무심한 태도를 유지하게 되는 이유가 있을 법했다. 무슨 사건을 꺼내든, 누가 화제에 오르든, 그와 면담하는 동안에는 전혀 감정이 흔들리지 않았으니까.

처음에는 양쪽 모두가 스크램블 수트를 입고 있어서, 물리적으로 상대방을 감지할 수 없기 때문이라 생각했다. 그러나 시간이 지나자 수트 때문에 달라질 일은 없다는 결론에 이르렀다. 그저 상황 자체가 그럴 뿐이었다. 행크가 일반적인 동정심이나 흥분을 폄하하는 것도 직업적인 이유 때문이었다. 분노나 사랑이나 다른 온갖 강렬한 감정은 서로에게 도움이 되지 않을 테니까. 범죄를, 강력범죄를, 프레드와 가까운 사람들이, 심지어 도나나 럭맨처럼 소중한 사람들이 저지르는 범죄를 논하는데, 자연스레 끓어오르는 격렬한 애착을 표출하는 일이 무슨 도움이 되겠는가? 중립적인 자세를 취할 수밖에 없다. 양쪽 모두 노력이 필요했고, 그가 행크보다 훨씬 애썼다. 그렇게 두 사람은 중립이 되었다. 중립적인 방식으로 대화를 나누고, 중립적인 태도를 취했다. 세월이 갈수록 조금씩 쉬워져서, 이젠 미리 마음을 다잡을 필요도 없었다.

그리고 면담이 끝난 다음에야, 온갖 감정이 되밀려 들어왔다.

그가 목격한 수많은 사건에 대한 분노가, 심지어는 공포조차도, 뒤늦게 몰려와 충격이 되었다. 예고편 없이 갑자기 밀려오는 영상이 마음을 짓눌러버렸다. 이렇게 머릿속에서 재생되는 광경은 언제나 소리가 너무 크게 울렸다.

그러나 탁자를 사이에 두고 행크를 마주하는 동안에는 그런 것들을 전혀 느낄 수 없었다. 이론적으로는 자신이 목격한 모든 것을 무심하게 서술할 수 있었다. 행크의 말에도 무심하게 귀를 기울일 수 있었다.

이를테면 "도나는 간염으로 죽어가고 있는데, 주삿바늘을 돌려서 최대한 많은 친구를 함께 데려가려고 애쓰는 중입니다. 관둘 때까지 권총 손잡이로 후려쳐주는 편이 좋을 것 같군요" 따위의 말도 대수롭지 않게 꺼낼 수 있었다. 자신의 여자인데도…… 마치 자신이 직접 목격했거나 명확한 사실인 양 말할 수 있었다. 또는 "도나가 싸구려 합성 유사 LSD를 사용하다 심각한 혈관 수축 증상을 일으켰고, 뇌혈관의 절반이 막혀버렸습니다"라던가 "도나가 죽었습니다" 같은 말도 할 수 있었다. 그러면 행크는 그 사실을 기록한 다음, 아마 "누가 그런 물건을 팔았지? 어디서 만들었지?" 같은 질문을 지껄일 것이다. "장례식이 열리는 장소를 알려주게. 참석자의 자동차 번호판과 이름을 확보해야겠군"이라고 물어볼 수도 있다. 그리고 그는 아무런 감흥도 없이 토의를 계속할 것이다.

프레드는 그럴 것이다. 그러나 프레드는 이후 밥 아크터로 변해야 한다. 보통은 피자헛과 아르코 주유소(요즘은 휘발유 1갤런에 1달러 2센트씩 받는) 사이의 보도 위에서 벌어졌다. 그때가 되면 끔찍한 기분과 함께 온몸에 선명한 감정의 색채가 돌아온다. 그의 의지로 피할 수 없는 일이었다.

프레드로 변하면 감정을 효율적으로 사용할 수 있다. 소방관이나 의사나 장의사도 작업 중에는 비슷한 현상을 겪는다. 그러나 이들은 경험한 모든 순간을 설명할 필요가 없다. 무력해질 때까지 자기 자신을 소모하고, 그래도 끝나지 않으면 주변 사람들의 기력을 소진시킬 뿐이다. 직장에서도, 개인으로도. 사람의 기력에도 한도가 있으니까.

행크가 이런 냉정한 태도를 강요한 것은 아니다. 그저 이렇게 되도록 용인한 것뿐이다. 프레드 본인을 위해서. 프레드는 그런 배려를 기꺼이 받아들였다.

"아크터는 어떤가?" 행크가 물었다.

스크램블 수트를 입은 프레드는 다른 사람들뿐 아니라 자기 자신에 대해서도 보고해야 한다. 그러지 않으면 그의 상관이, 그리고 그의 보고를 접하는 경찰 기관의 모든 사람이, 수트를 벗지 않아도 프레드의 정체를 알게 될 것이다. 그러면 곳곳에 침투한 첩자들이 자기네 조직으로 보고할 테고, 머지않아 다른 약쟁이들과 거실에 앉아서 연초를 피우고 알약을 삼키는 약쟁이 밥 아크터도 수레를 끌고 자신을 쫓아오는 1미터 키의 살인청부업자를 만나게 될 것이다. 그리고 그가 마주칠 자들은 제리 패빈이 본 것 같은 환각이 아닐 것이다.

"아크터가 딱히 일을 벌이는 기색은 없습니다." 프레드는 언제나처럼 대답했다. "어딘지 모를 블루칩 쿠폰 가게에서 일하면서, 낮에는 메스를 섞은 죽음을 한두 알씩 복용하고ㅡ."

"나는 확신을 못 하겠는데." 행크는 다른 서류 한 장을 만지작거리면서 말했다. "어떤 정보원이 제보를 하나 했어. 지금까지 보내온 정보가 결과로 이어진 사람이야. 그 친구 말로는 아크터가 블루칩 쿠폰 교환소에서 벌어들이는 것보다 훨씬 많은 돈을 쓰고 있다는 거야. 업장에 전화해서 확인해봤는데 입금액이 별로 많지 않더군. 조금 더 파고들어봤더니, 상근직이 아니라서 일주일 내내 붙어 있지도 않는다는 거야."

"그거 수상하군요." 프레드는 우울하게 말하며, 그 '훨씬 많은 돈'이 당연하지만 잠입 수사의 대가라는 사실을 되새겼다. 그는 매주 플라센티아의 멕시코 술집 겸 음식점에 있는, 닥터 페퍼 자판기로 위장된 기계에서 소액권으로 보상금을 받아 챙겼다. 그가 제공한 정보가 유죄판결로 이어졌기 때문에 받는 성과급이었다. 헤로인 대량 단속에 성공할 때면 터무니없이 많은 돈이 들어올 때도 있었다.

행크는 생각에 잠긴 채 서류를 계속 읽었다. "그리고 이 정보원에 따르면, 아크터는 종종 비밀리에 외출한다는 거야. 특히 해 질 무렵에, 귀가해서 식사를 마치자마자 뭐든 핑계를 대고 외출한다더군. 제법 서두르는 때도 있고. 하지만 오래 나가 있는 법은 없다는군." 행크가, 아니 그가 입은 스크램블 수트가 슬쩍 고개를 들고 프레드를 바라보았다. "자네도 이런 행동을 관찰한 적 있나? 진술을 확인해줄 수 있나? 이게 암시하는 바는 없나?"

"애인이 있으니, 도나한테 갔을 가능성이 크겠죠." 프레드가 말했다.

"'가능성이 크다'라니. 자네는 알고 있어야 하는 사람이잖나."

"도나입니다. 도나네 집으로 가서 시도 때도 없이 박아대고 있더군요." 그는 명백하게 불쾌한 기분이 되었다. "그래도 혹시 모르니 확인하고 결과를 알려드리지요. 그런데 그 정보원은 누굽니까? 아크터를 곤경에 빠트리려는 작자일지도 모르잖습니까."

"젠장, 우리도 몰라. 전화로 연락했으니까. 싸구려 변조기를 써서 정체를 확인할 수도 없었어." 행크는 너털웃음을 터트렸다. 금속성으로 울리는 웃음소리가 귀에 거슬렸다. "하지만 소리가 뭉개지지는 않더군. 그거면 충분하지."

"세상에." 프레드는 항변했다. "머릿속이 타버린 약쟁이 짐 배리스가 정신분열증이 도져서 아크터의 목에 현상금을 걸려고 마음먹은 거겠지요! 배리스는 감방에서 전기수리 강좌를 잔뜩 수강한 데다가, 중장비 정비 기술도 있습니다. 저라면 그 작자를 정보원으로 사용하지는 않을 겁니다."

행크가 말했다. "그자가 배리스인지 아닌지는 아무도 몰라. 그리고 배리스가 단순한 '머리가 타버린 약쟁이'가 아닐 가능성도 있지 않나. 여러 사람이 이 문제를 조사하는 중일세. 자네에게 도움이 될 만한 정보는 아직 없지만. 적어도 지금까지는 말이야."

"어쨌든 아크터의 친구 중 하나겠군요." 프레드가 말했다.

"그래, 약물에 취해서 보복하려 드는 건 분명하지. 이 약쟁이 놈들은 조금만 기분이 틀어져도 당장 서로를 밀고하려 드니까. 사실 아크터를 가까운 곳에서 지켜보는 자라는 느낌이 들기는 했다네."

"대단한 놈이군요." 프레드는 쓰게 내뱉었다.

"뭐, 어쨌든 정보란 그런 식으로 들어오는 거잖나. 이 친구가 한 일과 자네의 임무에 딱히 차이가 있나?"

"저는 원한 때문에 그런 짓을 벌이지는 않습니다." 프레드가 대꾸했다.

"그럼 이 일에 뛰어든 진짜 이유가 뭔가?"

프레드는 잠시 침묵하다가 대답했다. "빌어먹을, 저도 모르겠군요."

"자네는 위크스 수사에서 손 떼게. 내 생각에는, 한동안 자네에게 밥 아크터 감시를 맡겨야 할 것 같네. 그 친구한테 가운데 이름이 있던가? 이름의 이니셜을 보면─."

프레드는 목이 졸린 로봇 같은 신음을 흘렸다. "왜 아크터입니까?"

"비밀리에 자금 지원을 받고, 비밀리에 운용하고, 그런 행동으로 적을 만들고 있잖은가. 아크터의 가운데 이름이 뭐지?"

행크는 펜을 내리지 않고 차분하게 말했다. 진심으로 듣고 싶은 모양이었다.

"포슬스웨이트입니다."

"그걸 어떻게 쓰나?"

"모르죠. 빌어먹을, 제가 어떻게 압니까." 프레드가 말했다.

"포슬스웨이트라." 행크는 이렇게 말하며 글자 몇 개를 끼적였다. "이게 어느 나라 이름이야?"

"웨일스죠." 프레드는 짧막하게 대답했다. 소리가 거의 들리지 않을 지경이었다. 귀가 일렁이다 사라져버린 것만 같았다. 다른 감각들도 차례로 그 뒤를 따랐다.

"웨일스라, 그게 '할렉의 사나이들' 노래를 부르는 친구들 맞지? 그런데 '할렉'이 뭔가? 시골 마을 같은 건가?"*

"할렉은 1468년에 요크가의 군세가 침공했을 때 영웅적인 방어전을 수행한—." 프레드는 말을 멈추었다. 젠장, 이건 끔찍하잖아. 그는 생각했다.

"잠깐, 그것도 적어놔야겠군." 행크는 다시 펜을 바삐 놀리며 말했다.

프레드는 물었다. "그럼 아크터의 집과 자동차에 탐지기를 설치할 겁니까?"

"그래, 홀로그램 시스템을 탑재한 신형을 써야지. 이쪽이 실적이 좋고, 요즘 몇 개를 회수했다네. 아마 자네도 자료와 인쇄

---

* 웨일스의 군 행진곡인 〈할렉의 사나이들〉은 1960년대에 영화 〈줄루〉의 주제곡과 라디오 배경음악 등으로 사용되어 유명해졌다.

물을 전부 확인하고 싶겠지." 행크는 그 사실도 기입했다.

"손 닿는 것들은 전부 확인해야죠." 프레드가 말했다. 그는 돌아가는 상황에 완전히 얼이 빠져 있는 상태였다. 얼른 면담 시간이 끝나기만 바랄 뿐이었다. 끝나고 알약 한두 개만 털어 넣으면—.

맞은편에 앉은 일렁이는 형체는 계속 뭔가를 써내려갔다. 온갖 최신식 기계장치의 형식번호가 서류의 공란을 메웠다. 승인이 떨어지면 전부 그에게 제공될 장비다. 그리고 그는 이 최신식 24시간 감시 체계를 자신의 집에 설치해서, 자신을 감시하기 시작할 것이다.

배리스는 11센트어치의 가재도구로 만든 소음기를 한 시간째 손보고 있었다. 은박지와 발포고무 한 조각만으로도 거의 성공에 가까워졌다.

밥 아크터의 뒤뜰에서, 한밤중의 어둠 속에서, 무성한 잡초와 쓰레기더미 사이에서, 그는 수제 소음기를 단 권총을 쏠 준비를 했다.

"이웃에 들릴 텐데." 찰스 프렉은 초조한 기색이었다. 사방에 불이 훤한 창문들이 보였다. 많은 사람들이 텔레비전을 시청하거나 조인트를 말고 있을 것이다.

한쪽 어둑한 구석에 느긋하게 앉아서 지켜보던 럭맨이 대꾸했다. "이 동네에서는 살인 말고는 신고도 안 해."

"소음기는 또 왜 필요한 거야?" 찰스 프렉은 배리스에게 물었다. "그러니까 내 말은, 그거 불법이잖아."

배리스는 우울하게 대꾸했다. "퇴보한 사회에서 타락한 개인들과 어울려야 하는 요즘 같은 시대에는, 제 몫을 하는 사람이라면 누구나 총을 가지고 다녀야 하니까. 자기 몸을 지키려면." 그는 눈을 가늘게 뜨고 수제 소음기를 붙인 권총을 발사했다. 엄청난 폭음이 울리며 세 사람은 잠시 귀가 먹먹해졌다. 멀리 어디선가 개가 짖기 시작했다.

배리스는 미소를 머금으며 발포고무 위에 감은 은박지를 떼어내기 시작했다. 상당히 즐거워 보였다.

"소음기 한번 대단하네." 찰스 프렉은 경찰이 언제 등장할지 조바심 내며 이렇게 말했다. 순찰차가 잔뜩 찾아오겠지.

배리스는 그와 럭맨에게 탄환이 발포고무에 남긴 검게 타들어간 경로를 보여주며 설명했다. "이게 소리를 죽이는 게 아니라 증강시키는 역할을 한 모양이야. 하지만 거의 제대로 됐군. 어쨌든 이론적으로는 성공한 셈이니까."

"그 총은 얼마나 해?" 찰스 프렉이 물었다. 그는 총을 소유해본 적이 없었다. 나이프는 몇 번 있었지만 항상 누군가 훔쳐 가버렸다. 한번은 그가 화장실에 있는 동안 여자가 훔쳐 간 적도 있었다.

"별로 안 해." 배리스가 말했다. "이런 중고품은 30달러 정도지." 그는 권총을 프렉에게 내밀었지만, 그는 불안한 얼굴로 뒤로 물러섰다. "자네한테 팔지. 진짜로 필요하다고. 자네를 해치려는 자들로부터 몸을 보호해야 할 거 아냐."

"그런 작자들이 아주 많을 테니까." 럭맨은 웃음을 지으며 특유의 빈정대는 말투로 말했다. "저번에 LA타임스에서 읽었는데, 프렉을 가장 제대로 처리할 수 있는 사람에게 트랜지스터 라디오를 경품으로 준다더군."

"보그워너 회전속도계하고 교환하는 건 어때." 프렉이 말했다.

"길 건너 친구 차고에서 훔친 거잖아." 럭맨이 말했다.

"뭐, 그 총도 어차피 훔친 물건일 거 아냐." 찰스 프렉이 말했다. 뭐든 실제 가치가 있는 물건은 거의 전부 어떤 식으로든 훔친 물건이었다. 도난당할 만큼 가치가 있다는 뜻이기도 했다. "솔직히 말하면, 길 건너 놈도 훔친 물건이었어. 아마 주인이 열다섯 번은 바뀌었을 거라고. 사실 진짜 끝내주는 속도계이기는 하잖아."

"훔친 물건이라는 건 어떻게 알지?" 럭맨이 물었다.

"그야 당연히…… 그놈 차고에는 잘린 전선이 덜렁거리는 속도계가 여덟 개나 놓여 있다고. 훔친 게 아니라면 그 많은 물건으로 대체 뭘 하겠어? 속도계를 여덟 개나 사는 사람도 있어?"

럭맨은 배리스를 보고 말했다. "넌 두뇌검사기 때문에 바쁜 줄 알았는데. 그쪽은 벌써 끝냈어?"

"밤낮으로 그 물건에만 매달릴 수는 없지. 끔찍할 정도로 대규모 작업이란 말이야. 때론 기분전환도 해야지." 배리스는 이렇게 대꾸하며 복잡하게 생긴 주머니칼을 꺼내 발포고무를 한 조각 더 잘라냈다. "이러면 완전히 아무 소리도 안 날 거야."

"밥은 네가 두뇌검사기를 수리하고 있다고 생각할 텐데." 럭맨이 말했다. "자기 방 침대에 누워서 그렇게 생각하고 있는데, 너는 여기 나와서 권총이나 쏘고 있고. 저 기계를 수리해주는 대가로 밀린 방세를 탕감하기로 한 거 아니었—."

"훌륭한 맥주처럼, 파손된 전자기기의 재구축 작업 또한 섬세하고 고난으로 가득한 법이므로—."

"됐어. 그냥 최신식 11센트짜리 소음기나 열심히 시험하라고." 럭맨은 이렇게 말하고 트림을 했다.

충분히 참았다고, 로버트 아크터는 생각했다.

그는 조명이 흐릿한 침실에 홀로 누워서 우울하게 허공을 바라보고 있었다. 베개 아래에는 32구경 경찰용 리볼버가 놓여 있었다. 배리스가 뒤뜰에서 22구경을 쏘는 소리에, 반사적으로 침대 밑에서 총을 꺼내서 손 닿는 곳에 둔 것이다. 단순히 모든 부류의 위험에 대비하기 위한, 안전을 위한 행동이었다. 심지어 의식적으로 명확하게 생각한 것도 아니었다.

그러나 베개 아래의 32구경 권총은 간접적인 공격에는 아무 도움도 되지 않을 것이다. 예를 들어 그의 가장 소중하고 비싼 소지품에 대한 사보타주 같은 것에는. 그는 행크에게 보고하고 돌아오자마자 다른 전자기기가 무사한지 전부 확인했다. 특히 자동차가 중요했다. 이런 상황에서는 항상 자동차부터 확인해야 한다. 누가 무슨 의도로 저지른 일인지는 몰라도, 비겁하고 교활한 짓거리라는 점은 명백했다. 일관된 의도도 배짱도 없는 머저리가 삶의 테두리 안으로 몰래 들어와서, 안전하게 몸을 숨기고 간접적으로 무차별 사격을 시도한 것이다. 인간이라기보다는 단순히 몸을 숨기고 돌아다니며 자기 삶의 방식을 질병처럼 퍼트리는 존재라고 불러야 할 것이다.

그도 한때는 이런 식으로 살지 않았다. 32구경을 베개 아래 숨기고, 뒤뜰에서는 정신병자가 아무도 모를 이유로 권총을 쏴대고, 다른 약쟁이 또는 바로 그 정신병자가 자신의 맛이 간 뇌구조를 들이대서 이 집의 모든 사람과 친구들이 소중히 여기며 즐기는 두뇌검사기의 회로가 터지게 만드는, 이따위 삶을 살지 않았던 적도 있었다. 밥 아크터도 예전에는 다른 식으로 살았다. 다른 아내들과 다르지 않은 아내도 있었고, 어린 딸도 둘 있었고, 제대로 청소도 되고 매일 쓰레기도 버리는 안정적인 가정을 꾸리며 살았다. 펼쳐보지도 않은 신문은 집 앞 쓰레기통에 꼬박꼬박 던져 넣고, 때로는 신문을 읽기까지 했다. 그러나 어느 날, 아크터는 전기 팝콘기를 싱크대 아래에서 꺼내다가 바로 위에 있는 부엌 선반 모서리에 머리를 부딪치고 말았다. 갑작스럽게 찾아온 부당한 고통과 두피에 난 상처가, 정확히 어떤 방식인지는 몰라도 그의 머릿속 거미줄을 걷어내 주었다. 그는 즉시 자신이 혐오하는 대상이 부엌 선반이 아니라는 사실을 깨달았다. 그가 혐오하는 대상은 자신의 아내, 두 딸, 집 전체, 전동 잔디깎이가 놓여 있는 뒤뜰, 차고, 태양열 급탕 시스템, 앞뜰, 울타리, 이 빌어먹을 장소 자체와 그곳에 사는 인간 전부였던 것이다. 이혼하고 싶었다. 갈라서고 싶었다. 그래서 그는 곧 그 충동을 따랐다. 그리고 그런 모든 것을 배제한 새롭고 음침한 삶에 조금씩 빠져들었다.

이런 결정을 후회하는 쪽이 정상일지도 모른다. 그러나 그는 후회하지 않았다. 과거의 삶에는 흥분도 모험도 없었다. 지나치게 안전했다. 삶을 구성하는 모든 요소가 고스란히 눈앞에 진열되어 있고, 새로운 것이라고는 기대조차 할 수 없었다. 한때 그 삶이 작은 플라스틱 배와 같다고 생각한 적이 있었다. 아무 사고도 없이 영원히 항해하다 결국 가라앉아버리는 배와 같다고. 침몰하는 순간 모든 사람이 몰래 안도의 한숨을 내쉬는 그런 장난감 배라고.

그러나 그가 지금 거주하는 어둑한 세계에서는 꾸준히 고약하고 놀라운 일들이 벌어졌다. 그리고 아주 드물지만 사소한 경이를 느낄 때도 있었다. 뭐든 안심할 수 없었다. 알텍제製 두뇌투영검사기가 악의적인 파괴의 대상이 된 것도 그런 사건 중 하나였다. 그의 일과에서 그 기계장치는 즐거움을 담당했다. 주변 사람들 모두가 긴장을 풀고 느긋하고 달콤하게 서로를 대할 수 있는 시간이었다. 이성적으로 생각하면 그걸 망가트리는 것 자체가 말이 안 되는 일이었다. 그러나 이곳에 드리운 길고 어두운 저녁나절의 그림자 중에는, 엄밀하게 말해 진정으로 논리적인 존재는 없었다. 누구든, 무슨 이유로든, 그런 이해할 수 없는 행동을 저지를 수 있었다. 그가 알거나 만난 적 있는 모든 사람이 용의자였다. 환상이 아니라 현실 속에서 움직이는 맛이 간 중독자, 다양한 괴짜, 뇌가 타버린 약쟁이, 환각 속의 원한에 사로잡힌 병적인 피해망상 환자들이 족히 백여 명은 될 것이다. 사실 아예 만난 적 없는 사람일 수도 있다. 그저 전화번호부에서 무작위로 그를 선택한 것일지도 모른다.

아니면 절친한 친구일 수도 있지.

제리 패빈일지도 모른다. 실려가기 전에 저지른 일일지도 모른다. 그는 머릿속이 타버리고 중독되어 껍데기만 남은 채로, 수십억 마리의 진딧물에 시달리다 퇴장했다. 그는 도나를, 아니 세상의 모든 여자를, 자신을 '감염'시켰다는 이유로 비난했다. 묘한 행동이었다. 하지만 제리가 누군가 괴롭히려고 마음을 먹었다면 내가 아니라 도나를 목표로 삼았을 것이라고, 그는 생각했다. 게다가 제리라면 기계의 밑판을 들어내지도 못했을 거야. 시도야 할 수 있겠지. 하지만 그랬으면 아직도 여기 앉아서 같은 나사를 조였다 풀었다만 반복하고 있을걸. 아니면 망치로 밑판을 깨부수려 들거나. 게다가 제리 패빈이 저지른 일이었다면, 그 친구한테서 떨어진 벌레 알이 기계에 잔뜩 들러붙어 있지 않겠어. 밥 아크터는 이렇게 생각하며 속으로 뒤틀린 웃음을 지었다.

불쌍한 개자식 같으니. 그를 떠올리자 내면의 웃음도 잦아들었다. 일정량 이상의 복합 중금속이 두뇌에 축적되면, 그걸로 모두 끝나버린다. 같은 식으로 사라진 사람들의 기나긴 목록에, 거의 끝없이 이어지는 뇌가 손상된 저능아들의 목록에 한 명이 추가되는 것뿐이다. 물론 생물학적으로 보자면 죽은 건 아니다. 하지만 영혼은, 정신은, 다른 모든 것은 죽은 거였다. 반사적으로 행동하는 기계나 다름없는 존재가 된다. 마치 곤충처럼. 엉망으로 뒤얽힌 단 하나의 행동 패턴을 계속 반복할 뿐이다. 상황과는 무관하게.

제리가 예전에 어떤 사람이었을지 궁금하다고, 그는 생각했다. 제리와는 그리 오래 알아온 사이가 아니었다. 찰스 프렉은 제리가 한때 제법 견실한 사람이었다고 주장했다. 아크터는 자기 눈으로 직접 확인하지 못한 이상 믿을 수 없다고 생각했다.

아무래도 행크한테 두뇌검사기가 망가진 일을 털어놓아야 할지도 모른다고, 그는 생각했다. 본부에서는 그게 무슨 의미인지 즉각 알아챌 것이다. 하지만 그런다고 뭘 해줄 수 있을까? 이런 부류의 업무에는 필연적으로 따라오는 위험일 뿐인데.

이런 일에는 그럴 가치 따위는 전혀 없다고, 그는 생각했다. 이 빌어먹을 행성의 돈을 전부 모아도 부족할 것이다. 아니, 애초에 돈 문제도 아니었다. 예전에 행크가 "어쩌다 이런 일을 하게 됐나?" 물은 적이 있었다. 그러나 무슨 일을 하든, 자신의 진짜 의도를 명확히 알고 있는 사람이 있기는 할까? 그래, 따분해서, 조금이라도 몸을 풀고 싶어서일지도 모른다. 아니면 주변의 모든 사람에게, 모든 친구에게, 심지어 여자들에게까지 내밀한 적개심을 품고 있어서일지도 모른다. 아니면 정말 끔찍한 일이지만 긍정적인 이유 때문일지도 모른다. 이를테면 마음 깊이 사랑하는 사람을 지켜보기 위해서라던가, 진짜로 가까워진 사람을 껴안고 함께 잠들고 입을 맞추고 걱정하고 깊은 관계가 되고 다른 무엇보다 경애하기 위해서일지도 모른다. 따스한 체온을 가진 실제 인간이 내면에서 타들어가기 시작하는, 심장에서 시작된 불길이 밖으로 번져나가는 모습을 보기 위해서일지도 모른다. 마침내 곤충처럼 달각거리는 울음소리를, 같은 문장을 계속 반복해서 입에 담는 존재가 될 때까지. 녹음기처럼. 끊임없이 반복되는 테이프처럼.

"……한 방만 더 맞았더라면 분명……."

모두 괜찮아졌을 텐데, 하고 그는 생각했다. 그리고 제리 패빈처럼 두뇌의 4분의 3이 곤죽이 되어버린 상태에서도 계속 같은 말만 반복하고 있겠지.

"……한 방만 더 맞았더라면 분명, 내 두뇌도 저절로 고쳐졌을 텐데."

순간 깨달음이 번득였다. 제리 패빈의 두뇌는 두뇌투영검사기의 엉망이 된 배선이다. 전선이 끊어지고, 단락이 일어나고, 엉망으로 꼬이고, 부속에는 과부하가 걸려 제대로 작동하지 않고, 과전류가 일어나고, 연기와 고약한 냄새를 풍기는 배선이다. 그리고 누군가 전압계를 들고 그곳에 앉아서, 회로를 더듬으며 "이런, 세상에, 저항하고 콘덴서를 꽤 많이 바꿔야겠는데" 따위의 말을 중얼거린다. 그러다 결국 제리 패빈한테서 흘러나오는 소리는 60사이클의 흥얼거림으로 졸아들어버린다. 마침내 그들도 포기한다.

그리고 밥 아크터의 거실에서는, 천 달러를 주고 사들인 알텍 사의 주문제작 두뇌투영검사기가, 아마 수리를 마친 다음이겠지만, 벽에 영상을 투사할 것이다. 온통 칙칙한 회색에, 점하나만 남아 계속 이렇게 중얼거리는 영상을.

한 방만 더 맞았더라면 분명…….

그리고 수리할 수 없을 정도로 망가진 두뇌검사기는, 수리할 수 없을 정도로 망가진 제리 패빈과 함께, 같은 쓰레기통에 처박힐 것이다.

아, 젠장, 하고 그는 생각했다. 제리 패빈은 어차피 이제 아무 쓸모도 없잖아? 과거의 제리 패빈이었다면 또 모르지. 친구에게 줄 선물로 3미터 길이의 텔레비전 콘솔 시스템을 설계하고 제작할 계획을 꾸몄던 친구 말이야. 그렇게 크고 무거운 물건을 어떻게 차고에서 꺼내서 친구네 집까지 가져다줄 거냐고 물어보니까, "걱정하지 말라고, 그냥 접으면 되니까. 벌써 경첩은 사났거든. 자, 보라고, 이렇게 전체를 전부 접으면 깔끔하게 편지봉투에 들어갈 테니까, 그대로 우편으로 보내면 되지"라고 대답했던 친구 말이야.

밥 아크터는 계속 생각했다. 어쨌든 이제 제리 패빈이 들렀다 갈 때마다 진딧물을 쓸어내느라 애쓸 필요는 없겠지. 그 생각을 하니 웃음을 터트리고 싶은 기분이 되었다. 그들은 한때 진딧물 증상에 대한 심리학적 설명을 만들어내는 놀이를 즐겼다. 보통은 재치 있는 럭맨이 앞장섰다. 제리 패빈이 어릴 적에 겪은 일과 연관이 있는 게 당연하다고, 그들은 운을 떼곤 했다.

이를테면 이런 식이었다. 꼬맹이 제리 패빈이 1학년 수업을 끝마치고 조그만 책들을 겨드랑이에 끼고 콧노래를 부르며 귀가한다. 그런데 거실 소파의 어머니 옆자리에, 몸길이 120센티미터짜리 거대한 진딧물이 앉아 있는 것이다. 그의 어머니는 진딧물을 사랑스러운 눈빛으로 바라보고 있다.

"이게 무슨 일이에요?" 꼬맹이 제리 패빈이 묻는다.

"이쪽은 너희 형이란다. 너는 처음 만나는 거겠구나. 오늘부터 우리 집에서 함께 살 거란다. 너보다 이 아이가 더 마음에 드는구나. 네가 못 하는 일을 정말 많이 할 줄 알거든."

이후로 제리 패빈의 부모는 끊임없이 그를 진딧물인 형과 비교하며 깎아내린다. 당연하게도 제리는 형과 함께 성장하면서 계속 열등감이 깊어져간다. 고등학교를 졸업한 형은 장학금을 받으며 대학에 진학하고, 제리는 주유소에서 일하는 신세가 된다. 마침내 진딧물 형은 유명한 의사나 과학자가 되고, 노벨상도 받는다. 제리는 여전히 주유소에서 타이어나 갈아 끼우면서 한 시간에 1달러 50센트를 받는다. 그의 부모는 이 사실을 끊임없이 상기시킨다. 계속 이렇게 말한다.

"네가 너희 형의 반이라도 닮았더라면 말이다."

마침내 제리는 집에서 도망친다. 그러나 그는 무의식적으로 여전히 진딧물이 자신보다 우월하다고 믿고 있다. 처음에는 이제 안전해졌다고 생각했지만, 이내 사방에서 진딧물을 보기 시작한다. 머리카락에도, 집 안에도. 그의 열등감이 일종의 성적 죄책감이 되었기 때문에, 그리고 진딧물은 스스로 가하는 형벌이기 때문에, 기타 등등.

이제 그리 재밌지 않았다. 제리는 친구들의 요청에 의해 한밤중에 끌려 나갔다. 그날 밤에는 그들 세 사람도 전부 제리와 함께 있었고, 그렇게 하는 데 동의했다. 미루거나 피할 수 있는 일이 아니었다. 그날 밤, 제리는 집 안의 모든 물건을, 소파와 의자와 냉장고와 텔레비전까지, 아마 전부 합치면 500킬로그램은 나갈 법한 잡동사니를 끌어다 현관문을 막아버렸다. 그리고 모든 이들에게 외계 행성에서 온 초지성을 가진 진딧물이 집 안으로 쳐들어와서 그를 끌고 갈 준비를 하고 있다고 선언했다. 심지어 그놈을 처치해도 결국 더 몰려올 것이라고. 이런 외계 진딧물 종족은 그 어떤 인간보다도 훨씬 영리하며, 필요하면 숨은 힘을 발휘해서 그대로 벽을 뚫고 들어올 수도 있다고 했다. 그는 자신을 최대한 지키기 위해서 집 안을 시안화가스로 가득 채울 준비를 마친 상태였다. 그 준비를 어떤 식으로 했더라? 제리는 모든 창문과 문을 전부 테이프로 봉해놓고, 그런 다음에는 주방과 화장실의 수도꼭지를 전부 틀어서 집 안을 가득 채울 생각이었다. 차고의 온수 탱크가 물이 아니라 시안화가스로 가득 차 있다고 생각했기 때문이다. 아주 오래전부터 알고 있었지만, 최후의 순간에 비장의 방어수단으로 사용하려고 모른 척하던 것이었다. 물론 그와 친구들도 전부 죽겠지만 적어도 초지성 진딧물의 침입을 막아주기는 할 것이다.

친구들은 경찰에 전화했고, 경찰은 문을 부수고 진입해서 제리를 신경 실어증 치료소로 끌고 갔다. 제리가 친구들에게 마지막으로 던진 말은 이랬다. "내 물건은 나중에 가져다줘. 특히 등에 구슬이 박힌 새 재킷은 꼭 가져다줘야 해." 얼마 전에 산 물건이었다. 정말 마음에 드는 모양이었다. 이제는 그가 좋아 하는 유일한 물건이나 다름없었다. 다른 모든 소지품은 감염 되었다고 여겼으니까.

아니, 이젠 조금도 우습지 않다고, 밥 아크터는 생각했다. 애 초에 왜 웃겼는지도 짐작이 가지 않았다. 어쩌면 공포에서 피 어났기 때문일 수도 있을 것이다. 제리와 함께 지낼 시간이 몇 주밖에 남지 않았다는 공포 때문이었을지도 모른다. 제리는 자신이 밤에 가끔 산탄총을 들고 집 안을 돌아다닌다고 털어 놓았다. 적의 기척이 느껴지기 때문이었다. 총에 맞기 전에 먼 저 쏘려고 준비한 채로. 그러니까, 그와 적 양쪽 모두가.

그리고 이제 나한테도 적이 생겨버렸다고, 밥 아크터는 생 각했다. 아니면 적어도 그 작자의 단서를 잡기는 했지. 마치 제 리처럼, 마지막 단계를 향해 곤죽 속으로 한 발짝 더 나간 것 이다. 그리고 마지막 한 방은, 정말 황홀할 정도로 끝내줄 것이 다. 황금 시간대 텔레비전에서 선전하는 포드나 GM보다도 훨 씬 끝내줄 것이다.

누군가 침실 문을 두드렸다.

그는 베개 밑의 권총을 만지작거리며 물었다. "누구야?"

웅얼웅얼. 배리스의 목소리였다.

"들어와." 아크터는 이렇게 말하며 손을 뻗어 침대 옆의 등불 을 켰다.

배리스가 눈을 반짝이며 들어왔다. "자네 아직도 깨어 있었나?"

"꿈을 꿔서 깼어." 아크터가 대답했다. "종교적인 꿈이었지. 갑자기 천둥이 울리더니 하늘이 양쪽으로 갈라지며 하느님이 등장해서는 우렁찬 목소리로 나한테 말하는 거야. 젠장, 뭐라고 했더라? 아, 맞아. '너 때문에 화가 나는구나, 나의 아들아.' 그러면서 대놓고 노려보더라고. 꿈속의 나는 온몸을 떨면서 하늘을 올려다보고 말했어. '제가 이번에는 또 뭘 잘못한 겁니까?' 그랬더니 하느님이 '치약 뚜껑을 또 열어놓지 않았느냐' 라더라고. 덕분에 그게 이혼한 마누라라는 사실을 깨달았지."

배리스는 자리에 앉아서, 가죽을 덧댄 무릎에 손을 올리고 몸가짐을 바로잡은 다음, 고개를 젓고는 아크터를 마주했다. 아주 즐거운 것처럼 보였다. 입을 여는 그의 목소리는 활기차게 들렸다. "그게 말이야, 악의를 품고 자네 두뇌검사기를 체계적으로 망가트리고 비슷한 일을 다시 저지를지도 모르는 사람이 누군지에 대해서, 내가 이론적 가정을 하나 세웠거든."

"럭맨이 그랬다고 말할 생각이라면—."

"좀 들어봐." 배리스는 몸이 달아오른 듯 앞뒤로 흔들며 말을 끊었다. "그, 보자, 내가 지난 몇 주 동안 가전기기 하나가 심각한 고장을 일으키길 기대해왔다면 어떻겠어? 특히 수리하기 힘든 비싼 물건이 말이야? 내 이론 때문에 이런 일이 벌어진 셈이라고! 내 대통합 이론을 확인한 셈이란 말이야!"

아크터는 그를 노려보았다.

배리스는 천천히 다시 얌전해지며 차분하고 환한 미소를 되찾았다. "네가," 그는 이렇게 입을 열며 아크터를 가리켰다.

"내가 그랬다고 생각하는 거지." 아크터가 말했다. "내가 스스로 두뇌검사기의 나사를 풀었다는 거잖아. 보험 따위도 안 들었는데." 혐오와 분노가 끓어오르기 시작했다. 한밤중에 쳐들어와서 무슨 헛소리야. 나는 자야 한다고.

"아니, 아냐." 배리스는 고뇌하는 표정으로 서둘러 부인했다. "네가 그런 일을 저지른 사람을 마주하고 있다고 말하려던 거야. 네 두뇌검사기를 망가트린 사람 말이야. 차마 입 밖에 내기가 힘들어서 머뭇거리고 있던 거라고."

"네가 그랬다고?" 그는 상황을 짐작조차 못 한 채로 배리스를 바라보았다. 배리스의 흐리멍덩한 눈 속에는 어스레한 승리감이 감돌고 있었다. "왜?"

"아니, 그러니까 내 이론에 따르자면 그렇다는 거야. 최면 후 암시에 걸려서 저지른 일이 분명해. 기억 억제까지 걸어놓아서 기억을 못 하는 거라고." 그는 웃음을 터트렸다.

"헛소리는 나중에 해." 아크터는 이렇게 말하며 침대 곁의 등불을 껐다. "아주 한참 후에."

배리스는 머뭇거리며 자리에서 일어났다. "어쨌든, 한번 생각해보라고. 나는 상당히 전문적인 수준의 전자기기 수리 기술을 가지고 있고, 두뇌검사기에도 접근이 용이하지. 여기 사니까. 내가 파악할 수 없는 건 범행 동기뿐이란 말씀이야."

"맛이 가서 한 거겠지." 아크터가 말했다.

"어쩌면 비밀부대에서 나를 고용한 걸지도 모르겠어." 배리스는 당황한 기색으로 중얼거렸다. "그럼 그들의 동기는 뭘까? 어쩌면 우리 사이에 의심과 반목을 심으려는 걸지도 모르겠군. 불화를 일으켜서 서로 다투게 만드는 거야. 우리 모두를. 누구를 믿을 수 있고 누가 적인지를 판별하기 힘들게 하려는 거지."

"그렇다면 성공한 셈이로군." 아크터가 대꾸했다.

"하지만 그럴 이유가 뭐가 있겠어?" 베리스는 문을 향해 걸음을 옮기며 말했다. 다급한 듯 손을 펄럭이면서. "엄청나게 번잡스러운 일이잖아. 장치의 밑면을 제거하고, 현관문을 통과할 열쇠를 손에 넣고―."

홀로스캐너 사용 허가가 떨어져서 집 안에 잔뜩 설치하면 정말 기쁠 것 같다고, 밥 아크터는 생각했다. 그는 총을 만지며 안도감을 느끼고는, 문득 총알이 가득 장전되어 있는지 확인해야겠다는 생각을 했다. 그러나 다음 순간, 확인 후에도 공이를 빼냈거나 탄환에서 화약을 제거하지는 않았는지 걱정하게 될 것이라는 깨달음이 찾아왔다. 걱정은 끊임없이 계속될 것이다. 마치 공포를 덜기 위해 보도의 갈라진 부분을 세는 어린아이처럼, 강박적으로 걱정할 것이다. 꼬마 밥 아크터는 1학년 수업을 끝마친 어린이처럼, 작은 교과서 꾸러미를 들고 움찔거리며 귀가하고 있는 것이다. 앞으로 펼쳐질 미지의 세계가 두려워 어쩔 줄 모르면서.

그는 손을 아래로 뻗어 침대 프레임을 더듬다가, 마침내 스카치테이프를 찾았다. 그는 테이프를 뜯어서 콰크를 섞은 D물질 알약을 두 개 꺼냈다. 배리스는 방 안에 서서 그 모습을 고스란히 지켜보고 있었다. 그는 손을 입가로 가져가서, 물도 없이 그대로 삼킨 다음에, 한숨을 쉬며 다시 자리에 누웠다.

"썩 꺼져." 그는 배리스에게 말했다.

그리고 잠들었다.

05

감시장치는 집 안의 모든 장소에, 심지어 이미 다른 부서에
서 도청하고 있을 전화기에도 설치해야 한다. 따라서 제대로
(오차 없이 정확한 장소에) 설치하려면 밥 아크터가 집에 없어
야 한다. 보통 설치 작업을 할 때는 해당 가옥에서 모든 사람
이 장시간 외출하는 것이 확인될 때까지 기다린다. 때론 며칠
이나 몇 주일을 기다려야 할 때도 있다. 그렇게 기다려도 원하
는 환경이 조성되지 않는다면, 따로 구실을 마련한다. 훈증 소
독 따위의 한심한 작업을 할 사람이 방문해야 하니 모든 사람
이 오후 내내, 이를테면 오후 6시까지 꺼져 있어달라고 요청하
는 것이다.

그러나 이번 경우에는 용의자인 로버트 아크터는 순순히 집
을 비울 것이다. 그것도 두 명의 동거인까지 함께 끌고서. 그

는 배리스가 수리를 마칠 때까지 사용할 두뇌투영검사기를 빌려올 생각이었다. 세 사람이 결의로 가득한 진지한 얼굴로 아크터의 차를 타고 떠나는 모습이 목격될 것이다. 그리고 나중에 기회가 되면, 즉 주유소의 공중전화가 보이면, 프레드는 스크램블 수트의 오디오 장치를 이용해서 그날 내내 집에 아무도 없을 것이 확실하다고 보고할 것이다. 누군가 50달러에 내놓은 싸구려 장물 두뇌검사기를 찾아서 세 남자가 샌디에이고까지 내려갈 계획을 세우는 걸 엿들었다고 말이다. 터무니없게 싼 가격이었다. 그렇게 시간을 들여 장거리 운전을 할 가치가 있는 가격이었다.

이러면 당국자들도 평소 잠입 수사관들이 몰래 저지르는 정도를 훌쩍 뛰어넘는 불법 수사를 감행할 수 있을 것이다. 사무용 서랍을 전부 끄집어내 뒷면에 테이프로 붙여놓은 물건을 확인할 수도 있다. 조명 스탠드를 분해해서 백 달러 지폐뭉치가 튀어나오지 않는지 확인할 수도 있다. 양변기 안쪽을 기웃거리며, 물을 내리면 자동으로 쓸려 내려가도록 작은 꾸러미를 화장지에 싸서 안 보이게 감춰놓았는지를 확인할 수도 있다. 냉장고의 냉동실을 들여다보며 냉동 완두콩이나 강낭콩 봉지 속에 마약을 교묘하게 숨겨놓았는지 확인할 수도 있다. 그러는 동안 복잡한 홀로스캐너 장치가 설치되고, 경관들은 곳곳에 자리 잡고 앉아서 시험 작동을 해볼 것이다. 과정 자체는 음성장치와 크게 다를 바 없지만, 영상 스캐너 쪽이 훨씬 중요하고 시간도 오래 걸린다. 당연하게도 스캐너는 눈에 띄면 안 된다. 따라서 제대로 설치하려면 상당한 기술이 필요하다. 여러 장소를 바꿔가며 시험해야 한다. 이런 업무를 담당하는 기술자는 상당히 많은 봉급을 받는다. 일을 망쳐서 해당 장소의 거주자가 홀로스캐너를 발견하기라도 하면, 그곳의 모든 거주자가 누군가 침투해 감시하고 있다는 사실을 깨닫고 모든 활동을 중단할 것이기 때문이다. 때론 스캐너 장비를 전부 뜯어내서 팔아버리기까지 한다.

거주지에 불법으로 설치한 감시용 전자 장비를 뜯어내 팔았다는 혐의로는 법정에서 유죄를 얻어내기가 상당히 힘들다고, 샌디에이고 프리웨이를 타고 남쪽으로 차를 몰면서 밥 아크터는 생각했다. 실제로 유죄판결이 나오지 않은 경우가 많았기 때문에, 이제 경찰은 다른 법규 위반을 걸고넘어지며 다른 쪽으로 고소하는 방법을 쓴다. 그러나 마약 중개상의 물건에 그런 식으로 손을 대면, 놈들은 훨씬 직접적인 방식으로 보복한다. 예전에 헤로인 중개상 한 명이 엿을 먹이려는 여자의 다리미 손잡이에 헤로인 두 봉지를 숨긴 다음, 범죄 제보센터인 WE TIP에 전화를 걸어서 익명으로 고발한 적이 있었다. 그러나 여자는 경찰이 제보를 확인하기 전에 헤로인을 발견하고는, 물건을 화장실에 내려버리는 대신 그대로 팔아치웠다. 들이닥친 경찰은 아무것도 찾지 못했고, 결국 제보전화의 성문을 분석해서 당국에 거짓 정보를 넘겼다는 죄목으로 중개상을 구속했다. 하지만 보석금을 내고 풀려난 중개상은 한밤중에 여자를 찾아가서 죽기 직전까지 구타했다. 다시 체포한 경찰이 한쪽 안구를 터트리고 양팔과 갈비뼈 여러 개를 부러트린 이유를 묻자, 그 중개상은 여자가 고순도 헤로인을 두 봉지나 팔아놓고서 자기 몫을 떼어주지 않았기 때문이라고 대답했다. 밀매상들의 사고방식은 그런 식으로 돌아가는 법이라고, 아크터는 생각했다.

그는 럭맨과 배리스를 차에서 내려주며 흥정할 만한 두뇌검사기가 있는지 찾아보라고 시켰다. 감시장치를 설치하는 동안 두 사람이 집에 돌아가지 못하게 하는 동시에, 한 달 넘게 들르지 못한 사람을 확인해볼 생각이었다. 그는 요새 이쪽으로 내려올 일이 거의 없었고, 그 여자는 하루에 두세 번씩 메스를 주사하고 몸을 팔아 물건 살 돈을 버는 것 외에는 수상한 행동은 전혀 하지 않는 사람이었다. 그녀는 자기가 거래하는 중개상과 동거하며 애인 노릇도 했다. 댄 맨처는 보통 낮에는 나가 있으니 시간도 그럭저럭 적당했다. 중개상일 뿐만 아니라 중독자이기도 했지만, 아크터는 그가 정확히 어떤 약에 중독된 것인지는 알아내지 못했다. 어차피 다양한 약물에 동시에 중독되었을 가능성이 높았다. 무슨 약 때문인지는 몰라도, 댄은 갈수록 괴팍하고 공격적이며, 예측할 수 없고 폭력적인 성향을 드러냈다. 지역 경찰이 아직도 치안방해죄로 잡아들이지 않은 것이 신기할 지경이었다. 어쩌면 매수했을 수도 있을 것이다. 사실 그보다는 아예 신경도 쓰지 않을 가능성이 크기는 했다. 이런 부류의 인간들은 노년층이나 다른 극빈자들과 함께 슬럼가의 주거지구에 산다. 경찰이 크롬웰 빌리지의 연립주택이나 거기 딸린 쓰레기장이나 주차장이나 엉망으로 파헤쳐진 도로에 진입하려면 최소한 강력범죄 정도는 일어나야 했다.

사람들을 똥통에서 건져내려는 용도로 건설한 거대한 현무암 건물들은, 도리어 이곳의 모습을 지저분하게 만드는 데에 혁혁한 공을 세우고 있었다. 그는 차를 대고, 소변 냄새가 풍기는 수많은 계단 중에서 원하는 것을 찾아서, 어둠 속으로 올라갔다. 그리고 4번 건물의 G호실이라고 적힌 문을 찾았다. 꽉 찬 드라노 세정제 깡통 하나가 문 앞을 굴러다니고 있었다. 그는 반사적으로 그걸 주워들고 얼마나 많은 아이가 여기서 놀았을지 생각하다가, 아주 잠시 자신의 아이들과 지난 세월 그들을 보호하려고 내렸던 수많은 결정을 떠올렸다. 지금 이런 행동도, 깡통을 이곳에서 치우는 것도, 그런 부류의 결정에 속할 것이다. 그는 깡통으로 문을 가볍게 두드렸다.

즉시 자물쇠가 달각거리는 소리가 들리더니, 체인이 걸린 채 문이 열렸다. 킴벌리 호킨스가 밖을 내다보았다. "누구세요?"

"어이, 안녕. 나야, 밥이야."

"그 손에 든 건 뭐야?"

"드라노 배수구 세정제." 그가 말했다.

"뭐야, 그게." 그녀는 무기력한 동작으로 체인을 풀었다. 그녀의 목소리 또한 무기력하게 느껴졌다. 약기운에 처져 있는 상태가 분명했다. 끔찍하게 우울해 보였다. 게다가 한쪽 눈자위는 꺼멓게 멍이 들고 입술도 터져 있었다. 방 안을 둘러보자 비좁고 너저분한 아파트의 창문이 죄다 깨져 있는 것이 눈에 들어왔다. 깨진 유리 조각이 뒤집힌 재떨이와 코카콜라 빈 병과 함께 바닥을 굴러다니고 있었다.

"혼자 있어?" 그가 물었다.

"응. 댄하고는 싸우고 헤어졌어." 멕시코 혼혈이며 작은 체구에 눈에 띄게 예쁘지는 않은, 크리스털 메스 중독자의 누르께한 피부를 가진 여자는 흐린 시선을 아래로 내렸다. 그는 문득 그녀의 목소리가 거칠게 갈라진다는 사실도 깨달았다. 약물 증상일 수도 있다. 물론 패혈성 인두염일 수도 있고. 이 아파트는 이제 난방도 불가능할 것이다. 창문이 전부 깨졌으니까.

"그 자식한테 얻어맞았군." 아크터는 높은 선반에 쌓인 페이퍼백 포르노 소설 무더기 위에 세정제 깡통을 올려놓았다. 대부분 한참 낡은 책들이었다.

"뭐, 천만다행으로 칼은 가지고 있지 않았으니까. 요즘 허리춤에 매달고 다니는 접이식 칼 말이야." 킴벌리는 스프링이 튀어나온 푹신한 의자에 자리를 잡고 앉았다. "뭘 원해서 왔어, 밥? 난 엉망이야. 완전 엉망이라고."

"그 자식이 돌아왔으면 좋겠어?"

"글쎄ㅡ." 그녀는 슬쩍 어깨를 으쓱했다. "어쩌면?"

아크터는 창가로 가서 밖을 내다보았다. 댄 맨처가 머지않아 이곳에 나타날 것은 분명했다. 이 여자는 돈줄이다. 댄도 그녀가 비축분이 떨어지면 다시 약을 찾기 시작하리라는 사실을 잘 알고 있을 것이다. "얼마나 남았어?" 그가 물었다.

"앞으로 하루치."

"다른 데서 얻을 수는 없어?"

"되기는 하지만, 더 비쌀 거야."

"목은 또 왜 그래?"

"감기야. 바람이 들어와서."

"너, 아무래도―."

"의사한테 가면 내가 크리스털을 한다는 걸 알아챌 거 아냐. 못 가." 그녀가 말했다.

"의사는 그런 거 신경 안 써."

"당연히 신경 쓰거든." 문득 그녀는 귀를 기울였다. 불규칙하고 거친 자동차 배기음이 들렸다. "저거 댄 차 아니야? 붉은색 79년식 포드 토리노지?"

창가에 있던 아크터는 낡아빠진 붉은색 토리노가 쓰레기투성이 주차장으로 들어와 멈추는 모습을 확인했다. 쌍발 배기구에서 검은 연기가 피어오르고 있었다. 운전석 문이 열렸다. "맞아."

킴벌리는 문을 잠갔다. 예비 자물쇠 두 개까지 전부. "아마 칼을 가져왔을 거야."

"전화는 있어?"

"아니." 그녀가 대꾸했다.

"전화는 있어야지."

그녀는 어깨만 으쓱했다.

"저놈이 널 죽일 거라고." 아크터가 말했다.

"지금은 못 할걸. 네가 있으니까."

"나중에 하겠지. 내가 간 다음에."

킴벌리는 자리에 주저앉아 다시 어깨를 으쓱했다.

잠시 후 밖에서 발소리가 울리더니, 이윽고 누군가 문을 두드렸다. 뒤이어 댄의 목소리가 문을 열라고 그녀에게 소리쳤다. 그녀는 지금 사람이 같이 있다고 마주 소리쳤다. "좋아. 네년 타이어를 전부 그어주지." 댄의 새된 목소리가 울렸다. 아래층으로 달려 내려가는 소리가 이어졌고, 아크터와 그녀는 함께 깨진 창문으로 밖을 내다보았다. 깡마르고 짧은 머리에 동성애자처럼 생긴 댄 맨처가 나이프를 휘두르며 자동차에 접근하는 모습이 보였다. 댄은 그녀를 올려다보며, 근처 연립주택의 사람들이 전부 들을 수 있을 정도로 고래고래 소리쳤다. "네년 타이어를 전부 그어줄 거다! 빌어먹을 타이어! 그런 다음에 네년의 그 빌어먹을 목을 따주겠어!" 그는 몸을 숙여서 낡은 닷지의 타이어를 하나씩 찌르기 시작했다.

킴벌리는 갑자기 벌떡 일어나서 아파트 문으로 달려가더니 정신없이 자물쇠를 풀기 시작했다. "저 새끼 막아야 해! 내 타이어를 전부 잘라버릴 거야! 보험도 안 들었다고!"

아크터가 그녀를 제지했다. "거기 내 차도 있어." 물론 총은 가져오지 않았고, 댄은 주머니칼을 들고 있는 데다 통제불능인 상태였다. "타이어보다 네—."

"내 타이어!" 그녀는 소리지르며 문을 열려고 버둥거렸다.

"네가 나오기를 원하는 거야." 아크터가 말했다.

"아랫집." 킴벌리는 숨을 헐떡이고 있었다. "경찰에 전화할 수 있잖아. 아랫집에 전화가 있어. 이거 좀 놔!" 그녀는 순간 엄청난 힘으로 그를 떨쳐내고는 문을 여는 데 성공했다. "경찰을 부를 거야. 내 타이어! 하나는 새 건데!"

"같이 가자." 그는 그녀의 어깨를 붙들며 말했다. 앞서 계단을 달려 내려가는 그녀를 따라잡기도 벅찼다. 그녀는 벌써 아파트 문을 거칠게 때리고 있었다. "열어주세요, 제발요. 경찰에 전화해야 해요! 경찰에 전화하게 해주세요!"

아크터는 그녀 옆에 서서 문을 두드렸다. "전화 좀 쓸 수 있을까요. 긴급 상황입니다."

회색 스웨터에 구겨진 정장 슬랙스를 입고 넥타이를 맨 나이 든 남자가 문을 열어주었다.

"감사합니다." 아크터가 말했다.

킴벌리는 집 안으로 밀고 들어가 전화기로 달려가서는 교환원의 번호를 돌렸다. 아크터는 댄이 등장하기를 기다리며 문을 바라보고 섰다. 이제는 교환원에게 정신없이 떠드는 킴벌리의 목소리를 제외하면 아무 소리도 들리지 않았다. 제대로 알아듣기도 힘든 억양으로, 7달러짜리 부츠를 둘러싼 말다툼에 대해 떠들고 있었다. "내가 크리스마스 선물로 사준 물건이니까 자기 거라는 거예요." 거의 횡설수설이었다. "하지만 내가 돈을 냈는데 내 물건이잖아요, 그런데 가져가려고 하길래 깡통따개로 뒷면을 찢어버렸어요. 그랬더니 그놈이 —." 그녀는 말을 멈추고는, 고개를 끄덕였다. "알았어요, 고마워요. 네, 기다릴게요."

노인은 아크터를 물끄러미 바라보았고, 아크터도 노인을 바라보았다. 옆방에서는 알록달록한 원피스를 입은 나이 든 여성이 아무 말 없이, 겁에 질려 굳은 얼굴로 그들을 지켜보고 있었다.

"힘드시겠군요." 아크터는 노부부에게 말했다.

"항상 있는 일이라오." 남편 쪽이 말했다. "매일 밤새 싸우는 소리가 들리지. 남자는 계속 저 여자를 죽이겠다고 협박하고."

"덴버로 돌아갔어야 해요." 아내가 말했다. "내가 그랬잖아요, 돌아가야 한다고."

"끔찍하게 싸우고, 물건을 부수고, 또 얼마나 시끄러운지." 고통에 겨운 얼굴이 마치 아크터에게 도움을 청하는 것처럼 보였다. 아니면 이해도. "끝나는 법이 없으니, 이걸 어찌해야 할지. 게다가 최악은 그게 아니라오. 있잖소, 우리가 언제나—."

"그래요, 그 이야기도 해요." 아내가 부추겼다.

"진짜 최악이 뭐냐면," 남편은 위엄 있게 말했다. "우리가 밖에 나갈 때면, 그러니까 물건을 사거나 편지를 부치러 나갈 때마다, 항상 밟게 된단 말이오……. 그 있잖소, 이 동네는 개가 많으니까."

"그래요, 개 말이에요." 나이 든 여성이 분노한 목소리로 덧붙였다.

순찰차가 도착했다. 아크터는 자신이 경찰이라는 사실은 밝히지 않고 목격자로서만 진술했다. 경관은 그의 진술을 받아 적은 다음 신고자인 킴벌리의 진술도 확보하려 했지만, 그녀의 말은 앞뒤가 맞지 않았다. 계속 자기가 그 부츠를 무슨 이유로 손에 넣었으며 자신에게 얼마나 큰 의미가 있는지만 주절거릴 뿐이었다. 클립보드와 질문용지를 들고 앉아 있던 경찰은 딱 한 번, 차가운 표정으로 아크터를 올려다보았다. 아크터는 그 표정의 의미를 읽을 수는 없었지만 어쨌든 마음에 들지 않았다. 경관은 마지막으로 킴벌리에게 전화를 하나 구해놓고 용의자가 돌아와서 문제를 일으키면 연락하라는 조언을 남겼다.

"타이어 그어놓은 건 봤습니까?" 아크터는 떠날 채비를 하는 경관을 향해 이렇게 말했다. "주차장에 있는 이 여자 차를 봤습니까? 타이어를 몇 개나 그었는지, 최근에 날카로운 도구로 생긴 흔적은 있는지 확인했습니까? 아직도 바람이 빠지는 중일 텐데요?"

경관은 아까와 같은 표정으로 그를 한 번 더 바라보더니, 아무 말 없이 그곳을 떠났다.

"여길 뜨는 게 좋겠어." 아크터는 킴벌리에게 말했다. "저 짭새는 또 뭐야. 여길 뜨라고 조언했어야지. 다른 머무를 곳이 있냐고 물어봤어야지."

킴벌리는 난장판이 된 거실의 지저분한 소파에 앉아 있었다. 경관에게 자신의 상황을 설명하려던 헛된 시도를 멈춘 후로, 그녀의 눈에서는 다시 모든 생기가 사라졌다. 그의 말에도 그저 어깨를 으쓱할 뿐이었다.

"어디든 태워다줄게. 잠시 머물 곳이라도―." 아크터가 말했다.

"당장 꺼져!" 갑자기 킴벌리가 소리쳤다. 독기가 끓어오르는, 댄 맨처와 비슷하지만 훨씬 거친 목소리였다. "당장 여기서 나가라고, 밥 아크터. 꺼져, 꺼지란 말이야, 빌어먹을. 제발 좀 꺼져줄래?" 그녀의 목소리는 위태롭게 높아지더니 절망과 함께 무너져내렸다.

그는 아파트를 나와서 천천히 한 단씩 계단을 내려갔다. 마지막 단에 내려오자 작은 물건 하나가 깡 소리를 내며 그를 따라 굴러 내려왔다. 드라노 깡통이었다. 자물쇠를 하나씩 잠그는 소리가 뒤를 이었다. 아무 의미 없는 자물쇠라고, 그는 생각했다. 전부 아무 의미도 없어. 경관은 용의자가 돌아오면 전화를 걸라고 했지. 하지만 아파트를 나서지 않고 어떻게 전화를 걸겠어? 그러면 댄 맨처는 타이어에 했던 것처럼 그녀를 그어버릴 텐데. 그리고……. 그는 아랫집의 노부부가 한 말을 떠올렸다. 아마 집에서 한 발짝만 나서도 그대로 개똥을 밟고 쓰러져 죽어버릴 텐데. 노부부의 우선순위를 떠올리니 발작하듯 비웃고 싶어졌다. 윗집에 사는 말기 약쟁이 개자식이 매일 밤 여자를 때리고 죽이겠다고 위협하고 아마도 머지않아 죽일 테고, 그 여자는 약에 중독된 매춘부고 패혈성 인두염을 앓고 있는데, **최악은 그게 아니라―.**

럭맨과 배리스를 태우고 다시 북쪽으로 차를 몰면서, 그는

129

큰 소리로 너털웃음을 터트렸다. "개똥. 개똥이라고." 떠올리는 것만으로도 웃음이 절로 터졌다. 너무나 우스꽝스러운 개똥이었다.

"차선을 바꿔서 저 세이프웨이 트럭을 추월하는 게 낫겠는데." 럭맨이 말했다. "저놈 거의 멈춰 있는 수준이잖아."

그는 왼쪽 차선으로 나가서 속도를 올렸다. 그런데 발을 떼는 순간, 가속 페달이 갑자기 바닥에 딱 붙을 정도로 주저앉으며 동시에 엔진이 온 힘을 다해 격렬하게 울부짖었다. 차는 미칠 듯한 속도로 앞으로 달려나갔다.

"속도 줄여!" 럭맨과 배리스가 한목소리로 외쳤다.

그새 속도가 160킬로미터에 도달했다. 정면에 폭스바겐 밴 한 대가 보였다. 가속 페달은 완전히 탄력을 잃었다. 제자리로 돌아오지도 않고, 다시 밟아도 반응조차 없었다. 그의 옆자리에 앉은 럭맨과 뒷좌석의 배리스는 반사적으로 팔을 들어 얼굴을 가렸다. 아크터는 왼쪽으로 운전대를 꺾어서 폭스바겐 밴과 빠르게 달려오는 코르벳 사이를 간신히 통과했다. 코르벳은 경적을 울렸고, 급브레이크를 밟는 소리도 들렸다. 이제 럭맨과 배리스는 비명을 지르고 있었다. 순간 럭맨이 손을 뻗어 시동을 껐다. 동시에 아크터는 기어를 중립으로 돌렸다. 천천히 속도가 줄어들었고, 그는 브레이크를 밟으며 오른쪽 차선으로 옮겼다. 이윽고 엔진이 완전히 멈추며 변속기도 나가버렸고, 차는 천천히 갓길로 들어서더니 이윽고 완전히 정지했다.

이제 한참 멀어져버린 코르벳은 아직도 분노를 가득 담아 경적을 울리고 있었다. 이어서 거대한 세이프웨이 트럭이 옆을 지나가며, 귀가 먹먹해지는 압축공기 경적을 울려 경고를 보냈다.

"대체 뭔 일이 난 거야?" 배리스가 말했다.

손과 목소리와 기타 나머지 신체를 전부 떨면서, 아크터가 입을 열었다. "스로틀 케이블의 복귀용 스프링이야. 그러니까 가속 페달이 안 올라와서 — 어디 걸리거나 부서진 것 같아." 그는 아래를 가리켰다. 두 사람은 여전히 바닥에 바싹 붙어 있는 페달 쪽으로 시선을 돌렸다. 엔진 최고 회전수가 상당한 수준임에도 방금 전 rpm은 최고치까지 올라갔다. 조금 전의 최종 주행속도가 어느 정도인지는 제대로 확인할 수 없었지만, 아마 160킬로미터는 훌쩍 넘었을 것이다. 반사적으로 파워 브레이크를 계속 밟고 있었는데도 속도는 살짝 줄어드는 정도였다.

세 사람은 아무 말 없이 갓길의 노면으로 나와 보닛을 열었다. 오일 마개에서, 그리고 그 아래쪽에서 하얀 연기가 피어올랐다. 방열기에서는 끓기 직전의 뜨거운 물이 찔끔찔끔 쏟아지고 있었다.

럭맨은 달아오른 엔진 쪽으로 가서 한쪽을 가리켰다. "스프링이 문제가 아니야. 페달과 기화기의 연결 부위에 문제가 생긴 거라고. 보이지? 저기가 부서졌잖아." 고정용 고리가 달린 길쭉한 봉이 기화기 옆에 무력하고 쓸모없게 늘어져 있었다. "그래서 가속 페달에서 발을 떼도 원위치로 돌아오지 않은 거지. 하지만—." 그는 얼굴을 찌푸리며, 한동안 기화기를 살폈다.

"기화기에는 안전장치가 달려 있을 텐데." 배리스는 인조 합성품처럼 보이는 이빨을 드러내며 환히 웃었다. "연결 부위가 분리되면 이쪽의 안전장치가—."

"애초에 왜 분리된 거야?" 아크터가 끼어들었다. "고정용 고리가 남았으면 제 위치에 붙어 있어야 하는 거 아니야?" 그는 연결봉을 만지작거렸다. "어떻게 이렇게 그냥 떨어져나갈 수가 있어?"

배리스는 그의 말이 들리지 않는 것처럼 말을 이었다. "원인이 뭐든 이쪽 연결 부위가 분리되면, 엔진은 공회전 상태까지 감속해야 해. 안전 문제니까. 그런데 그게 아니라 최고 속도로 회전하기 시작했단 말씀이지." 그는 기화기를 조금 더 자세히 살펴보려고 상반신을 숙였다. "여기 나사를 거의 다 풀어놨잖아. 이게 공회전 나사라고. 이렇게 해놨으니 연결 부위가 떨어졌는데도 속도가 떨어지는 게 아니라 올라갈 수밖에."

"어떻게 이런 일이 일어날 수 있어?" 럭맨이 크게 소리쳤다. "이 나사가 저절로 이렇게까지 풀릴 수가 있나?"

배리스는 대꾸하지 않고 주머니칼의 작은 칼날을 빼더니, 천천히 공회전 조절 나사를 다시 조이기 시작했다. 큰 소리로 돌린 횟수를 세면서. 스무 번을 돌리니 나사는 제자리로 돌아갔다. "가속 페달의 연결봉에 달린 고정용 고리와 너트를 다시 풀었다 조립하려면 특수 공구가 필요해. 두어 개는 있어야 하고,

고치려면 한 30분은 걸릴 거야. 문제는 내 공구가 공구함에 있다는 건데."

"네 공구함은 집에 있잖아." 럭맨이 말했다.

"그렇지." 배리스는 고개를 끄덕였다. "그렇다면 주유소까지 가서 공구를 빌려오거나 그쪽의 견인차를 여기까지 불러야 할 텐데. 내 의견을 말하자면 그쪽 정비공을 불러와서 전체 점검을 받고 운전하는 게 나을 것 같군."

"잠깐 기다려봐." 럭맨이 큰 소리로 말했다. "이거 사고인 거야, 아니면 누가 일부러 저지른 거야? 두뇌검사기 때처럼?"

배리스는 여전히 교활하고 유감이라는 듯한 미소를 유지하며 생각에 잠겼다. "이 경우는 확신하기 어려운데. 일반적으로 자동차를 사보타주하는 건 사고를 일으킬 정도로 악의를 품었다는 거니까……." 아크터를 힐긋 바라보는 눈은 녹색 선글라스 너머에 숨어서 보이지 않았다. "거의 연쇄 추돌을 일으킬 뻔했지. 코르벳이 조금만 더 빨리 달려왔더라면…… 빠져나갈 구석이 없었을 거야. 알아차리자마자 시동을 껐어야지."

"알아차렸을 때는 이미 통제할 수가 없었어. 순간 아무 생각도 안 났다고." 그는 뒤이어 생각했다. 만약 브레이크였다면, 브레이크 페달이 주저앉은 거였다면, 훨씬 빨리 방법을 떠올렸을 거다. 뭘 해야 할지를 빨리 파악했을 거다. 모든 것이 너무— 이상했다.

"누군가 일부러 저지른 일이란 말이지." 럭맨은 소리 높여 말했다. 그는 분노를 터트리면서, 주먹을 내지르며 주변을 빙빙

돌았다. **"빌어먹을 개자식!** 거의 골로 갈 뻔했다고! 빌어먹을 어떤 놈이 우리를 거의 죽일 뻔했어!"

프리웨이 한쪽에 눈에 빤히 보이게 서 있던 배리스는, 뿔로 만든 작은 코담뱃갑에서 죽음을 꺼내 몇 알 삼켰다. 그는 럭맨에게 담뱃갑을 넘겼고, 럭맨도 몇 알을 삼킨 다음 아크터에게 건넸다.

"이것 때문에 우리가 이 꼴인지도 몰라." 아크터는 짜증을 내며 약을 거부했다. "우리 뇌를 뒤집어놓고 있는 거라고."

"마약이 가속 페달 연결봉을 빼거나 기화기 나사를 조절할 수는 없어." 배리스는 코담뱃갑을 아크터 쪽으로 내민 채로 대꾸했다. "적어도 세 알 정도는 먹는 게 좋을 거야. 일급품이지만 부드럽다고. 메스를 섞은 물건이야."

"그 빌어먹을 담뱃갑 치워." 아크터가 말했다. 머릿속에서 큰 소리로 노래를 부르는 느낌이 들었다. 주변의 현실이 전부 뒤틀리는 것처럼 끔찍한 음악이었다. 속도를 올려 달려가는 차들, 옆에 서 있는 두 남자, 보닛을 올린 채 주저앉은 자신의 자동차, 스모그 냄새, 한낮의 밝고 뜨거운 햇빛까지, 모든 것이 시큼하게 쉬어버린 것만 같았다. 오로지 그의 세계만 부패해버린 것 같았다. 두려운 것은 아니지만, 그 때문에 주변의 온갖 것들이 순식간에 위험해지는 것은 아니지만, 보기에도 듣기에도 냄새마저도 구리게 썩어버리면 위험해질지도 모른다. 순간 구역질이 밀려왔고, 그는 눈을 감고 몸을 떨었다.

"뭘 냄새 맡는 거야?" 럭맨이 물었다. "단서라도 있어? 엔진에서 냄새라도 나서—."

"개똥이야." 아크터가 말했다. 그 냄새가 느껴졌다. 엔진 부근에서 나고 있었다. 몸을 숙이고 킁킁거리자 더 명확하고 강렬하게 악취가 풍겼다. 묘하다고, 그는 생각했다. 괴상하고 기묘한 일이라고. "너희는 개똥 냄새 안 나?" 그는 배리스와 럭맨에게 물었다.

"아니." 럭맨은 그를 물끄러미 바라보며 대답했다. 그리고 배리스에게 물었다. "저 약에 환각제 성분도 있나?"

배리스는 웃으며 고개를 저었다.

뜨거운 엔진 위로 몸을 굽히고 개똥 냄새를 맡으면서도, 아크터는 냄새가 환상이라는 사실을 잘 알았다. 개똥 냄새는 존재하지 않는다. 그러나 여전히 맡을 수 있었다. 그리고 이제는 모터 블록에, 특히 플러그 근처의 아래쪽에, 진득하게 묻은 짙은 갈색의 고약한 물질이 눈에 들어왔다. 오일이야. 엔진 오일이 넘친 거야. 저기까지 튄 거라고. 아무래도 헤드 개스킷이 새는 모양이야. 그러나 확인하려면, 자신의 논리적인 확신을 강화하려면, 직접 손을 뻗어 만져야 했다. 손가락에는 끈적한 갈색 물질이 묻어났고, 그는 반사적으로 손을 뺐다. 손가락을 개똥에 들이밀어버린 것이다. 엔진 블록 전체에, 전선에도, 누군가 개똥을 치덕치덕 칠해놓았다. 다음 순간 그는 엔진 칸막이에도 개똥이 묻어 있다는 사실을 깨달았다. 고개를 들어보니 보닛 아래의 방음판에도 묻어 있었다. 악취에 압도당한 그는 눈을 감고 몸을 부르르 떨었다.

135

"이봐, 밥." 럭맨이 아크터의 어깨를 붙들고 큰소리로 외쳤다. "지금 환각 보는 거 맞지?"

"공짜 영화표를 받은 셈이군." 배리스도 동의하며 웃음을 터트렸다.

"좀 앉는 게 좋겠어." 럭맨은 이렇게 말하며, 아크터를 운전석으로 인도해서 자리에 앉혔다. "젠장, 완전히 맛이 갔잖아. 좀 앉아 있어. 진정 좀 하고. 죽은 사람도 없고, 이제부터는 충분히 조심하면 되잖아." 그는 아크터 옆의 차문을 닫았다. "이제 괜찮을 거라고, 내 말 들리지?"

문득 배리스가 창가로 몸을 들이밀며 말했다. "개똥 한 덩이 줄까, 밥? 좀 씹어보겠어?"

순간 오싹해진 아크터는 눈을 뜨고 그를 바라보았다. 배리스의 불투명한 녹색 선글라스에 숨은 눈에서는 그 어떤 표정도, 단서도 읽어낼 수 없었다. 정말로 그런 말을 한 걸까? 아니면 내 머릿속에서 만들어낸 건가? 아크터는 짐작할 수조차 없었다. "뭐라고, 짐?" 그는 물었다.

배리스는 웃음을 터트렸다. 큰 소리로 웃고 또 웃었다.

"그 친구 좀 가만히 둬. 꺼지라고, 배리스!" 럭맨은 이렇게 말하며 배리스의 등짝을 때렸다.

아크터는 럭맨을 보고 물었다. "저놈 방금 뭐라고 했어? 정확하게 뭐라고 말한 거지?"

"나도 몰라." 럭맨이 말했다. "배리스가 사람들한테 지껄이고 다니는 개수작은 절반도 못 알아듣겠다고."

배리스는 여전히 미소를 머금고 있었지만, 이젠 입을 다문 후였다.

"배리스, 이 빌어먹을 새끼." 아크터는 그에게 말했다. "네가 한 거잖아. 두뇌검사기를 망쳐놓더니 이제는 자동차야. 네놈이 한 거라고, 이 등신 같은 씨팔 변태 새끼." 이젠 자기 목소리가 거의 들리지도 않았지만, 미소 짓는 배리스에게 계속 소리치는 동안에도 끔찍한 개똥 냄새는 갈수록 심해지기만 했다. 그는 말하려 애쓰기를 포기하고 쓸모없는 운전대를 부여잡고 몸을 가누며 토하지 않으려고 애썼다. 럭맨을 데려와서 정말 다행이야, 그는 생각했다. 아니었더라면 오늘 전부 끝나버렸을 테니까. 저 빌어먹을 약쟁이 변태새끼 손에 전부 끝나버렸을 테니까. 나랑 같은 집에 사는 저 개자식한테 말이야.

"진정해, 밥." 끊임없이 밀려오는 구역질 속으로 럭맨의 목소리가 끼어들었다.

"저 자식이 분명해." 아크터가 말했다.

"젠장, 무슨 소리야?" 럭맨은 이렇게 말하는 것처럼, 또는 말하려 시도하는 것처럼 보였다. "그러면 같이 골로 가는 거잖아. 왜 그러겠어? 응? 이유가 없잖아?"

여전히 미소 짓고 있는 배리스의 악취가 밥 아크터를 압도했고, 그는 자기 차의 계기판 위에 그대로 토해버렸다. 수천 개의 가느다란 목소리들이 옆에서 그를 향해 반짝이며 빛을 뿜었고, 마침내 악취가 가셨다. 수천 개의 가느다란 목소리들이 기묘한 목소리로 소리쳐댔다. 무슨 소린지 이해할 수는 없었지만, 적어도 목소리가 보이기는 했고, 악취는 사라지고 있었다. 그는 몸을 떨다가 손수건을 찾아 주머니로 손을 넣었다.

"알약에 대체 뭘 넣은 거야?" 럭맨은 웃고 있는 배리스에게 물었다.

"젠장, 나도 같이 먹었잖아. 자네도 먹었고. 우린 저렇게 맛이 가지 않았다고. 그러니 약 때문일 리가 없잖아. 게다가 너무 빠르다고. 약 기운 때문에 저럴 수가 있겠어? 위장에서 흡수조차 안 됐을 텐데—."

"네가 독을 먹인 거야." 아크터는 거칠게 내뱉었다. 이제 시야도, 정신도 거의 맑아졌다. 남은 것은 공포뿐이었다. 광기가 아니라 이성이 반응을 시작해서, 공포가 찾아온 것이다. 방금 일어날 뻔한 사고도, 그 안에 숨은 의미도, 배리스와 놈의 빌어먹을 코담뱃갑과 온갖 설명과 음침한 어투와 행동과 버릇과 습관과 들락거리는 모습마저도, 모든 것이 끔찍하게 두려워졌다. 진짜 목소리를 숨기려고 사용한 싸구려 변조기가 제법 잘 먹힌 모양이었지만, 경찰에 익명으로 전화해서 로버트 아크터를 밀고한 게, 배리스일 수밖에 없다는 것까지는 숨길 수 없었다.

밥 아크터는 생각했다. **이 개자식이 나를 노리고 있어.**

"사람이 이렇게 순식간에 환각에 빠지는 모습은 처음 봤는데." 배리스는 아직도 지껄이고 있었다. "그래도 생각해보면—."

"이제 좀 괜찮아, 밥?" 럭맨이 말했다. "토한 건 우리가 치울 테니까 걱정하지 말라고. 뒷좌석으로 가는 게 좋겠어." 그와 배리스가 함께 차문을 열었고, 아크터는 몽롱한 상태로 기어나왔다. 럭맨은 배리스를 보며 말했다. "진짜로 이상한 거 먹인 거 아니지?"

배리스는 항의하듯 양손을 번쩍 들고 흔들어 보였다.

06

정보 하나. 잠입 약물 수사관이 가장 두려워하는 일은 총알이나 주먹에 목숨을 잃는 것이 아니다. 대량의 환각 약물을 강제로 맞아서 끝나지 않는 머릿속 공포영화 속에서 남은 인생을 보내게 되거나, 헤로인과 D물질을 절반씩 섞은 멕스를 맞게 되거나, 아니면 양쪽 모두에 더해 스트리키닌 같은 독극물을 먹게 되는 것이다. 그러면 거의 죽지만 완전히 죽지는 않아서, 앞서 말한 두 가지 상황, 즉 평생에 걸친 중독과 공포영화에 동시에 사로잡히게 된다. 흔히 말하는 '숟가락과 바늘', 즉 약에 매달려 사는 삶으로 전락하거나, 정신병원의 벽을 온종일 몸으로 들이받거나, 가장 끔찍한 경우에는 연방 치료소에서 지내게 될지도 모른다. 밤낮으로 몸에서 진딧물을 떨어내려 애쓰거나 바닥에 왁스칠을 하지 못하는 이유를 궁리하며 지내게 될 것이다. 이런 일은 절대 우연히 일어나지 않는다. 누군가 그의 정체를 알아내 처리한 것이기 때문이다. 중개상들은 수사관을 발견하면 이런 식으로 처리한다. 가장 끔찍한 방식으로. 그들이 팔고 그가 추적하는 바로 그 물건을 이용해서.

이야말로 중개상과 잠입 수사관 양쪽 모두가 길거리 약물이 인간을 어떻게 전락시키는지 잘 안다는 증거라고, 밥 아크터는 조심스레 집으로 차를 몰며 생각했다. 그 점만은 양쪽의 의견이 일치했다.

근처의 유니온 주유소에서 파견 나온 정비공은 차를 점검한 다음 30달러를 받고 차를 수리해주었다. 그 외의 다른 문제는 없는 듯 보였다. 다만 정비공이 왼쪽 앞바퀴의 서스펜션을 제법 오래 살펴보았을 뿐이었다.

"그쪽에 문제가 있습니까?" 아크터가 물었다.

"급하게 방향을 틀려면 힘들 것 같은데요. 한쪽으로 쏠리는 느낌 없습니까?" 정비공은 이렇게 말했다.

지금껏 쏠리는 느낌은 없었다. 적어도 아크터는 느끼지 못했다. 그러나 정비공은 거기서 입을 다물었다. 그저 코일 스프링과 볼 조인트와 오일 완충기를 계속 건드려볼 뿐이었다. 아크터가 대금을 치르자 견인 트럭은 그대로 떠나버렸다. 그는 럭맨과 배리스와 함께 차에 올랐고, 이번에는 두 사람 모두 뒷좌석에 탔다. 차는 오렌지 카운티를 향해 북쪽으로 달려갔다.

차를 몰면서, 아크터는 약물 수사관과 중개상의 마음속에서 벌어지는 다른 기묘한 상호합의를 떠올렸다. 그가 알고 있던 일부 수사관은 잠입 업무 과정에서 중개상으로 위장했고, 종종 해시를, 심지어 스맥까지 팔기 시작했다. 물론 위장으로서 훌륭하기는 하지만, 덕분에 잠입 수사관은 기존의 봉급을 상회하는 돈을 만지게 된다. 특히 단속에 성공해서 상당한 양의 물건을 손에 넣은 후에는 더욱 부유해진다. 게다가 당연한 일이지만, 수사관은 갈수록 자신이 파는 물건과 그를 이용하는 삶의 방식에 깊이 빠져들게 된다. 수사관이지만 동시에 부유한 중개상이자 중독자가 되며, 시간이 흐르면 결국 경찰 업무를 그만두고 전업 중개상의 길로 빠져든다. 그러나 반대의 경우도 존재한다. 중개상 중에서도 경쟁자에게 엿을 먹이거나 단속의 손길을 피하려고 끄나풀의 길로 접어드는 이들이 있고, 갈수록 그 일에 빠져들어 일종의 비공식적인 잠입 수사관이 되기도 한다. 모든 것이 혼탁하게 뒤섞인다. 어차피 마약의 세계는 모두에게 혼탁한 수렁이기는 하다. 예를 들어, 이제 밥 아크터의 세계는 혼탁해져버렸다. 오늘 오후 샌디에이고 프리웨이에서 그와 두 친구가 그대로 박살 나기 직전까지 갔을 때, 그와 한패인 수사관들은 그의 집 곳곳에 제대로 도청장치를 설치하려고 최선을 다하고 있었다. 그 작업이 제대로 됐다면, 이제부터는 오늘 벌어진 것 같은 위협은 피할 수 있을 것이다. 스캐너 덕분에 사소한 행운을 누릴 수 있을 것이며, 독에 당하거나 총에 맞거나 중독되거나 죽는 운명을 피하고 적을 확정할 수도 있을 것이다. 그를 쫓는 자를, 오늘 그를 거의 죽일 뻔한 작자의 정체를 확인할 수 있을 것이다. 홀로스캐너가 제자리에 설치되기만 하면, 그를 향한 사보타주나 공격은 확연히 줄어들 것이다. 적어도 성공한 사보타주나 성공한 공격은 줄어들겠지.

마음을 달랠 수 있는 생각은 그게 전부였다. 그는 늦은 오후의 붐비는 도로를 따라 차를 몰면서 생각을 이었다. 범인은 아무도 추적하지 않아도 도망치곤 한다고 들은 적이 있어. 아마 사실이겠지. 그러나 확실한 사실이 하나 있다면, 추적자가 붙은 범인은 진짜로 미친 듯이 도망치며 온갖 대비책을 순식간에 마련할 수 있다는 거야. 그 추적자가 실제로 존재하며 숙련된 범죄자이며 정체를 숨기고 있다면. 그리고 바싹 따라붙었다면. 이를테면 뒷좌석에 앉아 있을 정도로 가까워졌다면. 저놈이 그 터무니없는 22구경 단발식 독일제 싸구려 권총을 가지고 있다면, 그리고 똑같이 터무니없는 싸구려 소음기 비슷한 물건을 가지고 있다면, 럭맨이 평소처럼 곯아떨어져버린다면, 놈은 그대로 할로우 탄환을 내 뒤통수에 박아버릴 테고 나는 바비 케네디처럼 죽어 나자빠지겠지. 그 사람도 같은 구경의 총상으로 목숨을 잃었으니까. 그렇게 작은 구경으로.

그리고 오늘만이 아니라 매일 그럴 것이다. 밤에도 그럴 것이다.

다만 이제 집 안에서만은, 홀로스캐너의 기억장치를 확인하면 집 안의 모든 사람이 언제 뭘 하는지, 그리고 아마도 그 이유까지도 알 수 있게 될 것이다. 나 자신을 포함해서. 나 자신이 한밤중에 일어나서 소변을 보는 것까지도 지켜보게 될 테니까. 모든 방을 24시간 감시하게 될 것이다……. 물론 시차가 존재하기는 하겠지만. 헬스 엔젤스 폭주족이 쳐들어와서 군대 병기창에서 훔친 환각제를 내 커피에 집어넣는 모습이 스캐너에 찍힌다 해도, 딱히 내게 도움이 되지는 않을 것이다. 이미 아카데미에서 온 다른 사람이 기억장치 검토 업무를 물려받았을 테고, 나는 그 친구가 보는 앞에서 온몸을 뒤틀며 발작하고 있을 테니까. 내가 누군지도, 어디 있는지도 알 수 없는 상태가 되어서. 나 자신은 뒤늦게 깨닫지도 못할 것이다. 그조차 누군가 대신해줘야 할 것이다.

럭맨이 입을 열었다. "우리가 온종일 집을 비운 사이에 무슨 일이 있었을지 모르겠군. 생각해보라고, 밥. 이번에는 너한테 제대로 엿을 먹이려는 놈이 있다는 증거가 잡힌 셈이잖아. 집이 제자리에 서 있기나 할지 모르겠는데."

"그렇군." 아크터가 말했다. "그 생각은 못 했어. 게다가 두뇌 검사기를 빌리지도 못했고." 그는 목소리에 체념한 기색을 실으려고 최선을 다했다.

배리스가 놀랍도록 경쾌한 목소리로 끼어들었다. "나라면 별로 걱정 안 하겠는데."

럭맨은 성난 목소리로 대꾸했다. "걱정 안 한다고? 젠장, 도둑이 들어서 우리 물건을 전부 쓸어가버렸을지도 모른다고. 내 말은, 밥의 물건을 말이야. 동물들도 죽이거나 짓밟아버렸을 수도 있어. 아니면—"

"사실 내가 놀랄 거리를 하나 남기고 왔지. 오늘 집을 비운 사이에 방문하는 친구들이 있을까 해서 말이야. 제대로 작동하도록 최선을 다하느라, 오늘 아침에야 완성했는데…… 전자식 깜짝 파티가 벌어질 거야."

아크터는 퍼뜩 떠오르는 걱정을 숨기면서 날카롭게 말했다. "무슨 전자식 깜짝 파티? 내 집이라고, 짐. 전자 장비를 마음대로 설치하면 곤란해ㅡ."

"진정해, 진정." 배리스가 말했다. "독일 친구들이 하는 말대로, '라이제leise'하라고. 침착하라는 소리야."

"뭘 했냐니까?"

"우리가 외출한 동안 누가 현관문을 열면, 카세트 녹음기가 녹음을 시작할 거야. 소파 밑에 뒀거든. 테이프는 두 시간 분량이야. 전방위 소니 마이크를 세 군데 설치해놨고ㅡ."

"나한테 미리 말했어야지." 아크터가 말했다.

"창문으로 들어오면 어쩌고?" 럭맨이 물었다. "아니면 뒷문이나?"

"일반적이지 않은 경로의 사용을 배제하고 현관으로 침입할 가능성을 높이기 위해서, 내가 일부러 현관문을 잠그지 않고 나왔지." 배리스가 말을 이었다.

잠시 침묵이 흐른 후, 럭맨이 킬킬거리며 웃기 시작했다.

"현관문이 안 잠긴 줄 모르면 소용없잖아?" 아크터가 말했다.

"쪽지를 붙여놨지." 배리스가 말했다.

"개수작 부리지 말고!"

"그래, 개수작 맞아." 배리스는 즉시 대답했다.

"젠장, 거짓말인 거야, 아닌 거야?" 럭맨이 말했다. "네가 하는 말은 하나도 믿질 못하겠다니까. 이놈 지금 거짓말하는 거야, 밥?"

"돌아가면 알게 되겠지. 문에 쪽지가 붙어 있고 잠겨 있지 않다면 거짓말이 아니라는 걸 알게 될 테니까." 아크터가 말했다.

"집에 들어가서 물건을 훔치고 개판을 만들어놓을 놈들이라면, 쪽지는 떼어버릴 거 아냐. 나오면서 문도 잠글 테고. 그러니까 알 길이 없잖아. 영영 모를 거라고. 젠장, 이번에도 뭐든 확실한 게 없군." 럭맨이 대꾸했다.

"농담인 게 당연하잖아!" 배리스는 경쾌하게 소리쳤다. "현관문을 안 잠그고 쪽지까지 붙여놓다니, 정신병자나 할 만한 짓 아니야?"

아크터는 뒤를 돌아보며 말했다. "쪽지에 뭐라고 썼지, 짐?"

"애초에 누구한테 쓴 쪽지야? 솔직히 네가 글 쓰는 법을 안다는 것도 신기한데." 럭맨이 끼어들었다.

배리스는 생색내듯 말했다. "이렇게 썼지. '도나, 안으로 들어와. 문 안 잠겨 있어. 우리는—.'" 배리스는 문득 말을 멈췄다. "도나한테 쓴 거야." 그는 이렇게 말을 맺었지만, 그리 매끄럽다는 생각은 들지 않았다.

"해버렸군. 진짜로 한 거야. 전부." 럭맨이 말했다.

"이러면 누가 이런 짓을 저질렀는지 알 수 있다고, 밥. 그게 제일 중요한 거잖아." 배리스의 어조는 다시 매끄러워졌다.

"놈들이 소파랑 다른 온갖 것들을 뜯어내다가 녹음기를 발견하지 못한다면 말이지." 아크터가 대꾸했다. 그는 바쁘게 머리를 굴리며, 배리스의 손에서 탄생한 터무니없는 전자 장치가, 그의 유치원 수준의 천재성을 다시 증명해 보이는 물건이, 얼마나 고약한 문제를 일으킬 수 있을지를 가늠하고 있었다. 그리고 이내 결론에 이르렀다. 젠장, 아마 10분이면 마이크를 찾아내서 전선을 따라 녹음기의 위치를 추적해내겠지. 그리고 즉시 정확하게 처리법을 파악할 거야. 테이프를 지우고 되감아서 제자리에 돌려놓은 다음, 잠기지 않은 문하고 쪽지는 그대로 놔두고 떠날 거라고. 어쩌면 문이 열려 있어서 되려 작업이 쉬워졌을 수도 있을 거야. 빌어먹을 배리스, 하고 그는 생각했다. 제대로 먹혀들면 우주를 뒤흔들 수 있는 천재적인 계획이었다. 그러나 놈은 아마도 녹음기 전원을 콘센트에 꽂는 것을 잊었을 것이다. 물론 그게 뽑혀 있는 걸 보면 다른 헛소리를 지껄이겠지만―.

바로 그게 누군가 들어왔다는 증거라고 합리화를 시도하리라는 사실을, 그는 깨달았다. 그걸로 며칠 동안 우리한테 떠들어댈 거야. 누군가 자기 장치를 잘 아는 작자가 들어와서 교활하게도 전원을 뽑아버렸다고. 따라서 아크터는 전원이 뽑힌 장치를 발견한 그들이 다시 플러그를 꽂아서 제대로 작동하도록 만들어놓았기를 기대해야 한다는 결론을 내렸다. 어쩌면 그 정도로는 부족할지도 모른다. 배리스의 탐지장치를 찬찬히 점검해서, 자기네 장치를 시험할 때처럼 처음부터 끝까지 제대로 작동하는지 확인했어야 한다. 완벽하게 작동한다는 사실을 확인한 다음에는 모든 내용을 지워서, 아무 내용도 없지만 누군가가, 이를테면 우리가, 집에 들어오면 곧바로 기록을 시작하도록 텅 비어 있게 만들어놓았어야 한다. 그렇게 하지 않으면 배리스의 의심은 영영 사그라지지 않을 것이다.

차를 계속 몰면서, 그는 두 번째의 확고한 예시를 끌어들여 자신의 상황을 계속 이론적으로 분석해나갔다. 아마 경찰학교에서 훈련을 받을 때 들은 이야기라 뇌리에 깊이 박혔을 것이다. 아니면 신문에서 읽었을지도 모른다.

정보 하나. 산업 또는 군사적인 사보타주를 가장 효율적으로 수행하려면, 제반 피해가 의도적인 행위라고 완벽하게 증명할 방법이 없어야 한다. 아예 증명할 방법이 없는 쪽이 더 낫다. 이면의 정치적 행보 같은 식으로, 아예 존재하지 않을 수도 있어야 한다. 자동차 시동장치에 폭탄이 연결되어 있었다면, 그 사건으로 적이 존재한다는 사실이 명확해진다. 관공서 건물이나 정당의 수뇌부가 날아가버린다면, 정치적 대적자의 존재가 분명해진다. 그러나 단순한 사고 또는 일련의 사고가 발생한다면, 장비가 단순히 작동을 멈춘다면, 그것이 오류 때문으로 보인다면, 게다가 자연스럽게 시간을 두고 천천히 사소한 실수와 불발이 점층되어 발생한 일이라면 — 그렇다면 피해를 받은 개인이나 정당이나 국가는 스스로를 보호하기 위해 마음을 다잡을 수조차 없게 된다.

아크터는 프리웨이를 따라 아주 느릿하게 차를 몰면서 생각을 이어갔다. 사실 그런 상황에 처한 사람은 자신이 피해망상이며 적 따위는 없다고 간주하기 시작한다. 자신을 의심하게 된다. 차는 단순히 고장이 난 거라고. 운이 지독하게 나빴을 뿐이라고. 친구들도 그 생각에 동의한다. 전부 머릿속에서 상상했을 뿐이라고. 이런 공격은 근원을 추적할 수 있는 부류의 공격보다 훨씬 지치게 만든다. 문제가 하나 있다면, 더 오래 걸린다는 것이다. 이런 식으로 공격하는 사람이나 조직은 오랜 시간 얼쩡거리면서 기회가 찾아오기만 기다려야 한다. 그 때문에 놈들의 정체를 짐작할 수 있다면 잡아낼 가능성 또한 커진다. 적어도 스코프를 단 소총으로 저격당할 때보다는 클 것이다. 이건 그에게 유리한 요소다.

그는 세계의 모든 국가에서 엄청난 수의 특수요원을 양성하고 파견한다는 사실을 알고 있었다. 그런 요원들은 나사 하나를 풀거나 매듭 하나를 끊고, 전선을 자르고 작은 화재를 일으키고, 서류를 없애는 따위의 사소한 사고를 일으킨다. 정부 기관의 제록스 복사기 내부에 씹던 껌을 붙이는 것만으로도 복구할 수 없는 귀중한 문서를 파손시킬 수 있다. 사본이 나오는 대신 원본이 망가져버리는 것이다. 1960년대의 이피*들이 잘 알고 있던 것처럼, 비누와 화장지를 넉넉하게 사용하면 관공서

---

* 청년국제당(Youth International Party)과 히피의 합성어로, 1967년 이후로 반전운동과 언론자유를 주장한 전투적 청년집단의 참가자를 가리킨다. 무정부주의적이고 산발적인 '히피다운' 사보타주 활동을 수행했다.

건물 하나의 배관을 완전히 망쳐놓을 수 있으며, 그걸로 근무자들의 출근을 족히 일주일은 막을 수 있다. 자동차의 연료통에 좀약을 넣어놓으면 엔진이 닳아서 2주 후에 다른 도시에 있을 때 주저앉아버리며, 사후에 분석해도 연료에 오염물질이 들어갔다는 사실은 알아챌 수 없다. 기중기가 실수로 극초단파 케이블이나 전력선을 잘라버리면 라디오나 텔레비전 방송국도 방송을 중단할 수밖에 없다. 이런 사례는 셀 수 없이 많다.

과거 귀족 중에서는 하녀 정원사나 기타 농노 계급 일손이 어떤 도움을 줄 수 있을지 아는 사람들이 있었다. 꽃병 하나를 깨면, 손이 미끄러져서 값어치를 헤아릴 수 없는 가보라도 떨어트리면⋯⋯.

"왜 그런 짓을 한 건가, 래스터스 브라운?"

"제가 좀 멍 때리다 보니―." 사실 대가를 지불하지도 않는다. 보수를 준다 해도 아주 소액일 뿐이다. 부유한 저택 주인이, 정권이 싫어하는 정치색 강한 저자가, 미국이나 소련에 정면으로 반기를 드는 신흥 약소국이 그런 보수를 지불한다―.

예전에 과테말라 주재 미국 대사의 아내가, 자기 남편이 '권총을 휘둘러' 그 작은 나라의 좌익 정부를 전복시켜버렸다고 대중 앞에서 자랑하고 다닌 적이 있었다. 정부가 갑자기 전복된 다음 임무를 마친 대사는 아시아의 작은 나라로 전보되었다. 그리고 그곳에서 스포츠카를 몰다가, 갓길에서 느릿하게 달리다 갑자기 정면으로 치고 들어오는 건초 트럭을 그대로 들이받아버렸다. 대사는 순식간에 피와 살점만 남기고 산산조각이 나버렸다. 아무리 권총을 휘두르고 전직 CIA 출신의 사설 경호부대를 거느리고 살아도 소용이 없었다. 그의 아내는 그 이후 당당하게 시를 읊조리기를 그만두었다.[*]

"어, 저 말입니까요?" 건초 트럭의 소유주는 아마 지역 경찰에게 이렇게 말했을 것이다. "제가 그랬다굽쇼, 나리? 제가 좀 명 때리다 보니—."

그의 전처도 마찬가지였다고, 아크터는 회상했다. 당시 그는 보험회사의 조사원으로 일하고 있었다. ("혹시 복도 맞은편 이웃이 술을 많이 마십니까?") 그리고 아내는 자신이 보이자마자 열정적으로 반응하지 않고 밤새 보고서만 붙들고 있는 모습을 못마땅하게 여겼다. 결혼생활이 막바지에 이를 때쯤, 그녀는 그가 밤늦게 일하고 있으면 담뱃불을 붙이다 손을 데거나, 눈에 뭔가 들어가거나, 그의 작업실을 청소하거나, 사소한 물건을 찾아 그의 타자기 주변을 끝없이 돌아다니거나 하는 기술을 익혔다. 처음에는 그도 투덜대며 작업을 멈추고 그녀가 보이자마자 열정적으로 반응하는 식으로 대응했다. 그러나 전기 팝콘기를 꺼내려다 머리를 부딪친 후로는, 더 나은 해결책이 떠올랐다.

럭맨은 계속 말하고 있었다. "놈들이 우리 동물들을 죽였다면 소이탄을 던져줄 거야. 전부 해치울 거라고. 로스앤젤레스

---

[*] CIA가 지원한 과테말라 정부 전복 당시 미국 대사였던 존 퓨리포이(1907-1955)를 가리킨다. 그의 아내는 1954년에 아렌스 정권의 전복을 기념하는 시를 지었고, 뉴욕타임스 등에서 그 시를 인용하기도 했다.

에서 전문가를 고용해올 거야. 흑표범단이라거나."

"왜 그러겠어." 배리스가 말했다. "동물을 해쳐서 얻을 게 없잖아. 동물들은 아무것도 안 했는데."

"그럼 나는?" 아크터가 물었다.

"자네는 뭔가 했다고 생각하는 것 같은데." 배리스가 대꾸했다.

럭맨이 입을 열었다. "'그게 무해한 줄 알았더라면 내 손으로 죽였을 텐데!'라는 말, 기억나?"

"그 여자는 정상인이었으니까." 배리스가 말했다. "맛이 간 적도 없고, 돈도 많은 여자였으니까. 그 여자 아파트 기억해? 부자들은 삶의 가치를 절대 이해하지 못한다고. 아예 다른 문제야. 셀마 콘포드 기억하지, 밥? 가슴 크고 키 작은 여자 말이야. 절대 브라를 안 하고 다녀서 우리는 멍하니 앉아서 그 여자 젖꼭지만 바라보고 있었잖아? 그 여자가 우리 집까지 와서 각다귀 좀 잡아달라고 부탁했던 일 기억해? 그래서 우리가 설명했더니—."

느릿하게 움직이는 차의 운전대를 잡은 채로, 밥 아크터는 잠시 이론적인 문제는 전부 잊어버리고 그들 모두를 감탄시켰던 그 순간을 다시 떠올려보았다. 터틀넥 스웨터와 나팔바지를 걸친, 앙증맞고 우아하고 가슴이 끝내주는 정상인 여성이 그들을 찾아와서, 커다란 벌레를 잡아달라고 부탁했다. 사실 모기를 잡아먹으니 사람에게 이롭고 무해한 벌레인데 말이다. 게다가 그해는 오렌지 카운티에 뇌염 유행 예보가 떨어진 해이기도 했다. 그들이 각다귀를 보고 그런 내용을 열심히 설명하자 그녀는 바로 그 말을 내뱉었고, 이후 그들은 그 말을 풍자적인 좌우명으로 삼아 항상 경외하고 경멸했다.

그게 무해한 줄 알았더라면

내 손으로 죽였을 텐데.

그들이 정상인 작자들을 불신하는 이유를 한 문장으로 훌륭하게 요약해준 셈이었다. 게다가 여전히 유효했다. 물론 적이 실제로 존재한다면 말이지만. 어쨌든 모든 재정적 이득을 누리고 훌륭한 교육을 받은 셀마 콘포드 같은 사람은 이런 소리를 읊조린 즉시 그들의 적이 되었다. 그날 그들은 즉시 그녀의 아파트에서 뛰쳐나와 엉망진창인 그들의 집으로 돌아왔고, 그녀는 당황해 어쩔 줄 모르며 홀로 남았다. 그들의 세계와 그녀의 세계 사이에 존재하는 간극이 또렷이 모습을 드러냈고, 그들끼리 그녀를 어떻게 욕보일지 아무리 열심히 궁리해도 절대 사라지지 않았다. 밥 아크터는 그녀의 마음이 텅 빈 주방과 같다고 생각했다. 바닥 타일과 상수관과 청소를 되풀이해서 허옇게 뜬 식기 건조대가 있고, 개수대 한쪽 구석에는 버려져서 아무도 신경 안 쓰는 유리잔 하나가 놓여 있는, 그런 공간이라고.

전업으로 잠입 수사 업무에 뛰어들기 전에 부유한 상류계급 정상인 부부의 조서를 작성한 적이 있었다. 부재중에 누군가 가구를 훔쳐간 모양인데, 그들은 약쟁이들의 짓이라고 의심했

다. 당시만 해도 그런 사람들도 절도단이 들어와서 집 안 물건
을 싹 쓸어갈 수 있는 지역에 살고 있었다. 여기서 절도단이란
수 킬로미터 밖에 무전기를 든 파수꾼을 세워서, 목표가 돌아
오는 것을 바로 확인까지 하는 전문 집단을 말하는 것이다. 그
부부가 이렇게 말하던 것이 떠올랐다. "남의 집에 침입해서 컬
러 TV를 훔쳐가다니, 분명 동물을 살육하거나 귀중한 예술품
을 훼손하는 자들과 똑같은 부류일 거예요." 밥 아크터는 조서
를 쓰던 손길을 멈추고 물었다. "아닙니다, 대체 왜 그런 생각
을 하는 겁니까?" 최소한 그의 경험에 따르면, 약물 중독자들
은 동물을 해치는 일이 드물었다. 그는 약쟁이들이 다친 동물
에게 먹이를 주고 오랜 시간 보살피는 모습을 여러 번 목격했
다. 정상인이라면 그 동물을 그대로 '잠재워'버렸을 텐데. '잠
재우다'는 정상인 부류의 은어이자, 동시에 과거 폭력단에서
사용하던 용어이기도 했다. 목숨을 끊는다는 뜻으로. 언젠가
완전히 맛이 간 약쟁이 두 명이, 깨진 창문에 낀 고양이를 빼내
는 슬픈 고행에 몰두하는 모습을 발견하고 도와주기도 했다.
두 사람의 약쟁이는 거의 아무것도 제대로 보거나 이해하지
못할 정도로 망가져 있었는데도, 거의 한 시간 동안 세심하고
끈질긴 손놀림으로 고양이를 빼내려고 애썼다. 마침내 빠져나
왔을 때쯤에는 고양이도 약쟁이들도 조금씩 피를 흘리고 있었
고, 고양이는 얌전히 그들의 품에 안겼다. 한 명은 아크터와 함
께 집 안에서 끙끙거렸고, 다른 한 명은 엉덩이와 꼬리가 있는
바깥쪽에서 안간힘을 썼다. 뒤이어 두 사람은 큰 상처 없이 풀

려난 고양이에게 먹을 것을 주었다. 누구 고양이인지는 두 사람 모두 몰랐다. 아무래도 굶주려 있다가 깨진 창문 너머에서 먹을 것 냄새를 맡고서, 도저히 견디지 못하고 뛰어들려고 했던 모양이었다. 두 사람은 비명이 들리기 전까지 고양이의 존재 자체도 알아차리지 못했으면서, 다음 순간 온갖 환각과 몽상 따위는 잠시 잊어버리고 고양이를 구하기 위해 나선 것이었다.

'귀중한 예술품'에 대해서는 그 정도로 확신할 수가 없었는데, 아크터 자신이 그게 무엇을 가리키는지 정확하게 이해하지 못했기 때문이었다. 베트남전 당시 미라이*에서는 450점이 넘는 귀중한 예술품이 CIA의 명령에 따라 죽음에 이르도록 훼손당했다. 귀중한 예술품에 덤으로, 황소와 닭과 기타 목록에 언급되지 않은 다른 짐승들까지도. 그런 생각을 할 때마다 그는 살짝 무력감에 사로잡혔고, 곳곳의 박물관이나 미술관에 걸린 그림에 대해서는 도저히 생각을 정리할 수가 없었다.

그는 힘겹게 차를 몰면서 큰 소리로 말했다. "너희 말이야, 우리가 죽어서 심판의 날에 주님 앞에 서게 되면, 우리가 지은 죄가 시간순으로 열거될 것 같아, 아니면 경중에 따라 열거될 것 같아? 그 경중은 오름차순일까, 내림차순일까? 알파벳 순서는 아닐까? 이건 미리 알아둬야 한다고. 여든여섯 살쯤 먹어서 죽은 다음에, 주님이 나를 굽어보며 우레 같은 목소리로 '네가

---

* 1968년 3월, 미군에 의해 300명에서 500명에 달하는 비무장 민간인이 학살당한 지역.

155

1962년에 세븐일레븐 주차장에 서 있던 코카콜라 트럭에서 코카콜라 세 병을 훔친 꼬맹이로구나, 이건 변명하기 힘들어 보이는데'라고 말씀하시는 걸 듣고 싶지는 않단 말이야."

"상호 참조 문서로 작성하지 않을까." 럭맨이 말했다. "그리고 아마 긴 목록을 전부 깔끔하게 합산해서 최종 수치만 건네줄 거라고. 컴퓨터 출력물로."

"죄라는 건 이미 낡은 개념이야. 유대-기독교 사회의 미신이지." 배리스는 웃으며 말했다.

아크터가 다시 입을 열었다. "어쩌면 커다란 피클통 안에 죄를 전부 넣어놨을지도 모르지—." 그는 고개를 돌려 반유대주의자 배리스를 노려보았다. "코셔 피클통일 거야. 그리고 그걸 높이 들어서 그 안의 내용물을 단번에 네 얼굴에 쏟아버리는 거지. 그럼 너는 죄를 뚝뚝 흘리며 거기 멍하니 서 있게 될 거야. 네 죄에다가, 실수로 슬쩍 섞여든 다른 사람의 죄까지 말이지."

"동명이인의 죄겠군." 럭맨이 말했다. "다른 로버트 아크터의 죄인 거지. 세상에 로버트 아크터라는 사람이 얼마나 될까, 배리스?" 그는 배리스의 옆구리를 쿡쿡 찌르며 말했다. "혹시 칼텍의 컴퓨터를 쓰면 답을 알 수 있으려나? 작업하는 김에 덤으로, 짐 배리스는 얼마나 많은지 알아다줄 수 있겠어?"

밥 아크터는 속으로 중얼거렸다. **세상에 밥 아크터가 얼마나 될까?** 기괴하고 엉망인 생각이었다. 일단 나는 두 사람을 떠올릴 수 있잖아, 하고 그는 생각했다. 그중 프레드라는 사람은 밥이라는 다른 사람을 감시할 예정이지. 같은 사람인데도. 아니, 같은 사람이 맞나? 프레드가 실제로 밥이라고 할 수 있나? 아는 사람이 있나? 적어도 나는 알아야겠지. 프레드가 밥 아크터라는 사실을 아는 사람은 세상에 나 하나뿐이니까. 하지만 그래서, **나는 누군데? 둘 중 어느 쪽이 나인데?**

세 사람은 진입로에 차를 세우고 조심스레 현관문으로 다가갔고, 배리스의 쪽지와 잠겨 있지 않은 문을 발견했다. 그러나 조심스레 문을 열어보니 집 안은 그들이 두고 떠난 그대로였다.

배리스는 즉각 의심을 드러냈다. "아하." 그는 중얼거리며 집으로 들어섰다. 그리고 재빨리 문 옆의 책꽂이 위로 손을 뻗어 자신의 22구경 권총을 꺼내더니, 안으로 들어가는 다른 사람들을 엄호하듯 손에 쥐었다. 동물들은 평소처럼 밥을 달라고 조르며 그들에게 다가왔다.

"좋아, 배리스. 아무래도 네 말이 맞는 것 같은데." 럭맨이 말했다. "분명 누군가 여기 있었어. 왜냐하면…… 너도 딱 알겠지, 밥? 자기네가 들렀다는 온갖 증거를 이렇게 꼼꼼하게 숨기다니, 이보다 더 확고한 증거가―." 그는 지겹다는 듯 코웃음을 치고는 냉장고에서 맥주를 꺼내려고 부엌으로 들어갔다. "배리스, 너 완전 맛이 갔어."

배리스는 럭맨의 말을 무시한 채로, 총을 들고 조심스레 주변을 돌아다니며 실마리를 찾기 시작했다. 아크터는 그 모습

157

을 지켜보면서, 어쩌면 배리스가 뭔가 찾을 수 있을지도 모르겠다고 생각했다. 단서를 남겼을지도 모르는 거잖아. 피해망상이 과거와 현재의 현실을 잠시라도 연결해줄 수 있다니 정말 묘한 일이지, 하고 그는 생각을 이었다. 그러니까 오늘처럼 아주 특수한 상황에서는 말이야. 머지않아 배리스는 내가 다들 끌고 나가 집을 비워서, 침입자들이 몰래 들어와 원하는 바를 완수하도록 계획했다는 것까지도 추론해낼 거야. 그리고 조금 더 있으면 그 이유와 다른 모든 비밀까지 알아내겠지. 어쩌면 이미 알고 있을지도 모르고. 아니, 아는 거야. 두뇌검사기며 자동차며 다른 온갖 것들에 사보타주와 파괴 활동을 시작할 만큼 오래전부터 알고 있었겠지. 어쩌면 차고 조명을 켜면 집이 불타오를지도 몰라. 하지만 중요한 건 이거지. 감시 전담반이 도착해서 모든 영상장비 설치를 끝내기는 한 걸까? 나중에 행크에게 말해 감시장치의 완전한 설치 배치도와 기억장치를 확인할 수 있는 장소를 전달받을 때까지는, 그로서는 확인할 방도가 없었다. 전담반의 반장이나 작전에 관여한 다른 전문가들이 그에게 건네주기를 원하는 온갖 추가 정보도 마찬가지였다. 용의자 밥 아크터를 감시하는 공조 작전에서 얻어낸 모든 정보를, 지금 당장은 확인할 방도가 없었다.

"이것 좀 봐!" 배리스가 말했다. 그는 커피 탁자에 놓인 재떨이를 굽어보고 있었다. "이리 와보라고!" 그는 다른 두 남자를 날카로운 목소리로 불렀고, 두 사람은 그쪽으로 향했다.

아크터가 손을 뻗어보니 재떨이에서 열기가 올라오는 게 느꺼졌다.

"아직 뜨거운 꽁초가 있다니. 명백한 증거잖아." 럭맨은 감탄하며 말했다.

세상에, 진짜로 망쳐버렸잖아, 아크터는 생각했다. 설치반 한 놈이 담배를 피우고는 반사적으로 여기다 꽁초를 눌러 끈 거야. 그리고 그냥 가버린 거지. 재떨이에는 평소처럼 꽁초가 넘쳐흐르고 있었다. 설치반원은 하나쯤 추가돼도 아무도 눈치채지 못하리라 여겼을 것이다. 조금만 있으면 식을 거라고.

"잠깐 있어봐." 럭맨은 재떨이를 살피며 말했다. 그는 무수한 담배꽁초 사이에서 조인트 꽁초 하나를 발견했다. "이게 뜨거운 거야. 이 꽁초라고. 놈들이 여기 있는 동안 조인트를 피운 거라고. 그런데 대체 뭘 한 거지? 빌어먹을, 뭘 하고 간 거야?" 그는 코웃음을 치면서, 말문이 막히고 분노한 채로 주변을 둘러보았다. "빌어먹을, 밥. 배리스 말이 맞았어. **누군가 여기 있었다고!** 이거 아직 뜨겁잖아. 가까이 대보면 냄새가 나지?" 그는 꽁초를 아크터의 코밑에 들이댔다. "맞아, 아직 안쪽에서 타고 있는 거라고. 대마 씨앗이겠지. 말기 전에 제대로 다듬지 않은 거야."

배리스는 똑같이 음울한 목소리로 덧붙였다. "그 꽁초도 우연히 놔두고 간 게 아닐지도 몰라. 실수로 흘린 단서가 아닐 수도 있다고."

"그건 또 무슨 소리야?" 아크터는 동료가 보는 앞에서 조인트를 피우며 작업하는 작자가 대체 어떻게 도청 전담반에 들어간 것인지를 생각하며 대꾸했다.

"어쩌면 이 집에 약을 심어놓으려고 들어왔던 걸지도 모른다고." 배리스가 말했다. "몰래 숨긴 다음에 나중에 밀고하는 거지……. 예를 들어 전화나 벽 속의 공간에 약을 숨겨놨을 수도 있잖아. 놈들이 밀고하기 전에 집 안을 깡그리 뒤져서 깨끗하게 처리해야 해. 어쩌면 몇 시간밖에 남지 않았을지도 몰라."

"너는 벽의 공간을 확인해." 럭맨이 말했다. "나는 전화기를 분해할게."

"잠깐." 배리스가 손을 들며 말했다. "혹시라도 경찰이 현장을 급습했을 때 우리가 정신없이 돌아다니고 있으면—."

"급습은 또 뭐야?" 아크터가 말했다.

"우리가 약을 변기에 버리려고 정신없이 뛰어다니고 있으면, 실제로 마약이 있는 줄 모르고 있었다 해도 무죄를 주장할 수가 없지. 들고 있는 채로 잡힐 테니까. 어쩌면 거기까지도 놈들의 계획일지 모르잖아."

"아, 젠장." 럭맨은 넌더리를 내며 소파에 털썩 주저앉았다. "젠장 젠장 젠장. 아무것도 할 수가 없잖아. 그 개새끼들은 우리가 절대 찾아내지 못할 온갖 장소에 마약을 쑤셔박아놨을 거야. 제대로 당했어." 그는 분노로 타오르는 눈으로 아크터를 올려다보았다. "제대로 당한 거라고!"

아크터는 배리스에게 말했다. "현관문에 연결해뒀다는 전자식 녹음기는 어떻게 됐어?" 그쪽은 잊고 있었다. 보아하니 배리스도 그런 모양이었다. 럭맨은 물론이고.

"그래, 이런 상황이라면 극도로 도움이 될 테지." 배리스가 말했다. 그는 소파 옆에 무릎을 꿇더니 아래에 손을 넣고 끙끙거리다 작은 플라스틱 카세트테이프 녹음기를 꺼냈다. "이걸로 제법 많은 정보를 확인할 수 있겠지." 그는 이렇게 말하다, 문득 시무룩한 얼굴이 되었다. "뭐, 아마 가장 중요한 쪽으로는 별 도움이 안 되겠지만." 그는 뒤쪽의 전원을 뽑은 다음 커피 탁자에 녹음기를 내려놓았다. "가장 중요한 건 이미 알아버렸잖아. 우리가 집을 비운 동안 놈들이 들어왔었다는 것 말이야. 그게 제일 중요한 목적이었는데."

한동안 정적이 흘렀다.

"어떻게 된 건지 알 것도 같은데." 아크터가 말했다.

배리스가 입을 열었다. "놈들은 들어오자마자 여기 전원부터 끈 거야. 나는 분명 켜놓고 나갔어. 그런데 봐. 꺼져 있잖아. 그러니까 내가 이걸—."

"녹음이 안 됐다는 거야?" 럭맨은 실망스런 기색으로 중얼거렸다.

"정말로 빠르게 움직인 거지. 녹음기에서 테이프가 몇 센티 움직이기도 전에 행동에 옮긴 거야. 참고로 말해두는데, 이건 진짜 대단한 물건이라고. 소니 거라니까. 재생과 삭제와 녹음에 각각 다른 헤드를 사용하고, 돌비 소음제거 시스템도 달렸어. 중고품 시장에서 헐값에 샀지. 지금까지 문제가 생긴 적도 없어."

아크터가 말했다. "이제 마음을 정리할 때가 됐군."

"바로 그거야." 배리스는 의자에 앉아 몸을 기대고 선글라스를 올리면서 동의했다. "이제는 놈들의 회피 전략에 맞대응할 방도가 없어. 있잖아, 밥, 자네가 할 수 있는 일은 이제 하나밖에 없다고. 시간이 걸린다는 게 문제지만."

"집을 팔고 이사하는 거지." 아크터가 말했다.

배리스는 고개를 끄덕였다.

"하지만 젠장, 여긴 우리 집이잖아." 럭맨이 항의했다.

"이 동네에서 이런 집이 요즘 얼마나 나가지?" 배리스는 뒤통수에 깍지를 낀 채로 물었다. "부동산 시장에서? 거기다 금리는 또 얼마나 되려나. 어쩌면 제법 돈을 만질 수 있을지도 몰라, 밥. 문제는 빨리 팔려면 손해를 감수해야 한다는 거지. 원세상에, 게다가 지금 우리 상대는 전문가들이란 말씀이야."

"괜찮은 부동산업자 아는 사람 없어?" 럭맨이 두 사람을 돌아보며 물었다.

아크터가 입을 열었다. "집을 내놓은 이유는 뭐라고 둘러대지? 그건 꼭 물어보던데."

"그래, 업자한테 진실을 털어놓을 수는 없지." 럭맨도 동의했다. "그럼 뭐라고 해야 하나……." 그는 우울하게 맥주를 홀짝이며 생각에 잠겼다. "나는 생각이 안 나는데. 배리스, 먹힐 만한 핑계 없어?"

아크터가 말했다. "그냥 집 안 곳곳에 약물이 숨겨져 있는데, 어디 있는지 몰라서 그냥 이사하는 거라고, 새 집주인이 우리 대신 걸리게 하려고 그런다고 말하면 되잖아."

"안 돼." 배리스가 말했다. "그 정도로 솔직하면 감당이 안 된다고. 밥, 이렇게 말하는 건 어때. 자네가 직장을 옮기게 됐다고 하는 거야."

"어디로?" 럭맨이 말했다.

"클리블랜드로." 배리스가 말했다.

"그냥 사실대로 말하는 게 좋을 것 같은데." 아크터가 말했다. "그냥 LA타임스에 광고를 실어도 되잖아. '침실 세 개 달린 현대적인 분양 주택. 쉽고 빠르게 물건을 내려버릴 수 있는 화장실이 두 개. 방 안 곳곳에 고순도 마약이 쟁여져 있음. 마약은 부동산 가격에 포함.'"

"그랬다가는 무슨 종류의 마약인지 물어보려는 작자들 때문에 전화통에 불이 날 텐데." 럭맨이 말했다. "그런데 우리는 모르잖아. 아예 짐작조차 불가능하다고."

"게다가 얼마나 많은지도 모르지." 배리스가 중얼거렸다. "소심한 구매자라면 분명 양을 물어볼 거야."

럭맨이 말을 이었다. "그러니까 내 말은, 말이담배용 마리화나 30그램 정도의 싸구려일 수도 있고, 헤로인 몇 킬로그램일 수도 있다는 거지."

"내가 제안 하나 하지." 배리스가 말했다. "우리가 먼저 카운티의 약물 담당 부서에 전화해서 상황을 설명하고, 직접 들어와서 약을 회수해가라고 청하는 거야. 집을 뒤져 찾아내서 처분해달라고 부탁하는 거지. 현실적으로 집 팔 시간은 부족하잖아. 예전에 이런 부류의 문제에 적용되는 법적 해석을 찾아

본 적이 있어. 그런데 대부분의 법률 서적에 따르면—."

"미친 거 아냐?" 럭맨은 그를 제리의 진딧물이라도 되는 양 노려보며 말했다. "약물 전담반에 전화를 걸자고? 그랬다가는 순식간에 경찰 약물 수사관 놈들이 여기에—."

"그게 우리한테는 최선이야." 배리스는 매끄럽게 말을 받았다. "거짓말 탐지기를 사용하면 약이 어디 있었는지, 어떤 물건이었는지, 심지어 존재했다는 사실조차 모른다고 증명할 수 있잖아. 우리가 알지도 못하고 허락하지도 않은 물건이라는 증명이 된단 말이야. 밥, 자네가 그렇게 말하면 무죄방면해줄 거라고." 그는 잠시 입을 다물었다가 덧붙였다. "조만간. 모든 진실이 공개법정에서 드러난 다음에."

"하지만 다른 측면도 생각해보라고." 럭맨이 말했다. "우리도 다들 약을 쟁여놓고 있잖아. 전부 어디에 있는지나 뭐 그런 걸 전부 알고 있단 말이야. 그렇다면 우리가 쟁인 물건들은 전부 변기에 버려야 한다는 거 아니야? 혹시라도 빼먹은 게 있으면 어떡하고? 단 하나라도? 젠장, 진짜 끔찍한 상황이잖아!"

"빠져나갈 방법이 없어. 완전히 당한 모양이야." 아크터가 말했다.

그때 한쪽 침실에서 도나 호손이 나왔다. 우스꽝스러운 짧은 반바지를 걸치고, 머리는 산발이 된 데다가, 잠에서 막 깼는지 얼굴은 퉁퉁 부어 있었다.

그녀가 입을 열었다. "난 쪽지 보고 들어온 거야. 잠시 굴러 다니다가 그대로 뻗어버렸지만. 쪽지에 너희가 언제 돌아올지는 안 적혀 있었거든. 왜 그렇게 고래고래 소리치던 거야? 뭐야, 다들 바짝 쫄아서. 너네 때문에 깼잖아."

"좀 전에 마리화나 피운 게 너야?" 아크터가 그녀에게 물었다. "뻗기 전에?"

"당연하지. 안 피우면 잠이 안 오거든." 그녀가 대답했다.

"도나의 꽁초였군. 얼른 넘겨줘." 럭맨이 말했다.

이런 세상에, 밥 아크터는 생각했다. 나도 이 친구들하고 똑같이 망상에 젖어 있었어. 그 정도로 깊이 빠져버렸던 거야. 그는 몸을 떨면서 정신을 차리고 눈을 깜박였다. 모든 것을 알면서도, 저들과 함께 환각으로 뒤덮인 피해망상의 영역으로 들어가버렸어. 모든 상황을 저들의 눈으로 봤다고, 흐릿한 눈으로. 다시 모든 것이 어둑해진 거야. 저들을 뒤덮은 어스름이 나까지 감싸버린 거라고. 이 끔찍하고 흐릿한 꿈속 세계에서 함께 떠다닌 거라고.

"네가 우리를 구해준 거야." 그는 도나에게 물었다.

"뭐에서?" 도나는 잠에 겨워 영문을 모르는 얼굴로 물었다.

그는 생각했다. 내 실제 모습도, 오늘 여기서 무슨 일이 벌어질 것이었는지 알고 있다는 사실조차도, 나한테는 아무런 도움이 되지 않았어. 그런데 여기 이 아가씨가— 그녀가 내 머릿속을 제대로 바로잡아준 거야. 우리 셋 모두를 구해냈어. 묘하게 차려입은 흑발의 작달막한 여자가, 내 감시대상이자 허풍덩어리이자 운이 좋으면 잠자리를 같이할 여자가…… 이 섹시한 아가씨의 등장으로 인해 속임수로 섹스를 얻어내는 현실 세계가 갑자기 열린 셈이라고, 그는 생각했다. 현실 세계의 논리가 우리 모두 제정신을 차리게 한 거야. 그녀가 없었더라면 우리 머리는 결국 어떻게 됐을까? 우리 셋 다 영원히 궤도를 이탈해버렸을지도 몰라.

하지만 처음 있는 일은 아니라고, 그는 생각했다. 심지어 오늘만 치더라도.

"문도 안 잠그고 외출하면 못써." 도나가 말했다. "그러다 도둑맞으면 전부 너희 책임이거든. 초대형 자본주의 보험회사들도 문이나 창문을 안 잠그고 나가면 돈을 안 준다고. 그래서 그 쪽지를 보고 집 안으로 들어온 거야. 문도 안 잠그고 나갔으니 누구든 집을 지켜야 하잖아."

"여기 얼마나 있었어?" 아크터가 그녀에게 물었다. 어쩌면 그녀 때문에 도청장치 설치가 실패로 돌아갔는지도 모른다. 아닐 수도 있지만. 아마 아닐 것이다.

도나는 20달러짜리 타이멕스 전자 손목시계를 확인했다. 그가 준 선물이었다. "38분쯤 됐네. 있잖아." 문득 그녀의 얼굴이 밝아졌다. "밥, 그 늑대 책 가지고 왔어. 지금 보고 싶어? 찬찬히 훑어보면 정말 묵직한 내용이 가득하다고."

"묵직한 것은 세상에 오로지 삶뿐이니." 배리스는 혼잣말하듯 중얼거렸다. "단 하나뿐인 묵직한 여정이지. 무게를 견디지 못하고 무덤에 이르는 여정. 모든 인간과 생명이 겪을 수밖에 없는 여정."

"아까 집을 판다고 했던 거 맞아?" 도나는 그에게 물었다.

"아니면 혹시…… 그러니까, 내가 꿈을 꾼 걸까? 분간이 안 되네. 그 목소리, 어딘가 멍하고 괴상하게 들렸거든."

"우리 모두 꿈을 꾸고 있는 거야." 아크터가 말했다. 중독자 본인은 자신이 중독자라는 사실을 깨닫지 못한다고 한다. 그렇다면 말을 내뱉은 본인이야말로 그 의미를 마지막까지 깨닫지 못할지도 모른다. 그는 도나가 엿들은 온갖 쓰레기 같은 말 중에서, 자신이 진심으로 입에 담은 것은 얼마나 될지를 생각해보았다. 오늘 그가 마주한 광기 중에서, 그의 광기 중에서, 진짜 광기와 이런 상황 때문에 전염된 광기의 분량이 각각 얼마나 될지를 생각해보았다. 도나는 언제나 그의 현실을 지탱해주는 중심축이었으므로, 그녀에게 있어서는 단순하고 자연스러운 질문일 것이다. 그는 자신도 답할 수 있기를 간절히 원했다.

07

다음 날 프레드는 스크램블 수트를 입고 감시장치의 정보를 들으러 방문했다.

"해당 구역에는 현재 여섯 대의 홀로스캐너가 작동 중이야. 지금은 여섯이면 충분하리라 생각하는데. 녹화된 내용은 아크터의 거처와 같은 블록에 있는 안전가옥 아파트로 전송되지." 행크는 이렇게 설명하면서, 두 사람 사이의 금속 탁자에 밥 아크터 거주지의 평면도를 펼쳐놓았다. 지도를 보자 프레드는 오싹한 기분이 들었지만, 못 견딜 정도는 아니었다. 그는 평면도를 들고 여러 방에 설치된 모든 스캐너의 위치를 살폈다. 모든 활동을 소리뿐 아니라 영상으로도 항상 감시할 수 있도록 곳곳에 설치되어 있었다.

"이제 저는 그 아파트로 가서 재생해보면 되는 거로군요." 프레드가 말했다.

"우리는 그곳을 그 근처 여덟 곳의, 아니 이제는 아홉이겠군. 아홉 곳의 단독주택이나 아파트의 기록을 재생해서 감시하는 용도로 사용하고 있다네. 따라서 재생할 때는 다른 잠입 수사 관과 마주치게 될 거야. **거기 들를 때는 항상 수트를 착용하도록 해.**"

"건물에 들어가는 모습이 목격당할 텐데요. 너무 가깝습니다."

"불가능한 일은 아니지만 건물 자체가 엄청나게 커. 방이 수백 개는 되고, 어차피 주변에 소모 전력량을 감당할 수 있는 건물이 거기밖에 없어. 다른 곳에서 합법적으로 퇴거 명령을 받아내서 비우기 전까지는 그곳을 쓸 수밖에 없지. 지금 시도하고는 있는데…… 두 블록 떨어진 곳인데, 그쪽으로 옮기면 자네도 의심을 살 일은 줄겠지. 아마 일주일 정도면 될 거야. 과거에 쓰던 장비처럼 초고주파 중계 케이블과 ITT 회선만으로 적절한 해상도의 영상을 전송할 수 있었다면 이럴 필요도 없었겠지만, 이제는 홀로스캔 데이터를 전송해야 하니—."

"그냥 그 단지에 사는 여자하고 자러 가는 척하겠습니다. 아크터나 럭맨이나 다른 약쟁이들한테 들키면 말입니다." 어차피 문제가 복잡해질 가능성은 별로 없었다. 사실 이동하느라 무급으로 낭비하는 시간이 줄어드는 셈이었고, 그 또한 나름 중요한 요소였다. 그냥 어슬렁거리며 안전 아파트로 들어가서, 스캔 결과를 재생시켜 보고, 자신의 보고서와 연관 있는 내용을 확인해서 불필요한 건을 삭제하고, 그대로 돌아가기만 하면—.

내 집으로 돌아가는 거지, 하고 그는 생각했다. 아크터의 집이기도 하고. 길을 따라 조금만 걸으면 나오는 그 집에서 나는 밥 아크터니까. 아무것도 모르는 채 스캐너에 감시당하는, 약물에 중독된 용의자니까. 그러다 이틀에 한 번씩은 적당히 핑계를 대고 아파트로 들어가서 프레드가 되어 수 마일 길이의 테이프를 재생하며 내가 한 일을 확인해야 하는 거지. 이 모든 일을 생각만 해도 우울해진다고, 그는 생각했다. 물론 그 덕분에 몸을 지키고 중요한 개인 정보를 손에 넣을 수는 있겠지만.

어쩌면 일주일 안에 나를 노리는 자의 정체가 홀로스캐너에 잡힐지도 몰라.

그 사실을 떠올리자 느긋하고 온화한 기분이 들었다.

"좋습니다." 그는 행크에게 말했다.

"그럼 홀로스캐너가 설치된 장소는 파악했겠지. 정비가 필요하면 자네가 직접 할 수도 있을 거야. 아크터네 집에 있을 때, 주변에 아무도 없는 틈에 말이야. 자네 평소에도 그 집에 드나들지 않나?"

무슨 개소리야, 하고 프레드는 생각했다. 장치를 정비하는 모습도 홀로스캐너 녹화 기록에 남을 텐데. 행크에게 제출하는 영상에는 당시 집 안에 있는 사람이 찍혀 있을 것이고, 당연히 그중에는 그가 포함될 것이다. 그렇게 되면 소거법에 의해 후보가 좁혀질 수밖에 없다.

지금까지 그는 용의자의 정보를 얻는 방법을 행크에게 알린 적이 없었다. 사실상 정보를 가져다주는 프레드 본인이 효율적인 정보 식별 장비나 다름없었다. 그러나 지금부터는 사정이 달라진다. 음성과 홀로그램 영상을 기록하는 스캐너는 그가 직접 전할 때처럼 신원 정보를 자동으로 편집해주지 않을 것이다. 스캐너가 망가져서 수리하려 들면, 그걸 만지작거리는 로버트 아크터의 얼굴이 화면을 가득 메울 정도로 큼지막하게 찍힐 것이다. 하지만 다시 생각해보면, 저장된 테이프를 처음 재생하는 사람도 그가 될 것이다. 아직 편집은 가능했다. 시간과 주의가 필요할 뿐이었다.

하지만 뭘 편집해야 하는 거지? 아크터를 완전히 편집해 제거하나? 아크터가 용의자이니 그건 곤란하다. 홀로스캐너를 만지작거리는 아크터의 모습만 편집해야 한다.

"제 모습은 편집해 지우겠습니다. 당신이 저를 보지 못하도록 말입니다. 통상적인 신변 보호 지침에 따라서요."

"물론 그래야지. 자네 이런 일은 처음인가?" 행크는 손을 뻗어 사진 두어 장을 그에게 건넸다. "일괄 삭제 장비를 사용해. 그걸 쓰면 자네가 정보원으로서 등장하는 부분은 통째로 삭제할 수 있어. 물론 홀로그램에만 적용되는 얘기야. 음성 쪽은 지정된 규약이 없거든. 어쨌든 실제로 문제가 생길 일은 없을 거야. 우리도 자네가 그 집에 종종 드나드는 아크터의 친구 집단에 속해 있다는 건 기정사실로 받아들이고 있으니까. 자네는 짐 배리스거나, 어니 럭맨이거나, 찰스 프렉이거나, 도나 호손이거나—."

"도나요?" 그는 웃음을 터트렸다. 사실 실제로 웃은 것은 수트였지만. 그 나름의 방식으로.

"아니면 밥 아크터일 수도 있지." 행크는 용의자 목록을 훑어보며 말을 이었다.

"항상 저 자신에 대해 보고하는 셈이로군요." 프레드가 말했다.

"그러니까 우리에게 넘기는 홀로그램 테이프에도 종종 자네 모습을 남겨놓아야 하는 거야. 자네 모습을 전부 걸러냈다가는 소거법으로 자네의 정체를 알아낼 수 있을 테니까. 우리가 원하든 원치 않든 자동으로. 그러니까 자네가 해야 하는 일은, 자네를 편집하되— 그 뭐라 해야 하나? 독창적이고 예술적으로…… 젠장, 그러니까, 창의적으로 편집하라는 거야. 예를 들어 자네가 구역 내에서 홀로 조사할 시간이 생겨서, 서류나 서랍을 뒤지거나 다른 스캐너의 시야 안에서 스캐너를 정비할 때나—."

"그냥 한 달에 한 번씩 제복 경관을 들여보내는 편이 낫지 않습니까." 프레드가 대꾸했다. "그리고 이렇게 말하게 시키는 겁니다. '안녕하세요! 이 집에 몰래 설치해놓은 감시장비를 점검하러 왔습니다. 전화기하고 차에 있는 것까지 한 번에 해드리지요.' 어쩌면 아크터가 수리비를 내줄지도 모르지요."

"아크터라면 아마 그 자리에서 경관을 제거한 다음 행방을 감추겠지."

172

스크램블 수트인 프레드가 말했다. "아크터한테 숨길 것이 많다면 말이지요. 그건 아직 증명되지 않았습니다."

"아크터는 상당히 많은 것을 숨기고 있을지도 몰라. 그자에 대한 최신 정보가 추가로 들어와서 분석까지 마쳤어. 그자가 정체를 숨기고 있다는 사실은 거의 의심할 여지가 없어. 실존하는 인물이 아니란 말이야. 가짜라고. 그러니 정체를 드러낼 때까지 감시를 늦추지 말게. 충분한 증거를 확보하면 단번에 구속해서 범죄자 딱지를 붙일 테니까."

"거짓 증거를 심어놓기를 원하시는 겁니까?"

"그 문제는 나중에 의논하지."

"아크터가 그러니까 그, D물질 유통 조직의 고위직이라고 생각하시는 겁니까?"

"우리의 생각은 자네 일에 조금도 중요치 않네." 행크가 말했다. "우리는 평가를 할 뿐이야. 자네는 제한된 시야에서 내린 결론을 보고하기만 하면 돼. 자네를 깎아내리려는 건 아니지만, 우리 쪽에는 자네가 접할 수 없는 정보가 잔뜩 있어. 큰 그림을 볼 수 있는 거지. 컴퓨터로 계산한 그림을."

"아크터는 끝장이로군요." 프레드가 말했다. "그러니까, 뭔가 일을 벌이고 있다면 말입니다. 그리고 말씀을 들으면 그러고 있을 거라는 예감이 드는군요."

"이런 식으로 접근하면 머지않아 건수를 잡을 수 있을 거야." 행크가 말했다. "그러면 그 친구 일은 깔끔하게 끝날 테니, 모두 만족할 수 있는 결과로 이어지지 않겠나."

173

프레드는 무심하게 아파트의 주소와 호수를 외우다가, 최근 갑자기 사라진 젊은 약쟁이 커플이 그 건물을 들락거리는 모습을 보았던 기억을 떠올렸다. 적발된 거겠지. 그리고 그들이 살던 아파트를 이런 용도로 쓰려고 압류한 거야. 그는 그 커플이 마음에 들었다. 여자 쪽은 긴 금발에 브라도 하지 않고 다녔다. 한번은 식료품을 잔뜩 안고 걸어가는 모습을 보고 태워주겠다고 제안한 적이 있었다. 두 사람은 그 자리에서 대화를 나눴다. 메가비타민과 켈프와 햇살에 푹 빠진 유기농 식품 애호가인 듯했다. 싹싹하고 수줍은 아가씨였지만, 그의 제안은 거절했다. 이젠 그 이유를 알 것 같았다. 두 사람은 물건 은닉 담당이었을 것이다. 아니, 판매를 맡고 있었을 가능성이 더 크다. 하지만 그냥 아파트가 필요할 뿐이었다면, 소지 혐의만 씌워도 간단하게 해결할 수 있다. 그 정도는 언제든 만들어낼 수 있으니까.

아크터가 끌려가고 나면 당국자들은 그의 지저분하지만 큼직한 집을 무슨 용도로 사용할까? 하고 그는 생각했다. 아마 그보다 훨씬 큰 정보 처리 센터가 들어오겠지.

"아크터의 집이 마음에 드실 겁니다." 그는 소리내어 말했다. "낡은 편이고 약쟁이들 집답게 지저분하지만, 제법 널찍하거든요. 정원도 괜찮지요. 관목도 많고."

"설치반도 그렇게 보고했어. 가능성이 많은 장소라 아깝다더군."

"보고요? '가능성 때문에 아깝다'고 보고했다는 겁니까?" 스크램블 수트의 목소리는 어조나 여운 따위는 전혀 반영하지 않은 채 열심히 딸깍거릴 뿐이었고, 그는 그 사실에 더욱 화가 치밀었다. "어떤 면에서 말입니까?"

"글쎄, 한 가지 용도는 확실하지. 거실에서 교차로를 훤히 내다볼 수 있으니, 지나가는 차량을 확인하고 번호판을 기록할 수 있을 테고……." 행크는 수없이 많은 서류를 살피며 덧붙였다. "하지만 설치반 반장인 버트 어쩌고 하는 친구 말로는, 집 자체가 너무 엉망으로 낡아빠져서 우리가 굳이 손에 넣을 필요는 없다는 거야. 적어도 투자용으로는."

"뭐가 말입니까? 어디가 낡아빠졌다는 거지요?"

"지붕."

"지붕은 완벽합니다."

"내벽과 외벽의 도장 상태도 그렇고. 마루널도 그렇고. 부엌 찬장도―."

"개소리." 프레드는 말했다. 적어도 수트는 그렇게 웅얼거렸다. "아크터는 설거지거리도 쓰레기도 쌓아놓고 먼지도 안 터는 인간이긴 합니다. 하지만 여자도 없이 남자 세 명이 살고 있잖습니까? 아내는 그를 떠났지요. 그런 건 전부 여자의 일인데 말입니다. 아크터가 원했던 것처럼, 애걸했던 것처럼, 도나 호손이 집에 들어왔다면 그 여자가 집 안을 돌봤을 겁니다. 어쨌든 전문 청소업체에 맡기기만 하면 반나절이면 최상의 상태로 만들 수 있을 겁니다. 특히 지붕을 언급했다는 게 정말 분통이 터지네요, 그건―."

175

"자넨 아크터가 구속되어 모든 것을 잃으면 우리가 그곳을 확보해야 한다고 제안하는 거로군."

프레드는, 수트는, 멍하니 그를 바라봤다.

"그렇지?" 행크는 볼펜을 든 채로 무심하게 말했다.

"딱히 의견은 없습니다. 어느 쪽으로도요." 프레드는 자리를 뜨려고 일어섰다.

"아직 가지 말게." 행크는 이렇게 말하며 자리에 다시 앉으라고 손짓했다. 그리고 책상에 쌓인 서류더미를 뒤적였다. "메모가 하나 있었는데—."

"누구에게든 항상 건넬 메모가 있으시군요." 프레드가 말했다.

"나도 전달받은 메모야. 오늘 떠나기 전에 203호에 들르라고 자네한테 지시하라는 내용이야." 행크가 말했다.

"라이언스 클럽에서 했던 마약 대책 강연 때문이라면 이미 엉덩이가 얼얼할 정도로 혼났습니다."

"아니, 그 건이 아니야." 행크는 나풀거리는 메모를 그에게 건넸다. "다른 문제야. 내 쪽의 용건은 끝났으니, 바로 그쪽으로 가서 처리하는 게 어떻겠나."

그의 눈앞에 온통 백색인 방이 펼쳐졌다. 강철 붙박이 가구와 강철 의자와 강철 책상을 전부 바닥에 나사로 고정해놓은, 마치 병실 같은 방이었다. 모든 것이 정제되고 소독되고 차가웠고, 조명은 지나치게 밝았다. 게다가 오른쪽에는 '기술자만 조작 가능'이라고 적힌 체중계도 하나 서 있었다. 보안관보 두 명이 그를 차분히 바라봤다. 오렌지 카운티 보안관보의 정복을 깔끔하게 차려입고 있었지만, 견장을 보니 의료 담당자였다.

"자네가 프레드 경관인가?" 구레나룻을 기른 쪽이 이렇게 물었다.

"그렇습니다." 프레드가 말했다. 조금 두려워지기 시작했다.

"좋아, 프레드. 우선 한 가지 말해두겠네. 자네도 물론 알고 있겠지만, 자네가 지시를 받거나 보고하는 상황은 전부 감시되고 있으며, 후에 연구를 위해 재생될 수도 있네. 처음 환경에서 놓친 것이 있을지도 모르니까 말이야. 물론 이건 표준 절차이며, 구두로 보고하는 모든 경관에게 똑같이 적용된다네. 자네만이 아니라."

다른 의료 담당 보안관보가 말했다. "자네가 이 부서에서 접선하는 모든 사람도 여기에 포함되지. 전화 접선도 그리고 추가 업무도 마찬가지야. 이를테면 애너하임에서 로터리 클럽 친구들한테 했던 강연이라던가."

"라이언스 클럽이었죠." 프레드가 말했다.

"자네 D물질을 복용하나?" 왼쪽의 보안관보가 물었다.

"물론 별 의미가 없는 질문이긴 하지." 다른 쪽이 말했다. "업무상 자네가 복용할 수밖에 없다는 건 기정사실로 받아들이고 있으니까. 그러니 대답하지 말게. 범죄행위가 입증된다거나 뭐 그래서가 아니라, 그냥 의미가 없기 때문이야." 그는 한쪽 탁자를 가리켰다. 장난감 블록을 비롯한 선명한 색의 플라스틱 잡동사니에, 경관인 프레드로서는 정체를 짐작할 수 없는 묘한 물건들도 놓여 있었다. "저쪽으로 가서 자리에 앉게, 프레드 경관. 이 자리에서는 가벼운 검사를 몇 가지 수행할 걸세. 그리 오래 걸리지는 않을 거야. 물리적 불편함을 동반하지도 않을 테고."

"제 강연 때문에 그러시는 거라면—." 프레드가 말했다.

"지금 이걸 하는 이유는 말일세." 왼쪽의 보안관보는 자리에 앉아서 펜과 용지를 꺼내며 말을 이었다. "최근 부서별로 조사를 벌인 결과, 지난달에 이 지역에서 일하는 잠입 조사관 다수가 신경 실어증 치료소에 들어갔기 때문이라네."

"D물질이 중독지수가 높은 약물이라는 사실은 잘 알고 있겠지?" 다른 보안관보가 그에게 물었다.

"물론입니다." 프레드는 대꾸했다. "당연히 알고 있죠."

"그럼 이제 검사를 시작하겠네." 자리에 앉은 보안관보가 말했다. "이 순서대로 할 걸세. 제일 먼저 실시할 검사는 우리 쪽에서는 배경인지라는 이름으로—."

"제가 중독자라고 생각하시는 겁니까?" 프레드가 말했다.

"자네가 중독자인지 아닌지는 중요한 문제가 아니야. 어차피 육군의 생화학전 담당부서에서 앞으로 5년 안에 억제제를 개발할 수 있으리라 기대하고 있으니까."

"이 검사는 D물질 중독자를 판별하기 위한 것이 아닐세. 다만— 음, 우선 배경인지 검사부터 시작하지. 도형과 배경을 즉석에서 구별하는 능력을 판별하는 검사야. 여기 그림 보이나?"
그는 그림이 그려진 카드를 프레드 앞의 탁자에 놓았다. "아무 의미도 없어 보이는 선들 속에 정상인이라면 전부 인지할 수 있는 물체가 들어가 있네. 자네는 그 물체가……."

정보 하나. 1969년 7월, 조지프 E. 보겐은 「반대편의 뇌: 병렬로 배치된 정신」이라는 제목의 혁명적인 논문을 발표했다. 그는 이 논문에서 A. L. 위건 박사라는 잘 알려지지 않은 연구자의 1844년 연구를 인용했다. 그 내용은 다음과 같다.

정신이란 그가 깃든 기관과 마찬가지로 본질적으로 이중성을 지닌다. 나는 이 착상을 떠올린 이후 사반세기 이상 연구에 매진해왔으나, 지금껏 유효하거나 심지어 말이 되는 반례조차도 발견하지 못했다. 따라서 나는 다음 사실을 증명할 수 있다고 믿는다. (1) 뇌의 양쪽 반구는 사고라는 작용의 수행에서 제각기 온전히 기능하는 기관이라는 것. (2) 사고 또는 추론이라는 작용은 양쪽 반구에서 별도로 명확하게, 동시에 일어날 수 있다는 것.

보겐은 자신의 논문에서 이런 결론을 내렸다. "나는 (위건과 마찬가지로) 사람 안에는 저마다 두 개의 정신이 존재한다고 생각한다. 물론 이 경우에는 확실히 정리해야 할 세부 사항이 상당히 많을 것이다. 그러나 우리는 결국 위건의 관점에 대한 가장 주된 저항에 직면하게 될 것이다. 그 저항이란 인간이라면 누구나 가지고 있는 단일성이라는 주관적 느낌이다. 자신이 단일한 존재라는 내적 확신이야말로 서구의 인간상에서 가장 소중히 여기는 관념이며……."

"……뭔지 말하고 전체 그림 속에서 그 위치를 짚어주면 되는 걸세."

좋은 경찰 나쁜 경찰 작전이로군, 프레드는 생각했다. "대체 왜 이러는 겁니까?" 그는 그림이 아니라 의료 보안관보를 바라보며 물었다. "분명 라이언스 클럽 강연 때문이겠지요." 그는 이렇게 말했다. 사실 거의 확신하면서.

자리에 앉은 보안관보가 말했다. "D물질 복용자의 상당수는 뇌의 좌반구와 우반구가 분할되는 증상을 보인다네. 게슈탈트 형성능력을 잃는 경우가 많은데, 이는 지각능력과 인식능력 양쪽에서 결손이 발생하기 때문이지. 겉보기로는 인식능력 쪽은 정상적으로 작동하는 것처럼 보이지만 말일세. 하지만 양쪽 뇌가 분리되면 지각능력으로 받아들이는 정보가 오염되기 때문에, 인지능력도 조금씩 오작동하면서 단계적인 감퇴 증상을 겪게 된다네. 자네, 여기 선들 속에서 낯익은 물체를 찾아낼 수 있나? 내게 짚어내줄 수 있겠나?"

프레드는 말했다. "신경 수용체에 집적되는 중금속 이야기를 하는 건 아니겠죠? 돌이킬 수조차 없는 손상을—."

"아닐세." 서 있는 보안관보가 대답했다. "이건 뇌손상 문제가 아닐세, 독성 물질의 문제지. 뇌에 작용하는 독성 물질이야. 그 독성 물질이 뇌의 양쪽 반구를 분할시켜 지각능력에 영향을 끼치는 정신병을 유발하는 걸세. 지금 실시하는 배경인지 검사는 자네의 지각능력이 통합 상태로 정확하게 작동하는지를 확인하는 검사일세. 이 안에서 형상을 찾을 수 있겠나? 보자마자 눈앞에 떠올라야 하는데."

"코카콜라 병이 보이는군요." 프레드가 말했다.

"탄산음료 병이라. 옳은 답일세." 자리에 앉은 보안관보는 이렇게 말하며 그림을 치우고, 다른 그림을 올려놓았다.

"제가 보고하는 광경이나 그런 것들을 확인하면서 뭔가 알아낸 게 있는 겁니까? 엉망인 구석이 있었나요?" 프레드가 말했다. 분명 강연 때문이라고, 그는 생각했다. "제가 한 강연은 어떻습니까? 제 뇌의 반구가 쌍방 기능장애를 보인 겁니까? 그래서 여기 끌려와서 이런 검사나 받게 된 겁니까?" 경찰에서 종종 분할뇌 검사를 한다는 내용은 읽은 적이 있었다.

"아니, 이건 통상적인 검사일세." 자리에 앉은 쪽이 말했다. "프레드 경관, 우리도 잠입 수사관이 임무 수행 과정에서 마약 투여가 필요할 수도 있다는 사실을 잘 알고 있다네. 그중에는 연방 치료소에 들어갈 수밖에 없었던 사람들도 있고—."

"영구적으로 말입니까?" 프레드가 물었다.

"영구적 수용은 별로 많지 않네. 하던 이야기로 돌아가서, 이런 지각능력의 오염은 종종 시간이 지나면 저절로 교정되어—."

"흐릿해지죠." 프레드가 말했다. "모든 것을 혼탁하게 덮어버리죠."

"혹시 교차 대화 증상도 겪고 있나?" 문득 한쪽 보안관보가 물었다.

"그게 뭡니까?" 그는 머뭇거리며 되물었다.

"양쪽 반구 사이에 교차 대화가 일어나느냐는 말일세. 일반적으로 언어학 능력이 위치되어 있는 좌반구에 손상이 발생하면, 때론 우반구가 그 손상을 벌충하려고 최선을 다하기 시작한다네."

"모르겠습니다. 제가 인식하는 한도 내에서는요." 그가 말했다.

"자네 것이 아닌 생각이 들려올 걸세. 마치 다른 사람이나 정신이 생각하고 있는 느낌이 들지. 하지만 자네가 평소 하던 생각과는 다르게 느껴질 걸세. 심지어 자네가 모르는 외국어 단어가 등장하기도 하지. 지금껏 살아오며 말초 지각을 통해 학습한 것들이 떠오르는 걸세."

"그런 증상은 없었습니다. 그런 거야 알아챘겠죠."

"아마 그렇겠지. 지금껏 보고된 좌반구 손상 사례에 따르면 제법 충격적인 경험인 모양이니까."

"뭐, 그런 거라면 알아차릴 수 있을 것 같습니다."

"한때는 우반구에는 언어학 능력이 전혀 없다고 생각했다네. 하지만 워낙 많은 사람이 마약으로 좌반구를 망가트린 덕분에, 이제 우반구가 자기 능력을 증명해보일 기회를 얻은 거지.

머릿속 공백을 채우러 나서는 셈이야."

"정신 단단히 차리고 있겠습니다." 프레드는 이렇게 말하면서, 자신의 목소리에서 느껴지는 단조로운 기계음의 질감에 새삼 귀를 기울였다. 마치 학창시절 꼬마 모범생이 말하는 것처럼 들렸다. 상관이 시키는 거라면 아무리 한심한 명령도 충직하게 복종하겠다고 동의하는 것처럼 들렸다. 자기보다 키가 큰 사람이라면, 그리고 힘과 의지로 억누를 수 있는 지위에 있는 사람이라면, 타당하든 아니든 복종하겠다고 말하는 것처럼 들렸다.

그냥 동의만 하면 된다고, 그는 생각했다. 시키는 대로 하면 되는 거야.

"두 번째 그림에서는 뭐가 보이나?"

"양이군요." 프레드가 말했다.

"양이 어디 있는지 짚어보게." 자리에 앉은 보안관보는 상반신을 내밀고 그림을 거꾸로 돌렸다. "배경인지 검사에서 장애 판정을 받을 정도면 문제가 끊이지 않을 걸세. 아무 형상도 판별하지 못하는 게 아니라 잘못된 형상을 판별하게 되거든."

개똥처럼 말이지, 프레드는 생각했다. 물론 개똥을 잘못된 형상으로 간주하지는 않을 것이다. 어떤 기준으로도 마찬가지다. 그는……

이 자료는 일반적으로 열등하다고 여기는 침묵하는 반구,
즉 우반구가 입력된 정보를 통합 처리하는 작용을 담당하

기 때문에 형상 인식에 특화되어 있다는 사실을 알려준다. 반면 언어능력을 가진 우월한 반구, 즉 좌반구는 더 논리적이고, 분석적이고, 컴퓨터와 같은 방식으로 작동하며, 이런 발견은 인간의 대뇌에 좌우 기능분화가 일어난 이유가 언어능력과 통합 인지능력이 기본적으로 양립할 수 없기 때문이라는 추측을 가능케 한다.

······갑자기 메스껍고 우울해졌다. 거의 라이언스 클럽 강연에서 느꼈던 것과 비슷할 정도였다. "여기 있는 게 양이 아닌 거죠? 그래도 비슷하기는 했습니까?"

"이건 로르샤흐 검사가 아닐세." 앉아 있는 보안관보가 말했다. "로르샤흐 검사라면 모든 대상자가 검은 얼룩을 자기 나름대로 해석해도 문제 될 게 없지. 그러나 이 안에는 단 하나의 명확한 물체가 존재하며, 단 한 가지 방식으로만 기술할 수 있네. 이번에는 개였어."

"뭐라고요?" 프레드가 말했다.

"개."

"이게 어떻게 개라는 겁니까?" 그의 눈에는 개가 보이지 않았다. "말씀해보시죠." 보안관보는······

이런 결론을 뒷받침하는 실험적 증거는 분할된 뇌를 가진 동물의 경우에서 찾아볼 수 있는데, 이런 동물은 양쪽 반구가 독립적으로 인지하고, 사고하고, 행동하도록 훈련하는 일이 가능하다. 인간의 경우에는 일반적으로 한쪽 반구에서만 명제적 사고를 하고 다른 쪽 반구에서는 다른 부류의 사고를 하기 때문에, 이런 형태를 '병렬적'이라고 부를 수 있을지도 모른다. 좌반구(즉, 말하고 읽고 쓰는 능력을 가진 반구)에서 이루어지는 명제적 사고의 규칙과 방법론은 상당히 오랫동안 통어적이고 의미론적이고 수학 논리적인 분석의 대상이 되어왔다. 그러나 반대쪽 뇌에서 벌어지는 병렬 사고의 규칙을 기술하려면 앞으로 많은 연구가 필요할 것이다.

……카드를 뒤집어 보였다. 카드 뒷면에는 명확한 개의 윤곽이 그려져 있었고, 이제 프레드도 앞면의 무수한 선들 사이에서 바로 그 형상을 판별할 수 있었다. 심지어 개의 품종마저도 식별 가능했다. 배가 홀쭉하게 들어가 있는 모양을 보니 그레이하운드였다.

"개가 아니라 양을 보았다는 게 무슨 뜻이 되는 겁니까?" 그가 말했다.

"아마 단순히 심리적인 인식두절 때문일 걸세." 서 있는 보안관보가 한쪽 다리에 무게를 실으며 말했다. "문제가 있다고 확신하려면 모든 카드를 확인해본 다음에, 다른 검사도 몇 가지 해봐야 하고—."

"이게 로르샤흐 검사보다 우월한 이유는." 앉아 있던 보안관보가 끼어들면서 다음 그림을 꺼냈다. "다른 해석의 여지가 없기 때문이라네. 틀린 형상은 수없이 떠올릴 수 있지만 옳은 형상은 하나뿐이거든. 미합중국 정신형상연구소에서 직접 그리고 인가를 내린 옳은 물체가 카드마다 딱 하나씩 들어가 있다네. 워싱턴에서 직접 내려 보낸 거니까 옳을 수밖에 없지. 맞거나 혹은 틀리거나야. 전체 카드를 보면서도 계속 옳은 답을 내지 못한다면, 자네가 인식 장애를 겪고 있다는 결론을 내리고 잠시 직무에서 끌어내려 치료부터 받도록 할 걸세. 자네의 검사결과가 괜찮아질 때까지 말일세."

"연방 치료소에서 말입니까?" 프레드가 물었다.

"그렇지. 자, 그러면 이 그림에서는, 여기 이 카드의 흰색과 검은색 선들 속에서는 뭐가 보이나?"

죽음의 도시라고, 프레드는 그림을 바라보며 생각했다. 지금 눈에 보이는 건 죽음으로 이루어진 도시라고. 복수의 형상을 가진 죽음이라고, 단 하나인 옳은 형상뿐 아니라 모든 곳에 죽음이 편재한다고. 수레를 타고 달려오는 1미터 키의 살인청부업자들이 가득하다고.

"솔직히 말씀해주시죠. 라이언스 클럽 강연 때문에 경계하게 되신 것 아닙니까?" 프레드가 말했다.

두 명의 의료 보안관보는 눈짓을 교환했다.

"아니야." 마침내 서 있던 보안관보가 입을 열었다. "사실은 대화 때문이었네. 자네와 행크가 검토하던 헛소리 같은 대화 때문에 주의를 기울이게 된 거야. 2주 전이었나……. 자네도 알겠지만, 쏟아져 들어오는 쓰레기 같은 현장 정보를 처리하려면 기술적 지연이 발생할 수밖에 없다네. 아직 자네의 강연에는 이르지도 못했어. 사실 앞으로 이틀 정도는 있어야 시작할 수 있을 걸세."

"그 헛소리 대화라는 게 뭡니까?"

"자전거 절도에 관한 것이었지." 다른 보안관보가 말했다. "자네들끼리 '7단 자전거'라고 불렀던 물건 말일세. 자네들은 사라진 3단이 어디로 갔는지를 알아내려 애쓰고 있었네. 기억하지?" 두 의료 보안관보는 다시 한번 눈짓을 교환했다. "훔쳐온 차고에 떨어트리고 왔다고 생각했다지?"

"젠장." 프레드는 항의했다. "그건 제가 아니라 찰스 프렉의 잘못이었습니다. 그놈이 큰 소리로 그런 이야기를 하면서 다들 얽어 넣은 겁니다. 저는 그게 재미있다고 여겼을 뿐입니다."

배리스: (크고 반짝이는 신품 자전거를 가지고 거실 가운데 서서) 이몸께서 고작 20달러로 이런 물건을 얻어내셨지.

프렉: 그게 뭔데?

배리스: 자전거. 10단짜리 경주용 자전거야. 거의 새것이나 다름없지. 이웃집 정원에서 보고 물어봤더니 네 대나 있다길래, 20달러를 현찰로 내겠다고 했더니 바로 팔더라고. 유색인종 친구들이었지. 거기다 울타리 너머로 번쩍 넘겨주기까지 했다니까.

럭맨: 거의 신품인 10단 자전거를 20달러로 살 수 있을 줄은 몰랐는데. 요즘은 20달러로 온갖 것들을 다 얻어낼 수 있다니

까.

도나: 우리 집 맞은편에 사는 여자애가 한 달 전에 도둑맞은 거랑 똑같이 생겼네. 아마 그 흑인 애들도 훔친 걸 거야.

아크터: 네 대나 있었다면 당연하잖아. 게다가 그렇게 헐값에 팔았으니.

도나: 우리 집 건너편 여자애 물건이면 돌려줘야 하지 않겠어? 어쨌든 일단 걔 물건인지는 확인하게 해주자.

배리스: 남성용 자전거잖아. 그럴 리가 없어.

프렉: 7단밖에 안 되는데 왜 10단이라고 주장하는 거야?

배리스: (놀라서) 뭐라고?

프렉: (자전거 앞에 서서 한쪽을 가리키며) 잘 봐. 이쪽에 다섯 단 있고, 체인 반대쪽에 두 단 있잖아. 다섯하고 둘을 더하면⋯⋯

고양이나 원숭이의 교차 시신경을 좌우로 분할해서, 오른쪽 눈으로 입력된 정보는 우반구에만 들어가고, 마찬가지로 왼쪽 눈의 정보는 좌반구에만 전달되게 만들어보자. 만약 이런 수술을 받은 짐승에게 한쪽 눈으로 바라보면서 두 개의 부호 중 하나를 선택하는 훈련을 시키면, 훗날 검사 결과에서는 반대쪽 눈으로도 적절한 결정을 내릴 수 있게 된다는 사실을 알 수 있다. 그러나 뇌 사이의 연결부, 특히 뇌량을 훈련 전에 절제하면, 처음에 가린 눈과 같은 쪽의 반구는 처음부터 새로 훈련을 시켜야 한다. 즉 연결부를 자르면 훈련으로 학습한 내용이 한쪽 반구에서 다른 쪽 반구로 전달되지 못한다는 것이다. 바로 이것이 마이어스와 스페리가 실행한 가장 기초적인 분할뇌 실험이었다. (1953; 스페리, 1961; 마이어스, 1965; 스페리, 1967)

……일곱이 되잖아. 그러니까 7단밖에 안 되는 자전거라고.

럭맨: 그래, 어쨌든 7단 경주용 자전거도 20달러 값어치는 한다고. 그래도 괜찮게 산 셈이야.

배리스: (짜증을 내며) 그 유색인종 자식들이 10단이라고 했단 말이야. 사기 친 거라고.

(다들 몰려들어 자전거를 살핀다. 함께 기어 수를 열심히 센다.)

프렉: 이제 8단이네. 앞쪽이 여섯 개, 뒤쪽이 두 개잖아. 그러면 여덟인데.

아크터: (논리적으로) 하지만 10단이어야 하잖아. 7단이나 8단짜리 자전거는 없다고. 적어도 나는 들어본 적 없어. 나머지 기어는 어떻게 된 것 같아?

배리스: 그 유색인종 자식들이 건드린 게 뻔하잖아. 제대로 공구도 없고 기술 지식도 없으면서 분해한 거라고. 그리고 그걸 재조립하다가 빼먹은 기어 세 개는 차고 바닥을 굴러다니고 있겠지. 아마 아직도 거기 놓여 있을 거고.

럭맨: 그럼 얼른 가서 없어진 기어를 돌려달라고 해야겠군.

배리스: (분노한 채로 생각하며) 하지만 그게 다시 사기를 칠

지점이란 말씀이야. 놈들은 빠진 기어도 고분고분 넘겨주지 않고 팔아먹으려 할 거라고. 또 어딜 부숴먹었을지 모르겠군. (자전거 전체를 살핀다)

도나: 기어가 7단밖에 없다는 건 확실한 거야?

프렉: 8단이야.

도나: 일곱이나 여덟이나. 어쨌든 내 말은, 그리 가기 전에 누구한테 물어보자는 거야. 내 눈에는 분해하거나 뭐 그런 짓을 한 것으로는 보이지 않는다고. 그리 가서 제대로 깽판을 놓기 전에, 일단 확인하잔 말이야. 누구 물어볼 사람 없어?

아크터: 옳은 소린데.

럭맨: 누구한테 물어보게? 경주용 자전거의 권위자 아는 사람 있어?

프렉: 나가서 처음 보이는 사람한테 물어보자. 문밖으로 자전거를 끌고 나가서, 지나가는 약쟁이 있으면 붙잡고 물어보는 거야. 그렇게 하면 무심한 관점에서 확인해줄 거 아냐.

(그들은 함께 자전거를 끌고 현관을 나서다가, 곧바로 주차 중인 흑인 청년을 만난다. 그들은 일곱—아니, 여덟인가?—개의 기어를 가리키며 몇 개인지를 묻는다. 물론 찰스 프렉을 제외한 나머지 사람들은 일곱 개밖에 없다는 것을 잘 알고 있으면서도. 체인의 한쪽 끝에 다섯 개, 반대쪽 끝에 두 개다. 다섯과 둘을 더하면 일곱이 된다. 직접 눈으로 확인할 수 있는 문제다. 대체 어떻게 된 걸까?)

흑인 청년: (차분하게) 여기서는 앞쪽 기어 수하고 뒤쪽 기어

수를 곱해야 합니다. 덧셈이 아니라 곱셈이에요. 왜냐면 보시다시피, 체인은 서로 다른 기어에 걸릴 수 있습니다. 따라서 기어를 이용한 회전속도라는 측면에서는 여기서 얻는 다섯 가지 속도를(그는 다섯 개의 기어를 가리킨다) 앞쪽의 둘 중 하나에 걸게 되는 셈이거든요(여기서 앞쪽 기어 하나를 가리킨다). 그러면 5의 1배니까 5단이 되죠. 그리고 여기 손잡이에 달린 레버를 누르면 (실제로 시연해 보인다) 체인이 앞쪽의 다른 기어로 옮겨가면서, 뒤에서는 똑같이 다섯 개의 기어와 상호작용하게 되는 겁니다. 따라서 여기서 덧셈을 사용하면 5 더하기 5니까 10이 되죠. 어떻게 되는 건지 아시겠지요? 보시다시피 기어 비를 구할 때는 항상 양쪽 기어로부터—.

(그들은 청년에게 감사를 표하고 아무 말 없이 자전거를 끌고 집 안으로 돌아간다. 흑인 청년은 지금까지 본 적 없는 얼굴이었고, 열일곱 정도밖에 안 되었으면서도 잔뜩 낡은 화물차를 끌고 왔다. 청년은 그대로 차 문을 잠그기 시작한다. 그들은 현관문을 닫은 다음에 그대로 그 자리에 멍하니 서 있다.)

럭맨: 약 남은 사람 없어? '약이 있는 곳에 희망이 있다'라는 말도 있잖아. (아무도⋯⋯

> 모든 증거를 종합해볼 때, 양쪽 반구가 분할될 경우 하나의 두개골 안에, 즉 하나의 생명체 안에 독립된 두 개의 의식 영역이 만들어진다는 점은 명백하다. 이런 결론은 의식이라는 개념을 인간의 뇌에 상존하는 분할 불가능한 성질로

간주하는 사람에게는 불편하게 느껴질 것이다. 반면 지금
까지 밝혀진 우반구의 능력이 자동기계 수준이라는 점을
감안하면, 다른 일부 사람들에게는 때 이른 것으로 느껴질
것이다. 현재의 지식 수준에서는 분명 반구에 따른 불평등
이 존재하기는 하지만, 이는 단순히 우리가 연구한 개인의
특성일 수도 있다. 아주 어린 나이에 인간의 뇌를 분할한다
면, 일반인이라면 좌반구만 도달할 수 있는 고차원적인 정
신 기능을 양쪽 반구 모두 획득하는 것도 불가능하지는 않
을 것이다.

……웃지 않는다.)

"우리는 자네가 그곳에 있었던 사람 중 하나라는 사실을 알
고 있네." 앉아 있는 보안관보가 말했다. "누구인지는 별로 중
요치 않아. 자네들 모두가 자전거를 보면서 기어 비와 같은 아
주 단순한 체계조차 판별하지 못했으니 말일세." 프레드는 보
안관보의 목소리에서 일말의 동정심을, 친절하려 애쓰는 감정
을 느꼈다. "이런 부류의 추론은 중학교 적성검사에나 나오는
문제야. 자네들 전부 약에 취해 있었나?"

"아뇨." 프레드가 대답했다.

"요즘은 애들한테도 이런 적성검사 문제를 내지." 다른 보안
관보가 말했다.

"그러니 묻겠네. 뭐가 문제였나, 프레드?" 처음의 보안관보가

물었다.

"생각이 안 납니다." 그는 이제 입을 다물었다. 그러다 문득 말했다. "제가 듣기에는 지각능력이 아니라 인식능력이 엉망이 되어서 일어나는 일 같습니다만. 그런 문제 해결에는 관념적 사고가 필요한 것 아닙니까? 감각이 아니라—."

"그렇게 생각할 수도 있지." 앉아 있는 보안관보가 말했다. "하지만 여러 검사에 의하면 이 경우에서 인식능력의 오작동은 지각 쪽에서 정확한 정보를 전달받지 못해서 발생하는 걸세. 다른 말로 하자면, 입력된 정보가 묘하게 뒤틀려 있어서 그 정보로 추론하려고 시도하면 잘못된 결과가 나온다는 거지. 뭐라고 해야 하나—." 보안관보는 표현할 방법을 찾으려 애쓰며 허공에 손을 내저었다.

"하지만 10단 자전거에 기어가 일곱 개인 것은 사실 아닙니까." 프레드가 말했다. "본 것은 정확했지요. 앞에 두 개, 뒤에 다섯 개."

"하지만 자네들은 그 기어들이 어떤 식으로 상호작용을 하는지는 전혀 지각하지 못했지. 그 흑인이 말했듯이, 다섯 개의 기어가 제각기 앞쪽의 기어들과 상호작용을 한다는 사실을 말일세. 그 흑인 청년은 고등교육을 받은 사람이었나?"

"아마 아니겠지요." 프레드가 말했다.

"그 흑인 청년은 나머지 자네들과 다른 것을 본 거야." 서 있는 보안관보가 말했다. "그는 뒤쪽 기어와 앞쪽 기어가 연결되어 있다는 것을 볼 수 있었어. 앞쪽에 달린 기어가 뒤쪽에 있는 기어들에 제각기 하나씩 연결될 수 있다는 사실을 지각할 수 있었단 말일세……. 자네들은 그걸 뒤쪽 기어 다섯 개에 동력을 전달하는 하나의 전달용 기어로서만 지각한 거고."

"하지만 그러면 여섯 개를 봤어야 하지 않습니까." 프레드가 말했다. "앞쪽의 두 개를 하나의 전달 기어로 간주했다면 말입니다."

"그런 생각 자체가 잘못된 지각일세. 그 흑인 청년에게 그걸 가르쳐준 사람이 있겠나. 만약 그런 지각 방법을 가르치는 사람이 있다면, 분명 두 개의 전달 기어가 존재한다는 사실이 무슨 의미를 가지는지 추론해서 파악하라고 지적했을 걸세. 자네들은 그중 하나를 완벽하게 놓친 거야. 자네들 모두가. 자네들은 앞쪽 기어가 두 개 달린 모습을 빤히 보면서도, 그것들이 당연히 같은 성질을 가졌을 거라고 지각한 거란 말이네."

"다음번에는 좀 더 잘해보겠습니다." 프레드가 말했다.

"다음번 언제? 다음번에 장물로 나온 10단 자전거를 살 때? 아니면 지각능력으로 받아들인 하루치 자료를 관념화할 때?"

프레드는 답하지 않았다.

"검사를 계속하지." 앉아 있는 보안관보가 말했다. "이 그림에서는 뭐가 보이나?"

"플라스틱 개통이군요." 프레드가 말했다. "여기 로스앤젤레스 지역에서는 흔히 구입할 수 있는 물건이죠. 이제 가도 됩니까?" 처음부터 라이언스 클럽 강연 문제였던 것이 뻔했다.

그러나 보안관보 두 명은 웃음을 터트렸다.

"있잖나, 프레드." 앉아 있는 보안관보가 입을 열었다. "자네처럼 유머 감각을 유지할 수 있는 사람이라면 해낼 수 있을지도 모르겠다는 생각이 드네."

"해내요?" 프레드가 그의 말을 반복했다. "뭘 해낸다는 겁니까? 수사를? 연애를? 가치 증명을? 대체를? 도망을? 말 되는 소리를? 돈 버는 일을? 시간 내는 일을? 명확한 표현을 사용해주시죠. 여기서 '해내다'를 라틴어로 옮기면 *facere*가 되겠군요. 그걸 들으면 항상 *fuckere*가 연상되더군요. 라틴어로 '성교하다'라는 뜻이죠. 저는 요즘 들어……

인간을 포함한 고등동물의 대뇌는 좌반구와 우반구로 구성되는 쌍을 이룬 기관이며, 뇌량이라 부르는 뇌조직으로 만들어진 지협이 그 사이를 이어준다. 15년쯤 전에, 당시 시카고 대학에 근무하던 로널드 E. 마이어스와 R. W. 스페리는 놀라운 발견을 해냈다. 대뇌의 양쪽 반구를 잇는 조직을 절단해버리면, 양쪽 반구는 독립적으로 제각기 온전한 뇌처럼 기능한다는 것이다.

……개똥만큼도 진도를 나가지 못하고 있습니다. 플라스틱 개똥이든 뭐든, 모든 종류의 개똥만도 못하단 말입니다. 여러분이 정신과 쪽 사람들이고 제가 행크에게 계속 보고랍시고 주절대는 모습을 들어왔다니, 하나 물어봅시다. 도나의 마음을 얻을 열쇠는 대체 뭡니까? 어떻게 하면 다가갈 수 있는 겁니

까? 그러니까, 어떻게 해야 하냐고요? 그런 부류의 사랑스럽고 독특하고 완고한 꼬마 아가씨는 어떻게 다뤄야 합니까?"

"그거야 사람마다 다르겠지." 앉아 있는 보안관보가 말했다.

"그러니까, 윤리적으로 접근할 방법요." 프레드가 말했다. "레드나 독한 술을 퍼먹이고 거실 바닥에 널브러져 있는 동안에 집어넣는 게 아니라 말입니다."

"꽃을 사다주지 그러나." 서 있는 보안관보가 말했다.

"뭐라고요?" 프레드는 말했다. 수트를 통해 밖을 내다보던 그의 눈이 크게 뜨였다.

"지금 이맘때쯤이면 앙증맞은 봄꽃을 살 수 있겠지. 육아 코너 같은 데 가면 있지 않겠나. 페니스Penny's나 K마트 같은 곳에서 말일세. 아니면 철쭉을 꺾어가던가."

"꽃이라." 프레드는 중얼거렸다. "플라스틱 꽃요, 진짜 꽃요? 진짜 꽃이겠지요, 아마."

"플라스틱 조화는 아무짝에도 쓸모가 없어." 앉아 있는 보안관보가 말했다. "조화는 그 뭐랄까…… 가짜처럼 보이거든. 어딘가 가짜 같지."

"이제 가도 됩니까?" 프레드가 물었다.

보안관보 두 사람은 눈짓을 교환한 다음, 함께 고개를 끄덕였다. "자네 평가는 나중에 하겠네, 프레드." 서 있는 쪽이 말했다. "그리 급한 건 아니니까. 행크가 추후 면담시간을 전달해줄 걸세."

프레드는 떠나기 전에 그들과 악수하고 싶다는 이유 모를 충동이 일었다. 그러나 행동에 옮기지는 않았다. 아무 말 없이, 조금 울적하고 조금 당황한 채로 자리를 뜰 뿐이었다. 아마도 너무 갑작스럽게 왼쪽 영역에서 떠오른 생각이었기 때문일 것이다. 저들은 내 자료를 검토하고 또 검토하고 있었던 거야, 하고 그는 생각했다. 내가 약물에 절어버렸다는 단서를 찾으려고 애쓰면서. 그리고 찾아낸 거겠지. 적어도 이런 검사를 시도해보고 싶을 만큼은.

봄꽃이라. 그는 엘리베이터를 향해 걸음을 옮기며 생각했다. 앙증맞은 봄꽃이라. 땅에 바싹 붙어 자라서 사람들한테 짓밟히는 봄꽃이려나. 야외에서도 자라려나? 아니면 비싼 특수 배양통이나 거대한 폐쇄 농장에서 재배해야 하나? 시골이 어떤 곳일지가 궁금하군. 꽃밭이나 뭐 그런 것들이 펼쳐져 있고, 묘한 냄새가 나겠지. 그런 곳은 또 어디서 찾아야 하나? 어딜 가야 하고 어떻게 가고 어떻게 머물러야 하지? 어떤 식의 여행이 되고, 어떤 종류의 표가 필요하려나? 그리고 그 표는 누구에게서 사야 하려나?

갈 때는 누구든 데려갔으면 좋겠는데, 그는 생각을 이어갔다. 도나는 어떨까. 하지만 어떻게 초대할 수 있겠어, 그녀 곁에 있을 방법도 아직 모르는데? 나는 계속 꿍꿍이를 품고 계획을 세우면서도 아무것도, 첫 단계조차도, 성공하지 못하는데. 우린 서둘러야 한다고, 그는 생각했다. 시간이 흐르면 저들이 일러준 봄꽃은 전부 죽어 스러질 테니까.

08

약쟁이 친구들과 달콤하고 느긋하게 취할 수 있는 장소인 밥 아크터의 집으로 가는 길에, 찰스 프렉은 배리스를 괴롭힐 장난질을 구상했다. 피들러 쓰리 식당에서 당한 심술궂은 장난질의 대가를 받아낼 작전을 꾸민 것이다. 그는 경찰이 곳곳에 설치해놓은 레이더 함정을 능숙하게 피하면서 (경찰 레이더 밴은 보통 낡은 폭스바겐 밴으로 위장한 채 운전자들을 감시한다. 칙칙한 갈색이고 수염을 기른 변태들이 몰고 있다. 그는 그런 차를 볼 때마다 속도를 늦춘다) 머릿속에서 예행연습을 해보았다.

프렉: (무심하게) 오늘 메세드린이 주렁주렁 열린 물건을 샀어.

배리스: (오만한 표정을 얼굴 가득 떠우며) 메세드린은 베니 부류야. 스피드. 크랭크. 크리스털. 뭐 그런 싸구려 암페타민 부류, 실험실에서 합성하는 물건이라고. 그러니까 대마 같은 유기물이 아니란 말씀이야. 대마초처럼 메세드린 나무가 있는 게 아니라고.

프렉: (그의 면전에 결정 문구를 내뱉는다) 그러니까 내가 나이 든 삼촌한테서 4만 달러를 상속받아서 메세드린 만드는 놈 차고에 숨겨져 있던 걸 샀다니까. 그러니까, 차고에 메스를 만드는 공장이 있다는 거야. 그러니까 여기서 주렁주렁 열렸다는 건 일종의 비유로서—.

운전하면서 정확하게 문장을 꾸미는 것은 무리였다. 주변의 차량과 신호등에도 신경을 써야 했기 때문이다. 그러나 밥네 집에 도착해서 배리스를 마주하면 끝내주게 면박을 줄 수 있을 것이다. 게다가 다른 사람들도 그곳에 있다면, 배리스는 미끼를 보란 듯이 물면서 모든 사람 앞에서 자신이 얼마나 멍청한지를 제대로 드러내 보일 것이다. 그러면 진짜 끝내주는 보복이 될 것이다. 배리스는 조롱의 대상이 되는 일을 다른 누구보다도 견디지 못하는 놈이기 때문이다.

차를 세우고 보니, 배리스는 밖에 나와서 밥 아크터의 자동차를 수리하는 중이었다. 보닛을 올린 자동차 앞에 배리스와 아크터가 온갖 연장을 들고 서 있었다.

"어이, 친구." 프렉은 문을 쾅 닫으며 느긋한 걸음으로 다가

갔다. "배리스." 그는 주의를 끌려는 목적으로 의기양양하게 말하면서, 배리스의 어깨에 손을 올렸다.

"좀 있어봐." 배리스는 낮은 목소리로 말했다. 그는 정비복을 걸치고 있었다. 윤활유를 비롯한 온갖 물질이 안 그래도 지저분한 옷감 위를 뒤덮고 있었다.

프렉이 입을 열었다. "오늘 메세드린이 주렁주렁 열린 물건을 하나 샀는데."

배리스는 짜증 섞인 눈으로 그를 노려보며 말했다. "얼마나?"

"뭐?"

"얼마나 잔뜩 열렸냐고?"

"어, 그게." 프렉은 어떻게 말을 이어갈지 고민하며 입을 열었다.

"얼마나 줬는데?" 마찬가지로 수리하느라 윤활유 범벅이 되어 있는 아크터가 물었다. 프렉이 보니 기화기에, 공기 필터에, 호스까지 전부 떼어낸 상태였다.

프렉이 말했다. "10달러 정도."

"짐이라면 더 싸게 구해다줄 수 있었을 텐데." 아크터는 작업을 재개하며 말했다. "할 수 있지, 짐?"

"요즘은 가득 열린 채로 거저 나눠주고 있는 거나 다름없으니까." 배리스가 말했다.

"차고 하나를 가득 채울 정도라고!" 프렉은 항의했다. "공장이라니까! 하루에 백만 알씩 만드는 공장이야. 알약 마는 기계하고 그런 거 전부 다 있다고. 전부!"

"그게 전부해서 10달러라?" 배리스는 활짝 웃으며 말했다.

"어디 있는데?" 아크터가 물었다.

"이 근처는 아니야." 프렉은 거북한 듯 대꾸했다. "아, 젠장, 됐으니까 관둬."

배리스는 작업을 멈추고 말했다. 사실 그는 누가 말을 걸지 않아도 상당히 자주 작업을 멈추는 편이었다. "혹시 그거 알고 있어, 프렉? 메스를 너무 많이 맞거나 먹으면 도널드 덕처럼 말하게 돼."

"그래서?" 프렉이 말했다.

"아무도 자네 말을 못 알아듣게 된다는 거야." 배리스가 말했다.

아크터가 끼어들었다. "방금 뭐라고 한 거야, 배리스? 전혀 못 알아듣겠는데."

배리스는 흥겨움이 가득한 얼굴로 도널드 덕처럼 꽥꽥거리기 시작했다. 프렉과 아크터는 웃으며 그 광경을 즐겼다. 배리스는 계속 꽥꽥거리다가 마침내 기화기 쪽으로 손짓했다.

"기화기가 뭐가 어떻다는 건데?" 아크터의 얼굴에서 웃음기가 가셨다.

배리스의 목소리는 원래대로 돌아왔지만, 얼굴의 웃음은 사라지지 않았다. "공기 흡입 조절장치의 축이 구부러졌어. 기화기 전체를 재조립해야 한다고. 그러지 않으면 프리웨이를 타고 달리는 도중에 흡입장치가 닫힐 테고, 그러면 모터에 휘발유가 차올라서 멎어버리고, 어떤 머저리가 뒤에서 자네 차를 들이받을 거라고. 게다가 그대로 오래 두면 휘발유가 생으로 실린더 벽에 닿을 테니까 윤활유도 씻겨 내려갈 테지. 그러면 실린더까지 마모돼서 영구적인 손상을 입을 거란 말이야. 그럼 아예 보링부터 시작해서 다시 만들어야 해."

"조절장치 축은 왜 구부러진 건데?" 아크터가 물었다.

배리스는 어깨를 으쓱하며 기화기 분해 작업을 재개할 뿐, 대꾸하지 않았다. 그 질문에 대한 답은 아크터와 찰스 프렉에게 맡겨놓기로 한 모양이었다. 엔진에 대해서는, 특히 이런 복잡한 정비 작업에 대해서는 아무것도 모르는 사람들에게.

럭맨이 세련된 셔츠와 딱 붙는 리바이스 청바지를 입고 등장했다. 손에는 책을 들고 선글라스까지 끼고 있었다. "전화해봤어. 기화기를 재조립하는 데 얼마나 드는지 확인해보겠다는데. 곧 전화한다고 해서 현관문 열어놓고 나왔어."

배리스가 말했다. "기왕 이렇게 된 거, 2기통이 아니라 4기통을 달아버리는 건 어때. 하지만 그러면 매니폴드도 새것으로 바꿔야겠지. 중고품이라면 별로 많이 안 주고도 살 수 있을 테지만."

"공회전이 너무 심할 텐데." 럭맨이 말했다. "로체스터 4기통 같은 걸 올리면…… 그런 걸 말하는 거지? 게다가 제대로 변속도 안 될 거라고. 상단 기어로 올리기가 힘들 거야."

"저속 벨트를 소형으로 바꾸면 돼. 그러면 어느 정도 벌충이 되니까. 그리고 회전속도계로 rpm을 계속 확인하면 과회전도

막을 수 있지. 상단 기어로 올리기 힘든 상황이라는 걸 회전속도계로 알고 있으면 되는 거니까. 트랜스미션 자동 연결로는 기어가 올라가질 않는다 싶으면, 보통은 가속 페달에서 발을 떼기만 해도 문제가 해결될 거야. 회전속도계를 구할 수 있는 곳은 내가 알아. 사실 지금도 하나 있고."

"그러시겠지." 럭맨이 말했다. "하지만 프리웨이에서 긴급상황이 발생해서, 갑자기 회전력을 얻으려고 저단 기어에서 세게 페달을 밟았다가는, 그대로 기어 단수가 내려가고 회전수가 너무 높아져서 헤드 개스킷이 날아갈 수도 있다고. 아니, 훨씬 고약한 상황이 될 수도 있지. 엔진이 통째로 날아갈 수도 있어."

배리스는 끈질기게 주장했다. "회전속도계 바늘이 치솟는 걸 보고 발을 떼기만 하면 될 텐데."

"추월하는 도중에?" 럭맨이 말했다. "빌어먹을 세미트럭을 반쯤 지나친 상황에서? 젠장, 과회전이 일어나도 계속 페달을 밟을 수밖에 없는 상황도 있다고. 물러나느니 차라리 엔진을 터트리는 게 나을 수도 있단 말이야. 거기서 발을 뗐다가는 추월하려던 차량 앞으로 들어가지를 못하잖아."

"운동량이라는 게 있으니까. 이 정도로 무거운 차라면, 페달에서 발을 떼더라도 운동량이 남아서 속도가 줄지 않는다고."

"오르막에서는 어쩌고?" 럭맨이 말했다. "오르막에서 추월할 때면 운동량만으로는 별로 멀리까지 못 간다고."

배리스는 아크터를 보고 말했다. "이 차가……." 그는 메이커를 확인하려 몸을 숙였다. "그러니까 이…… 올즈모빌의 무게가……." 그의 입술이 움직였다.

"대충 500킬로그램쯤 나가지." 아크터가 말했다. 찰스 프렉은 그가 럭맨 쪽으로 윙크를 보내는 모습을 목격했다.

"그럼 자네 말이 맞겠군." 배리스가 말했다. "그렇게 가벼우면 관성 질량도 별로 없을 테니까. 아니, 되려나?" 그는 펜을 쥐고 뭔가를 끄적이기 시작했다. "시속 100킬로미터로 이동하는 500킬로그램의 물체에 해당하는 힘이라면—."

아크터가 끼어들었다. "참고로 그 500킬로그램은 승객하고 휘발유를 꽉 채운 연료통도 포함한 거야. 트렁크에는 벽돌을 꽉꽉 채워놨을 때."

"승객은 몇 명이지?" 럭맨은 무표정을 유지하며 물었다.

"열두 명."

"그럼 뒷좌석에 여섯 명, 앞좌석에 여섯 명이—." 럭맨이 말했다.

"아니." 아크터가 대꾸했다. "뒷좌석에 열한 명이고, 앞에는 운전사 혼자 있지. 자네도 알겠지만, 그래야 뒷바퀴에 마찰이 걸리거든. 그렇게 안 하면 뒷바퀴가 미끄러진다고."

배리스가 움찔하며 시선을 들었다. "이 차 뒷바퀴가 미끄러진다고?"

"뒷좌석에 열한 명을 태우지 않으면." 아크터가 대답했다.

"그렇다면 트렁크에 모래를 싣는 게 좋겠는데." 배리스가 말했다. "100킬로그램짜리 자루로 세 개면 되겠지. 그러면 승객

The
Philip K. Dick
Collection

폴라북스

화성의 타임슬립
Martian Time-Slip

번역 김상훈
456면
정가 13,500원

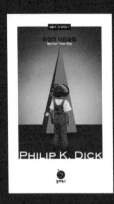

혹시 오늘 밤 나는 이미 이곳에 왔다 간 것일까?
지금 몇 시지? 맙소사, 시간 감각이 다 사라져버렸어!

1994년 식민지 화성, 이곳에서는 인구 증가와 환경오염으로 한계에 다다른 지구를 떠난 사람들이 물자 부족에 시달리며 근근이 살아가고 있다. 화성의 수자원노동조합장인 어니 코트는 제대로 된 정부가 없는 화성에서 무소불위의 권력을 휘두르며 군림하고 있었다. 어느 날 UN이 화성의 황무지를 구입해서 거대한 복합 거주지를 세울 작정이라는 사실을 알게 된 어니 코트는 자신의 입지가 줄어들 것을 걱정한다. 그는 시설에 수용되어 있는 자폐아 만프레드의 특수한 예지능력을 이용해서 자신의 기득권을 지키려고 하지만 일은 생각대로 되지 않았다. 사회와 단절된 채 생지옥과도 같은 현실 속에서 살아가던 만프레드는 시공간을 초월하는 능력을 발휘해 모두를 놀라게 한다.

을 보다 공평하게 분배할 수 있을 테니까 훨씬 쾌적해질 거라고."

"그럴 거면 300킬로그램짜리 금괴 상자 하나를 싣는 건 어때?" 럭맨이 물었다. "100킬로그램 자루를 세 개나 싣느니ー."

"좀 닥쳐주겠어? 지금 시속 100킬로미터로 움직이는 자동차의 관성력을 구하려고 애쓰고 있다고." 배리스가 말했다.

아크터가 끼어들었다. "100킬로미터까지 내지도 못할 텐데. 실린더 하나가 죽었거든. 말해줄 생각이었는데. 어제 연접봉 하나가 부러졌다고. 세븐일레븐에서 돌아오는 길에 말이야."

"그럼 우린 왜 기화기를 끄집어내고 있는 거야?" 배리스가 물었다. "기관 전체를 통째로 들어내야 하잖아. 아니, 그 이상인데. 엔진 블록이 부서졌을 수도 있잖아. 좋아, 그게 시동이 안 걸리는 이유일지도 모르겠군."

"시동이 안 걸려?" 프렉은 밥 아크터에게 물었다.

"당연히 안 걸리지." 럭맨이 대꾸했다. "기화기를 들어냈는데."

배리스는 영문을 모르겠다는 표정으로 말했다. "우리가 왜 기화기를 들어낸 거지? 기억이 안 나는데."

"스프링하고 온갖 자질구레한 부속을 교체하려는 거지." 아크터가 말했다. "갑자기 망가져서 우리 모두를 골로 보낼 뻔한 일이 또 일어나지 않도록. 유니언 주유소의 수리공이 그렇게 말했잖아."

"너희 개자식들이 그렇게 스피드 중독자처럼 곁에서 조잘대지만 않으면, 지금 여기서 계산을 끝마치고 이 정도 중량을 가진 자동차가 4기통 로체스터 기화기를 얼마나 버틸 수 있는지를 똑바로 보여줄 수 있을 거라고. 당연하지만 저속 벨트도 소형으로 바꿔서." 배리스는 이제 진심으로 짜증을 내고 있었다.

"그러니까 좀 닥쳐!"

럭맨은 들고 있던 책을 펼쳤다. 그리고 평소보다 훨씬 크게 숨을 들이쉬었다. 육중한 가슴과 함께 이두근도 부풀어올랐다. "배리스, 여기 자네에게 읽어줄 글이 하나 있는데." 그는 묘하게 유장한 투로 책을 읽기 시작했다. "그리스도를 세상의 다른 어떤 현실보다도 더 현실적으로—."

"그건 또 뭐야?" 배리스가 말했다.

럭맨은 계속 책을 읽었다. "—더 현실적으로 받아들이는 인간은, 그리스도를 모든 곳에 주재하시며 모든 곳에서 더 강성해지는 분으로, 그리스도를 우주에 편재하는 모든 과학 원칙의 최종 지향점으로—."

"그건 뭐야?" 아크터가 물었다.

"샤르댕이지. 테야르 드 샤르댕*."

"세상에, 럭맨." 아크터가 말했다.

"—받아들이는 인간은, 그 어떤 다중성에도 고난을 겪지 않는 영역에 사는 것이니, 그야말로 모든 보편적 충만함을 스스

---

* Teilhard de Chardin(1881–1955). 프랑스의 관념주의 철학자, 고생물학자, 지질학자. 본문의 인용구는 『Forma Christi』(1918)에서 발췌한 것으로, 앙리 드 뤼박의 1965년 번역본이다.

로 일구어낼 수 있는 장소라." 럭맨은 책을 덮었다.

상황을 상당히 제대로 이해한 찰스 프렉은 배리스와 럭맨 사이로 끼어들며 말했다. "진정해, 너희 둘 다."

"비켜, 프렉." 럭맨은 이렇게 말하며 오른팔을 아래로 내리고, 배리스를 향해 크게 주먹을 휘두를 준비를 마쳤다. "덤벼 보라고, 배리스. 제대로 두들겨서 내일쯤에나 일어나게 해줄 테니까. 어디서 잘났다고 그따위로 말해."

배리스는 갑자기 겁에 질렸는지 우물거리더니, 마커펜과 종이패드를 떨어트리고 열려 있는 현관문 쪽으로 다급하게 종종걸음을 쳤다. 그리고 달려 들어가며 소리쳤다. "그 기화기 재조립 때문에 전화가 온 모양이야."

그들은 사라지는 배리스의 모습을 지켜보며 서 있었다.

"그냥 장난 좀 친 건데." 럭맨은 이렇게 말하며 아랫입술을 문질렀다.

"총하고 소음기를 꺼내오면 어쩌지?" 초조함이 감당할 수 있는 수준을 훌쩍 넘어버린 프렉은 이렇게 중얼거렸다. 그는 주차된 자기 차 쪽으로 한 발짝씩 움직이고 있었다. 배리스가 총을 쏘면서 등장하면 바로 그 뒤로 숨을 채비를 하면서.

"와서 좀 봐." 아크터는 럭맨에게 말했다. 두 사람은 함께 다시 자동차 수리를 시작했다. 프렉은 자기 자동차 근처에서 어슬렁거리면서, 대체 왜 오늘 여기 들르기로 마음먹었는지 고민하고 있었다. 오늘 이곳에는 평소처럼 부드럽고 느긋한 분위기는 조금도 없었다. 처음부터 농담 아래 고약한 분위기가 흐르고 있다는 것을 감지했다. 빌어먹을, 대체 뭐가 잘못된 거야? 그는 이렇게 생각하면서 우울하게 자기 차로 들어갔다. 시동을 걸어놓을 생각이었다.

여기도 분위기가 무겁고 고약해지려나, 하고 그는 생각했다. 제리 패빈이 있었던 마지막 몇 주 동안 그의 집이 그랬던 것처럼? 한때 여기에는 부드럽고 느긋한 분위기가 흘렀다. 다들 긴장을 풀고 약에 취한 채로, 애시드 록, 특히 롤링스톤스의 리듬에 맞춰 몸을 흔들어댔다. 도나는 가죽재킷과 부츠를 입은 채로 앉아서 캡슐을 채웠고, 럭맨은 조인트를 말면서 UCLA 컨스티튜션 홀의 유리창과 헬륨풍선 아래에서 대마 흡연과 마는 방법에 대해 강연할 것이라고 떠들어댔다. 그만큼 중요한 의미가 있었던 다른 행사들처럼, 미국 역사의 일부로 남을 거라고 선언했다. 돌이켜보면 짐 배리스와 둘이서 피들러스 펍에 앉아 있었을 때조차도 이것보단 훨씬 나았어, 하고 그는 생각했다. 제리가 시작이었던 거야. 제리를 데려가버린 그것이, 이젠 여기까지 내려온 거라고. 그토록 즐거웠던 온갖 사건과 순간들이 이렇게 순식간에 엉망이 될 수가 있는 걸까? 그것도 아무 이유도, 아무 제대로 된 이유도 없이? 그냥…… 변해버렸어. 아무런 원인도 없이.

"난 이만 가야겠어." 그는 럭맨과 아크터에게 말했다. 두 사람은 그가 시동 거는 모습을 지켜보고 있었다.

"아냐, 기다려. 이봐, 친구." 럭맨이 따스한 미소를 지으며 말했다. "네가 필요하다고. 우린 친구잖아."

"됐어, 이만 갈래."

배리스가 조심스레 집에서 나오는 모습이 보였다. 손에는 망치를 들고 있었다. "잘못 걸린 전화야." 그는 이렇게 소리치며, 최대한 조심스레 접근했다. 마치 드라이브인 영화에 나오는 게 모양의 괴물처럼 머뭇거리며 주변을 둘러보면서.

"망치는 뭐 하러 가져온 거야?" 럭맨이 말했다.

아크터가 대꾸했다. "엔진 고치려고 가져왔겠지."

"집 안에 나밖에 없고 때마침 눈에 띄었으니까, 가지고 나와야겠다고 생각했어." 배리스는 조심스레 올즈모빌 쪽으로 돌아오면서 설명했다.

"자신의 그림자에 겁을 먹는 인간이야말로 가장 위험한 법이지." 아크터가 말했다. 프렉이 차를 몰고 떠나기 전에 마지막으로 들은 소리였다. 그는 아크터의 말이 무슨 뜻일지를 곰곰이 생각했다. 혹시 그를, 찰스 프렉을 의미한 것은 아니었을까. 수치심이 밀려왔다. 하지만 젠장, 완전히 개판이 된 곳에 머물러 있을 이유가 뭔데? 그게 뭐 그리 겁쟁이 같은 짓이라고? 그는 마음을 다잡았다. 그의 인생 좌우명은 나쁜 일이 벌어지는 현장에는 머물지 말라는 것이었다. 그래서 그는 뒤도 돌아보지 않고 차를 몰았다. 서로 목숨을 끊어주고 있으라지. 어차피 나한테 필요한 놈들도 아니잖아? 그러나 그는 기분이 나빠졌다. 정말로 나빠졌다. 자신이 그들을 두고 떠났다는 사실에, 어둑하게 변하는 모습을 목격했다는 사실에. 그래서 그는 다시 한번 그 이유를, 그리고 거기에 무슨 의미가 있는지를 자문해보았다. 그러나 다음 순간 어쩌면 다시 상황이 반전되어 나아질지도 모른다는 생각이 들었고, 그러자 기분이 조금 나아졌다. 사실 눈에 보이지 않는 순찰차들을 피해 운전하면서 머릿속에서 환상을 그려볼 정도로 즐거워졌다.

옛날에 그랬듯이 둘러앉은 그들의 환상을.

심지어 죽거나 머리가 타버린, 제리 패빈 같은 친구들조차 함께 있었다. 모두가 함께 둘러앉은 주변으로 투명한 하얀빛이 감돌았다. 햇빛은 아니라도 햇빛보다 더 좋아 보이는 빛이, 마치 바다처럼 그들 아래와 그들 머리 위를 전부 휘감고 있었다.

도나와 다른 여자 한두 명은 정말 섹시해 보였다. 다들 홀터와 핫팬츠, 또는 브라 없이 탱크탑만 걸치고 있었다. 정확히 어떤 LP판의 어느 트랙인지 판별할 수 없는 노래가 계속 울리고 있었다. 어쩌면 헨드릭스일지도 몰라! 하고 그는 생각했다. 그래, 옛날 헨드릭스 노래일 거야. 지금 이 목소리는 J.J.인 것 같은데. 모두의 목소리가 들렸다. 짐 크로치, J.J., 하지만 헨드릭스가 특히 두드러졌다. "죽기 전에는 나 원하는 대로 살게 해주세요." 헨드릭스의 목소리가 웅얼거리더니, 그대로 환상 속 세상은 폭발해버렸다. 헨드릭스가 죽었다는 사실과 헨드릭스와 조플린이 어떻게 죽었는지까지 전부 잊고 있었기 때문이다. 크로치는 말할 것도 없고. 헨드릭스와 J.J.는 헤로인 과용으로 목숨을 잃었다. 두 사람 모두, 그렇게 깔끔하고 멋지고 훌륭한 사람들이, 두 명의 터무니없는 인간이, 그리고 문득 매니저가 재니스에게 200달러씩 떼어 건네주었다는 소문을 들었던 것이 떠올랐다. 자기가 벌어들인 돈의 나머지에는 손도 댈 수 없었다. 약물 남용 습관 때문이었다. 다음 순간 머릿속에서 그녀의 노래, 〈모든 것은 외로움이니〉가 울리기 시작했고, 그는 눈물을 흘리기 시작했다. 그는 그런 상태로 계속 집으로 차를 몰았다.

거실에서 친구들과 함께 앉아서 새 기화기, 재조립한 기화기, 또는 개조한 기화기와 매니폴드 중 어느 쪽이 필요할지를 결정하려 애쓰는 동안에도, 로버트 아크터는 소리 없이 감시하는 시선을 느꼈다. 홀로스캐너의 전자적 존재감이 끊임없이 느껴졌다. 그리고 그 느낌에 기분이 좋아졌다.

"어째 너 느긋해 보인다." 럭맨이 말했다. "나라면 백 달러를 내놓을 상황에서 그렇게 느긋하지는 못할 텐데."

"내 것하고 같은 기종의 올즈모빌이 보일 때까지 길거리를 어슬렁거리겠다고 마음을 먹었으니까." 아크터는 설명했다. "보자마자 그대로 기화기를 빼돌리고 한 푼도 안 낼 거고. 우리 지인들은 다들 그렇게 하잖아."

"도나가 특히 그렇지." 배리스는 동의하며 말했다. "우리가 외출한 날 여기 안 왔으면 정말 좋았을 텐데. 도나는 스스로 나를 수 있는 건 뭐든 훔쳐가니까. 나를 수 없는 물건이 있으면 자기 절도단 친구 놈들한테 전화를 건다고. 그럼 그놈들이 와서 대신 날라다주지."

"내가 도나에 대해 들은 이야기 하나 해줄까." 럭맨이 말했다. "언젠가 도나가 우표 자동판매기에 25센트 동전을 넣은 적이 있었어. 있잖아 그, 둘둘 말린 우표를 하나씩 잘라서 뱉어내는 기계 말이야. 그런데 기계가 맛이 가서 우표를 줄줄 뱉어내더라는 거야. 장바구니가 우표로 가득 찼는데도 계속 나오더라는 거지. 그래서 얻은 우표가 전부 합쳐서, 그러니까 도나하고 그 절도단 친구들이 세어본 바에 따르면, 1만 8천 장이나 되었다는 거야. 15센트짜리 미국 우표가. 뭐, 제법 쏠쏠한 벌이였긴 한데, 문제는 도나 호손한테 그걸 처리할 방법이 없었다는 거지. 평생 편지 한 통 써본 적 없는 여자잖아. 마약 거래에서 자기한테 엿을 먹인 작자를 고소하려고 변호사한테 보낸편지만 제외하면 말이야."

"도나가 뭘 했다고?" 아크터가 말했다. "불법 거래 채무 불이행 때문에 변호사를 고용했다고? 어떻게 그럴 수가 있어?"

"아마 그 친구가 돈이라도 빌렸다고 했겠지."

"마약 거래 때문에 '당장 갚지 않으면 법원으로 끌고 가겠소'라고 분노를 터트리는 변호사의 편지가 날아오면 어떤 기분일지 생각을 해봐." 아크터는 그렇게 말하며, 종종 그러듯이 이번에도 도나의 모습을 떠올렸다.

"어쨌든." 럭맨은 말을 이었다. "최소 1만 8천 장의 미합중국우표가 든 장바구니가 손에 들어왔는데, 그걸 처리할 방도가 뭐가 있겠어? 우체국에 되팔 수는 없지. 어차피 자동판매기를 점검하러 온 작자들은 기계가 망가졌다는 사실을 알았을 테니, 자르지도 않은 우표 꾸러미를 들고 창구로 갔다가는—젠장, 바로 알아차릴 것 아냐. 사실 도나가 등장하길 벼르고 있었겠지, 안 그래? 그래서 도나는 곰곰 생각하다가, 아, 물론 자기 MG에 우표를 전부 싣고 자리를 떠난 다음에 이야기지만, 함께 일하는 약쟁이 절도단 놈들을 추가로 불러서 잭해머나 뭐 그런 장비를 끌고 오라고 시킨 거야. 수랭식에 수방음식인 진짜로 끝내주는 물건이었다는데, 뭐 어차피 그것도 훔친 물건이었다지만. 놈들은 한밤중에 콘크리트를 깨고 우표 판매기를 훔친 다음에, 포드-란체로 픽업트럭 뒤에 실어서 도나네 집까지 가져다놓은 거야. 아마 그것도 훔친 차였겠지만. 우표 때문에."

"그럼 그 우표를 직접 팔았다는 거야?" 아크터는 감탄하며 말했다. "자동판매기로? 하나씩?"

"자동판매기에 우표를 다시 채워서…… 적어도 내가 들은 이야기는 그랬어. 그 미합중국 우표 판매기를 행인이 많은 교차로에, 하지만 우체국 트럭에서는 안 보이는 으슥한 구석에 세워놓았다는 거야. 그리고 판매를 시작한 거지."

"그냥 동전 수거함을 빼내는 쪽이 현명한 행동 아니었을까." 배리스가 말했다.

"그래서 우표를 팔기 시작한 거지." 럭맨이 말을 이었다. "우표가 동날 때까지 몇 주 정도 팔았을 거야. 우표야 당연히 동날 수밖에 없지. 그랬더니 다음엔 무슨 빌어먹을 일이 일어났는지 알아? 도나의 두뇌가 그 당시 얼마나 열심히 굴러가고 있었을지 상상할 수도 있다고, 그 농노의 절약정신을 갖춘 두뇌 말이야……. 그 여자 가족은 어딘가 유럽 국가의 농노 출신이라더라고. 어쨌든 우표 뭉치가 다 떨어질 때쯤이 되니까, 도나는 그걸 고철로 팔아먹어서 탄산음료로 바꿔오겠다고 결정했어. 우체국에서 나온 척하면서. 물론 그쪽에서는 바짝 경계했지. 걸렸다가는 영원히 감방 신세가 될 테니까."

"그거 진짜야?" 배리스가 물었다.

"어디가 가짜 같은데?" 럭맨이 대꾸했다.

배리스가 말했다. "그 여자는 정신이 나갔어. 강제 구속이 필요하지 않을까. 그 우표를 훔친 바람에 우리 세금이 얼마나 올랐는지 짐작이나 가?"

"정부에 편지라도 보내서 알려주라고." 럭맨은 배리스에 대한 혐오로 차갑게 식은 얼굴로 대꾸했다. "도나한테 우표 한 장 달라고 말해보던가. 기꺼이 팔 테니까."

"정가로 팔겠지." 배리스 쪽도 화가 잔뜩 나 있었다.

홀로스캐너의 값비싼 테이프에는 이딴 내용이 끝도 없이 기록되겠지, 아크터는 생각했다. 끝없이 이어지는 죽은 테이프가 아니라, 끝없이 이어지는 맛이 간 테이프인 거야.

로버트 아크터가 홀로스캐너 앞에 앉아 있을 때 일어난 일은 그리 중요하지 않다고, 그는 생각했다. 적어도 그에게는…… 그러니, 그건 또 누구야? 맞아, 프레드에게는…… 밥 아크터가 다른 곳에 있거나 잠들어 있고, 나머지 사람들은 스캐니의 영역 안에 있을 때의 기록이 중요했다. 그렇다면 계획한 대로 이곳을 떠야 한다고, 그는 생각했다. 여기 이 친구들은 놔두고, 알고 지내던 다른 사람들을 이리로 보내는 거야. 지금부터는 누구든 이 집에 드나들 수 있게 만들어야 해.

문득 끔찍하고 고약한 생각이 그의 정신 속에 피어올랐다. 테이프를 재생했더니 여기 있는 도나의 모습이 보였다면 어떻게 하지? 숟가락이나 주머니칼로 창문을 따고, 몰래 들어와서 내 소지품을 부수고 훔쳐가는 모습이 보인다면. 다른 도나가, 진짜 도나가, 또는 내가 없을 때 보이는 도나의 모습이 드러난다면? 예의 철학적인 "들을 사람이 없는 숲속에서 나무가 쓰러지면, 쓰러지는 소리가 났다고 할 수 있는가?"의 질문이 될 것이다. 주변에 지켜보는 사람이 없을 때 도나는 어떤 모습일까?

온화하고 사랑스럽고 재기 넘치고 매우 상냥한, 너무 상냥한 여자가 순식간에 교활한 존재로 변신하는 것일까? 내 마음을 혼란케 할 변모를 목격하게 될까? 도나든 럭맨이든, 내가 소중하게 생각하는 사람이면 누구나 마찬가지다. 외출할 때 애완용 고양이나 개가 무슨 짓을 할지 모르는 것처럼…… 고양이가 베갯속을 비우고 주인의 귀중품을 그 안에 채우기 시작한다면. 전자시계나, 머리맡의 라디오나, 면도기나, 그런 물건들을 내가 들어오기 전까지 최대한 쟁여놓는다면. 내가 자리를 비운 사이에는 완벽하게 다른 고양이가 되어서, 온갖 물건을 훔쳐서 전당포에 가져다 팔거나, 주인의 조인트를 훔쳐 피우거나, 천장을 걸어 다니거나, 장거리 통화를 한다면…… 아무도 모르게. 악몽이, 거울 맞은편의 다른 세계가, 모든 것이 거꾸로 뒤집힌, 알아볼 수 없게 변한 존재들이 슬금슬금 기어 다니는 공포의 도시가 펼쳐질 것이다. 도나가 네 발로 기어 다니며 애완동물용 그릇에서 사료를 먹는다면…… 도저히 이해할 수 없는, 끔찍한, 환각제에 취한 행동을 한다면.

그는 생각을 이어갔다. 젠장, 어쩌면 밥 아크터도 한밤중에 잠에서 깨어나 그런 맛이 간 짓을 할지도 모르잖아. 벽하고 섹스를 한다거나. 아니면 그가 지금껏 본 적 없는 수수께끼의 변태가, 아예 무리를 지어 등장할지도 모르지. 올빼미처럼 고개를 완전히 뒤로 돌릴 수 있는 작자들일지도 몰라. 그리고 스캐너는 자동으로 그와 그들이 꾸미는 정신 나간 음모를 고스란히 도청하겠지. 이를테면 스탠다드 역의 남자 화장실 변기에 플라스틱 폭탄을 가득 채워서 날려버린다거나 하는 일 말이야. 그 정신병자 놈들이 무슨 이유를 댈지 누가 알겠어. 어쩌면 잠들어 있다고 상상하는 것뿐이고, 사실은 매일 밤 그런 일이 벌어지고 있을지도 몰라. 그리고 낮이 되면 전부 잊어버리는 거지.

밥 아크터 본인도 미처 준비하지 못한 채로 자신에 대한 깨달음을 얻게 될지도 모른다. 딱 붙는 가죽재킷을 입은 도나나, 깔끔한 옷을 걸친 럭맨이나, 심지어 배리스보다도 밥 아크터에 대한 정보가 더 충격일지도 모른다. 어쩌면 짐 배리스는 주변에 아무도 없으면 얌전히 잠자리에 들지도 모른다. 다른 사람들이 등장할 때까지 잠만 잘지도 모른다.

그러나 그렇지는 않으리라는 생각이 들었다. 배리스라면 엉망진창인 자기 방의 쓰레기더미 속에서 숨겨놓은 통신기를 꺼낼 가능성이 클 것이다. 그의 방도 이제 집 안의 다른 방들처럼 24시간 감시를 당하고 있으니까. 그리고 지금 함께 음모를 꾸미고 있는 수수께끼의 개자식들에게 수수께끼의 전문을 보낼 것이다. 배리스와 똑같은 부류의 작자들이 꾸밀 만한 그런 부류의 음모겠지. 정부 기관의 다른 부서일 거라고, 밥 아크터는 추론했다.

반면 행크와 시내의 경찰 친구들은 밥 아크터가 집을 떠나는 모습을 별로 반기지 않을 것이다. 상당한 돈을 들이고 화려한 작전을 수행해서 감시장치를 설치했는데, 그가 두 번 다시 보이지 않는다면, 테이프마다 전혀 모습을 드러내지 않는다면 말이다. 타인의 돈이 들어간 상황에서 혼자만의 감시 계획을 수행하려고 이곳을 뜰 수는 없었다. 어쨌든 그쪽 돈이 들어갔으니까.

촬영되는 모든 내용에서 그는 항상 주연배우가 되어야 한다. 아크터는 액터니까, 배우인 셈이라고, 그는 생각했다. 쫓기는 배우 밥. 최고의 사냥감인 사나이.

사람들은 녹음해서 재생한 자기 목소리를 알아들을 수 없다고들 한다. 그리고 비디오테이프나 이런 물건, 즉 3차원 홀로그램 영상으로 볼 경우에도 시각적으로 인식할 수 없다고 한다. 자신이 검은 머리에 키 크고 뚱뚱한 남자라고 생각했는데,

사실은 작고 마른 대머리 여자였거나…… 뭐 이런 식이려나? 나는 밥 아크터는 확실히 알아볼 수 있지, 적어도 입은 옷을 확인하거나 소거법을 사용하면 되니까. 이 집에 사는 사람이고 배리스나 럭맨이 아니라면 분명 밥 아크터일 테니까. 아니면 개나 고양이 중 하나일 수도 있겠지만. 직립보행을 하는 자들을 확실히 식별할 수 있도록 전문가의 시선을 갈고 닦아야겠군.

"배리스." 그는 말했다. "나가서 푼돈이라도 챙길 수 있을지 알아보고 와야겠어." 그리고 그는 자신이 차가 없다는 사실을 막 기억해낸 척했다. 그런 쪽의 표정은 어렵지 않게 지을 수 있었다. "럭맨, 네 팰컨은 좀 움직여?"

"아니." 럭맨은 잠시 생각하더니 친절하게 덧붙였다. "안 움직일 것 같은데."

"그럼 네 차 좀 빌릴 수 있을까, 짐?" 아크터는 배리스에게 물었다.

"어쩌려나…… 자네가 내 차를 다룰 수 있을지 모르겠는데." 배리스가 말했다.

누군가 배리스의 차를 빌리려 할 때마다, 그는 이런 핑계로 거절하곤 했다. 배리스는 자기 차를 여기저기 개조해놓았기 때문이다. 그 개조란

(a) 서스펜션

(b) 엔진

(c) 트랜스미션

(d) 후미부

(e) 구동렬

(f) 전자 시스템

(g) 전면부와 운전대

(h) 거기에 시계, 담배 라이터, 재떨이, 조수석 서랍

특히 조수석 서랍이 문제였다. 배리스는 항상 그곳에 자물쇠를 채워놓았다. 라디오에도 교묘한 '변화'를 줬다고 말하고 다닌다(어떤 변화인지, 이유가 무엇인지는 절대 설명하는 법이 없었다). 그의 라디오는 어느 방송으로 주파수를 맞춰도 1분 간격으로 삑 소리가 들린다. 채널 지정 버튼은 전부 횡설수설만 가득한 방송국 하나로 연결되고, 묘하게도 록음악은 한 번도 들은 적이 없었다. 때로 약을 사러 가는 배리스와 동행할 때, 차를 세우고 그들만 두고 나갈 때면, 그는 그 특정 방송국을 특별한 방식으로 아주 시끄럽게 틀어두고 나가곤 했다. 그가 없는 동안 라디오를 건드리면, 그는 짜증을 내며 온갖 불평을 두서없이 지껄이고 귀갓길 내내 입을 열지 않곤 했다. 그러나 정확한 이유는 절대 설명하는 법이 없었다. 사실 아직도 설명은 듣지 못했다. 어쩌면 라디오를 그 주파수로 맞춰놓으면

(a) 경찰 당국

(b) 사설 무장 정치 조직

(c) 마약 조직

(d) 고등지성을 가진 외계인

에게 연결되는 건지도 모른다.

"그러니까 내 말은, 내 차의 주행속도를 감안하면—." 배리스가 말했다.

"아, 젠장!" 럭맨이 거친 목소리로 끼어들었다. "그냥 평범한 6기통 차량 아니야, 이 얼간이 자식아. 로스앤젤레스 다운타운에 끌고 나가면 주차장 주차원도 잘만 다루는 걸 왜 밥은 못한다는 거야? 이 개자식이."

사실 밥 아크터도 자기 차의 라디오를 몰래 개조해서 몇 가지 장치를 숨겨놓았다. 그러나 그는 그 사실을 떠벌리고 다니지 않았다. 사실 프레드가 한 짓이었다. 아니, 사실 다른 기술자들이 한 짓이었다. 그리고 그런 개조 중에는 배리스가 전기 기술자의 도움을 받아서 했다고 주장하지만 사실은 하지 않은 개조와 살짝 비슷한 것들도 있었다.

예를 들어, 법 집행 기관의 모든 차량은 모든 주파수 영역에 걸친 간섭음을 낼 수 있는데, 이 소리를 라디오에서 틀면 차의 점화 서프레서가 나갔을 때와 비슷한 소리가 난다. 마치 해당 차량의 점화장치에 문제가 생긴 것처럼 들리는 것이다. 그러나 현장 경관인 밥 아크터에게는 특수한 장치가 지급된다. 자동차 라디오에 장착하면 그 자신은 온갖 정보를 확인할 수 있지만, 다른 사람들, 적어도 대부분의 사람들에게는 아무런 정보도 전해주지 않는 장치 말이다. 그런 사람들은 그 잡음 속에 정보가 숨어 있다는 사실조차 깨닫지 못한다. 우선 잡음 아래 깔린 소리를 통해, 밥 아크터는 해당 순찰차가 자기 차하고 얼마나 가까이 있는지를 알 수 있고, 다음으로 그 차가 어느 기관에 소속

되어 있는지를, 이를테면 대도시 경찰인지 카운티 보안서인지, 고속도로 순찰인지, 아니면 연방 쪽인지를 확인할 수 있다. 그도 주차 상태에서 시간을 확인하는 용도로 사용되는 1분 간격의 삑 소리를 들은 적이 있었다. 차를 세우고 대기하는 동안 팔의 움직임을 드러내지 않고 몇 분이 흘렀는지를 파악하기 위해 사용하는 장치다. 이런 장치는 이를테면, 정확하게 3분 후에 가옥을 급습하기로 사전에 약속한 경우 등에 유용하다. 자동차 라디오에서 삑 삑 삑 소리가 들리면 정확히 3분이 흘렀다는 사실을 알 수 있는 것이다.

유행가를 끝없이 틀어주며 사이사이 DJ들이 열심히 주절거리는 부류의 AM 방송국에도 비밀이 있다. 때론 그런 주절거림 안에 의미를 숨기는 것이다. 해당 방송국에 주파수를 맞추고 그 소음으로 차 안을 가득 메우면, 얼핏 들으면 평범한 가요 방송국에서 평범하게 따분한 DJ가 이야기하는 것처럼 들릴 뿐이며, 따라서 별로 주의를 기울이지 않거나 의심조차 하지 않는다. 그러나 그 소위 DJ라는 친구들은 갑자기, 낮은 목소리도 가벼운 어조도 전혀 변하지 않은 채로, "그럼 필과 제인의 신청곡을 들어볼까요. 캣 스티븐스의 신곡입니다―"라고 말할 때와 똑같이 이런 말을 하는 것이다. "푸른색 차량이 배스탠처리에서 북쪽으로 1마일 이동했습니다. 다른 모든 순찰차는―" 그는 지금껏 수많은 남녀를 차에 태웠지만, 대규모 단속 작전이나 자신과 연관된 대형 사건이 벌어지는 도중처럼 그 방송국을 계속 틀어놓고 계속 정보 지시에 귀를 기울이는 상황에서도, 내용이 어딘가 이상하다고 알아채는 사람은 한 명도 보지 못했다. 혹시 알아챈 사람이 있었더라도, 약 때문에 환청을 듣거나 피해망상을 겪는다고 여기고 알아서 무시해버렸을 것이다.

그는 또한 표식 없는 경찰 차량이 상당히 많다는 사실도 알고 있었다. 예를 들어 시끄러운 (불법) 배기구를 장착하고 스포츠카처럼 가운데 줄무늬를 넣은 낡은 쉐보레가 있다고 하자. 운전자도 고속으로 좌충우돌하는 거칠게 생긴 히피 부류다. 그런 차량이 경적을 울리거나 스치고 지나갈 때면 라디오의 모든 채널에서 특수 정보를 숨긴 잡음이 울리기 때문에, 그는 별로 어렵지 않게 그런 차를 파악할 수 있었다. 물론 아는 티를 내지는 않지만.

추가로, 그의 자동차 라디오에서 AM/FM 변환 스위치를 누르면, 시끄러운 배경음악만 끝없이 틀어주는 특정 주파수가 잡힌다. 그러나 이 주파수의 소음은 라디오 속에 숨겨놓은 마이크 전송기가 해독해서 걸러낼 수 있는 부류이기 때문에, 그의 장비는 자동차 안에서 일어나는 모든 대화를 수집해서 경찰 쪽에 전송해준다. 이 해괴한 방송국에서 열심히 틀어대는 소리는 아무리 시끄럽더라도 마이크 장비에 잡히지 않으며 전혀 간섭을 일으키지 않는다. 컴퓨터가 그 소리를 제거해버리기 때문이다.

배리스가 가지고 있다고 **주장하는** 온갖 장비들은, 분명 잠입 수사관인 밥 아크터가 자기 자동차 라디오에 설치한 것들과 비슷한 구석이 있었다. 그러나 그 외의 장치, 이를테면 서스펜션, 엔진, 트랜스미션, 기타 온갖 부품에는 개조 따위는 조금도 하지 않았다. 별로 멋지지도 않으며 너무 뻔히 눈에 띄기 때문이다. 게다가 수백만 명의 자동차광이 자기 차에다가 그런 터무니없는 개조를 해대기 때문에, 어차피 엔진 출력이 높은 차량은 이길 수가 없다. 고출력 차량이라면 아주 간단하게 다른 차들을 앞질러버릴 수 있다. 배리스의 말은 그 점에서 개수작이었다. '특수한 비밀 개조'를 한 차량보다 훨씬 뛰어난 서스펜션과 조작감과 조종계를 자랑하는 페라리가 돌아다니는데, 개조 따위가 무슨 의미가 있겠는가. 경찰은 아무리 싸구려라도 스포츠카를 몰면 안 된다. 페라리는 물론이고. 게다가 마지막에는 운전자의 실력이 제일 중요하기 마련이다.

그러나 다른 경찰용 보급품은 가지고 있었다. 이를테면 아주 특수한 타이어가 있다. 미쉐린에서 몇 년 전에 X타입에 도입한 것처럼 단순히 강철 띠를 삽입한 정도가 아니었다. 그의 타이어는 전체가 금속으로 되어 있어 상당히 빠르게 마모되지만, 덕분에 주행속도와 가속에서 큰 이점을 얻는다. 단점은 가격뿐이지만, 그는 할당된 지원물품으로 공짜로 얻을 수 있었다. 물론 이건 현금처럼 닥터페퍼 자동 판매기에서 가져올 수는 없지만 말이다. 특수 타이어는 정말로 훌륭한 물건이었지만 그는 꼭 필요한 경우에만 그 타이어를 사용했다. 타이어 교체는 아무도 보지 않을 때 직접 했다. 자동차 라디오를 개조했을 때도 마찬가지였다.

라디오와 연관된 단 하나의 두려움은 배리스처럼 여기저기 들쑤시고 다니는 놈들에게 들킬까 하는 것이 아니라, 단순한 절도였다. 라디오를 도둑맞으면 추가 장비 때문에 교체비용이 상당히 들어간다. 게다가 변명할 거리도 늘어난다.

당연하지만 그는 차 안에도 총을 숨겨놓았다. 배리스는 온갖 몽롱한 환각 속에서도, 정신 나간 환상 속에서도, 그가 실제로 사용하는 은닉 장소를 궁리해내지 못했을 것이다. 배리스라면 분명 독특한 은닉 공간을 설계해서 달았을 것이다. 예를 들면 운전대 안에 공간을 만든다던가. 아니면 고전 영화 〈이지 라이더〉에서 코카인을 밀수할 때 사용한 방법대로 연료탱크 안에 매달아 넣던가. 말해두지만, 오토바이 연료탱크는 물건을 숨기는 공간으로서는 최악의 선택이다. 영리한 심리학자 부류들이라면 화려한 추론을 동원해야 추리할 수 있겠지만, 경관이라면 그 장면을 보자마자 주인공인 두 명의 바이커가 얼른 잡히거나 가능하면 죽고 싶어 한다는 사실을 깨달았을 것이다. 그는 자동차 조수석 서랍에 총을 숨겨뒀다.

배리스가 계속 자기 차에 대해서 주절거리는, 자칫 영리해 보이는 온갖 헛소리들은, 어느 정도는 현실과 비슷한 점이 있었다. 여기서 현실이란 아크터 본인의 개조한 자동차를 말하는 것이다. 아크터의 자동차 라디오에 달린 온갖 장치는 표준 관리 절차에 따라 관리되며, 설계를 돕거나, 업계 학술지에서 읽거나, 직접 보거나, 경찰 연구소에서 해고당해 원한을 품은 전자 기술자들에 의해 심야 텔레비전이나 라디오 토크쇼에서 시연된 적도 있는 물건이다. 따라서 일반 시민도(또는 배리스의 유사지식인스러운 오만한 태도를 빌어 말하자면, **평범한 일반 시민도**) 순찰 경관이 개조 엔진을 장착한 57년식 줄무늬 쉐보레를 세우고 나서야, 쿠어스 맥주에 얼근하게 취해서 운전대를 붙들고 있던 거친 십대 청년이 사실은 목표를 추격 중이던 약물 잠입 수사관이었다는 사실을 깨닫게 되는 상황은 발생하지 않는다는 것을 알고 있다. 요즘은 평범한 일반 시민조차도 그런 잠입 수사관 차량들이 선량한 노파와 정상인들이 분개해서 투서를 해댈 만큼 요란한 소리를 울리는 이유를, 끊임없이 서로 신원을 사방으로 퍼트리며 다니는 이유를 알고 있다……. 사실 별 의미도 없는 일이지만. 진짜로 문제가 되는 것은, 펑크들이, 자동차와 오토바이 폭주족들이, 그리고 특히 중개상과 밀수꾼과 밀매자들이, 교묘하게 그와 비슷한 물건을 만들어 자기네들 차에 달고 다닐지도 모른다는 사실이었다.

그러면 가볍게 경찰의 손길에서 빠져나갈 수 있을 것이다. 아무런 처벌도 없이.

"그럼 걸어서 가지." 아크터가 말했다. 사실 처음부터 걸어갈 생각이었다. 배리스와 럭맨 양쪽 모두를 속여 넘긴 것이다. 걸어가야만 하는 곳이었으니까.

"어딜 가는데?" 럭맨이 말했다.

"도나네 집." 그녀의 집까지 걸어가는 것은 거의 불가능한 일이었다. 이렇게 말해놓으면 양쪽 모두 그와 함께 가겠다는 말은 하지 않을 것이다. 그는 외투를 걸치고 현관을 향해 걸음을 옮겼다. "나중에 보자고."

"내 차는—." 배리스는 덧붙일 핑계가 남았는지 다시 입을 열었다.

"네 차를 몰았다가는, 실수로 버튼을 잘못 눌러서 로스앤젤레스 다운타운 상공을 둥실둥실 떠다니게 되겠지. 굿이어 비행선처럼 말이야. 유정의 불길에 소화액을 뿌리려 했다는 죄목으로 잡혀 들어갈 테고."

"내 입장을 이해해줘서 고맙군." 웅얼거리는 배리스를 뒤로 하고, 아크터는 현관문을 닫았다.

홀로그램 투영기의 2번 모니터 앞에 앉아서, 스크램블 수트 속의 프레드는 눈앞에서 끊임없이 변하는 홀로그램을 무심하게 지켜봤다. 다른 지점에서 들어온 다른 영상을 지켜보는 다른 감시자들의 모습이 안전 아파트 이곳저곳에 보였다. 대부분은 과거 기록을 재생하는 중이었다. 그러나 프레드는 실시간 영상을 주시하고 있었다. 녹화된 내용도 있었지만, 그는 저장 테이프의 내용은 방치한 채로 밥 아크터의 초라한 집에서 바로 들어온 영상부터 살피고 있었다.

광대역 총천연색 고해상도 홀로그램 속에, 거실에 앉아 있는 배리스와 럭맨이 보였다. 배리스는 거실에서 가장 좋은 의자에 앉아서, 요 며칠 동안 만들던 해시 파이프를 내려다보고 있었다. 파이프 공이에 하얀 실을 감느라 잔뜩 집중했는지 무표정한 얼굴이었다. 럭맨은 커피 테이블에 스완슨의 인스턴트

치킨을 가져다놓고, 몸을 숙인 채 한 덩이씩 푹푹 떠먹으면서 텔레비전으로 서부극을 시청하고 있었다. 그의 힘센 주먹에 찌그러진 맥주캔 네 개가 탁자 위에 뒹굴었다. 이제 그는 반쯤 남은 다섯 번째 캔으로 손을 뻗다가, 그대로 쳐서 넘어트려 쏟은 다음, 얼른 붙들고 욕설을 내뱉었다. 배리스는 욕설에 고개를 들고 지크프리트의 미메*처럼 그를 멍하니 바라보더니, 이내 작업을 재개했다.

프레드는 계속 그 모습을 지켜보았다.

"빌어먹을 심야 TV." 럭맨은 입에 음식을 가득 문 채로 웅얼거리다가, 갑자기 숟가락을 떨어트리고 비틀거리며 자리에서 일어났다. 그리고 휘청거리며 배리스 쪽을 돌아보면서, 양손을 들고 아무 소리도 못 내며 힘겹게 손을 내저었다. 입이 열리며 반쯤 씹은 음식물이 옷으로, 뒤이어 바닥으로 흘러내렸다. 고양이들이 좋다고 달려들었다.

배리스는 파이프 만들던 손을 멈추고 불운한 럭맨을 올려다보았다. 럭맨은 이제 끔찍한 꺽꺽거리는 소리를 내며, 정신을 차리지 못한 채 한쪽 팔을 휘둘러 커피 탁자 위의 맥주캔과 음식을 전부 쓸어버렸다. 그리고 부엌 쪽으로 몇 발짝을 내디뎠다. 그쪽에 있던 스캐너에, 그리고 두려움에 질린 프레드의 눈앞 투영기에, 반쯤 어두운 부엌에서 유리잔을 찾아 허우적거리는, 수도꼭지를 틀어 물을 받으려고 노력하는 럭맨의 모습

---

* 바그너의 〈니벨룽겐의 반지〉 연작의 악역. 지크프리트를 이용해 사악한 용 파프니르의 황금을 노리는 난쟁이 종족 대장장이이다.

이 비쳤다. 모니터 앞에 앉아 있던 프레드는 자리에서 벌떡 일어났다. 그의 눈은 2번 모니터의 배리스에 고정되어 있었다. 그는 여전히 자리에 앉은 채로, 해시 파이프에 끈을 감는 작업으로 돌아가 있었다. 아예 눈을 들지도 않았다. 2번 모니터에는 그가 작업에 몰두하는 모습만 비쳤다.

음성 테이프에서 뭔가 깨지는 소리가, 고통에 겨운 소음이 들렸다. 사람이 목이 메어 꺽꺽대는 소리에, 럭맨이 배리스의 주의를 끌려고 냄비며 프라이팬이며 접시며 식기를 바닥에 내던지는 소리가 섞였다. 배리스는 그 온갖 소음 속에서도 해시 파이프만 다듬을 뿐 고개조차 들지 않았다.

부엌을 찍는 1번 모니터에는 럭맨이 바닥에 쓰러지는 모습이 보였다. 천천히 무릎을 꿇으며 무너지는 게 아니라, 단번에, 무기력하게 쿵 하는 소리를 울리며, 그대로 큰대자로 뻗어버렸다. 배리스는 계속 해시 파이프에 끈을 감기만 할 뿐이었고, 이제는 얼굴에, 한쪽 입가에, 슬쩍 비꼬는 듯한 웃음이 떠올라 있었다.

프레드는 일어선 채로 충격에 빠져 그 모습을 지켜봤다. 다급해서 어쩔 줄 모르면서도 동시에 꼼짝 못 하고 얼어붙어 있었다. 그는 모니터 옆의 경찰 회선 전화로 손을 뻗다가, 움직임을 멈추고 모니터로 시선을 돌렸다.

럭맨은 한동안 움직임 없이 부엌 바닥에 누워 있었고, 배리스는 열심히 끈을 감고 또 감았다. 뜨개질에 여념이 없는 노부인처럼 상체를 숙이고, 계속 미소를 머금은 채로, 말끔하게 매듭을 지었다. 다음 순간 배리스는 갑자기 해시 파이프를 내던지더니, 자리에서 벌떡 일어나서 부엌 바닥에 누워 있는 럭맨의 모습을 뚫어져라 바라봤다. 그의 옆에 나뒹구는 깨진 물잔도, 바닥에 널린 냄비와 깨진 접시도. 갑자기 배리스의 얼굴에 꾸며낸 경악의 표정이 떠올랐다. 배리스는 자기 선글라스를 내던지고 기괴할 정도로 크게 눈을 뜨더니, 놀라고 겁먹은 듯 팔을 퍼덕이면서 이리저리 뛰어다니다가, 럭맨 옆으로 종종걸음으로 다가가서 몇 십 센티미터 떨어진 곳에 멈추더니 헐떡이며 다시 거실로 달려왔다.

연기에 몰입하는 거야. 프레드는 깨달았다. 사건을 발견하고 깜짝 놀란 연기에 실감을 더하는 거지. 이제야 이 광경을 목격한 것처럼. 배리스는 2번 모니터의 투영기 안에서 몸을 뒤틀다가, 검붉게 달뜬 얼굴로 비탄에 헐떡이다가, 절룩이며 전화로 다가가서 수화기를 당겼다가, 바닥에 떨어트렸다가, 떨리는 손가락으로 주워들었다……. 음식 조각이 목에 걸려서 홀로 부엌에 쓰러진 럭맨을 방금 발견한 연기를 하는 거야. 그의 소리를 듣거나 도울 사람이 아무도 없었던 것이라고. 그리고 이제는 다급하게 도움을 청하는 연기를 하는 것이라고. 너무 늦은 다음에야.

배리스는 기묘하게 높고 느린 목소리로 전화통에 대고 말했다. "교환원, 그 있잖습니까, 흡입기 전담반이라고 부릅니까, 소생법 전담반이라고 부릅니까?"

수화기 속에서 찍찍대는 목소리가 프레드에게도 들렸다. "선생님, 호흡곤란에 빠진 사람이 있는 겁니까? 도움이 필요하시다면—."

"어, 제가 보기에는 심장마비인 것 같습니다." 배리스는 이제 낮고 다급하고 전문가스러운 차분한 목소리를 사용하기 시작했다. 시간을 지체할 경우의 위험과 가능성을 명확히 알고 있는 목소리였다. "또는 기도의 음식물로 인한 불수의적 호흡곤란일 수도 있지만—."

"주소가 어떻게 되십니까, 선생님?" 교환원이 끼어들며 물었다.

"주소라." 배리스가 말했다. "어디 보자, 여기 주소가—."

프레드는 꼿꼿이 선 채로 중얼거렸다. "아, 주여."

갑자기 바닥에 뻗어 있던 럭맨이 크게 숨을 내쉬었다. 그는 몸을 떨더니 기도를 막고 있던 내용물을 토해내고, 잠시 몸부림치더니, 이윽고 퉁퉁 부어오른 눈을 뜨고는 혼란에 빠진 채 허공을 바라보았다.

"어, 이제 괜찮아진 모양입니다." 배리스는 매끄럽게 전화에 대고 이렇게 말했다. "감사합니다. 딱히 도와주실 필요는 없을 것 같군요." 그는 얼른 전화를 끊었다.

"세상에." 럭맨은 자리에서 일어나 앉으며 목쉰 소리로 중얼거렸다. "젠장." 그는 컥컥거리며 기침을 하고 숨을 헐떡였다.

"괜찮아?" 배리스는 걱정하는 투로 물었다.

"목이 메었나 봐. 나 설마 기절했던 거야?"

"엄밀히 말하자면 조금 다른데. 일종의 의식 변성 상태에 빠지기는 했지만, 몇 초 정도였어. 아마 알파 각성 상태였겠지."

"젠장! 똥까지 쌌잖아!" 럭맨은 힘없이 흔들리는 몸을 가누어 자리에서 일어나서, 잠시 어지럼증에 시달리며 비틀거리다가 벽을 붙들고 섰다. "정말로 망가져가는 모양이야." 그는 혐오가 섞인 목소리로 말했다. "술주정뱅이 노인네 같잖아." 그는 토사물을 씻어내려고 비척이는 걸음으로 개수대로 향했다.

그 모든 광경을 지켜보자 프레드의 두려움도 썰물처럼 빠져나가기 시작했다. 럭맨은 괜찮을 것이다. 하지만 배리스는! 대체 어떤 놈이기에 저럴 수 있는 거지? 럭맨이 저놈의 도움 없이 회복한 것이 천만다행이었다. 대체 저게 뭐 하는 등신이야. 끔찍한 변태 자식이잖아. 대체 어디다 정신을 팔고 있었기에 저런 상황에서 멍하니 서 있을 수 있는 거지?

"잘못하면 골로 갈 수도 있었어." 럭맨은 싱크대의 물을 몸에 끼얹으며 말했다.

배리스는 미소를 머금었다.

"내 몸이 아주 튼튼한 편이라 살아남은 거라고." 럭맨은 컵에 물을 따라 마시면서 말을 이었다. "내가 저기 쓰러져 있을 때 뭐했어? 딸딸이 치고 있었어?"

"전화하는 거 봤잖아." 배리스가 말했다. "구급대 부르고 있었다고. 보자마자 움직였는데—."

"개수작." 럭맨은 부루퉁하게 말하고는, 그대로 깨끗하고 시원한 물을 꿀꺽꿀꺽 마셨다. "내가 죽으면 네가 뭘 할지는 아주 잘 알고 있지. 내가 숨겨놓은 약을 털어가겠지. 내 주머니까지 깨끗이 뒤져서."

"생각하면 놀랍지 않나." 배리스가 말했다. "인간의 해부학적 한계를 이토록 명확히 보여주는 사실은 또 없다고. 음식물과 공기가 같은 통로를 공유해야 한다니 말이야. 따라서 기도폐색의 위험은—."

럭맨은 아무 말 없이 가운뎃손가락을 올렸다.

브레이크 긁히는 소리. 뒤이어 경적이 울렸다. 밥 아크터는 즉시 밤거리를 돌아보았다. 스포츠카 한 대가 엔진음을 울리며 길가에 멈췄다. 운전석에서 여자 한 명이 그를 향해 손을 흔들었다.

도나잖아.

"주여." 그는 이렇게 말하고는, 도로 쪽으로 걸음을 옮겼다.

도나는 자기 MG의 문을 열어주면서 말했다. "나 때문에 놀란 거야? 너희 집에 가는 중이었는데, 어슬렁어슬렁 걸어가던 사람이 너라는 걸 지나치고 나서야 깨달았지 뭐야. 그래서 유턴해서 돌아왔지. 얼른 타."

그는 말없이 차에 올라 문을 닫았다.

"왜 걸어다니는 거야?" 도나가 말했다. "차는 아직 못 고쳤어?"

"그냥 얼이 빠져서 돌아다니고 있던 거야." 밥 아크터가 말했다. "환각에 빠지거나 한 건 아니고. 그저……." 그는 몸을 떨었다.

도나가 말했다. "네 물건 가져왔어."

"뭐?" 그가 물었다.

"죽음, 알약으로 천 개."

"죽음?" 그는 도나의 말을 따라 읊었다.

"그래, 고품질이야. 일단 움직여야겠네." 그녀는 기어를 저단으로 바꾸고 차를 도로로 몰았다. 그리고 즉시 속도를 올렸다. 도나는 언제나 차를 너무 빨리 몰았고, 앞차의 꽁무니에 바싹 붙어 운전했다. 하지만 운전 솜씨는 훌륭했다.

"그 빌어먹을 배리스 자식이!" 그는 말했다. "그놈이 일을 어떻게 처리하는지 알아? 놈은 죽이고 싶은 사람을 바로 죽이지 않아. 사건이 일어날 때까지 주변을 어슬렁거리면서 기다리는 거야. 그러다가 죽을 만한 일이 벌어지면 그냥 지켜보는 거지. 사실은 직접 손대지 않고도 죽도록 함정을 꾸며놓는다고. 정확한 방법은 모르겠어. 어쨌든 사람이 죽도록 일을 꾸민다고. 빌어먹을." 그는 음울하게 생각을 곱씹으며 잠시 침묵했다. "그러니까 내 말은, 배리스가 자동차 점화장치에 플라스틱 폭탄을 연결하거나 그러지는 않겠지. 놈은 대신—."

"지금 돈 있어?" 도나가 말했다. "물건 대금 말이야. 진짜 일급품이고, 나는 지금 당장 돈이 필요하거든. 다른 물건을 좀 가져올 게 있어서 오늘 밤에 받아야 돼."

"물론이지." 돈은 지갑에 있었다.

"나는 배리스가 싫어." 도나는 계속 운전하며 말했다. "아예 믿지도 않고. 있잖아, 그 인간 미쳤거든. 그리고 너도 그 인간

곁에 있으면 같이 미쳐버려. 보통 너는 함께 있을 때만 빼면 괜찮아 보여. 지금은 미쳐 있지만."

"그래?" 그는 깜짝 놀라 말했다.

"응." 도나는 차분하게 대답했다.

"그런가. 세상에." 그는 뭐라고 답해야 할지 알 수가 없었다. 게다가 도나는 언제나 틀리는 법이 없었다.

"있잖아." 도나가 문득 열의를 담아 말했다. "나랑 록 콘서트 같이 갈래? 다음 주에 애너하임 스타디움에서 열리거든? 어때?"

"물론 되지." 그는 기계적으로 대꾸했다. 그러다 문득 그는 방금 도나가 뭘 했는지를 깨달았다. 그에게 데이트 신청을 한 것이다. "조오오았어!" 그는 기쁨에 겨워 소리쳤다. 순식간에 삶이 다시 그를 향해 활짝 웃었다. 그가 정말로 사랑하는 검은 머리의 귀여운 아가씨가, 이번에도 그를 되살려놓은 것이다.

"언제야?"

"일요일 오후야. 그 끈적거리는 검은색 해시를 조금 떼어가서 돈을 잔뜩 벌 생각이야. 뭐가 다른지도 모를걸. 약쟁이들이 수천 명은 있을 테니까." 그녀는 그러다 품평하는 눈으로 그를 바라보았다. "대신 너도 제대로 차려입고 와야 해. 가끔 입는 그 괴상한 옷 말고. 내 말은—." 순간 그녀의 목소리가 녹아내렸다. "넌 매력적인 사람이니까, 매력적으로 보였으면 좋겠어."

"알았어." 그는 푹 빠진 목소리로 대답했다.

"우리 집에 데려가줄게." 도나는 자신의 작은 차를 밤거리를 따라 총알처럼 몰면서 말했다. "돈이 있으면 일단 그거부터 넘기고, 함께 몇 알 먹고 늘어져서 진짜로 느긋하고 온화한 시간을 보내는 거야. 서던 컴포트도 한 병 사다주면 덤으로 취할 수도 있을 텐데."

"와, 세상에." 그는 진심을 담아 말했다.

"사실 오늘 밤에는 드라이브인 영화를 보러 가고 싶었어." 도나는 기어를 내리고 자기 집이 있는 골목으로, 이어 진입로로 차를 몰면서 말했다. "신문을 사서 뭘 하는지 확인해보니까, 토런스 드라이브인 말고는 괜찮은 걸 하는 데가 없더라고. 그런데 그건 벌써 시작했거든. 5시 30분에 시작하니까. 망할."

그는 손목시계를 확인했다. "그럼 이미 놓친—."

"아니, 지금 가도 거의 다 볼 수는 있어." 그녀는 그에게 따스한 미소를 지은 다음 차를 세우고 시동을 껐다. "〈혹성탈출〉시리즈를 전부 틀어준대. 열한 편 모두. 오후 7시 30분에 시작해서 내일 아침 8시까지 한다는 거야. 그러면 드라이브인에서 바로 출근해야 할 테니까, 지금 옷을 갈아입어야지. 약에 쩔어 영화를 보면서 밤새 서던 컴포트를 마시는 거야. 어때, 괜찮을 것 같아?" 그녀는 희망을 잔뜩 담은 눈으로 그를 바라봤다.

"밤새." 그는 그녀의 말을 따라했다.

"맞아 맞아 맞아." 도나는 운전석에서 뛰어내려 차를 빙 돌아와서 조수석의 작은 문을 여는 걸 도와줬다. "넌 마지막으로 〈혹성탈출〉을 본 게 언제야? 나는 올해 초에 거의 다 봤는데, 마지막 편을 볼 때쯤 속이 안 좋아져서 나와야 했어. 거기 드라이브인 자동판매기에서 파는 햄 샌드위치가 문제였던 거야. 정말 화가 나더라고. 마지막 편만 놓쳤는데, 그 있잖아, 링컨이나 네로 같은 역사 속 인물들이 사실 유인원이었고 처음부터 인간을 지배해왔다는 게 밝혀졌다는 부분 말이야. 지금은 그거 때문에 보고 싶어 죽겠어." 그녀는 현관문으로 걸어가면서 목소리를 낮췄다. "그 햄 샌드위치 때문에 제대로 엿 먹은 거잖아. 그래서 나는— 이거 짭새들한테 찌르면 안 돼. 다음에 그 드라이브인에 갔을 때, 라하브라에 있는 곳이었는데, 구부러진 동전을 넣어줬어. 덤으로 다른 자동판매기에도 몇 군데 넣었고. 나하고 래리 탈링이— 래리 기억하지? 나하고 사귀던 애? 바이스하고 커다란 렌치를 써서 25센트하고 50센트 동전을 잔뜩 구부려놨거든. 물론 모든 자동판매기가 같은 회사 소유인지는 미리 확인해뒀지. 그걸로 자동판매기를 잔뜩 망가트려줬어. 정확히 말하자면 전부 망가트려버렸지." 그녀는 어둑한 조명을 받으며 느릿하고 장중하게 현관문에 열쇠를 넣고 돌렸다.

"널 엿 먹이는 건 현명한 일이 아니지, 도나." 그는 그녀의 작고 깔끔한 집으로 들어가며 말했다.

"거기 털 양탄자 밟지 마." 도나가 말했다.

"그럼 뭘 밟고 있으라고?"

"얌전히 서 있거나, 신문 위에 올라가 있어."

"도나—."

"신문 밟고 다니기 싫다고 투덜대봤자 소용없어. 저 양탄자

세탁에 얼마나 돈이 많이 드는지 알아?"그녀는 자리에 서서 재킷의 단추를 풀기 시작했다.

"검소하시군."그도 자기 외투를 벗으며 말했다. "프랑스 농노식으로 검소해. 애초에 버리는 물건이 있기는 해? 짧은 실밥도 나중에 쓸모 있을 거라고 모아놓으면서—."

"언젠가."도나는 가죽재킷을 벗으며 긴 흑발을 흔들어 뒤로 넘겼다. "언젠가 내가 결혼하면 그때까지 모아놓은 것들이 다 쓸데가 생길 거야. 결혼하면 주변 모든 것이 필요해지거든. 저번에 옆집 앞뜰에 커다란 거울을 내놓은 걸 봤어. 그걸 울타리 너머로 넘기는 데 세 명이나 필요하더라. 언젠가—."

"네가 모은 물건 말인데, 산 물건하고 훔친 물건 중에서 어느쪽이 더 많은 거야?"

"산다고?"그녀는 미심쩍은 듯 그의 얼굴을 살폈다. "물건을 산다니, 그게 무슨 소리야?"

"마약 살 때를 생각해봐."그가 말했다. "지금 하는 것처럼. 마약 거래처럼."그는 지갑을 꺼냈다. "나는 돈을 내잖아, 그렇지?"

도나는 고개를 끄덕이며 얌전하지만 (사실 예의를 차리는 쪽에 가까웠다) 당당한 얼굴로 그를 바라봤다. 나름 절제하는 모습으로.

"그러면 너는 나한테 마약 꾸러미를 건네잖아."그는 지폐를 빼들며 말했다. "산다는 건 말이지, 지금 우리가 하는 마약 거래를 광범위한 인간 세계의 매매업으로 확장시킨 행위를 말하는 거야."

"알 것도 같네." 그녀의 크고 검은 눈은 평온하지만 초롱초롱 빛나고 있었다. 기꺼이 배울 생각이 있어 보였다.

"그러니까—저번에 꽁무니를 쫓던 코카콜라 트럭을 털었을 때라던가—그땐 콜라를 얼마나 많이 털었지? 몇 상자쯤 됐어?"

"한 달 치는 됐지. 나하고 친구들 몫으로." 도나가 말했다.

그는 꾸짖는 눈으로 그녀를 바라봤다.

"일종의 물물교환이란 말이야." 그녀가 말했다.

"아니, 대체—." 그는 웃기 시작했다. "대가로 뭘 주는데?"

"나 자신을 주지."

이제 그는 더 크게 웃기 시작했다. "누구한테? 트럭 기사에게 주는 거라면, 그 친구도 아마 상당히—."

"코카콜라는 자본주의 독점기업이잖아. 코카콜라 만드는 법은 그자들밖에 모른다고. 전화할 때 전화회사를 써야 하는 것처럼 말이야. 전부 자본주의 독점이야. 그거 알아?" 그녀의 어둑한 눈이 반짝였다. "코카콜라 조합식은 교묘하게 지키면서 비밀리에 전수되는 비법이래. 가문에서도 일부 사람들만 알고 있다는 거야. 그러면 조합식을 기억하는 사람이 전부 사라지면 코카콜라도 사라지는 거잖아? 그래서 어딘가 금고에 여분의 조합식을 적어서 보관한대." 그녀는 의미심장하게 덧붙였다. "그게 어딜지 정말 궁금하거든." 그녀는 눈을 반짝이며 곰곰 생각하기 시작했다.

"너희 털이범 친구들은 백만 년이 지나도 코카콜라 조합식은 찾아내지도 못할걸."

"그냥 트럭을 털면 되는데 누가 빌어먹을 코카콜라를 만들고 싶겠어? 트럭은 잔뜩 있잖아. 어딜 가도 느릿느릿 움직이는 꼬라지가 보인다고. 나는 그럴 때마다 꽁무니에 바싹 붙어서 따라가줘. 그러면 꽤나 열 받는 모양이거든." 그녀는 은밀하고, 교활하고, 사랑스러운 꼬마 악마 같은 미소를 흘렸다. 마치 그녀의 기묘한 현실 속으로 그를 유혹하려는 것처럼. 그 현실에서 그녀는 느릿한 트럭 꽁무니를 쫓고 또 쫓는다. 기사는 열을 받고 또 받고 초조해져서, 다른 트럭 운전사들처럼 속도를 내고 달려가는 대신 트럭을 세우고, 그녀도 따라서 차를 세우고 트럭에 실린 물건을 전부 털어버린다. 그녀가 도둑이거나 복수를 원하기 때문이 아니라, 트럭이 멈출 즈음에는 콜라 상자를 너무 오래 바라본 나머지 그걸로 뭘 할 수 있을지 이미 떠올린 상태였기 때문이다. 초조함이 기발한 착상으로 변한 것이다. 당시 그녀는 MG가 아니라 훗날 사고로 박살 날 큼직한 카마로를 몰고 다녔는데 그때는 그 차에 코카콜라 상자를 가득 싣고 돌아왔다. 이후 한 달 동안 그녀와 얼간이 친구들은 공짜 콜라를 마음껏 마셨다. 그런 다음에는—.

빈 병을 다른 가게에 가져가서 반환금을 챙겼다.

"병뚜껑은 어디다 쓴 거야?" 예전에 그녀에게 이렇게 물은 적이 있었다. "모슬린 천으로 싸서 삼나무 상자 속에 간직해놓기라도 했나?"

239

"다 버렸는데." 도나는 퉁명스럽게 대꾸했다. "콜라 병뚜껑으로는 아무것도 못 해. 요즘은 경연대회나 뭐 그런 것도 전혀 없거든." 문득 현실의 그녀가 다른 방으로 들어가더니, 즉시 폴리에틸렌 봉지 여러 개를 들고 돌아왔다. "세보고 싶어?" 그녀가 물었다. "확실히 1천 알이지만. 돈 내기 전에 그램 저울로 달아봤어."

"그럴 필요는 없지." 그는 이렇게 말하고 봉지를 받아들었고, 그녀는 돈을 받았다. 그리고 그는 생각했다. 도나, 이번 일로 너를 감방에 넣을 수 있었어. 하지만 네가 무슨 짓을 저질러도, 심지어 그 목표가 나였더라도 나는 그런 짓은 할 수 없겠지. 너는 경이롭고 생명으로 가득하고 달콤한 사람이니까. 나는 그 느낌을 절대 부술 수 없을 거야. 머리로는 이해할 수 없는 일이지만, 그게 진실이니까.

"열 개 받아도 돼?" 그녀가 물었다.

"열 개? 알약 열 개 달라고? 물론이지." 그는 봉지 하나를 열었다. 끈을 풀기는 힘들었지만, 그는 손재주가 좋은 편이었다. 그리고 그는 정확하게 열 알을 세어서 그녀에게 건넸다. 그리고 자기 몫으로도 열 알을 꺼냈다. 그리고 봉지를 다시 묶었다. 그리고 봉지를 전부 옷장에 걸린 자기 외투 속에 넣었다.

"요즘 카세트테이프 가게들이 무슨 짓을 하는지 알아?" 그가 돌아오자 도나는 흥분한 투로 이렇게 물었다. 알약 열 개는 어디에도 보이지 않았다. 이미 갈무리한 모양이었다. "테이프에다가?"

"테이프를 훔치면 바로 구속하지." 그가 말했다.

"그건 맨날 하는 거잖아. 요즘은 말이야, 그 LP판이나 테이프를 계산대로 가져가면 점원이 거기 붙인 작은 가격표를 떼어 주잖아? 그런데 세상에. 내가 한 가지 사실을 아주 고약한 방식으로 깨닫게 될 뻔했다니까." 그녀는 의자에 털썩 몸을 묻으며, 잔뜩 기대하는 얼굴로 웃음지으며 은박지에 싼 네모난 물체를 꺼냈다. 그는 은박지를 벗기기 전부터 그게 해시 덩어리라는 것을 알 수 있었다. "거기 붙인 게 가격표만이 아니란 말이야. 그 안에 작은 합금 조각 같은 것도 들어 있어서, 계산대에서 점원이 제거하지 않은 채 문으로 나가면 경보가 울리더라고."

"어떻게 고약한 방식으로 깨닫게 될 뻔한 정도에서 끝난 거야?"

"10대 계집애 하나가 나보다 먼저 외투에 숨겨 나가려다가 경보를 울렸거든. 짭새들이 올 때까지 붙들어놓더라고."

"네 외투에는 몇 개나 숨겨져 있었는데?"

"세 개."

"그때도 차에 마약은 있던 거 아냐?" 그가 물었다. "생각해보라고. 일단 테이프 절도로 잡혀 들어가면 자동차도 끌고 갈 거잖아. 다운타운에서는 항상 단속반이 주시하고 있다가 차를 견인해 가니까, 그러면 마약도 발견할 테고, 그거까지 뒤집어쓰게 될 거라고. 거기다 이 동네도 아니었을 거잖아. 그쪽에는 분명 그럴 때—." 그럴 때 개입해줄 경찰관도 없을 거라고 말

241

할 뻔했다. 하면 안 되는 말이었다. 그 경관이 자신이니까. 자신이 영향력을 행사할 수 있는 지역에서 도나가 잡혀 들어간다면, 그는 그녀를 돕기 위해 최선을 다할 것이다. 그러나 그녀가, 이를테면 로스앤젤레스 카운티에서 사고를 친다면 도울 방법이 없었다. 그리고 실제로 일이 터진다면 분명 그곳에서 터질 것이다. 머지않아 터질 것은 분명했다. 그에게 소식이 들려오거나 돕기에는 너무 먼 곳에서 터질 것이다. 그는 머릿속에서 시나리오를 쓰기 시작했다. 호러 판타지였다. 도나 또한 럭맨처럼 아무도 귀를 기울이지도, 보살피지도, 대처해주지도 않는 곳에서 목숨을 잃을 것이다. 그곳의 작자들은 그녀의 소리를 들어도, 배리스처럼 모든 것이 끝나기 전까지 무심하고 무력하게 기다릴 것이다. 물론 그녀는 럭맨이 그랬듯이 실제로 죽는 것은 아닐 것이다— 그랬듯이? 아니, **그럴 뻔했듯이**. 그러나 D물질 중독자인 그녀는 단순히 감방에 갇히는 정도가 아니라 약물을 강제로 끊고 금단증상에 시달리게 될 것이다. 사용한 것뿐 아니라 판매 일에도 손을 댔고, 거기다 절도죄도 추가될 테니 아마 감방에서 한참을 보내야 할 것이고, 그동안 온갖 끔찍한 일들이 그녀에게 일어날 것이다. 석방될 때쯤이면 도나는 완전히 다른 사람이 되어 있을 것이다. 그가 그토록 사랑하는 부드럽고 살가운 표정도, 온기도, 전부 다른 것으로 바뀌어 있을 것이다. 정확히 어떨지는 몰라도 공허하고 낯선 모습일 것은 분명했다. 도나를 인간 이하의 존재로 변환한 모습일 것이다. 물론 그들 모두는 언젠가 그렇게 될 것이다.

그래도 도나만큼은 자신의 삶보다 훨씬 오래 버텨주기를 원했다. 그리고 자신이 도울 수 없는 곳에서 그렇게 되지 않기를 바랐다.

"당당하되 놀래키지 말 것." 그는 문득 우울한 투로 그녀에게 말했다.

"그건 또 뭐야?" 잠시 후 그녀도 깨달았다. "아, 그거 교류분석 치료법*이잖아. 하지만 나는 해시만 피우면—." 그녀는 애지중지하는 작고 둥근 도자기 해시 파이프를 꺼냈다. 그녀가 손수 만든 물건으로, 마치 연잎성게 같은 모양새였다. 그리고 그녀는 불을 붙였다. "그럼 나는 졸음을 불러오는 역할을 맡아야지." 그녀는 행복하게 눈을 반짝이며 그를 올려다보더니, 웃음을 터트리며 소중한 해시 파이프를 건넸다. "지금 과충전시켜줄 테니까, 앉아봐." 그녀가 선언했다.

그가 자리에 앉자, 그녀는 자리에서 일어나서 흥겹게 해시 파이프를 뻐끔거리며 돌아다니다가, 뒤뚱거리는 걸음으로 그에게 다가와서 몸을 숙였다. 그리고 그가 입을 벌리자—마치 아기새 같군, 하고 그는 생각했다. 그녀가 이렇게 할 때마다 항상 드는 생각이었다—그녀는 회색의 해시 연기를 그의 몸속에 내뿜었다. 연기는 그녀 자신의 뜨겁고 당당하고 구제불능인 에너지를 그의 몸에 채우면서, 동시에 두 사람 모두 긴장을

---

* 캐나다 출신 미국의 정신분석가 에릭 번이 제창한 정신 치료법. 그는 프로이트의 이론을 근간으로, 대상과 상담자 간의 관계 설정과 그에 따른 교류가 치료에 도움이 된다고 생각하고 집단치료와 집단구성을 창안했다. 게임 치료를 정신과 치료에 처음 도입하기도 했다.

풀고 달콤하고 나른할 수 있도록 만들어주었다. 과충전을 시키는 그녀와, 과충전을 받아들이는 밥 아크터 양쪽 모두를.

"사랑해, 도나." 그가 말했다. 그는 그녀로부터 성관계 대신 이런 과충전을 받아들였다. 어쩌면 이쪽이 나을지도 모른다. 이토록 충만할 수는 없을 테니까. 지독하게 내밀하고, 그런 식으로 생각하면 아주 묘하게 보이기도 했다. 그녀가 그의 몸에 밀어 넣는 것이므로, 그리고 그녀가 원한다면 그 또한 그녀에게 되돌려 넣을 수 있으므로. 서로를 오갈 수 있는 공평한 교환이었다. 적어도 해시가 떨어질 때까지는.

"그래, 그건 나도 즐길 수 있어. 당신이 나를 사랑한다는 정도는." 그녀는 웃으며 말하고 그의 옆에 앉았다. 웃으면서 다시 해시 파이프를 빨았다. 이번에는 자기 자신을 위해서.

09

"있잖아, 도나, 저기." 그가 말했다. "혹시 고양이 좋아해?"

그녀는 충혈된 눈을 깜빡였다. "감상적인 조그만 동물들 말이지. 땅에서 30센티미터 떨어진 허공에 둥둥 떠다니는."

"떠다니진 않아, 땅에 붙어 다닌다고."

"울보잖아. 가구 뒤에 숨어서 나오지도 않고."

"그럼 앙증맞은 봄꽃은 어때." 그가 말했다.

"그래. 그건 괜찮을지도…… 작은 봄꽃, 안쪽이 노란색인 꽃. 제일 먼저 피는 꽃."

"다른." 그가 말했다. "다른 누구보다도."

"그래." 그녀는 눈을 감은 채로, 약기운에 취한 채 고개를 끄덕였다. "누군가 밟아버리기 전까지는. 밟히면 ─ 사라져버리지."

"내가 어떤 사람인지 알잖아." 그가 말했다. "너는 나를 고스란히 읽을 수 있잖아."

그녀는 의자에 몸을 기대며 해시 파이프를 내려놓았다. 불은 이미 꺼진 후였다. "이젠 아냐." 이렇게 말하는 그녀의 얼굴에서 천천히 웃음기가 가셨다.

"왜 그래?" 그가 물었다.

"아무 일도 없어." 그녀는 고개를 저을 뿐, 말을 잇지 않았다.

"팔 둘러도 될까?" 그가 물었다. "품에 안고 싶어. 괜찮지? 그러니까, 포옹하고 싶다고. 괜찮지?"

그녀의 어둑하고, 동공이 확장되고, 초점이 흐릿해진 눈이 열렸다. "안 돼." 그녀가 말했다. "안 돼, 넌 너무 못생겼어."

"뭐야?" 그가 말했다.

"안 돼!" 그녀의 목소리는 이제 날카로워졌다. "코로 코카인을 잔뜩 빤단 말이야. 진짜 조심해야 돼. 코로 코카인을 잔뜩 빠니까."

"못생겼다고?" 그는 그녀를 향해 분노를 터트리며 말했다. "빌어먹을, 도나."

"내 몸 건드리지 마." 그녀는 그를 바라보며 말했다.

"그러지. 물론이야." 그는 이렇게 말하며 자리에서 일어나 뒤로 물러섰다. "믿어주는 편이 좋을 거야." 그는 자동차로 돌아가서, 조수석 서랍에서 권총을 꺼내서, 그녀의 면상을 그대로 쏴버리고 싶은, 두개골과 눈알을 산산조각내고 싶은 기분이 되었다. 그리고 다음 순간, 해시가 불러온 증오와 분노는 눈 녹

246

듯이 사라졌다. "빌어먹을." 그는 비참하게 중얼거렸다.

"나는 사람들이 내 몸을 만지는 게 정말 싫어." 도나가 말했다. "정말 조심해야 한단 말이야, 코카인을 그렇게 많이 빠니까. 언젠가 계획을 세웠다고, 가랑이 안에 코카인을 2킬로그램쯤 숨긴 채로 캐나다 국경까지 올라갈 거란 말이야. 내가 가톨릭 신도에다 처녀라고 말할 거야. 지금 어디 가?" 그녀는 화들짝 놀라며 자리에서 몸을 일으켰다.

"갈 거야." 그가 말했다.

"너 차 없잖아. 내가 태워서 왔으니까." 그녀는 애써 몸을 일으켰다. 그리고 산발이 된 머리에 혼란스러운 눈에 아직 약기운에 몽롱한 채로, 비틀거리며 옷장으로 가서 가죽재킷을 꺼내 입었다. "내가 바래다줄게. 하지만 너도 이젠 알겠지, 나는 가랑이 사이를 보호해야 한단 말이야. 코카인 2킬로그램이면 그 값이一."

"무슨 헛소리야." 그가 말했다. "지금 그렇게 취한 상태로는 몇 미터도 운전 못 해. 그리고 네 빌어먹을 쪼끄만 롤러스케이트는 아무도 못 몰게 하잖아."

그녀는 그를 마주보며 고래고래 소리쳤다. "그거야 아무도 내 빌어먹을 차를 제대로 운전할 줄 모르니까 그렇지! 제대로 하는 놈이 없단 말이야, 특히 남자새끼들은! 차만 그런 줄 알아? 아무것도 못 해! 너희는 내 몸에 손 올릴 생각만一."

이내 그는 바깥의 어둠 속을, 낯선 동네를, 외투도 없이 헤매게 되었다. 곁에는 아무도 없었다. 빌어먹게 혼자잖아, 그는 생각했다. 다음 순간 도나가 헐레벌떡 그를 따라오는 소리가 들렸다. 그를 따라잡으려고 숨을 헐떡이면서. 마리화나와 해시를 너무 많이 피워서 이젠 폐의 절반이 수지로 메워져 있기 때문이었다. 그는 걸음을 멈추고 몸을 돌리지도 않은 채 기다렸다. 정말로 끔찍하게 우울한 기분으로.

도나는 그에게 다가와서 헐떡이며 걸음을 늦췄다. "기분 나빴으면 정말 진짜로 미안해. 내 말 때문에. 정신이 나갔나 봐."

"그러시겠지." 그가 말했다. "너무 못생겼다고?"

"가끔 하루 종일 일해서 진짜 너무 지쳐버리면, 처음 한 대만으로도 그대로 머리가 멍해져. 집으로 돌아갈래? 아니면 다른 거 할까? 드라이브인 영화 보러 가고 싶어? 서던 컴포트는 어때? 나는 못 사…… 나한테는 안 판단 말이야." 그녀는 이렇게 말하다 문득 말을 멈추었다. "나는 미성년이잖아?"

"알았어." 그는 말했다. 두 사람은 함께 걸어 돌아왔다.

"진짜 좋은 해시 아니야?" 도나가 말했다.

밥 아크터는 대답했다. "검고 끈적거리는 해시니까, 아편 알칼로이드가 가득 들어 있다는 뜻이지. 네가 피우는 건 해시가 아니라 아편인 거야. 알고 있어? 그래서 그렇게 비싼 거라고. 알고 있어?" 자신의 목소리가 높아지는 것이 들렸다. 그는 걸음을 멈췄다. "넌 해시를 피우는 게 아니야. 아편을 하는 거라고. 평생 그걸 피우는 습관이 들 테고, 그 대가로…… 요즘 해시가 무게당 얼마씩 팔리지? 그래서 결국 그걸 피우고 졸고 또 졸다가 제대로 자동차의 기어도 넣지 못하게 될 테고 트럭 꽁무늬를 들이받을 테고 매일 출근하기 전에 피워야 할 테고―."

"이미 그렇거든." 도나가 말했다. "일하러 가기 전에 한 대씩 빨아. 그리고 점심때 집에 오자마자 빨고. 그래서 마약을 파는 거야. 해시를 사려고. 해시는 달콤하고 느긋한 물건이잖아. 나한테 딱 필요한 거라고."

"아편이야." 그는 반복했다. "요즘 해시가 얼마에 팔리지?"

"1킬로그램에 2만 달러쯤. 좋은 물건은." 도나가 말했다.

"세상에! 헤로인만큼 비싸잖아."

"나는 주사기는 안 써. 써본 적도 없고 쓰지도 않을 거야. 주사는 일단 맞기 시작하면 무슨 약이든 6개월도 못 버텨. 주사하는 게 수돗물이더라도. 주사 자체에 중독되거든."

"넌 이미 중독자야."

도나가 말했다. "다들 그렇잖아. 넌 D물질을 먹잖아. 그게 어떻다고? 뭐가 다른데? 난 지금 행복해. 너도 행복하지 않아? 나는 집에 돌아와서 매일 밤 고품질 해시를 피울 수만 있으면 그걸로 충분해……. 나한테 딱 맞는 약이니까. 감히 나를 바꾸려 들지 마. 나한테 간섭하려는 생각조차 하지 마. 나도, 내 도덕률도. 이게 내 모습이야. 나는 해시가 필요해. 이게 내 삶이라고."

"늙은 아편중독자 사진 본 적 없어? 먼 옛날 중국인 같은 거? 아니면 요즘 인도식 해시를 피우는 자들이나, 그런 사람들이 늙으면 어떤 꼴이 되는지 몰라서 그래?"

도나가 말했다. "어차피 오래 살 생각도 없는데, 그게 뭐? 나는 어차피 오래 살고 싶지도 않아. 너는 아닌가 보지? 대체 왜? 이 세상에 뭐가 있길래? 그러는 너는 본 적이— 젠장, 제리 패빈 봤잖아. D물질에 너무 빠져버린 인간이 어떤 꼴이 되는지 알 거 아냐. 이 세상에 진짜 신경 쓸 만한 게 있기는 한 거야, 밥? 이 세상은 그냥 잠시 머무르는 곳일 뿐이야. 여긴 우리가 가지고 태어난 원죄를 처벌받는 곳일 뿐이고—."

"너 가톨릭이면서."

"우리는 여기서 벌을 받는 중인 거야. 그러다 가끔 약에 취할 기회가 생기면, 젠장, 그냥 저지르면 뭐 어떻다는 거야. 저번에는 MG를 몰고 일터로 가다가 거의 사고 낼 뻔했어. 에잇트랙 카세트를 들으면서 해시 파이프를 피우는 중이었는데, 그만 그 84년식 포드 임페라토르를 모는 늙은이를 보질 못한 거야—."

"그런 한심한 짓을. 진짜 머저리 짓이라고."

"있잖아, 나는 일찍 죽을 거야. 어떻게든, 내가 뭘 하든. 아마 프리웨이에서. 그거 알아? 나 MG 몰 때는 브레이크도 거의 안 밟아. 덕분에 올해만 해도 과속딱지를 벌써 네 개나 받았어. 이젠 교통안전교육을 들으러 나가야 한다고. 정말 개판이야. 그것도 6개월이나."

"그러니까 언젠가는, 갑자기 내가 네 몸에 손대지 않게 될 거라는 거잖아? 그렇지? 두 번 다시는."

"안전교육 때문에? 아냐, 6개월만 있으면—."

"내가 정신병동에 들어갈 테니까." 그는 설명했다. "네가 캘리포니아주 법에 따라, 빌어먹게 끝내주는 캘리포니아주 법에 따라, 캔맥주나 술을 살 수 있게 되기 전에 내 머릿속은 말끔하게 지워져버릴 테니까."

"그래!" 도나는 깜짝 놀라 소리쳤다. "서던 컴포트! 당장 가자! 서던 컴포트 750밀리리터짜리 하나 사서 〈혹성탈출〉 보러 가도 되지? 그러니까 아직 여덟 편은 남았을 테고, 그중 한 편이─."

"내 말 좀 들어." 밥 아크터는 이렇게 말하며 그녀의 어깨를 붙들었다. 그녀는 반사적으로 그를 뿌리쳤다.

"싫어." 그녀가 말했다.

그는 말했다. "한 번은 허락해준다는 거 알고 있지. 아마 딱 한 번이겠지만? 캔맥주 하나 사는 건 딱 한 번은 합법이라고."

"왜?" 그녀는 놀라 물었다.

"네가 착하게 구니까 선물을 주는 거지." 그가 말했다.

"예전에 술을 산 적 있어!" 그녀는 기쁨에 겨워 소리쳤다. "바에서! 잘 차려입고 사람들하고 함께 있었거든. 칵테일 웨이트리스가 뭘 마시겠냐고 묻길래 '보드카 콜린스로 한 잔 하겠어요'라고 했더니, 진짜로 가져다줬단 말이야. 그것도 라파즈였다고. 진짜로 깔끔한 곳이란 말이야. 세상에, 그게 믿어져? '보드카 콜린스'는 광고에서 보고 외웠던 거야. 혹시라도 바에서 누가 물어보면 멋들어지게 대답하려고. 그렇잖아?" 그녀는 갑자기 그의 팔짱을 끼고, 몸을 꼭 붙인 채 걸었다. 평소라면 거의 하지 않는 일이었다. "내 인생 최고의 약에 취한 것 같았어."

"그럼 아무래도 선물을 이미 받은 모양인데. 단 한 번뿐인 선물을."

"그거면 됐어. 정말로 마음에 들었으니까!" 도나가 말했다. "물론 나중에 그 사람들이—그러니까, 같이 있던 사람들이— 말하기를, 그런 곳에서는 테킬라 선라이즈를 시켰어야 한다는 거야. 그러니까, 거기는 라파즈 식당에 딸린 멕시코 스타일 바 니까. 다음에는 기억해둬야지. 또 가게 될지도 모르니까 내 머 릿속 기억장치에 잘 기록해놓을 거야. 있잖아, 밥, 내가 언젠가 뭘 할 건지 알고 있어? 오리건주에 도착할 때까지 북쪽으로 계 속 올라가서 눈 속에서 살 거야. 매일 아침 현관문 앞에 쌓인 눈을 삽으로 치울 거라고. 그리고 작은 집에 살면서 텃밭에는 채소를 가꿀 거야."

그는 대답했다. "그러려면 돈을 모아야 할 텐데. 버는 돈 전 부 저축해야 할걸. 돈이 많이 들 테니까."

도나는 갑자기 수줍어져서 그를 힐긋거리며 말했다. "돈은 그 사람이 줄 거야. 그 누구더라."

"누구?"

"있잖아." 비밀을 공유하는 그녀의 목소리는 부드러웠다. 그 가, 밥 아크터가, 그녀의 친구이자 믿을 수 있는 사람이라 털어 놓는 것이었다. "초완벽 씨라는 사람이야. 어떤 사람일지 머릿 속에 그릴 수도 있다니까. 애스턴 마틴을 몰고 나를 북쪽으로 데려다줄 거야. 바로 그곳에, 여기서 한참 북쪽에, 눈 속에 파 묻힌 고풍스러운 집이 있을 거야." 그녀는 잠시 입을 다물었다 가 말했다. "눈은 멋질 것 같아. 그렇지?"

그가 말했다. "본 적 없어?"

"샌버너디노에서 산을 타다가 반쯤 진눈깨비가 섞인 눈 때문에 바닥이 진흙탕이 되어서 넘어졌던 빌어먹을 때 말고는 맞아본 적도 없어. 그런 눈을 말하는 게 아니잖아. 진짜 눈이 필요해."

왠지 가슴속이 묵직해진 밥 아크터는 입을 열었다. "정말로 그렇게 될 것 같아? 진짜로 그런 일이 일어날까?"

"그렇게 될 거야!" 그녀는 고개를 끄덕였다. "내 운명 카드에 적혀 있거든."

그리고 두 사람은 아무 말 없이 걸음을 옮겼다. 그녀의 집으로 돌아가서 MG를 끌고 나오기 위해서. 도나는 자신의 꿈과 계획을 온몸에 두르고 있었다. 그리고 그는…… 그는 배리스를 떠올리고, 럭맨과 행크와 안전가옥 아파트를 떠올리고, 프레드를 떠올렸다.

"저기, 있잖아." 그가 말했다. "나도 같이 오리건에 가도 될까? 네가 마침내 떠날 마음을 먹을 때?"

그녀는 그를 보며 웃었다. 부드럽고 손에 잡힐 듯 상냥하게, 안 된다는 답을 담아서.

그리고 그녀를 잘 알기 때문에, 그는 이해했다. 그 답이 진심이란 걸. 그리고 그 진심은 변하지 않을 거란 걸. 그는 몸을 떨었다.

"추워?" 그녀가 물었다.

"그래. 정말 춥네." 그가 대답했다.

"내 차에 달린 MG용 난방기는 정말 끝내주거든. 드라이브인 영화관에 가면…… 거기서 몸을 녹일 수 있을 거야." 그녀는 그의 손을 붙들고 지그시 누르며 매달리다가, 다음 순간, 갑자기, 놓아버렸다.

그러나 그녀의 진짜 손길은 그의 마음속에 계속 느껴졌다. 그것만은 남았다. 앞으로 남은 인생 동안, 그녀 없이 살아가야 하는 시간 동안, 그녀를 보지도 못하고 듣지도 못하고 그녀에 대한 어떤 것도 알지 못한 채 살아가는 동안, 그녀가 살아 있는지 행복한지 죽었는지도 모른 채 살아가는 동안, 그 손길만은 그의 마음속에 새겨진 채로, 그대로 봉인된 채로 남았고, 영원히 사라지지 않았다. 그 순간 느낀 그녀의 손길은.

그는 그날 밤 코니라는 이름의 작고 귀여운 주사약쟁이 여자를 집으로 데려왔다. 열 번 분량의 멕스 주사약을 대금으로 받고 몸을 팔기로 한 여자였다.

비쩍 마른 몸매에 긴 머리카락을 지저분하게 늘어트린 여자는, 그의 침대 한쪽 가장자리에 앉아서 묘한 느낌으로 머리를 빗었다. 그녀가 따라온 것은 이번이 처음이었다. 약물 파티에서 처음 만난 여자였는데, 전화번호를 몇 주 동안 가지고 다니기는 했지만 실제로 아는 것은 별로 없는 사이였다. 주사약쟁이이니라 당연하게도 불감증이었지만, 무기력 계열 약물을 하는 것은 아니었다. 그저 그녀 쪽에서 섹스를 즐길 수 없을 뿐이었다. 그러나 다른 관점에서 보면, 덕분에 그녀는 어떤 부류의 섹스라도 크게 개의치 않을 수 있었다.

그저 지켜보기만 해도 명확하게 느껴졌다. 코니는 옷을 반쯤 입은 채로, 맨발을 내보이며, 머리핀은 입에 문 채로, 무기력하게 허공을 바라보고 있었다. 머릿속에서 내밀한 여행을 즐기고 있는 게 분명해 보였다. 그녀의 길쭉하고 깡마른 얼굴에서는 나름의 힘이 느껴졌다. 그는 아마도 골격 때문일 것이라고, 특히 튀어나온 턱선 때문이리라고 추측했다. 오른뺨에는 여드름이 하나 보였다. 그녀는 분명 그쪽에도 크게 신경을 안 쓰거나 아예 알아차리지도 못했을 것이다. 섹스와 마찬가지로, 그녀에게는 여드름 또한 별 의미가 없었다.

어쩌면 그녀에게는 똑같을지도 모른다. 오랫동안 주삿바늘에 중독되어온 그녀에게 있어, 섹스와 여드름은 비슷하거나, 심지어 동등한 가치를 지니고 있을지도 모른다. 주사 중독자의 생각은 얼핏 비치는 것조차 정말로 끔찍하다고, 그는 생각했다.

"내가 쓸 칫솔 있어?" 코니가 말했다. 주사 중독자들이 한밤중이면 흔히 그렇듯이, 그녀는 고개를 조금씩 끄덕이며 중얼거리기 시작했다. "아, 됐어― 이빨은 이빨이니까. 내가 알아서 닦을게……." 그녀의 목소리는 끔찍하게 낮아져서 제대로 들을 수도 없었다. 그러나 입술의 움직임을 보니 계속 중얼거리고 있다는 사실은 알 수 있었다.

"화장실이 어딘지는 알아?" 그는 그녀에게 물었다.

"무슨 화장실?"

"이 집 화장실."

그녀는 애써 정신을 차리고는, 다시 반사적으로 머리를 빗기 시작했다. "이 늦은 시간까지 바깥에 있는 놈들은 누구야? 조인트 말면서 계속 떠들기나 하고? 아마 당신이랑 여기 같이 사는 사람들이겠지. 분명 그럴 거야. 저런 남자들은 항상 그러니까."

"두 명은 그렇지." 아크터가 말했다.

그녀의 죽은 동태눈 같은 눈동자가 그를 똑바로 바라봤다. "당신 퀴어Queer야?" 코니가 물었다.

"그렇게 안 되려고 애쓰는 중이야. 그래서 당신이 여기 있는 거지."

"제법 열심히 맞서 싸우고 있는 모양이네?"

"믿어도 좋아."

코니는 고개를 끄덕였다. "그래, 어차피 곧 알게 될 테니까. 당신이 후천적 게이라면 아마 내가 주도권을 가지기를 원하겠지. 누워봐, 내가 해줄 테니까. 내가 벗겨줬으면 좋겠어? 좋아, 거기 얌전히 누우면 내가 다 알아서 할게." 그녀는 그의 지퍼 쪽으로 손을 뻗었다.

나중에, 어둑한 방 안에서, 그는 소위 말하는 대로 '만족감에 취해서' 졸고 있었다. 침대 옆자리에서는 코니가 코를 고는 소리가 들렸다. 그녀는 양팔을 시트 밖으로 내놓은 채로 옆구리에 딱 붙이고 바른 자세로 누워 있었다. 그는 흐릿한 그녀의 모습을 바라봤다. 약에 망가진 사람들은 드라큘라 백작처럼 잔다고, 그는 생각했다. 항상 똑바로 천장을 바라보고 누워 있다가, 갑자기 벌떡 일어나 앉는 것이다. 마치 구동축을 철컹거리며 A자세에서 B자세로 바꾸는 기계처럼. "낮이― 된― 모양이군―." 약에 망가진 사람은, 또는 그의 머릿속 테이프는 이렇게 말한다. 테이프에서는 지시사항이 흘러나온다. 약쟁이의 정신이란 시간에 맞춰 켜지는 라디오의 음악 같은 것이니까……. 때론 예쁜 소리가 울리기도 하지만, 결국 특정한 행동을 하도록 만드는 외에는 아무것도 하지 못하니까. 자명종의 음악이란 잠을 깨우는 수단일 뿐이다. 약쟁이의 음악이란 보다 많은 마약을, 수단 방법을 가리지 않고 그러모으게 만드는 수단일 뿐이다. 기계에 의해 기계에 종속된 기계로 변하는 것뿐이다.

망가진 약쟁이란 결국 녹음된 내용일 뿐이다.

그는 다시 졸면서 이런 고약한 생각에 빠졌다. 그리고 약에 망가진 사람은, 그 사람이 여자일 경우에는, 결국 팔 것이 몸밖에 남지 않는다. 코니처럼. 바로 여기 있는 코니처럼.

그는 눈을 뜨고 곁에 누운 여자를 향해 돌아눕다가, 도나 호손을 보았다.

순간 그는 벌떡 일어나 앉았다. 도나! 하고 그는 생각했다. 그녀의 얼굴을 명확히 알아볼 수 있었다. 의심할 여지가 없었다. 세상에! 그는 이렇게 생각하며, 침대맡의 조명으로 손을 뻗었다. 그의 손가락이 스탠드를 때렸고, 스탠드는 그대로 밀려

바닥으로 떨어졌다. 그러나 여자는 잠에서 깨지 않았다. 그가 쳐다보는 동안 다시 천천히 코니의 얼굴이 돌아왔다. 각진 얼굴, 홀쭉한 턱선, 약이 떨어진 약쟁이의 특징인 퀭하고 수척한 얼굴, 그 모두가 도나가 아니라 코니였다. 한쪽 여자가 아니라 다른 쪽 여자였다.

그는 비참한 기분으로 다시 자리에 누워서 조금 더 졸면서, 계속 이런 식으로 어둠함 속으로 빠져드는 일에 무슨 의미가 있는지를 곱씹었다.

"냄새가 고약했지만 신경 안 써." 잠시 후에 옆자리의 여자가 중얼거렸다. 몽롱하게, 꿈속에서. "그래도 사랑했으니까."

그는 그녀가 누구를 가리킨 것인지가 궁금했다. 남자친구일까? 아버지일까? 고양이일까? 어릴 적 소중히 여기던 봉제인형일까? 어쩌면 그 모두일지도 모른다고, 그는 생각했다. 그러나 그녀가 사용한 단어는 '아직도 사랑하니까'가 아니라 '사랑했으니까'였다. 그러니까 그일지 그 물건일지 모를 존재는, 이미 사라진 것이다. 그러다 아크터는 문득 생각했다. 그들이 (그들이 누구든) 그녀가 그를 버리도록 만든 것이다. 너무 냄새가 고약하다는 이유로.

아마 그럴 것이다. 그러다 문득 그는 당시 그녀가 몇 살이었을지를 생각해보았다. 지금 옆자리에서 몽롱하게 잠든, 세월에 해지고 약에 망가진 여자를 떠올리면서.

10

스크램블 수트 속의 프레드는 수많은 홀로그램 재생 영상의 소용돌이 속에 앉아서, 밥 아크터의 집 거실에 앉아 버섯에 관한 책을 읽는 짐 배리스를 지켜보고 있었다. 왜 하필 버섯이지? 프레드는 이렇게 생각하며, 테이프를 고속 재생시켜 한 시간 후로 돌렸다. 배리스는 여전히 자리에 앉아서, 책에 집중하며 뭔가 메모하고 있었다.

이내 배리스는 책을 내려놓고 집을 나가 스캐너의 영역에서 벗어났다. 돌아온 그는 커피 탁자에 작은 갈색 종이봉투를 내려놓더니 그대로 열었다. 그리고 안에서 마른 버섯을 꺼낸 다음, 책에 있는 천연색 사진과 하나씩 대조하기 시작했다. 평소 찾아보기 힘든 지나친 신중함을 발휘하며, 그는 버섯을 하나씩 비교했다. 마침내 그는 끔찍하게 생긴 버섯 하나를 한쪽으로 밀어놓고 나머지는 다시 봉투에 담았다. 그리고 주머니에서 빈 캡슐 한 움큼을 꺼낸 다음, 마찬가지로 상당히 세밀한 손놀림으로 버섯 부스러기를 캡슐에 담고 하나씩 봉했다.

다음으로 배리스는 전화를 걸기 시작했다. 전화의 도청장치는 그가 건 번호를 자동으로 기록했다.

"안녕, 나 짐인데."

"그래?"

"사실, 건수를 하나 올렸거든."

"무슨 개소리야."

"프실로키베 멕시카나*라고."

"그게 뭔데?"

"남미에 있던 수수께끼의 컬트 집단에서 수천 년 전에 사용하던 희귀한 버섯인데, 환각 작용을 일으키지. 날기도 하고, 투명해지기도 하고, 짐승의 말도 알아듣고—."

"필요 없어." 찰칵.

다시 다이얼 돌리는 소리. "안녕, 나 짐인데."

"짐? 어느 짐?"

"수염 기르고…… 녹색 선글라스에, 가죽바지 입은 짐. 저번에 완다네 공연장에서 만났던—."

"아, 그래. 짐. 그래."

"유기물 환각제로 좀 벌어볼 생각 없어?"

---

* 프실로키베 멕시카나는 아즈텍 원주민들이 사용하던 환각 버섯으로, 환각제의 전도사 티모시 리어리의 연구 이후 히피 세계에서 일종의 상징이 되었다.

"글쎄, 어떨라나……" 초조한 기색. "너 짐 맞아? 목소리가 짐이랑 다른 것 같은데."

"믿을 수 없을 정도로 끝내주는 게 들어왔어. 남미에서 들여온 희귀한 유기농 버섯이야. 수수께끼의 인디언 컬트에서 수천 년 전에 사용하던 거라고. 날기도 하고, 투명해지기도 하고, 차가 사라지기도 하고, 짐승의 말도 알아들을 수 있고—."

"내 차는 항상 사라지는데. 견인지역에 세워놓으면 말이야. 하하."

"어쩌면 이 프실로카베 캡슐을 여섯 개쯤 팔 수 있을지도 모르겠어."

"얼마에?"

"캡슐 하나에 5달러."

"말도 안 돼! 농담 아니지? 이봐, 일단 좀 만나자고." 문득 목소리에 의심이 섞였다. "있잖아, 그 목소리 기억이 나는 것 같은데. 저번에 나한테 엿 먹인 놈 아니야? 그 버섯은 어디서 구한 거야? 싸구려 애시드로 사기치려는 거 아니야?"

"점토 신상에 넣어서 미국에 들여왔어." 배리스가 말했다. "박물관으로 보내는 화물에 섞여놔서 보안도 대단했다고. 이 신상에만 따로 표시해놨지. 세관의 돼지들은 의심조차 못 했어." 그리고 배리스는 덧붙였다. "제대로 효과가 없으면 환불해 줄 테니까."

"글쎄, 내 머리가 버섯에 먹혀서 나무 사이를 뛰어다니는 꼴이 되면 환불 따위는 별 의미가 없을 텐데."

"이틀 전에 나도 한 알 먹어봤다고." 배리스가 말했다. "시험해봐야 하니까. 지금껏 경험한 것들 중에서도 최고였어. 색채가 아주 선명해 보이더라고. 메스칼린보다 나은 건 확실해. 나는 고객을 엿 먹이고 싶지 않단 말이야. 항상 내가 먼저 시험해보지. 보증된 물건이야."

이제는 다른 스크램블 수트가 프레드 뒤에서 그 모습을 함께 지켜보고 있었다. "뭘 팔려고 애쓰는 거야? 방금 메스칼린이랬지?"

"버섯을 캡슐에 담고 있더군." 프레드가 말했다. "자기가 직접 땄던가, 아니면 다른 사람이 딴 거겠지. 동네에서."

"버섯 중에는 지독하게 독성이 강한 것들도 있다고." 프레드 뒤쪽의 스크램블 수트가 말했다.

세 번째 스크램블 수트가 잠시 자기 쪽 홀로그램 검열을 멈추고 그들 쪽으로 합류했다. "아마니타속屬 버섯 중에서는 적혈구를 파괴하는 독성물질을 네 종류나 가진 것들도 있지. 죽는 데 2주가 걸리고 해독제도 없어. 상상할 수 없을 정도로 고통스럽다는군. 야외에서는 전문가가 아니면 채취할 버섯을 제대로 식별할 수가 없지."

"나도 알아." 프레드는 이렇게 말하고, 본부에서 확인할 수 있도록 해당 테이프의 시간대 식별번호를 기록했다.

배리스는 다시 전화를 걸고 있었다.

"이런 경우에는 어떤 법령 위반이 적용되지?" 프레드가 말했다.

"허위 광고." 다른 스크램블 수트 하나가 이렇게 말했고, 둘은 함께 웃음을 터트리고는 자기 화면으로 돌아갔다. 프레드는 계속 화면을 주시했다.

4번 홀로그램 모니터에서, 현관문이 열리며 밥 아크터가 들어왔다. 낙심한 표정이었다. "어이."

"잘 왔어." 배리스는 이렇게 말하며 캡슐을 한데 모아서 주머니 깊숙이 갈무리했다. "도나하고는 잘 돼가나?" 그는 웃음을 터트리며 말했다. "그러니까, 다양한 측면에서 말이야?"

"됐으니까 꺼져." 아크터는 이렇게 말하며 4번 홀로그램 모니터를 벗어나서, 잠시 후 자기 침실에 등장해 5번 스캐너에 잡혔다. 그는 문을 거칠게 차서 닫고는, 하얀 캡슐로 가득한 비닐봉지 여러 개를 꺼냈다. 그는 한동안 머뭇거리며 서 있다가, 침대 커버 아래에 봉지를 밀어 넣어 보이지 않게 감췄다. 그리고 외투를 벗었다. 지치고 불행해 보이는 표정이었다. 얼굴이 핼쑥했다.

밥 아크터는 흐트러진 자기 침대 가장자리에 잠시 걸터앉아 생각에 잠겼다. 마침내 그는 고개를 젓더니, 자리에서 일어나서, 그대로 머뭇거리며 서 있었다……. 그러다 머리를 손으로 빗어 넘기고 방을 떠났고, 잠시 후 거실 중앙 스캐너에 배리스에게 접근하는 모습이 잡혔다. 그동안 2번 스캐너는 배리스가 버섯이 든 갈색 종이봉투를 소파 쿠션 아래 숨기고 버섯학 교과서를 눈에 잘 띄지 않도록 책꽂이에 돌려놓는 모습을 찍고 있었다.

"뭘 하고 있던 거야?" 아크터가 그에게 물었다.

배리스는 단호하게 말했다. "연구."

"무슨 연구?"

"민감한 특성을 가진 특정 균류 생물체의 성질에 관한 연구였어." 배리스는 웃으며 덧붙였다. "가슴 큰 꼬마 아가씨하고는 잘 안 된 모양이지?"

아크터는 그를 물끄러미 바라보다가, 부엌으로 들어가서 커피포트를 콘센트에 꽂았다.

"밥." 배리스는 즐겁게 그를 따라가며 말했다. "기분 상하는 말을 한 거라면 사과하지." 그는 커피가 데워지기를 기다리는 아크터 옆에 머물면서, 제멋대로 박자를 맞추며 콧노래를 흥얼거렸다.

"럭맨은 어딜 갔어?"

"아마 밖에 나가서 공중전화라도 털려고 애쓰고 있겠지. 네 자동차용 유압식 잭을 가져갔거든. 그럼 보통 공중전화를 작살내려는 생각인 것 아니겠어?"

"내 유압식 잭을." 아크터가 그의 말을 따라 읊었다.

"있잖아." 배리스가 말했다. "자네가 가슴 큰 꼬마 아가씨를 손에 넣고 싶은 거라면, 내가 전문가로서 도움을 줄 수―."

프레드는 테이프를 고속으로 돌렸다. 이내 계기판의 시간은 2시간 후에 도달했다.

"―빌어먹을 밀린 방세를 내던가, 아니면 두뇌검사기를 고쳐놓으라고." 아크터는 바짝 성난 목소리로 배리스에게 말하고 있었다.

"필요한 저항기는 벌써 주문했─."

프레드는 다시 테이프를 돌렸다. 추가로 2시간이 흘러갔다.

이제 5번 홀로그램 모니터에는 자기 침실로 들어가 침대에 누운 아크터의 모습이 보였다. 그는 시계에 달린 FM 라디오를 KNX 방송국에 맞춰놓고 볼륨을 낮춰 포크록을 듣고 있었다. 거실의 2번 모니터에는 배리스가 홀로 앉아서 버섯 책을 읽고 또 읽는 모습이 보였다. 양쪽 모두 오랫동안 아무 일도 하지 않았다. 아크터가 한 번 몸을 뒤척이면서 손을 뻗어 라디오의 음량을 올리는 모습이 보일 뿐이었다. 그가 좋아하는 노래가 나온 모양이었다. 거실의 배리스는 거의 움직이지도 않고 책을 읽고 또 읽었다. 마침내 아크터는 다시 침대에 누워 움직임을 멈추었다.

전화가 울렸다. 배리스는 손을 뻗어 수화기를 귓가로 가져갔다. "여보세요?"

수화기에서는 남자의 목소리가 울렸다. "아크터 씨?"

"네, 그렇습니다만." 배리스가 대답했다.

이런 얼어 죽을 개자식. 프레드는 속으로 중얼거리며, 손을 뻗어 전화 도청기의 음량을 키웠다.

"아크터 씨." 신원불명의 남자는 느리고 낮은 목소리로 말했다. "이렇게 늦은 시간에 방해해서 죄송합니다만, 대금으로 주신 수표가 은행에서 거부돼서─."

"아, 그래요." 배리스가 말했다. "그 문제 때문에 전화 드리려던 참입니다. 그게 상황이 이렇습니다, 선생. 제가 설사를 동반한 유행성 감기를 심하게 앓았습니다. 체온 저하에, 유문연축에, 위경련에…… 솔직히 지금 20달러짜리 수표 하나를 바로잡고 있을 몸 상태가 아닙니다. 그리고 어차피 바로잡을 생각도 없었고요."

"뭐요?" 남자가 말했다. 놀랐다기보다는 거칠어진 목소리였다. 불길하게.

"그렇습니다, 선생." 배리스는 고개를 끄덕이며 말했다. "제대로 들으셨습니다, 선생."

"아크터 씨. 그 수표는 벌써 은행에서 두 번 거부됐습니다. 그리고 지금 말씀하시는 감기 증상은—."

"누군가 저한테 고약한 물건을 먹인 것 같더군요." 배리스는 얼굴에 차가운 미소를 띠며 대꾸했다.

"내 생각에는," 남자가 말했다. "당신이 먹은 건—." 그는 원하는 단어를 꺼내지 못하고 머뭇거렸다.

"원하는 대로 생각하시죠." 배리스는 여전히 웃음을 머금은 채로 말했다.

"아크터 씨." 남자가 수화기 너머에서 숨을 몰아쉬는 소리가 들렸다. "난 이 수표를 들고 경찰서로 갈 거요. 그리고 전화통을 붙들고 있는 동안에, 내가 당신 같은 부류에 대해 생각하는 바를 한두 가지 말해주고 싶은데—."

"신경 끄고, 입 다물고, 안녕히 계십쇼." 배리스는 이렇게 말하고 전화를 끊었다.

전화에 설치한 도청기는 자동으로 전화를 건 쪽의 번호를 기록한다. 회로가 연결되는 순간 귀에는 들리지 않는 전자 신호가 발생하기 때문에, 그걸 감지해서 확인하는 것이다. 프레드는 기록기에 떠오른 번호를 읽은 다음, 모든 홀로그램 스캐너의 테이프 전송 시스템을 차단하고, 자신의 경찰용 전화를 들어 출력한 번호의 소재지를 확인했다.

"잉글슨 자물쇠 수리, 애너하임 항만 1343호입니다. 행운을 빌죠." 경찰 정보 담당자가 말했다.

"자물쇠 수리공이라. 알겠습니다." 프레드는 그 주소를 기록한 다음 전화를 끊었다. 자물쇠공이라…… 20달러라면 상당한 액수다. 출장 업무일 가능성이 클 것이다. 아마 작업용 차량을 끌고 나가서 복제 열쇠를 만드는 일이겠지. '집주인'이 열쇠를 잃어버린 경우처럼.

이론 하나. 배리스는 아크터인 척하며 잉글슨 자물쇠 수리에 전화를 걸어 불법으로 '복제' 열쇠를 만들어달라고 했다. 집일 수도, 차일 수도, 심지어 양쪽 모두일 수도 있다. 잉글슨에게는 열쇠고리를 통째로 잃어버렸다고 하고서…… 하지만 그런 상황이라면, 자물쇠 수리공 쪽에서도 보안 확인이 필요하니 배리스에게 신분증 대용으로 수표를 써달라고 요구했을 것이다. 배리스는 집으로 들어가 아크터의 수표책을 가져와서 수표를 써줬을 것이다. 그런데 수표는 처리가 되지 않았다. 안 될 이유가 있나? 아크터의 계좌에는 상당한 액수가 들어 있다. 그 정도 소액이라면 바로 처리될 것이다. 그러나 그 수표가 처리됐다면 아크터는 명세서를 보고 자신이 아니라 짐 배리스가 수표를 사용했다는 사실을 알아차렸을 것이다. 따라서 배리스는 미리 아크터의 옷장을 뒤져서 이제 사용하지 않는 계좌의 수표책을 훔쳐놓았다가, 그걸로 대금을 지불했을 것이다. 그 계좌는 폐쇄되어 있을 테니 수표가 처리되지 않았을 테고. 그래서 배리스는 이제 곤경에 처한 것이다.

하지만 배리스가 바로 자물쇠공을 방문해서 현금으로 수표 값을 치르지 않은 이유는 뭘까? 채권자가 화가 잔뜩 나서 전화질을 해대는 상황이고, 머지않아 경찰서를 방문할 테니, 아크터도 머지않아 알게 될 것이다. 배리스는 끔찍한 꼴을 당할 것이다. 그러나 배리스가 이미 분노한 채권자의 전화에 대처하는 꼴을 보면…… 교활하게 더 적대적으로 나오게끔 유도하고 있는 것이 분명했다. 자물쇠공이 극단적인 일을 벌이도록 부추긴 것이다. 게다가 더 끔찍한 일은, 배리스가 묘사한 '감기'는 명확한 헤로인 금단증상이니, 조금이라도 약에 대한 지식이 있는 사람이라면 즉시 알아차릴 것이다. 게다가 배리스는 자신이 심한 약물중독인 건 맞는데 그게 무슨 상관이냐는 암시를 주면서 전화를 끊었다. 이 모든 것을 밥 아크터의 이름에 달아놓은 것이다.

이제 자물쇠공은 자신의 채무자가 약쟁이이며 가짜 수표를 써줬고 상황에 조금도 신경을 쓰지 않으며 바로잡을 생각도 없다는 점을 알게 되었다. 게다가 약쟁이가 이런 태도를 보인다는 건 분명 머리가 맛이 가고 완전히 취해서 아무 신경도 안 쓴다는 뜻이다. 그리고 이건 미국에 대한 모독이다. 고의적이고 고약한.

사실 배리스가 끊기 전에 한 말은 팀 리어리가 모든 정부 기관과 정상인들에게 보낸 파격적인 최종선고를 그대로 따온 것이었다.* 그리고 여기는 오렌지 카운티다. 존 버치 협회**나 미닛맨*** 따위의 극우파 자경단으로 가득한 곳이다. 게다가 다들 총을 들고 있다. 수염 기른 약쟁이들이 이런 부류의 건방진 소리를 지껄이기만을 기다리면서.

배리스는 밥 아크터를 함정에 빠트려 폭탄을 안기려는 것이다. 최선의 경우라도 잘못된 수표 때문에 고생하게 될 테고, 최악의 경우라면 화염병이 날아들거나 기타 심각한 보복 공격을 당할 것이다. 그리고 아크터는 왜 그런 일이 일어나는지 짐작조차 못할 것이다.

대체 왜? 프레드는 고민했다. 그는 이 사건이 일어난 테이프의 시각과 전화 도청장치의 시각을 수첩에 기록했다. 배리스한테 아크터를 대상으로 보복할 만한 일이 있었나? 아크터는 대체 무슨 짓을 했던 걸까? 아크터가 배리스에게 상당히 고약하

---

* 티모시 리어리는 LSD와 프실로빈을 연구하다 퇴출당한 이후 환각제 카운터컬처 운동의 전도사가 되었다. 1966년에 샌프란시스코 집회에서 제창한 "Turn on, Tune in, Drop out"이라는 표어는 당대 히피 문화의 상징 중 하나였다. 배리스가 전화를 끊기 전에 입에 올린 "Turn on, tune out, and good-by."는 이 표어의 패러디다.

** 제2차 세계대전에서 중국 공산당에 살해당한 미국 정보장교 존 버치의 이름을 딴 극우단체. 1958년에 설립되었다.

*** 1961년에 로버트 데퓨가 설립한 극우 자경단. 공산주의자의 미국 본토 침략이 임박했다고 여기고, 그에 맞서 싸우는 민병대를 목표로 삼았다.

게 엿을 먹인 것이 분명하다고, 프레드는 생각했다. 이건 순수한 악의나 다름없었다. 사소하고, 고약하고, 사악했다.

그는 생각했다. 이 배리스라는 놈은 개자식이야. 누군가 목숨을 잃게 될 거라고.

그와 함께 보안 아파트에 있던 스크램블 수트 한 명이 그를 생각에서 끄집어냈다. "이 친구들 실제로 알고 지내는 사인가?" 수트는 프레드의 앞에 놓인, 이제 텅 빈 홀로그램 화면을 손짓했다. "자네 잠입 업무에서 저 친구들하고 함께 있는 거지?"

"그렇지." 프레드가 말했다.

"그럼 어떤 식으로든 버섯 독이라는 게 얼마나 끔찍한지 경고해주는 게 좋을 거야. 버섯 팔아먹으려고 안달이 난 저 녹색 선글라스 낀 광대 친구한테. 위장이 벗겨지는 일 없이 그렇게 할 수 있겠어?"

근처에 있는 다른 스크램블 수트가 회전의자에 앉은 채로 말했다. "갑자기 격렬하게 욕지기를 느끼면, 그게 독버섯 중독을 알려주는 신호일 수도 있다고."

"스트리키닌하고 비슷한가?" 프레드가 말했다. 차가운 광경이 그의 머릿속을 사로잡았다. 킴벌리 호킨스의 개똥 사건이 벌어진 날에, 그가 차에서 어떤 일을 겪었는지가ㅡ.

그였다.

"아크터한테 말하지." 그는 말했다. "그 친구한테는 맡겨도 돼. 들킬 리도 없고. 양순한 친구거든."

"못생기기도 했지." 스크램블 수트가 말했다. "어깨가 축 처진 채로 숙취에 시달리며 들어온 그 친구 말이지?"

"아." 프레드는 이렇게 말하며 의자를 돌려 홀로그램으로 돌아갔다. 아 젠장, 하고 그는 생각했다. 그날 배리스가 갓길에서 우리 모두에게 알약을 나눠줬잖아. 순간 그의 정신은 빙글빙글 돌면서 두 배의 환각을 일으키다가 반으로 쪼개졌다. 정확하게 절반으로. 정신이 들어보니, 그는 안전 아파트의 화장실에서 종이컵에 물을 받아 입을 헹구고 있었다. 혼자서, 생각을 정리할 수 있는 곳에서. 잘 생각해보면 내가 아크터잖아, 하고 그는 생각했다. 스캐너에 비치는 사람은 나라고. 배리스가 자물쇠공한테 전화를 걸어서 작살내려고 애쓰던 용의자가 바로 나란 말이야. 그런데 내가, 배리스가 저렇게까지 하려 들다니 아크터는 대체 무슨 짓을 한 거야? 하고 생각했단 말이지. 맛이 갔어. 내 뇌가 맛이 갔다고. 이게 현실일 리가 없어. 내가 지켜보고 있던 저 작자가 프레드라는 걸 믿을 수가 없다고. 저기 있는 게 스크램블 수트를 벗은 프레드라니. 수트가 없으면 프레드가 저런 모습이라니!

그리고 저번에 독버섯 조각을 먹고 죽을 뻔한 것도 프레드였다는 사실을, 그는 깨달았다. 이곳 안전 아파트에 도착해서 홀로그램을 살피지 못할 수도 있었다. 그러나 이제는 봐버렸다.

이제 프레드한테도 기회가 생겼다. 아주 작은 기회지만.

제대로 맛이 간 일거리를 던져줬단 말이지, 하고 그는 생각했다. 하지만 내가 하지 않으면 다른 사람이 할 거고, 그러면 사태를 잘못 파악할 수도 있을 테지. 저들은 그를— 아크터를 함정에 빠트릴 테니까. 보상을 바라고 그를 잡아들이겠지. 집에 마약을 심은 다음에 그걸 꼬투리로 잡아들일 거야. 어차피 누군가 집을 감시하게 될 거라면, 차라리 내가 그 일을 맡는 편이 훨씬 낫지. 물론 안 좋은 점도 많지만. 적어도 저 빌어먹을 변태 배리스한테서 모두를 지킬 수 있다는 것만으로도 그럴 가치는 충분해.

그리고 배리스의 행동을 감시하는 다른 경관이 있다면, 그들도 분명 내가 보는 걸 보게 될 테고, 결국 아크터가 미국 서부 최대의 마약 밀매상이라는 결론을 내리게 될 거야. 세상에! 그러면 분명 암살 작전을 제안할 거라고. 신원을 감춘 경찰병력을 동원해서. 동부에서 검은 옷을 입은 친구들을 빌려올 거야. 항상 발뒤꿈치를 들고 다니고 스코프가 달린 윈체스터 803을 든 친구들. 신형 적외선 저격 스코프에 환경친화적 탄환까지 말끔히 갖춘 친구들. 돈이라고는 전혀 받지 못하는, 심지어 닥터페퍼 자동판매기에서도 얻어낼 수 없는 친구들. 그저 다음번 미합중국 대통령이 누군지를 정하는 제비뽑기에나 참여하는 친구들 말이야. 젠장, 그 작자들은 날아가는 비행기도 격추할 수 있다고. 그런 다음에 한쪽 엔진에 새떼가 빨려 들어가서 사고가 일어난 것으로 보이게 만들 수도 있어. 그 환경친화적 탄환은—젠장, 나한테 왜 이러는 거야. 그 탄환은 엔진이 망가진 자리에 깃털의 흔적을 남기겠지. 그쪽으로 최적화된 물건이니까.

정말 끔찍한 상황이라고, 그는 생각했다. 생각해봐. 아크터가 용의자가 아니라…… 뭐랄까, 목표물이 된다면. 그를 주시하고 있어야 해. 프레드로서 프레드다운 일을 계속해야지. 그게 훨씬 나을 거야. 편집하고 해석하고 '놈이 실제로 일을 치기 전까지는 기다립시다'라고 계속 말할 수 있으니까. 그는 그 사실을 깨닫고, 종이컵을 버린 다음 안전 아파트의 화장실에서 나왔다.

"자네 정말로 지친 것 같은데." 스크램블 수트 하나가 그에게 말했다.

"글쎄." 프레드가 말했다. "무덤으로 가는 길에 뜻밖의 사고를 만난 것뿐이야." 그는 마음속으로 초음속 집속광선 프로젝터가 49세의 지방검사를 저격해 심장마비를 일으켜 죽게 만드는 모습을 그려보았다. 캘리포니아에서 일어난, 끔찍하고 잘 알려진 정치적 암살사건 수사를 재개하기 직전에 벌어진 일이었다.* "거의 무덤에 도착할 뻔했지." 그는 소리높여 말했다.

"거의는 거의야. 실제로 도착한 건 아니잖나." 스크램블 수트가 말했다.

"아, 그래. 그렇지." 프레드가 대답했다.

"자리에 앉아." 스크램블 수트가 말했다. "그리고 작업을 재개하라고. 안 그러면 금요일 대신 구직자 원조의 날을 누리게

---

* 1972년 일어난 전직 지방검사 로버트 L. 메이어의 사망 사건을 가리키는 듯하다. 메이어는 로스앤젤레스 경찰의 과잉집행 행위를 수사하다 정치적인 표적이 되어 해임당했으며, 이후 1년도 지나지 않아 운전 중 심장마비로 사망했다.

될 테니까."

"이 직업을 직업 기술 항목에 적어 넣는 모습을 상상해본 적—." 프레드는 이렇게 운을 뗴었으나, 다른 두 스크램블 수트는 즐거워하는 모습도 아니었고, 사실 아예 귀를 기울이지도 않고 있었다. 그래서 그는 다시 자리에 앉아 담배에 불을 붙였다. 그리고 다시 수많은 홀로그램 영상에 둘러싸였다.

그는 마음을 먹었다. 지금 해야 하는 일은 말이야, 당장 거리로 나가서 집으로 돌아가서, 내가 그 일만 생각하고 있는 동안에, 다른 쪽으로 생각이 돌아가기 전에, 순식간에 배리스 곁으로 접근해서 쏴버리는 거라고.

공무 집행 차원에서.

이렇게 말하는 거지. "이봐, 친구, 머리가 좀 지끈거리는데. 조인트 한 대 말아줄 수 있어? 나중에 1달러 줄게." 그리고 조인트를 주면 그대로 구속해버리는 거야. 내 차로 끌고 가서, 차 안에 던져 넣고, 프리웨이로 차를 몰고 가서, 권총으로 후려쳐서 트럭 앞으로 몰아내는 거지. 보고할 때는 도주하려고 몸부림치다가 차도로 달려나갔다고 하면 되잖아. 항상 일어나는 일이니까.

놈을 쏘지 않으면 집 안에서는 뭘 제대로 먹거나 마실 수도 없어. 음식물이나 음료의 포장을 뜯지도 못한다고. 럭맨이나 도나나 프렉도 마찬가지야. 우리 모두가 독성 버섯 조각에 숨이 막혀 죽을 테니까. 그렇게 되면 배리스는 모두 함께 숲으로 버섯을 따러 갔는데, 친구들이 아무 버섯이나 따서 입에 집어

넣었다고 설명하겠지. 자기는 말렸지만 다들 듣지 않았다고. 대학도 안 다닌 놈들은 다들 그렇다고.

법정에서 정신과 전문의들이 놈이 완전히 맛이 간 약쟁이라는 사실을 확인하고 남은 평생 정신병원에서 꺼내주지 않더라도, 누군가는 목숨을 잃은 후일 거야, 하고 그는 생각했다. 어쩌면 도나가 목숨을 잃을지도 모르잖아. 해시에 맛이 간 상태로 어슬렁거리며 들어올지도 몰라. 내가 그녀에게 약속한 봄꽃을 찾으러, 나를 찾으러 들어올지도 모른다고. 그리고 배리스가 자신이 손수 만든 특별한 젤로 한 그릇을 대접하는 거지. 열흘 후면 도나는 집중치료 병동에서 고통에 몸부림치고 있을 테고 그때쯤이면 어떤 치료도 소용없겠지.

그런 일이 생기면 놈을 드라노 세정제로 삶아버릴 거야. 펄펄 끓는 세정제가 가득한 욕조에 담가버릴 거라고. 뼈만 남을 때까지. 뼈를 모아서 놈의 어머니나 자식들한테 우편으로 부쳐줘야지. 있는지 없는지는 모르겠지만. 양쪽 다 없으면 그냥 지나가는 개들한테 던져주겠어. 하지만 그래 봤자 우리 불쌍한 아가씨는 이미 죽은 후겠지.

그는 머릿속 환상에서 다른 두 명의 스크램블 수트에게 말을 걸었다. 실례합니다만, 이런 한밤중에 드라노 50리터 깡통을 구하려면 어디로 가야 하죠?

이 정도면 충분하다고 생각하며, 그는 홀로그램을 켰다. 안전가옥에 있는 다른 수트의 관심을 끌지 않기 위해서.

2번 모니터에 럭맨에게 주절거리는 배리스의 모습이 나왔다. 럭맨은 만취한 상태로 현관 앞에서 비틀대고 있었다. 분명 싸구려 리플 와인을 마셨을 것이다. "미합중국에는 다른 모든 약물중독자들을 전부 합친 것보다도." 얼른 자기 침실 문을 찾아서 정신을 잃고 끔찍한 시간을 보내려고 애쓰는 럭맨에게, 배리스는 이렇게 주절대고 있었다. "알코올에 중독된 사람이 훨씬 많단 말씀이야. 그리고 불순물 섞인 알코올이 뇌와 간에 입히는 손상을 생각하면―."

럭맨은 배리스가 그곳에 있다는 것도 알아채지 못한 채 사라졌다. 행운을 빌어주지, 프레드는 생각했다. 그러나 어차피 행운 정도로는 오래 버티지 못할 것이다. 저 개자식이 저곳에 있으니까.

그러나 지금은 프레드도 여기 있다. 그러나 프레드는 전부 나중에 볼 수 있을 뿐이다. 아니, 혹시 모르는 일이잖아. 홀로그램 테이프를 전부 역재생하면 될지도 몰라. 그러면 배리스보다 먼저 저곳에 도착할 수 있을지도 모른다고. 그러면 내 행동은 배리스의 행동보다 앞서 일어날 거야. 내가 먼저 저곳에 있으면 놈은 아무것도 하지 못할지도 몰라.

다음 순간, 머리의 반대편이 열리며 차분하게 그에게 말했다. 이 상황을 해결하는 간편한 방법을 떠올려주는, 또 한 사람의 자신처럼.

"자물쇠공의 수표 문제는 이렇게 해결하면 돼." 목소리가 그에게 말했다. "내일 아침이 되자마자 항구로 가서 수표 비용을 상환하고 되찾아오는 거야. 서둘러야겠지. 일단 그쪽 방향에서 불씨를 끄는 게 좋아. 그쪽 문제부터 끝낸 다음에 더 중요한 일을 처리하는 거야. 알았지?" 알았다고, 그는 생각했다. 그러면 자신도 위험 목록에서 내려갈 수 있을 것이다. 일단 거기부터 시작해야지.

그는 테이프를 빠른 속도로 진행시켰다. 돌리고 돌려서 마침내 모두 잠든 한밤중이 될 때까지. 오늘 업무를 끝내기 위한 평계가 필요하기 때문이었다.

이제는 조명이 꺼져 어둑한 집 안이 스캐너의 적외선 장비에 비쳤다. 럭맨은 자기 방 침대에 있었다. 배리스도 자기 방에 있었다. 그리고 아크터는 여자와 함께 자기 방에 있었다. 양쪽 모두 잠들어 있었다.

어디 보실까, 프레드는 생각했다. 코니 어쩌고였지. 컴퓨터 파일에 기록된 내용을 보면 독한 약에 찌들어 있고 매춘하고 마약 판매도 하는 여자야. 진정한 실패자지.

"그래도 감시대상이 섹스를 즐기는 모습까지 볼 필요는 없으니까." 스크램블 수트 하나가 뒤편에서 슬쩍 보더니 이렇게 말하며 지나갔다.

"다행이지." 프레드는 이렇게 말하며, 침대에 잠든 두 사람의 모습을 냉정하게 지켜보았다. 그의 마음은 자물쇠공과 그곳에 가서 해야 할 일에 쏠려 있었다. "구경하는 건 정말 고역이라—."

"하는 건 좋지만, 지켜보는 건 그리 좋지는 않지." 스크램블 수트도 동의했다.

아크터는 매춘부와 함께 잠들어 있군, 프레드는 생각했다. 뭐, 슬슬 빠르게 돌려야겠어. 놈들은 분명 일어나자마자 다시 섹스를 벌일 테지만 딱히 문제되는 행동을 하지는 않을 테니까.

그러나 그는 계속 화면을 주시했다. 밥 아크터는 앞으로 몇 시간 동안…… 잠들어 있을 거라고, 프레드는 생각했다. 그러다 그는 문득 한 가지 사실을 깨달았다. **저 여자는 어딜 봐도 도나 호손이잖아!** 침대 위에, 아크터와 함께 잠들어 있는 여자는, 도나 호손이었다.

말이 되지 않는 일이라고 생각하며, 그는 손을 뻗어 스캐너 재생을 종료했다. 그리고 테이프를 되감아서 다시 재생시켰다. 밥 아크터는 여자와 함께 있기는 했지만, 도나는 아니었다! 코니라는 이름의 약쟁이 여자였다! 그의 눈이 잘못된 것이 아니었다. 두 사람은 같은 침대에 나란히 누워 잠들어 있었다.

다음 순간, 프레드가 지켜보는 앞에서, 코니의 각진 얼굴이 부드럽게 녹아내리더니 도나 호손의 얼굴이 그 자리에 떠올랐다.

그는 다시 테이프를 정지했다. 그리고 영문을 모른 채 앉아 있었다. 이해가 안 돼, 그는 생각했다. 이건― 그걸 뭐라고 부르더라? 디졸브 같았다고! 영화 기법 말이야. 젠장, 이게 무슨 사태야? 텔레비전 상영 전의 예비 편집이라도 하는 건가? 감독이 붙어서 특수 효과라도 적용해주나?

그는 다시 테이프를 되감았다 재생했다. 그리고 코니의 얼굴이 변하기 시작하는 순간 재생을 정지시켰다. 홀로그램에는 얼어붙은 단 하나의 프레임만 남았다.

그는 확대장치를 회전시켰다. 다른 모든 홀로그램이 사라지며, 투영기 여덟 개의 홀로그램이 모여 하나의 커다란 홀로그램을 형성했다. 단 하나의 밤 풍경. 침대 위에서 움직이지 않는 밥 아크터, 그 옆에서 움직이지 않는 여자.

프레드는 자리에서 일어나 홀로그램의 공간 속으로, 3차원 영상 속으로 들어갔다. 그리고 침대 곁에 서서 여자의 얼굴을 자세히 살폈다.

절반 정도라고, 그는 결론을 내렸다. 여전히 절반은 코니였다. 이미 절반은 도나였다. 이건 연구소로 보내는 게 좋겠다고, 그는 생각했다. 전문가가 손댄 것이 분명했다. 지금껏 가짜 테이프를 보고 있던 것이다.

대체 누가 이런 짓을? 그는 이렇게 생각하면서 홀로그램 공간에서 벗어나서, 큰 홀로그램을 내리고 원래대로 여덟 개의 작은 영상을 복구시켰다. 그리고 자리에 앉아서 생각에 잠겼다.

누군가 가짜 도나를 끼워넣었다. 코니 위에 도나를 덧씌웠다. 아크터가 도나 호손과 함께 자는 사이라는 증거를 위조했다. 대체 왜? 훌륭한 기술자라면 영상이나 음성을 조작할 수 있고, 이제는 홀로그램 기록 또한 조작해서 증거물을 만들 수 있다. 힘든 일이기는 하지만…….

만약 스캐너에서 들어오는 정보가 정지 영상이 이어지는 형태였다면, 아크터가 실제로 함께 잠자리에 든 적도 없고 들 일도 없을 여자와 나란히 누워 있는 영상이 될지도 모른다. 그러나 이건 테이프에 기록되어 있었다.

어쩌면 영상 간섭이나 해체 등의 전자적 현상일지도 모른다고, 그는 생각했다. 전문가들은 이런 현상을 '인화'라고 부른다. 홀로그램 인화다. 테이프 한쪽 부분에 기록된 영상이 다른 부분에 겹쳐지는 것이다. 테이프를 너무 오래 방치하거나, 순간적으로 기록되는 정보량이 너무 크면, 테이프의 겹치는 부분에 영상이 각인될 수 있다. 젠장, 예전이나 이후 내용의 도나가 옮아온 거야. 어쩌면 거실에서 벌어진 일일지도 모르지.

이 장비의 기술적 원리를 더 알았으면 좋겠다고, 그는 생각했다. 아무래도 섣불리 행동하기 전에 배경지식을 더 확인해야겠어. 다른 AM 방송국의 목소리가 들어와서 간섭하는 것처럼—.

혼선이 일어난 거라고, 그는 결론을 내렸다. 혼선처럼 사고일 뿐이라고.

텔레비전 화면에 비치는 잔상 같은 거라고. 기술적 문제라고, 오류라고. 변환기 채널이 잠시 열린 거라고.

그는 다시 한번 테이프를 돌렸다. 다시 코니가 되고, 한동안 코니였다. 그리고 다음 순간…… 프레드는 다시 도나의 얼굴이 스며드는 모습을 목격했다. 그리고 이번에는 그녀 옆자리에 누워 잠들어 있던 남자가, 밥 아크터가, 잠에서 깨더니 갑자기 벌떡 일어나 앉았다. 그리고 자기 옆의 조명 스위치를 더듬거렸다. 조명은 바닥으로 떨어졌고, 아크터는 일어나 앉은 채로 잠든 여자를, 잠든 도나의 모습을 멍하니 바라보고 있었다.

코니의 얼굴이 다시 돌아오자 아크터는 안도하는 듯했다. 그리고 마침내 몸을 눕히고 다시 잠들었다. 계속 뒤척이고는 있었지만.

그래, 이걸로 '기술적 간섭' 이론은 나가리 났군, 프레드는 생각했다. 인화도 혼선도 아닌 거야. 아크터도 본 셈이니까. 잠에서 깨서 그 모습을 멍하니 바라보다가 결국 포기했으니까.

젠장, 하고 프레드는 눈앞의 화면을 전부 꺼버렸다. "나는 이 정도면 충분한 것 같군." 그는 이렇게 말하고 후들거리는 다리를 가누며 자리에서 일어났다. "이제 지쳤어."

"고약한 섹스 영상이라도 본 모양이지?" 스크램블 수트 하나가 물었다. "자네도 곧 이 작업에 익숙해질 거야."

"절대 이 작업에 익숙해질 리는 없어." 프레드가 말했다. "내기를 해도 좋아."

11

다음 날 아침, 두뇌검사기뿐 아니라 자동차도 수리를 기다리는 신세였기 때문에, 그는 택시를 타고 잉글슨 자물쇠 수리점의 문 앞에 도착했다. 손에는 현금 40달러를 들고, 가슴에는 제법 많은 불안감을 안은 채로.

가게는 낡은 목조건물다운 분위기가 풍겼고, 간판은 조금 현대적이었지만 창문 안에는 자물쇠와 연관이 있는 다양한 황동제 잡동사니들이 여기저기 가득했다. 고풍스럽고 화려한 우편함, 인간의 머리 모양으로 만든 비현실적인 형태의 문고리, 거대한 가짜 흑철 열쇠까지. 그는 어둑한 가게 안으로 들어갔다. 아이러니하게도 마치 약물 중독자의 공간 같다는 생각이 들었다.

커다란 두 개의 열쇠 연삭기와 수천 개의 열쇠 원본이 달랑거리며 걸려 있는 작업대에서, 통통한 노부인 한 명이 그를 맞이했다. "안녕하세요, 선생님? 좋은 아침이네요."

아크터는 입을 열었다. "저는……

> Ihr Instrumente freilich spottet mein,
>
> Mit Rad and Kämmen, Walz' und Bügel:
>
> Ich stand am Tor, ihr solltet Schlüssel sein;
>
> Zwar euer Bart ist kraus, doch hebt ihr nicht die Riegel.[*]

……은행에서 반환한 제 수표 대금을 치르러 왔습니다. 제 기억에 따르면 20달러였던 것 같은데요."

"아." 노부인은 상냥하게 자물쇠 달린 금속 파일을 꺼내고 열쇠를 찾아 뒤적이다가, 마침내 파일이 잠겨 있지 않다는 사실을 깨달았다. 그녀는 파일을 열고 바로 그 수표를 찾아냈다. 쪽지가 하나 붙어 있었다. "아크터 씨?"

"그렇습니다." 그는 이미 현찰을 손에 쥐고 있었다.

"그래요, 20달러네요." 그녀는 수표에 붙은 쪽지를 뗀 다음, 쪽지에다가 열심히 뭐라 적기 시작했다. 직접 방문해서 수표를 회수해 갔다는 내용이었다.

---

[*] 『파우스트』 1부. "그대의 도구들은, 바퀴와 평형추와 실린더와 톱니는 / 마치 그대처럼 내 면전에서 비웃으니 / 나의 문을 열어줄 수 있는 열쇠는 그대였건만 / 그대의 열쇠홈은 교묘하여 날름쇠 하나 움직이지 못하네."

"이런 일이 벌어져서 유감입니다." 그는 그녀에게 말했다. "실수로 지금 사용하는 계좌가 아니라 폐쇄한 계좌의 수표를 써버렸지 뭡니까."

"음." 노부인은 손을 멈추지 않으며 미소를 지었다.

"그리고 혹시라도 저번에 제게 전화를 주신 남편분께—."

"칼 말씀이죠. 실은 동생이에요." 그녀는 이렇게 말하며 어깨 너머를 힐끗거렸다. "칼이 전화를 했다면……." 그녀는 미소를 머금은 채로 손짓했다. "칼은 수표에 문제가 생기면 지나치게 분통을 터트리거든요……. 혹시라도…… 그 애가 그랬다면 사과할게요."

"아닙니다." 아크터는 암기해놓은 대사를 읊었다. "전화하셨을 때 저도 제정신이 아니었다고 전해주십시오. 저도 그 일로 사과드리고 싶습니다."

"그래요, 동생이 그 문제로 뭐라고 했던 것 같긴 하네요." 그녀는 수표를 내놓았다. 그는 20달러를 냈다.

"추가 요금은 없습니까?" 아크터가 말했다.

"없어요."

"제가 제정신이 아니었던 건." 그는 잠시 수표를 훑어보다 주머니에 넣으며 말했다. "친구 한 명이 갑작스레 세상을 떴기 때문이었습니다."

"어머나, 세상에." 노부인이 말했다.

아크터는 머뭇거리며 말을 이었다. "혼자서, 자기 방에서, 고기 한 조각이 목에 걸려서 질식사했지요. 아무도 그 소리를 못

들었습니다."

"혹시 그거 알고 계세요, 아크터 씨? 생각보다 질식으로 죽는 사람이 훨씬 많다네요. 어디선가 읽은 건데, 친구하고 식사할 때 상대편이 한동안 아무 말 없이 그냥 앉아 있기만 하면, 가까이 몸을 대고 말할 수 있는지를 물어봐야 한대요. 말을 못할 수도 있으니까요. 질식해서 죽어가는데 알릴 수 없는 경우도 있다는 거예요."

"그렇지요." 아크터가 말했다. "고맙습니다. 사실이지요. 그리고 수표 문제도 감사합니다."

"친구분 일은 정말 유감이에요." 노부인이 말했다.

"그렇죠. 제 가장 친한 친구였습니다."

"정말 끔찍한 일이네요." 노부인이 말했다. "친구분은 연세가 어떻게 되셨나요, 아크터 씨?"

"30대 초반이었습니다." 아크터의 말은 사실이었다. 럭맨은 32세였으니까.

"아, 정말 끔찍해라. 칼한테는 잘 얘기할게요. 그리고 일부러 여기까지 와줘서 정말 고마워요."

"감사합니다." 아크터가 말했다. "그리고 잉글슨 씨께도 제가 감사한다고 전해주십시오. 두 분 모두 정말 고맙습니다." 그는 가게를 떠나 따뜻한 아침의 보도로 나와서, 밝은 햇살과 고약한 공기를 맞으며 눈을 깜빡였다.

전화로 택시를 불러 집으로 돌아오는 길에, 그는 딱히 심각한 문제를 벌이지 않고 배리스의 올가미에서 훌륭하게 빠져나왔으니 잘된 일이 아니냐고 자신을 설득하려 애썼다. 훨씬 고약할 수도 있었다고, 그는 자신에게 지적했다. 수표는 아직 가게에 있었다. 그리고 그 남자를 직접 대면할 필요도 없었다.

그는 배리스가 자신의 필적을 얼마나 제대로 베꼈는지 확인하려고 수표를 꺼내 들었다. 짐작대로 폐쇄된 계좌의 수표였다. 수표용지의 색깔에서 바로 알아볼 수 있었다. 완벽히 닫힌 계좌였다. 은행에서 수표에다가 '폐쇄 계좌'의 낙인을 찍어줄 정도였다. 자물쇠공이 분노를 터트린 것도 당연했다. 그러나 달리는 택시 위에서 수표를 살펴보던 아크터는, 문득 그 필적이 자신의 것임을 깨달았다.

배리스의 필체와는 닮은 구석도 없었다. 위조라면 실로 완벽했다. 직접 이런 서명을 한 기억이 없다는 점만 제외하면, 애초에 자기 글씨가 아니라고 의심할 여지조차 없었다.

세상에, 배리스 놈 대체 지금까지 이런 짓을 몇 번을 했던 거지? 하고 그는 생각했다. 어쩌면 내 수입의 절반 정도를 놈이 써버렸을지도 몰라.

배리스는 천재야, 그는 생각했다. 하지만 다시 생각해보면, 실물을 대고 그렸거나 다른 기계적인 방법으로 베낀 것일 가능성이 컸다. 하지만 나는 잉글슨 자물쇠점에 수표를 써준 일이 없는데, 그런 식으로 이렇게 위조할 수가 있나? 이런 수표는 애초에 써본 적도 없는데. 아무래도 부서의 필적 감정 전문가들에게 넘겨서 어떻게 위조한 건지를 알아내야겠다고, 그는 결정을 내렸다. 어쩌면 단순히 엄청난 반복 연습의 결과물일지도 모르는 일이다.

버섯 사건 쪽은— 그는 생각을 이었다. 그냥 슬쩍 다가가서, 사람들한테 들었는데 버섯 마약을 팔려고 한다는 소릴 들었다고, 그만두라고 말하면 된다. 우려하는 소리가 들리던데 분명 그럴 만한 일이라고.

하지만 버섯이나 수표 문제는 단순히 진짜 문제가 무작위적으로 돌출된 면모일 뿐이라고, 테이프를 처음 재생하다가 발견한 것뿐이라고, 그는 생각했다. 이 정도는 내가 맞서는 문제의 사소한 예시일 뿐이야. 놈이 또 무슨 짓을 했을지는 오직 주님만이 아시겠지. 시간이 아주 많으니까 싸돌아다니면서 참고서적을 읽고 온갖 계획과 음모와 모의를 꾸밀 수 있을 테니까……. 잠깐만, 전화가 도청당하고 있을지도 모르니까 시험을 해봐야겠어. 배리스는 전자장비를 한 상자는 가지고 있잖아. 게다가, 예를 들자면 소니에서도 전화 도청에 사용할 수 있는 유도 코일을 만들고 팔아먹는단 말이야. 아마 도청기가 설치되어 있을 거야. 한참 동안 설치되어 있었겠지.

그러니까 내가 최근에 필요해서 설치한 장치 말고, 다른 도청기 말이야.

그는 흔들거리며 달려가는 택시에 몸을 맡기며 다시 수표를 살폈다. 그리고 그 순간 이런 생각이 들었다. 만약 진짜로 내가 쓴 수표라면 어떻게 하지? 아크터 본인이 이걸 썼다면? 아무래도 내가 한 것 같아. 빌어먹을 아크터 그 개자식이 이 수표를 쓴 게 분명해. 글자가 기울어진 정도를 보니 상당히 바빴던 모양이야. 서둘러 쓰느라 수표용지를 잘못 꺼낸 거지. 그러다 그런 일이 있었다는 것조차 완전히 잊어버린 거야.

아크터가 잊어버린 거라고, 그는 생각했다. 그러니까……

Was grinsest du mir, hohler Schädel, her?

Als dass dein Hirn, wie meines, einst verwirret

Den leichten Tag gesucht und in der Dämmrung schwer,

Mit Lust nach Wahrheit, jämmerlich geirret.*

……샌타애나에서의 대규모 약물 파티에 참석했을 때에 흘러나온 거겠지. 그는 거기서 묘한 치열을 가진 작달막한 금발 여자를 만났다. 긴 금발에 커다란 엉덩이를 가졌지만, 정말로 활력이 넘치고 친절하던…… 당시 그는 차의 시동을 걸지 못했다. 코끝까지 약물에 절어 있었기 때문이다. 계속 문제가 일어났다— 복용하거나 주사로 맞거나 코로 흡입하는 약물이 너무 잔뜩 있어서, 거의 새벽녘까지 파티가 이어졌다. D물질도 정말 많았고, 전부 일급품이었다. 아주 최상의 일급품이었다. 그의 구미에 딱 맞는 물건이었다.

그는 앞좌석으로 몸을 기울이며 말했다. "저기 쉘 주유소에서 멈춰주십시오. 저기서 내리겠습니다."

---

* 『파우스트』 1부. "텅 빈 해골이여, 어찌하여 나를 향해 웃고 있는가? / 그대의 뇌수도 나처럼 한때 혼란에 빠진 채로 / 한낮의 빛을 찾다가 묵직한 여명에 좌초당하고 / 진실을 갈망하다 뒤틀려 타락해버렸기 때문인가."

그는 차에서 내려 택시요금을 내고 공중전화에 들어가서, 자물쇠공의 전화번호를 찾은 다음 그쪽으로 전화를 걸었다.

　노부인이 전화를 받았다. "잉글슨 자물쇠 상점입니다. 안녕하―."

　"아까 들렀던 아크터입니다. 귀찮게 해드려 죄송합니다. 혹시 제가 수표로 대금을 치렀던 그 출장 수리 장소의 주소를 확인할 수 있을까요?"

　"잠시만요, 찾아볼게요. 기다려주세요, 아크터 씨." 수화기를 바닥에 내려놓는 달칵 소리가 들렸다.

　멀리서 남자의 목소리가 웅얼거리듯 들렸다. "누군데요? 그 아크터라는 작잡니까?"

　"그래, 칼. 하지만 아무 말 말아라. 제발. 조금 전에 가게에 들렀어―."

　"내 한마디 해야겠습니다."

　침묵. 그러다 다시 노부인의 목소리가 들렸다. "음, 주소는 여기로 되어 있네요, 아크터 씨." 그녀가 읽어주는 주소는 그의 집이었다.

　"부인 동생분이 출장 나간 장소가 그곳입니까? 열쇠 만들러요?"

　"잠깐 기다려요. 칼? 아크터 씨네 열쇠를 만들려고 트럭 몰고 나갔던 곳이 어디인지 기억나니?"

　멀리서 남자의 목소리가 웅얼거렸다. "카텔라요."

　"이분 댁이 아니라?"

"카텔라라니까!"

"카텔라 대로 쪽이라네요, 아크터 씨. 애너하임이겠죠. 아니, 잠시만요— 칼 말로는 샌타애나의 메인 대로래요. 이거면—."

"고맙습니다." 그는 이렇게 말하고 전화를 끊었다. 샌타애나의 메인 대로. 그 빌어먹을 마약 파티가 벌어진 곳이었다. 그리고 그날 밀고한 이름과 자동차 번호판만 해도 서른 건이 넘었을 것이다. 일반적인 파티가 아니었으니까. 멕시코에서 엄청난 양의 물건이 도착했다. 중개상들은 물량을 분배했고, 구매자들은 흔히 그렇듯이 나누는 곁에서 견본을 받아 즐겼다. 그중 절반은 이미 구매 장소에 파견된 요원들에 의해 적발되었을 것이다……. 와우, 그는 생각했다. 아직도 그날 밤이 기억이 나는군. 어쩌면 영영 제대로 기억하지는 못할지도 모르겠지만.

그러나 그 정도로는 배리스가 악의를 품고 아크터인 척하며 전화에 대꾸한 일에는 변명이 되지 못했다. 배리스가 그 순간 즉흥적으로 꾸며낸 일이라면 정황을 고려해볼 때 말이 되기는 하겠지만. 젠장, 어쩌면 그날 밤 배리스도 약에 취해 있어서, 약에 취한 작자들이 흔히 하는 대로 상황이 흘러가는 대로 맞춰 행동한 것뿐일지도 모른다. 아크터가 그 수표를 작성한 것은 확실했다. 배리스는 어쩌다 전화를 대신 받은 것뿐일지도 모른다. 꺼멓게 그슬린 머리로는 그게 재미있는 장난질이라고 생각했을 것이다. 단순히 무책임하게 군 것뿐, 그 이상은 아닐지도 모른다.

그는 다시 전화로 택시를 부르며 생각을 정리했다. 아크터도 그 수표를 오래 방치했으니 책임감 있게 행동했다고는 할 수 없었다. 이게 누구 탓일까? 그는 다시 수표를 꺼내서 수표의 날짜를 확인했다. 한 달 반이나 지난 수표였다. 세상에, 누가 무책임한 건지! 아크터는 쥐구멍에라도 들어가고 싶은 기분이 되었다. 칼이라는 그 삐딱한 작자가 아직도 경찰로 달려가지 않았다는 것 자체가 신의 은총이나 다름없었다. 어쩌면 나이 든 상냥한 누님이 그를 제어한 것일지도 모른다.

아크터 그 작자는 정신을 좀 차리고 다녀야 해. 그는 생각했다. 지금까지 내가 모르는 온갖 수상쩍은 행동을 하고 다녔잖아. 배리스는 혼자가 아니고, 심지어 주범도 아닐 것이다. 게다가 배리스가 아크터에게 격렬한 악의를 집중하는 이유는 여전히 설명할 방도가 없었다. 아무 이유 없이 장기간에 걸쳐 한 사람을 엿 먹이려는 계획을 꾸미는 사람은 그리 많지 않다. 게다가 배리스는 다른 사람, 이를테면 럭맨이나 찰스 프렉이나 도나 호손에게 엿을 먹이려는 시도는 하지 않았다. 그는 제리 패빈을 연방 치료소로 보내는 일을 다른 누구보다 솔선해서 도왔고, 집 안의 온갖 동물들에게는 항상 친절한 사람이다.

한번은 아크터가 개들 중 한 마리를─그 검은 꼬마 이름이 뭐더라, 뽀뽀였나 그랬던 것 같은데?─동물 수용소로 보내 처분하려 했던 적이 있었다. 훈련이 불가능한 개였기 때문이다. 배리스는 몇 시간을, 아니 솔직히 말하면 며칠을, 뽀뽀와 함께 보내며 부드럽게 훈련하고 말을 걸었다. 뽀뽀는 마침내 진정해서 훈련에 따르게 되었고, 따라서 안락사를 피할 수 있었다.

배리스가 세상 만물에 악의를 품은 작자라면 그런 식의 선행을 벌이지는 않았을 것이다.

"옐로캡입니다." 수화기에서 목소리가 들렸다.

그는 쉘 주유소의 주소를 댔다.

그리고 택시를 기다리는 동안 우울하게 어슬렁거리며 생각했다. 만약 자물쇠공 칼이 아크터를 마약 상습범으로 신고한다면, 그건 배리스의 잘못이 아닐 것이다. 아크터의 올즈모빌 열쇠를 만들려고 오전 5시에 트럭을 끌고 나온 칼은, 아마도 젤로처럼 흐물거리는 보도와 벽을 타고 걸어 다니며 멍하니 주변을 둘러보는 것을 비롯한 온갖 마약 중독자의 행동 패턴을 보이는 아크터를 목격했을 것이다. 칼은 그때 이미 결론을 내렸을 것이다. 칼이 새 열쇠를 만드는 동안, 아크터는 아마 물구나무선 채로 둥실둥실 떠다니거나 머리로 콩콩 튀어 다니며 온갖 험담을 늘어놓고 있었을 것이다. 당연하게도 칼은 그 상황을 기껍게 여기지 않았을 것이다.

어쩌면 배리스는 계속 일을 망치는 경우가 잦아지는 아크터를 도와주려고 한 것일지도 모르잖아, 그는 생각했다. 아크터는 이제 자기 차를 제대로 간수하지도 못하지. 수표를 잘못 쓰기도 하고. 고의가 아니라 그 작자의 빌어먹을 뇌가 약물로 곤죽이 되었기 때문이야. 하지만 그런 경우라면 더 곤란해지잖아. 배리스는 힘닿는 데까지 돕는 것뿐일지도 몰라. 가능성은 있지. 문제는 그 친구의 뇌도 곤죽이 되어 있다는 거라고. 그들의 뇌는 전부……

Dem Wurme gleich'ich, der den Staub durchwühlt,

Den, wie er sich im Staube nährend lebt,

Des Wandrers Tritt vernichtet und begräbt.[*]

……곤죽이 되고 곤죽스러운 방법으로 상호작용하니까. 한 곤죽이 다른 곤죽을 이끄는 셈이라고. 함께 파멸로 뛰어드는 거지.

어쩌면 말이야, 그는 추측을 이어나갔다. 아크터가 직접 자기 두뇌검사기의 모든 전선을 자르고 구부리고 합선을 일으킨 걸지도 몰라. 한밤중에 말이야. 하지만 무슨 이유로?

답하기 힘든 질문이 분명했다. 대체 왜? 그러나 뇌가 곤죽이 되면 무슨 일이든 할 수 있다. 뒤엉킨 전선처럼, 동기와 목적성 또한 다양하게 꼬일 수 있다. 그는 잠입 수사관으로 일하면서 그런 경우를 수도 없이 목격했다. 이런 비극은 그에게 새로운 일이 아니었다. 컴퓨터 파일에는 똑같은 수많은 사례 중 하나로 기록될 것이다. 제리 패빈과 마찬가지로, 연방 치료소로 한 발짝 다가선 것뿐이었다.

이들은 모두 같은 게임판에 올라 있는 셈이다. 목표까지 남은 칸 수도, 도착할 때까지 주사위를 굴리는 횟수도 저마다 다를 것이다. 그러나 결국 전원이 골에 도달하게 된다. 연방 치료소라는 목표에.

---

[*] 『파우스트』 1부. "나는 흙 속을 헤집고 다니는 버러지와 같으니 / 흙으로 식사하며 흙에 사는 버러지는 / 결국에는 행인의 발아래 짓밟힐지니."

그것은 그들의 뇌조직 안에 새겨져 있다. 뇌조직의 잔해 안에. 그들의 행진을 멈추거나 되돌릴 방법은 이제 존재하지 않는다.

그리고 그중에서도 밥 아크터야말로 이런 경우에 가장 들어맞는 사람이라고, 그는 믿기 시작했다. 사실 그저 직관이었다. 배리스가 벌이는 일과는 무관하게 막 피어난 착상이었다. 전문가의 새로운 통찰이었다.

오렌지 카운티 보안서의 상부에서는 밥 아크터에게 수사를 집중하기로 결정을 내렸다. 분명 그쪽에는 그가 짐작도 못 하는 이유가 있을 것이다. 어쩌면 이런 모든 사실이 서로를 확증해주는 것일지도 모른다. 상부에서 아크터에게 점점 관심을 집중한다는 점은—어쨌든 아크터의 집에 홀로스캐너를 잔뜩 설치하고, 출력물을 분석하는 임무를 그에게 맡기고, 그가 주기적으로 넘기는 보고서를 통해 판단을 내리려면 상당한 자원이 필요할 테니까—배리스가 아크터에게 평소와 다른 관심을 기울이는 상황과 일관성이 있었다. 양쪽 모두 아크터를 주요 대상으로 선택한 것이다. 하지만 그 자신이 아크터가 평소와는 다르게 행동하는 모습을 목격한 적은 있던가? 이런 양쪽 집단의 관심과는 무관하게, 자신의 눈으로 직접?

택시를 타고 집으로 향하면서, 그는 뭐든 직접 목격하려면 한동안 감시의 눈길을 떼지 말아야 한다는 결론을 내렸다. 하루아침에 모니터에 정체를 드러내지는 않을 것이다. 참을성 있게 기다려야 한다. 장기 감시 작업으로 간주하고 기다릴 공간을 확보해야 한다.

그러나 홀로스캐너에서 뭔가를, 아크터가 기묘하거나 수상쩍게 행동하는 모습을 목격하게 되면, 그걸로 3점 확증이 이루어진 셈이다. 다른 이들의 주장을 입증하는 세 번째 시선이 등장하는 셈이다. 분명히 그 정도면 사실로 받아들여도 될 것이다. 지금껏 들인 모든 비용과 관계자의 관심을 정당화시켜줄 것이다.

우리가 모르는 사실을 배리스가 알고 있을지 궁금한데, 그는 생각했다. 어쩌면 그대로 잡아들여서 심문해야 할지도 모르겠어. 하지만— 배리스 쪽에서는 독립적으로 물증을 확보하는 편이 나을 수도 있지. 그러지 않으면 정체가 불확실한 배리스나 그 배후의 조직이 가지고 있는 정보를 복제하는 셈이 될 테니까.

그러다 문득 그는 생각했다. 지금 내가 무슨 소리를 하는 거야? 나도 완전히 맛이 간 건가. 밥 아크터가 완전 남인 것처럼 말하고 있잖아. 밥은 좋은 친구야. 그 친구가 뭔가 저질렀을 리가 없어. 적어도 고약한 짓은 저지르지 않았을 거야. 사실 그 친구는 오렌지 카운티 보안서 소속이잖아. 잠입 수사관으로 말이야. 아마 그 때문에……

Zwei Seelen wohnen, ach! in meiner Brust,

Die eine will sich von der andern trennen:

Die eine hält, in derber Liebeslust,

Sich an die Welt mit klammernden Organen;

Die andre hebt gewaltsam sich vom Dust

Zu den Gefilden hoher Ahnen.[*]

……배리스가 그를 쫓고 있는 거겠지.

하지만 그러면 오렌지 카운티 보안서에서 그를 쫓는 이유는 설명이 안 되는데. 특히 홀로스캐너를 잔뜩 설치하고 정규 요원을 붙여서 감시하고 보고를 올리게 만들기까지 했으니 말이야. 그럴 필요까지는 없을 텐데.

이건 맞아떨어지지 않는다고, 그는 생각했다. 그 집에서는 생각보다 훨씬 많은 일이 벌어지는 것이 분명했다. 무너져가는 쓰레기투성이인 집, 뒤뜰은 잡초밭이고 고양이 화장실은 비워진 적이 없으며 동물들이 식탁 위를 어슬렁거리며 쓰레기통은 아무도 비우지 않아서 흘러넘치는 바로 그 집에서.

그렇게 훌륭한 집을 그런 식으로 낭비하다니 정말 애석한 일이야. 그 집은 다양한 방식으로 사용할 수 있을 텐데. 가족이, 여인 한 명과 아이들이 그곳에 살 수 있을 텐데. 그런 용도로 설계한 집이니까. 침실이 세 개니까. 정말 낭비야. 정말 빌어먹게 끔찍한 낭비라고! 그 작자한테서 몰수해버려야지. 직접 개입해서 압류해버려야 한다. 어쩌면 상부에서는 그렇게

---

[*] 『파우스트』 1부. "아! 나의 가슴 속에는 두 개의 영혼이 살아가며 / 그중 하나는 형제를 저버리려 애쓰고 있다네. / 하나는 사랑에 빠진 열정으로 세상을 향해 / 그 촉수를 내밀어 끈덕지게 달라붙고 / 다른 하나는 완강하게 흙에서 솟아올라 / 드높은 조상들의 천공을 향하는구나."

할지도 모른다. 그리고 더 나은 용도로 사용할 것이다. 집 자체도 그걸 고대하고 있을 것이다. 먼 옛날에 훨씬 나은 시절을 겪어봤으니까. 그런 시절이 되돌아올지도 모른다. 다른 부류의 인간이 그 집을 소유하고 돌보기만 한다면.

뒤뜰이 특히 그렇다고, 신문이 너저분하게 흐트러진 진입로로 택시를 타고 들어가면서 그는 생각했다.

그는 기사에게 요금을 내고, 문 열쇠를 꺼낸 다음, 집으로 들어섰다.

들어가자마자 그는 자신을 주시하는 무언가를 느꼈다. 홀로 스캐너가 지켜보고 있었다. 그가 문지방을 넘는 순간 즉시. 그는 혼자였다. 집 안에는 다른 아무도 없었다. 아니야! 스캐너들이 그와 함께 있었다. 교활하고 눈에 보이지 않는 스캐너들이 그를 주시하며 기록하고 있었다. 그의 모든 행동을. 그가 중얼거리는 모든 소리를.

공중화장실의 소변기에서 오줌을 눌 때 벽에 끄적이는 낙서처럼. **웃어요! 몰래 카메라입니다!** 자신이 집에 들어온 순간부터 찍히고 있었다는 생각이 들었다. 으스스한 기분이었다. 자신의 모든 행동에 신경이 쓰였다. 생각해보니 첫날, 즉 '개똥의 날'에 귀가한 이후로 그런 감각은 계속 커져만 갔다. 생각을 돌릴 수가 없었다. 매일 스캐너의 존재감은 계속 커져만 갔다.

"집에 아무도 없는 건가." 그는 스캐너가 자신의 목소리를 기록하리라는 사실을 잘 알고 있으면서도 평소처럼 소리 내어 말했다. 하지만 항상 주의를 기울여야 한다. 여기 스캐너가 있다는 사실을 모르는 것으로 되어 있으니까. 그는 영화 카메라 앞에 선 배우처럼 행동하겠다고 결심했다. 카메라가 존재하지 않는 것처럼 연기하지 않으면 전부 망치는 거다. 다 끝나는 것이다.

그리고 이곳의 빌어먹을 연기에는 재촬영 따위는 없다.

재촬영 대신 그대로 처리당할 뿐이다. 그러니까, 내가. 스캐너 뒤에 앉아 있는 사람들이 아니라 내가.

이런 상황에서 벗어나려면 집을 팔아야 한다고, 그는 생각했다. 어차피 엉망이 된 집이다. 하지만…… 나는 이 집을 사랑하는데. 그럴 수는 없어!

내 집이라고.

아무도 나를 몰아낼 수 없어.

이유가 뭔지는 몰라도 저들은 나를 몰아낼 것이다. 적어도 몰아내고 싶은 것은 분명하다.

'저들'이 존재한다면 말이지만..

어쩌면 '저들'이 나를 지켜보고 있다는 것도 내 상상일지 몰라. 피해망상인 거지. 아니면 '저것'일지도 몰라. 인격이 아닌 '저것'인 거야.

나를 주시하는 것들이 뭔지는 몰라도 인간이 아닌 건 분명하니까.

적어도 내 기준으로는 말이야. 내가 식별할 수 있는 한도 내에서는.

웃기는 일이기는 하지만 두렵기도 하다고, 그는 생각했다.

단순한 사물 주제에 나한테 고약한 짓을 벌이고 있는 거잖아, 그것도 내 집에서. 내가 두 눈 뜨고 지켜보는 앞에서.

무언가가 지켜보는 앞에서. 무언가의 시야 안에서. 저것은 눈을 깜빡이지도 않지. 검은 눈을 가진 사랑스런 도나와는 완전히 다르다고. 스캐너는 무얼 볼까? 그는 자문해보았다. 그러니까, 실제로 무얼 보느냔 말이야? 머릿속일까? 마음속 깊은 곳을 비출 수도 있나? 과거에 사용하던 수동식 적외선 스캐너든, 요즘 사용하는 큐브형 홀로스캐너든, 최신식이든, 나의, 아니 우리의 내면을 비출 수 있는 물건은 있나? 또렷하든 어둑하든? 스캐너가 그럴 수 있었으면 좋겠다는 생각이 들었다. 요즘은 나 자신의 내면도 제대로 들여다볼 수 없으니까. 그저 캄캄할 뿐이니까. 바깥도 안쪽도 완전한 어둠이니까. 스캐너가 이보다 잘 볼 수 있다면 우리 모두에게 다행일 텐데. 그러니까, 스캐너조차 나와 마찬가지로 어둑하게 볼 수밖에 없다면, 우리는 지금껏 괴로워하던 저주를 다시 받은 셈이고, 결국 그런 식으로 죽게 될 테니까. 거의 아무것도 모른 채로, 목격한 아주 하찮은 조각조차도 잘못 받아들인 채로.

그는 거실 책꽂이에서 아무 책이나 한 권을 뽑았다. 제목을 확인해보니『관능적 성애의 사진책』*이었다. 그는 아무 쪽이나 펼친 다음 그 안을 들여다보았다. 남자 하나가 여자의 오른쪽 젖가슴을 행복하게 잘근거리고, 여자는 신음을 흘리고 있었다.

---

* 『The Picture Book of Sexual Love』. 1969년 출간된 로버트 L. 하켈의 사진집.

그는 마치 자신에게 책을 읽어주는 것처럼, 마치 유명한 과거의 지식인 철학자의 말을 인용하는 것처럼, 큰 소리로 말했다. 물론 철학자의 말도 아니고, 인용도 아니었지만.

"모든 인간은 온전한 진실의 극히 일부분만 볼 수 있다. 그리고 종종, 아니 사실 거의⋯⋯

> Weh! stech'ich in dem Kerker noch?
>
> Verfluchtes dempfes Mauerloch,
>
> Wo selbst das liebe Himmelslicht
>
> Trüb durch gemalte Scheiben bricht!
>
> Beschränkt mit diesem Bücherhauf,
>
> Den Würme nagen, Staub bedeckt,
>
> Den bis ans hohe.[*]

⋯⋯영원히, 그는 그 소중한 일부분을 받아들일 때도 의도적으로 자신을 기만한다. 그 존재의 일부분은 자신에게 반역하여 다른 인간처럼 행동하며, 내부에서 그를 패배로 이끈다. 인간 내부의 인간이다. 이는 아예 인간이 아니다."

마치 책 속의 존재하지 않는 격언이 주는 지혜에 감동한 것처럼, 그는 고개를 주억거렸다. 그는 커다란 책을, 붉은색 표지

---

[*] 『파우스트』 1부. "비통하도다! 아직도 이 토굴에 박혀 있는가? / 천상의 사랑스러운 빛조차 이곳에 들어오려면 / 흐릿한 유리를 통하여 광채를 잃고 어둑해지는 / 벽에 둘러싸인 구멍에 처박힌 채로! / 벌레먹고 먼지를 뒤집어쓴 / 드높이 쌓인 책무더기에 사로잡혀서 / 여전히 나갈 길을 모르고 있는가."

로 제본하고 글자에 금박을 입힌『관능적 성애의 사진책』을 덮어서 책꽂이에 돌려놓았다. 스캐너가 이 책의 표지를 확대 촬영해서 내 위장을 드러내지 않았으면 좋겠는데, 하고 그는 생각했다.

찰스 프렉은 자신의 모든 지인에게 벌어지는 일 때문에 갈수록 우울해지다가, 마침내 스스로 목숨을 끊어야겠다는 결론을 내렸다. 그와 어울리는 사람들 사이에서는 스스로 떠나는 일 자체는 그리 어렵지 않았다. 레드를 잔뜩 사다놓았다가, 늦은 밤에 싸구려 와인을 곁들여 삼키면 된다. 아무도 개입하지 못하게 수화기는 내려놓은 채로.

계획이 필요한 부분은 훗날의 고고학자들이 발견할 유물을 정리하는 일이었다. 그래야 자신이 어느 지층 출신인지 판별할 수 있을 테니까. 그리고 무슨 생각으로 일을 저질렀는지 파악하려면 단서가 필요할 테니까.

그는 적절한 유물을 결정하느라 며칠을 소비했다. 자살해야겠다고 결단하는 것보다는 훨씬 오래 걸렸고, 레드를 필요한 만큼 구하는 것과는 거의 비슷한 시간이 들었다. 그는 침대에 똑바로 누운 채, 아인 랜드의『파운틴헤드』와 (자신이 대중의 몰이해에 배척당한 초인이며, 어떻게 보면 그들의 경멸 때문에 살해당한 것이라는 증거품이 될 테니까) 그의 주유소용 신용카드를 정지시킨 엑슨에 보내는 미완성 항의 서한을 곁에 두고 죽을 것이다. 그러면 체제를 고발하면서 죽음으로 뭔가

를 이룩할 수 있게 될 것이다. 죽음 그 자체로 이룩하는 것들을
뛰어넘게 될 것이다.

사실을 말하자면 그는 죽음으로 무엇을 이룩할 수 있는지도,
두 가지 유물로 무엇을 이룩할 수 있는지도, 제대로 확신하지
못하고 있었다. 하지만 말은 대충 맞아떨어지는 느낌이라, 그
는 떠날 때를 맞이해 본능의 명령에 따라 행동하는, 자연의 힘
에 순응해 자리에 누워 피할 수 없는 최후를 기다리는 짐승처
럼, 준비에 착수했다.

마지막 순간에 (그러니까, 최후의 시간이 찾아오기 직전에)
그는 문득 아주 결정적인 부분에서 마음을 바꾸었다. 어차피
레드를 먹을 바에는 리플이나 선더버드가 아니라 고급 와인을
곁들여야겠다고 결심한 것이다. 그래서 그는 마지막으로 자동
차를 몰고 고급 와인 전문점인 '트레이더 조'로 외출하기로 했
다. 그는 1971년산 몬다비 카베르네 소비뇽을 한 병 사들였고,
덕분에 수중에 남은 30달러를 거의 다 털어버렸다.

집으로 돌아온 그는 와인의 코르크 마개를 따고, 공기가 섞
이게 따른 다음, 몇 잔을 마시고, 『그림으로 보는 관능적 성애』*
에서 가장 좋아하는 부분을 펼쳐 남자 위에 올라앉은 여성의
모습을 몇 분 동안 감상한 다음, 레드가 든 비닐봉지를 아인 랜
드의 책과 엑슨에 보낼 미완성 서한과 함께 곁에 내려놓고, 뭔

---

* 『The Illustrated Picture Book of Sex』. 1970년대 초반을 풍미한 도색 서적이
었던 아크터의 책과는 달리, 가상의 서적으로 보인다.

가 의미 있는 것을 생각하려 애쓰다 실패하고, 남자 위에 올라 앉은 여성의 모습만 계속해서 떠올리다가, 마침내 카베르네 소비뇽 한 잔과 함께 모든 캡슐을 단숨에 삼켜버렸다. 그렇게 저지른 다음에는 자리에 누워서, 아인 랜드의 책과 편지를 가 슴팍에 올려둔 채로 기다리기 시작했다.

그러나 아무래도 엿을 먹은 모양이었다. 그가 삼킨 캡슐은 신경 안정제가 아닌 것이 분명했다. 지금껏 한 번도 먹어본 적 이 없는, 어딘가 묘한 환각제 부류였다. 아마 시장에 처음 나온 혼합물일 것이다. 찰스 프렉은 조용히 질식하는 것이 아니라 환각을 보기 시작했다. 그래, 이게 내 인생인 거지, 그는 조용 히 반추했다. 항상 사기만 당한다니까. 자신이 털어넣은 캡슐 의 양을 고려하면, 속았다는 사실은 인정할 수밖에 없었다. 그 리고 지금 약에 잔뜩 취해 있다는 것도.

이윽고 정신이 드니, 차원의 틈에서 기어 나온 낯선 생명체 가 침대 곁에 서서 마땅찮은 표정으로 그를 내려다보고 있었 다.

얼굴 전체에 수많은 눈알이 돋아 있고, 초현대풍의 비싼 옷 을 걸치고, 키가 2.5미터는 되어 보이는 생명체였다. 게다가 손 에는 거대한 두루마리를 들고 있었다.

"내 죄를 읊어주러 온 거군요." 찰스 프렉이 말했다.

생명체는 고개를 끄덕이며 두루마리의 봉인을 뜯었다.

프렉은 무력하게 침대에 누운 채로 말했다. "수백 수천 시간 은 걸릴 테죠."

수많은 겹눈으로 그를 내려다보며, 차원의 틈에서 등장한 생명체는 이렇게 말했다. "우리가 있는 곳은 평범한 우주가 아니다. 저급한 차원의 물질 존재론적 개념인 '공간'이나 '시간'은 이제 네게는 적용되지 않는다. 너는 초월자의 세계로 승천한 것이다. 네가 지은 죄는 끝나지 않고, 인원을 교대해가면서, 영원토록 읊조려질 것이다. 목록은 절대 끝나지 않을 것이다."

중개상을 제대로 고를걸 그랬다고 찰스 프렉은 생각했다. 그리고 인생의 마지막 30분을 되돌릴 수 있으면 좋겠다고 간절히 빌었다.

3천 년이 지난 후에도, 그는 여전히 아인 랜드의 책과 엑슨에 보낼 편지를 가슴팍에 올린 채로 자기 침대에 누워서, 그들이 자신의 죄를 읊어주는 소리를 듣고 있었다. 이제 그가 1학년이 된 여섯 살에 도달했다.

1만 년 후, 그들은 6학년에 도달했다.

그가 자위라는 행위를 발견한 해였다.

그는 눈을 감았지만, 겹눈에 키가 2.5미터는 되고 끝없이 이어지는 두루마리를 계속 읽는 존재들의 모습은 사라지지 않았다.

"그리고 다음으로—." 눈앞의 존재가 말했다.

적어도 괜찮은 와인은 건졌잖아, 하고 찰스 프렉은 생각했다.

12

이틀 후 프레드는 당황한 눈으로 3번 홀로스캐너를 바라보고 있었다. 그의 감시 대상인 로버트 아크터가 자기 집 거실의 책꽂이에서 책 한 권을 무작위로 뽑아냈다. 그 뒤에 약이라도 숨겨둔 걸까? 프레드는 이렇게 생각하며 스캐너 영상을 확대했다. 아니면 저 안에 전화번호나 주소라도 적어놓은 것일까? 아크터가 읽으려고 책을 뽑은 것이 아님은 잘 알 수 있었다. 방금 집에 들어왔고 외투도 입은 채였으니까. 그에게서 묘한 느낌이 들었다. 긴장한 동시에 몽롱하게 불쾌해 보였다. 일종의 무뎌진 긴박감 같은 느낌이었다.

스캐너의 줌 렌즈에 비친 책에는 여자의 오른쪽 젖꼭지를 깨무는 남자의 천연색 사진이 실려 있었다. 여자는 절정의 한복판인 듯했다. 눈은 반쯤 감기고 입은 벌어져 소리 없는 신음을 흘리는 모습이었다. 그 장면을 확인한 프레드는, 어쩌면 아크터가 저걸로 자위를 할지도 모른다고 생각했다. 그러나 아크터는 사진에는 전혀 주의를 기울이지 않았다. 그 대신 갈라지는 목소리로 수수께끼의 문장을 읊을 뿐이었다. 일부는 독일어였는데, 분명 엿듣는 사람을 당황하게 하려는 행동일 것이다. 어쩌면 자기 룸메이트들이 집 안 어딘가에 있어서, 그들이 모습을 드러내도록 미끼를 놓은 것일지도 모른다. 프레드는 그렇게 추측했다.

아무도 등장하지 않았다. 프레드는 스캐너를 한동안 주시하고 있었기 때문에, 럭맨이 레드와 D물질을 섞어서 한 움큼을 삼키고는 옷을 입은 채로 침실에 나자빠졌다는 사실을 알고 있었다. 침대까지 한두 발짝 남은 위치였다. 배리스는 한참 전부터 집을 떠나 있었다.

아크터는 대체 뭘 하는 거지? 프레드는 테이프의 해당 부분의 식별번호를 기록해두면서 이렇게 생각했다. 행동이 갈수록 기묘해지고 있잖아. 전화로 밀고한 정보원이 왜 그런 말을 했는지 이제 알 것 같은데.

어쩌면 아크터가 큰 소리로 읊은 저 문장이 집 안에 설치한 전자장비의 시동 명령어일지도 모른다고, 그는 생각했다. 장비를 켜고 끌 때 사용하는 것이다. 어쩌면 스캔을 막는 간섭장을 발동하는 걸지도 모른다……. 지금 이런 스캔을 막으려고. 하지만 그럴 리는 없어 보였다. 저 문장이 아크터를 제외한 다른 이들에게 논리적으로 들리거나 목적 또는 의미가 있으리라는 생각은 들지 않았다.

저 작자는 맛이 간 거라고, 그는 생각했다. 제대로 맛이 간 거다. 집에 돌아와 보니 자신의 두뇌검사기가 완전히 망가져 있던 날 이후로, 거의 그를 죽일 뻔할 방식으로 망가져 있던 날 이후로― 그는 계속 기묘한 행동을 보였다. 그리고 어느 정도 는 그 이전부터도 그랬다. 어쨌든 그가 알기로 아크터가 '개똥 의 날'이라 부르는 날 이후로는 계속 저런 상태였다.

사실 그로서는 아크터를 비난할 수가 없었다. 프레드는 아크 터가 지친 기색으로 코트를 벗는 모습을 보며 회상했다. 그런 일을 겪으면 누구든 혼이 빠질 것이다. 그러나 대부분의 사람 은 이후 차츰 정상으로 돌아온다. 그는 돌아오지 못했다. 도리 어 갈수록 나빠졌다. 존재하지 않는 문장을 존재하지 않는 청 자에게 외국어로 읽어주고 있다니.

물론 나를 속이려 드는 게 아니라면 말이지만. 프레드는 초 조하게 생각했다. 어떤 식으로든 자신이 감시당하고 있다는 사실을 알아내고는…… 실제로 무슨 일을 벌이는지 숨기려는 걸지도 모르잖아? 아니면 우리하고 수 싸움을 벌이고 있거나? 어차피 시간이 흐르면 전부 알게 될 거라고, 그는 생각했다.

나는 놈이 우리를 속이고 있다는 쪽에 걸겠어, 프레드는 결 론을 내렸다. 어떤 사람들은 감시당하는 느낌을 실제로 받는 다. 제육감이 있는 것이다. 피해망상이 아니라 원초적 본능인 것이다. 생쥐를 비롯한 사냥당하는 동물은 다들 가지고 있는 감각이다. 뒤쫓는 자의 존재를 아는 것이다. 느끼는 것이다. 놈은 우리를 유인하려고 일부러 대놓고 한심한 짓거리를 벌이는 것이 분명하다. 그러나— 확신은 할 수 없다. 속임수를 감싸는 속임수도 있는 법이다. 속임수란 층층이 쌓일 수 있다.

정체불명의 문구를 읽는 아크터의 목소리가 럭맨을 깨운 모양이었다. 그의 침실에 달린 스캐너에 그런 모습이 비쳤다. 럭맨은 힘겹게 일어나 앉으며 귀를 기울였다. 뒤이어 아크터가 외투를 걸려다 옷걸이 하나를 떨어트리는 소리가 들렸다. 럭맨은 근육질의 긴 다리를 쭉 뻗더니, 단숨에 일어나며 침대 옆 탁자에 놔둔 손도끼를 손에 들었다. 그리고 꼿꼿이 서서 짐승처럼 매끄러운 움직임으로 침실 문으로 향했다.

아크터는 거실의 커피 탁자에서 우편물을 집어 들고 훑기 시작했다. 그는 쓰레기통을 향해 묵직한 광고물 뭉치를 던졌다. 그리고 빗나갔다.

럭맨은 침실에서 그 소리를 들었다. 그는 뻣뻣이 굳은 채로 고개를 쳐들었다. 마치 공기 중의 냄새를 맡으려는 것처럼.

아크터는 우편물을 읽다가, 문득 얼굴을 찌푸리며 말했다. "이대로 뒤통수를 맞겠군."

침실의 럭맨은 긴장을 풀고, 쿵 소리와 함께 손도끼를 내려놓은 다음, 머리카락을 뒤로 넘기고 문을 열고 밖으로 나왔다. "어이. 무슨 일이야?"

아크터가 말했다. "메일라 마이크로닷 주식회사 건물 옆을 지나치고 있는데 말이야."

"또 무슨 개소리야."

"내가 슬쩍 보니까." 아크터는 말을 이었다. "보관함을 운반하고 있더라고. 그런데 아무래도 직원 중 한 명이 밖으로 보관함을 운반할 때 줄줄 흘리고 나온 모양이야. 그래서 지금 다들 핀셋하고 엄청나게 많은 소형 확대경을 들고 거기 주차장에 나가 있어. 물론 작은 갈색 봉투도 하나씩 들고."

"보상이 있나?" 럭맨은 하품을 하면서, 평평하고 단단한 자기 배를 손바닥으로 철썩 때렸다.

"보상이야 제공할 생각이었는데, 그것까지 잃어버렸대. 초소형 1페니 동전이라던데."

럭맨이 대꾸했다. "너는 차를 탈 때마다 그따위 사건을 아주 많이 접하는 모양이야?"

"오렌지 카운티에서만 그래." 아크터가 말했다.

"메이라 마이크로닷 코퍼레이션 건물은 얼마나 크지?"

"한 3센티미터쯤 되려나." 아크터가 말했다.

"그럼 무게는 얼마나 되지?"

"직원들을 포함해서?"

프레드는 빠르게 테이프를 뒤로 돌렸다. 계기판에 따르면 한 시간이 흘렀을 즈음에, 그는 문득 다시 재생을 시작했다.

"―그러면 5킬로그램쯤 되지." 아크터는 이렇게 말하고 있었다.

"좋아, 그러면 높이가 3센티미터에 무게가 5킬로그램밖에 안 되는 건물 옆을 지나쳤다는 걸 어떻게 알 수 있지?"

아크터는 이제 다리를 올리고 소파에 앉아 있었다. "간판이 아주 크거든."

세상에! 프레드는 이렇게 생각하며, 다시 테이프를 뒤로 돌렸다. 그리고 문득 일어나는 충동에 현실 시간으로 10분이 지난 후에 다시 멈추었다.

"—그 간판은 어떻게 생겼는데?" 럭맨이 말하고 있었다. 그는 바닥에 앉아서 상자에 가득한 대마를 손질하는 중이었다. "네온이나 뭐 그런 종류인가? 색깔은? 나도 본 적이 있을지 궁금한데. 눈에 잘 띄려나?"

"자, 그럼 직접 보라고." 아크터는 이렇게 말하며 셔츠 주머니에 손을 넣었다. "사실 내가 가져왔거든."

프레드는 테이프를 더 뒤로 돌렸다.

"—마이크로닷을 어떻게 밀반입하는지 알아?" 럭맨이 말하고 있었다.

"뭔 짓을 해도 들키지는 않을 텐데." 아크터는 기대앉은 채로 조인트를 피우며 말했다. 공기는 이미 뿌옇게 변해 있었다.

"아니, 그러니까 절대 들키지 않을 방법 말이야." 럭맨이 말했다. "예전에 배리스가 나한테 몰래 이런 방법을 제안하더라고. 아무한테도 말하면 안 돼. 자기 책에 쓸 내용이라고 했으니까."

"무슨 책?『일반 가정 상비용 마약—』"

"아니야.『미합중국에서 물품을 밀반입 또는 밀반출하는 간편한 방법』이랬어. 마이크로닷을 밀수할 때는, 마약 꾸러미하고 함께 반입한다는 거야. 이를테면 헤로인하고 함께. 마이크로닷은 꾸러미 깊숙이 처박아놓는 거지. 아무도 눈치채지 못할 거 아냐. 워낙 작으니까. 그러면 눈치조차—."

"하지만 그러면 일부 약쟁이들은 스맥하고 마이크로닷이 반반씩 섞인 물건을 하게 될 거 아냐."

"뭐, 교양을 갖춘 약쟁이들이 등장하시는 정도 아니겠어."

"마이크로닷의 내용물에 따라 다르겠지만."

"배리스가 마약을 가지고 국경을 넘는 방법을 하나 더 알려줬어. 세관에서 어떻게 물어보는지는 알지? 소지 물품을 신고하라고 하잖아? 그러면 마약을 가지고 있다고 털어놓을 수는 없으니—."

"아니까, 방법만 말해."

"흠, 그게, 커다란 해시 덩어리를 가져다 사람 모양으로 깎아내는 거야. 그리고 한쪽에 공간을 비운 다음에 태엽장치 전동기하고 카세트테이프를 넣고, 놈이랑 함께 줄에 서는 거지. 그리고 세관을 통과하기 직전에 태엽을 감기만 하면 되는 거야. 놈이 제발로 걸어 나가면 세관원은 '신고할 물건 있습니까?'라고 물어볼 테고, 거기에 놈은 '아뇨, 없습니다' 말하고 그대로 걸어 나가는 거지. 국경 건너편에 도착해서 태엽이 멎을 때까지."

"스프링 대신에 태양열 전지를 넣으면 몇 년을 돌아다닐 수도 있을 텐데. 말 그대로 영원히."

"그게 무슨 소용이야? 언젠가는 태평양이나 대서양에 도착할 거 아냐. 어쩌면 지구의 가장자리까지 걸어가서 그대로 떨

311

어질 수도 있고—."

"에스키모 마을에 180센티미터짜리 해시 덩어리가 어슬렁거리며 들어간다고 상상해보라고. 그게 가치가 얼마나 될까?"

"10억 달러쯤 할까."

"아니, 20억은 될걸."

"에스키모들은 가죽을 씹고 뼈로 투창을 만드는 친구들이잖아. 그런데 20억 달러짜리 해시 덩어리가 '아뇨, 없습니다'를 계속 중얼거리면서 눈을 헤치고 등장하는 거지."

"어떻게 된 일인지 짐작도 못 하겠군."

"영원히 수수께끼를 풀지 못하겠지. 전설로 남을 거야."

"손자들을 앉혀놓고 말하는 모습을 상상해보라고. '내 눈으로 똑똑히 봤단다. 키가 180센티에 20억 달러는 나가는 해시 덩어리가 한 치 앞도 보이지 않는 안개를 뚫고 나타나서, 그래, 바로 저쪽으로 걸어갔단다. 계속 아뇨, 없습니다, 하고 중얼거리면서.' 손자들이 그대로 할아버지를 정신병원에 처넣어버릴 거야."

"아니야. 생각해봐, 전설은 과장되는 법이라고. 몇 세기가 지나면 다들 이렇게 말하고 있을 거라고. '옛날 옛적에, 키가 30미터에 8조 달러어치는 되는 최상급 아프가니스탄제 해시 덩어리가 등장한 적이 있단다. 놈은 불을 뚝뚝 흘리면서 우리를 향해 소리쳤지. 죽어라, 에스키모 개자식들! 그래서 우리는 투창을 들고 놈과 싸우고 또 싸우다 마침내 물리쳤단다.'"

"꼬맹이들은 그것도 안 믿을 것 같은데."

"요즘 꼬마들은 어차피 아무것도 안 믿잖아."

"애하고 말을 섞으면 정말로 우울해진다니까. 언젠가 꼬맹이 한 놈이 나한테 이렇게 묻는 거야. '아저씬 세계 최초의 자동차를 봤을 때 무슨 생각을 했어요?' 젠장, 나는 1962년생이라고."

"세상에." 아크터가 말했다. "예전에 애시드 때문에 완전히 망가진 친구가 나한테도 그런 질문을 했었어. 27살이었지. 나는 그보다 세 살 더 많았고. 그 친구는 아예 아무것도 분별하지 못하게 되어버렸던 거야. 나중에 애시드를—또는 애시드랍시고 팔아먹은 물건을—더 복용하고 나서는, 오줌도 똥도 그대로 바닥에 싸고 다녔지. 그리고 누군가 그 친구에게 뭐라 말하면, 예를 들어 '잘 지냈나, 돈?'이라고 하면, 그대로 앵무새처럼 따라 하기만 하는 거야. '잘 지냈나, 돈?' 하고."

그리고 침묵이 흘렀다. 두 남자의 조인트 연기 때문에 거실의 모습이 흐릿해졌다. 길고 침울한 침묵이었다.

"밥, 혹시 그거 알아……?" 마침내 럭맨이 입을 열었다. "나도 예전에는 다른 사람들과 같은 나이였어."

"나도 그랬던 것 같은데." 아크터가 말했다.

"대체 어쩌다 이렇게 됐는지 모르겠군."

"아냐, 럭맨." 아크터가 말했다. "우리는 왜 이렇게 됐는지 아주 잘 알고 있잖아."

"그래, 그 이야기는 관두자고." 그는 계속 소리 내서 조인트를 빨았다. 흐릿한 한낮의 햇빛이 그들의 얼굴을 누르께하게 비추었다.

안전 아파트의 전화 하나가 울렸다. 스크램블 수트 하나가 전화를 받더니, 프레드 쪽 회선으로 돌려주었다. "프레드."

그는 홀로그램을 끄고 전화를 받았다.

"지난주 시내에 나왔을 때 기억하나? 배경인지 검사했던 때 말일세." 목소리 하나가 말했다.

프레드는 잠시 침묵하다 대꾸했다. "네."

"그때 재방문 일정을 잡기로 했었지." 상대방 쪽에서도 잠시 침묵을 지켰다. "자네와 관련된 최근의 자료를 검토했네……. 내가 직접 일정을 잡고 지각능력을 비롯한 기타 정규 검사를 전부 진행하기로 했네. 내일 3시에, 저번과 같은 방에서 진행할 걸세. 전부 네 시간 정도 걸릴 거야. 방 번호는 기억하나?"

"아니요." 프레드가 말했다.

"기분이 어떤가?"

"괜찮습니다." 프레드는 건조하게 대꾸했다.

"다른 문제는 없나? 업무상 문제든, 업무 외의 문제든?"

"애인하고 싸웠습니다."

"혼란스러운 느낌은 없나? 사람이나 사람을 식별하는 데 어려움을 겪지는 않나? 좌우나 위아래가 바뀌어 보이는 물건은? 그리고 묻는 김에 하나 더, 시공간이나 언어의 혼란을 겪지는 않나?"

"아뇨. 그런 증상은 전혀 없습니다." 그는 우울하게 대답했다.

"그럼 내일 203호에서 보세." 정신병리학 담당 보안관보가 말했다.

314

"제 자료에서 어느 부분이 문제인지—."

"그건 내일 이야기하지. 꼭 출석하게. 알겠나? 그리고 프레드, 너무 낙심하지 말게." 철컥.

그래, 당신도 철컥하길. 그는 이렇게 생각하며 수화기를 내려놓았다.

그들이 자신을 주시하고 있으며 자신이 혐오하는 행동을 하게 만든다는 느낌에 몸서리치며, 그는 다시 홀로그램을 켰다. 입방체들에 색색으로 불이 들어오며 그 안의 3차원 장면이 움직이기 시작했다. 음성 도청기에서는 아무 의미도 없고 짜증만 나는 헛소리들이 계속 흘러나왔다. 적어도 프레드에게는 그랬다.

"어떤 여자가 있었는데." 럭맨은 느릿하게 말을 이었다. "섹스한 다음에 낙태를 하겠다고 등록했단 말이야. 달거리를 네 번이나 빼먹은 데다 눈에 띄게 배가 부풀기 시작했거든. 이 여자는 낙태에 돈이 많이 든다고 투덜대는 것 말고는 다른 아무것도 하지 않았어. 뭔가 이유가 있어서 공공 지원금을 받지 못하는 모양이었지. 언젠가 이 여자 집에 들렀더니, 여자 친구 한 명이 그게 다 히스테리성 임신일 뿐이라고 설명해주고 있더라고. '너는 임신하고 있다고 믿고 싶을 뿐이야'라고 종알거리고 있었지. '죄책감 때문이라니까. 너는 낙태하고 거기에 들어가는 막대한 비용을 속죄를 위한 고행으로 여기고 있을 뿐이야.' 그렇게 말하니까 그 아가씨는, 이게 정말로 마음에 드는 부분이었는데, 차분하게 고개를 들고 이렇게 대꾸했어. '좋아, 그래서 이게 히스테리성 임신이라면 히스테리성 낙태를 받겠어. 그리고 비용은 히스테리성 화폐로 지불할래.'"

아크터가 말했다. "히스테리성 화폐의 5달러 지폐에는 누구 얼굴이 그려져 있으려나."

"글쎄, 미국에서 가장 히스테리가 고약했던 대통령이 누구지?"

"빌 포스스지. 자기가 대통령이라고 상상했으니까."

"그 친구가 생각하는 자기 재임 기간은 언제였어?"

"1882년 즈음에 임기를 두 번 완수했다고 상상했지. 그리고 수많은 치료를 겪고 나서는 마침내 자기가 임기를 한 번만 지냈다고 상상하게 됐고─."

프레드는 분통을 터트리며 홀로그램을 2시간 30분 앞으로 돌렸다. 대체 이런 한심한 대화가 얼마나 오래 계속되는 거야? 그는 자문해보았다. 온종일? 영원히?

"─그러면 아이를 의사한테, 그러니까 정신과 전문의한테 데려가서, 아이가 항상 소리만 지르며 골을 낸다고 말하는 거지." 럭맨은 자기 앞의 커피 탁자에 용기 두 개 분량의 대마초와 맥주 한 캔을 두고 있었다. 그는 대마초를 살펴보며 말을 이었다. "거기다 거짓말도 한다고 해야지. 애는 거짓말도 해요, 항상 허풍 섞인 이야기를 꾸며낸다고요, 뭐 이렇게. 그러면 정신과 의사는 아이를 살펴본 다음 이렇게 진단하는 거야. '부인, 부인의 아이는 히스테리 성향이 강합니다. 하지만 이유는 짐작이 안 가는군요.' 그러면 아이 어머니는 이렇게 대꾸하는 거

316

지. '이유는 제가 알아요, 선생님. 제가 히스테리성 임신을 겪었거든요.'" 럭맨과 아크터 둘 다 웃음을 터트렸고, 짐 배리스도 마찬가지였다. 흘러간 두 시간의 어느 시점엔가 돌아와서 어울리기 시작한 모양이었다. 자신의 괴상한 해시 파이프에 열심히 하얀 실을 감는 중이었다.

프레드는 테이프를 다시 꼬박 한 시간을 돌렸다.

"─그 작자가 말이야." 럭맨은 상자에 가득한 대마초를 손질하면서, 건너편에 앉은 아크터 쪽으로 몸을 수그린 채로 말했다. "세계에 이름을 알린 사칭꾼이라고 주장하면서 텔레비전에 출연했거든. 인터뷰 진행자에게 자기가 존스홉킨스 의과대학의 실력파 외과의사 행세도 했고, 하버드에서 연방 지원금을 타먹으며 아원자 고속 입자를 연구하는 이론물리학자 행세도 했고, 노벨문학상을 받은 핀란드 소설가 행세도 했고, 쫓겨난 아르헨티나 대통령으로 아내가─."

"그걸 전부 하고도 들키지 않았다고? 걸린 적은 없고?" 아크터가 물었다.

"그 남자는 그런 짓 따위는 한 적도 없어. 그저 세계 최고의 사칭꾼 행세를 했을 뿐이라고. 나중에 사실관계를 확인한 LA 타임스에서 기사를 냈지. 그 남자는 디즈니랜드에서 빗자루질하던 사람이었어. 그러다가 세계적으로 유명한 사칭꾼의 자서전을 읽고는, 그러니까 실제로 존재하는 사람 말이야, 이렇게 중얼거린 거야. '젠장, 나도 이 작자처럼 온갖 행세를 한 다음에 들키지 않고 도망칠 수 있는데.' 그러다 문득 다른 생각이

든 거지. '젠장, 그럴 필요 없잖아. 그냥 다른 사칭꾼을 사칭하면 되는 거잖아.' 타임스 기사를 보니 그런 식으로 상당히 많은 돈을 벌었다는군. 거의 진짜 세계적인 사칭꾼에 버금갈 정도로 말이야. 게다가 그 작자 말로는 훨씬 쉬웠다는 거야."

한쪽 구석에서 열심히 실을 감고 있던 배리스가 입을 열었다. "사칭꾼이야 종종 보이잖나. 우리 일상생활 속에서도. 물론 아원자 물리학자 행세를 하지는 않지만."

"잠입 수사관 놈들 말하는 건가." 럭맨이 말했다. "그래, 놈들이 있지. 우리가 아는 사람 중에서 잠입 수사관이 얼마나 될지 궁금한데. 그런 자들은 어떻게 생겼지?"

"그거 꼭 사칭꾼이 어떻게 생겼냐고 묻는 것 같지 않아?" 아크터가 말했다. "예전에 해시를 5킬로그램쯤 소지하고 있다가 적발된 거물 해시 중개상하고 얘기해본 적이 있는데. 그 사람한테 그를 잡아들인 경찰 끄나풀이 어떻게 생겼는지 물어봤지. 그랬더니, 그…… 그쪽에서 그런 걸 뭐라고 부르더라? 구매 대리인? 친구의 친구인 척하고 구매 대리인이 접근해서 해시를 좀 팔라고 했다는 거야."

"우리하고 똑같이 생겼겠지." 배리스는 실을 감으며 말했다.

"훨씬 더 똑같다더라고." 아크터가 말했다. "그 해시 중개인 친구는—그때는 이미 판결을 받아서 다음 날이면 감방으로 갈 상황이었는데—'우리보다 머리가 더 길어'라고 일러주더라고. 따라서 여기서 배워야 할 교훈은, 우리와 똑같아 보이는 작자들과 거리를 두라는 것일 듯하군."

"여자 잠입 수사관도 있어." 배리스가 말했다.

"나도 잠입 수사관은 한번 만나보고 싶은데." 아크터가 말했다. "그러니까, 미리 알고 말이야. 확실히 아는 상태로."

"글쎄. 최후의 날이 찾아와서 자네 손목에 수갑을 채울 때는 분명 확신할 수 있겠지." 배리스가 말했다.

아크터가 대꾸했다. "있잖아, 끄나풀한테도 친구가 있을까? 어떤 부류의 사교활동을 하는 거지? 아내들은 알고 있을까?"

"잠입 수사관한테 아내가 있겠냐." 럭맨이 말했다. "동굴에 살면서 네가 지나가는 모습을 주차된 자동차 아래에 숨어서 내다보는 부류란 말이야. 트롤처럼."

"뭘 먹고 살지?" 아크터가 말했다.

"인간." 배리스가 대꾸했다.

"사람이 어떻게 그럴 수 있을까?" 아크터가 말했다. "잠입 수사관을 사칭한다니?"

"뭐라고?" 배리스와 럭맨이 동시에 반문했다.

"젠장, 완전히 취했군." 아크터는 웃음을 머금으며 말했다. "'잠입 수사관을 사칭한다'라니. 세상에." 그는 고개를 지었다. 웃음은 어느새 쓴웃음으로 변했다.

럭맨은 그를 물끄러미 바라보며 말했다. **"끄나풀을 사칭해? 잠입 수사관 행세를 한다고?"**

"오늘 머릿속이 엉망인 모양이야." 아크터가 말했다. "가서 좀 누워야겠어."

프레드는 홀로그램을 바라보며 테이프의 재생을 정지했다.

319

모든 투영기 속의 영상이 얼어붙었고, 소리도 사라졌다.

"좀 쉴 생각인가, 프레드?" 다른 스크램블 수트 하나가 그에게 말을 걸었다.

"그래. 지쳤어. 조금만 지켜보고 있어도 진이 다 빠지는군." 프레드는 이렇게 말하며, 자리에서 일어나 담배를 꺼냈다. "저들이 무슨 말을 하는지 절반도 못 알아듣겠고, 진짜로 지치는군." 그리고 그는 덧붙였다. "저들이 하는 말을 듣고 있자니 탈진할 지경이야."

"실제로 저들과 함께 그곳에 있을 때는 그리 나쁘지 않아." 스크램블 수트 하나가 말했다. "자네도 알잖나? 내 추측에 따르면— 조금 전까지 펼쳐진 그 광경 속에는 자네도 있을 테지. 거짓 신분을 가지고 말이야. 그렇지?"

"나는 저런 기분 나쁜 놈들하고는 절대 어울리지 않아." 프레드가 말했다. "늙은 사기꾼처럼 같은 말만 계속 반복하잖아. 대체 무슨 이유로 저렇게 둘러앉아서 헛소리만 계속하는 거야?"

"그러는 우리는 왜 이런 짓을 하고 있는데? 솔직히 말해 지독하게 단조로운 작업이잖나."

"하지만 우리는 할 수밖에 없다고. 이게 우리 직업이니까. 선택의 여지가 없으니까."

"선택의 여지가 없다는 점에서는 저 친구들과 마찬가지지." 스크램블 수트가 지적했다.

끄나풀을 사칭한다니, 프레드는 생각했다. 그게 대체 무슨 뜻인 거지? 누가 알겠어…….

사칭꾼을 사칭하는 셈이라고, 그는 생각했다. 주차한 자동차 아래에서 흙을 먹고 사는 존재야. 세계적인 외과의사나 소설가나 정치가가 아니라. 텔레비전에서 이름을 듣게 될 만한 사람이 아니라. 제정신을 가진 사람이라면 절대로 선택하지 않을 삶이지…….

> 나는 흙 속을 헤집고 다니는 버러지와 같으니
> 흙으로 식사하며 흙에 사는 버러지는
> 결국에는 행인의 발아래 짓밟힐지니.

그래, 그런 표현이었다고, 그는 생각했다. 그 시는 그런 뜻이었어. 럭맨이 나한테 읽어줬거나, 학창시절에 읽었던 것이 분명해. 뜬금없이 떠오르다니 인간의 정신이란 참 묘하지. 그런 것까지 기억한단 말이야.

테이프를 멈췄는데도, 아크터의 오싹한 읊조림은 여전히 그의 마음속에 들러붙어 있었다. 그걸 잊을 수 있었으면 좋겠다고, 그는 생각했다. **그를** 잠시라도 잊을 수 있었으면 좋겠다고.

프레드가 입을 열었다. "때론 저 친구들이 입을 열기도 전부터 무슨 대화를 나눌지 이미 알고 있다는 생각이 들어. 세세한 표현까지 말이야."

"데자뷰라고 부르는 현상이지." 스크램블 수트 하나가 동의했다. "내가 한 가지 조언을 해주지. 테이프를 앞으로 돌릴 때면 한 시간 정도가 아니라 더 길게, 이를테면 여섯 시간 정도

돌려버려. 그런 다음에 뭔가 발견할 때까지 거꾸로 돌리는 거야. 앞으로 돌리는 게 아니라 뒤로 돌리면서 확인하는 거지. 그렇게 하면 놈들의 리듬에 휘말리지 않을 수 있어. 여섯 시간, 아니 여덟 시간을 앞으로 간 다음에, 뒤로 훌쩍 돌아오는 거지……. 자네도 머지않아 감각이 생길 거야. 아무리 기다려도 아무 일도 벌어지지 않을지, 아니면 뭔가 얻어낼 거리가 등장할지를 느낄 수 있게 된다고."

"그렇게 하면 실제로 뭔가 발견할 때까지는 아무것도 듣지 않을 수 있지." 다른 스크램블 수트가 말했다. "잠들어 있는 어머니 같은 거야. 트럭이 지나가도 깨지 않다가 자기 아이가 울면 귀신같이 눈을 뜨잖아. 그 소리에만 바로 반응해서 깨어나는 거지. 우는 소리가 아무리 작아도 말이야. 어떤 소리를 들어야 하는지만 배우면, 무의식이 선택적으로 작용할 수 있다고."

"나도 알아. 자식이 둘 있거든." 프레드가 말했다.

"사내애들인가?"

"딸이야. 어린 딸이 둘 있지."

"딸애가 최고라니까." 스크램블 수트 하나가 말했다. "나도 딸이 하나 있어. 이제 한 살인데."

"부디 이름은 말하지 말게." 다른 스크램블 수트가 말했고, 셋은 함께 웃음을 터트렸다. 아주 잠시.

어쨌든 이건 전체 테이프에서 추출해 전달해야 하는 정보라고, 프레드는 속으로 중얼거렸다. '잠입 수사관을 사칭한다'라는 수수께끼 같은 표현. 아크터와 함께 있던 자들조차도 그 말에 놀랐다. 내일 3시에 본부에 들를 때 저것도 복사해 가서 행크하고 논의해봐야겠어. 음성기록만으로 충분하겠지. 물론 지금부터 그때까지 습득하는 정보도 가져가야 할 테고.

하지만 행크한테 보여줄 게 저것뿐이라도, 일단 시작으로는 충분하잖아. 아크터를 24시간 스캐너로 감시하는 게 낭비가 아니라는 점을 입증한단 말이야! 그는 생각했다.

즉 내가 옳았다는 사실을 입증하는 셈이지.

그 말은 실수였던 거야. 아크터가 단서를 흘린 거라고.

하지만 그게 무슨 뜻인지는 아직 그로서는 알 수 없었다.

하지만 우리는 찾아낼 거라고, 그는 생각을 다잡았다. 우리는 밥 아크터가 실수를 저지를 때까지 시선을 떼지 않을 테니까. 그 작자와 친구들을 항상 감시하고 도청하는 일이 분명 거북하기는 하지. 그 친구들이라는 놈들도 그 작자만큼 불쾌하니까. 그동안 대체 어떻게 저놈들과 같은 집에 들어앉아 있을 수가 있었던 걸까? 정말 끔찍한 삶의 방식이야. 다른 경관이 방금 말했듯이, 영원한 공허뿐이라고.

저 아래에는 캄캄한 암흑뿐이라고, 정신과 외부 모두가 어둠에 빠져 있다고, 모든 곳이 어둠에 뒤덮여 있다고, 그는 생각했다. 저런 부류의 자들이기 때문에, 하나하나 저런 인간들이기 때문에.

그는 담배를 들고 화장실로 돌아가서, 문을 닫고 단단히 잠근 다음, 담뱃갑 속에서 죽음을 열 알 꺼냈다. 그리고 종이컵에 물을 받아서 열 개의 알약을 단번에 목으로 넘겼다. 약을 더 가져왔으면 좋았을 거라는 생각이 들었다. 뭐, 어쨌든 일이 끝난 다음에 더 먹으면 되니까. 집에 돌아가면. 그는 시계를 보면서 얼마나 남았을지를 계산해보았다. 정신이 흐릿하고 먹먹했다. 젠장, 얼마나 더 있어야 하는 거야? 그는 이렇게 자문하며, 자신의 시간 감각이 왜 이리 망가진 것인지를 고민했다. 아무래도 홀로그램을 바라보느라 엉망이 된 모양이다. 그래서 지금 시각조차 제대로 읽어낼 수 없게 된 것이다.

애시드를 먹은 다음에 세차장을 통과해 나온 느낌이잖아. 비누를 묻힌 거대한 회전 솔이 나를 향해 다가오는 셈이지. 쇠사슬에 묶여서 검은색 거품으로 가득한 터널로 끌려가는 거라고. 정말 끝내주는 직업이지, 하고 그는 생각했다. 그리고 화장실 문을 열고 나와서 마땅찮은 표정으로 작업에 복귀했다.

그가 다시 테이프를 재생시켰을 때, 아크터는 이렇게 말하고 있었다. "—적어도 내가 확인할 수 있는 한도 내에서는, 신은 죽었어."

럭맨이 대꾸했다. "신이 아픈 줄도 모르고 있었는데."

"이제 내 올즈모빌은 영원히 꼼짝도 못 하게 됐다고." 아크터가 말했다. "결정했어. 그걸 팔고 암탕무개나 하나 사야지."

"암탕무개는 또 뭐야?" 배리스가 물었다.

프레드는 속으로 중얼거렸다. 1.5킬로그램 정도지.

"암탉도 모르나? 1.5킬로그램 정도지." 아크터가 대답했다.*

---

* Hen weigh를 Henway로 읽는 말장난으로, 20세기 초에 활동한 코미디 집단 마르크스 형제가 유행시킨 고전 농담이다.

다음 날 오후 3시 정각에, 두 명의 의무관이—예전과 같은 사람들은 아니었다—프레드를 대상으로 다양한 검사를 진행했다. 프레드는 어제보다 더 기분이 나빠져 있었다.

"이제 익숙한 특정 숫자의 물건이 자네 눈앞을 연속해서 지나갈 걸세. 먼저 왼쪽 눈앞, 다음에 오른쪽 눈앞이야. 동시에 자네 바로 앞에 반짝이는 패널에 그 익숙한 물건의 외곽선이 여러 개 등장할 걸세. 자네는 여기 펀치 연필로 조금 전에 본 실제 물건의 외곽선을 정확하게 그려낸 것을 선택하면 되는 걸세. 물건이 눈앞을 아주 빠르게 지나갈 테니, 너무 오래 고민하지 말게나. 최종 점수에는 정확도뿐 아니라 시간도 반영되네. 알겠지?"

"알겠습니다." 프레드는 펀치 연필을 든 채로 준비했다.

다음 순간, 눈에 익은 온갖 물건들이 무리지어 그의 눈앞을 지나갔고, 그는 아래 보이는 빛나는 사진을 두드리기 시작했다. 일단 왼쪽 눈이 끝난 다음에는 오른쪽 눈앞에서 같은 일이 반복됐다.

"다음에는 왼쪽 눈을 가리게. 익숙한 물건의 사진이 오른쪽 눈앞에 점멸할 거야. 자네는 왼손으로, 다시 강조하지만 왼손으로, 여러 종류의 물건 속에서 자네가 사진에서 본 사물을 찾아내야 하네."

"알겠습니다." 프레드가 말했다. 주사위 하나의 사진이 반짝였다. 그는 왼손으로 눈앞에 놓인 다양한 사물을 뒤적이다가 주사위 하나를 찾아냈다.

"다음 검사에서는, 단어를 구성하는 글자 여러 개가 왼손 앞에 놓일 걸세. 볼 수는 없어. 자네는 그걸 더듬어 만진 다음에, 오른손으로 그 글자들이 만드는 단어를 적으면 되네."

그는 지시를 따랐다. 글자는 모여 'HOT'이라는 단어를 만들었다.

"그럼 자네가 쓴 단어를 읽어보게."

그래서 그는 "핫"이라고 말했다.

"다음에는, 양쪽 눈을 가린 채로 여기 완전 암실로 손을 뻗어서, 왼손으로 물체 하나를 만진 다음 그게 뭔지를 식별하면 돼. 그런 다음에 실제로 보지 않은 채로 우리에게 그 물체가 뭔지를 말해주게. 그다음에 서로 비슷해 보이는 물체 세 개를 보여줄 텐데, 자네는 그 세 개 중에서 손으로 만진 물체와 가장 비슷한 것을 짚어주면 되네."

"알겠습니다." 프레드는 거의 한 시간 동안 그들의 말에 따르고 또 따랐다. 쥐고, 말하고, 한쪽 눈으로 보고, 선택하고. 쥐고, 말하고, 다른 눈으로 보고, 선택하고. 글로 적고, 그림으로 그리고.

"다음 검사에서는 다시 눈을 가린 채로 손을 뻗어서 양쪽 손으로 각각 물체 하나씩을 만지게 될 거야. 자네는 왼손으로 만진 물체가 오른손으로 만진 물체와 같은 것인지를 말해주면 되네."

그는 지시에 따랐다.

"이제 다양한 위치에 놓인 삼각형의 그림이 빠르게 지나갈 거야. 자네는 그게 같은 삼각형인지 아니면—."

두 시간이 흘렀고, 그들은 복잡한 형태의 블록을 복잡한 형태의 구멍에 끼우게 하면서 걸리는 시간을 측정했다. 그는 다시 1학년으로 돌아가서 모든 것을 망치고 있는 기분이 들었다. 과거보다 못하고 있는 기분이었다. 프린켈 선생님이었지, 노처녀 프린켈 선생님. 저쪽에 서서 내가 이런 짓을 벌이는 모습을 지켜보면서, '죽어!'라는 메시지를 보내고 있었어. 교류 분석에서 하는 것처럼. 죽으라고. 존재하지 말라고. 마녀의 메시지를 내가 결국 실패할 때까지 끊임없이 보내고 있었어. 프린켈 선생님도 지금쯤이면 아마 죽었겠지. 아마 누군가 '죽어!'라는 메시지를 되돌려 보내는 데 성공했고, 거기에 당한 거겠지. 그는 그렇기를 바랐다. 어쩌면 그가 해낸 걸지도 모른다. 지금 정신 검사관들에게 하는 것과 마찬가지로, 그때도 바로바로 메시지를 되돌려 쏘아 보내고 있었으니까.

그러나 지금은 딱히 도움이 되는 느낌이 없었다. 검사는 계속됐다.

"이 그림에서 뭐가 잘못되어 있나? 여기 물체 중 하나는 나머지 물체들과 다르다네. 자네는 그걸 표시하면—."

그는 지시에 따랐다. 그런 다음에는 실제 사물을 대상으로 같은 일을 반복했다. 손을 뻗어서 다른 물체를 직접 골라내라는 지시를 받았다. 그 검사가 끝난 다음에는, 각각의 '무리'에서 골라낸 다른 물체들을 대상으로, 그 모든 다른 물체들이 공통으로 가지는 성질이 있는지를 설명하라는 지시를 받았다.

그 물체들끼리 '무리'를 구성하는지를 판별하는 것이었다.

그들이 종료를 선언했을 때까지도 그는 여전히 노력하고 있었다. 그들은 일련의 검사가 전부 끝났다고 선언하고, 가서 커피라도 한 잔 마시며 호출할 때까지 기다리라고 말했다.

잠시, 그러나 그에게는 지독하게 길게 느껴지는 시간이 흐른 후, 검사관 한 명이 등장해서 말했다. "하나 남았네, 프레드. 자네 혈액 샘플을 채취해야겠어." 그는 종이쪽 하나를 내밀었다. 실험 요청서였다. "복도로 나가서 '병리학 실험실'이라고 적힌 방을 찾아가서 이걸 제출하게. 그리고 혈액 샘플을 채취한 다음에는 이리 돌아와서 기다리게."

"알겠습니다." 그는 퉁명스럽게 대답한 다음, 요청서를 들고 물러났다.

병리학 실험실에서 203호로 돌아온 다음, 그는 검사관 한 명에게 이렇게 말했다. "검사 결과가 나오기를 기다리는 동안 위층에 가서 제 상관과 상의 좀 하고 와도 되겠습니까? 머지않아 퇴근할 것 같아서 말입니다."

"허가하지." 정신 검사관이 말했다. "혈액 샘플을 채취하기로 한 이상, 결과를 확정하려면 시간이 조금 더 걸릴 테니까. 그래, 가보게나. 여기서 자네를 대할 준비가 끝나면 위층에 전화하겠네. 담당이 행크라고 했지?"

"그렇습니다." 프레드가 대답했다. "행크와 함께 위층에 있을 겁니다."

정신 검사관이 말했다. "자네, 처음 봤을 때보다 확실히 오늘

이 더 우울해 보이는군."

"뭐라고 하셨습니까?" 프레드가 말했다.

"자네가 처음 여기 왔을 때 말일세. 지난주였지. 그때는 농담도 하고 웃기도 하지 않았나. 잔뜩 긴장하고 있기는 했지만."

그를 멍하니 바라보던 프레드는, 문득 눈앞의 사람이 처음 마주쳤던 보안관보 중 한 명이었다는 사실을 깨달았다. 그러나 그는 아무 말도 하지 않았다. 그저 신음을 흘리며 그들의 집무실을 떠나서, 엘리베이터로 향했을 뿐이었다. 이 무슨 우울한 일이야, 그는 생각했다. 이 경험 전체가 말이야. 그 두 명의 보안관보 중 어느 쪽일지가 궁금한데. 구레나룻을 길게 기른 쪽일까, 아니면 아닌 쪽일까…… 아닌 쪽일 것 같군. 구레나룻이 없는 쪽이었을 거야.

"이 물체를 왼손으로 만지게." 그는 혼잣말을 중얼거렸다. "그리고 동시에 오른쪽으로 이 물체를 보는 거야. 그런 다음에는 자네의 목소리로 우리에게 이 물체가 뭔지를—." 그는 이제 농담거리조차 떠올릴 수 없었다. 그들의 도움 없이는.

행크의 집무실에 들어와 보니, 다른 사람이 하나 있었다. 스크램블 수트를 입지 않은 남자가 방 건너편 구석에 앉아서 행크를 마주하고 있었다.

행크가 말했다. "이 사람이 개조한 변조기로 밥 아크터에 대해 제보한 정보원이야. 일전에 언급한 적 있지."

"그렇지요." 프레드는 꿈쩍도 않고 서서 말했다.

"이 남자가 밥 아크터에 대한 추가 정보를 확보했다고 다시 전화했어. 우리는 그걸 넘기고 싶으면 모습을 드러내고 신원을 밝히라고 요구했지. 직접 찾아오라는 요청에 응해서 여기 온 거야. 아는 사람인가?"

"물론 알고 있습니다." 프레드는 짐 배리스를 바라보며 말했다. 그는 웃음을 머금은 채 앉아서 가위 하나를 만지작거리고 있었다. 초조하고 못생겨 보이는 모습이었다. 정말 못생겼어, 프레드는 혐오감을 담아 생각했다. "당신 제임스 배리스 아닌가? 예전에 체포된 적 있나?"

"신분증명서를 보면 제임스 R. 배리스라고 되어 있네." 행크가 말했다. "자신의 주장과 같은 이름이지. 그리고 체포 기록은 없다네."

"이자가 뭘 원하고 있는 겁니까?" 그리고 프레드는 배리스를 돌아보며 이렇게 물었다. "자네 정보는 뭐지?"

배리스는 낮은 소리로 대꾸했다. "저는 아크터가 거대한 비밀 조직의 일원이라는 증거를 가지고 있습니다. 자금력도 풍부하고, 상당한 양의 총기를 소지하고 있으며, 암호를 사용하고, 아마도 특정 기관의 전복을 목적으로—."

"그 부분은 추측일 뿐이잖나." 행크가 끼어들었다. "그래서 그 조직이 지금 무엇을 꾸미고 있다고 생각하나? 자네의 증거란 게 대체 뭐지? 직접 확보한 증거가 아니면 입에 담지 말게."

"자네 정신병원에 입원한 적이 있나?" 프레드는 배리스에게 말했다.

"없습니다." 배리스가 대답했다.

"보안관 사무실에서 자네의 증거와 정보에 대해서 공증 받은 진술을 할 수 있겠나? **선서하고** 법정에 출두해서—."

"이미 그러겠다고 했어." 행크가 끼어들었다.

"오늘은 거의 다 놓고 왔지만, 제 증거물은 로버트 아크터의 전화 통화를 녹음한 내용입니다. 그러니까, 제가 듣는 줄 모르고 통화한 내용 말입니다."

"이 조직이라는 건 뭔가?" 프레드가 말했다.

"제 부족한 짐작으로는—." 배리스는 이렇게 입을 열었지만, 행크는 미사여구는 관두라는 듯 손을 흔들었다. "정치 조직입니다." 배리스는 땀을 뻘뻘 흘리고 조금 몸을 떨면서도, 기쁜 표정으로 말을 이었다. "게다가 국가에 해를 입히는 조직이지요. 외부에서 말입니다. 미합중국의 적입니다."

프레드가 말했다. "아크터가 D물질의 출처와는 무슨 관계가 있지?"

배리스는 눈을 껌뻑이더니, 이내 입술을 핥으며 억지 웃음을 지었다. "그건 전부 제—." 그는 말을 맺지 않고 말했다. "제가 가진 정보를— 그러니까, 일단 제 증거물을 전부 검토하시면, D물질이 미합중국 전복 의도를 가진 외국 정부의 생산품이라는 사실을 확신하실 수 있으실 겁니다. 그리고 아크터 씨가 이 음모에 깊이 발을 담그고 있다는 것도—."

"그 조직에 속한 인물의 이름을 알려줄 수 있나?" 행크가 말했다. "아크터가 만나고 다니는 사람들이라던가? 자네도 경찰 기관에 거짓 정보를 제공하는 일이 범죄라는 정도는 알고 있겠지. 그런 일을 저지르면 법정에 소환될 수 있다는 것도."

"잘 알고 있습니다." 배리스가 말했다.

"아크터의 공모자가 누군가?" 행크가 말했다.

"도나 호손이라는 여자입니다." 배리스가 말했다. "아크터는 다양한 핑계를 대고 그 여자의 집으로 가서 주기적으로 공모를 합니다."

프레드는 웃음을 터트렸다. "**공모**라니. 대체 무슨 뜻이지?"

"제가 미행한 적이 있거든요." 배리스는 느리지만 또렷하게 말했다. "제 차로요. 그 작자 모르게."

"거길 자주 가나?" 행크가 말했다.

"그렇지요. 아주 자주 갑니다. 얼마나 자주냐면 —."

"애인 사이잖나." 프레드가 말했다.

배리스는 말을 이었다. "아크터는 또한 —."

행크는 프레드를 돌아보며 물었다. "자네 이 증언에 신빙성이 있다고 생각하나?"

"당연히 증거물은 확인해야 할 겁니다." 프레드가 말했다.

"증거물을 가져오게." 행크는 배리스에게 지시했다. "전부 가져오도록. 다른 것보다 이름이 가장 중요하네. 이름, 자동차 번호, 전화번호까지 전부. 자네, 아크터가 대량의 마약 거래에 깊이 연루된 모습을 확인한 적 있나? 단순한 남용 이상으로?"

"물론입니다." 배리스가 대답했다.

"어떤 종류던가?"

"다양합니다. 견본이 있습니다. 직접 세심하게 수집했지요
……. 여기서 분석하실 수 있도록 말입니다. 그것도 가져오겠습
니다. 양이 제법 되고 종류도 다양합니다."

행크와 프레드는 서로를 마주보았다.

배리스는 멍하니 눈앞의 허공을 바라보며 미소를 지었다.

"지금 이 시점에서 덧붙이고 싶은 말이 있나?" 행크는 배리
스에게 이렇게 묻더니, 프레드를 돌아보며 말했다. "아무래도
경관 한 명을 파견해서 증거물을 회수해 오도록 시켜야겠어."
즉, 배리스가 공황에 빠져 도망치지 못하도록, 마음을 고쳐먹
고 발을 빼지 못하도록 하겠다는 뜻이었다.

"한 가지 덧붙이고 싶습니다." 배리스가 말했다. "아크터는
약물 중독자입니다. D물질에 중독되어 광증에 빠진 상태입니
다. 그 약은 시간을 들여 천천히 사람을 미치게 만들죠. 그자는
위험합니다."

"위험하다라." 프레드가 그의 말을 반복했다.

"그렇습니다." 배리스는 당당히 말했다. "이미 D물질로 인한
뇌손상의 증례를 여러 번 보였습니다. 동측 작용이 약해진 것
을 보면 시신경 교차가 저하된 것이 분명하죠……. 하지만 그
뿐 아니라—." 배리스는 목청을 가다듬고 말을 이었다. "뇌량
도 기능 저하를 보이고 있습니다."

"이미 자네한테 누차 이르고 경고도 했다고 생각하네만, 그
런 근거 없는 추측은 아무 의미도 없다네." 행크가 말했다. "어
쨌든 경관을 자네와 함께 보내서 증거물을 회수해 오겠네. 괜

찮겠지?"

배리스는 웃으며 고개를 끄덕였다. "하지만 당연하게도—."

"사복 경관을 붙일 걸세."

"제가—." 배리스는 손짓을 하며 덧붙였다. "살해당할지도 모르는데요. 아크터는, 아까도 말했듯이—."

행크는 고개를 끄덕였다. "잘 알겠네, 배리스, 자네가 극도의 위험을 무릅쓰고 정보를 제공해준 일에 감사를 표하네. 자네의 증거가 실적으로 이어지면, 법정에서 판결을 얻어내는 데 중요한 증거물로 사용되면, 당연한 소리지만 자네에게는—."

"저는 그런 걸 노리고 온 게 아닙니다." 배리스가 말했다. "그 친구는 아파요. 뇌손상을 입었습니다. D물질 때문에요. 제가 이곳에 온 것은—."

"우리는 자네가 찾아온 이유에는 아무 신경도 안 쓴다네." 행크가 말했다. "자네의 증거물과 단서가 유효한 것이라면 아무 상관도 없네. 나머지는 전부 자네 문제일세."

"감사합니다, 경관님." 배리스는 이렇게 말하며 웃고 또 웃었다.

13

경찰 정신 검사 연구실인 203호실로 돌아온 프레드는, 정신과 전문의 두 사람이 함께 설명하는 검사 결과를 아무 흥미 없는 모습으로 경청했다.

"자네가 보이는 증상을, 우리는 장애라기보다는 경쟁 현상으로 간주하고 있네. 자리에 앉게나."

"알겠습니다." 프레드는 무심하게 말하며 자리에 앉았다.

"그러니까," 다른 정신분석의가 말을 이었다. "자네의 좌뇌와 우뇌 사이에 경쟁이 일어나고 있다는 걸세. 특정 신호에 장애 또는 변성이 일어난 것이 아니라, 양쪽 신호가 서로 상충하는 신호를 전송해서 서로 간섭하는 상황이야."

"인간은 일반적으로" 다른 정신분석의가 설명했다. "뇌의 좌반구를 사용하지. 자기 체계 또는 자아, 의식이라 부르는 것은 좌반구에 있다네. 좌뇌가 우위를 점하는 이유는 언어 중추가 언제나 좌반구에 있기 때문이야. 더 정확히 말하자면, 상호작용에는 좌뇌의 언어 및 결합능력과 우뇌의 공간인식 능력이 동시에 필요한 거야. 좌뇌는 흔히들 디지털 연산기와 비교하지. 우뇌는 아날로그 연산기와 비교하고. 따라서 양쪽 뇌의 상호작용은 단순한 자기복제 이상이라는 걸세. 양쪽의 인식기관은 입력되는 데이터를 다른 방식으로 감시하고 처리한다네. 하지만 자네의 경우에는, 좌뇌와 우뇌 어느 쪽도 우위를 점하지 못해서 상보적인 방식으로 작동할 수가 없어. 제각기 따로 움직이지. 좌뇌와 우뇌가 자네에게 서로 다른 이야기를 하는 거야."

"마치 연료계가 두 개 달린 자동차와 흡사한 상황이야." 다른 남자가 말했다. "하나는 자네 연료통이 꽉 차 있다고 뜨고, 다른 하나는 텅 비어 있다고 뜨는 거지. 둘 다 맞을 수는 없잖나. 갈등이 일어나지. 하지만 자네의 경우에는— 한쪽이 제대로 작동하고 다른 쪽이 오작동하는 상황하고는 조금 다르네. 이건…… 그러니까 이런 뜻일세. 양쪽 연료계는 정확하게 똑같은 양의 연료를 측정하는 거야. 같은 연료통에 든 같은 연료가 대상이란 말이지. 사실은 같은 물건을 검사하는 걸세. 반면 운전자인 자네는 연료통을 직접 볼 수 없는 상태로, 연료계를 통해 간접적으로 상호작용할 수밖에 없지. 사실 연료통이 아예 떨어져 나가더라도 계기판에 그 사실이 뜨거나 엔진이 완전히 멎어버리기 전까지는 모를 수도 있어. 따라서 두 개의 연료계가 서로 다른 정보를 제공하는 상황은 있어서는 안 되는 걸세. 그런 일이 벌어지는 즉시 자네는 대상이 되는 상황에 대해서 **전혀** 알 수 없게 되니까 말이야. 이건 연료계와 예비 연료계가 존재하는 상황과는 다른 거라네. 예비 연료계는 기존 연료계가 망가진 경우에만 끼어드니까."

프레드가 말했다. "그래서 그게 무슨 의미입니까?"

"자네도 이미 알고 있으리라 생각하네만." 왼쪽의 정신분석의가 말했다. "자네도 경험해왔을 걸세. 그 이유나 정체에 대해서는 전혀 모르면서도."

"제 뇌의 양쪽 반구가 서로 경쟁하고 있다는 겁니까?" 프레드가 말했다.

"그렇네."

"왜요?"

"D물질 때문일세. 종종 그런 기능장애를 유발하지. 우리가 예상한 대로의 결과라네. 검사로 확인한 것뿐이야. 일반적으로 주도권을 쥐는 좌뇌에 손상이 일어났기 때문에, 우뇌가 그 장애를 보상하려고 시도하고 있는 거지. 그러나 이건 우리 몸에서 상정한 상황이 아니라서, 양쪽 반구의 기능이 서로 융합되지 못하는 거야. 절대 일어나서는 안 되는 일이라네. 우린 이런 증상을 교차 암시라고 부른다네. 분단뇌 현상과 연관이 있지. 우뇌 절제술을 시도할 수도 있지만, 문제는―."

"D물질을 끊으면 이 증상도 사라집니까?" 프레드가 말을 끊으며 물었다.

"가능하기는 하지." 왼쪽의 정신분석의가 고개를 끄덕이며 말했다. "기능장애니까."

다른 사람이 입을 열었다. "하지만 기관 손상일 수도 있다네. 영구적일 가능성도 있어. 확인하려면 시간이 필요하지만, 일단 오랫동안 D물질을 복용하지 않는 것이 우선이야. 완전히 끊어야 하지."

"대체 무슨 소립니까?" 프레드가 말했다. 그는 답을 제대로 이해하지 못했다. 그렇다는 거야, 아니라는 거야? 손상이 영원할 거라는 거야, 아니라는 거야? 방금 뭐라고 한 거지?

"만약 뇌조직에 손상이 발생했더라도." 정신분석의 한 명이 말했다. "지금 양쪽 반구에 국소 제거술을 사용해서 형상 처리의 경쟁을 방지하는 실험이 진행 중이라네. 이렇게 하면 원래대로 좌뇌가 주도권을 잡게 될 수도 있다고 믿는 모양이더군."

"하지만 그런 수술을 하면 환자는 남은 평생 부분적으로만 인식하면서, 그러니까 지각으로 받아들인 정보의 일부분만 인식하는 상태로 살게 되는 거야. 두 개의 신호 대신에 절반의 신호만 받는 거지. 내 견해를 덧붙이자면 그것도 장애인 건 마찬가지라고 생각하네."

"그렇지, 하지만 경쟁하지 않는 부분적인 기능이 아예 기능하지 않는 것보다는 낫지 않나. 두 개의 뇌가 교차 암시를 통해 경쟁하면 결국 아무것도 받아들이지 못하게 되니까."

"알겠나, 프레드." 다른 남자가 말했다. "이제부터 자네는—"

"다시는 D물질을 복용하지 않겠습니다. 남은 평생." 프레드가 말했다.

"지금은 얼마나 복용하고 있나?"

"별로 많진 않습니다." 그리고 그는 잠시 뜸을 들이다 덧붙였다. "최근에는 조금 늘기는 했지요. 업무 스트레스 때문에."

"자네를 보직에서 해임해야 한다는 점에는 재론의 여지가 없네." 한쪽 정신분석의가 말했다. "모든 일을 그만두게. 프레드, 자네는 장애를 겪고 있네. 그리고 앞으로도 한동안 그런 상태일 거야. 모든 것이 잘 풀려도, 최상의 경우라도 말일세. 이후에도 어떻게 될지는 아무도 확신할 수 없네. 온전히 복귀할 수 있을지도 몰라. 아닐 수도 있지만."

"어떻게 그런 일이 벌어지는 겁니까." 프레드는 이를 악물고 말했다. "양쪽 반구가 둘 다 주도적인데도 같은 자극을 받지 않는다니요? 양쪽의 그 어쩌고들이 동기화되어 조화를 이루지 못하는 이유가 뭡니까? 스테레오 스피커의 소리처럼요?"

침묵이 흘렀다.

그는 손짓하며 말을 이었다. "그러니까, 왼손과 오른손이 물체를, 같은 물체를 쥔다면, 반응도—."

"예를 하나 들어보지. 거울상에서 왼손용과 오른손용이라는 용어가 무슨 뜻인지를 생각해보게, 그러니까 거울 속에서는 왼손이 오른손으로 '변하는' 셈이잖나……." 정신분석의는 프레드를 향해 상반신을 기울였지만, 그는 고개를 들지 않았다. "만약 그런 용어를 모르는 사람에게 그런 개념을 설명해야 한다면, 자네는 왼손 장갑과 오른손 장갑의 관계를 어떻게 정의

하겠나? 반대쪽 장갑을 사용하지 않고? 거울상을 어떻게 설명해야겠나?"

"왼손 장갑은······." 프레드는 입을 열었다가, 다시 입을 다물었다.

"**자네 뇌의 한쪽 반구는 세상을 거울에 비친 상으로 인식하고 있는 거라네.** 거울을 통해 보는 것처럼. 알겠나? 그래서 왼쪽이 오른쪽이 되고, 그에 따른 모든 함의도 뒤집히는 거라네. 우리도 세계를 그런 식으로 뒤집어 보는 일이 어떤 결과를 불러오는지는 제대로 알지 못해. 위상적으로 말하자면, 왼손 장갑은 오른손 장갑을 **무한대로 뒤집은 형태라 할 수 있지**."

"거울에 비친 상이라고요." 프레드가 말했다. 어둑하고 흐릿한 거울일 것이라고, 흐릿한 스캐너라고, 그는 생각했다. 성 바울이 언급한 거울은 유리 거울이 아니었다.* 당시에는 그런 물건은 없었으니까. 금속 냄비의 반질반질한 바닥에 비치는 흐릿한 자신의 모습을 들여다보는 정도였을 것이다. 럭맨이 신학 서적을 읽다가 해준 말이었다. 상하좌우가 뒤바뀌지 않는 망원경이나 복합 렌즈를 이용한 시스템이 아니었다. 따라서 거울을 통하는 것이 아니라, 그저 거울에 비쳐 보일 뿐이었다. 뒤집힌 채로. 무한으로 확장된 채로. 저들이 지금 말하는 것처럼. 거울을 통하는 것이 아니라 거울에 반사되는 것이다. 그리

---

* 고린도전서 13:12. "For now we see through a glass, darkly; but then face to face; now I know in part; but then shall I know even as also I am known." (KJV), '역자 후기' 참고.

고 반사된 상은 자신에게 돌아온다. 자신이, 자신의 얼굴이, 하지만 자신의 것이 아닌 얼굴이. 그리고 그 옛날에는 카메라도 없었으니, 그것이 볼 수 있는 유일한 자신의 모습이었을 것이다. 거꾸로 뒤집힌 모습이.

나는 나 자신을 거꾸로 봐왔던 거야.

어떻게 보면 온 우주를 거꾸로 보고 있던 거지. 뇌의 반대편을 이용해서!

"위상기하학은." 정신분석의 한 명은 계속 말하고 있었다. "과학으로서도 수학으로서도 아직 모르는 부분이 많은 학문이지. 우주의 블랙홀의 경우를 보면, 그 방법론은—."

"프레드는 세상의 안팎을 뒤집어 보고 있는 거야." 다른 남자도 동시에 선언하고 있었다. "아마 앞과 뒤의 시점에서 동시에 보고 있겠지. 우리의 관점에서는 저 친구에게 보이는 세계의 모습을 상상하기가 힘들 수밖에 없어. 위상기하학은 수학의 한 분야로서, 기하학 또는 다른 구성의 물체에서 모든 일대일의 연속적인 변형을 거쳐도 변화하지 않는 성질을 다루지. 하지만 이걸 정신의학에 적용한다니……."

"물체에 변형이 일어난 후에 어떤 형태가 될지 누가 알겠나? 알아볼 수 없을 테지. 그리고 자신의 사진을 처음 본 원주민은 그게 자기라고 인식하지 못한다지 않나. 심지어 냇물이나 금속 물체로 자신의 상을 여러 번 봤을 텐데도 말일세. 다른 물체에 비친 상은 좌우가 뒤바뀌지만 사진은 그렇지 않기 때문이야. 그래서 같은 사람이라는 걸 인식하지 못하는 거지."

"뒤집힌 모습에만 익숙해서 그게 자기 모습이라고 생각한다는 거로군."

"녹음된 자기 목소리를 듣는 사람은 때로—."

"그거하고는 다른 문젤세. 그건 부비강의 공명 때문에 벌어지는 현상이고—."

"어쩌면 당신들이 잘못된 걸지도 몰라." 프레드가 말했다. "당신들이 우주를 거울에 비친 것처럼 거꾸로 보고 있을지도 모르잖아. 내가 제대로 보고 있는 걸지도 몰라."

"자네는 **둘 다** 보는 걸세."

"그렇다면—."

정신분석의 한 명이 말했다. "한때 인간이란 현실의 '거울상'만 볼 수 있다는 이야기가 있었지. 실제 현실이 아니라. 거울상의 가장 큰 문제는 그게 가짜라는 게 아니라, **뒤집혀 있다는** 거라네. 떠오르는 게 하나 있는데." 그는 묘한 표정을 짓고 있었다. "평형 원리라는 과학 이론이 있다네. 우주와 그 거울상이 존재하는데, 우리는 무슨 이유에선지 후자를 전자로 받아들이고 있다는 거야…… 우리가 양쪽 뇌를 균등하게 사용하지 못하기 때문에 말이야."

"사진은 그런 반구 사이의 불균등을 보정해주지. 실제 물체가 아니긴 해도 뒤집히지 않았으니까, 물화 과정을 거치면 사진의 상은 상이 아니라 실제 형태가 되는 거지. 뒤집힌 걸 다시 뒤집는 셈일세."

"하지만 실수를 하면 사진도 뒤집힐 수 있다네. 음화 필름이 뒤집혀서 거꾸로 인화된 사진도 있지 않나. 그런 실수는 보통은 사진에 글자가 있어야 알아차릴 수 있지. 하지만 사람의 얼굴로는 알아차릴 수가 없어. 밀착 인화지 두 장을 만들었다고 해보세. 하나는 제대로 인화하고, 다른 하나는 뒤집힌 걸로 말이야. 사진 속 본인을 만난 적 없는 사람이라면 어느 쪽이 옳은지는 알 수 없겠지만, 양쪽이 겹칠 수 없도록 다르다는 것은 확인할 수 있지."

"자, 프레드, 그럼 왼손 장갑과 오른손 장갑의 구분을 체계화하는 게 얼마나 난해한 일인지 알겠―."

"글로 적힌 말씀이 이루어지리라." 목소리가 들렸다. "죽음은 삼켜지리니, 승리에." 어쩌면 프레드에게만 들리는 목소리일지도 모른다. "왜냐하면." 그 목소리는 계속 말했다. "거꾸로 된 글자를 보게 되면 어느 쪽이 환상이고 어느 쪽이 아닌지를 알게 되기 때문이다. 혼란은 끝나고, 죽음은, 최후의 적인, 죽음이라는 이름의 물질은, 삼켜서 몸 안에 품는 것이 아니라 승리 속에서 찬란히 들어올려야 하는 것이니. 보라, 내 이제 심오한 비밀을 말하노니, **우리는 죽음 속에 잠들지 않으리로다.**"

수수께끼라는 뜻이겠지. 설명이라는 뜻이야. 아니면 비밀, 성스러운 비밀이거나. 우리가 죽지 않으리라는.

　거울상은 순식간에

　　사라질 것이며

　우리 모두 변화할 것이니, 즉 다시 뒤집힐 것이다, 순식간에

　　눈 깜빡할 사이도 없이!*

경찰 정신분석의들이 결론을 기록하고 서명하는 모습을 지켜보면서 그는 생각했다. 왜냐하면 우리가 지금 전부 뒤집혀 있기 때문이지, 빌어먹을 모든 사람이. 모든 사람과 모든 빌어먹을 사람이, 그리고 거리가, 그리고 시간까지도. 하지만 인화지를 만들고 있는데, 밀착 인화를 하고 있는데, 사진사가 자신이 음화 필름을 거꾸로 놓았다는 사실을 알아차리려면 얼마나 시간이 걸리는 거지? 그걸 뒤집는 데는 얼마나 걸리는 거지? 다시 뒤집어서 원래 모습을 되찾으려면?

찰나의 시간이면 충분하다.

이제 성서의 그 구절이 무슨 뜻인지 이해할 수 있어, 그는 생각했다. 거울을 통해 흐릿하게 본다는 구절 말이야. 하지만 내 감지기관은 완전히 망가져버렸어. 저들이 말하는 것처럼. 이해하고는 있지만 나 자신을 돕기에는 그 정도로는 너무 무력한 거야.

어쩌면 올바른 모습과 거꾸로 된 상을 동시에 볼 수 있으니까, 나는 뒤집힌 모습과 원래 모습을 동시에 보면서 제대로 돌아온 모습을 인식할 수 있는 사상 최초의 인간일지도 몰라. 물론 다른 쪽도 동시에 보겠지만. 그런데 무슨 수로 판별하지?

어느 쪽이 뒤집힌 거고, 어느 쪽이 그대로인 거지?

---

* 고린도전서 15:51-54와 보안관보의 대화 그리고 주인공의 생각이 뒤얽히는 대목이다. 성경 인용구는 다음과 같다. "We shall not all sleep, but we shall all changed." (15:51), "I shew a mystery" (15:51), "in the twinkling of an eye" (15:52), "then shall be brought to pass the saying that is written, Death is swallowed up in Victory." (15:54) (KJV).

내 눈앞의 모습이 사진일까, 아니면 거울상일까?

그리고 내가 약을 끊는 동안 병가나 퇴직이나 업무상 상해 급여는 얼마나 받을 수 있는 거지? 그는 이미 두려움에 사로잡혀 자문했다. 사방에서 끔찍한 공포와 한기가 그를 엄습했다. Wie kalt ist es in diesem unterirdischen Gewölbe! Das ist natüralich, es ist ja tief.** 게다가 그 빌어먹을 약도 끊어야 하잖아. 그게 얼마나 고통스러운 일인지 똑똑히 봤는데. 신이시여. 그는 이렇게 생각하며 눈을 질끈 감았다.

"형이상학적인 소리로 들릴지도 모르겠지만." 한쪽이 이렇게 말하고 있었다. "수학자들은 우리가 새로운 우주론으로 넘어가는 경계에 있을지도 모른다고 생각한다네—."

다른 사람이 흥분한 목소리로 말했다. "흔히 영원이라고 말하는 무한한 시간을 순환하는 것으로 여기는 이론 말이지! 계속 반복되는 카세트테이프처럼!"

행크의 사무실로 돌아가서 짐 배리스의 증거물을 듣고 검토하기까지 한 시간 정도 시간이 남았다.

건물의 카페테리아에 마음이 끌렸기에 그는 걸음을 옮기기 시작했다. 제복을 입은 사람들, 스크램블 수트를 입은 사람들, 슬랙스와 넥타이 차림의 사람들 사이에 섞여서.

지금쯤이면 정신분석의들이 발견한 내용이 행크에게 전달

***

** 베토벤의 오페라 〈피델리오〉 2막, 레오노레와 교도관 로코의 대사. "이 지하의 토굴은 얼마나 추운가요! 자연스러운 일이오, 이토록 깊으니까."

되고 있을 것이다. 도착하면 보고서가 그곳에 있겠지.

그러면 생각할 시간이 있는 셈이라고, 그는 카페테리아로 들어가 줄을 서면서 생각했다. 시간이라. 시간이 지구처럼 둥글다고 생각해보자. 서쪽으로 항해하면 인도에 도착할 수 있는 것과 마찬가지로. 사람들은 비웃겠지만, 결국 인도는 뒤가 아니라 앞에 등장하게 될 것이다. 언젠가는. 어쩌면 항해의 끝에 십자가형이 기다리고 있을지도 모르지만.

그의 앞에는 비서로 근무하는 여성이 서 있었다. 딱 붙는 푸른색 스웨터에, 브라는 없고, 치마도 거의 보이지 않을 지경이었다. 훑어보고 있자니 기분이 좋아졌다. 그는 계속 그녀를 지긋이 바라보았고, 그녀도 마침내 그를 눈치채고 쟁반을 들고 얼른 자리를 피했다.

예수의 강림과 재림은 같은 사건인 거야, 그는 생각했다. 되풀이되는 카세트 내용이라고. 다들 그런 일이 일어나리라 확신하던 것은, 주께서 돌아오시리라 믿은 것은 실로 당연한 일이었다.

그는 여성의 엉덩이를 바라보다가, 문득 자신이 그녀를 인식한 것처럼 그녀가 자신을 인식했을 리가 없음을 깨달았다. 스크램블 수트에는 얼굴도 엉덩이도 없기 때문이다. 그래도 저 여자는 내 흑심을 품은 시선을 눈치챘을 거야. 그는 결론을 내렸다. 저런 다리를 가진 여자라면 지나가는 모든 남자로부터 수도 없이 그런 느낌을 받을 테니까.

생각해보면, 그는 생각했다. 스크램블 수트를 입은 채로 저

346

여자 머리를 때려 쓰러트리고 강간해도 누가 그랬는지 영원히 모를 거 아니야? 무슨 수로 나를 알아보겠어?

이런 수트를 입고 있으면 온갖 범죄를 저지를 수 있을 거라고, 그는 생각했다. 게다가 실제 범죄가 아닌 사소한 범법도 잔뜩 저지를 수 있을 것이다. 절대 해본 적이 없는, 계속 원했지만 저지른 적은 없는 그런 행동들도.

"아가씨." 그는 딱 붙는 푸른색 스웨터를 입은 여자에게 말을 걸었다. "다리가 정말 끝내주는군요. 하지만 당신도 잘 알고 있겠지요. 모르고 있다면 그런 초미니스커트는 입지 않을 테니 말입니다."

여자는 헉하고 숨을 들이쉬었다. "아, 당신이 누군지 알겠어요."

"안다고요?" 그는 놀라서 물었다.

"피트 위컴이죠." 여자가 말했다.

"뭐라고요?" 그가 말했다.

"당신 피트 위컴 아니에요? 항상 내 맞은편 자리에 앉잖아요. 당신이죠, 피트?"

"그러니까 내가, 항상 당신 맞은편에 앉아서 당신 다리를 찬찬히 뜯어보며 당신도 아는 온갖 고약한 음모를 꾸미는 남자란 말이지요?"

그녀는 고개를 끄덕였다.

"저한테 기회가 있습니까?" 그가 물었다.

"글쎄요, 상황에 따라 다르죠."

"언젠가 저녁 식사에 초대해도 될까요?"

"괜찮을 것 같네요."

"전화번호 좀 주실 수 있습니까? 나중에 전화할 수 있게요?"

여자는 머뭇거렸다. "당신 번호를 주세요."

"기꺼이 드리죠. 당신이 지금 당장 저와 함께 앉아서, 제가 샌드위치와 커피를 먹는 동안 당신이 가져온 식사를 즐겨주겠다면 말입니다."

"아뇨, 저쪽에 친구가 있어요. 여자요. 기다리고 있거든요."

"그래도 합석할 수는 있을 텐데요. 둘이라도 상관없습니다."

"사적으로 의논할 게 조금 있어서요."

"알겠습니다." 그가 말했다.

"좋아요, 그럼 나중에 봐요, 피트." 그녀는 자기 쟁반과 식기와 냅킨을 들고 줄을 따라 걸음을 옮겼다.

그는 커피와 샌드위치를 산 다음 빈 탁자를 찾아 홀로 앉았다. 그리고 샌드위치를 잘게 뜯어 커피 속에 떨어트리고 물끄러미 내려다보았다.

저들은 나를 아크터 건에서 떼어내겠지. 그는 결론을 내렸다. 시나논이나 뉴-패스나 그런 부류의 치료소에 넣어버릴 테고, 아크터를 지켜보며 평가할 사람은 새로 붙이겠지. 그에 대해서 아는 거라고는 아무것도 없는 머저리를 말이야. 그럼 처음부터 다시 시작해야 할 테고.

적어도 배리스의 증거물을 평가하는 일에는 끼워줄 수 있잖아, 그는 생각했다. 그 증거라는 게 뭔지는 몰라도, 일단 그걸 검토할 때까지는 일시적으로 연기해줄 수도 있을 거 아냐.

내가 실제로 그녀를 강간해서 임신시킨다면, 아기들은 아무 얼굴도 없이 태어났겠지. 얼굴 자리에는 흐릿한 잔상만 있을 거야. 그는 몸을 떨었다.

내가 물러나야 한다는 점은 알겠어. 하지만 지금 당장 그럴 필요가 있나? 조금이라도 뭔가를 더 할 수 있다면……. 배리스의 정보를 검토하고, 결정에 참여할 수 있다면. 아니면 그저 그 자리에 동석해서 뭘 가져왔는지 확인할 수만 있다면. 아크터가 어떤 운명을 맞는지 확인할 수 있다면 만족할 수 있는데. 실체가 있는 작자인가? 별 의미 없었나? 이토록 오래 이 업무에 매달려 있었으니, 적어도 그 정도는 알려줄 수도 있을 텐데.

입을 다물고 그저 보고 들을 수만 있어도 좋을 텐데.

그는 그렇게 계속 자리에 앉아 있다가, 문득 딱 붙는 푸른색 스웨터를 입은 여자와 짧은 흑발의 그녀의 친구가 탁자에서 일어나 자리를 뜨는 모습을 목격했다. 여자의 친구는 그리 매력 있는 모습은 아니었다. 그녀는 잠시 머뭇거리다, 탁자에 구부정하게 앉아서 커피와 샌드위치 조각을 굽어보고 있는 프레드에게 접근했다.

"피트?" 짧은 머리의 여자가 말했다.

그는 고개를 들었다.

"있잖아요, 피트." 그녀는 초조하게 말했다. "잠깐이면 돼요. 음, 엘렌이 직접 말하고 싶었는데, 겁이 나서 말을 못 하겠대요. 피트, 엘렌은 한참 전이었으면 당신하고 사귀었을 거래요.

그러니까 한 달 전이나, 아니면 3월만 되었더라도요. 만약—."

"만약 뭐요?" 그가 물었다.

"그게, 엘렌 말로는, 당신이 그러니까, 예를 들어서, 스코프 구강세정제 같은 걸 사용했더라면 훨씬 나았을 거라고 오래전부터 말해주고 싶었다는 거예요."

"몰랐습니다." 그는 별 감흥 없이 대꾸했다.

"그게 다예요, 피트." 여자는 안도하며 거리를 벌렸다. "그럼 나중에 봐요." 그녀는 웃음을 지으며 서둘러 자리를 떴다.

피트라는 자식 불쌍하게 됐군. 그는 생각했다. 진심이었을까? 아니면 피트가—아니, 내가—홀로 앉아 있는 모습을 보고 악의를 품고 곯려주려는 생각이었을까. 그저 고약한 장난질로— 아, 됐어, 뭐 어때, 하고 그는 생각했다.

어쩌면 진심이었을지도 모른다고, 그는 입가를 훔친 다음 냅킨을 구겨 쥐고 억지로 몸을 일으켰다. 성 바울도 입 냄새가 고약했을지 궁금하군. 그는 다시 주머니에 손을 찔러 넣은 채로 어슬렁거리며 카페테리아를 떠났다. 우선 스크램블 수트의 주머니에, 다음으로 진짜 양복의 주머니에 손을 넣어야 했다. 어쩌면 고린도후서에서 성 바울이 항상 감방에 들어가 있던 이유가 그 때문일지도 모른다. 입 냄새 때문에 감옥에 처넣은 것이다.

그런 부류의 혼이 빠지는 환각은 항상 이럴 때 찾아온다고, 그는 카페테리아를 나서며 생각했다. 그녀는 오늘 그가 겪은 온갖 고난에 군이 하나를 추가해줬다. 수많은 세월의 지성이

응축된 심리학 검사에 크게 한 방을 먹은 다음에, 이런 일까지 당해버린 것이다. 젠장, 이제 조금 전보다 상태가 더 나빠졌다. 제대로 걸을 수도, 제대로 생각할 수도 없었다. 마음속에 혼란이, 혼란과 절망이 물결쳤다. 어쨌든 스코프 구강세정제는 별 도움이 안 될 거야, 레이버리스가 더 나으니까. 문제는 빨간색이라 침을 뱉으면 피를 토하는 것처럼 보인다는 거지. 어쩌면 미크린이 나을지도 모르겠다고, 그는 생각했다. 그게 최고일 것이다.

건물 안에 드러그스토어가 있다면 위층으로 올라가서 행크를 대면하기 전에 한 병 사서 사용하는 게 좋을지도 모르겠다고, 그는 생각했다. 그렇게 하면 자신감이 조금 생길지도 모른다. 어쩌면 가능성이 올라갈지도 모른다.

도움이 되는 물건이라면 뭐든 사용할 수 있으리라고, 그는 생각했다. 정말로 뭐든 좋으니까. 방금 그 여자가 해준 것과 같은 조언이나 암시도 상관없었다. 그는 비참하고 두려운 기분에 사로잡혔다. 젠장, 대체 어떻게 해야 하는 거야?

모든 일을 내려놓은 후에는 두 번 다시 그들을 보지도 못하게 되겠지. 친구들도, 지금까지 지켜보고 알고 지내던 사람들도. 모든 일에서 배제될 테니까. 앞으로 남은 평생 복귀하지 못할지도 모르지. 어쨌든 아크터와 럭맨과 제리 패빈과 찰스 프렉과…… 무엇보다도 도나 호손은 이제 두 번 다시 볼 수 없을 거야. 앞으로 영원토록 내 친구들을 다시 볼 수 없을 거라고. 다 끝났으니까.

도나. 그는 먼 옛날 종조부가 독일어로 불러주던 노래를 떠올렸다. "Ich she', wie ein Engel im rosigen Duft / Sich tröstend zur Seite mir stellet." 종조부는 그 뜻이 "내 곁에 편안히 서 있는, 장밋빛 아지랑이에 둘러싸인 천사를 본다네"라고 설명해주었다. 자신을 사랑하는 여인을, (노래 속에서) 자신을 구원해준 여인을 뜻하는 것이라고. 현실이 아니라 노래 속 이야기다. 그의 종조부는 죽었고, 그 노랫말을 들은 지도 한참이 흘렀다. 독일에서 태어난 그의 종조부는 종종 집 안에서 독일어로 노래를 부르거나 책을 낭독하곤 했다.

Gott! welch' Dunkel hier! O grauenvolle Stille!
Od' ist es um mich her. Nichts lebet ausser mir⋯⋯

신이여, 이곳은 어찌 이리 어둡고, 또 완벽하게 고요합니까.
이 공허한 공간에 살아 있는 것은 나밖에 없으니⋯⋯[*]

그는 문득 깨달았다. 자기 머리가 완전히 타버린 것이 아니라도, 자신이 복귀할 즈음에는 다른 사람이 그들에게 배정되어 있을 거라고. 또는 전부 죽거나 연방 치료소의 병실에 들어가 있거나 완전히 뿔뿔이, 뿔뿔이 흩어져버렸을 거라고. 나처럼 머리가 타버리고 망가져 있을 거야. 무슨 일이 벌어지고 있

---

* 〈피델리오〉 2막, 플로레스탄의 아리아 〈Gott! Welch Dunkel hier!〉의 일부.

는지도 알아채지 못하게 되어 있겠지. 앞으로 어떻게 되든, 나한테는 결국 모두 끝난 셈이야. 나는 아무것도 모르면서 작별 인사를 하고 온 셈이고.

내가 할 수 있는 일이라고는, 가끔 테이프를 다시 돌려보는 것뿐이겠지. 기억하는 것뿐이야.

"안전 아파트로 가야 하는데……." 그는 주변을 둘러보다가 입을 다물었다. 서둘러 안전 아파트로 가서 테이프를 전부 훔쳐야 한다고, 그는 생각했다. 할 수 있을 때 해야 해. 머지않아 테이프의 내용은 소거될 것이고, 그 또한 열람 권한을 잃을 것이다. 빌어먹을 경찰 놈들이 나중에 급료에서 알아서 제하겠지. 도덕적인 견지에서 보면, 그 집을 찍은 테이프와 그 안에 찍힌 사람들은 분명히 그의 소유였다.

그리고 이 일에서 쫓겨나면 그에게 남는 것은 그 테이프뿐이다. 가져갈 가능성이라도 있는 것은 그것뿐이다.

그러나 그게 전부가 아니잖아, 그는 바쁘게 머리를 굴렸다. 테이프를 재생하려면 안전 아파트에 있는 홀로그램 전송 큐브 투사용 장비가 통째로 필요하단 말이야. 분해해서 부품을 하나씩 꺼내와야겠군. 스캐너와 녹화기 부분은 필요 없어. 전송과 재생 부분만 있으면 충분하지. 특히 영상 투사용 장비는 전부 가져와야 해. 부품 하나씩 하면 충분히 가능할 거야. 그 아파트 열쇠는 가지고 있으니까. 열쇠를 돌려달라고 요청하겠지만, 돌려주기 전에 즉석에서 복제본을 만들 수 있지. 흔해빠진 슬락 자물쇠 열쇠잖아. 그 정도라면 나도 할 수 있다고! 그는

353

이 사실을 깨닫고 조금 기분이 나아졌다. 우울하고 도덕적이된 기분이 들면서 조금 화도 났다. 모든 사람들을 향해서. 자신이 모든 문제를 바로잡을 수 있다는 사실에 기쁨도 느껴졌다.

하지만 생각해보면, 하고 그는 생각을 이었다. 스캐너하고 녹화용 헤드 같은 것들까지 전부 분해해서 가져가면 감시를 계속할 수도 있잖아. 나 혼자서 말이야. 지금껏 내가 해온 것처럼 감시장비를 살려 쓸 수 있어. 적어도 한동안은. 하지만 생각해보라고, 인생의 모든 것은 어차피 잠시 존재할 뿐이잖아. 지금 이 상황을 보라고.

어차피 감시 시스템은 계속 유지해야 하잖아. 그리고 가능하다면 내가 하는 게 좋겠지. 나는 항상 그 공간을 주시하면서 파악하고 있어야 해. 눈앞의 풍경에 대해 아무런 영향을 끼칠 수없더라도, 모습을 드러내지 않고 그저 자리에 앉아서 조용히 관찰하고 있을 뿐이라도. 그게 중요한 거라고. 내 집에서 일어나는 모든 사건을 항상 지켜보고 있어야 한단 말이야.

그들을 위해서가 아니야. 나를 위해서지.

그래, 물론 그들을 위해서기도 하지. 그는 생각을 수정했다. 무슨 일이 벌어질지 모르는 거니까. 예를 들어 럭맨이 질식했을 때처럼. 누군가 지켜보고 있다면, 아니 내가 지켜보고 있다면, 즉시 알아차리고 도움을 청할 수 있으니까. 도와줄 사람을 부를 수 있지. 즉시 적절한 종류의 도움을 제공해줄 수 있어.

내가 그러지 않으면, 다들 죽어 나자빠져도 아무도 알아차리지 못할 거야. 알아차리지도 못하고 신경을 쓰지도 않을 거라고.

그런 비참하고 하찮은 삶에는 누군가 개입해야 해. 아니면 적어도 그런 슬픈 삶이 시작되고 끝나는 지점을 짚어주기는 해야지. 짚어주고, 가능하다면 영구적으로 기록해서, 기억에 남도록 만들어야 해. 훗날 찾아올 더 나은 시대를 대비해서. 사람들이 이해해줄 때를 위해서.

행크의 사무실로 돌아온 그는 행크와 제복 경관과 땀을 뻘뻘 흘리며 웃음을 머금고 있는 정보원 짐 배리스와 함께 자리에 앉았다. 배리스의 카세트테이프 하나가 그들 앞에 놓인 탁자에서 재생되는 중이었다. 그 옆에는 두 번째 카세트가 재생되는 내용을 녹음했다. 부서에서 사용할 용도로 복사품을 만드는 중이었다.

"……어, 안녕. 있잖아, 지금 대화는 곤란해."

"그럼 언제?"

"나중에 다시 걸게."

"기다릴 수가 없어."

"좋아, 무슨 일인데?"

"지금 우리 계획이—."

행크는 손을 뻗어서 테이프를 정지시키라고 배리스에게 신호를 보냈다. "우리에게 목소리의 주인을 식별해줄 수 있겠나, 배리스?" 행크가 말했다.

"물론이지요." 배리스는 열의 넘치는 목소리로 말했다. "여성 목소리는 도나 호손입니다. 남성 목소리는 로버트 아크터입니다."

"알겠네." 행크는 고개를 끄덕이며 말한 다음, 프레드를 슬쩍 바라보았다. 그는 지금껏 프레드의 진료기록을 탁자 앞에 놓고 훑어보고 있었다. "계속 재생하게."

"……내일 밤 남부 캘리포니아의 절반이 들썩일 거야." 정보원이 밥 아크터라고 식별한 남성의 목소리는 말을 이었다. "반덴버그 AFB의 공군 병기고를 습격해서 자동 및 반자동 화기를 탈취하면—."

행크는 진료기록을 읽던 것을 관두고 귀를 기울이기 시작했다. 스크램블 수트의 일렁이는 머리를 한쪽으로 기울이면서.

홀로, 그리고 이제는 방 안의 다른 모든 사람에게도, 배리스는 웃음을 지었다. 손가락으로는 탁자에서 가져온 종이 클립을 만지작거리고 있었다. 만지작거리고 또 만지작거리며, 마치 철사로 만든 금속 거미줄을 엮듯이, 엮고 만지작거리고 땀을 흘리고 엮고 있었다.

도나 호손으로 식별된 여성은 말했다. "바이커들이 우리 쓰라고 훔쳐낸 그 방향감각 상실 약물은 어떻게 할 건데? 그것도 상류로 가져가서 일을 끝내야—."

"조직에서는 일단 무기부터 손에 넣기를 원하고 있어." 남자의 목소리가 설명했다. "그 물건은 두 번째 단계에 사용할 거야."

"알았어, 어쨌든 이제 가야겠어. 손님이 왔거든."

수화기를 내려놓는 소리가 울렸다. 달칵. 달칵.

배리스는 의자에서 몸을 뒤척이며 소리 높여 말했다. "여기서 말하는 바이커 갱단도 누군지 알고 있습니다. 다른 테이프에서도 언급되는데—."

"이런 증거물이 더 있나?" 행크가 말했다. "배경 확증에 도움이 될 만한 물건으로? 아니면 이 테이프가 바로 그 증거물인가?"

"훨씬 많지요."

"하지만 전부 이런 부류겠지."

"전부, 네, 그렇습니다, 같은 음모 집단과 그 계획에 관한 것이지요, 네. 바로 이 계획요."

"이 사람들은 누군가?" 행크가 물었다. "어떤 집단이지?"

"전 세계적 규모의 조직으로—."

"이름을 대. 그건 추측일 뿐이잖나."

"로버트 아크터하고 도나 호손입니다. 주범은요. 여기에 암호 기록도 있습니다……." 배리스는 지저분한 공책을 만지작거리며 펼치려다, 그만 바닥으로 떨어트릴 뻔했다.

행크가 말했다. "테이프를 비롯해서, 여기 있는 물건은 모두 압수하겠네, 배리스. 일시적이지만 우리 소유물로 간주할 걸세. 우리가 직접 검토하지."

"제 겁니다. 게다가 암호 문구는 저만 해독할 수 있고—."

"우리가 그 지점에 이르거나 자네 설명이 필요하다고 생각하게 되면, 자네가 곁에서 도움을 주면 되지 않겠나." 행크는 배리스가 아니라 제복 경관에게, 카세트를 끄라고 신호를 보냈다. 배리스는 그쪽으로 손을 뻗었다. 경관은 즉시 그를 제지하고 뒤로 밀쳤다. 배리스는 눈을 껌뻑이며, 입가에는 여전히 미소가 고정된 채로, 주변을 둘러보았다. "배리스." 행크가 말했다. "우리가 이 증거물을 검토하는 동안에는 자네를 석방하지 않을 거야. 물론 자네를 붙잡아두기 위한 요식행위일 뿐이지만, 고의로 당국에 거짓 정보를 제공했다는 혐의로 체포할걸세. 물론 이건 자네의 안전을 위한 조치고, 우리 모두가 그 사실을 알고 있지만, 고소는 정식으로 진행될 걸세. 그리고 고소문이 지방 검사에게 올라간 다음에 중단 상태로 유지되겠지. 이 정도면 만족하겠나?" 그는 대답을 기다리지 않았다. 그 대신 증거물이랍시고 가져온 헛소리들은 전부 탁자 위에 내버려둔 채로, 제복 경관에게 배리스를 데려가라고 신호를 보냈다.

경관은 미소를 머금은 배리스를 데리고 나갔다. 행크와 프레드는 난장판인 탁자를 가운데 두고 서로를 마주하고 앉았다. 행크는 아무 말도 하지 않았다. 그저 정신분석의의 보고서를 읽을 뿐이었다.

잠시 시간이 흐른 후, 그는 전화를 들고 내선 번호를 돌렸다. "여기 아직 평가 중인 자료가 있네. 이걸 검토해서 어느 정도가 가짜인지를 확인해줬으면 좋겠어. 검토 내용을 보고 나서 다음 지시를 내리겠네. 한 6킬로그램 정도야. 3호 크기 골판지 상자 가져오게. 좋아, 고맙네." 그는 전화를 끊었다. "전자 및 암호 담당반이야." 그는 프레드에게 이렇게 설명하고, 다시 자료를 읽기 시작했다.

온갖 장비를 가득 단 두 명의 제복 연구 기술자가, 자물쇠 달린 철제 용기를 대동하고 등장했다.

"쓸 만한 물건이 이것밖에 없더군요." 한쪽이 이렇게 사과했고, 두 사람은 함께 탁자 위의 물건을 용기에 옮겨 담기 시작했다.

"지금 그쪽은 누가 근무 중인가?"

"헐리입니다."

"헐리한테 오늘 안에 검토를 끝내라고 일러두게. 그리고 그럴싸한 색인지수를 작성하는 즉시 보고하라고 말하고. 오늘 안에 해야 하네. 똑똑히 전해주게."

연구 기술자는 금속 상자를 잠근 다음 그대로 끌고 사무실을 나갔다.

진료기록을 탁자 위에 던진 다음, 행크는 의자에 몸을 기대고 말했다. "자네 생각에는— 아니, 자네라면 지금까지 배리스가 제공한 증거물을 어떻게 평가하겠나?"

프레드가 입을 열었다. "거기 있는 게 제 진료기록 아닙니까?" 그는 손을 뻗어 그걸 가져오려다가, 문득 생각을 바꿨다. "저는 그가 재생한 내용이, 아주 짧기는 하지만, 진짜로 들린다고 생각했습니다."

"위조한 거야. 아무런 가치도 없지." 행크가 말했다.

"당신 말이 옳을지도 모르지만, 저는 동의하지 않습니다." 프레드가 말했다.

"저들이 이야기하던 반덴버그의 병기고는 아마 OSI, 그러니까 공군 특수수사본부 병기고일 거야." 행크는 수화기 쪽으로 손을 뻗으며, 혼잣말을 중얼거렸다. "어디 보자……. 그때 내가 OSI 쪽에서 만났던 사람이 누구더라……. 수요일에 사진을 좀 가지고 왔었는데……." 행크는 고개를 젓고는 전화기에서 몸을 돌려 프레드를 마주했다. "나중에 하지. 이건 그럴싸한 예비 보고서가 올라온 다음에 해도 되는 일이니까. 자, 프레드?"

"제 진료기록은—."

"그 친구들은 자네 머리가 완전히 돌아버렸다고 했다네."

프레드는 (최대한 침착하게) 어깨를 으쓱했다. "완전히요?"

Wie kalt ist es in diesem unterirdischen Gewölbe!
이 지하의 토굴은 얼마나 추운지요!

"뇌세포 두 개 정도는 아직 불이 들어올지도 모른다는군. 하지만 그게 전부야. 나머지는 회로가 합선되어 불꽃을 튀기고 있을 뿐이지."

Das ist natürlich, es ist ja tief.
자연스러운 일이오, 이토록 깊으니까.

"두 개라고 하셨습니까." 프레드가 말했다. "몇 개 중에서요?"

"나도 모르지. 뇌에는 세포가 아주 많지 않은가. 내가 알기로는— 수조 개는 될 텐데."

"그 사이의 연결고리는 우주의 별들보다 수가 많겠지요." 프레드가 말했다.

"그렇다면 자네는 평균에 넣기에는 적절치 못한 개체가 된 셈이로군. 세포 두 개라니, 아마 65조 개 중에서?"

"65조 개의 1조 배는 될 테지요." 프레드가 말했다.

"그러면 코니 맥이 이끌던 옛날 필라델피아 필리스보다 고약한데. 그 팀만 해도 시즌이 끝날 때 승률이—."

"이게 업무 중 상해라고 주장하면 뭘 얻을 수 있습니까?" 프레드가 말했다.

"대기실에 죽치고 앉아서 《새터데이 이브닝 포스트》와 《코스모폴리탄》을 공짜로 잔뜩 읽을 수 있게 되겠지."

"어디 대기실요?"

"어디로 가고 싶나?"

프레드가 말했다. "그건 더 생각해보죠."

"내가 자네라면 무엇을 할지 말해보겠네." 행크가 말했다. "연방 치료소로 가지는 않을 거야. 나라면 I. W. 하퍼 같은 훌륭한 버번을 여섯 병쯤 챙겨들고, 그대로 산비탈을 타고 샌버너디노 산맥을 올라갈 거야. 근처에 호수가 있는 곳으로 말이야. 그리고 거기서 모든 것이 끝날 때까지 홀로 앉아 기다릴 거야. 아무도 나를 찾을 수 없는 곳에서."

"하지만 끝나지 않을 수도 있잖습니까." 프레드가 말했다.

"그럼 안 돌아오는 거지. 그쪽에 산장이라도 가지고 있는 친구 없나?"

"없습니다." 프레드가 말했다.

"운전은 아직 할 수 있나?"

"제 차는—." 그는 머뭇거렸고, 순간 꿈과 같은 강렬한 힘이 그를 내리덮으며, 긴장을 풀고 느긋하고 온화하게 만들었다. 방 안의 모든 공간적 관계가 변화했다. 심지어 시간 감각조차 이런 변화의 영향을 받았다. "제 차가 있는 곳은……." 그는 하품했다.

"기억을 못 하는군."

"제대로 움직이지 않는다는 건 기억납니다."

"사람을 불러 자네를 태워다줄 수도 있어. 어차피 그쪽이 더 안전할 테고."

어디로 태워다준다는 거지? 그는 의문에 빠졌다. 어디까지? 도로를 따라, 숲길을 따라, 오솔길을 따라, 덤불을 헤치며 젤로 속으로 걸음을 옮겨서, 마치 실내로 들어오고 싶어서, 또는 풀려나고 싶어서 전전긍긍하는, 목줄을 차고 있는 수코양이처럼.

그는 생각했다. Ein Engel, der Gattin, so gleich, der führt mich zur Freiheit ins himmlische Reich.* "물론이죠." 그는 이렇게 말하며 미소를 머금었다. 안도가 찾아왔다. 목줄을 끌고 전진하며 자유를 찾으려고 발버둥치던 그는, 이제 자리에 배

---

* 〈피델리오〉 2막, 같은 아리아의 일부. "천사여, 나의 아내와 너무도 닮은 이여, 나를 자유로, 신의 왕국으로 인도해주소서."

를 깔고 누운 것이었다. "지금 저를 어떻게 생각하십니까. 일시적일지도 모르지만, 약에 완전히 맛이 가 있는 모습을 보니 말입니다. 영구적일 수도 있겠죠."

행크가 말했다. "나는 자네가 매우 선한 사람이라 생각하네."

"감사합니다." 프레드가 말했다.

"총을 가져가게."

"뭐라고요?" 그가 말했다.

"750밀리리터들이 I. W. 하퍼 병을 들고 샌버너디노 산맥에 들어갈 때 말이야. 총을 가져가게."

"그러니까, 제 상태가 나아지지 않을 때를 대비해서 말인가요?"

행크가 말했다. "어느 쪽이든. 저쪽에서 말한 복용량을 생각해보면 나을 가능성은…… 어쨌든 가져가게."

"알겠습니다."

"그리고 내려오면 내게 연락하게. 나한테 알려줘." 행크가 말했다.

"젠장, 그때는 스크램블 수트도 없을 텐데요."

"어쨌든 연락해. 수트야 있든 없든."

그는 다시 말했다. "알겠습니다." 수트가 의미 없다는 것은 분명했다. 이제 전부 끝났으니까.

"다음 봉급을 받을 때는 금액이 다를 거야. 이번 한 번만은 액수에 상당한 변화가 있을 거야."

프레드가 말했다. "이런 일을 겪었다고 보너스라도 주는 겁니까?"

"아니. 이 경우에 자네에게 적용되는 형법을 참조하게. 자발적으로 약물중독이 되고 즉각 보고하지 않은 경관은 복무규정 위반으로 처벌 대상이야. 벌금 3천 달러에, 추가로 정직 6개월이 부과될 수 있지. 자네는 아마 벌금형만 받을 테지만."

"자발적이라고요?" 그는 깜짝 놀라서 말했다.

"자네 머리에 총을 겨누고 주사를 놓은 사람이 있는 건 아니잖나. 자네 수프에 약을 탄 것도 아니고. 자네는 고의적이고 자발적으로 중독성 약물을, 뇌손상과 혼미를 유발하는 약물을 사용한 거야."

"그럴 수밖에 없었습니다!"

행크가 말했다. "시늉만 할 수도 있었지. 대부분의 경관은 시늉만 해도 무사히 빠져나가니까. 그리고 저쪽에서 말한 양을 생각하면, 자네는 분명—."

"저를 범죄자 취급을 하시는군요. 저는 범죄자가 아니에요."

행크는 클립보드와 펜을 들더니, 계산을 시작했다. "자네 봉급이 얼마나 되나? 알면 지금 계산할 수 있는데—."

"벌금은 나중에 내면 안 됩니까? 그러니까, 2년에 걸쳐 매달 할부로 납부하는 식으로요?"

행크가 말했다. "말해보게, 프레드."

"알겠습니다." 그가 말했다.

"시급이 얼마나 되지?"

그는 기억할 수 없었다.

"좋아, 그럼, 근무 시간은 어떻게 되나?"

그 또한 떠오르지 않았다.

행크는 클립보드를 탁자 위로 던졌다. "담배 한 대 태우겠나?" 그는 프레드에게 담뱃갑을 내밀었다.

"그것도 끊을 생각입니다." 프레드가 말했다. "전부 끊어야지요. 땅콩도 끊고, 또……." 생각이 나지 않았다. 두 사람은 그곳에 그대로 앉아 있었다. 스크램블 수트를 입은 채로, 아무 말도 하지 않고.

"내가 우리 애들한테 흔히 하는 말인데," 행크가 입을 열었다.

"저도 아이가 둘 있습니다. 둘 다 딸이죠." 프레드가 말했다.

"자네한테 아이는 없어. 없는 것으로 돼 있어."

"그럴지도 모르겠군요." 그는 금단증상이 언제 시작될지 생각하다, 이내 이곳저곳에 숨겨놓은 D물질 알약이 얼마나 될지를 헤아리기 시작했다. 그리고 이번 봉급이 들어오면 그걸로 얼마나 더 많이 사들일 수 있을지도.

"자네 아무래도 벌금을 내고 남은 액수가 얼마나 될지를 다시 계산해줬으면 하는 모양이로군." 행크가 말했다.

"그렇습니다." 그는 대답하며 힘차게 고개를 끄덕였다. "부디해주시죠." 그는 바짝 긴장한 채로 자리에 앉아서, 탁자를 손가락으로 두드리며 기다렸다. 마치 배리스처럼.

"시급이 얼마나 되나?" 행크는 다시 이렇게 묻다가, 즉시 전화 쪽으로 손을 뻗었다. "서무계에 연락해보지."

프레드는 아무 말도 하지 않았다. 그저 아래를 내려다보며 기다릴 뿐이었다. 어쩌면 도나가 나를 도울 수 있을지도 몰라, 하고 그는 생각했다. 도나, 제발 지금 나를 구해줘, 그는 생각했다.

"자네가 산맥까지 갈 수 있을 거라는 생각도 안 드는군." 행크가 말했다. "누군가 운전해서 데려다준다 해도 말이야."

"그렇습니다."

"그럼 어딜 가고 싶은가?"

"조금 기다려보세요. 생각 중입니다."

"연방 치료소?"

"아닙니다."

두 사람은 그대로 앉아서 기다렸다.

그는 아이가 **없는 것으로 돼 있다**는 말이 무슨 뜻인지를 고민했다.

"도나 호손의 집으로 가는 건 어떤가?" 행크가 말했다. "자네와 다른 사람들이 가지고 들어온 정보를 보면, 자네들이 가까운 사이라는 건 명백한 모양인데."

"그렇지요." 그는 고개를 끄덕였다. "가까운 사이입니다." 순간 그는 고개를 들며 물었다. "그걸 어떻게 아십니까?"

행크가 말했다. "소거법을 적용한 결과지. 자네가 아닌 사람이 누군지는 알고 있고, 그 집단에 용의자의 수가 무한한 것은 아니잖나. 사실 아주 작은 집단이지. 우리는 그들의 단서를 쫓아서 상부 조직에 도달할 수 있을지도 모른다고 생각했네. 어

366

쩌면 배리스를 추적하면 성공할지도 모르지. 자네와 나는 상당히 오랫동안 함께 잡담을 나누었잖아. 나는 아주 오래 전부터 알고 있었다네. 자네가 아크터라는 사실을."

"제가 누구라고요?" 그는 자신을 바라보는 행크라는 이름의 스크램블 수트를 멍하니 바라봤다. "제가 밥 아크터라는 말입니까?" 믿을 수가 없었다. 아무리 생각해도 말이 안 되는 소리였다. 지금껏 그가 했던 모든 행동이나 생각과 전혀 들어맞지 않았다. 기괴할 정도였다.

"됐네. 신경 쓰지 말게." 행크가 말했다. "도나의 전화번호가 어떻게 되나?"

"아마 직장에 있을 겁니다." 그의 목소리가 떨렸다. "향수 가게지요. 거기 번호가―." 그는 목소리를 조절할 수 없었다. 그리고 번호도 기억할 수 없었다. 이게 대체 무슨 개수작이야, 그는 속으로 생각했다. 나는 밥 아크터가 아니야. 하지만 그럼 누군데? 어쩌면 나는―.

"도나 호손의 직장 전화번호를 일러주게." 행크는 전화에 대고 급하게 말하고 있었다. "자." 그는 이렇게 말하며, 프레드 쪽으로 수화기를 내밀었다. "자네가 얘기하게. 아니, 안 그러는 게 나을지도 모르겠군. 자네를 데려가라고 내가 말하겠네. 어디가 좋을까? 그 장소까지 우리 쪽에서 데려다주지. 여기로 불러올 수는 없으니까. 괜찮은 장소가 있나? 평소에는 그 여자를 어디서 만나지?"

"그녀 집으로 데려다주세요. 들어가는 법은 압니다." 그가 말했다.

"자네가 집 앞에 있고 금단증상을 겪는 중이라고 말해주겠네. 나는 그냥 아는 사이고 자네가 전화해달라고 부탁했다고 하지."

"그거면 충분합니다." 프레드가 말했다. "마음에 드네요. 고마워요."

행크는 고개를 끄덕이고 다이얼을 돌리기 시작했다. 외선 번호였다. 프레드가 보기에는 매번 자릿수가 올라갈 때마다 다이얼을 돌리는 속도가 조금씩 느려지는 것만 같았다. 영원히 이어지는 것 같았다. 그는 눈을 감고 심호흡을 하면서 생각했다. 이야. 나 진짜 완전히 맛이 갔는데.

너 정말 맛이 갔어, 그는 동의했다. 머리가 텅 비고, 약물에 절고, 뇌가 타버리고, 신경이 끊어지고, 망가진 거야. 완전히 망가졌다고. 웃음이 터질 것만 같았다.

"그 여자 집까지 자네를 데려다줄 테니―." 행크는 이렇게 말하다가, 수화기로 주의를 돌리며 말했다. "어이, 도나. 나 밥친구인데, 밥 알지? 그게 말이야, 이 친구 조금 상태가 안 좋아서, 구라 아니야. 어이, 이 친구 지금―."

진짜 마음에 든다고, 그의 마음속 두 개의 목소리는 도나에게 설명하는 친구의 목소리를 들으며 한목소리로 말했다. 그리고 뭔가 좀 가져오는 걸 잊지 말라고도 전해줘야. 나는 진짜 아프니까. 나를 위해서 물건을 사다줄 수는 없을까? 평소에 하듯이 나를 과충전시켜줄 수 있는 물건을? 그는 행크를 건드리려 손을 뻗었지만, 그에 이르지 못했다. 팔이 닿지 않았다.

"언젠가 저도 꼭 보답하지요." 그는 전화를 끊는 행크를 향해 이렇게 약속했다.

"차가 도착할 때까지 여기 앉아서 좀 기다리게. 지금 호출할 테니까." 행크는 다시 전화를 걸고, 이번에는 이렇게 말했다. "차량계인가? 일반 차량 한 대하고 사복 경관을 파견해주게. 지금 가능한 사람이 있나?"

은하처럼 소용돌이치는 스크램블 수트를 입은 두 사람은, 눈을 감고 기다렸다.

"어쩌면 병원에 데려다주는 편이 나을지도 모르겠군." 행크가 말했다. "자네 상태가 아주 고약해. 짐 배리스가 독을 먹인 걸지도 모르겠군. 사실 우리가 관심을 가진 대상은 자네가 아니라 배리스였다네. 집 안에 스캐너를 설치한 것도 배리스를 감시하기 위해서였지. 그자를 이리로 유인할 수 있다면 좋겠다고 생각했고…… 성공했지." 행크는 잠시 침묵에 빠졌다. "그래서 그의 테이프나 다른 증거물이 위조라고 확신하는 거라네. 연구실에서 입증해주겠지. 하지만 배리스는 상당히 심각한 건수에 연루되어 있다네. 심각하고 고약하고, 총기 밀매하고도 연관이 있는 건수지."

"그럼 저는 뭐였던 겁니까?" 그는 갑작스레 소리 높여 말했다.

"짐 배리스를 끌어들이려고 매단 미끼지."

"당신들 개자식이야." 그가 말했다.

"우리가 그런 식으로 일을 꾸몄기 때문에, 배리스는—그게 그 작자의 진짜 이름이라면 말이지만—차츰 자네가 잠입 수사관이라고 의심하게 되었겠지. 자기를 적발하거나 자기를 이용해서 조직의 고위급까지 추적하려는 잠입 수사관이라고. 그래서 그는—."

전화가 울렸다.

"알았네." 행크는 잠시 후 말했다. "그냥 앉아 있게, 밥. 밥이든, 프레드든, 누구든. 좀 편안히 있게. 어쨌든 잡아들이지 않았나. 놈은 분명— 그래, 자네가 우리에게 붙인 그런 호칭이 어울리는 작자지. 이럴 가치가 있었다는 것은 자네도 알 거야. 그렇지 않나? 함정에 빠트렸잖아? 그 작자가 하던 일을 생각해보면, 이럴 가치가 있잖아?"

"물론입니다, 이럴 가치가 있죠." 목소리도 거의 나오지 않았다. 치를 떠는 목소리가 기계음으로 변환되었다.

두 사람은 함께 앉아서 기다렸다.

뉴-패스로 가는 길에, 도나는 도로를 벗어나 아래쪽 사방으로 도시의 불빛이 보이는 위치에 차를 세웠다. 그러나 그의 고통은 이미 시작되었다. 그녀도 알고 있었지만, 남은 시간이 별로 없었다. 마지막으로 한 번만 더 그와 함께하고 싶었다. 사실 너무 오래 기다렸다. 흘러내리는 눈물로 뺨을 적시며, 그는 숨을 헐떡이다 구토를 시작했다.

"몇 분만 앉았다 가자." 그녀는 그를 붙든 채로 수풀과 잡초를 헤치고, 모래밭을 가로질러, 나뒹구는 맥주 깡통과 쓰레기 사이로 이끌었다. "나는―."

"해시 파이프 가지고 왔어?" 그는 간신히 입을 열었다.

"응." 그녀가 말했다. 경찰의 눈에 띄지 않으려면 도로에서 충분히 떨어져야 했다. 또는 적어도 경찰이 도착하기 전에 해시 파이프를 멀리 던질 정도는 되어야 했다. 거리를 벌리면 한참 떨어진 곳에서 차를 세우고 전조등을 끄는 모습도, 걸어서 여기까지 오는 모습도 볼 수 있을 것이다. 시간은 충분할 것이다.

그럴 시간은 충분하리라고, 그녀는 생각했다. 법을 피할 시간은 충분할 것이다. 하지만 밥 아크터에게는 아무 시간도 남지 않았다. 그의 시간은, 적어도 인간의 기준으로 측정하는 시간은, 이제 전부 소모되어버렸다. 그는 이제 다른 부류의 시간에 접어들었다. 쥐가 느끼는 시간에 가까울 것이라고, 그녀는 생각했다. 이리저리 돌아다닐 시간, 아무것도 이룰 수 없는 시간. 아무 계획도 없이 계속 같은 경로를 돌아다니기만 하는 시간. 그러나 아직 저 아래 반짝이는 불빛은 볼 수 있을 것이다. 아마 이제 그에게는 아무런 의미도 없겠지만.

두 사람은 바람을 피할 장소를 찾았고, 그녀는 은박지에 싼 해시 조각을 꺼내 파이프에 불을 붙였다. 그녀 옆의 밥 아크터는 눈치채지 못하는 것처럼 보였다. 변을 보기는 했지만, 그로서는 어찌할 도리가 없다는 것을 그녀도 잘 알고 있었다. 사실 그는 알아차리지도 못했을 것이다. 금단증상을 겪는 동안에는

371

누구나 이런 모습이 된다.

"여기." 그녀는 그를 향해 몸을 숙였다. 과충전을 시켜주기 위해서. 그러나 그는 그녀 또한 알아차리지 못했다. 그저 상반신을 숙인 채로, 위장이 끊어지는 고통을 견디면서, 구토하고 변을 보면서, 몸을 떨면서 앉아 있을 뿐이었다. 그리고 격렬한 신음을 흘리면서. 마치 노래하는 것처럼.

그녀는 문득 한때 알고 지내던 남자를 떠올렸다. 신을 만난 남자였다. 옷에 변을 보지는 않았지만, 그 남자도 이런 식으로 신음하고 울부짖곤 했다. 그는 애시드의 환각이 끝나는 순간 신의 모습을 목격했다. 당시 그는 엄청난 양의 수용성 비타민으로 실험을 하고 있었다. 비타민이 뇌신경의 활동전위를 향상시켜서 속도와 동기화 작용에 도움을 준다는 분자영양학 이론을 실험하는 중이었다. 그러나 그 남자는 단순히 더 영리해지는 대신 신을 영접하고 말았다. 그에게는 소스라치게 놀랄 일이었을 것이다.

"내 생각에는, 누구든 결국 자기 앞일은 알 수가 없는 것 같아." 그녀가 말했다.

밥 아크터는 곁에서 신음을 흘릴 뿐 답하지 않았다.

"당신 토니 암스테르담이라는 사람 알아?"

아무 반응도 없었다.

도나는 파이프에서 해시 한 모금을 빨고는 발밑에 펼쳐진 빛의 장관을 바라보며 생각에 잠겼다. 그녀는 공기 내음을 맡으며 귀를 기울였다. "그 사람은 신을 영접한 다음에 정말로 기분이 좋아졌어. 꼬박 일 년 동안. 그런 다음에는 끔찍하게 기분이 나빠졌대. 지금껏 살아오면서 경험한 적이 없을 정도로. 어느 날 갑자기 깨달음이 찾아왔거든. 앞으로 다시는 신을 영접하지 못하리라는 사실을 깨달은 거지. 남은 삶 전체를, 수십 년을, 어쩌면 50년 정도를, 지금껏 보던 것들만 목격하면서 살게 될 거라는 걸 깨달은 거야. 나머지 우리와 같은 것들만 보면서. 그 사람은 신을 만나기 전보다 훨씬 상태가 나빠져버렸어. 어느 날은 정말 화가 나 견디지 못하게 되어서 나한테 털어놓기 시작했지. 그러다가 갑자기 분통을 터트리더니, 욕설을 내뱉으면서 자기 아파트의 온갖 물건들을 부수기 시작하더라고. 심지어 자기 스테레오까지 박살 내버렸지. 앞으로도 지금까지처럼 아무것도 보지 못한 채로 계속 살아가게 되리라는 사실을 깨달은 거야. 아무 목적도 없이. 그저 계속 땅바닥을 구르면서, 먹고, 마시고, 자고, 일하고, 똥을 싸는 살점 덩어리로 살아가게 되리라는 걸 깨달은 거야.”

“나머지 우리처럼 말이지.” 밥 아크터는 처음으로 간신히 말을 뱉어냈다. 단어 하나하나가 고통에 뒤틀린 것처럼 힘겨웠다.

도나가 말했다. “나도 그렇게 말해줬어. 바로 그 점을 지적했다고. 우리는 전부 한배에 탄 신세인데 나머지 우리는 그 사실에 화내지 않는다고 말이야. 그랬더니 그 사람은 이렇게 말하더라고. ‘너는 내가 본 걸 못 봤잖아. 너는 모른다고.’”

고통이 경련하듯 밥 아크터의 몸을 훑고 지나갔다. 그는 몸을 움츠리다가 간신히 내뱉었다. "그 사람이…… 그게 어떤 느낌인지 설명해줬어?"

"불꽃 같았대. 온갖 색채의 불꽃이 쏟아져 내렸다는 거야. 마치 텔레비전에 어딘가 문제가 생겼을 때처럼. 불꽃이 벽을 타고 올라가고, 허공에서 터져나가고. 그리고 온 세상이, 눈을 돌리는 모든 곳이 살아 있는 존재로 느껴졌다는 거야. 그리고 우연 따위는 없었대. 모든 존재가 명확한 목적을 위해 하나로 맞물려 들어갔다는 거야. 뭔가를— 미래의 목적을 이루기 위해서. 그러다 문득 열린 문이 보였대. 일주일 정도는 눈을 어디로 돌리든 문이 보였대. 자기 아파트 안에서도, 밖으로 나가서 가게로 걸어가거나 차를 몰고 있을 때도. 그리고 언제나 비율이 똑같고, 매우 비좁아 보였다는 거야. 그 사람 말로는 아주…… 충만한 느낌이었대. 그런 단어를 사용했어. 그 문으로 건너가려는 시도조차 하지 않고, 그저 바라보고만 있었대. 너무 충만한 기분이 들어서. 선명한 적색과 금색의 조명에 휩싸여 있다고 했어. 마치 기하학에서처럼, 불꽃이 모여서 선을 만든 것처럼 보였대. 그런데 그 후로는 그 모습을 평생 다시 보지 못했다는 거야. 그 사실 때문에 완전히 정신이 망가진 거지."

잠시 후 밥 아크터가 입을 열었다. "건너편에는 뭐가 있었대?"

"문 반대편에는 다른 세계가 있었대. 눈에 보일 정도였대."

"그런데…… 한 번도 건너가지는 않았다고?"

"바로 그래서 자기 아파트의 온갖 물건에 화풀이를 한 거야.

아예 넘어갈 생각조차 하지 않고, 열린 문 안을 감상하며 만족하고 있었으니까. 그런데 나중에 문이 아예 보이지 않게 되고 보니까, 그땐 너무 늦었던 거지. 들어오라고 며칠 동안 열려 있다가, 이내 닫히고 영원히 사라진 거야. 그는 반복해서 엄청난 양의 LSD와 수용성 비타민을 털어넣었어. 하지만 두 번 다시 볼 수 없었지. 적절한 조합을 결국 발견하지 못한 거야."

밥 아크터가 말했다. "건너편에는 뭐가 있었대?"

"그는 항상 밤으로 뒤덮인 세상이라고 했어."

"밤이라고!"

"항상 같은 모습인 달빛과 물이 있었대. 움직이거나 변화하는 것은 하나도 없었대. 잉크처럼 검은 물에, 물가가, 어떤 섬의 해변이 있었대. 그는 그게 그리스라고, 고대 그리스라고 확신했어. 그 문이 시간의 결절 같은 곳이라 과거를 들여다보는 중이라 생각했지. 그러다 나중에는, 다시는 볼 수 없게 되었을 때는, 온갖 트럭과 함께 프리웨이 위를 달리던 중이었는데, 정말로 끔찍할 정도로 화가 났대. 그 모든 움직임과 소음을 견딜 수가 없다고, 전부 이리저리로 움직이고 자동차의 소음과 경적으로 가득한 광경을 참을 수 없다고 했어. 어쨌든 그 사람은 그런 모습을 보여준 이들의 의도를 결국 알아내지 못했어. 그 사람은 그게 신이라고 생각했고, 그 문이 다음 세상으로 넘어가는 통로라고 여겼어. 하지만 결국 분명한 사실은 그게 그 사람의 머리를 망쳐놨다는 것뿐이지. 자신의 손을 떠났다는 상황에 대처할 수가 없게 된 거야. 사람을 만날 때마다, 이내 그 사람은 자신이 모든 것을 잃었다고 털어놓곤 했어."

밥 아크터가 말했다. "내 상황도 그래."

"그 섬에는 여인이 한 명 있었대. 엄밀하게 말하자면 여인보다는― 석상에 가까웠다는데. 그 사람은 그게 키레나이카의 아프로디테처럼 보였다고 했어. 창백하고 차갑고 대리석으로 만들어진 몸을 달빛 아래 드러내고 서 있었다는 거야."

"기회가 있을 때 문을 통해 나갔어야지."

도나가 말했다. "그 사람한테는 기회가 없었어. 약속이었으니까. 앞으로 다가올 모습이었으니까. 머나먼 미래에 마주할 더 나은 무엇이었으니까. 아마도 죽은 후에―." 그는 잠시 말을 멈추었다. "죽는 순간에."

"그자는 놓친 거야." 밥 아크터가 말했다. "기회는 한 번뿐이야. 놓치면 끝이라고." 그는 고통에 겨운 채 눈을 감았고, 땀방울이 얼굴을 따라 흘러내렸다. "어쨌든 애시드에 머리가 타버린 약쟁이가 뭘 알겠어? 우리 중에서 뭔가 아는 사람이 있기나 하겠어? 말이 안 나오는군. 잊어버려." 그는 그녀에게서 고개를 돌려 어둠을 향했다. 몸을 경련하고 떨면서.

"이건 전부 예고편일 뿐이야." 도나가 말했다. 그녀는 그의 몸에 팔을 두르고, 최대한 꼭 달라붙어 부드럽게 흔들었다. "우리가 여기서 버틸 수 있도록 보여주는 거야."

"그건 네가 하는 일이잖아. 지금 나한테 하는 것처럼."

"당신은 선한 사람이야. 끔찍한 취급을 당했을 뿐이지. 하지만 당신 삶은 끝나지 않았어. 나는 당신 생각을 아주 많이 해.

내가 만약······." 그녀는 아무 말 없이 어둠 속에서, 그를 내면으로부터 삼켜버리는 어둠 속에서 그를 계속 끌어안고 있었다. "당신은 선하고 친절한 사람이야." 그녀는 말했다. "그리고 이건 불공평한 일이지만, 이렇게 될 수밖에 없었어. 마지막까지 기다리려 노력해봐. 언젠가, 지금으로부터 오랜 시간이 흐른 후에는, 당신도 예전처럼 세상을 볼 수 있게 될 거야. 세상이 당신을 위해 돌아와줄 거야." 회복될 거야, 그녀는 생각했다. 부당하게 빼앗긴 모든 것들이 원래의 주인에게 되돌아가는, 그날이 오면. 천 년이, 어쩌면 그보다 오랜 시간이 걸릴지도 모르지만, 그날은 분명 찾아올 것이며 모든 것은 제자리로 돌아가 균형을 찾을 테니까. 어쩌면 당신도 토니 암스테르담처럼 아주 잠시 신의 환영을 목격한 걸지도 몰라. 그렇다면 끝난 게 아니라 중단되어 있을 뿐이라고, 그녀는 생각했다. 어쩌면 당신 머릿속의 끔찍하게 불타버린, 그리고 아직도 불타고 있는 회로에는, 내가 껴안고 있는 동안에도 계속 검게 그을려가는 그곳에는, 화려한 불꽃과 섬광이 다른 모습으로 현현하고 있을지도 몰라. 당신은 이제 알아볼 수 없겠지만, 그 기억이 앞으로 찾아올 기나긴 세월 동안, 끔찍한 세월 동안 당신을 이끌어줄지도 몰라. 제대로 이해하지도 못하는 하나의 단어로서, 볼 수는 있어도 이해할 수는 없는 하찮은 존재로 남아서. 이 세상의 쓰레기와 뒤섞인 별의 파편이, 그날이 찾아올 때까지 반사적으로 당신을 이끄는 거야······. 하지만 너무 멀리 떨어져 있었다. 그녀로서는 도무지 그런 일을 상상조차 할 수가 없었다. 모든 일이 끝나기 전에, 다른 세계의 낯선 존재가 평범한 일상 속에 섞여서 밥 아크터 앞에 모습을 드러냈을지도 모른다니. 그녀가 지금 할 수 있는 일이라고는 그를 끌어안고 희망을 품는 것뿐이었다.

그러나 그가 다시 그 존재를 찾아내면, 그리고 운이 좋다면, 형상 인식이 일어날 것이다. 우뇌에서 정확한 대조가 이루어질 것이다. 그에게 남은 피질하부 영역에서도 그런 일이 일어날지도 모른다. 그렇게 된다면 끔찍하고, 비싼 대가를 치르고, 터무니없음이 너무나도 명백한 여정은, 마침내 끝나게 될 것이다.

그녀의 눈에 빛이 반짝였다. 눈앞에 야경봉과 손전등을 든 경관이 서 있었다. "거기 두 사람, 일어나주겠소?" 경관이 말했다. "그리고 신분증 좀 보여주시오. 당신 먼저, 아가씨."

그녀는 밥 아크터를 안고 있던 손을 풀었다. 그는 그대로 옆으로 미끄러져 땅에 쓰러졌다. 아래쪽 갓길에서부터 조용히 언덕을 올라 그들에게 접근한 경관의 존재를 아예 인식하지 못하고 있었다. 도나는 핸드백에서 지갑을 꺼내고는, 경관에게 손짓해서 밥 아크터에게 들리지 않을 만한 곳까지 데려갔다. 경관은 조도를 낮춘 손전등으로 한참 그녀의 신분증을 훑어보다가 결국 입을 열었다.

"당신, 연방 기관의 잠입 수사관이군요."

"목소리 낮춰요." 도나가 말했다.

"죄송합니다." 경관은 그녀에게 지갑을 되돌려주었다.

"알았으면 썩 꺼져요." 도나가 말했다.

경관은 잠시 그녀의 얼굴에 손전등을 비춰본 다음에, 그대로 발길을 돌렸다. 그는 아무 소리 없이 자신이 왔던 길을 따라 자리를 떴다.

그녀는 밥 아크터에게로 돌아와서, 그가 경관의 존재 자체도 알아차리지 못했다는 사실을 확인했다. 그는 이제 거의 아무것도 인식하지 못했다. 다른 사람이나 사물은 고사하고 그녀의 존재도 간신히 알아차릴 정도였다.

어둠에 파묻힌 돌투성이 갓길을 따라 순찰차가 달려가는 소리가, 메아리가 되어 도나의 귓가에 도달했다. 벌레 몇 마리, 그리고 아마도 도마뱀 한 마리가 그들 주변의 말라붙은 잡초 사이를 헤집고 다녔다. 저 멀리 줄지어 선 빛의 모습으로 91번 프리웨이가 보였다. 그러나 소리는 이곳까지 닿지 못했다. 너무 멀리 떨어져 있었으니까.

"밥." 그녀가 부드럽게 말했다. "내 말 들려?"

답은 없었다.

모든 회로가 녹아서 닫혀버린 거야, 그녀는 생각했다. 용해되어 들러붙은 거야. 그리고 이제 누구도 그 회로를 열 수 없겠지. 저들이 아무리 열심히 노력해도 소용없을 거야. 그래도 저들은 시도하겠지만.

"자." 그녀는 그를 일으키려 붙들고 끌어당겼다. "이제 슬슬 출발해야지."

밥 아크터가 말했다. "나는 사랑을 나눌 수가 없어. 내 물건

379

이 사라져버렸다고."

"다들 기다리고 있어." 도나가 단호하게 말했다. "당신을 입원시켜야 하니까."

"하지만 내 물건이 사라졌는데 뭘 할 수 있겠어? 그래도 나를 받아줄까?"

도나가 말했다. "받아줄 거야."

불의를 가할 순간을 정확하게 가늠하려면 지고의 현명함이 필요하다고, 그녀는 생각했다. 옳은 일을 위해서 정의를 희생시키다니, 이게 말이 되는 것일까? 이런 일이 어떻게 벌어진 걸까? 그녀는 생각을 이었다. 이 세상이 저주받았기 때문이야, 그리고 이 모든 일이 그 사실을 증명하는 셈이지. 가장 깊은 층위 어디선가 구조 체계가, 사물의 구성 자체가 무너지면서, 남은 잔해 속에서 모호한 잘못을 저질러야 하는 필요성이 생기는 거야. 그리고 가장 현명한 결정에 따라서, 우리는 온갖 잘못을 적극적으로 저지르는 거지. 분명 수천 년 전부터 계속되어왔겠지. 이제는 모든 존재의 본성 속에 침투해 있을 테고. 모든 인간이 마찬가지라고, 그녀는 생각했다. 우리는 잘못을 저지르지 않고는, 시선을 돌리거나 입을 열고 말할 수도, 아예 결정을 내릴 수조차 없어. 이젠 어쩌다, 언제, 무슨 이유로 이런 일이 시작된 것인지 관심도 가질 않네. 그저 언젠가는 끝나리라는 희망을 품을 뿐이지. 그녀는 생각했다. 토니 암스테르담과 마찬가지야. 언젠가 환한 빛으로 쏟아지는 불꽃이 돌아오고, 이번에는 모두가 함께 그걸 볼 수 있었으면 좋겠다고 바랄 뿐이야. 석상도, 바다도, 그리고 달빛처럼 보이는 뭔가도. 그리고 그 풍경 속에서는 아무것도 움직이지 않기를. 그 무엇도 고요를 깨지 않기를.

먼 옛날, 아주 먼 옛날에는 그랬을 것이라고, 그녀는 생각했다. 저주가 내리기 전에는, 모든 사물과 모든 사람이 이런 모습이 되기 전에는. 황금시대였으리라고, 그녀는 생각했다. 지혜와 정의가 한 몸이던 시대. 깨져 나가 날카로운 파편으로 부서지기 전의 시대. 서로 들어맞지 않는, 아무리 노력해도 도로 붙일 수 없는 조각으로 깨져 나가기 전의 시대였을 것이라고.

발밑으로 펼쳐진 어둠과 여기저기 흩어진 도시의 불빛 속에서, 경찰 사이렌이 울렸다. 순찰차 한 대가 추격전을 벌이는 중이었다. 살육을 향한 열망에 몸이 달떠 정신이 나간 짐승의 울음소리가 울렸다. 살육이 머지않았음을 아는 것이다. 그녀는 몸을 떨었다. 밤공기가 차가워졌다. 떠날 때가 되었다.

지금은 황금시대가 아니라고, 그녀는 생각했다. 어둠 속에서 저런 소리가 들리는 시대가 황금시대일 리가 없다. 나도 저런 탐욕스러운 소음을 흘리나? 그녀는 자문했다. 나도 저런 짐승일까? 사냥감을 추격하는 걸까? 이미 거리를 좁힌 걸까?

이미 잡은 걸까?

그녀 곁에서, 남자는 부축을 받아 일어나면서 몸을 뒤틀고 신음을 흘렸다. 그녀는 그를 일으키고 한 걸음씩 내딛도록 도왔다. 돕고 또 도왔다. 계속 걸음을 옮기도록 도왔다. 아래편에서는 순찰차의 소음이 갑작스레 멎었다. 사냥감을 붙든 모양이었다. 임무를 끝낸 것이다. 밥 아크터를 자기 품에 붙들면서, 그녀도 생각했다. 내 사냥도 끝났다고.

뉴-패스의 직원 두 명은 바닥에 누워 구토하고 몸을 떨고 똥을 싸는 허물을 지켜보며 서 있었다. 허물은 팔로 자기 몸을 껴안은 채로, 마치 자신을 멈추려는 것처럼 꽉 포옹한 채로, 몸을 격렬하게 떨게 만드는 추위로부터 몸을 지키려 애쓰고 있었다.

"이게 뭐죠?" 직원 한 명이 말했다.

도나가 말했다. "사람이죠."

"D물질인가?"

그녀는 고개를 끄덕였다.

"머리를 먹혀버렸군. 패배자가 또 왔어."

그녀는 두 사람을 보며 말했다. "이기기야 정말 쉽죠. 누구든 이길 수 있어요." 그녀는 로버트 아크터를 향해 고개를 숙이고, 소리 없이 말했다.

잘 있어.

그녀가 발길을 돌리자, 그들은 낡은 군용 모포를 가져와서 그 위에 덮었다. 그녀는 돌아보지 않았다.

그녀는 차에 올라타서 즉시 가장 가까운 프리웨이로, 가장 통행량이 많은 도로로 나갔다. 그녀는 자동차 바닥에 놓인 상자에서 캐럴 킹의 〈태피스트리〉 테이프를 꺼냈다. 그녀의 소유물 중에서 가장 좋아하는 물건이었다. 그녀는 테이프를 밀어 넣으며, 동시에 계기판 아래 자석식으로 붙여놓은 루거 권총을 빼들었다. 그녀는 최고 속도로 1리터들이 코카콜라 병이 가득 든 나무상자를 운송하는 트럭 뒤를 쫓았다. 그리고 캐럴 킹이 스테레오 속에서 노래하는 동안, 그녀는 수십 센티미터 앞에서 달려가는 코카콜라 병을 겨누고 루거의 탄창 클립을 전부 비워버렸다.

캐럴 킹은 자리에 주저앉아 두꺼비로 변하는 사람들에 대해 위로하듯 노래했고, 그녀는 권총의 클립이 빌 때까지 네 병을 명중시켰다. 유리 파편과 끈적한 코카콜라가 그녀 자동차의 앞유리 위에 흩뿌려졌다. 기분이 조금 나아졌다.

정의와 정직과 충성은 이 세계의 속성이 아니라고, 그녀는 생각했다. 그러다 다음 순간, 신의 뜻에 따른 것처럼, 그녀는 오랜 숙적을, 영원한 적수를, 코카콜라 트럭을, 들이받아버렸다. 트럭은 전혀 알아차리지 못한 것처럼 속력을 올려 사라졌지만, 그녀의 작은 차는 그 충격에 한 바퀴 회전했다. 전조등이 깜빡이다 꺼지고, 바퀴틀이 타이어를 긁는 끔찍한 비명이 울리고, 정신을 차려보니 그녀의 차는 반대편을 향한 채로 긴급용 갓길에 올라와 있었다. 방열기에서는 냉각수가 쏟아졌고, 옆을 지나가던 자동차 운전사들은 그 꼴을 구경하려고 속도를 줄였다.

돌아와, 이 개자식아. 그녀는 혼잣말을 중얼거렸지만, 코카콜라 트럭은 한참 전에 사라진 후였다. 아마 겉면이 우그러들지조차 않았을 것이다. 긁힌 상처 정도가 전부일 것이다. 어차피 언젠가 일어날 일이었다. 그녀의 전쟁이었으니까. 그녀를 짓누르는 상징과 현실에 도전한 것이었으니까. 이제 보험료가 올라가겠네. 그녀는 차에서 기어 나오면서 생각했다. 이 세상에서는 악에 기울 때마다 냉정하고 잔혹한 현금으로 대가를 치르게 된다.

최신형 머스탱이 속도를 줄이더니, 운전석에 앉은 남자가 그녀를 향해 소리쳤다. "태워줄까요, 아가씨?"

그녀는 대꾸하지 않았다. 그저 움직일 뿐이었다. 작은 형체는 무한히 다가오는 끝없는 불빛을 마주하며 걸음을 옮겼다.

14

캘리포니아주 샌타애나에 소재한 뉴-패스 재단 입주 치료소인 '사마르칸드 하우스'에서는, 오려낸 잡지 기사가 라운지 벽에 압정으로 꽂혀 있었다.

연로한 환자가 아침에 일어나 자기 어머니를 찾기 시작하면, 어머니가 오래전에 돌아가셨으며, 본인은 이미 80세가 넘은 노인으로 요양원에 살고 있다는 사실을 환기시켜주세요. 추가로 올해는 1913년이 아니라 1992년이며 현실을 외면하지 말고 다음과 같은 진실을

기사의 나머지는 입주자 한 명이 찢어내버렸다. 여기서 끝났다. 아무래도 전문 간호학 잡지에서 오려낸 기사로 보였다. 광

택 있는 종이에 적혀 있었으니까.

"네가 여기서 처음 할 일은." 시설 직원인 조지가 복도를 따라 그를 데려오며 일렀다. "화장실 청소다. 바닥, 세면대, 특히 양변기를 세심하게 닦아. 이 시설에는 화장실이 세 군데 있다. 한 층에 하나씩이지."

"알았어요." 그가 말했다.

"여기 대걸레다. 양동이도 주지. 어떻게 해야 하는지 알겠어? 화장실 청소 알지? 그럼 시작해. 내가 지켜보면서 조언해줄 테니까."

그는 양동이를 뒤편 베란다의 급수대로 가져가서 가루비누를 부은 다음 뜨거운 물을 틀었다. 비누거품이 일어나 눈앞을 가득 메웠고, 다른 아무것도 보이지 않았다. 거품과 굉음뿐이었다.

그러나 시야는 막혔어도 조지의 목소리는 들렸다. "너무 가득 채우면 안 된다. 그랬다가는 들 수가 없을 테니까."

"알았어요."

"지금 네가 어디 있는지 조금 감이 안 잡히는 것 같은데." 잠시 후에 조지가 말했다.

"나는 뉴-패스에 있어요." 양동이를 바닥에 내려놓자 물이 넘쳐 출렁거렸다. 그는 멍하니 그 모습을 바라보며 서 있었다.

"어디에 있는 뉴-패스지?"

"샌타애나에 있는 시설요."

조지는 대신 양동이를 들어주면서, 철사 손잡이를 잡는 방법

386

과 흔들면서 걷는 방법을 보여주었다. "아마 나중에는 섬이나 농장 한 군데로 데려갈 거다. 우선 설거지 작업부터 시작해야 겠지만 말이야."

"그건 할 수 있어요." 그가 말했다. "설거지요."

"동물은 좋아하나?"

"물론이죠."

"농사는 어때?"

"동물이 좋아요."

"어디 한번 알아보지. 일단 너에 대해 더 잘 알게 될 때까지 기다릴 거다. 어쨌든 그러려면 시간은 좀 걸릴 거야. 누구든 한 달은 설거지를 하니까. 저 문으로 들어오는 사람은 다들 똑같 지."

"나는 시골에 살고 싶다는 느낌이 들어요." 그가 말했다.

"여기서는 다양한 부류의 시설을 운영한다. 가장 적합한 시 설이 어딘지는 우리가 결정할 일이고. 알고 있겠지만, 여기서 는 담배를 피울 수는 있지만 권장하지는 않는다. 여기는 시나 논하고 달라. 거기서는 담배도 못 피우게 하지."

그가 말했다. "나는 이제 담배가 없는데요."

"입주자에게는 매일 한 갑씩 준다."

"돈은요?" 그에게는 한 푼도 없었다.

"돈은 안 받는다. 뭐든 돈은 낼 필요 없어. 넌 이미 대가를 전 부 치렀으니까." 조지는 대걸레를 가져다 양동이에 넣은 다음, 걸레질하는 시범을 보여주었다.

"어쩌다 내가 돈이 없게 된 거죠?"

"네게 지갑이 없는 것, 성 없이 이름만 남은 것과 같은 이유지. 언젠가 돌려줄 거다. 전부 돌려줄 거야. 우리 목표가 그거니까. 네가 빼앗긴 것들을 되돌려주는 거지."

그가 말했다. "신발이 안 맞아요."

"이곳은 기부 물품에 의존해서 운영하니까. 그래도 기부 물품은 전부 상점에서 나온 신품만 받는다. 어쩌면 나중에 치수를 잴지도 모르겠군. 상자 안의 신발은 전부 신어봤나?"

"네." 그가 말했다.

"좋아, 여기는 지하층에 있는 화장실이다. 여기가 시작이야. 그리고 여기를 끝내면, 아주 훌륭하게, 진짜로 완벽하게 끝내면, 위층으로 올라갈 거다. 대걸레하고 양동이도 들고서. 그러면 내가 위층의 화장실로 안내해줄 테고, 거기도 끝내면 3층으로 올라간다. 하지만 거기서 3층으로 올라가려면 허가를 받아야 하지. 3층에는 여자들이 사니까. 그러니까 우선 직원을 찾아서 물어봐라. 절대로 허락 없이 3층에 올라가면 안 된다." 그는 그의 등을 철썩 때리며 말했다. "알겠나, 브루스? 이해가 되지?"

"알겠어요." 브루스는 걸레질을 하면서 말했다.

조지가 말을 이었다. "만족스러울 정도로 작업할 수 있게 될 때까지는 계속 화장실 청소를 할 거다. 실제로 무슨 일을 하는가는 중요한 게 아니야. 뭐든 제대로 할 수 있게 되고, 그 점에 자부심을 가지는 게 중요한 거다."

"제가 예전처럼 돌아갈 수 있을까요?" 브루스가 물었다.

"예전에 네가 그런 존재였기 때문에 여기 오게 된 거다. 다시 예전의 존재로 돌아간다면 결국 그 때문에 다시 여기로 들어오게 될 거고. 게다가 다음번에는 여기까지 도달하지 못할지도 모르지. 그렇지 않나? 자네는 여기 도착한 것만으로도 운이 좋은 거야. 아예 도착하지도 못할 뻔했으니까."

"다른 사람이 차로 태워다줬어요."

"운이 좋았군. 다음번에는 태워주지 않을지도 모른다. 그냥 어딘가 프리웨이 한쪽에 버려놓고 가버릴지도 몰라."

그는 계속 걸레질을 했다.

"가장 효율적인 순서는 우선 세면대부터 닦고, 다음에 욕조, 다음에 양변기를 닦는 거다. 바닥은 가장 마지막에 닦고."

"알겠어요." 그는 이렇게 말하며 대걸레를 한쪽으로 치웠다.

"이 일에도 나름 요령이 있지. 곧 숙달될 거다."

그는 눈앞에 보이는 세면대 에나멜의 갈라진 틈에 집중했다. 그는 틈에 세척제를 흘려 넣고 뜨거운 물을 틀었다. 김이 피어올랐고, 그는 퍼져나가는 김을 맞으며 그대로 꼼짝도 않고 서 있었다. 그 냄새가 좋았다.

점심을 먹은 다음, 그는 라운지에 앉아 커피를 마셨다. 누구도 그에게 말을 걸지 않았다. 그가 금단증상을 겪고 있다는 사실을 다들 알고 있었기 때문이다. 앉아서 커피를 마시고 있으니 다른 사람들의 대화가 들려왔다. 다들 서로 아는 사이였다.

"죽은 사람 속에 들어가서 사물을 볼 수 있다면, 눈이 제대로 기능해도 눈 근육을 조절할 수가 없으니까 초점을 맞출 수가 없잖아. 게다가 머리도 안구도 돌릴 수 없지. 그냥 다른 사물이 눈앞을 지나갈 때까지 기다려야 하는 거야. 얼어붙은 채로. 그냥 기다리고 또 기다리는 거지. 끔찍한 광경이겠는데."

그는 멍하니 커피에서 올라오는 김을, 오직 그것만을 바라보았다. 김이 피어올랐다. 그 냄새가 좋았다.

"안녕."

손 하나가 그를 건드렸다. 여자의 손이었다.

"안녕."

그는 조금 곁눈질을 했다.

"좀 어때요?"

"괜찮아요." 그가 말했다.

"기분은 좀 나아졌나요?"

"괜찮은 기분이에요." 그가 말했다.

그는 자신의 커피와 거기서 피어오르는 김을 주시할 뿐, 그녀도 다른 사람도 바라보지 않았다. 커피만 바라보고 또 바라볼 뿐이었다. 그 냄새의 온기가 마음에 들었다.

"바로 눈앞을 지나갈 때만 사람을 볼 수 있는 거라고, 그것도 그 순간만. 다른 것은 전혀 볼 수 없고 예전에 보던 것만 보게 되는 거잖아. 나뭇잎이나 그런 게 떨어져서 눈을 덮어버리면, 영원히 그것만 보고 있게 되는 거야. 나뭇잎만. 다른 건 전혀 볼 수가 없지. 시선을 돌릴 수 없으니까."

"괜찮아요." 그는 커피를 붙든 채, 커피 잔을 양손으로 부여 잡은 채 말했다.

"지각은 있는데 생명은 끝났다고 생각해보라고. 볼 수도 있고 알 수도 있는데, 살아 있지는 못한 상태로. 그냥 몸 밖을 내다보고 있다면. 인지는 할 수 있지만 살아 있지 않다고 말이야. 사람은 죽어도 계속 존재가 유지될 수 있다고. 때론 마주한 사람의 눈 속에서 밖을 내다보는 존재는 이미 어린 시절에 숨이 끊겼을지도 몰라. 그 안에서 죽은 자가 밖을 내다보고 있는 거지. 속이 텅 빈 육체의 시선이 아닌 거야. 그 안에 여전히 뭔가 있기는 하지만, 이미 죽은 상태라서 계속 지켜보기만 하는 거지. 지켜보기를 멈출 수 없는 거야."

다른 사람이 대꾸했다. "그게 죽음이라는 거지. 뭐든 눈앞에 놓이면 거기서 눈을 뗄 수 없게 되는 거라고. 빌어먹을 뭔가를 그 자리에 갖다놓아도, 거기에 대해서 선택도 변화도 아무것도 할 수 없는 거야. 그저 그곳에 놓인 것을 있는 그대로 받아들일 뿐이지."

"영원히 맥주 깡통만 응시하게 되면 기분이 어떨 것 같나? 그리 나쁘지 않을지도 몰라. 적어도 두려워할 일은 없잖아."

저녁 식사를 하러 식당에 가기 전에, 입소자들의 개념 교육 시간이 있었다. 여러 직원이 번갈아가며 칠판에 다양한 개념을 적은 다음 토의를 시켰다.

그는 무릎 위에 얌전히 손을 올리고 앉아서, 바닥을 바라보며 끓어오르는 커다란 커피 주전자의 소리에 귀를 기울였다. **흡흡**거리는 소리가 두려움을 불러일으켰다.

"생물과 무생물은 서로 성질을 교환한다."

접이식 의자 여기저기에 앉은 사람들이 그 주제에 대해 토의했다. 다들 개념 교육에 익숙한 듯했다. 분명 이것도 뉴-패스의 사상 중 하나일 것이다. 어쩌면 암기시켜 계속 생각하게 만드는 걸지도 모른다. **흡흡.**

"무생물의 충동은 생물의 충동보다 강하다."

그들은 그 개념을 놓고 대화를 나누었다. **흡흡.** 커피 주전자의 소음은 갈수록 커지며 그를 겁에 질리게 했지만, 그는 움직이지도 그쪽을 바라보지도 않았다. 그대로 자리에 앉아 귀를 기울일 뿐이었다. 주전자 때문에 사람들의 말을 제대로 알아듣기가 힘들었다.

"우리는 무생물의 충동을 지나치게 내면에 받아들인다. 우리는 외부의—' 누가 저 빌어먹을 커피포트가 왜 저러는지 확인 좀 해주겠어요?"

누군가 커피 주전자를 확인하는 동안 잠시 소강상태가 찾아왔다. 그는 그대로 아래를 내려다보며 앉은 채 기다렸다.

"다시 써보지요. '우리는 외부의 현실과 지나치게 많은 수동적인 생명을 교환한다.'"

그들은 그 개념에 대해 토의했다. 커피 주전자는 잠잠해졌고, 사람들은 커피를 받으러 몰려갔다.

"커피 좀 마시지 않을래요?" 뒤에서 누군가 그를 건드리며 말했다. "네드? 브루스? 이 친구 이름이 뭐였죠— 브루스?"

"알겠어요." 그는 자리에서 일어나 다른 사람들을 따라 커피 주전자 쪽으로 갔다. 그리고 자기 차례를 기다렸다. 사람들은 그가 컵에 크림과 설탕을 넣는 모습을 지켜보았다. 그가 자기 자리로, 같은 의자로 돌아가는 모습을 지켜보았다. 그는 자기 의자라는 것을 확인한 다음에 자리에 앉아서 귀를 기울이기 시작했다. 따스한 커피와 커피에서 올라오는 김 덕분에 다시 기분이 좋아졌다.

"움직인다고 생명인 것은 아니다. 퀘이사도 움직인다. 그리고 명상하는 수도승은 무생물이 된 것이 아니다."

그는 앉아서 텅 빈 컵을 바라보고 있었다. 자기로 만든 물건이었다. 그는 컵을 돌리다가 바닥에 인쇄된 글씨를 발견했다. 유약에 금이 간 모습도. 머그컵은 골동품처럼 보였지만 디트로이트에서 만들어진 물건이었다.

"원을 그리는 운동은 전 우주에서 가장 죽어 있는 형상이다."

다른 목소리가 말했다. "시간 됐습니다."

여기에 대해서는 그도 답을 알고 있었다. 시간은 둥글다.

"그래요, 이만 마칩시다. 누구든 간단하게 마지막으로 정리해줄 사람 있습니까?"

"글쎄요, 원운동이란 가장 저항이 적은 방식을 따라간 결과 아닙니까. 그게 생존의 법칙이죠. 이끌지 말고 따를 것."

조금 더 나이 든 다른 목소리가 말했다. "그래, 추종자는 선도자보다 오래 살아남는 법이라네. 그리스도처럼. 반대는 성립

되지 않지."

"식사하러 가는 게 좋겠습니다. 릭은 정확하게 5시 50분이 되면 배식을 중단하거든요."

"그건 게임 교육에서 이야기해야지. 지금이 아니라."

의자를 끄는 끼익 소리가 요란하게 울렸다. 그도 자리에서 일어나서 낡은 머그컵을 다른 컵들이 놓인 쟁반에다 가져다놓은 다음, 방에서 나가는 줄에 합류했다. 주변에서 차가운 옷 냄새가 났다. 좋은 냄새이지만 차가웠다.

마치 다들 수동적인 삶이 좋다고 말하는 것 같다고, 그는 생각했다. 그러나 세상에 수동적인 삶 따위는 존재하지 않는다. 그런 표현 자체가 모순이니까.

그는 삶이 무엇인지, 그게 무슨 의미인지를 생각해보았다. 어쩌면 이해하지 못하는 쪽은 그일지도 모른다.

기부받은 화려한 옷으로 가득한 커다란 꾸러미가 도착했다. 몇몇 사람들은 이미 한아름 안아들고 있었고, 다른 사람들은 셔츠를 걸친 채로 이리저리 입어보며 확인을 받는 중이었다.

"어이, 마이크. 너 머리도 좋으면서 뭘 하는 거야."

라운지 가운데에 키는 작아도 덩치는 좋은 남자가 서 있었다. 고수머리에 찌그러진 얼굴을 가진 남자였다. 그는 벨트를 만지작거리다가 얼굴을 찌푸렸다. "이건 어떻게 쓰는 거지? 고정하는 법을 모르겠군. 왜 헐거워지지 않는 거야?" 그는 너비가 7.5센티미터는 되는 큼직한 금속 고리가 달린 버클 없는 벨트를 찬 채로, 고리를 죄는 방법을 몰라서 쩔쩔매고 있었다. 그는 눈을 반짝이며 주변을 둘러보며 말했다. "아무래도 다른 사람들도 이거 쓰는 법을 몰라서 나한테까지 온 것 같은데."

브루스는 그의 뒤편으로 다가가서 몸에 팔을 두르고는, 벨트를 고리에 넣어서 죄어주었다.

"고마워." 마이크가 말했다. 그는 입을 꾹 다문 채로 여러 벌의 정장 셔츠를 뒤적이기 시작했다. 문득 그가 브루스를 보고 말했다. "난 결혼하면 이런 옷을 입을 거야."

"멋지네요." 그가 말했다.

마이크는 라운지 건너편에 있는 여자 두 명을 향해 걸음을 옮겼다. 그들은 웃음을 지었다. 마이크는 버건디색 꽃무늬 셔츠를 자기 몸에 대 보이면서 말했다. "이걸 입고 시내에 나갈 거라고."

"좋아, 다들 들어가서 저녁을 먹도록!" 입소 관리자가 쾌활하게 큰 소리로 소리쳤다. 그리고 브루스를 향해 눈을 깜빡여 보였다. "잘 지내나, 친구?"

"괜찮아요." 브루스가 말했다.

"감기 걸린 것 같은 목소린데."

"그렇지요." 그도 동의했다. "금단증상 때문일 거예요. 혹시 드리스탄 코감기약이나―."

"화학물질은 무조건 금지야." 관리자가 말했다. "종류를 막론하고. 얼른 가서 식사하라고. 입맛은 어떤가?"

"나아졌어요." 그는 이렇게 말하며 사람들 뒤를 따랐다. 식탁

마다 앉아 있던 사람들이 그를 보며 미소를 머금었다.

저녁을 먹은 후, 그는 2층으로 올라가는 널찍한 계단의 가운데쯤에 자리를 잡고 앉았다. 아무도 그에게 말을 걸지 않았다. 회의가 진행되는 중이었다. 그는 전부 끝날 때까지 그곳에 앉아 기다렸다. 이내 다들 나와서 홀을 가득 메웠다.

사람들이 자신을 지켜보고, 일부는 말을 걸기도 하는 것이 느껴졌다. 그는 계단에 구부정하게 앉아서, 팔로 몸을 껴안은 채로, 보고 또 보기만 했다. 자신의 눈앞에 놓인 어두운 색조의 양탄자를.

이내 모든 목소리가 사라졌다.

"브루스?"

그는 꿈쩍도 하지 않았다.

"브루스?" 손 하나가 그를 건드렸다.

그는 아무 말도 하지 않았다.

"브루스, 라운지로 나와봐. 사실 지금은 방에서 침대에 들어가 있어야 할 시간이지만, 그게, 있잖아, 대화를 좀 하고 싶어서 그래." 마이크는 그에게 따라오라고 손짓하며 앞장섰다. 그는 마이크와 함께 계단을 내려가 라운지로 들어섰다. 라운지는 텅 비어 있었다. 두 사람이 들어온 다음 마이크는 문을 닫아 버렸다.

마이크는 안락의자에 몸을 묻으면서, 그에게 맞은편에 앉으라고 손짓했다. 마이크는 지쳐 보였다. 작은 눈 주변에는 검은 그림자가 깃들었고, 이마를 문지르기도 했다.

"오늘은 아침 5시 30분부터 깨 있었거든." 마이크가 말했다.

노크 소리가 들렸다. 문이 열리기 시작했다.

마이크는 아주 큰 소리로 외쳤다. "아무도 안 들어왔으면 좋겠는데. 지금 대화 중이잖아. 안 들려?"

웅얼거리는 소리가 나더니 문이 닫혔다.

"그게 말이야, 셔츠는 하루에 두 번씩 갈아입는 게 좋아." 마이크가 말했다. "너 아주 지독하게 땀을 흘리고 있거든."

그는 고개를 끄덕였다.

"넌 캘리포니아 어느 지역에서 온 거야?"

그는 아무 말도 하지 않았다.

"지금부터는 그렇게 고약한 기분이 들면 나를 찾아와. 나도 같은 일을 겪었어. 아마 일 년 반 정도 전이었을 거야. 여기 사람들은 나를 차에 태우고 돌아다녔지. 운전하는 직원은 맨날 바뀌었지만 에디는 만나봤어? 키는 홀쩍하고 비쩍 마르고 누구든 깔보고 다니는 작자 말이야. 그놈이 나를 꼬박 여드레 동안 차에 태우고 끌고 다녔어. 절대 홀로 놔두질 않았지." 마이크가 갑자기 소리를 질렀다. "좀 나가 있을래? 우리 여기서 이야기를 하고 있잖아. 가서 텔레비전이나 보라고." 그는 갑자기 목소리를 낮추며 브루스를 슬쩍 보았다. "가끔씩 이래줘야 해. 여긴 사람을 홀로 놔두는 법이 없으니까."

"그렇군요." 브루스가 말했다.

"브루스, 조심하지 않으면 네 삶도 사라질 수 있어."

"알겠어요." 브루스는 아래를 내려다보며 말했다.

"존댓말 쓰지 말고!"

그는 고개를 끄덕였다.

"너 감방에 있던 거야, 브루스? 그래서 그렇게 된 거야? 거기서 약을 접하게 된 거야?"

"아니."

"주사로 했어, 약으로 먹었어?"

그는 아무 소리도 내지 않았다.

"나한테 존댓말이라니." 마이크가 말했다. "나는 교도소에서 10년을 보냈어. 한번은 같은 줄의 감방에 있는 여덟 명이 하루 사이에 모두 목을 그어버리는 모습도 봤지. 우린 변기에 발을 올리고 잤어. 감방이 정말 좁았거든. 교도소는 그런 곳이야. 변기에 발을 올리고 자야 한다고. 넌 교도소에 가본 적 없지?"

"없어." 그가 말했다.

"하지만 또 생각해보면, 여든이나 먹었는데도 살아 있어서 행복하고 계속 살고 싶다는 죄수들도 봤거든. 내가 약에 취해 있던 때가 기억나는군. 나는 주사기 쪽이었어. 10대 때부터 주사를 맞기 시작했지. 다른 방식은 해본 적도 없어. 그러다 10년 동안 교도소에 들어갔다 나왔지. 헤로인하고 D물질을 섞은 주사를 지독하게 많이 맞고, 다른 약에는 손대지 않았어. 다른 건 눈에 차지도 않았거든. 그런데 이젠 약에서 완전히 벗어났고, 교도소에서도 나와서, 지금 이곳에 있는 거야. 내가 가장 많이 알아채는 게 뭔지 알아? 예전하고 달라진 게 뭐일 거 같아? 이젠 밖으로 나가 거리를 돌아다니면 뭔가가 보인다는 거야. 숲을 방문하면 물소리도 들을 수 있어. 너도 우리가 가진 다른 시설을, 농장이나 뭐 그런 곳을 방문하게 되겠지. 거리를, 그러니까 평범한 거리를 거닐면 말이야, 작은 강아지나 고양이들이 보인다고. 예전에는 본 적도 없었어. 어딜 봐도 약만 보였지." 그는 손목시계를 확인했다. "그러니까 네가 어떤 기분일지 안다고."

"힘들어. 약을 끊는 게." 브루스가 말했다.

"여기서는 다들 약을 끊는다고. 물론 다시 의지하게 되는 사람도 있지. 너는 여길 떠나면 아마 약으로 돌아가게 될 거야. 너도 알고 있겠지."

그는 고개를 끄덕였다.

"이곳에는 편하게 살아온 사람 따위는 없어. 네 삶이 쉬웠다고 얘기하려는 건 아니야. 에디라면 그러겠지만. 그 작자라면 네 문제는 싸구려라고 할 거야. 하지만 자기 문제가 싸구려인 사람은 없어. 지금 얼마나 고약한 기분인지 알고 있지만, 나도 한때 겪었던 일이야. 그리고 이젠 기분이 훨씬 나아졌어. 네 룸메이트는 누구야?"

"존."

"아, 그래. 존. 그럼 지하층에 들어가 있겠군."

"방은 마음에 들어." 그가 말했다.

"그래, 거긴 따뜻하지. 아마 상당히 자주 감기에 걸릴 거야. 우리 다들 그렇고, 나도 예전에는 그랬던 기억이 있거든. 항상 몸을 떨고 다니고, 바지에다 그대로 변을 봤지. 뭐, 한 가지 장

담할 수 있는 건, 이런 일을 다시 겪을 필요는 없다는 거야. 여기 뉴-패스에 머물기만 하면."

"얼마나 오래?" 그가 물었다.

"남은 평생."

브루스는 고개를 들었다.

"난 여길 떠날 수가 없어." 마이크가 말했다. "저 밖으로 나가면 다시 약을 하기 시작할 테니까. 밖에는 친구가 너무 많거든. 다시 한쪽 구석에 처박혀서 약을 팔고 주사를 맞는 신세가 될 테고, 그러다가 감방에 20년쯤 처박히게 되겠지. 이봐, 그거 알아? 나는 서른다섯 살인데 결혼하는 건 이번이 처음이야. 로라 만나본 적 있어? 내 약혼자?"

그는 확신할 수 없었다.

"귀엽고 통통한 여자야. 몸매도 좋고."

그는 고개를 끄덕였다.

"그녀는 문밖으로 나가는 게 두렵대. 누군가 함께 나가줘야하는 거야. 우린 함께 동물원에 갈 생각이야……. 다음 주에 여기 사무장의 꼬마 아들을 데리고 샌디에이고 동물원에 갈 생각인데, 로라는 죽을 정도로 겁에 질려 있어. 나보다도 훨씬 겁먹었다고."

침묵이 흘렀다.

"내 말 들었어?" 마이크가 말했다. "내가 동물원에 가는 게두렵다고 한 거?"

"응."

"나는 동물원에 간 기억이 아예 없거든." 마이크가 말했다. "동물원에 가면 뭘 하면 되지? 너는 알지도 모르잖아."

"여러 종류의 우리나 개방된 사육 공간을 둘러봐."

"거기에는 어떤 종류의 동물들이 있어?"

"온갖 종류."

"아마 야생동물이겠지. 원래라면 야생이어야 할 동물들 말이야. 희귀한 동물도 있을 테고."

"샌디에이고 동물원에는 거의 모든 야생동물이 있어." 브루스가 말했다.

"혹시 그것도 있을까……. 그걸 뭐라고 부르더라? 그래, 코알라."

"응."

"코알라가 나오는 텔레비전 광고를 본 적이 있어." 마이크가 말했다. "껑충껑충 뛰어다녔지. 꼭 봉제인형 같았어."

브루스가 말했다. "옛날 테디베어 있잖아, 애들이 가지고 노는 거. 그거 코알라를 보고 만든 거야. 옛날 20년대쯤에."

"대단한데. 코알라를 보려면 호주에 가야 하는 거 아니었나. 아니면 이제 멸종했나?"

"호주에는 잔뜩 있어." 브루스가 말했다. "하지만 수출은 금지됐어. 살아 있는 것도 털가죽도. 거의 멸종할 뻔했거든."

"나는 다른 나라에는 가본 적도 없어." 마이크가 말했다. "멕시코에서 브리티시컬럼비아의 밴쿠버까지 차를 몰고 물건을 배달하러 다녔던 것만 빼고 말이야. 항상 같은 도로만 이용해서 아무것도 제대로 본 적도 없었지. 그냥 빨리 끝내려고 엄청난 속도로 몰아대기만 했거든. 나는 여기 재단 차를 한 대 몰아. 네가 원한다면, 아주 기분이 나빠지면, 태우고 드라이브를 시켜줄 수도 있어. 내가 모는 차에 타고 같이 이야기나 하는 거지. 나는 그래도 괜찮아. 에디하고 지금은 여기 없는 다른 사람들이 내게도 해줬던 일이거든. 나는 괜찮아."

"고마워."

"그럼 이제 우리 둘 다 자러 가야지. 아침에 부엌에서 뭔가 하라고 알려줬어? 식기를 차리고 음식을 나르고?"

"아니."

"그럼 나랑 같은 시간에 자러 가면 돼. 아침 식사 시간에 보자. 나하고 같은 식탁에 앉으면 로라도 소개해줄게."

"결혼은 언제 하는 거야?"

"한 달 반 남았어. 너도 와준다면 정말 기쁠 거야. 물론 이 건물 안에서 할 거야. 그래야 다들 참석할 수 있을 테니까."

"고마워." 그가 말했다.

게임 활동 시간에 그는 한가운데에 앉았고, 사람들은 그에게 소리를 질러댔다. 사방에서, 온갖 얼굴이 그를 내려다보며 소리를 질러댔다. 그는 계속 아래만 보고 있었다.

"얘가 누군지 알려줄까? 예쁜 척하는 아가란다!" 날카로운 목소리에 그는 시선을 들었다. 끔찍하게 왜곡되어 돌아가는 비명 속에서, 중국 여자 하나가 고래고래 소리치고 있었다. "예

402

쁜 척하는 아가야, 그게 바로 너란다!"

"혼자서도 할 수 있니? 자기한테도 할 수 있어?" 바닥에서 몸을 둥글게 말고 있는 그를 향해, 다른 사람들이 함께 노래했다.

붉은색 나팔바지를 입고 분홍색 슬리퍼를 신은 사무장이 미소를 지었다. 반짝이는 작은 사팔뜨기 눈이 첩보원의 눈처럼 보였다. 베개도 없이 가느다란 다리로 무릎을 꿇고 앉아서, 몸을 앞뒤로 흔들어대고 있었다.

"혼자서 하는 꼴을 보자꾸나!"

사무장은 사람이 무너지는 모습을 눈앞에서 보는 일이 즐거운 것 같았다. 쾌락으로 가득한 그의 작은 눈이 반짝였다. 마치 옛날 궁정에서 무대에 오른 광대처럼, 화려한 천연색 옷을 껴입은 채로, 주변을 둘러보며 즐기고 있었다. 그리고 가끔씩 그의 목소리가 흐릿하게 사라지며, 귀에 거슬리는 단조로운 목소리가, 마치 기계음 같은 소리가 그 자리를 차지하기도 했다. 금속 경첩이 긁히는 소리 같았다.

"예쁜 척하는 아가야!" 중국 여자가 그를 향해 울부짖었다. 그녀 옆에서는 다른 여자가 볼을 부풀린 채로 팔을 날개처럼 퍼덕거렸다. "여기야!" 중국 여자는 소리치면서 몸을 빙 돌려서 자신의 엉덩이를 그를 향해 내밀면서, 손으로 그쪽을 가리키며 그에게 소리쳤다. "그럼 내 엉덩이한테도 예쁜 척해봐, 입을 맞춰보라고! 사람들한테 뽀뽀하고 싶어서 안달이 난 아가란다, 어디 여기에도 뽀뽀해보라고, 예쁜 척이나 하는 주제에!"

"혼자 하는 꼴을 보자꾸나!" 온 가족이 함께 노래했다. "자위를 해보려무나, 예쁜 척하는 아이야!"

그는 눈을 질끈 감았지만, 귓가에는 여전히 소리가 흘러들어왔다.

"뚜쟁이 같으니." 사무장이 느릿한 목소리로 그에게 말했다. 단조로운 어조로. "개자식. 좆 같은 자식. 등신 자식. 똥 같은 자식―." 그의 목소리는 계속 울렸다.

여전히 귀로는 계속 소리가 들어왔지만, 이제는 뒤섞이기 시작했다. 잠시 잠잠해지며 마이크의 목소리를 알아들었을 때는, 그도 살짝 고개를 들었다. 마이크는 무심한 얼굴로 그를 내려다보며 앉아 있었다. 조금 벌개진 얼굴에, 목은 정장 셔츠 옷깃에 졸려서 조금 부어올라 있었다.

"브루스." 마이크가 말했다. "어떻게 된 거야? 어쩌다 여기까지 오게 된 거지? 우리한테 말해줄 건 없어? 너 자신에 대해서는 아무것도 말할 게 없는 거야?"

"뚜쟁이!" 조지가 비명을 지르며, 고무공처럼 위아래로 튀어다녔다. "뭐 하던 놈이야, 뚜쟁이 자식!"

중국인 여자는 자리에서 펄쩍 일어나면서 비명을 질렀다. "얼른 불라고, 이 좆이나 빠는 나긋나긋한 뚜쟁이 자식아, 궁둥이나 빨아대는 개자식!"

그는 말했다. "나는 눈眼이에요."

"너는 똥 같은 자식이야." 사무장이 말했다. "약해빠진 자식. 토사물 같은 자식. 좆이나 빠는 자식. 날치기꾼 자식."

그는 이제 아무것도 들을 수 없었다. 그리고 단어의 의미도 잊어버렸다. 그리고 마침내 단어 그 자체도 잊어버렸다.

단 하나, 마이크가 자신을 주시하고 있다는 것만은 느낄 수 있었다. 주시하고 귀를 기울이면서도 아무것도 듣지 않고 있다는 것을. 그는 몰랐고, 기억할 수 없었고, 거의 아무것도 느껴지지 못했고, 기분이 나빠졌고, 떠나고 싶었다.

내면의 공백이 자라났다. 사실은 그 때문에 살짝 기뻤다.

그날 늦은 시각이었다.

"이 안에는 무시무시한 괴물들을 가두어놓죠." 여자 하나가 말했다.

그녀가 문을 여는 순간 그는 두려움에 사로잡혔다. 문이 한쪽으로 열리며 방 안에서 소음이 흘러나왔다. 그는 방의 크기에 놀랐지만, 안에는 꼬마 아이들이 놀고 있을 뿐이었다.

그날 저녁, 그는 두 명의 나이 든 남자가 아이들한테 우유와 약간의 식사를 먹이는 광경을 지켜보았다. 그 자신은 부엌 근처의 작은 벽감에 마련된 별도 공간에 앉아 있었다. 다른 사람들이 식당에서 기다리는 동안, 조리사인 닉은 나이 든 남자 두 명에게 아이들 식사를 먼저 챙겨서 건네주었다.

식판을 식당으로 나르던 중국인 여자가 그를 향해 웃으며 말했다. "애들 좋아해요?"

"네." 그가 말했다.

"아이들하고 같은 자리에 앉아서 같이 식사해도 돼요."

"아." 그는 말했다.

"한두 달 후에는 아이들에게 밥을 먹일 수도 있을 거예요."
그녀는 머뭇거리다 덧붙였다. "당신이 아이들을 때리지 않을
거라는 확신이 생기면요. 이곳의 규칙이에요. 아이들은 무슨
일을 하더라도 절대 때리면 안 된다는 거죠."

"알겠어요." 그는 말했다. 아이들이 식사하는 모습을 지켜보
니 온기가 돌아오며 살아나는 기분이 들었다. 그가 자리에 앉
으니, 어린 축에 드는 아이 한 명이 그의 무릎으로 기어 올라왔
다. 그는 아이에게 숟가락으로 식사를 떠먹이기 시작했다. 그
와 그 아이 양쪽 모두 따뜻한 기분을 느끼고 있다고, 그는 생각
했다. 중국인 여자는 그를 향해 웃어준 다음, 쌓인 식판을 들고
식당으로 나갔다.

그는 한동안 아이들 사이에 앉아서, 한 명씩 안아주며 시간
을 보냈다. 나이 든 두 명의 남자는 아이들과 말다툼을 벌이고
서로의 밥 먹는 방식을 비난했다. 음식 부스러기와 조각과
흘린 자국이 탁자와 바닥을 뒤덮었다. 그는 문득 아이들의 식
사가 끝났으며 이제 자기네들의 커다란 놀이방으로 돌아가서
텔레비전 만화를 볼 시간이라는 사실을 깨닫고 깜짝 놀랐다.
그는 어색하게 몸을 숙여서 흘린 음식을 치웠다.

"아니, 그건 자네 일이 아니야!" 노인 한 명이 날카롭게 소리
쳤다. "그건 내 일이라고."

"알겠어요." 그는 순순히 말하며 자리에서 일어나다가, 탁자
한쪽 모서리에 머리를 찧었다. 그는 흘린 음식 조각을 손에 든
채로 고민하는 듯 그쪽을 바라보았다.

"가서 식당 청소 도우라고!" 다른 노인이 그에게 말했다. 장애 때문에 살짝 말투가 어눌했다.

설거지 반에 있던 부엌 보조원 중 하나가 지나가면서 말했다. "애들하고 함께 앉으려면 허가를 받아야 해요."

그는 고개를 끄덕이고는, 혼란에 빠진 채 그곳에 서 있었다.

"그건 노인네들 일이거든요." 설거지 반 사람이 말했다. "애들 보는 거요. 그거 말고는 아무것도 못 하니까." 그는 크게 웃으며 지나쳐 갔다.

아이가 하나 남았다. 그녀는 눈을 크게 뜨고 그를 이리저리 살피다 물었다. "아저씨는 이름이 뭐예요?"

그는 전혀 대답하지 못했다.

"아저씨, 이름이 뭐냐니까요?"

그는 조심스레 손을 뻗어 탁자 위의 쇠고기 조각을 건드렸다. 이미 차갑게 식어 있었다. 그러나 옆에 있는 아이를 인식하니 아직 따뜻한 기분이 느껴졌다. 그는 그녀의 머리를 만졌다. 아주 잠시.

"제 이름은 셀마예요." 아이가 말했다. "아저씨는 이름을 잊어버린 거예요?" 그녀는 그를 토닥였다. "이름을 자꾸 잊어버리면, 자기 손에다 써놓으면 돼요. 내가 어떻게 하는지 보여줄까요?" 그녀는 다시 그를 토닥였다.

"지워지지 않을까?" 그는 그녀에게 물었다. "손에다 써놓기만 하면, 손으로 뭔가 하거나 목욕을 해버리면 그대로 지워지는데."

"아, 그렇네요." 아이는 고개를 끄덕였다. "음, 그러면 벽에다 써놓으면 되죠. 머리맡요. 아저씨가 자는 방요. 안 지워질 정도로 높이 높이 써놓는 거예요. 그러면 아저씨 이름을 더 잘 알고 싶을 때가 생기면—."

"셀마." 그는 중얼거렸다.

"안 돼요, 그건 **내** 이름이에요. 아저씨는 다른 이름이 있을 것 아녜요. 게다가 그건 여자 이름이라고요."

"생각해볼게." 그는 이렇게 말하며 명상에 잠겼다.

"아저씨를 다시 만나면 내가 이름을 줄게요." 셀마가 말했다. "아저씨한테 맞는 이름을 만들어줄게요. 그럼 됐죠?"

"너는 여기 안 사니?" 그가 말했다.

"여기 살지만, 엄마가 나갈지도 모른대요. 나하고 동생을 데리고 떠날까 생각하고 있대요."

그는 고개를 끄덕였다. 온기가 조금 사그라들었다.

갑자기, 그로서는 이유를 짐작조차 할 수 없었지만, 아이는 달아나버렸다.

어차피 내 이름이니까 내가 직접 생각해야 해, 그는 결심했다. 내 의무니까. 그는 자기 손을 살피다가 문득 왜 그렇게 행동했는지 의문을 품었다. 손에는 아무것도 없었으니까. 내 이름은 브루스잖아, 그는 생각했다. 하지만 그보다 나은 이름이 있을지도 모른다고, 그는 생각했다. 아이와 마찬가지로, 남아 있던 온기 또한 차츰 그의 곁을 떠났다.

그는 다시 고독하고 낯설고 길을 잃은 기분이 들었다. 그리고 아주 행복하지는 않아졌다.

어느 날 마이크 웨스터웨이는 근처 슈퍼마켓에서 기부한 반쯤 상한 식품을 뉴-패스로 가져오는 업무를 맡아서 밖으로 나왔다. 그러나 시설 직원이 미행하지 않는다는 것을 확인한 다음, 그는 전화를 걸어 맥도날드 가판대에서 도나 호손과 접선했다.

두 사람은 함께 야외에 앉았다. 가운데의 나무 탁자에는 코카콜라와 햄버거를 올렸다.

"정말 잠입시키는 데 성공한 거지?" 도나가 물었다.

"그래." 웨스터웨이가 대답했다. 그러나 그는 속으로는 다른 생각을 했다. 그 친구는 완전히 머릿속이 타버렸던데. 이게 의미가 있을지 모르겠군. 이걸 뭔가를 해냈다고 할 수 있을지나 모르겠어. 하지만 어차피 이 방법밖에 없었으니까.

"저쪽에서 의심하는 기색은 없겠지."

"전혀." 마이크 웨스터웨이가 말했다.

도나가 말했다. "당신 개인적인 의견은 어때. 놈들이 그걸 재배하고 있는 것 같아?"

"나는 아니야. 내가 믿는 게 아니라고. 믿는 건 그들이지." 우리한테 돈을 주는 자들 말이야, 그는 생각했다.

"애초에 그 이름이 무슨 뜻이야?"

"**모르스 온톨로기카***Mors ontologica*. 영혼의 죽음이라는 뜻이지. 정체성의 죽음. 본질의 죽음."

"그 사람이 제대로 실행할 수 있을까?"

웨스터웨이는 지나가는 차량과 사람들을 바라보았다. 음식을 깨작거리며, 그는 우울하게 그 모든 것을 주시했다.

"당신 진짜로 모르는 거구나."

"실제로 벌어질 때까지는 누구도 알 수 없지. 한 조각의 기억일 뿐이니까. 그슬린 뇌세포 몇 개가 순간 번득일 뿐이니까. 반사적으로. 작용이 아니라 반작용으로. 우리는 그저 소망할 뿐이야. 성경에서 바울이 말한 그대로지. 신실하고, 소망하며, 열심히 돈을 바치라." 그는 맞은편에 앉은 예쁘장한 흑발 여성을 찬찬히 살피며, 밥 아크터가 그녀에게서 무엇을 보았는지를─. 이러면 안 돼, 그는 생각했다. 항상 브루스라고 생각해야 해. 그러지 않으면 그를 너무 많이 안다는 사실을 어떻게든 드러내게 될 테니까. 내가 알아서는 안 되고 알 수도 없는 일들을 알고 있는 걸 들키게 될 테니까. 브루스는 왜 그녀를 계속 생각하는 걸까. 생각이 가능할 때마다 그녀를 생각하는 걸까.

"그 사람은 아주 제대로 정신이 나갔어." 도나의 목소리는 극도로 쓸쓸하게 들렸다. 동시에 슬픔의 감정이 그녀의 얼굴을 가로지르며, 얼굴선을 경직시키고 뒤틀었다. "그런 대가를 치르게 되다니." 그녀는 반쯤은 자신에게 그런 말을 중얼거리고는, 자기 앞의 콜라를 마셨다.

그러나 거기까지 들어가려면 다른 방법이 없다고. 그는 생각했다. 나는 들어갈 수 없어. 이 시점에서 그건 확실해졌지. 내가 얼마나 열심히 노력해왔는지 생각해보라고. 저들은 브루스처럼 뇌가 완전히 타서 허풍만 남은 사람만 들여보낸단 말이야. 거기 들어가려면…… 그런 상태여야 해. 저들은 위험요소를 용납하지 않으니까. 그게 저들의 정책이니까.

"정부는 정말로 엄청난 요구를 하네." 도나가 말했다.

"삶이 엄청난 요구를 하는 거지."

그녀는 시선을 들고, 어둑하게 분노한 얼굴로 그를 마주했다. "이번에는 연방정부야. 명확하게. 당신하고 나한테. 그리고―." 그녀의 목소리가 잦아들었다. "한때 내 친구였던 사람한테."

"아직 당신 친구야."

도나는 격하게 대꾸했다. "부서진 잔해일 뿐이야."

그 사람의 잔해는 여전히 당신을 찾고 있다고, 마이크 웨스터웨이는 생각했다. 그 나름의 방식으로. 그 또한 슬픔을 느꼈다. 그러나 날이 너무 좋았다. 사람들과 차들이 그를 격려하듯 오가고, 공기마저도 향긋했다. 게다가 성공의 전망이 있었다. 그 사실이 가장 기운이 나게 해주었다. 여기까지 왔다. 이대로 남은 장애물을 돌파할 수 있을지도 모른다.

도나가 말했다. "솔직히 말해서 나는 사람이나 생물이 자기가 희생양이라는 것조차 모른 채 희생당하는 것보다 끔찍한 일은 없다고 생각해. 알고 있다면 얘기가 달랐을 거야. 이해한 상태로 자원했다면. 하지만―." 그녀는 허공에 손을 내저으며 말을 이었다. "그 사람은 모르잖아. 알았던 적조차 없잖아. 자원한 것도 아니고―."

"당연히 자원한 거지. 그게 직업이었는데."

"그 사람은 짐작조차 못 했어. 아직도 모를 테지. 이제는 짐작이라는 것도 불가능할 테니까. 당신도 나만큼 잘 알고 있잖아. 게다가 앞으로 두 번 다시, 남은 평생을, 짐작이라는 것은 하지도 못할 거라고. 반응해서 행동할 뿐이지. 게다가 이건 사고로 일어난 일도 아니잖아. 전부 처음부터 계획한 일이었다고. 그러니까 이건 우리의…… 업보인 거야. 등에 업보를 지고 있는 기분이 느껴져. 시체를 짊어진 것처럼. 나는 시체를 짊어지고 있는 거야. 밥 아크터의 시체를. 그 사람이 겉으로는 살아 있다고 해도." 목소리가 높아져버렸다. 마이크 웨스터웨이가 손짓했고, 그녀는 눈에 띄게 노력해서 마음을 가라앉혔다. 다른 나무 탁자에서 버거와 셰이크를 즐기던 손님들이 의심스러운 눈으로 그들을 바라보고 있었다.

잠시 침묵이 흐른 후, 웨스터웨이가 입을 열었다. "뭐, 이런 쪽으로 생각해보라고. 정신이 없는 존재는, 아니 사람은, 심문할 수도 없잖아."

"이제 돌아가야겠어." 도나가 말했다. 그녀는 손목시계를 살폈다. "당신 말대로 전부 잘되고 있다고 보고할게. 당신 의견이 그렇다고."

"겨울까지 기다려." 웨스터웨이가 말했다.

"겨울?"

"그만큼은 걸릴 거야. 이유는 짐작도 가지 않지만 그렇게 되더라고. 겨울까지 제대로 되지 않으면 아예 실패하는 거야. 그때 얻게 되거나 아예 얻지 못하는 거지." 정확히 동짓날일 거라

412

고, 그는 생각했다.

"시기는 적절하네. 모든 것이 죽어서 눈 아래 들어가 있을 때 말이지."

그는 웃음을 터트렸다. "캘리포니아에서?"

"정신의 겨울이야. 모르스 온톨로지카. 영혼이 죽었을 때인 거야."

"잠들어 있을 뿐이지." 웨스터웨이는 이렇게 말하며 자리에서 일어섰다. "나도 떠나야겠어. 야채를 한 짐 싣고 가야 해서."

도나는 슬프고, 먹먹하고, 고통에 잠긴 당황하는 시선으로 그를 바라보았다.

"주방에서 쓸 물건이야." 웨스터웨이는 부드럽게 말했다. "당근하고 양상추하고, 그런 부류라고. 맥코이 마켓에서 뉴-패스의 빈자들에게 자선을 베푼 물건이야. 갑자기 그렇게 말해서 미안해. 환자들 가지고 농담하려던 건 아니었어. 별 생각 없이 한 말이야." 그는 가죽재킷을 걸친 그녀의 어깨를 토닥였다. 그리고 그러다 문득, 그 재킷이 아마도 조금 더 행복했을 시절의 밥 아크터가 선물한 물건일 수도 있다는 생각을 했다.

"우리가 함께 이 작전을 시작한 지도 상당히 오래됐잖아." 도나는 온건하고 차분한 목소리로 말했다. "앞으로 더 오래 붙들려 있고 싶지는 않아. 이젠 끝내고 싶어. 한밤중에 잠이 오지 않으면 이런 생각이 든단 말이야. 젠장, 우리가 저들보다 잔혹한 거잖아. 우리의 적보다도."

"나한테는 당신이 잔혹한 사람으로는 안 보이는데." 웨스터웨이가 말했다. "물론 내가 당신을 그리 제대로 알고 있지는 못하겠지만 말이야. 지금 내 눈앞에 보이는 사람은 내가 지금껏 알아온 중에서 가장 따스한 사람이야. 명확히 알 수 있어."

"나는 겉보기로만, 사람들의 눈에만 따스해 보일 뿐이야. 따스한 눈, 따스한 얼굴, 빌어먹을 따스한 거짓 미소가 있으니까. 하지만 내면은 항상 차갑고 거짓으로 가득하거든. 나는 겉모습과는 다른 사람이야. 끔찍한 사람이라고." 그녀의 목소리는 계속 차분했고, 말하면서 미소도 지었다. 눈동자는 크고 달콤하고 조금의 거짓도 없어 보였다. "하지만, 어차피 다른 방법이 없겠지. 그렇잖아? 아주 오래전에 그 사실을 깨닫고 나를 이런 식으로 만들어왔어. 하지만 사실은 그리 나쁘지 않아. 이렇게 하면 원하는 바를 얻어낼 수 있거든. 그리고 사실 모든 사람이 어느 정도는 이렇게 살잖아. 내가 진짜로 고약한 사람인 이유는─ 내가 거짓말쟁이이기 때문이야. 나는 친구한테 거짓말을 했어. 밥 아크터한테 항상 거짓말을 했다고. 심지어 한번은 내가 하는 말은 아무것도 믿지 말라고 말하기까지 했어. 물론 그는 농담이라고 생각하고 내 말에 귀를 기울이지 않았지. 하지만 내가 말해줬더라면, 그 말을 한 다음에 당신은 귀를 기울이지 않는 것이, 내 말을 이제 믿지 않는 것이 의무라고 덧붙였더라면. 나는 경고했어. 하지만 그는 내가 말하자마자 즉시 잊어버리고 다시 움직이기 시작했지. 자기 임무에만 집중하면서."

"당신은 해야 하는 일을 한 것뿐이야. 의무 이상으로 잘해줬다고."

그녀는 탁자에서 일어섰다. "좋아, 그럼 이번에는 진짜로 내가 보고할 건수는 없는 거네. 아직은. 그저 그가 잘 섞여 들어갔고 저쪽에서 받아들였다는 것뿐이지. 그리고 그―." 그녀는 몸을 떨었다. "그 끔찍한 게임 치료로도 아무것도 얻어낼 수 없었다는 거하고."

"맞아."

"나중에 봐." 그녀는 문득 걸음을 멈췄다. "연방 기관 쪽 사람들은 겨울까지 기다리기를 원치 않을 거야."

"하지만 겨울일 텐데." 웨스터웨이가 말했다. "동짓날이야."

"뭐라고?"

"그냥 기다리기만 해. 기도하면서." 그가 말했다.

"헛소리야." 도나가 말했다. "그러니까, 기도 말이야. 나도 옛날에는 아주 자주 기도했는데, 이젠 아예 하지 않아. 기도가 먹혔더라면 지금 우리가 하는 이따위 일은 하지 않았어도 됐을 거야. 기도도 사기일 뿐이라고."

"세상일은 대부분 사기지." 그는 떠나는 그녀를 쫓아 몇 걸음을 옮겼다. 그녀에게 이끌려서, 그녀가 마음에 들어서. "나는 당신이 친구를 망가트렸다고 생각하지 않아. 내가 보기에는 당신도 희생양이 된 친구만큼이나 망가진 것처럼 보이거든. 당신이 아직 모를 뿐이지. 게다가 다른 방법이 없었잖아."

"나는 지옥에 가게 될 거야." 도나가 말했다. 그녀는 갑자기 소년처럼 함박웃음을 지었다. "나는 가톨릭 가정 출신이거든."

"지옥이란 건 말이야, 5달러어치 마리화나 한 봉지를 샀는데

415

집에 도착해보니 그게 전부 M&M 초콜릿으로 바뀌어 있는 곳이야."

"칠면조 똥으로 만든 M&M이겠지." 도나는 이렇게 말하고, 다음 순간 사라져버렸다. 사방으로 오가는 사람들 사이로 그대로 모습을 감추었다. 그는 눈을 깜빡였다. 밥 아크터도 이런 기분이었을까? 그는 자문했다. 분명 그랬으리라. 영원히 존재할 것처럼, 안정된 모습을 비추다가, 다음 순간 사라져버리는 것이다. 불이나 공기처럼, 흙의 원소가 다시 흙으로 돌아가듯이 사라지는 것이다. 끊이지 않고 오가는 사람들 사이에 섞여버리는 것이다. 그들 안으로 스며드는 것이다. 증발해버린 여인이로군. 그는 생각했다. 아니면 변신했거나. 자신이 원하는 대로 오가는 여인. 그리고 누구도, 무엇도, 그녀를 붙들어둘 수 없을 것이다.

나는 바람을 그물로 가두려 하는 거야, 그는 생각했다. 아크터도 그랬다. 연방 수사국의 약물 남용 수사관을 손으로 단단히 붙들려 하다니, 얼마나 헛된 시도인지. 지독하게 은밀한 자들이다. 작업에 필요할 때면 그대로 녹아 없어지는 그림자다. 마치 처음부터 그곳에 실제로 존재하지 않았다는 것처럼 사라진다. 아크터는 기관에서 만들어낸 유령과 사랑에 빠졌던 거라고, 그는 생각했다. 일종의 홀로그램이었다고. 평범한 남자는 그 안으로 들어갔다가도 홀로 맞은편으로 나올 수밖에 없는 존재였다고. 제대로 그 정체를, 그 여인의 실체를, 손에 잡아보지도 못한 채로.

신은 악을 선으로 변환하는 방식으로 개입한다고, 그는 생각했다. 이곳에서도 신이 개입하고 있다면, 지금 이 순간에도 그런 일을 벌이고 있을 것이다. 인간의 눈으로는 식별할 수 없겠지만. 그 과정 자체는 현실의 이면에 숨어 있어서, 시간이 흐른 후에나 드러난다. 어쩌면 우리 뒤를 이을 후손들에게나 보일지도 모른다. 우리가 헤치고 나온 전쟁이나 우리가 감당한 손실에 대해서는 아무것도 모르는 무지렁이들에게. 기껏해야 중요치 않은 역사책의 한쪽 구석에 끼적인 주석 속에서 암시하는 정도일 것이다. 얼핏 지나가다 언급하는 식으로. 사망자 명단 따위는 없이.

어딘가에 기념물을 세워야 한다고, 그는 생각했다. 이 전쟁에서 목숨을 잃은 사람들을 기려야 하니까. 그리고 더 비참한 운명을 맞은, 목숨을 잃지 않은 사람들도 기려야 하니까. 죽음을 겪고도 살아가야 하는 사람들을. 밥 아크터처럼. 가장 슬픈 부류의 사람들을.

아무래도 도나는 청부업자일 것 같아. 봉급을 받는 게 아닐 거야. 가장 유령 같은 부류지. 영원히 모습을 감춰버리니까. 새 이름을 받고 새 장소로 이동하니까. 언젠가 지금쯤 그 여자는 어디 있는 걸까? 하고 자문하겠지만, 그 답은―.

어디에도 없다는 거지. 애초에 그곳에 있었던 적이 없으니까.

다시 목제 탁자 앞에 앉아서, 마이크 웨스터웨이는 햄버거를 마저 먹어치우고 콜라를 비웠다. 이곳의 음식이 뉴-패스에서 제공하는 음식보다 나았으니까. 설령 이 햄버거가 소의 똥구 멍 살을 다져서 만든 것이라고 해도.

도나를 다시 부르거나, 그녀를 찾아내거나 소유할 방법을 알 아내려 시도한다면…… 나도 밥 아크터의 뒤를 따라 끝없이 헤매게 되겠지. 어쩌면 그에게도 이런 상황이 차라리 나을지 도 몰라. 그의 삶은 애초에 비극이었다. 공기 같은 영혼을 사랑 했으니까. 그것이야말로 진정한 비탄이었다. 그림으로 그린 듯 한 절망이었다. 인쇄된 책자 위에서도, 인류의 연대기에서도, 그녀의 이름은 찾아볼 수 없을 것이다. 거주지도 이름도 등장 하지 않는다. 세상에는 그런 여자들이 있다고, 그는 생각했다. 남자는 그런 여자를 가장 사랑한다. 붙들려고 손으로 감싸는 순간 환영만을 남기고 사라져버리기 때문에, 아무런 희망도 남기지 않는 여자를.

어쩌면 우리가 그를 더 끔찍한 운명으로부터 구원한 걸지도 몰라. 그리고 그 과정에서 그의 남은 부분을 유용하게 사용한 셈이고. 선하고 가치 있는 목적을 위해서. 웨스터웨이는 이렇 게 결론을 내렸다.

운이 좋다면 말이지만.

"아저씨, 이야기는 몰라요?" 어느날 셀마가 이렇게 물었다.

"늑대 이야기는 아는데." 브루스가 말했다.

"늑대하고 할머니 이야기요?"

"아니." 그가 대답했다. "경찰차처럼 검은색과 흰색의 점박이였던 늑대 이야기야. 그 늑대는 나무에 올라가 있다가 계속해서 농부의 가축들 위로 뛰어내려서 잡아먹곤 했단다. 마침내 어느 날, 견딜 수 없게 된 농부는 자기 아들하고 아들의 친구들을 전부 불러 모아서, 흑백 늑대가 나무에서 뛰어내리는 순간을 기다리며 근처에 서 있었단다. 마침내 늑대가 못생긴 갈색 가축한테 뛰어내렸고, 흑백 늑대는 바로 그 자리에서 모두의 총에 맞아 죽었단다."

"어, 불쌍하네요." 셀마가 말했다.

"하지만 가축은 무사했어." 그는 말을 이었다. "그들은 나무에서 뛰어내린 커다란 흑백 늑대의 가죽을 벗겨서 그 아름다운 가죽을 보관했단다. 뒤를 이은 사람들이, 나중에 태어난 사람들이, 그 가죽을 보고 그 힘과 크기에 감탄할 수 있도록 말이야. 그리고 후손들은 늑대 이야기를 나누고 그 능력과 풍채에 대해 온갖 이야기를 읊으면서, 늑대가 세상을 떠났다는 사실에 안타까워했단다."

"왜 쏜 거예요?"

"쏠 수밖에 없었으니까. 그런 늑대들은 그렇게 처리해야 하니까." 그가 말했다.

"다른 이야기는 몰라요? 더 나은 이야기로요?"

"몰라." 그가 말했다. "내가 아는 이야기는 그것뿐이야." 그는 늑대가 자신의 훌륭한 뜀뛰기 능력을 얼마나 즐겼는지를, 자신의 훌륭한 육신을 자랑하며 뛰어내리기를 좋아했는지를 떠올렸다. 그러나 이제 그 육신은 총에 맞아 사라졌다. 그리고 하찮은 짐승들이, 뛰어오르는 법도 제대로 모르고 자신의 육체에 자긍심도 없는 짐승들이 그를 살육하고 먹어치웠다. 그러나 좋은 면을 보자면, 그 짐승들은 앞으로도 계속 힘겹게 걸음을 옮겨야 한다. 흑백의 늑대는 불평한 적이 없었다. 총에 맞으면서도 한마디도 하지 않았다. 발톱은 여전히 사냥감의 몸에 깊이 박혀 있었다. 아무 의미 없이. 그게 그의 방식이고 그런 일을 즐긴다는 것 외에는 아무 이유도 없었다. 그게 그의 유일한 방식이었다. 늑대가 살아가는 방식은 그것뿐이었다. 아는 것도 그것뿐이었다. 그래서 그들은 그를 사냥해버렸다.

"늑대가 나타났다! 우왕! 우왕!" 셀마는 소리치면서 어색하게 팔짝 뛰어올랐다. 여기저기 보이는 물건을 잡으려다 실패하는 모습을 보면서, 그는 아이에게 문제가 있다는 사실을 깨닫고 가슴이 내려앉았다. 지금까지 몰랐다는 것이 당황스러운 일이었지만, 아이한테 장애가 있음을 처음으로 깨달은 것이다.

그가 말했다. "너는 늑대가 아니야."

그러는 순간에도, 아이는 더듬거리며 비틀거렸다. 그는 아이가 늑대가 아닌데도 장애를 겪는다는 사실을 깨달았다. 그리고 어떻게……

Ich unglücksel'ger Atlas! Eine Welt,

Die ganze Welt der Schmerzen muss ich tragen,

Ich trage Unerträgliches, und brechen

Will mir das Herz im Leibe.[*]

……그런 슬픔이 존재할 수 있는지 짐작조차 하지 못했다. 그는 발길을 돌렸다.

그의 뒤편에서 아이는 여전히 놀고 있었다. 그리고 발이 걸리더니 넘어졌다. 어떤 기분이 들까? 하고 그는 생각했다.

그는 진공청소기를 찾아서 복도를 따라 어슬렁거렸다. 그들은 아이들이 하루의 대부분을 보내는 커다란 놀이방을 진공청소기로 철저하게 빨아야 한다고 지시했다.

"복도 끝 오른쪽 방에 있을 거야." 한 사람이 말했다. 얼이었다.

"고마워요, 얼." 그가 말했다.

그는 닫힌 문 앞에 도착해서 문을 두드리려다가, 문득 바로 열어버렸다.

방 안에는 나이 든 여인이 홀로 앉아서, 고무공 세 개를 던졌다 받기를 되풀이하고 있었다. 그녀는 지저분한 회색 머리카락을 어깨 위로 나부끼며, 이가 하나도 남지 않은 입으로 웃음을 지었다. 하얀 양말과 테니스 신발을 신었고, 눈두덩은 퀭했다. 그는 그 모든 것을 보았다. 퀭한 눈두덩을, 웃음이 떠오른

---

[*] 하이네의 연작시 「귀향」의 24번째 작품. "나는 불행한 아틀라스이니! 온 세상을, /비탄으로 이루어진 끔찍한 세상을 어깨로 받쳐야 하노니 /견딜 수 없는 것을 견디면서, 나는 느끼네 /부스러지는 내 몸속의 심장을."

합죽이 입을.

"이거 할 수 있나?" 그녀는 바람 새는 목소리로 물어보며, 세 개의 공을 한꺼번에 허공으로 던졌다. 공은 다시 떨어지며 그녀를 맞추고는 바닥을 굴렀다. 그녀는 가래 끓는 소리로 웃으며 몸을 숙였다.

"못 해요." 그는 당황한 채 그 자리에 서서 말했다.

"난 할 수 있지." 움직일 때마다 팔에서 삐걱대는 소리를 내면서, 가냘프고 늙은 존재는 공들을 주워 올렸다. 그리고 눈을 찡그리며 제대로 하려고 애썼다.

다른 사람 하나가 브루스 옆으로 다가와서, 함께 문간에 서서 그 광경을 지켜보기 시작했다.

"얼마나 오래 연습한 거예요?" 브루스가 말했다.

"꽤 됐어." 그가 소리쳤다. "다시 해봐요. 거의 다 됐습니다!"

노인은 킬킬 웃으면서 몸을 수그리고는, 다시 공을 주우려고 허우적거렸다.

"저쪽에 하나 있습니다." 브루스 옆에 서 있던 남자가 말했다. "침대 탁자 아래에요."

"오오오오!" 노인은 바람 빠지는 소리를 냈다.

그들은 노인이 계속 반복해서 시도하는 모습을, 공을 떨어뜨리고, 다시 주워들고, 세심하게 겨냥하고, 자신의 균형을 잡고, 공중 높이 던졌다가, 자신을 향해 떨어지는 공을 보며 몸을 웅크리는 모습을, 때론 머리를 정통으로 맞는 모습을 지켜봤다.

브루스 옆의 남자는 코를 킁킁대더니 말했다. "도나, 가서 몸을 씻는 게 좋겠군요. 몸이 깨끗하지가 못해요."

순간 충격을 받은 브루스가 말했다. "저 사람은 도나가 아니에요. 저 사람이 도나예요?" 그는 고개를 들고 노파 쪽을 바라보다가 순간 엄청난 공포에 사로잡혔다. 그를 마주 바라보는 노인의 눈에는 눈물 비슷한 것이 맺혀 있었다. 그러나 그녀는 웃고 있었다. 세 개의 공을 그를 향해 던지면서, 그를 맞추려 들면서, 소리 내어 웃고 있었다. 그는 공을 피했다.

"안 됩니다, 도나. 그러면 못써요." 브루스 옆에 서 있던 남자가 그녀에게 말했다. "사람을 맞추면 안 됩니다. 그냥 텔레비전에서 본 걸 계속 연습해봐요. 도나도 알죠, 공을 자기 손으로 받은 다음에 바로 다시 던지는 거예요. 하지만 일단 지금은 씻으러 갑시다. 냄새가 고약하군요."

"알았어." 노인은 동의하고는, 살짝 구부정한 자세로 서둘러 그곳을 떠났다. 그녀가 떠난 자리에는 고무공 세 개가 여전히 바닥을 굴러다녔다.

브루스 옆의 남자는 문을 닫았고, 그들은 함께 복도를 따라 걸었다. "도나는 여기 얼마나 오래 있었나요?" 브루스가 물었다.

"아주 오래됐지. 내가 오기 전부터 있었는데, 나는 6개월 전에 왔으니까. 저글링 연습을 시작한 건 일주일쯤 됐어."

"그럼 도나가 아니네요." 그가 말했다. "그렇게 오래 여기 있었다면요. 저도 여기 온 지 일주일 정도밖에 안 됐으니까요." 그리고 도나는 자기 MG로 나를 여기까지 데려다줬으니까, 하고 그는 생각했다. 그건 기억나. 방열기에 물을 채우느라 멈춰야 했던 게 떠오르니까. 그리고 그때는 괜찮아 보였는데. 슬픈 눈으로, 우울하고 조용하고, 작은 가죽재킷과 부츠와 토끼발이 달랑거리는 핸드백을 손에 든, 차분한 모습이었는데. 언제나 그랬던 것처럼.

그리고 그는 계속 걸음을 옮기며, 진공청소기를 찾기 시작했다. 기분이 훨씬 나아졌다. 그러나 그 이유는 짐작하지 못했다.

15

브루스는 말했다. "동물 돌보는 일은 안 돼?"

"안 돼." 마이크가 말했다. "아무래도 농장 중 하나에 배정해 줘야 할 것 같은데. 한동안, 그러니까 몇 달 동안은 식물을 돌 보는 일을 했으면 좋겠어. 야외에 나가서 흙을 만지는 일을 하 라고. 요즘은 다들 하늘에 닿으려고만 하지. 온갖 로켓쉽 우주 탐사정이나 타고 돌아다니면서 말이야. 나는 네가 땅에 닿으 려 시도해봤으면—."

"나는 살아 있는 것들하고 함께 있고 싶은데."

마이크는 설명했다. "땅도 살아 있어. 지구도 아직 살아 있다 고. 그리고 지구야말로 가장 많은 도움을 얻을 수 있는 곳이야. 혹시 농사 경험 있어? 씨 뿌리고 재배하고 수확하는 일 말이 야."

"나는 계속 사무실에서 일했어."

"이제부터는 야외에서 일하게 될 거야. 정신이 돌아올 가능성이 있다면 자연스럽게 돌아오게 만들어야 해. 너는 이제 제대로 생각할 수도 없잖아. 그냥 우리 채소 농장에서―우리는 그런 이름으로 불러―씨를 뿌리거나 밭을 갈거나 벌레를 죽이는 식으로 계속 일할 수밖에 없단 말이야. 그런 일이 우리 특기지. 적절한 종류의 살충제를 사용해서 벌레를 완전히 제거해버리는 것 말이야. 물론 살충제는 아주 조심해서 사용하지만. 이로운 점보다는 해로운 점이 더 많거든. 작물과 토양뿐 아니라 그걸 사용하는 사람한테까지 독이 될 수 있어. 머리를 좀먹어버리지." 그리고 그는 덧붙였다. "네 머리를 좀먹은 것처럼 말이야."

"알겠어." 브루스가 대답했다.

마이크는 상대방을 힐긋거리며 생각했다. 너는 살충제를 정면으로 맞아서 벌레가 되어버린 거야. 벌레에 독극물을 뿌리면 죽어버리지. 하지만 인간에, 인간의 뇌에, 독극물을 뿌리면 벌레가 되거든. 달각거리고 몸을 떨고 영원히 같은 장소를 맴도는 벌레가 되는 거라고. 개미처럼 반사작용만 남은 기계가 되는 거야. 마지막으로 받은 명령을 반복하게 된다고.

이제 어떤 새로운 것도 그의 뇌에 들어가지 못할 거라고, 마이크는 생각했다. 들어갈 뇌가 사라졌기 때문에.

동시에 그 안에서 밖을 내다보던 인간도 사라졌다. 모르던 존재였지만, 그 인간은 사라져버렸다.

하지만 어쩌면, 그를 적절한 장소에 적절한 자세로 내려놓기만 하면, 아직은 아래를 굽어보며 땅에 눈길을 줄 수 있을지도 모른다. 그리고 땅이 거기 있다는 것을 인식할지도 모른다. 그리고 살아 있는 뭔가를 거기 심을지도 모른다. 자신과 다른 것을 심을지도 모른다. 자라날 수 있도록.

그 또는 그의 허물은 이제 자라날 수 없다. 내 곁에 있는 이 존재는 죽어버렸으니 두 번 다시 자라지 못할 것이다. 그 잔해마저 죽어버릴 때까지 천천히 부패할 뿐이다. 모든 것이 끝나서 우리의 손에 실려 갈 때까지.

죽은 사람에게는 미래랄 것이 거의 없다고, 마이크는 생각했다. 보통은 그저 과거만 존재할 뿐이다. 그리고 아크터-프레드-브루스에게는 과거조차 남지 않았다. 그에게는 오로지 현재뿐이다.

시설 차량을 모는 그의 옆자리에서, 축 늘어진 형체가 움찔거렸다. 자동차의 움직임에 따라서.

혹시 이 친구를 이렇게 만든 게 뉴-패스일지도 모르겠다고, 그는 생각했다. 약물을 보내서 이런 식으로 그를 손에 넣기 위해서, 이런 식으로 만들어서 최후에는 그를 되찾기 위해서.

혼란 속에서 그들의 문명을 세우기 위해서 말이야. 그게 진정으로 '문명'이라 부를 수 있는 것이라면.

그는 알지 못했다. 알 정도로 뉴-패스에 오래 있지 않았다. 언젠가 사무장이 말해준 바에 따르면, 앞으로 2년은 더 직원으로 근무한 다음에야 그들의 목적을 알려줄 것이라고 했다.

그리고 사무장은 그 목적이라는 것이 약물 재활과는 아무 관계도 없다고 덧붙였다.

뉴-패스의 기금이 어디서 오는 것인지를 아는 사람은 사무장인 도널드밖에 없었다. 자금은 끊기는 법이 없었다. 글쎄, D 물질을 제조한다면 분명 상당한 돈을 만지겠지, 하고 마이크는 생각했다. 벽지에 있는 여러 농장에서, 작은 가게에서, '교육 시설' 간판을 붙인 다양한 시설에서. 제조하고, 배급하고, 마지막으로 판매까지 한다면 상당한 돈이 들어올 것이다. 적어도 뉴-패스의 운영비를 조달하고 조직을 성장시킬 정도는 될 것이다. 아니, 훨씬 많겠지. 다양한 방법으로 최종 목표를 향해 매진하기에 충분할 것이다.

뉴-패스의 목적에 따라 다르긴 하겠지만.

그는, 그리고 미합중국 연방 마약단속국은, 대부분의 대중이나 심지어 경찰 조직조차도 모르는 사실을 알고 있다.

D물질은 헤로인과 마찬가지로 유기물이다. 실험실에서 합성하는 약이 아니다.

따라서 그가 종종 생각하는 대로, D물질 제조로 얻는 이득은 뉴-패스의 운영비를 조달하기에, 그리고 재배량을 늘리기에 충분할 것이다.

살아 있는 자를 죽은 자의 이득을 위해 이용하는 행위는 용납할 수 없다. 그러나 죽은 자들은—그는 곁에 앉은 텅 빈 형체를 힐긋 바라보았다—가능하다면, 살아 있는 자들의 이득을 위해 이용되어야 한다.

428

그게 생명의 법칙이라고, 그는 변명했다.

그리고 감정을 느낄 수 있다면, 죽은 이들도 그쪽이 더 낫다고 여길 것이다.

죽은 이들은 이해할 수는 없어도 여전히 볼 수는 있다고, 마이크는 생각했다. 그들은 우리의 카메라인 것이다.

16

부엌 개수대 아래의 비누 곽과 솔과 양동이 사이에서, 그는 작은 뼛조각을 찾아냈다. 인간의 뼈처럼 보였기 때문에 그 뼈의 주인이 제리 패빈이 아닐지 생각했다.

문득 그가 경험했던 먼 옛날의 사건 하나가 떠올랐다. 한때 그는 두 명의 다른 남자들과 함께 살았고, 그들은 가끔 개수대 아래에 프레드라는 이름의 쥐를 키운다는 농담을 했다. 게다가 예전에 진짜로 빈털터리가 됐을 때 불쌍한 프레드를 잡아 먹어버릴 수밖에 없었다고 다른 사람들에게 말하곤 했다.

어쩌면 이건 프레드의 뼛조각일지도 모른다. 개수대 아래 살던, 함께 어울릴 누군가가 필요해서 꾸며냈던 쥐의 뼛조각일지도 모른다.

라운지에서 그들이 말하는 소리가 들렸다.

"그 친구, 머릿속이 겉보기보다 훨씬 제대로 타버렸더군. 적어도 내 느낌은 그랬어. 어느 날 벤투라까지 차를 몰고 가더군. 오하이 근처의 내륙에 살던 옛 친구를 찾는답시고 거기까지 올라간 거야. 가자마자 기억을 헤집는 기색도 없이 정확하게 그 집을 알아보고 차를 세우더니, 그곳 사람들에게 레오를 좀 볼 수 있겠냐고 묻더라고. 한 사람이 '레오는 죽었어. 몰랐다니 안된 일이로군'이라고 대답하니까, 그 친구는 '알겠습니다, 목요일에 다시 오지요'라고 말하고 그대로 차를 몰아서 해안도로를 타고 돌아왔다고. 그 친구 아마 목요일에 다시 레오를 찾으러 돌아갔을걸. 어떻게 생각하나?"

그는 커피를 홀짝이며 그들의 대화에 귀를 기울였다.

"─말은 되는데, 전화번호부에 번호라고는 하나밖에 안 적혀 있는 상황이란 말이야. 누구한테 연락하고 싶어도 계속 그 번호로만 거는 거지. 계속 넘겨도 전부 같은 번호뿐이니까…… 그러니까, 사회 전체가 완전히 머리가 타버린 상황을 생각해보라고. 지갑을 열고 뒤적여도 그 번호가, 유일한 번호가, 온갖 쪽지나 명함마다, 제각기 다른 사람들의 연락처로 적혀 있는 거지. 그리고 그 번호를 잊어버리면 누구에게도 연락할 수 없게 되는 거야."

"안내용 번호로 걸면 되잖아."

"거기도 같은 번호인데."

그는 여전히 귀를 기울였다. 그들이 묘사하는 장소는 흥미로웠다. 그 번호로 전화를 걸면, 사용하지 않는 번호라는 신호음이 들리거나, 그게 아니라면 "죄송합니다, 잘못 거셨군요"라는 대답만 들리는 것이다. 그래서 당신은 같은 번호로 계속 전화를 거는 것이다. 마침내 원하는 상대방이 등장할 때까지.

의사를 찾아갈 때도—의사도 한 명뿐이고, 모든 분야의 전문의일 것이다—약이라고는 한 가지밖에 없을 것이다. 의사는 진료를 끝내고 처방전을 써준다. 쪽지를 약국으로 가져가서 조제하려고 하지만, 약사는 의사의 글씨를 제대로 읽은 적이 없다. 그래서 그는 가지고 있는 유일한 알약을 처방한다. 아스피린이다. 문제가 뭐든 그것으로 깨끗이 낫는다.

법을 어길 경우에도, 법률은 한 가지뿐이고 그들은 계속 어기기를 반복한다. 하나뿐인 경관은 열심히 같은 법률 위반을 고발하는 똑같은 조서를 계속 작성한다. 그리고 무단횡단부터 반역까지, 모든 법률 위반에는 항상 똑같은 형벌이 적용된다. 바로 사형이다. 사형을 폐지하자는 주장도 있지만, 그런 일은 불가능하다. 그랬다가는 무단횡단 따위의 온갖 범죄에 대해서 아무런 형벌도 내릴 수 없게 되기 때문이다. 따라서 사형은 그대로 법전에 남았고, 그들이 이루었던 공동체는 전부 형벌을 받아 머릿속이 타서 사라져버렸다. 아니, 타서 사라진 건 아니지. 다들 원래부터 타버린 자들이잖아. 그들은 하나씩, 법을 어겼기 때문에 사라졌고, 어떻게든 죽어버렸다.

그는 생각했다. 그들이 전부 죽었다는 소식을 들으면, 사람들은 아마 그들이 어떤 이들이었는지를 놓고 떠들어댈 거야.

알겠습니다, 목요일에 다시 오지요, 따위의 이야기를 웃음거리로 사용하면서. 그는 명확하게 무슨 이유 때문인지 모르면서도 웃음을 터트렸다. 그리고 그가 자기 생각을 소리 내어 말하자, 라운지의 다른 사람들도 웃음을 터트렸다.

"그거 괜찮은데, 브루스." 그들은 말했다.

이후 그의 말은 유행어 취급을 받았다. 사마르칸드 하우스 사람들은 뭐든 이해할 수 없는 일이 생기거나, 가지러 간 물건, 이를테면 두루마리 휴지 따위를 찾을 수 없으면, "알겠습니다, 목요일에 다시 오지요"라고 말하기 시작했다. 사람들은 이 유행어를 그의 것으로 여겼다. 그의 유행어라고. 텔레비전 만화에서 매주 같은 유행어만 반복해 말하는 사람처럼 여겼다. 사마르칸드 하우스에서 이 표현은 유행을 탔고, 그곳의 모든 사람에게 의미를 가지게 되었다.

이후 어느 날 밤에 게임 시간이 찾아와서, 제각기 자신이 뉴-패스에 기여한 내용, 이를테면 개념 치료 시간 같은 것들을 순서대로 발표할 때, 그들은 그에게 유머를 가져왔다는 공적을 돌렸다. 그는 아무리 기분이 고약해도 모든 것을 재밌게 볼 수 있는 능력을 도입한 것이다. 둘러선 모든 사람이 손뼉을 쳤고, 깜짝 놀라 고개를 든 그는 자신을 둘러싼 미소를 목격했다. 모두가 그를 인정하는 따스한 눈빛으로 내려다보고 있었다. 그리고 사람들이 그를 인정해줬을 때의 갈채 소리는 제법 오랫동안 그의 마음속에 남았다.

17

8월 말이 되어 그가 뉴-패스에 들어온 지 2개월이 지났을 즈음, 그는 북부 캘리포니아 내륙의 나파밸리에 있는 농장 시설로 이송되었다. 캘리포니아의 훌륭한 포도원이 여럿 있는, 와인으로 이름난 지방이었다.

뉴-패스 재단의 사무장인 도널드 에이브럼스가 이송 지침에 서명했다. 브루스가 어디에 도움이 될지에 관심을 가지던 직속 직원인 마이클 웨스터웨이의 조언에 따른 것이었다. 마이크는 게임 치료법이 그에게 도움이 되지 않은 후로 더욱 깊은 관심을 보였다. 사실 게임은 그의 퇴행 증상을 더 심하게 만들었을 뿐이었다.

"네 이름이 브루스던가." 가방을 들고 비척이며 차에서 내리는 브루스를 보면서, 농장의 지배인은 말했다.

"내 이름은 브루스예요." 그가 말했다.

"농장일을 할 수 있는지 한동안 시켜볼 생각이다, 브루스."

"알겠어요."

"내 생각에는 너도 여기가 더 마음에 들 것 같다, 브루스."

"내 생각에는 여기가 더." 그가 말했다. "마음에 들 것 같아요."

농장 지배인은 그를 지그시 바라보았다. "최근에 머리를 자른 모양이군."

"네, 최근에 머리를 잘랐어요." 브루스는 손을 올려 전부 깎아버린 머리를 만졌다.

"왜 그런 거지?"

"제가 여성 구역에 들어간 것을 발견했기 때문에 머리를 잘랐어요."

"처음으로 걸린 거였나?"

"두 번째로 걸린 거였어요." 브루스는 잠시 말을 멈추었다 다시 입을 열었다. "한번은 폭력적인 행동을 했어요." 그는 여전히 가방을 든 채로 서 있었고, 지배인은 그에게 가방을 땅에 내려놓으라고 손짓했다. "저는 폭력 규율을 어겼어요."

"뭘 했길래?"

"베개를 던졌어요."

"좋아, 브루스." 지배인이 말했다. "잘 곳을 알려줄 테니 따라와라. 여긴 거주용으로 쓰는 중앙 건물이 없다. 여섯 명씩 작은 숙소 건물을 사용하지. 거기서 잠도 자고 식사도 준비하고, 일하지 않을 때 시간도 보낸다. 여기에는 게임 치료 시간은 없어. 일만 하지. 이제부턴 게임은 없다는 소리다, 브루스.”

브루스는 기뻐 보였다. 그의 얼굴에 웃음이 떠올랐다.

“산은 좋아하나?” 농장 지배인은 오른쪽을 가리키며 물었다. “고개를 들어봐. 저쪽이 산이다. 눈이 쌓이지는 않아도 산은 산이지. 왼쪽 산은 샌타로사다. 저쪽 사면에서는 아주 끝내주는 포도를 재배하지. 여기서는 포도는 안 재배한다. 다양한 농산물을 생산하지만, 포도는 없어.”

“산은 좋아해요.” 브루스가 말했다.

“저쪽을 보라고.” 지배인은 다시 한쪽을 가리켰다. 브루스는 그쪽을 보지 않았다. “모자를 하나 가져다주지.” 지배인이 말했다. “삭발을 했으니 모자 없이는 농장에서 일하기가 힘들 거다. 모자를 가져다주기 전까지는 일하러 나가면 안 된다. 알았지?”

“모자를 받기 전까지는 일하러 나가지 않겠어요.” 브루스가 말했다.

“여긴 공기가 좋아.” 지배인이 말했다.

“공기는 좋아해요.” 브루스가 말했다.

“그래.” 지배인은 이렇게 말하며, 브루스에게 가방을 들고 따라오라고 손짓했다. 그는 영 어색한 기분으로 브루스를 슬쩍슬쩍 곁눈질했다. 할 말이 떠오르지 않았다. 이런 부류의 사람들이 도착할 때마다 종종 겪는 일이기는 했지만. “사람은 누구나 공기를 좋아하지, 브루스. 다들 정말로 좋아해. 적어도 공통점이 있기는 한 셈이로군.” 그는 생각했다. 그 정도 공통점은 아직 남아 있다고.

"친구들을 볼 수 있을까요?" 브루스가 물었다.

"자네가 있던 곳의 친구들 말인가? 샌타애나 시설의 친구들?"

"마이크하고 로라하고 조지하고 에디하고 도나하고—."

"입주 시설 사람들은 농장까지 나오지는 않아." 매니저가 설명했다. "여기는 폐쇄 작업장이니까. 그래도 아마 일 년에 한두 번 정도는 돌아가 볼 수 있을 거다. 회합이 있으니까. 크리스마스에도 있고, 또—."

브루스는 걸음을 멈췄다.

"가장 가까운 회합은," 매니저는 계속 걸으라고 그에게 손짓하며 말했다. "추수감사절이겠지. 추수감사절에는 이곳 일꾼들을 원래 속해 있던 시설로 이틀 동안 보낸다. 그리고 다음에는 크리스마스까지 여기 와서 사는 거지. 그러니까 다시 볼 수는 있을 거다. 그 사람들이 다른 시설로 이송되지 않는다면 말이지만. 석 달 정도 남았군. 하지만 너는 여기 뉴-패스에서는 일대일 관계를 구축해서는 안 된다. 그 이야기는 안 해주던가? 여기서는 전체를 가족으로 여기는 것이 전부라고."

"알고 있어요." 브루스가 말했다. "뉴-패스의 신조로 암기했어요." 그는 주변을 둘러보면서 말했다. "물 좀 마실 수 있을까요?"

"급수대가 어디 있는지도 알려줄 거다. 숙소에도 하나 있지만, 이곳의 가족이 함께 사용하는 공용 급수대도 하나 있지."

그는 브루스를 조립식 숙소 건물로 데려갔다. "이곳의 농장 시설이 외부와 격리된 이유는, 실험적인 작물이나 잡종 작물을 재배하는 곳이 있어서 병충해를 막아야 하기 때문이다. 직원이라도 마찬가지다. 여기 들어올 때 옷이나 신발이나 머리에 병균이나 벌레를 달고 올 수 있으니까." 그는 무작위로 숙소 하나를 선택했다. "너는 4-G를 쓰면 된다. 기억할 수 있겠지?"

"전부 똑같아 보이는데요." 브루스가 말했다.

"숙소 문에 식별할 수 있는 물건을 못으로 박아놓거나 해. 기억하기 쉬운 물건으로. 색이 있는 편이 좋겠지." 그는 숙소 문을 열었다. 뜨겁고 고약한 공기가 그들을 향해 몰아쳤다. "우선 아티초크 쪽에 배정하는 게 좋겠군." 그는 곰곰 생각하며 말했다. "장갑을 껴야 한다. 가시가 있으니까."

"아티초크요." 브루스가 말했다.

"뭐, 여기는 버섯까지 있다고. 실험적인 버섯 농장이지. 물론 밀폐 상태를 유지해야 하지만. 버섯 재배자는 누구든 밀폐된 재배지를 써야 한다. 병원성 포자가 흘러들어가서 재배판을 오염시킬 수 있으니까. 당연하지만 버섯 포자는 공기를 타고 떠돌거든. 버섯 재배자들은 누구나 겪는 위험이지."

"버섯요." 브루스는 어둡고 무더운 숙소로 들어가며 말했다. 지배인은 그가 들어가는 모습을 지켜보았다.

"그래, 브루스." 그가 말했다.

"그래요, 브루스." 브루스가 말했다.

"브루스, 정신 차려." 지배인이 말했다.

그는 숙소의 퀴퀴한 어둠 속에 서서, 여전히 가방을 든 채로, 고개를 끄덕였다. "알겠어요." 그가 말했다.

저들은 어두워지기만 하면 곧바로 잠이 들지, 지배인은 속으로 중얼거렸다. 마치 닭처럼.

채소 중의 채소인 셈이야. 버섯 중의 버섯이라고 할 수도 있고.

그는 머리 위 전등에 달린 줄을 당긴 다음에, 브루스에게 그걸 사용하는 법을 가르치기 시작했다. 브루스는 별 신경을 쓰지 않는 것처럼 보였다. 이제야 산의 모습이 얼핏 눈에 들어온 모양이었다. 그는 산에 눈길을 사로잡힌 듯, 처음으로 인지한 산의 모습을 바라보고 있었다.

"산이야, 브루스, 산." 지배인이 말했다.

"산이에요, 브루스, 산." 브루스는 이렇게 말하며 그쪽을 바라보았다.

"메아리 증상이야, 브루스. 메아리 증상."

"메아리 증상이에요, 브루스―."

"됐어, 브루스." 지배인은 이렇게 말하고 밖으로 나가며 숙소 문을 닫았다. 당근 쪽에 배정해야겠어, 생각하면서. 아니면 사탕무나. 뭐든 단순한 쪽으로. 혼란에 빠지지 않을 만한 쪽으로.

그리고 저곳의 다른 움막에도 다른 채소들이 있으니까. 함께 지낼 수 있겠지. 함께 졸음에 겨운 채 삶을 흘려보낼 수 있을 거야. 함께 줄지어 심어진 채로. 온 경작지에.

그들은 그를 농토 쪽으로 돌려세웠다. 그의 시선에 비쭉비쭉 솟아나온 옥수수가 들어왔다. 쓰레기가 자라고 있네, 하고 그는 생각했다. 쓰레기 농장을 운영하는 거야.

몸을 숙이니 작고 파란 꽃이 땅에 바짝 붙어 자라는 모습이 보였다. 여러 송이의 꽃이 몽땅하고 가느다란 줄기에 달려 있었다. 줄기는 수염뿌리처럼 까슬까슬해 보였다.

이제 보니 아주 많았다. 식별할 수 있을 정도로 얼굴을 가까이 대니 알 수 있었다. 크게 줄지어 자라나는 옥수수대 사이로 악마가 자라고 있었다. 많은 농부들이 그러듯이, 이곳에 숨겨서 재배하고 있었다. 작물 안에 작물을 숨기는 것이다. 마치 동심원처럼. 멕시코의 농부들은 마리화나를 이런 식으로 재배한다는 사실을, 그는 떠올렸다. 원으로, 고리를 그리며, 키 큰 작물 옆에 숨겨서. 지프차를 타고 지나가는 멕시코 연방 경찰의 눈에 띄지 않도록. 그러나 이제 연방은 공중에서 살펴보기 시작했다.

연방 경찰은 지상에서 대마 농장을 발견하면, 농부와 아내와 아이들과 가축까지 전부 기관총으로 도살해버린다. 그리고 그대로 떠난다. 그리고 헬리콥터는 지프차의 지원을 받으며 수색을 이어간다.

그런 사랑스러운 작은 푸른색 꽃들이었다.

"지금 미래의 꽃을 보고 있는 거야." 뉴-패스의 사무장인 도널드는 이렇게 말했다. "너한테는 아니겠지만."

"저한테는 왜 아닌가요?" 브루스가 물었다.

"너는 벌써 좋은 걸 너무 잔뜩 즐겼으니까." 사무장은 이렇게 말하고는, 너털웃음을 터트렸다. "그러니까 이제 숭배는 관두고 자리에서 일어나. 이건 이제 네 신이 아니니까. 한때는 너를 위한 우상이었지만, 이제는 아니야. 여기서 자라는 것들이 초월적인 계시처럼 보이나? 꼭 그런 것처럼 바라보고 있군." 그는 브루스의 어깨를 세게 두드리고는, 손을 뻗어서 움직일 줄 모르는 눈의 시선을 차단해버렸다.

"사라졌어요." 브루스가 말했다. "가냘픈 봄꽃이 사라졌어요."

"아니, 그냥 안 보이게 된 것뿐이야. 이런 철학적인 질문은 이해도 못 하겠지. 인식론이라는 거야. 앎의 이론이라 할 수 있지."

브루스의 눈에 보이는 것은 빛을 가로막는 도널드의 손바닥뿐이었고, 그는 천 년 동안 그 손바닥만을 바라보았다. 손바닥은 그대로 못박혔다. 고정되어버렸다. 앞으로도 계속 그 자리에 있을 것이다. 시간을 뛰어넘은 죽은 자의 눈앞에 영원히 고정되어 있을 것이다. 눈은 방향을 돌리지 못할 것이고 손은 자리를 뜨지 않을 것이다. 그의 시선 앞에서 시간의 흐름은 멈추었고 우주는 그와 함께 굳어서 엉겨붙었다. 적어도 그에게 있어서는, 그 자신과 그의 인식을 뒤덮으며 멈추었다. 불활성이 온전해진 것처럼. 이제 그에게 모르는 것은 아무것도 남지 않았다. 벌어질 일도 남지 않았다.

"다시 작업을 시작하게, 브루스." 사무장인 도널드는 말했다.

"전 봤어요." 브루스가 말했다. 나는 알아차렸어, 하고 그는 생각했다. 바로 여기였어. D물질이 자라는 모습을 봤어. 죽음이 대지에서 솟아나는 모습을, 토양 그 자체에서 자라나는 모습을, 그루터기에 맺힌 채로 파란색 벌판을 이루는 모습을 봤어.

농장 시설의 지배인과 도널드 에이브럼스는 서로를 마주보다가, 뒤이어 무릎을 꿇은 남자를, 무릎을 꿇은 남자와 사방에 자라는 모르스 온톨로기카를, 눈속임용 옥수숫대 사이에서 자라는 꽃의 모습을 바라보았다.

"다시 작업을 시작해요, 브루스." 무릎 꿇고 있던 남자는 이내 이렇게 말하면서 자리에서 일어섰다.

도널드와 농장 시설 지배인은 주차해놓은 링컨 쪽으로 여유롭게 걸음을 옮겼다. 이야기를 나누면서. 그는 그들이 떠나는 모습을 지켜보았다. 고개를 돌리지도 않은 채로, 고개를 돌릴 수도 없는 채로.

브루스는 몸을 숙이고 짧은 줄기에 달린 푸른 꽃을 꺾어서, 그대로 완전히 보이지 않게 될 때까지 오른쪽 신발에 밀어 넣었다. 친구들에게 줄 선물이야, 하고 그는 생각했다. 그리고 아무도 볼 수 없는 자신의 마음속에서 추수감사절을 기다리기 시작했다.

A   SCANNER   DARKLY

이 책은 저지른 일에 비해 지나치게 가혹한 형벌을 받는 몇
몇 사람들에 대한 소설이다. 이들은 그저 즐겁게 시간을 보내
고 싶었을 뿐이었지만, 사실은 찻길 한복판에서 어울려 노는
아이들이나 다름없었다. 동무들이 하나씩 목숨을 잃는데도, 차
에 치이고, 불구가 되고, 망가지는 광경이 눈앞에서 펼쳐지는
데도, 그들은 개의치 않고 놀이를 계속했다. 우리는 한동안 정
말로 행복했다. 힘들여 일하지 않고 한데 둘러앉아 헛소리를
지껄이며 즐길 수 있었으니까. 그러나 그 시간은 정말로 짧았
고, 뒤이은 형벌은 믿을 수 없을 정도로 끔찍했다. 우리는 그
광경을 바로 앞에서 지켜보면서도 믿을 수가 없었다. 예를 하
나 들자면, 나는 이 글을 쓰는 동안 제리 패빈의 모델이 된 실
제 인물이 자살했다는 소식을 전해 들었다. 어니 럭맨의 모델
이 된 친구는 내가 집필을 시작하기도 전에 세상을 떠났다. 한
동안은 나 또한 찻길 한복판에서 놀이에 몰두하는 아이들 중
하나였다. 나도 다른 이들과 마찬가지로 성장하는 대신 놀이
를 계속하려 했고, 그 대가로 벌을 받았다. 나는 이 소설을 바

쳐 마땅한 이들의 이름과 그 운명을 아래 목록에 남겼다. 이 목록에는 내 이름도 들어간다.

약물 남용은 질병이 아니라 선택이다. 질주하는 자동차 앞으로 발을 내딛는 부류의 선택이다. 질병이 아니라 판단의 실수일 뿐이라 말할 수 있을지도 모르겠다. 그러나 개인이 아니라 한 집단의 사람들이 같은 행동을 벌이기 시작하면, 그것은 사회적인 실수, 즉 생활양식이 된다. 이 생활양식의 좌우명은 "지금 행복해지자, 어차피 내일이면 모두 죽으니까"였다. 그러나 죽음은 거의 즉시 시작되며, 행복은 순식간에 기억으로 말라붙는다. 그 이후로는 평범한 인간의 삶이, 그저 더 빠르고 격하게 밀려올 뿐이다. 인간 공동체의 다른 생활양식과 비교해도 딱히 다를 바는 없다. 그저 훨씬 가속될 뿐이다. 몇 해에 걸쳐 일어날 일이 며칠이나 몇 주나 몇 개월 사이에 벌어질 뿐이다. 비용은 1460년에 "현찰을 즐기고 신용은 저버리라"고 말했다.[*] 하지만 현찰이 동전 한 닢이고 신용이 인생 전부라면, 이런 선택은 명백한 실수일 뿐이다.

이 소설은 부르주아적인 교훈 소설이 아니다. 열심히 일하지 않고 방탕하게 즐겼다고 책망하려는 것이 아니다. 그저 그 결과가 어떤지를 일러줄 뿐이다. 고대 그리스의 공동체는 과학과 인과의 법칙을 발견해서, 그걸 희곡에 적용했다. 이 소설에는 복수의 여신이 몸소 인과응보의 칼을 들고 등장한다. 피할

---

[*] 이 인용구는 프랑수아 비용이 아니라 에드워드 피츠제럴드가 영역한 페르시아 시가집인 『오마르 하이얌의 루바이야트』의 한 대목이다.

수 없는 운명은 아니다. 우리는 언제든 찻길에 나가 놀기를 멈출 수 있었기 때문이다. 그러나 내 삶과 마음속 가장 깊은 곳에서 끄집어낸 이 이야기 속에서는, 끔찍한 복수의 여신이 찻길 위에서 놀이를 멈추지 않은 아이들에게 칼날을 휘두른다. 나 자신은 이 소설 속의 등장인물이 아니다. 나는 이 소설 자체다. 그러나 우리가 살아가는 나라도 이 소설 그 자체다. 이 소설은 내가 개인적으로 알고 지내던 사람들의 이야기만이 아니다. 일부는 우리 모두가 신문에서 읽은 적 있는 이야기다. 이 이야기는, 친구들과 둘러앉아 테이프의 녹음 버튼을 누르고 지껄이던 헛소리로 이루어진 이야기는, 1960년대라는 시대의 잘못된 선택은, 내 거처 안팎에서 동시에 일어났던 일이다. 머지않아 하늘이 우리 머리 위로 무너져내렸다. 끔찍한 온갖 사건 때문에 우리는 놀이를 멈출 수밖에 없었다.

이 사람들의 유일한 '죄'는 행복한 시간을 영원히 즐기기를 원했다는 것이다. 그리고 그 때문에 벌을 받았다. 설령 그게 죄였다 하더라도, 나는 형벌이 지나치게 가혹했다고 생각한다. 그래서 나는 그 모든 벌을 차라리 그리스식으로, 또는 도덕적으로 중립적인 견지에서 받아들이고 싶다. 단순한 과학적 결론이라고, 결정론적이고 피할 수 없는 인과의 법칙에 따른 것이라고. 나는 그들 모두를 사랑했다. 아래 기록된 모두에게 내 사랑을 바친다.

게일린   사망

레이	사망
프랜시	영구적 정신병
캐시	영구적 뇌손상
짐	사망
발	영구적 중증 뇌손상
낸시	영구적 정신병
조앤	영구적 뇌손상
매런	사망
닉	사망
테리	사망
데니스	사망
필	영구적 췌장 손상
수	영구적 순환계 손상
제리	영구적 정신병 및 순환계 손상

……기타 등등.

모두 평온히 쉴 수 있기를. 이들은 나의 친구였다. 최고의 친구였다. 이들은 내 마음속에 남아 있으며, 나는 이들을 해친 적의 존재를 결코 잊을 수 없을 것이다. 그 '적'이란 찻길에 나가 놀겠다고 결정한 실수 그 자체였다. 그들이 다른 방식으로 다시 마음껏 놀 수 있기를. 그리고 행복할 수 있기를 간절히 기도한다.

먼저 작품의 제목을 따온 고린도전서 13장 12절을 살펴보자. 딕이 이 구절을 처음 언급한 것은 1972년 밴쿠버 컨벤션의 〈안드로이드와 인간〉 강연이었다.

"사도 바울은 고린도전서에서 '우리는 거울을 통해 어둑하게 보나니We see as through a glass, darkly'라고 말했습니다. 훗날에는 이 표현을 '우리는 수동식 적외선 스캐너를 통해 어둑하게 보나니'라고 고쳐 쓰게 될까요? 오웰의 『1984』에서처럼 언제나 우리를 주시하게 될까요? 우리가 텔레비전 브라운관을 들여다보는 동안, 브라운관 또한 우리를 들여다보고 있는 것일까요? 우리가 그 변함없는 얼굴을 바라보면서 벌이는 행동에, 즐거워하거나 지루해하거나 나름의 기쁨을 얻고 있는 것일까요? 이런 생각은 너무 염세적이고 피해망상적인 것 같습니다. 저는 고린도전서를 이렇게 고쳐 쓰게 되리라 생각합니다. '수동식 적외선 스캐너는 우리를 어둑하게 들여다보나니.' 그러니까, 우리의 실체를 파악할 만큼 제대로 볼 수는 없으리라는 뜻이지요. 물론 그렇다고 해서 우리가 서로를, 또는 심지어 자기 자신의 실체를 파악할 수 있다는 말은 아닙니다. 어쩌면 이 또한 다행스러운 일이겠지요."

킹 제임스 성경에서 사용한 glass라는 단어는 거울로도, 렌즈로도 해석할 수 있다. 딕은 이 glass의 자리에 우리를 들여다보는 스캐너를 대입하고, 한 발짝 나아가 양쪽의 의미를 동시에 부여한다. 스캐너는 어둑한 거울상을 거꾸로 비추거나, 아니면 어둑한 렌즈 때문에 상대방을 제대로 알아보지 못한다. 아크터와 프레드는 거울과 렌즈의 어둑함 때문에 자신도 상대방도 알아볼 수 없다. 그리고 스캐너를 사용할 수 없게 되면서 프레드와 아크터는 소멸한다. 두 사람이 사라진 자리에는 자기 자신을 '눈'으로 여기는 수동적 스캐너인 브루스만 남는다.

한 가지 문헌상의 사소한 문제가 있다. 킹 제임스 성경 이후 출간된 거의 모든 영문 성경에서 'glass'와 'darkly'는 'mirror'와 'dimly'로 대체되었다. 한국어 번역도 대부분 이쪽 해석을 따른다. 물론 이쪽이 성경의 해석으로서는 정확하겠지만, 딕의 의미를 온전히 담아내기는 힘들기 때문에, 본문 주석에서는 딕이 사용한 킹 제임스 성경을 원문 그대로 인용하는 쪽을 택했다.

딕에게 있어 밴쿠버 컨벤션은 도피이자 과거와의 결별이 되었다. 밴쿠버 컨벤션의 강연 준비는 샌프란시스코에서 수행한 마지막 작업이었을 것이다. 어쩌면 이 문구는 그런 면에서도 작품에 어울릴지도 모른다. 그의 다른 작품들도 마찬가지지만, 『스캐너 다클리』에는 유독 딕 본인의 경험이 깊이 녹아들어 있다. 작가 본인이 여러 자리에서 이 작품의 집필 배경을 언급한 만큼, 직접적인 소재가 된 '샌프란시스코 시대'의 파국을 살펴보는 일도 의미가 있을 것이다.

1971년의 '연구'

1970년에 네 번째 아내인 낸시와 별거를 시작한 이후, 약물로 점철되어 있던 딕의 사생활은 급격히 무너져내렸다. 동거인들이 하나둘씩 들어오면서, 샌프란시스코 산타베네치아의 자택은 근처의 젊은이들이 들락거리는 일종의 '오픈 하우스'가 되었다. 매일 우렁찬 음악과 약물을 곁들인 파티가 열리고, 사람들이 데려온 떠돌이 개와 고양이들이 집 주변을 어슬렁거렸다.

작품 활동은 완전히 중단되었다. 근처 젊은이들, 특히 가출 청소년들은 그의 집을 천국으로 여겼지만, 정돈된 삶을 선호하는 지인들은 그와 거리를 두기 시작했다. 그의 집에 얹혀살던 젊은 '친구' 중 한 명은 '모든 것이 황홀했지만, 현실감은 전혀 없었다'라고 말하기도 했다. 당시 42세였던 딕은 그들의 눈에 '카리스마적이고 유쾌하지만, 피해망상에 사로잡혀 있는' 사람으로 보였던 모양이다.

이런 공동생활은 오래 계속되지 못했다. 딕은 계속 다양한 약물을 복용하며 우울증과 피해망상에 시달렸다. 폭력에 대한 강박적 두려움이 다시 찾아왔다. 망상인지 현실인지 판별할 수 없는 위협 전화가 밤마다 그를 괴롭혔다. 딕 본인은 경찰과 FBI를 의심했지만, 약을 구매하는 과정에서 지역 중개상과 얽혔을 가능성도 배제할 수는 없을 것이다. 1971년 가을, 그는 릭이라는 예전 동거인이 자신을 죽일 계획을 꾸미고 있다고 확신한 나머지 동네의 '살인청부업자' 세 명을 고용한다. 그러나 아무 일도 없이 아침이 찾아오자, 세 명의 폭주족은 그대로 그를 두고 떠나버렸다.

11월에 발생한 자택 침입 사건으로 그의 피해망상은 절정에 달했다. 외출에서 돌아온 딕은 깨진 창문과 부서진 자물쇠, 그리고 소중하고 내밀한 문서들을 보관한 방화금고가 폭발물에 망가진 흔적을 발견했다. 물론 금고 안의 문서는 전부 사라져 있었다. 훗날의 인터뷰에서, 딕은 정부 기관이 비밀 문건의 존재를 확인하려고 침입한 것이라 확신했다. 그러나 당시 그와 친했던 사람들의 증언에 따르면, 딕 본인도 침입자의 정체를 놓고 온갖 추측을 거듭했다고 한다. 헤로인을 훔치려 한 동네 젊은이, 딕에게 '엿을 먹인' 중개상, 군대, 네오나치 조직, FBI, 흑표범단, 심지어 약에 취한 딕 본인까지, 누구도 그의 의심을 피할 수 없었다.

이런 상황에서 도착한 밴쿠버 SF 컨벤션의 초청장은 말 그대로 탈출구나 다름없었다. 딕은 산타베네치아 자택의 처분을 어머니에게 떠넘기고 그대로 캐나다로 떠났다. 그리고 그곳에서도 몇 번의 좌절 후 자살을 시도하다 결국 X-컬레이 재단의 헤로인 재활 시설에 들어갔다. 재활 치료는 그의 육체와 정신에 약간의 활력을 되찾아주었지만, 시설에서 강요하는 노동과 집단요법은 딕의 성미로는 도저히 견디기 힘들었다. 그러나 이미 엉망이 된 샌프란시스코의 삶으로 돌아갈 마음은 들지 않았다. 딕은 과거 SF 컨벤션에서 만난 적이 있던 캘리포니아 주립대학의 맥닐리 교수에게 연락해 도움을 청하고, 그의 도움을 받아 LA 교외의 오렌지 카운티로 삶의 터전을 옮겼다. 그리고 동거인을 바꿔가며 여러 거처를 전전하다가, 파티에서 만난 18세의 테사 버스비와 사랑에 빠졌다.

이듬해 4월, 딕은 동료 SF 작가인 존 슬라덱에게 보내는 공개서신에서 새 장편소설의 집필을 발표했다.

……격렬한 반反마약 소설일세. 나는 이 작품을 위한 연구에 1971년을 통째로 바쳤지……. 당시에는 모르고 있었지만. 그때는 친구들과 어울려 감각을 열고 있다고만 생각했네. 그러나 1972년이 다가올 때쯤 문득 정신을 차려보니, 친구들이 전부 죽었거나, 뇌가 타버렸거나, 정신이 나갔거나, 아니면 그 모두를 동시에 겪고 있다는 사실을 깨달은 거라네. 그래서 나는 캐나다로 도망쳤다가, 결국 여기 디즈니랜드 근처의 풀러튼에 정착했지. 『스캐너 다클리』를 읽기 전이라면 자네는 현실이 얼마나 뒤

틀려 있는지 짐작조차 못 할 걸세. 나도 모르고 있었으니까. 어쨌든 나는 이 소설을 쓰다가 거의 죽을 뻔했고, 내 아내인 테사도 읽다가 거의 죽을 뻔했다네. 아주 슬픈 소설이야. 아주 선한 사람들에게도 아주 슬픈 일이 일어날 수 있다네.

(《SF 코멘터리》1973년 7-9월호)

초고의 집필은 2월에서 4월 사이에 이루어졌다. 오랫동안 묵혀두었던 『흘러라 내 눈물, 경관은 말했다』에 이어 거의 3년 만에 새롭게 시작한 본격적인 작품 활동이자, 오렌지 카운티로 이사한 이후 처음 집필한 장편소설이기도 했다. 1월에 테사의 임신이 확인되고 4월에 결혼식을 치렀으니, 여러모로 새로운 시작을 선포하기에 적절한 때이기도 했다. 6월에는 아들 크리스토프가 태어났다.

검은 머리 아가씨

샌프란시스코에서 오렌지 카운티로 장소가 바뀌기는 했지만, 『스캐너 다클리』는 1994년의 근미래라는 설정이 무색할 정도로 1960년대 후반의 마약 공동체를 충실하게 묘사한다. 그리고 작중의 여러 사건은 그의 현실 속 경험을 충실하게 반영한다. 예를 들어, 얼핏 모호해 보이는 두뇌투영검사기 사건이나 침입자에 대한 세 친구의 강박적인 대응은, '자신의 가장 내밀한 기록'을 잃었던 침입 사건과 연관지어 볼 수 있을 것이다. 후반부에서 묘사하는 뉴-패스의 재활 치료도 밴쿠버에서 공격적 집단요법에 시달렸던 경험이 기반이 되었을 것이다.

가장 눈에 띄는 기록은 산타베네치아 시절에 교류가 있었던 '도나'의 실제 모델이다. 샌프란시스코의 '도나'는 당시 17세의 고등학생이었던 캐시 드뮤엘이라는 여성으로, 딕이 좋아하는 '검은 머리 아가씨'였으며, 종종 친구들과 함께 그의 집에 찾아와 머물렀다. 그의 친구이자 동료 작가인 레이 넬슨은 캐시가 헤로인 중독자였으며 그 남자친구는 약물 중개상이었다고 주장했다. 그리고 딕이 외상으로 마약을 사들이도록 주선한 사람이 그녀일지도 모른다고 추정했다. 여러모로 딕의 취향에 들어맞는 여성이었던 셈이다.

딕 본인은 조금 더 로맨틱한 기억을 덧붙인다. 밴쿠버에서 초청이 들어오자, 그는 앞서 살펴본 강연 〈안드로이드와 인간〉의 초고를 그녀에게 헌정하고는, 함께 밴쿠버로 가자고 비행기 표를 건넸다는 것이다. 그러나 그녀는 초청을 거절하며 표를 (찢었거나) 팔아버렸고, 딕은 쓸쓸히 홀로 밴쿠버로 떠났다. 딕이 떠난 쪽이기는 하지만, 어쨌든 그가 '초완벽 씨Mr. Right'가 아니었기 때문에 '도나'와 함께 북부로 갈 수 없었던 셈이다. 작품에서 도나가 차지하는 역할을 고려하면 현실의 '검은 머리 아가씨'인 캐시가 작품의 뮤즈 역할을 했을지도 모를 일이다. 물론 그와는 별개로, 딕은 밴쿠버에 자리를 잡자마자 바로 여성 편력을 재개했다.

이 작품에 직접적인 영향을 끼친 여성은 두 명이 더 있다. 한 명은 집필 당시의 '검은 머리 아가씨'였던 테사 버스비다. 이 작품이 자신과 딕의 공동 집필이나 다름없다는 본인의 주장에는 논란의 여지가 있겠지만, 작품을 검수하고 퇴고하는 과정에 깊이 관여했다는 점은 분명하다. 다른 무엇보다 1972년 겨울에 딕이 양측폐렴에 걸려 심하게 앓았다는 사실을 고려하면, 매일 밤을 지새울 정도로 격렬했던 집필 과정에서 동거인의 도움은 필수였을 것이다. 다른 한 명은 밸런타인 출판사의 주디-린 델 레이였는데, 어떻게 보면 작품의 출간이 늦춰졌기 때문에 생긴 인연이라 할 수 있을지도 모른다.

수정과 재작업

슬라덱에게 서신을 썼을 때, 『스캐너 다클리』는 이미 더블데이 출판사와 계약을 마친 상태였다. 그러나 딕은 62쪽 분량의 개요와 견본을 전달했을 뿐, 전체 원고는 넘기지 않았다. 전작의 원고료 책정에 만족하지 못했기 때문이었다. 추가 원고를 건네지 않아 더블데이 측의 편집자가 완성본의 존재를 의심하기에 이르는 동안, 그는 240쪽 분량의 초고를 들고 여러 출판사의 문을 두드린 것으로 보인다.

그리고 밸런타인에 원고가 도착하자, 주디-린 델 레이는 딕에게 답신을 보낸다.

주디-린 델 레이는 수정을 요구했어요. 아주 간단하다는 듯이

이렇게 말하지 뭡니까. '무대가 미래인데 등장인물들이 60년대
은어로 대화를 하고 있잖아요. 모든 은어를 제거해줬으면 좋겠
어요. 그리고 당신 머릿속에서 완전히 새로운 은어를 만들어내
세요. 이건 필수입니다.'

그래서 저는 답장에 이렇게 썼지요. '주디, 이게 60년대 이야기
라는 건 당신도 아주 잘 알잖습니까. 작가 후기에까지 써놨는데
요.' (웃음) '게다가 저는 완전히 새로운 은어를 만들어낼 능력이
없어요.' 그랬더니 그녀가 '글쎄요, 『시계태엽 오렌지』에서는 하
던데요. 그 사람이 하는데 당신이 못 할 이유가 있나요?'라는 겁
니다. 저는 '이 책은 미래에 관한 것이 아닙니다. 사실 과거에 관
한 것이죠. 그렇게 써놨으니 당신도 알 것 아닙니까.'라고 대꾸
했죠.

(『Phiip K. Dick: The Dream Connection』, p.77)

최종본이 여전히 끔찍할 정도로 1960년대풍인 점을 고려
할 때, 델 레이의 처음 지적은 제대로 받아들여지지 않은 듯하
다. 그러나 일련의 서신 교환이 이어진 후, 그는 델 레이의 조
언이 정확하다는 사실을 깨닫는다. 딕은 이내 그녀의 지적을
대부분 수용하고, 훗날에는 "피트 이스라엘이 『높은 성의 사
내』를 쪽 단위로 검토해주었을 때처럼, 주디-린이 『스캐너 다
클리』를 교정해주었다……. 그녀는 내게 글 쓰는 법을 가르쳐
주었다. 25년 전에 누군가 내게 그렇게 해주었더라면 내 책들
도 훨씬 앞뒤가 맞았을 텐데"라고 말하기까지 한다. 물론 5년

에 걸친 수정 작업은 단순히 퇴고에 그치지 않았다. 딕은 스페리의 '이중뇌에 관한 저술'(1976)이나 '수용성 비타민의 부작용'(1974) 등 새로운 과학계의 소식을 그대로 작품에 도입하기도 했다.

그러나 델 레이의 노력에도, 『스캐너 다클리』의 초판은 결국 1977년 1월에 더블데이에서 출간된다. 밸런타인의 페이퍼백 판본이 출간된 것은 같은 해 12월이 되어서였다. 이때의 다툼이 원만하게 끝나지 않았기 때문인지, 이후 작품의 판권은 그의 과거 작품을 재출간했던 밴텀으로 넘어갔다. 1970년대 후반에 들어 작가로서의 평가가 상승하며 금전적으로 윤택해지기 시작했다는 점을 생각하면, 『스캐너 다클리』는 딕이 헐값에 넘긴 마지막 작품일지도 모르겠다.

과거를 바라보며

딕 본인의 말대로 이 작품은 과거의 이야기다. 그리고 델 레이에게 언급한 것처럼, 작품 속에서도 그 사실을 조금도 숨기지 않는다. 작품의 플롯에 필요한 몇 가지 SF적인 소도구를 제외하면, 그가 그리는 1994년의 오렌지 카운티는 아예 근미래로 보이려는 노력조차 하지 않는다. 드라노 세정제에서 각종 구강세정제까지, 세븐일레븐에서 '트레이더 조' 주류 판매점까지, 그가 살아가는 세계는 1960년대의 캘리포니아 그 자체다. 그리고 조인트와 해시 파이프를 피우고, 메세드린과 벤제드린

을 복용하고, 서로 '엿을 먹이는burn' 등장인물들은 당시 딕의
친구들처럼 말하고 행동한다.

딕은 자신이 기록자일 뿐이라고, 그 시절을 경험했던 자로
서 기록을 남길 의무가 있을 뿐이라고 말했다. 실제로 작가 후
기에서 등장인물의 모델이 되었던 친구들을 언급하기도 한다.
그러나 독자인 우리는 어쩔 수 없이 그 안에서도 작가 본인의
목소리를 찾는다. 그가 즐겨 다루던 현실과 비현실의 경계, 초
월자, 절대자, 타자에 대한 강박, 경찰과 감시에 대한 피해망상
등의 주제는, 그 무대를 1960년대의 캘리포니아로 옮겨오는
것만으로 새로운 의미를 획득한다. 그리고 그 과정에서 한층
내밀하고, 고독하고, 끔찍하게 슬픈 이야기로 변한다.

작중의 '10단 자전거' 에피소드에는 뒷이야기가 하나 있
다. 편집자가 그에게 전화를 걸어 이렇게 말했다는 것이다.
"필…… 원고에 묘한 부분이 있는데요. 제가 10단 자전거를 가
지고 있어서 말입니다. 나가서 기어 변환 장치를 살펴봤는데,
그게, 음, 당신 설명도 틀렸더라고요." 딕은 젤라즈니에게 당시
의 경험을 이야기하며 이렇게 덧붙였다. "세상에, 이게 무슨 뜻
이겠나? 로저, 내가 불타고 남은 허물이 되었다면, 그걸 어떻
게 알 수 있는 거지?"

이후 딕의 행적은 SF계에서 또 하나의 고전이 되었다. 그는
치과 마취제에 취해 환각을 보고, 아들의 탈장을 예언하고, 방

문 판매원의 목걸이에서 계시를 받고, 인공위성의 '분홍색 빔'을 맞고, '주석서'를 쓰기 시작했다. 이 모두가 초고를 완성한 1973년과 『스캐너 다클리』가 출간된 1977년 사이에 벌어진 일이다. 다른 관찰자의 증언을 바탕으로 추론할 수밖에 없는 독자들로서는 알 도리가 없겠지만, 우리는 결국 이런 질문을 던지게 된다. 그는 과연 스캐너에 비친 자신의 모습을 인식할 수 있었을까. 그의 스캐너는 과연 마지막까지, 어둑하게라도, 제대로 기능했을까.

1928   필립 킨드리드 딕. 12월 16일 일리노이 주 시카고의 자택에
        서 쌍둥이 누이인 제인 샬럿 딕과 함께 예정일보다 6주 일찍
        태어났다. 아버지 조셉 에드거 딕은 제1차 세계대전에 참전
        했다가 제대 후 농무부에서 일했다. 어머니 도로시 킨드리드
        딕은 공문서를 검열하는 비서였으며, 만성 신부전증을 앓고
        있어서 쌍둥이들에게 수유를 하기가 힘들었고 의사의 도움
        도 제대로 받지 못했다. 그래서 쌍둥이들은 둘 다 발육 상태
        가 좋지 않았다.

1929   1월 26일, 심각한 탈수 증세와 영양실조에 시달리던 갓난
        애들을 서둘러 병원으로 데려갔지만 누이는 병원으로 가
        던 중 사망했다. 그는 체중 5파운드*가 될 때까지 인큐베이
        터 신세를 지게 된다(쌍둥이 누이의 죽음에 괴로워하던 그
        는 훗날 이렇게 기술했다. "누이는 살기 위해, 나는 누이를
        살리기 위해 발버둥을 친다, 영원히……. 그녀는 내게는 전
        부나 다름없다. 나는 늘 내 누이와 헤어지는 동시에 함께해
        야 하는 저주를 받았다"). 아버지에게 샌프란시스코로 전근
        해도 좋다는 농무부의 허락이 떨어졌다. 가족은 콜로라도
        주 포트 모건으로 휴가를 떠났고, 그는 어머니 도로시와 함
        께 현지 친척의 집에 머물며 아버지의 전근 절차가 끝나기
        를 기다렸다. 누이는 포트 모건 공동묘지에 묻혔다. 가족은
        캘리포니아의 베이지역에 있는 소살리토로 이사했고, 퍼닝

---

* 2.3킬로그램

슐러[*]로 옮겼다가 마지막에는 앨러미다에 자리를 잡았다.

1930   아버지가 네바다 주 리노에 위치한 국가부흥청(NRA) 서부
지부 국장으로 승진한다. 가족은 버클리에 정착했고, 아버지
는 주중에는 리노에 머물며 직장과 가정을 오갔다.

1931   캘리포니아 대학의 아동 복지 연구소가 운영하는 실험적인
탁아소에 다녔다. 기억력과 언어능력 및 손의 협응력 테스트
에서 높은 점수를 받았다. 음악적 재능이 뛰어나다는 칭찬도
듣게 되었다.

1933-34   어머니가 이혼을 요구하면서 부모가 별거에 들어간다. 그는
어머니와 외갓집에서 외조부모 및 매리언 이모와 함께 살게
되었다. 어머니가 정규직을 얻으면서 집에 남겨지게 된 그는
'미마Meemaw'라는 애칭으로 부르던 외할머니의 자상한 보
살핌을 받으며 진보적인 성격이 강한 브루스태틀록 스쿨 부
설 유치원을 다녔다. 매리언 이모는 신경쇠약으로 가끔 병원
에 입원하기도 했지만 그를 무척 귀여워했다.

1935-37   부모의 이혼 절차가 마무리되면서 어머니를 따라서 워싱턴
D.C.로 이사했다. 아버지는 재혼했다. 이 시기부터 천식과
심계 항진증을 앓기 시작했다. 기숙학교로 보내라는 의사의
권유를 받고 행동장애를 가진 아동들을 위한 컨트리데이 스
쿨로 보내졌다. 그곳에서 처음으로 구토 공포증을 경험하며,
사람들 앞에서는 음식을 삼키지도, 먹지도 못하게 되었다.
6개월 뒤 귀가 조치를 받고 처음으로 심리치료사를 만난다.
프렌즈 퀘이커 데이 스쿨을 다니다가 2학년 때 공립학교

---

* 샌프란시스코 반도.

로 전학했다. 학교에서는 소외감 때문에 힘들어했고 이것은 곧잘 무단결석으로 이어졌다("그 후에는 내가 혐오하는 학교에 가는 일을 제외하면 딱히 하는 일이 없는 시기가 오래 계속되었다. 기껏해야 수집한 우표들을 만지작거리거나 …… 구슬치기, 딱지치기, 볼로배트bolo bats, 당시 갓 출판되기 시작한 코믹북 읽기 같은 남자아이들의 놀이를 하는 정도였다……"). 자연스럽게 우러나오는 마음의 평화와 감정이입을 체험한 것도 이 시기였다. 그는 훗날 인터뷰에서 이 경험을 어린 시절의 '사토리'*라고 표현했다. 어머니의 격려를 받고 처음으로 글쓰기를 시작한 것도 이 무렵이었다.

1938 어머니와 함께 버클리로 돌아갔다. 3년 동안 만나지 못했던 아버지를 찾아갔다. 새로 전학한 공립학교에서 자신을 '짐 딕'이라고 소개하지만 곧 다시 필립이라는 이름을 사용했다. 지역 소식과 연재만화를 실은 개인 신문인《더 데일리 딕The Daily Dick》을 만들었다.

1940-43 고전 음악과 오페라에 열중하기 시작했고, 평생 그 열정을 가슴에 품고 살았다.『어린 왕자』와『호빗』,『곰돌이 푸』및『오즈』시리즈를 읽었다.《어스타운딩》《어메이징》《언노운》 등의 SF 잡지를 발견하고 열심히 모으기 시작했다. 이 잡지들의 내용을 본떠 그림을 그리고 글을 썼다. 독학으로 타자치는 법을 익혔고, 라디오 방송으로 접한 제2차 세계대전 소식을 들으며 친구들과 전황에 대해 곧잘 토론을 벌였다. 두번째 개인 신문인《진실The Truth》을 만들면서 연재만화의 주인공으로 '미래 인간Future-Human'을 등장시켰다("자신의 초超 과학기술을 인류의 복지를 위해 사용하고, 미래의

---

* Satori. 일어로 '깨달음'을 의미함.

암흑가에 맞서는 인물"이었다). 지금은 소실된 첫 번째 소
설 『소인국으로의 귀환Return to Liliput』을 완성했다. 《버클
리 가제트》지에 정기적으로 단편소설과 시를 기고했다. 가필
드 공립 중학교와 오하이 시에 위치한 기숙사제 사립 고등학
교인 캘리포니아 예비 학교를 다녔다. 정서장애를 극복하기
는 여전히 어려웠지만, 급우들에게 정신의학과 심리 테스트
에 관한 해박한 지식을 피력하기도 했다(1974년에 딸 로라
에게 보낸 편지에서 그는 이렇게 쓰고 있다. "어떤 의미에서
는, 학교에 적응을 잘하면 잘할수록 나중에 현실 세계에 적
응할 수 있는 확률은 도리어 낮아진다고 할 수 있어. 그러니
까 네가 학교에 제대로 적응을 못하면 못할수록, 나중에 학
교에서 자유로워진 뒤에 마주치는 현실에 더 잘 대처할 확
률이 높아진다고도 할 수 있겠지. 그런 날이 정말로 온다
면 말이야. 아마 나는 군대에서 말하는 '안 좋은 태도'를 갖
고 있는지도 모르겠구나. 제대로 하든지, 아니면 포기하든
지 양자택일하라는 뜻인데, 나는 언제나 그만두는 쪽을 택
했어"). 광장공포증과 공황장애로 인한 발작이 더 심해졌다.

1944-47 버클리 고등학교에 입학했다. 독일어를 배우고 칼 구스타프
융의 저서를 읽기 시작했다. 곧잘 현기증 발작을 일으켜 앓
아눕곤 했다. 샌프란시스코의 랭글리 포터 클리닉에서 매주
융 학파의 심리분석가에게 치료를 받았지만 결국은 그 분석
가를 철두철미하게 경멸하기에 이르렀다. 유니버시티 라디
오에 판매원으로 취직했으나, 나중에 아트 뮤직으로 옮겼다.
두 곳 모두 음반, 악보, 전자기기 등을 판매하고 수리도 해
주는 음악 상점이었다. 이 두 가게의 소유주인 허브 홀리스
는 카리스마 넘치는 까다로운 인물이었는데, 딕에게는 멘토
이자 아버지 같은 존재가 되었다(홀리스는 훗날 딕의 소설
에 자주 등장하는 전제적이지만 따스한 마음을 가진 '보스'

의 모델이 된다). 홀리스 밑에서 일하는 동안 딕의 불안장애
는 많이 나아졌지만, 학교에만 가면 악화되는 통에 마지막
1년 과정은 집에서 개인 교습을 받으며 마쳐야 했다. 같은
해 가을이 되자 집에서 나와 로버트 던컨, 잭 스파이서, 필립
라만티어 같은 작가들과 함께 창고를 개조한 공동주택으로
이사를 갔다. 대부분 동성애자로, 작가 특유의 보헤미안적
삶을 즐기던 룸메이트들은 딕의 독자적인 지적 성장의 원천
이 되었다. 딕은 버클리 대학에 잠시 다니며 철학을 전공했
지만 의무적으로 참가해야 하는 ROTC 훈련을 혐오했다. 광
장공포증은 더욱 악화되었고, 11월에는 결국 자퇴를 하고 말
았다. 훗날 그는 ROTC 훈련 도중 소총 분해결합을 거부했다
는 이유로 퇴학당했다고 주장했다.

1948-49   아트 뮤직의 매니저는 여성 경험이 전무하다는 것을 알고 가
게의 지하방에서 젊은 여성과 잠자리를 함께 할 수 있는 기
회를 마련해준다. 재닛 말린과 알게 되고, 서둘러 결혼해 버
클리의 아파트로 이사한다. 갈등으로 점철되었던 6개월 동
안의 서투른 결혼 생활은 연말이 되기 전에 이혼으로 끝이
난다. 아버지와 다시 재회하고, 지금은 소실된 장편 『어스셰
이커The Earthshaker』를 간간이 집필하기 시작했다.

1950   6월에 두 번째 아내인 클리오 애퍼스털리디스와 결혼한다.
버클리의 프란시스코 거리에 작은 집을 장만했고, 마지막으
로 아버지를 만났다. 작문 교사이자 범죄소설과 SF 분야에
서 편집자와 평론가로 활동하던 앤서니 바우처(앤서니 화이
트)와 조우했고 그의 영향을 받아 다수의 SF 단편을 쓰기 시
작했다(훗날 딕은 바우처를 평하며 "성숙한 어른, 그것도 분
별 있고 교육받은 어른도 SF를 즐길 수 있다는 사실을 깨닫
게 해준 인물"이라고 회고하기도 했다). 당시 딕은 지독한 가

난에 허덕였다(훗날 출간된 단편집 『황금 사나이The Golden Man』의 1980년도 판 서문에서 딕은 이렇게 술회했다. "럭키 도그 애완동물상점에서 파는 말고기는 동물 사료로 팔던 것이었다. 그러나 클리오와 나는 그걸 먹었다. 정말 궁핍했다 ……").

1951-52 《판타지 앤드 사이언스 픽션》지에 처음으로 팔린 단편 「루그 Roog」로 데뷔한다. 홀리스에 대한 신의를 저버렸다는 이유로 아트 뮤직에서 해고당했다. 잡지 《플래닛 스토리즈》에 단편 「워브는 그 너머에 머문다Beyond Lies the Wub」를 게재하고, 스콧 메러디스 출판 에이전시와 전속 계약을 맺는다. 최초의 사실주의적 소설인 『거리에서 들리는 목소리Voices from the Street』(2007)와 『메리와 거인Marry and the Giant』(1987)을 집필했지만 생전에는 출간되지 못했다(훗날 딕은 이렇게 술회했다. "나는 1951년 11월에 처음으로 단편을 팔았고, 이것들은 1952년에 처음으로 잡지에 실렸다. 고등학교를 졸업할 무렵에는 꾸준히 글을 쓰면서 잇달아 장편을 탈고했지만 물론 하나도 팔리지 않았다. 나는 버클리에 살고 있었고, 주위 환경은 문학을 하기에 안성맞춤이었다. 주류 문학을 하는 소설가들은 얼마든지 있었고, 베이지역에 사는 지극히 유망한 전위적 시인들과도 교류했다. 모두들 나더러 글을 쓰라고 권했지만, 꼭 그걸 팔아야 한다고 격려한 사람은 아무도 없었다. 그러나 나는 책을 팔고 싶었고, SF 소설도 쓰고 싶었다. 나의 궁극적인 꿈은 주류 문학적 소설과 SF **양쪽**을 쓰는 것이었다").

1953-54 최초의 SF 장편인 『태양계 제비뽑기Solar Lottery』(1955)와 『존스가 만든 세계The World Jones Made』(1956)를 판타지 소설 『우주 꼭두각시The Cosmic Puppets』(1957) 및 리얼리즘 소

설인『함께 모여라Gather Yourselves Together』(1994)와 함께
에이전시에 팔았다. 음반 가게인 '터퍼와 리드'에서 잠시 일
하던 중 공황장애와 광장공포증이 재발했고, 폐소공포증까
지 겪었다. 공포증과 우울증 치료제로 처방받은 암페타민을
복용하기 시작했다. 수십 편의 단편을 썼고 그중 대다수를
잡지에 파는 데 성공했다. 딕은 가장 다작을 하는 SF 작가 중
한 사람이 되었다(1953년 한 해 동안에만 무려 30편의 작품
이 펄프 잡지*에 실렸다). FBI 수사관 두 명이 방문해서 점잖
게 그를 심문한다. 이 사건을 계기로 그는 평생 동안 감시당
하고 있다는 생각을 품게 되었다. SF 작가로 이름을 알리는
것에 대한 모호한 저항감과, 사람들 앞에 나서기를 두려워하
는 광장공포증에 시달리면서도 난생 처음으로 SF 컨벤션에
참가해서 A. E. 밴 보그트를 만났다. 보그트의 소설은 딕의
초기 SF 소설들에 큰 영향을 미쳤다. 단편 고료와 아내가 이
런저런 시간제 일을 해서 번 돈으로 주택 융자금을 갚고, 짧
은 기간이나마 재정적인 안정을 누렸다. 매리언 이모가 세상
을 떠나자 딕의 어머니는 매리언의 남편인 조 허드너와 결혼
하고, 조카인 여덟 살배기 쌍둥이를 입양했다.

1955   장편 데뷔작인『태양계 제비뽑기』가 에이스 북스에서 페이
        퍼백 단행본으로 출간되었다. 첫 번째 단편집『한 줌의 암흑A
        Handful of Darkness』도 리치 & 코원 출판사에 의해 영국에서
        간행된다. 딕은 같은 해『농담을 한 사내The Man Who Japed』
        (1956)와『하늘의 눈Eye in the Sky』(1957)을 집필했다.

1956-57 주류 문단의 인정을 받기 위한 노력의 일환으로 일반 소설인
        『조지 스타브로스의 시간A Time for George Stavros』(소실됨)

---

* pulp magazine. 갱지를 사용한 선정적인 싸구려 잡지.

『언덕 위의 순례자Pilgrim on the Hill』(소실됨), 『시스비 홀트
의 깨진 거품The Broken Bubble of Thisbe Holt』(1988), 『좁은
땅에서 빈둥거리며Puttering About in a Small Land』(1985)를 집
필했다. 클리오와 두 번의 자동차 여행을 하면서 동쪽으로는
아칸소 지방까지 둘러보았다. 『한 줌의 암흑』 증보판인 『변
수 인간 외The Variable Man and Other Stories』가 에이스 북스
에서 페이퍼백 단행본으로 출간되었다. 스콧 메러디스 출판
에이전시와 잠시 결별했지만 곧 재계약했다.

1958   딕은 처음으로 자신의 사실주의적 모티프를 SF 소설에 접목
했고, 그 결과물인 『어긋난 시간Time Out of Joint』이 리핀코트
출판사에서 출간되었다. 그의 소설 중에서는 최초의 하드커
버였으며, SF 소설이 아니라 스릴러를 의미하는 '위협에 관
한 소설Novel of Menace'로 홍보되었다. 일반 소설인 『밀튼 럼
키의 구역에서In Milton Lumky Territory』(1985)와 『니콜라스와
히그Nicholas and the Higs』(소실됨)를 집필했다. 단편인 「포스
터, 넌 죽었어!Foster, You're Dead」가 소비에트 연방에서 무단
으로 잡지에 실린 것을 알게 되었다. 이를 계기로 소련 과학
자 알렉산드르 톱치예프와 편지로 아인슈타인의 상대성 이
론에 관해 의견을 주고받았고, 이 편지들은 CIA에게 노출되
었다(딕은 1970년대에 정보자유법에 의거해 공개 요청을 보
낸 뒤에야 이 사실을 알았다). 9월에 클리오와 마린 카운티
의 포인트 러예스 스테이션으로 이사했다. 10월에 앤 루빈스
타인이라는 미망인을 만나 격정적인 사랑에 빠졌고, 12월에
는 클리오에게 이혼을 요구했다.

1959   클리오는 이혼 후 포인트 러예스 스테이션을 떠나 버클리로
돌아갔다. 딕은 앤과 함께 살며 그녀의 세 딸(헤티, 제인, 텐
디)의 의붓아버지가 되었다. 이들은 가금류와 양을 키우며

아이들의 양육비 명목으로 세인트루이스에 사는 앤의 전남편 가족들이 보내준 돈으로 생계를 꾸려갔다. 앤의 정신과 의사에게서 상담을 받기 시작했는데, 이는 1971년까지 간헐적으로 이어졌다. 만우절에 멕시코의 엔세나다에서 앤과 결혼했다. 돈을 벌기 위해 초기 중편 중 두 편을 장편 SF로 개작했다. 이것들은 1960년에 각각 『미래 의사Dr. Futurity』와 『불카누스의 망치Vulcan's Hammer』라는 제목으로 에이스 북스의 '더블 시리즈'*로 출간되었다. 일반 소설인 『허풍선이 과학자의 고백Confessions of a Crap Artist』(1975)을 집필했다. 이 소설은 클리오와의 이혼, 그리고 앤과의 연애에서 대부분의 소재를 얻었으며, 크노프사와 하코트사 양쪽에서 출간될 뻔했지만 결국 성사되지는 못했다. 그러나 그 과정에서 딕의 작가적 능력에 주목한 하코트 출판사는 차기 일반 소설의 선불금을 지불했다. 앤이 임신을 했고, 딕은 암페타민의 일종인 서모자이드린을 계속 복용했다.

1960   2월 25일에 첫아이인 로라 아처 딕이 태어났다. 하코트 출판사에서 일반 소설을 내고자 하는 희망은 결국 이루어지지 못했다. 편집자가 휴가를 간 사이에 출판사가 합병을 하면서, 딕이 쓴 『모두 똑같은 이를 가진 사내The Man Whose Teeth Were All Exactly Alike』(1984)와 『조지 스타브로스의 시간』을 개작한 작품인 『오클랜드의 험프티 덤프티Humpty Dumpty in Oakland』(1986)의 출간을 제대로 추진하지 못했기 때문이었다. 가을이 되자 앤이 또 임신을 했지만 경제적으로 더 궁핍해지는 것을 두려워했던 앤은 딕의 반대에도 불구하고 아이를 낙태했다.

---

* Ace Double. 두 작가의 각기 다른 작품을 앞뒤로 뒤집어 묶은 페이퍼백 시리즈.

1961	앤의 수공예 보석상에서 잠깐 일을 했다. 변화를 다룬 중국의 고전인 『역경I Ching』을 발견하고, 향후 20년 동안 그 점괘를 참고하며 살아갔다. 딕은 자신이 '움막'이라고 부르던 곳에 틀어박혔다. 타자기와 전축, 그리고 책들이 있는 이 오두막에서 그는 『높은 성의 사내The Man in the High Castle』의 집필에 착수했다. 플롯의 일부는 『역경』의 점괘를 참조했다.
1962	『높은 성의 사내』는 퍼트넘 출판사에서 스릴러물로 출간되었고 호평을 받았지만 판매는 부진했다. 그러자 퍼트넘 출판사는 사이언스 픽션 북클럽에 판권을 팔았다. 딕은 장편 『당신을 합성해드립니다We Can Build You』를 집필했는데, 이는 1969년에서 1970년 사이에 《어메이징》지에 「A. 링컨, 시뮬라크럼A. Lincoln, Simulacrum」이란 제목으로 연재되었다. 같은 해에 집필한 『화성의 타임슬립Martian Time-Slip』은 1963년 잡지 《월드 오브 투모로우》에 '우리는 모두 화성인All We Marsmen'이란 제목으로 연재되었다(훗날 딕은 이렇게 회고했다. "『높은 성의 사내』와 『화성의 타임슬립』을 통해 나는 실험적인 주류 소설과 SF 사이의 간극을 줄였다고 생각한다. 어느 날 갑자기 작가로서 하고 싶었던 일을 다 할 수 있는 길을 찾은 기분이었다").
1963	7월에 스콧 메러디스 출판 에이전시에서 팔리지 않는다는 이유로 10여 편 이상의 주류 소설을 돌려보냈다. 돈이 궁해진 나머지 그는 앤의 집을 담보로 레코드 가게를 시작할 것을 고려했다. 9월에는 『높은 성의 사내』가 SF 문학상 중 최고의 권위를 자랑하는 휴고상 최우수 장편상을 받았다. 그러나 결혼 생활은 악화일로를 걸었다. 딕은 친구들에게 아내가 자기를 죽이려 한다고 주장했다. 오랫동안 부부 싸움을 하다가 앤을 로스 정신병원으로 보냈고, 앤은 랭글리 포터 클

리닉에서 2주간 치료를 받는 데 동의했다. 결혼이 깨지는 것을 막기 위해 두 사람은 미국 성공회 예배에 참석하기 시작했다. 딕은 이곳에서 세례를 받았다. 딕의 팬이었던 매런 해 켓은 친구의 주선으로 딕을 만났다. 그녀와 그녀의 의붓딸들도 성공회 신도였다. 딕은 암페타민을 연료 삼아 『닥터 블러드머니, 혹은 폭탄이 터진 뒤 우리는 어떻게 살아남았나Dr. Bloodmoney, or How We Got Along After the Bomb』(1965), 『타이탄의 게임 플레이어The Game-Players of the Titan』(1963년, 에이스 북스에서 출간), 『시뮬라크라The Simulacra』(1964), 『작년을 기다리며Now Wait for Last Year』(1966)를 탈고했고, 『알파성의 씨족들Clans of the Alphane Moon』(1964)과 『우주의 균열The Crack in Space』(1966)을 쓰기 시작했다. 집필실이 있는 오두막으로 걸어가면서 그는 하늘에서 기괴한 가면을 쓴 인간 얼굴의 환영幻影을 보았다. 훗날 그는 이 체험을 장편 『파머 엘드리치의 세 개의 성흔The Three Stigmata of Palmer Eldritch』(1965)에 녹여내었다.

1964 버클리를 방문하는 일이 잦아졌다. 『파머 엘드리치의 세 개의 성흔』을 탈고한 후 3월에 출판 에이전시에 넘겼다. 3월 9일 이혼 소송을 제기하고 잠시 어머니 집에서 살았다. 베이 지역의 활기찬 SF 팬덤에 합류해서 폴 앤더슨, 매리언 짐머 브래들리, 론 굴라트와 레이 넬슨 같은 작가들을 만났다. 『높은 성의 사내』의 속편을 쓰기 시작했다가 포기했다. 『우주의 균열The Crack In Space』, 『잽건The Zap Gun』(같은 해 『프로젝트 플로셰어Project Plowshare』라는 제목으로 잡지에 연재되었고 1967년에 출간됨), 『끝에서 두 번째의 진실The Penultimate Truth』을 탈고했으며, 『텔레포트되지 않은 사내 The Unteleported Man』(1966)를 쓰기 시작했다. SF 작가 아브람 데이비슨의 아내로 당시 그와 별거 중이었던 그래니아 데

이비슨(훗날 '그래니아 데이비스'로 소설 출간)과 연애편지를 교환했다. 7월에는 운전 도중 차가 전복되는 바람에 큰 부상을 입고 심각한 우울증을 겪으면서 집필 의욕을 상실했다. 오클랜드에서 열린 세계 SF 컨벤션에 참석했다. 마약이 횡행했던 집회였다. 친구인 잭과 마고 뉴컴 부부가 오클랜드에 있는 딕의 자택을 방문했다. 12월이 되자 그는 매런 해켓의 의붓딸인 21살의 낸시 해켓에게 구애를 시작했다("네가 나를 위해 우리 집으로 들어왔으면 좋겠어. 안 그런다면 나는 머리가 돌아버려서 점점 더 약을 찾게 될 거고…… 결국 아무런 글도 쓸 수 없을 거야. 나에겐 자극과 영감을 줄 수 있는 네가 필요해.")

1965   3월에 낸시 해켓과 함께 살기 시작했다. 가정 생활을 시작하며 다시 집필을 하기 시작했고 고질적인 광장공포증 역시 부활했다. 딕은 LSD를 두 번 복용하고 불편한 환영을 경험했다("나는 '그'를 맥동하고, 격렬하고, 마구 진동하는 존재로서 지각했다. 복수심에 불타는 위압적인 존재, 마치 형이상학적인 IRS*요원처럼 회계 감사를 요구하는 존재라고나 할까"). 팬진**인 《라이트하우스》에 실린 에세이 「마약, 환영 그리고 실체에 대한 탐색Drugs, Hallucinations, and the Quest for Reality」에서 그는 다음과 같이 술회했다. "사람들은 환각에 매달릴 필요가 없다. 착란으로 몸을 망치는 길은 하나만 있는 것이 아니므로." 『텔레포트되지 않은 사내』를 완성하고, 캘리포니아의 미국 성공회 주교인 제임스 파이크***와 돈독한 우정을 쌓았다. 파이크가 비서로 채용한 낸시의 의붓어머니인 매런 해켓은 파이크의 숨겨진 정부情婦였다. 딕

---

* Internal Revenue Service. 미 국세청.
** fanzine. 팬이 발행하는 잡지.
*** James A. Pike(1913~1969).

은 파이크와의 대화를 통해 신학적 고찰과 초기 크리스트 교의 기원에 관한 연구에 심취하기 시작했다. 낸시와 함께 산 라파엘로 이사했다. 레이 넬슨과 공동으로 『가니메데 혁명The Ganymede Takeover』(1967)을 썼고, 『거꾸로 도는 세계Counter-Clock World』(1967)의 집필을 시작했다.

1966   『거꾸로 도는 세계』를 탈고하고 『안드로이드는 전기양의 꿈을 꾸는가?Do Androids Dream of Electric Sheep?』(1968)와 『유빅Ubik』(1969), 아동 SF인 『농부 행성의 글리멍The Glimmung of Plowman's Planet』(1988년에 영국에서 『닉과 글리멍Nick and the Glimmung』이라는 제목으로 출간됨)을 썼다. 7월에 낸시와 결혼했다. 딕은 회의적이었지만, 파이크 주교와 매런 해켓, 낸시와 함께 영매가 주최하는 세앙스*에 참석했다. 이 모임의 목적은 자살한 파이크의 아들인 짐과 접촉하기 위한 것이었다. 『작년을 기다리며』와 『텔레포트되지 않은 사내』, 『우주의 균열』이 출간되었다.

1967   3월 15일에 둘째 딸 이솔더(이사) 프레이어 딕이 태어났다. 텔레비전 드라마 〈침략자The Invaders〉의 구성 원고를 썼지만 팔리지 않았다. 『거꾸로 도는 세계』, 『잽건』, 『가니메데 혁명』이 페이퍼백으로 출간되었다. 6월에 낸시의 의붓어머니 매런 해켓이 자살했다. IRS가 딕에게 체납된 세금과 벌금 및 이자의 납부를 요구하면서 이미 심각했던 가계 재정난이 한층 더 악화되었다. 단편 「부조父祖의 신앙Faith of Our Fathers」이 할런 엘리슨이 편집한 SF 앤솔러지 『위험한 비전Dangeros Visions』에 실렸다. 서문에서 엘리슨은 딕이 LSD에 의한 환각 상태에서 이 단편을 썼다고 주장했지만, 이것은 딕의 고의적

---

* séance. 교령회. 죽은 사람들의 영혼과 통교하려는 사람을 중심으로 한 모임.

인 오도誤導에 의한 것이었다.

1968   잡지《램파츠》2월호에 실린 '작가와 편집자에 의한 전쟁세
        반대운동' 청원서에 서명하면서 IRS와의 갈등이 심화되었다.
        낸시와 함께 '마약 SF 컨벤션Drug Con'이라는 이명異名을 얻
        은 베이컨*에 참가했다. 그곳에서 로저 젤라즈니를 처음으로
        만났다. 젤라즈니와는 훗날 장편『분노의 신Deus Irae』(1976)
        을 공동 집필하게 된다.『안드로이드는 전기양의 꿈을 꾸는
        가?』의 초판이 하드커버로 출간되었다. 이 작품의 영화 판
        권도 팔렸다.『은하의 도기 수리공Galactic Pot-Healer』(1969)
        과『죽음의 미로A Maze of Death』(1970)를 집필했다. 딕의 오
        랜 멘토였던 앤서니 바우처가 사망한다. 활자화되지는 않았
        지만 다음과 같은 자기소개 글을 썼다. "……기혼자이며, 두
        딸과 젊고 신경질적인 아내와 함께 살고 있다……. 처음에
        는 스카를라티**, 다음에는 제퍼슨 에어플레인***, 그다음에
        는 〈신들의 황혼Götterdämmerung〉에 귀를 기울이며 대부분
        의 시간을 보내며, 이것들을 어떻게든 한데 엮어보려고 시도
        하고 있다. 각종 공포증에 시달리고 있다……. 채권자들에게
        엄청난 빚을 지고 있지만 갚을 돈이 없다. 경고. 이 작자에게
        돈을 빌려주지 말 것. 돈뿐만 아니라 당신의 약까지 훔치려
        들 것이다."

1969   『프로릭스 8에서 온 친구들Our Friends from Frolix 8』(1970)
        을 썼다.『은하의 도기 수리공』이 페이퍼백으로,『유빅』이 하
        드커버로 출간되었다. 몬트리올의 한 호텔에서 거행된 존 레
        넌과 오노 요코의 평화를 위한 '침대 시위bed-in'에 참석한

---

* BayCon. 샌프란시스코 베이지역에서 개최되는 SF, 판타지 컨벤션.
** Giuseppe Domenico Scarlatti(1685~1757). 이탈리아 작곡가.
*** Jefferson Airplane. 1965년 결성된 미국의 사이키델릭 록 그룹.

티모시 리어리[*]의 전화를 받았다. 리어리는 레넌과 오노에게 수화기를 넘겼고, 이들은『파머 엘드리치의 세 개의 성흔』에 감탄했다며 영화화하고 싶다는 희망을 전했다. 저널리스트인 폴 윌리엄스의 방문을 받았다. 처방받은 약물, 특히 리탈린의 복용량이 크게 늘면서 결혼 생활에도 금이 가기 시작했다. 암페타민을 강박적으로 복용한 나머지, 췌장염과 초기 신부전증 증세로 응급실 신세를 진다. 예수가 역사 인물로서 존재했다는 증거를 찾기 위해 이스라엘로 탐사 여행을 떠났던 파이크 주교가 9월에 유대 사막에서 사망했다.

1970　　『흘러라 내 눈물, 경관은 말했다Flow My Tears, the Police- man Said』(1974)를 쓰기 시작했다. 평소의 집필 습관과는 달리 3월과 8월 사이에 여러 번 고쳐 썼다. 낸시의 동생 마이클 해켓이 아내와의 이혼 소송 중에 딕의 집으로 와서 눌러앉았다. 딕은 환각제인 메스칼린을 복용한 후 찬란한 사랑의 비전(幻影)을 체험했고,『흘러라 내 눈물, 경관은 말했다』에 이를 투영했다. 7월에는 당국에 푸드 스탬프^{**}를 신청했다. 중단편집『보존 기계The Preserving Machine』가 출간되었고,『프로릭스 8에서 온 친구들』이 페이퍼백 단행본으로,『죽음의 미로』가 하드커버로 출간되었다. 9월에 낸시가 딸인 이사를 데리고 집을 떠나면서 다량의 약물―거리에서 구입한 불법 마약까지 포함한―과 암페타민의 기운을 빌린 밤샘 토론, 편집증, 보헤미안적 너저분함으로 점철된 친구들과의 공동 생활 시대를 시작했다. 글은 거의 쓰지 않았고,『흘러라 내 눈물, 경관은 말했다』를 가끔 개고하는 정도였다. 10월에는 톰 슈미트가 합류했다(11월에 쓴 편지에서 딕은 이렇

* Timothy Leary(1920~1996) 미국의 심리학자. LSD와 카운터컬처 옹호자로 유명하다.
** food stamp. 저소득자용 식량 배급권.

게 술회했다. "다들 각성제를 복용하고 있고, 다들 죽을 거야
……. 하지만 앞으로 몇 년은 더 살겠지. 사는 동안은 지금
모습 그대로 살 거야. 어리석게, 맹목적으로. 토론하고, 함께
시간을 보내고, 농담을 나누고, 서로 의지하면서 말이야").

1971 『흘러라 내 눈물, 경관은 말했다』의 미완성 원고를 엉망진창
이 된 일상으로부터 지키기 위해서 변호사에게 맡겼다. 젊은
히피와 폭주족, 중독자들이 딕의 집에 드나들자 마이클 해켓
이 떠났다. 5월에 한 친구가 딕을 스탠포드 대학병원의 정신
과 병동에 입원시켰다. 8월이 되자 마린 제너럴 정신병원과
로스 정신과 클리닉 양쪽에서 치료를 받았다. 자신이 FBI나
CIA의 감시를 받고 있다고 주장하며, 총을 구입한 것도 이
시기의 일이었다. 11월에는 도둑이 들어 집이 크게 부서졌
다. 서류 캐비닛은 누군가에 의해 폭파되었고, 창문과 문은
박살이 났으며, 개인 서신 및 재정 관련 서류들이 도난당했
다(침입자의 정체에 관해 딕은 오랫동안 숱한 추측을 했다.
정부 요원, 종교 광신도, 블랙 팬서*, 심지어는 자기 자신까지
의심했다). 딕은 결국 이 집을 포기했다.

1972 2월에 캐나다 밴쿠버에서 열린 SF 컨벤션의 주빈으로 참가
했다. 그곳에서 연설한 「안드로이드와 인간」은 호평을 받았
고, 딕은 캐나다에 머무르겠다는 의사를 밝혔다. 그러나 얼
마 지나지 않아 밴쿠버에 환멸을 느끼고 또 다른 장소를 물
색했다. 오레곤 주 포틀랜드에 있는 어슐러 K. 르 귄에게 편
지를 써서 방문해도 될지 타진했다. 캘리포니아 주립대학
풀러턴 캠퍼스의 윌리스 맥넬리 교수에게 풀러턴이 살 만
한 곳인지 문의했다(이 시점부터 편지를 쓰는 일이 급격하

---

* Black Panther. 흑인 해방을 주장하는 미국의 극좌 과격파 조직.

게 늘어났으며, 이 경향은 죽을 때까지 계속되었다. 르 귄 외에도 제임스 팁트리 주니어, 스타니스와프 렘, 존 브루너, 노먼 스핀래드, 토마스 디시, 브라이언 올디스, 로버트 실버버그, 시어도어 스터전과 필립 호세 파머 등의 동료 작가들과 정기적으로 편지를 주고받았다). 3월에 처음으로 자살 시도를 했다. 주로 헤로인 중독자들을 위한 시설인 X-컬레이 재활센터에 입원해서 공격적 집단 요법*에 참여했다. 몇십 년 동안이나 처방을 받아 남용해오던 암페타민을 끊었다. 맥넬리 교수와 학생들이 오렌지 카운티로 그를 초청하는 편지를 보내왔다. 딕은 풀러턴에 정착해서 일련의 룸메이트들과 함께 살았다. 젊은 친구들이 많이 생겼는데, 그중에는 작가 지망생인 팀 파워스도 있었다. 맥넬리는 딕에게 객원 강사 자리를 알선하고 풀러턴 캠퍼스의 도서관에 다량의 딕 관련 서류를 보관했다. 개인 서신과 꿈에 관련된 글들을 모아 『검은 머리의 소녀The Dark-Haired Girl』 작업을 했다(1988년에 증보판으로 출간되었다). 그해 출판된 『필립 K. 딕 걸작선The Best of Philip K. Dick』의 작품 선정을 도왔다. 7월에는 18세의 레슬리(테사) 버스비를 만나 곧 동거에 들어갔다. 9월에는 로스앤젤레스 SF 컨벤션에 참가했다. 10월이 되자 낸시 해켓과의 이혼 소송을 마무리 짓기 위해 테사와 함께 마린 카운티로 여행을 떠났다. 낸시는 이사의 단독 양육권을 획득했다. 스타니스와프 렘과 편지를 주고받았고, 렘은 『유빅』의 폴란드어 번역을 주선했다. 『흘러라 내 눈물, 경관은 말했다』를 완성하고, 단편 「시간비행사들을 위한 조촐한 선물A Little Something for Us Tempunauts」을 썼다.

---

* confrontational group therapy. 매우 공격적인 분위기를 통해 고의적으로 환자들을 압박하는 정신 요법의 일종. 주로 약물 중독자들의 치료에 쓰인다.

1973   다시 꾸준히 글을 쓰기 시작했다. 2월에서 4월까지 『스캐너 다클리A Scanner Darkly』(1977)를 썼다. BBC와 프랑스의 다큐멘터리 작가들과 인터뷰를 가졌다. 4월에 테사와 결혼했고, 7월 25일에 아들 크리스토퍼 케니스 딕이 태어났다. 당시 박사 과정을 밟고 있었던 장 피에르 고랭이 그를 방문해 프랑스 평론가들이 텔레비전에서 그를 노벨상 수상자로 추천했다는 사실을 알렸다. 런던의 《데일리 텔레그래프》지와 인터뷰를 했다. 돈 문제와 건강 문제에 계속 시달렸다. 유나이티드 아티스트 영화사에서 『안드로이드는 전기양의 꿈을 꾸는가?』의 영화 판권을 매입했다.

1974   2월에 하드커버로 출간된 『흘러라 내 눈물, 경관은 말했다』는 『높은 성의 사내』 이래 가장 좋은 평을 받으며 휴고상과 네뷸러상 후보에 올랐고, 1975년도 존 W. 캠벨 기념상을 수상했다. 《램파츠》 청원서에 서명했던 딕은 혹시 당국으로부터 불이익을 받지는 않을지 우려하며 4월의 납세 기간이 오는 것을 두려워했다. 2월에 사랑니 발치 수술을 받으며 소듐 펜토탈*을 투여받았는데, 이때 일련의 강렬한 환영을 경험했다. 이 환영은 3월 내내 계속되면서 한층 강도를 더해갔고, 4월이 되자 간헐적으로 나타나다가 점점 약해졌다. 이때 받은 여러 계시는 각양각색의 선하고 악한 종교적, 정치적 영향—신, 그노시스파 기독교도들, 로마 제국, 파이크 주교, KGB 등을 포함하지만 이것이 전부는 아니었다—의 산물로 치부되었지만, 딕은 남은 생애 동안 그 의미를 해석하는 데 골몰하며 많은 시간을 보낸다. "내가 『성스러운 침입The Divine Invasion』(1981)을 쓴 뒤로는 단 한 마디도 하지 않았다. 내게 들리는 계시는 구약성서에서 '신

---

* sodium pentothal. 전신 및 국소 마취제의 상품명.

의 영혼'을 의미하는 루아Ruah의 목소리였다. 그것은 여성
의 목소리로 말했고, 메시아 예언에 관련된 얘기를 늘어놓
는 경향이 있었다. 한동안은 그것의 인도를 받았다. 고등학
교 시절부터 가끔 그 목소리를 듣곤 했다. 위기가 닥치면 뭔
가 다시 내게 말해줄 것이다……." 딕은 '2-3-74'라고 부르
게 된 것에 관한 사변적인 해설을 쓰기 시작했다. 대부분 손
으로 쓴 이 난삽한 원고는 8천여 장에 달했다. 훗날 딕은 이
원고에『주해서Exegesis』라는 제목을 붙였다(전체 원고는 미
출간 상태이며 읽으려는 사람도 거의 없지만, 사후에 발췌
본이 출간되었다). 메러디스 출판 에이전시와 결별했다가
일주일도 되지 않아 다시 계약을 맺고『흘러라 내 눈물, 경
관은 말했다』의 출판 계약을 더블데이에서 DAW로 이전하
는 데 동의했다. 심각한 고혈압과 경미한 뇌졸중으로 의심
되는 증세로 5일 동안 입원했다. 프랑스 영화감독인 장 피
에르 고랭이 다시 찾아와서 그가 각본을 쓰는 조건으로『유
빅』의 영화화 판권을 일괄 지급하는 계약을 맺었다. 딕은 한
달 만에『유빅』의 각본을 썼다(영화화는 되지 않았지만, 각
본은 1985년에 출간되었다). 〈블레이드 러너〉라는 제목으
로 영화화된『안드로이드는 전기양의 꿈을 꾸는가?』를 각
색하던 시나리오 작가들의 방문을 받았다.《롤링스톤스》지
의 폴 윌리엄스와 인터뷰를 했다. 1971년에 겪었던 주거 침
입 사건에 관한 상세한 회고와 분석이 주된 내용을 이뤘다.

1975   어깨 부상으로 수술을 받은 후 진행 중이던 장편『발리시
스템 AValisystem A』에 관한 메모를 휴대용 녹음기로 녹음
했지만 2주 만에 다시 타이프라이터로 집필하기 시작했다
(이 소설은 결국 사후 출간된『앨버무스 자유 방송Radio Free
Albemuth』(1985)과 1981년에 출간된『발리스Valis』두 소설
로 분할되었다).《뉴요커》지는 1월호와 2월호의 '토크 오브

더 타운Talk of the Town' 란에 연속 인터뷰 기사를 싣고 딕을 '우리가 가장 좋아하는 SF 작가'라 칭했다. 1월과 2월에 마지막으로 타오르는 듯한 비전(啓示)을 체험했다. 그노시스 주의, 조로아스터교, 불교에 관한 책들을 열독하고 밤마다『주해』를 집필했다. 장편『허풍선이 과학자의 고백』을 출간했다. 이것은 딕이 쓴 초기의 사실주의적 작품 중에서 유일하게 생전에 출간된 것이다. 만화가인 아트 슈피겔만의 방문을 받았다. 딕은 옛 친구이자 영국 성공회의 사제 훈련을 받고 있던 도리스 소우터에게 점점 사랑을 느꼈다. 5월에 도리스가 암이라는 진단을 받았다. 할런 엘리슨과 사이가 틀어졌다. 공동 저자인 로저 젤라즈니와 함께『분노의 신』을 완성했다. 외국어 판의 출간으로 생겨난 인세 수입이 비교적 많아졌다. 외국에서 들어온 인세 덕에 잠시 풍족한 삶을 누리며 중고 스포츠카와 브리태니커 백과사전을 구입했지만, 몇 달 지나지 않아 그의 우상이자 멘토인 로버트 하인라인에게 돈을 빌리는 신세가 되었다.『스캐너 다클리』의 수정 작업을 끝냈다. 11월에《롤링스톤스》에 실린 특집 기사에서 로큰롤 평론가인 폴 윌리엄스가 딕을 '우주 최고의 SF 마인드를 가진 인물'로 평했다.

1976   도리스 소우터에게 청혼했지만 거절당했다. 그녀는 딕의 집안과 얽히고 싶어 하지 않았다. 2월에 크리스토퍼가 탈장으로 입원했다. 2월 말 딕과 테사는 별거했다. 그러고 나서 몇 시간도 지나지 않아 딕은 여러 방법을 동시에 동원해 자살을 시도했다. 오렌지 카운티 메디컬 센터에 수용되었다가 곧 정신병동으로 보내져 14일 동안 감시를 받으며 격리되었다. 테사가 잠시 집으로 돌아왔지만 딕은 곧 그녀와의 관계를 청산하고 도리스와 함께 산타아나의 아파트로 이사를 갔다. 그곳

에서 그는 남은 인생을 보냈다(도리스와는 플라토닉한 관계를 유지했다). 5월에 밴텀 출판사에서 복간을 목적으로『파머 엘드리치의 세 개의 성혼』,『유빅』,『죽음의 미로』판권을 매입했고, '2-3-74'를 토대로 집필 중인 소설『발리시스템 A』의 선금을 지불했다. 9월에 도리스는 그의 옆집으로 이사하기로 결정했다. 다시 우울증이 도지면서 자살 충동에 대한 두려움 때문에 딕은 10월에 세인트 조셉 병원의 정신 병동에 입원했다. 연말에는 밴텀의 편집장이『발리시스템 A』를 조금 수정해줄 것을 요구했지만 딕이 원본 전체를 대폭 수정하는 바람에『발리스』라는 다른 소설이 탄생했다(1976년에 그가 출판사에 보낸『발리시스템 A』는 1985년에『앨버무스 자유 방송』으로 출간되었다).『분노의 신』이 출간되었다.

1977   처음으로 혼자 사는 것에 적응하기 시작했다. 테사와 크리스토퍼는 정기적으로 딕을 찾아왔다. 2월에 테사와의 이혼이 마무리되었다.『스캐너 다클리』가 출간되었고, 팀 파워스와의 우정은 절정에 달했다. 훗날 SF 작가로 입신하게 될 파워스와 K. W. 지터, 제임스 블레이록과 정기적으로 저녁을 함께 보냈다. 파워스와 지터에게 그가 본 '2-3-74' 비전에 관해 자세히 얘기하고 토론을 벌였다. 이 두 친구는 딕이 구상 중이던 자서전적 색채가 짙은 장편『발리스』의 등장인물들의 모델이 된다.『유빅』,『파머 엘드리치의 세 개의 성혼』과『죽음의 미로』가 복간되면서《롤링스톤스》지의 격찬을 받았고, 딕은 동시대인들에 의해 매우 중요한 미국 작가로 인정받는다. 4월에 32세의 사회사업가인 조안 심슨을 만나서 오렌지 카운티에서 3주 동안 함께 지낸다. 그 후 심슨을 따라 소노마로 가서 여름 동안 잠시 머물렀다. 딕은 우울증으로 인한 격렬한 발작에 시달렸다. 프랑스의 메스Metz 문학 축제에 주빈으로 초빙받아 출국했다. 해외여행을 감행한 것은 공

포증에 대한 승리를 의미했다. 그곳에서 강연한 「만약 이 세상이 끔찍하다고 생각하면, 다른 세상들로 가보라」는 종교적 색채가 짙었던 데다가 동시통역 문제가 겹쳐서 청중을 당혹케 했다. 귀국한 뒤에는 캘리포니아 북부에 뿌리를 내리고 사는 것을 거부한 탓에 심슨과 헤어졌다. 『주해서』의 집필을 계속했다. 단편 「도매가로 기억을 팝니다We Can Remember It For You Wholesale」의 영화 판권을 팔았다(이 작품은 훗날 〈토탈 리콜Total Recall〉(1990)이라는 제목으로 개봉되었다).

1978   밴텀에서 나올 『발리스』의 수정 작업이 늦어졌다. 대신 『주해서』를 집필했다. 8월에 어머니가 세상을 떴다. 배다른 딸들인 로라와 이사가 처음으로 만났고 딕은 이 만남에 감격했다. 9월이 되자 '2-3-74' 체험을 담을 적절한 소설적 구조를 모색하면서 『주해서』에 이렇게 썼다. "나의 장편―및 단편들―은 지적―개념적―인 미로이다. 그리고 나는 우리가 놓인 상황을 파악하기 위해 지적인 미로에서 헤매고 있다. ……왜냐하면 현 상황 자체가 출구를 찾을 수 없는 미로이기 때문이다……." 메러디스 출판 에이전시의 새 담당자 러셀 갤런이 딕이 낸 장편들의 재간을 적극적으로 추진하고, 논픽션을 한 편 써보라고 권유한 덕분에 상당히 고무되었다. 이 권유가 계기가 되어 『발리스』를 위한 효율적인 접근 방법이 떠올랐다. 11월이 되자 2주에 걸쳐 『발리스』를 썼고, 갤런에게 이 책을 헌정했다.

1979   딸 로라와 이사가 여러 번 방문했다. 『스캐너 다클리』가 프랑스의 메스 문학 축제에서 대상을 수상했다. 『주해서』 집필에 심혈을 기울였고, 자신의 가장 중요한 작품이 될지도 모른다는 언급을 했다. 러셀 갤런은 딕의 신작 단편들을 잡지 《플레이보이》나 《옴니》 같은 높은 고료를 주는 시장에 내놓았다. 갤런이 오렌지 카운티를 방문했을 때 마침내 두 사람

은 직접 만났다. 그러나 딕이 평소 버릇대로 밤새도록 얘기를 나누자 갤런은 녹초가 되었다. 임대 아파트 건물이 조합 주택으로 개조되면서 딕은 자기가 살던 아파트를 매입했지만 옆집의 도리스 소우터는 자금을 마련하지 못하고 부득이 다른 곳으로 이사했다. 도리스가 떠나가자 딕은 크게 고뇌했다. 도리스에 대한 자신의 애착을 투영한 「공기의 사슬, 에테르의 그물Chains of Air, Webs of Aether」이라는 단편을 썼다. 단편 「두 번째 변종Second Variety」의 영화 판권이 팔렸다(1995년에 〈스크리머스Screamers〉라는 제목으로 개봉되었다).

1980　「공기의 사슬, 에테르의 그물」을 포함해 『발리스』의 속편으로 간주되는 『성스러운 침입』을 3월 말에 탈고했다. 『주해서』의 집필은 계속했지만 연말까지는 별다른 저술 활동을 하지 않았다. 몇몇 장편소설의 아우트라인을 구상했지만 결국 쓰지는 못했다. 더 이상 환영을 통해 영감을 받지 못할지도 모른다는 불안에 시달리다가 11월 말에 급작스러운 계시를 받았다. 이 계시를 통해 그는 『주해서』의 집필을 중단해야 한다는 결론을 내렸다. 5페이지에 달하는 결말부의 우화를 완성했고, 12월 2일에 '엔드End'라는 단어를 타이프로 친 다음 표제 페이지를 작성했다(이 페이지에는 『변증법: 신과 사탄, 그리고 예고되고 제시된 신의 최후의 승리/필립 K. 딕/주해서/Apologia Pro Mia Vita*』라고 쓰여 있다). 열흘 뒤에 참지 못하고 강박적으로 『주해서』의 집필을 재개한다.

1981　2월에 『발리스』가 출간되었다. 깊은 우정을 쌓았던 르 귄과 크게 다투었지만 금세 화해했다. 에너지가 고갈되었다는 생각에 다이어트를 시작하고 체중을 많이 줄였다. 리들리 스콧 감

---

* 라틴어로 '나의 삶을 위한 변론'을 의미한다.

독이 『안드로이드는 전기양의 꿈을 꾸는가?』를 햄프턴 팬처와 데이비드 피플스의 각본으로 영화화한 〈블레이드 러너〉의 제작에 착수했다. 영화화에 대한 딕의 반응은 환호와 경멸 사이를 오락가락했다. 투자자 측에서는 영화 대본을 소설화하기를 원했지만, 러셀 갤런은 딕이 쓴 원작 쪽이 영화와 함께 출간되어야 한다고 주장했다(결국 『안드로이드는 전기양의 꿈을 꾸는가?』는 영화와 같은 제목으로 1982년에 재간되었다). 사이먼 & 슈스터 출판사의 편집장이었던 데이비드 하트웰이 일반 소설과 SF 소설을 한 권씩 써달라는 제안을 했고, 딕은 이 제안을 받아들여 4월과 5월에 『티모시 아처의 환생The Transmigration of Timothy Archer』을 썼다. 이 책은 제임스 파이크 주교의 죽음을 둘러싸고 일어난 사건들을 소설화한 것으로, 1963년에 메러디스 에이전시에서 그가 쓴 주류 소설을 거부한 이래 처음으로 쓴 비非 SF였다. 딕은 6월에 갤런에게 보낸 편지에서 자신의 비 장르 작품들이 빛을 보지 못했던 것은 "나의 작가 인생에서는 비극—그것도 너무나도 오랫동안 계속된 비극—이었네"라고 술회했다. 두 달 후 SF 차기작인 『한낮의 올빼미The Owl in Daylight』를 구상하면서 그는 이렇게 썼다. "SF를 계속 쓸 작정이야. 그건 내 천직이니까……." 그러나 딕은 기력이 고갈되어 글을 쓸 수 없다는 사실을 알게 되었다. 9월 17일 밤에는 '타고르Tagore'라고 불리는 구세주의 환영을 보았다. 딕은 이 사람이 실존 인물이며 실론*에 살고 있다고 확신했고, 그에게서 지시를 받고 있다고 느꼈다. 다시 가정을 꾸릴 수 있을까 하는 희망에서 테사와의 재결합을 고려했다. 11월에는 〈블레이드 러너〉 초기 편집본의 특수 효과 영상 시사회에 초대받았다. 메스 문학 축제에도 재차 초빙을 받고 여행 계획을 세우기 시작했다. 그

---

* Ceylon. 현 스리랑카.

렉 릭맨과 일련의 인터뷰를 하기 시작했고, 릭맨에게 자신의 공식 전기작가가 되어달라고 부탁했다. 『한낮의 올빼미』에 관한 (완전히 상이한) 두 개의 아우트라인을 작성했다.

1982   미래의 부처인 마이트레야*의 세상이 도래한다는 영국의 신비주의자 벤자민 크림의 예언에 심취한다. 릭맨의 인터뷰는 계속되었고, 딕은 영적인 문제에 대해 불안감과 피로감을 느끼고 있다고 토로했다. 도리스 소우터의 친구인 그웬 리가 대학 리포트를 쓰기 위해 딕을 인터뷰했다. 아마 그의 생애 마지막이었을 이 인터뷰에서 딕은 『한낮의 올빼미』의 세부적인 사항들에 대해 밝혔지만, 결국 쓰지 못했다. 2월 18일에 자신의 아파트에 홀로 있던 딕은 뇌졸중으로 쓰러져 의식을 잃었다. 이웃 사람들에 의해 발견되어 병원에서 의식을 되찾았지만 말을 할 수 없었고, 몸의 왼쪽이 마비되었다. 3월 2일 딕은 뇌졸중 발작 재발과 심부전으로 인해 병원에서 숨을 거뒀고, 콜로라도 주 포트 모건의 공동묘지에 잠들어 있는 쌍둥이 누이 제인 곁에 나란히 묻혔다. 『티모시 아처의 환생』은 그의 사후에 출간되었으며, 5월에 개봉된 〈블레이드 러너〉는 딕에게 헌정되었다. '필립 K. 딕 상'이 제정되었다. 이는 미국에서 처음부터 페이퍼백 단행본 형태로 출간되는 뛰어난 SF 장편을 선정해서 매년 수여하는 상이다.

---

* 미륵보살. 불교의 보살.

◐ 필립 K. 딕 저작 목록

■ 장편소설

▪ 단편집

1955 『A Handful of Darkness』(영국판)

1957 『The Variable Man』

1969 『The Preserving Machine』

1973 『The Book of Philip K. Dick』

1977 『The Best of Philip K. Dick』

1980 『The Golden Man』

1984 『Robots, Androids, and Mechanical Oddities』

1985 『I Hope I Shall Arrive Soon』

1987 『The Collected Stories of Philip K. Dick, 1, Beyond Lies the Wub』

『The Collected Stories of Philip K. Dick, 2, Second Variety』

『The Collected Stories of Philip K. Dick, 3, The Father-Thing』

『The Collected Stories of Philip K. Dick, 4, The Days of Perky Pat』

『The Collected Stories of Philip K. Dick, 5, The Little Black Box』

1988 『Beyond Lies the Wub』(영국 Gollancz판.『The Collected Stories of Philip K. Dick, 1, Beyond Lies the Wub』과 동일)

1989 『Second Variety』(영국 Gollancz판.『The Collected Stories of Philip K. Dick, 2, Second Variety』와 동일)

『The Father-Thing』(영국 Gollancz판.『The Collected Stories of Philip K. Dick, 3, The Father-Thing』과 동일)

1990 『The Days of Perky Pat』(영국 Gollancz판.『The Collected Stories of Philip K. Dick, 4, The Days of Perky Pat』과 동일)

『The Little Black Box』(영국 Gollancz판.『The Collected Stories of Philip K. Dick, 5, The Little Black Box』와 동일)

『The Short Happy Life of the Brown Oxford』(Citadel

Twilight판. 『The Collected Stories of Philip K. Dick, 1, Beyond Lies the Wub』과 동일)

『We Can Remember It for You Wholesale』(Citadel Twilight판. 『The Collected Stories of Philip K. Dick, 2, Second Variety』에서 단편 「Second Variety」를 「We Can Remember It for You Wholesale」로 대체)

1991 『The Minority Report』(Citadel Twilight판. 『The Collected Stories of Philip K. Dick, 4, The Days of Perky Pat』과 동일)

『Second Variety』(Citadel Twilight판. 『The Collected Stories of Philip K. Dick, 3, The Father-Thing』에 단편 「Second Variety」 추가)

1992 『The Eye of the Sibyl』(Citadel Twilight판. 『The Collected Stories of Philip K. Dick, 5, The Little Black Box』에서 단편 「We Can Remember It for You Wholesale」을 제외)

1997 『The Philip K. Dick Reader』(『Second Variety』의 단편 3편을 영화화된 단편 3편으로 대체)

2002 『Minority Report』(영국 Gollancz판)

『Selected Stories of Philip K. Dick』

2003 『Paycheck』(2004년 출간. 영국 Gollancz판)

『Paycheck and 24 Other Classic Stories by Philip K. Dick』(Citadel Twilight판. 『The Short Happy Life of the Brown Oxford』와 동일)

2006 『Vintage PKD』(장편 발췌. 단편, 에세이, 서간 포함)

2009 『The Early Work of Philip K. Dick, I: The Variable Man & Other Stories』

『The Early Work of Philip K. Dick, II: Breakfast at Twilight & Other Stories』

■ 논픽션, 서간집

1988 『The Dark Haired Girl』(에세이, 시, 편지 모음)
1991 『The Selected Letters of Philip K. Dick』, 1974
1993 『The Selected Letters of Philip K. Dick』, 1975~1976
     『The Selected Letters of Philip K. Dick』, 1977~1979
1994 『The Selected Letters of Philip K. Dick』, 1972~1973
1996 『The Selected Letters of Philip K. Dick』, 1938~1971
2009 『The Selected Letters of Philip K. Dick』, 1980~1982

스캐너 다클리

초판 1쇄 펴낸날 2020년 1월 22일

지은이 | 필립 K. 딕
옮긴이 | 조호근
펴낸이 | 김영정

펴낸곳 | 폴라북스
등록번호 | 제22-3044호
주소 | 06532 서울시 서초구 신반포로 321 (잠원동, 미래엔)
전화 | 02-2017-0280
팩스 | 02-516-5433
홈페이지 | www.hdmh.co.kr

ISBN 979-11-88547-13-5 04840
세트 978-89-93094-31-2

* 폴라북스는 (주)현대문학의 새로운 종합출판 브랜드입니다.
* 책값은 뒤표지에 있습니다.

이 도서의 국립중앙도서관 출판예정도서목록(CIP)은 서지정보유통지원시스템 홈페이지
(http://seoji.nl.go.kr)와 국가자료종합목록 구축시스템(http://kolis-net.nl.go.kr)에서 이용하
실 수 있습니다. (CIP제어번호 : CIP2019053360)